SUPERBESTSELL
787

Dello stesso autore

Febbre
Al posto di Dio
Sotto controllo
Contagio
Progetto di morte
La mutazione
Sonno mortale
Segni di vita
Sguardo cieco
Morbo
Vite in pericolo
Alterazioni
Epidemia
Sindrome fatale
Vector - Minaccia mortale
Invasion
Shock
esperimento
La cavia
Marker - Segnali d'allarme
Crisi mortale

ROBIN COOK

Cromosoma 6

SPERLING & KUPFER *Economica*

Traduzione di Maria Magrini
A cura di Guado - Milano
Chromosome 6

I edizione «Superbestseller» Paperback marzo 2000

ISBN 978-88-6061-382-0
86-I-08

V EDIZIONE

Questo romanzo è un'opera di fantasia. Gli avvenimenti descritti sono immaginari. I luoghi e i personaggi sono fittizi, anche quando sono menzionati nomi reali. Essi non intendono rappresentare persone e luoghi specifici o, anche quando viene usato un nome reale, suggerire che i fatti descritti siano realmente accaduti.

A Audrey e Barbara,
grazie per essere madri meravigliose.

Ringraziamenti

DESIDERO esprimere la mia riconoscenza alle seguenti persone: il professor Matthew J. Bankowski, direttore della sezione Virologia clinica, Medicina molecolare e Sviluppo della ricerca presso i laboratori Dsi; il dottor Joe Cox, esperto di diritto tributario e aziendale; il professor John Gilatto, dottore in Patologia veterinaria presso la facoltà di Medicina veterinaria dell'Università di Tufts; il dottor Jacki Lee, capo dell'ufficio di Medicina legale, Queens, New York; Matts Linden, capitano di volo dell'American Airlines; Martine Pignede, direttore della Riserva di caccia privata Niwa, nel Camerun; Jean Reeds, psicologo universitario, lettore e abile critico; il dottor Charles Wetli, capo dell'ufficio di Medicina legale, contea di Suffolk, New York.

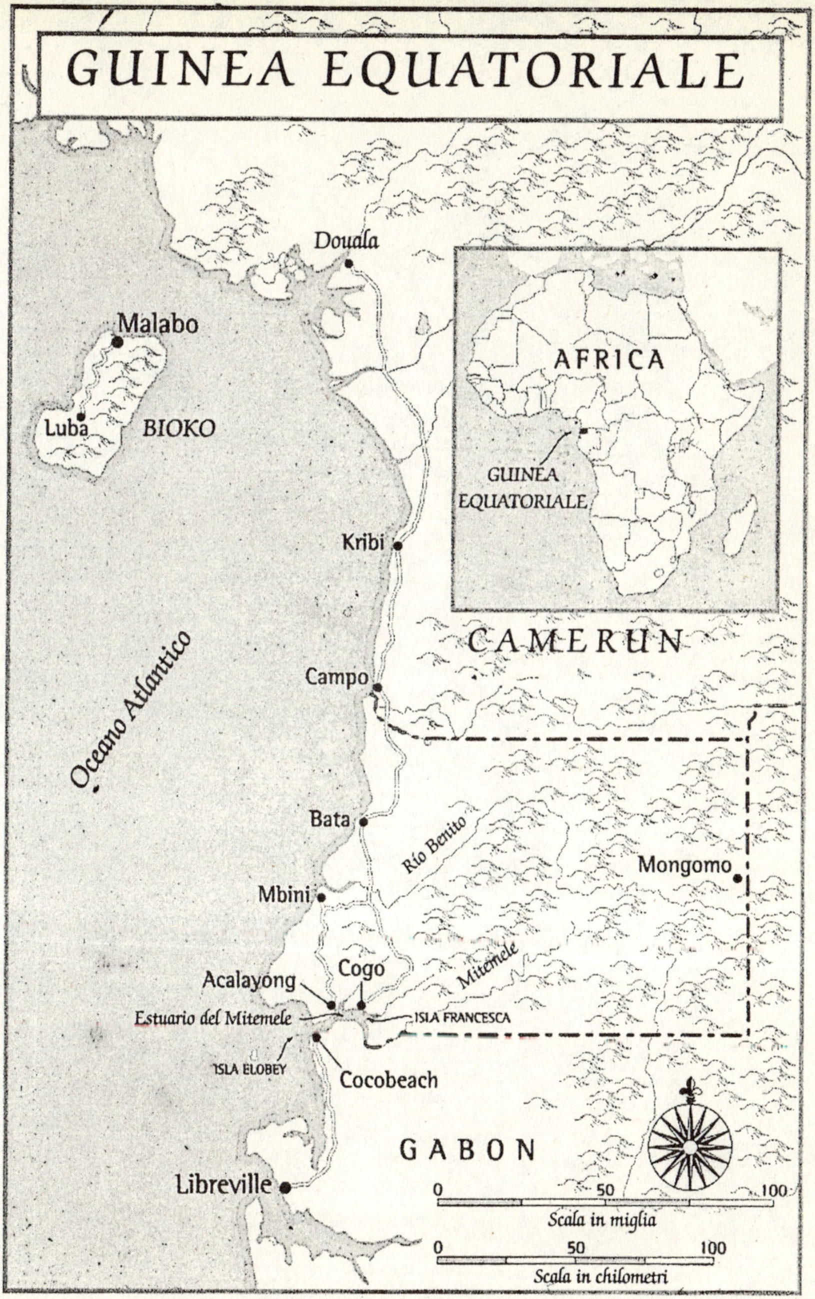
GUINEA EQUATORIALE
Douala
Malabo
Luba
BIOKO
AFRICA
GUINEA
EQUATORIALE
Kribi
CAMERUN
Oceano Atlantico
Campo
Bata
Río Benito
Mongomo
Mbini
Cogo
Acalayong
Mitemele
Estuario del Mitemele
ISLA FRANCESCA
ISLA ELOBEY
Cocobeach
GABON
Libreville
0
50
100
Scala in miglia
0
50
100
Scala in chilometri

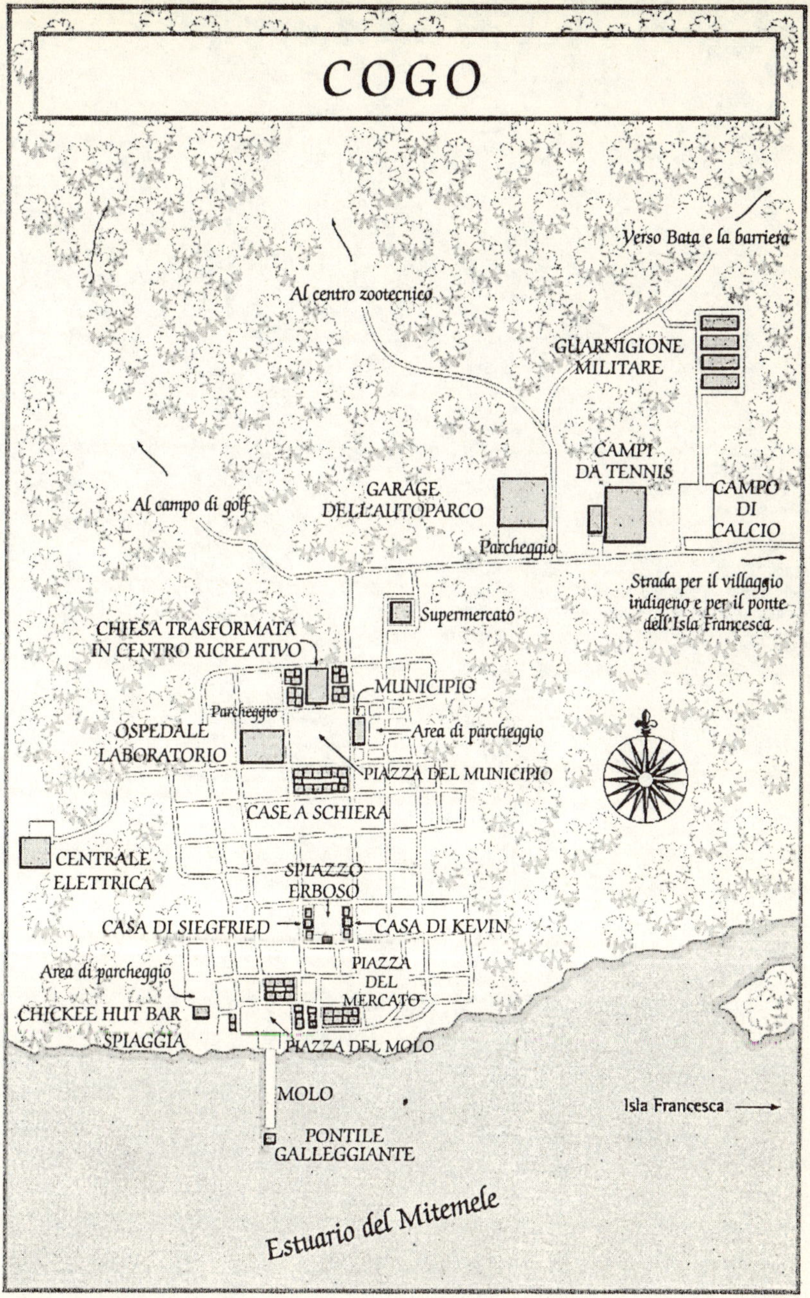
COGO
Verso Bata e la barriera
Al centro zootecnico
GUARNIGIONE MILITARE
CAMPI DA TENNIS
CAMPO DI CALCIO
GARAGE DELL'AUTOPARCO
Al campo di golf
Parcheggio
Strada per il villaggio indigeno e per il ponte dell'Isla Francesca
Supermercato
CHIESA TRASFORMATA IN CENTRO RICREATIVO
MUNICIPIO
Parcheggio
Area di parcheggio
OSPEDALE LABORATORIO
PIAZZA DEL MUNICIPIO
CASE A SCHIERA
CENTRALE ELETTRICA
SPIAZZO ERBOSO
CASA DI SIEGFRIED
CASA DI KEVIN
Area di parcheggio
PIAZZA DEL MERCATO
CHICKEE HUT BAR
SPIAGGIA
PIAZZA DEL MOLO
MOLO
Isla Francesca
PONTILE GALLEGGIANTE
Estuario del Mitemele

Prologo

3 marzo 1997, ore 15.30
Cogo, Guinea Equatoriale

NONOSTANTE una laurea in Biologia molecolare presso il´Mit, in stretta collaborazione con il General Hospital del Massachusetts, Kevin Marshall provava un vero orrore per alcune procedure mediche tra le più comuni. E ciò gli causava un grande imbarazzo. Non l'avrebbe mai ammesso, ma sottoporsi a un prelievo di sangue era per lui una tortura. Aghi e siringhe erano il suo incubo. Una volta, al college era persino svenuto dopo una vaccinazione antimorbillo.

A trentaquattro anni, dopo un lungo periodo dedicato alla ricerca biomedica, con numerosi esperimenti condotti su animali vivi, sperava di aver superato questa scomoda fobia. Ma non era così. Per questo in quel momento non si trovava nella sala operatoria 1A o 1B. Aveva preferito rimanere nello spogliatoio ed era appoggiato al lavello, con il vantaggio di poter guardare in entrambe le sale operatorie attraverso le vetrate ad angolo. Finché sentì il bisogno di distogliere lo sguardo.

I due pazienti erano già da un quarto d'ora sul tavolo operatorio dove venivano preparati per l'intervento. Le due squadre di chirurghi conversavano a bassa voce. Avevano già indossato camice e guanti ed erano pronti a iniziare.

Non c'erano stati molti discorsi tecnici nella sala operatoria, tranne che fra l'anestesiologo e i due anestesisti, mentre i pazienti venivano sottoposti ad anestesia generale. L'anestesiologo era passato da una sala operatoria all'altra per sorvegliare l'andamento dell'applicazione ed essere a disposizione al primo eventuale allarme.

Ma, per il momento, tutto procedeva per il meglio. Tuttavia Kevin si sentiva ansioso. Era sorpreso di non provare quel senso di trionfo che gli avevano dato le esperienze precedenti, quell'intima esaltazione al pensiero del potere della scienza e della propria creatività.

Si sentiva pervaso da un confuso disagio, un disagio iniziato circa una settimana prima e che ora, osservando i due pazienti e pensando alle loro prognosi, si era acuito in misura inquietante. Era come il suo irrazionale orrore per gli aghi: la fronte s'imperlava di sudore e gli tremavano le gambe. Dovette stringere con forza il bordo del lavello per riprendere il controllo.

Trasalì quando all'improvviso si aprì la porta della sala operatoria 1A. Si trovò davanti una figura dagli occhi azzurro pallido inquadrati dal cappuccio e dalla mascherina. Riconobbe subito Candace Brickmann, una delle infermiere del reparto di chirurgia.

«Abbiamo cominciato e i pazienti sono sotto narcosi», annunciò. «È sicuro di non volere entrare? Vedrebbe molto meglio.»

«Sto bene qui, grazie», rispose Kevin.

«Come preferisce.»

La porta si richiuse alle spalle dell'infermiera che tornò in una delle sale. Kevin la osservò attraversare il locale e riferire qualcosa ai chirurghi, che in risposta rivolsero lo sguardo verso di lui e gli fecero un cenno d'intesa alzando i pollici. Kevin meccanicamente ricambiò il gesto.

I chirurghi tornarono al loro dialogo silenzioso. Quello scambio di cenni senza parole rese più acuto in Kevin il senso di complicità. Lasciò il bordo del lavello e fece un passo indietro. Ora il suo disagio si stava tingendo di paura. Che cosa aveva fatto?

Girò sui tacchi e quasi fuggì dallo spogliatoio e dal reparto di chirurgia. Una folata d'aria lo seguì mentre lasciava l'atmosfera asettica della sala operatoria per entrare nel suo ampio laboratorio dominato da lucenti attrezzature quasi futuristiche. Ansimava, come dopo una corsa.

In qualsiasi altro momento, solo entrare nel suo regno lo avrebbe riempito di gioiosa aspettativa al pensiero di tutto quello che avrebbe potuto scoprire. I più moderni macchinari ad alta tecnologia, che un tempo aveva solo sognato, ora erano lì, giorno e notte, a sua completa disposizione. Mentre si dirigeva verso il suo ufficio, con gesto assente passò le dita sulle superfici di acciaio inossidabile, sfiorando quadranti e tastiere, il prezioso sequenziatore del Dna, che valeva centocinquantamila dollari, il rateometro della risonanza magnetica nucleare, che ne valeva cinquecentomila, irto di fili come un gigantesco anemone di mare. Diede un'occhiata ai misuratori della cromatografia plasmatica, le cui lucine rosse lampeggiavano come lontani quasar annunciando successive duplicazioni delle catene elicoidali del Dna. Era un ambiente che fino a ieri lo aveva riempito di speranze e promesse. Ma ora ogni tubo di microcentrifuga Eppendorf, ogni ampolla contenente colture di tessuti gli ricordavano i sinistri presagi che lo inquietavano.

Avvicinandosi alla sua scrivania, lo sguardo gli cadde sulla mappa genetica del braccio corto del cromosoma 6. La zona di interesse primario era evidenziata in rosso. Era il complesso principale di istocompatibilità, ma il problema era che il suddetto complesso era solo una piccola porzione del braccio corto del cromosoma 6. C'erano vaste aree libere che rappresentavano milioni e milioni di coppie base, e quindi centinaia di altri geni. Kevin ignorava ancora le relative interazioni.

Una recente richiesta d'informazioni su questi geni che aveva lanciato su Internet gli aveva portato qualche vaga risposta. Alcuni ricercatori gli avevano comunicato che il braccio corto del cromosoma 6 conteneva geni coinvolti nello sviluppo muscolare e scheletrico. Ma questo era tutto. Nessun altro particolare.

Kevin rabbrividì involontariamente. Alzò gli occhi alla grande finestra panoramica che si apriva dietro alla scrivania. Come al solito, era striata dall'umidità provocata dalla pioggia tropicale che cadeva ininterrotta sul paesaggio.

Fissò gli occhi su un punto lontano. Restava sempre colpito dal contrasto tra il luminoso interno dotato di aria condizionata e il mondo esterno. Cumuli di nubi plumbee riempivano il cielo, anche se la stagione secca avrebbe già dovuto cominciare da tre settimane. Una vegetazione selvaggia di un verde così scuro da apparire quasi nero si alzava lungo il perimetro della città come una minacciosa onda di marea.

L'ufficio di Kevin si trovava nel complesso che accoglieva l'ospedale e i laboratori ed era una delle poche strutture nuove della cittadina coloniale spagnola di Cogo, rimasta a lungo abbandonata e deserta nel poco noto stato africano della Guinea Equatoriale. Era un edificio di tre piani e l'ufficio di Kevin, all'ultimo piano, era rivolto a sudest. Dalla sua finestra vedeva buona parte della città che si estendeva verso l'estuario del Mitemele e dei suoi affluenti.

Alcuni degli edifici vicini erano stati ristrutturati, altri erano ancora in rifacimento, ma molti erano rimasti abbandonati, in balia della giungla. Una mezza dozzina di piantagioni, che una volta erano state ricche e fiorenti, ora erano sopraffatte da una ribelle vegetazione inselvatichita. Su tutta la scena gravava la perenne foschia dell'aria calda satura di umidità.

In primo piano si vedeva il porticato ad arcate del vecchio municipio. Nell'ombra oziava l'inevitabile manipolo di soldati governativi in uniforme da combattimento, con gli AK-47 gettati negligentemente sulla spalla. Come al solito fumavano, litigavano e ingollavano grandi boccali di birra del Camerun.

Infine volse gli occhi a fissare gli spazi che si estendevano al di là della città. Finora aveva inconsciamente evitato di farlo, ma adesso concentrò lo sguardo sull'estuario la cui superficie battuta dalla pioggia pareva una lastra di argento brunito. A sud si scorgeva la costa boscosa del Gabon, a est una ghirlanda di isole che si inseguivano sull'estuario, verso l'interno del continente africano. All'orizzonte sorgeva la più grande delle isole, l'Isla Francesca, così chiamata dai portoghesi nel quindicesimo secolo. Diversamente dalle altre isole, presentava una catena di alture calcaree che la attraversava come la spina dorsale di un dinosauro.

Kevin ebbe un tuffo al cuore. Malgrado la pioggia e la caligine poteva scorgere ciò che aveva temuto di vedere. Come durante la settimana precedente, un'inconfondibile spirale di fumo si alzava pigramente verso il cielo.

Kevin si lasciò cadere sulla sedia e si prese la testa fra le mani. Si chiese che cosa aveva fatto. L'istruzione classica ricevuta durante gli anni di scuola superiore lo spingeva a domandarsi se non si fosse macchiato di una colpa prometeica. Il fumo significava fuoco. Ed era forse il fuoco mitico quello che aveva inavvertitamente rubato agli dei.

Boston, Massachusetts, ore 18.45

Un freddo vento di marzo batteva sulle finestre, mentre Taylor Devonshire Cabot si crogiolava nella sicurezza e nel tepore del suo studio rivestito di pannelli di quercia, nella vasta casa di Manchester-by-the-Sea, a nord di Boston. Sua moglie, Harriette Livingston Cabot, era in cucina a sorvegliare gli ultimi preparativi della cena che doveva essere servita alle 19.30.

Sul bracciolo della poltrona di Taylor stava in equilibrio un bicchiere di cristallo pieno di whisky di puro malto. Un allegro fuoco crepitava nel caminetto e dallo stereo usciva a basso volume un preludio di Wagner. C'erano tre televisori sintonizzati rispettivamente sul notiziario locale, sulla Cnn e sull'Espn.

Taylor era l'immagine dell'uomo soddisfatto. Aveva avuto una giornata intensa ma proficua nel suo ufficio alla direzione centrale della GenSys, un'industria biotecnica relativamente nuova che aveva fondato otto anni prima. La ditta aveva costruito un nuovo edificio sul fiume Charles a Boston, per trarre vantaggio dalla vicinanza di Harvard e del Mit per il reclutamento del personale.

Il viaggio di ritorno era stato più veloce del solito e Taylor non aveva avuto neppure il tempo di terminare la lettura delle ultime pratiche. Rodney, il suo autista, conoscendo le sue abitudini, si era scusato per averlo riportato a casa così in anticipo.

«Sono sicuro che potrai compensare tutta questa fretta con un bel ritardo domani sera», l'aveva canzonato Taylor.

«Farò del mio meglio», aveva replicato Rodney.

Così ora Taylor non ascoltava né lo stereo né la Tv, ma rileggeva attentamente la relazione finanziaria che doveva tenere la settimana seguente alla riunione degli azionisti della GenSys. Però riusciva a captare tutto ciò che succedeva intorno a lui. Sentiva il frusciare del vento, il crepitio del fuoco, la musica, le voci dei giornalisti. Così, quando udì il nome di Carlo Franconi, alzò immediatamente la testa.

Alzò il volume del televisore centrale che trasmetteva il notiziario locale. I conduttori erano Jack Williams e Liz Walker. Jack Williams aveva fatto il nome di Carlo Franconi e stava dicendo che la sua emittente aveva ottenuto un video amatoriale sull'uccisione del noto personaggio del crimine organizzato, collegato con la famiglia mafiosa di Boston.

«Come ricorderete», continuava Jack, «qualche giorno fa abbiamo riferito che Franconi, già malato, era scomparso dopo essere stato denunciato e molti avevano temuto che fosse fuggito mentre era in libertà vigilata. Ma ieri era ricomparso dichiarando di aver patteggiato con l'ufficio del procuratore distrettuale di New York chiedendo di rientrare nel programma di protezione dei testimoni. Poi questa sera, mentre usciva dal suo ristorante preferito, è stato freddato a colpi di arma da fuoco.»

Allibito, Taylor rimase a osservare le immagini di un uomo corpulento che usciva da un ristorante accompagnato da diverse persone, che sembravano agenti di polizia. Con un cenno della mano aveva salutato la folla che si era radunata nella strada e poi si era diretto verso una limousine in attesa, ignorando le domande dei giornalisti che lo incalzavano. D'improvviso, mentre si chinava per entrare in macchina, era barcollato all'indietro con un sobbalzo portandosi una mano alla gola. Quindi si era accasciato su un lato con un ultimo sussulto prima di cadere pesantemente a terra. Gli uomini che lo accompagnavano avevano estratto le pistole e avevano sparato freneticamente in tutte le direzioni. I giornalisti si erano ritirati in tutta fretta.

«Ehi, che scena!» commentava Jack. «Mi ricorda un po' l'assassinio di Lee Harvey Oswald. Ecco quanto vale la protezione della polizia!»

«Mi domando che effetto avrà sulle sorti di testimoni del genere», aggiungeva Liz.

«Niente di buono, direi», replicava Jack.

Taylor fissò il notiziario della Cnn, che in quel momento si accingeva a trasmettere lo stesso video amatoriale. Osservò di nuovo il servizio, accigliato. Alla fine del nastro comparve un giornalista che parlava davanti all'ufficio di medicina legale di New York.

«Non si sa se gli aggressori siano uno o due», riferiva il giornalista al di sopra del traffico della Prima Avenue. «È nostra impressione che Franconi sia stato colpito due volte. La polizia è comprensibilmente preoccupata per questo episodio e rifiuta di rilasciare dichiarazioni. Sappiamo che l'autopsia è fissata per domani mattina e riteniamo che gli esami balistici risolveranno la questione.»

Taylor abbassò il volume dell'audio e riprese il suo bicchiere. Si avvicinò alla finestra e rimase a contemplare il mare scuro e tempestoso. La morte di Franconi minacciava di provocare seri guai. Diede un'occhiata all'orologio. Era quasi mezzanotte nell'Africa occidentale.

Afferrò il telefono, chiamò il centralino della GenSys e chiese di essere messo immediatamente in comunicazione con Kevin Marshall.

Quindi depose il ricevitore e tornò a contemplare il mare in tempesta. Non si era mai sentito del tutto tranquillo riguardo a quel progetto, anche se economicamente pareva proficuo. Si domandò se non sarebbe stato opportuno sospenderlo. Lo squillo del telefono interruppe il corso dei suoi pensieri.

Il centralinista riferì che il signor Marshall era in linea. Dopo qualche crepitio gli giunse all'orecchio la voce assonnata di Kevin.

«Taylor Cabot?» chiese incredulo Kevin.

«Ricorda un certo Carlo Franconi?» lo assalì Taylor, ignorando la domanda di Kevin.

«Naturalmente.»

«È stato assassinato questo pomeriggio. L'autopsia è stata fissata per domattina. Voglio sapere se questo potrebbe creare problemi.»

Ci fu un attimo di silenzio. Taylor stava per chiedere se l'altro era ancora in linea quando Kevin rispose.

«Sì.»

«Qualcuno potrebbe scoprire tutto dall'autopsia?»

«È possibile. Non direi probabile, ma possibile.»

«Non mi piace», borbottò Taylor. Interruppe la comunicazione con Kevin e richiamò il centralino della GenSys, chiedendo di parlare immediatamente con il dottor Raymond Lyons. Sottolineò che si trattava di un'emergenza.

«Mi scusi», mormorò il cameriere. Si era avvicinato al dottor Lyons da sinistra, aspettando una pausa nella conversazione che il dottore intratteneva con la sua giovane e bionda assistente, nonché amante, Darlene Polson. Con i capelli elegantemente brizzolati e l'aspetto distinto, il dottore appariva il prototipo del medico di successo. Poco più che cinquantenne, era alto, abbronzato, invidiabilmente snello con fini lineamenti aristocratici.

«Mi dispiace interromperla», continuò il cameriere, «ma c'è una telefonata urgente per lei. Posso portarle un cordless o preferisce usare il telefono nell'atrio?»

Gli occhi azzurri di Raymond passarono rapidamente dal viso amabile ma fatuo di Darlene a quello dell'ossequioso cameriere, il cui contegno impeccabile rifletteva le cinque stelle attribuite al ristorante nella guida Zagat. Il suo viso s'incupì.

«Forse devo riferire che lei non si trova qui?» continuò il cameriere.

«No, mi porti pure il telefono», replicò Raymond. Non riusciva a immaginare chi potesse chiamarlo d'urgenza a quell'ora. Non praticava più da quando era stato radiato dall'albo per una grossa truffa ai danni della Previdenza Sociale, protrattasi per diversi anni.

«Pronto!» esordì al telefono con una certa trepidazione.

«Taylor Cabot. Abbiamo un problema.»

Raymond s'irrigidì visibilmente e aggrottò la fronte.

Taylor riassunse brevemente la situazione creata dall'assassinio di Carlo Franconi e la sua telefonata a Kevin Marshall.

«Quest'operazione è un'idea sua», concluse Taylor in tono arrogante. «E l'avverto: sono solo noccioline nel complesso delle mie attività. Se ci sono dei guai cancello l'intero progetto. Non voglio pubblicità.»

«Ma che diavolo posso fare?» proruppe Raymond.

«Francamente non lo so. Ma è meglio che s'inventi qualcosa e al più presto.»

«Le cose vanno a gonfie vele, da parte mia», obiettò Raymond. «Proprio oggi ho preso contatto con una dottoressa di Los Angeles che cura una quantità di stelle del cinema e ricchi uomini d'affari della Costa occidentale. È interessata a impiantare una filiale in California...»

«Forse non mi ha capito», lo interruppe Taylor. «Non ci saranno filiali in nessun posto se non risolve il problema Franconi. Perciò si dia da fare. Direi che ha meno di dodici ore.»

Il clic che interruppe la comunicazione fece trasalire il dottor Raymond Lyons. Attonito, fissò il telefono. Il cameriere, che si era ritirato con discrezione a una certa distanza, si avvicinò per ritirare il cordless e scomparve.

«Guai?»

«Oh, mio Dio!» borbottò lui. Era più che un guaio. Era un disastro. I suoi tentativi di riottenere l'iscrizione all'albo erano arenati negli scogli della burocrazia e il suo attuale posto di lavoro era tutto ciò che gli restava. Solo di recente la sua situazione era migliorata. Gli ci erano voluti cinque anni. Non poteva lasciare andare tutto in malora.

«Di che si tratta?» s'informò la bionda.

Raymond le raccontò rapidamente dell'immminente autopsia di Franconi e della minaccia di Cabot di cancellare il progetto.

«Ma sta rendendo un mucchio di denaro», osservò Darlene. «Non può farlo.»

Raymond sorrise senza allegria. «Non rappresenta un mucchio di denaro, per qualcuno come Taylor Cabot e la GenSys. Lo chiuderà di sicuro. Diavolo, è stato così difficile convincerlo a entrare nell'affare.»

«Allora devi impedire che facciano l'autopsia.»

La fissò, pensieroso. Sapeva che la ragazza era piena di buone intenzioni, e sapeva anche che non era stato attirato dalla sua intelligenza. Così trattenne uno scatto di ira e si limitò a rispondere con un certo sarcasmo: «Credi che possa telefonare semplicemente all'ufficio del medico legale per ordinargli di non fare l'autopsia in un caso del genere?»

«Conosci un sacco di persone importanti», insisté Darlene. «Chiedi a qualcuno di intervenire.»

«Ti prego, cara...» Ma cominciava a pensare che fosse l'unica soluzione. Gli stava venendo un'idea.

«C'è il dottor Levitz», continuò la ragazza. «Era il medico personale di Franconi. Forse ti potrebbe aiutare.»

«Stavo pensando la stessa cosa.» Daniel Levitz era un medico di Park Avenue con uno studio importante, un alto tenore di vita ma una clientela sempre più ridotta, a causa dell'assistenza sanitaria statale. Era stato facile reclutarlo ed era stato uno dei primi medici ad associarsi all'impresa. Inoltre aveva portato molti pazienti, alcuni dei quali operavano nello stesso campo di Carlo Franconi. Si alzò, tirò fuori il portafogli e depose sul tavolo tre fruscianti biglietti da cento dollari. Sapeva che erano più che sufficienti per pagare il conto e lasciare una lauta mancia. «Andiamo», disse. «Devo fare una telefonata da casa.»

«Ma non ho ancora finito!» si lamentò Darlene.

Raymond non rispose, ma scostò la sedia di Darlene dal tavolo costringendola ad alzarsi. Più pensava a Levitz, più si convinceva che quell'uomo poteva salvare la situazione. Come medico personale di diverse famiglie mafiose di New York, conosceva gente che poteva fare l'impossibile.

1

4 marzo 1997, ore 7.25
New York

JACK Stapleton si piegò sul manubrio e pedalò più in fretta superando di scatto l'ultimo isolato della Trentesima Avenue. A una cinquantina di metri dalla Prima Avenue si raddrizzò e proseguì a ruota libera prima di cominciare a frenare. Il semaforo era rosso e non aveva nessuna intenzione di piombare in mezzo ai camion, agli autobus e alle auto che correvano a gran velocità verso il centro.

La temperatura si era notevolmente alzata. Jack era lieto che le strade fossero sgombre, perché per diversi giorni non aveva potuto recarsi al lavoro in bicicletta.

Si fermò all'angolo per aspettare il semaforo verde e con un piede a terra si guardò intorno. Quasi subito scorse un gruppo di furgoni della Tv ricoperti di antenne, parcheggiati sul lato orientale della Prima Avenue, proprio di fronte alla sua destinazione: l'ufficio dcl medico legale di New York che qualcuno chiamava semplicemente obitorio.

Jack era assistente patologo già da un anno e mezzo, per cui aveva già visto simili assembramenti di giornalisti. Generalmente indicavano che era morta una celebrità, o un personaggio famoso. Se non era la morte di un solo personaggio, poteva essere un disastro collettivo, come la caduta di un aeroplano o il deragliamento di un treno. Per ragioni sia personali sia pubbliche, Jack sperò che si trattasse della prima ipotesi. Quando il semaforo passò al verde, attraversò la Prima Avenue ed entrò nell'obitorio dall'ingresso sulla Trentesima Strada. Depositò la bici al solito posto, vicino alla pila di rozze bare usate per i cadaveri non reclamati e prese l'ascensore per il primo piano.

Si accorse immediatamente che il locale era piuttosto sottosopra. Alcune segretarie si affaccendavano ai telefoni. Sui quadri degli apparecchi lampeggiavano lucine rosse. Persino lo studiolo del sergente Murphy era aperto e la luce era accesa, mentre di norma l'egregio funzionario compariva solo dopo le nove.

Spinto dalla curiosità, entrò nella sala riunioni del personale e si diresse al bricco del caffè. Vinnie Amendola, uno dei tecnici di laboratorio, nascondeva come al solito la faccia dietro il giornale. Ma questo era l'unico segno di normalità per quell'ora del mattino. Di solito Jack era il primo tra i patologi dell'obitorio ad arrivare ma quel giorno erano già presenti il vicedirettore dottor Calvin Washington, la dottoressa Laurie Montgomery e il dottor Chet McGovern. Erano impegnati in una vivace discussione assieme al sergente Murphy e, con grande sorpresa di Jack, assieme al tenente investigativo Lou Soldano della squadra Omicidi. Lou si vedeva spesso all'obitorio, ma non alle sette e mezzo del mattino. Oltretutto, aveva l'aspetto di uno che non aveva ancora toccato il letto, o se c'era stato aveva dormito vestito.

Jack si servì il caffè. Nessuno parve notare la sua presenza. Dopo aver aggiunto alla sua tazza un po' di panna e una zolletta di zucchero, si diresse alla porta di vetro che dava sull'atrio. Come si aspettava, era stracolmo di giornalisti e fotografi che parlavano fra loro e bevevano caffè portati dal bar vicino. Quello che non si aspettava era che molti fumassero. Poiché era rigorosamente vietato, disse a Vinnie di andare a informarli.

«Tu sei più vicino», ribatté Vinnie senza alzar gli occhi dal giornale.

Jack si accigliò per quella mancanza di rispetto, ma dovette ammettere che Vinnie aveva ragione. Si avviò verso la grande porta a vetri e l'aprì. Prima di poter dire una parola, fu letteralmente sommerso dalla folla.

Fece fatica a scostare i microfoni che gli venivano puntati in faccia.

Le domande si accavallavano da tutte le parti e l'unica cosa che si capiva era che riguardavano un'autopsia anticipata.

Jack urlò con quanto fiato aveva in gola che era vietato fumare, e poi dovette letteralmente strapparsi diverse mani dal braccio prima di riuscire a richiudere la porta. Dall'altra parte i giornalisti si accalcavano e spingevano, schiacciando i colleghi contro la vetrata.

Disgustato Jack tornò nella sala riunioni.

«Qualcuno vuole dirmi che cosa sta succedendo?» gridò.

Tutte le teste si volsero verso di lui ma fu Laurie a rispondere: «Non hai sentito?»

«No, e non lo chiederei se lo sapessi.»

«Cristo, lo hanno detto alla Tv», sbottò Calvin.

«Jack non ha la televione», spiegò Laurie. «I suoi vicini non glielo permettono.»

«Ma dove vivi, figliolo!» esclamò il sergente Murphy. «Non ho mai sentito che i vicini si proibiscano l'un l'altro di avere un televisore.» L'anziano poliziotto irlandese parlava in tono paterno. Era assegnato all'ufficio del medico legale da più anni di quanti volesse ammettere e considerava tutto il personale come la sua famiglia.

«Abita ad Harlem», rispose Chet. «In realtà i suoi vicini sarebbero ben contenti che si comprasse un apparecchio, così glielo chiederebbero in prestito.»

«Basta, ragazzi», li interruppe Jack. «Ditemi il perché di tutto questo subbuglio.»

«Ieri sera hanno sparato a un boss della mafia», annunciò la voce tonante di Calvin. «E questo ha suscitato un vespaio, perché aveva deciso di collaborare con l'ufficio del procuratore distrettuale ed era sotto la protezione della polizia.»

«Ma non era un boss della mafia», corresse Lou Soldano. «Era solo un affiliato di medio livello della famiglia Vaccarro.»

«Comunque», soggiunse Calvin con un ampio gesto della mano, «è stato fatto fuori mentre era affidato a un gruppo dei migliori poliziotti di New York, il che la dice lunga sulla loro capacità di proteggere le persone.»

«Lo avevano avvertito di non andare al ristorante», protestò

Lou. «Lo so per certo. Ed è quasi impossibile proteggere qualcuno che rifiuta di seguire i consigli.»

«C'è qualche probabilità che sia stato ucciso dagli stessi agenti di polizia?» chiese Jack. Una delle funzioni del medico legale è quella di considerare il caso da tutti i punti di vista, soprattutto quando sono in gioco testimoni protetti.

«Non si trovava in stato di arresto», precisò Lou, indovinando l'idea che passava per la mente di Jack. «Era stato fermato e accusato, ma era fuori su cauzione.»

«E allora, dove sta il guaio?» chiese Jack.

«Il guaio sta nel fatto che il sindaco, il procuratore distrettuale e il capo della polizia stanno sudando freddo», rispose Calvin.

«Amen», aggiunse Lou. «Soprattutto il capo della polizia. Ecco perché sono qui. La faccenda sta diventando uno di quegli incubi che i mass media amano gonfiare a sproposito. Dobbiamo assolutamente agguantare al più presto l'assassino, o gli assassini, altrimenti molte teste cadranno.»

«Anche per non scoraggiare altri potenziali collaboratori di giustizia», aggiunse Jack.

«Sicuro, anche per questo», confermò Lou.

«Non saprei, Laurie», intervenne Calvin, riprendendo l'argomento che stavano discutendo prima dell'arrivo di Jack. «Apprezzo che tu sia venuta così presto e ti sia offerta di procedere all'autopsia, ma forse Bingham vorrà farla personalmente.»

«E perché? È un caso semplicissimo, e recentemente ho trattato una quantità di decessi di questo genere. Inoltre questa mattina il dottor Bingham ha una riunione in municipio per l'approvazione del bilancio e non potrà essere qui prima di mezzogiorno. Ora di allora avrò già eseguito l'autopsia e le informazioni ricavate saranno già nelle mani della polizia. Data l'urgenza, è la cosa più ragionevole.»

Calvin si rivolse a Lou. «Pensi che cinque o sei ore facciano una differenza per le indagini?»

«È possibile», ammise Lou. «Diavolo, prima si fa l'autopsia, più calda è la pista. Anche solo sapere se dobbiamo cercare un assassino o due sarà per noi di grande aiuto.»

Calvin sospirò. «Detesto dover prendere decisioni del genere.» Spostò da una gamba all'altra la sua massiccia mole di centoventi chili di muscoli. «Il guaio è che non riesco mai a prevedere la reazione di Bingham. Al diavolo! Mettiti sotto, Laurie, il caso è tuo.»

«Grazie, Calvin.» Laurie si illuminò di soddisfazione. Prese la sua valigetta dal tavolo e chiese: «Niente in contrario se Lou viene a vedere?»

«Fate pure», acconsentì Calvin.

«Andiamo, Lou!» fece Laurie. Prese il cappotto da una sedia e si avviò verso la porta. «Scendiamo in laboratorio, facciamo un rapido esame esterno e poi le radiografie. Ieri notte, nella confusione, pare che se ne siano dimenticati.»

«Ti seguo», replicò Lou.

Jack esitò un attimo, poi si affrettò dietro di loro. Si chiedeva incuriosito perché Laurie ci tenesse tanto a fare quell'autopsia. Secondo lui la dottoressa avrebbe fatto meglio a starne fuori. Quei casi con forti implicazioni politiche erano sempre delle patate bollenti.

Laurie camminava a grandi passi e Jack faticava a raggiungerli. La dottoressa si fermò bruscamente per affacciarsi all'ufficio di Janice Jaeger. Janice era una delle assistenti del medico legale e dirigeva il turno di notte. Prendeva il suo lavoro molto seriamente e si fermava in ufficio fino a tardi.

«Vedi Bart Arnold prima di uscire?» le chiese Laurie.

«Di solito sì». Era una ragazza minuta dai capelli neri, con occhiaie pronunciate.

«Fammi un favore, digli di chiamare la Cnn e di farsi dare una copia del video amatoriale con l'assassinio di Carlo Franconi. Vorrei averlo prima possibile.»

«Sarà fatto», promise Janice premurosa.

Laurie e Lou proseguirono.

«Ehi, andate un po' più piano, voi due», gridò Jack. Dovette fare due o tre passi di corsa per raggiungerli.

«Abbiamo un sacco di cose da fare», rispose Laurie senza rallentare.

«Non ti ho mai vista così ansiosa di fare un'autopsia», commentò Jack. «Che cosa c'è di così importante?»

«Molto», tagliò corto lei. Arrivò all'ascensore e premette il pulsante.

«Per esempio?» chiese Jack. «Non voglio guastarti la festa, ma questo caso è pieno di implicazioni politiche. Qualunque cosa tu faccia o dica, finirai per urtare qualcuno. Calvin aveva ragione, era meglio lasciarlo al capo.»

«Hai diritto di pensarla come vuoi», ribatté Laurie. Premette di nuovo il pulsante. L'ascensore era stranamente lento. «Ma per me è diverso. Con tutto il lavoro che ho fatto in medicina legale sulle ferite da arma da fuoco, sono ansiosa di avere un caso in cui c'è un video sulla vicenda, per confermare la mia ricostruzione dei fatti. Avevo intenzione di scrivere una relazione sulle ferite di arma da fuoco, e questo potrebbe essere il clou del mio lavoro.»

«Oh, buon Dio!» borbottò Jack alzando gli occhi al cielo. «Che nobile motivazione!» Poi guardando di nuovo Laurie aggiunse: «Credo che dovresti pensarci meglio. Il mio intuito mi dice che rischi solo di finire con un mal di testa burocratico. Sei ancora in tempo. Basta che torni indietro e dici a Calvin che ci hai ripensato. Ti avverto, secondo me ti stai cacciando nei guai».

Laurie scoppiò a ridere. «Tu sei l'ultima persona che possa venire a parlarmi di guai!» Alzò una mano e sfiorò con l'indice la punta del naso di Jack. «Tutti quelli che ti conoscono, me compresa, ti hanno avvisato di non comprarti quella bici nuova. Tu rischi la vita, non un mal di testa.»

L'ascensore arrivò e Laurie e Lou entrarono. Jack esitò un attimo, poi li seguì.

«Non potrai mai convincermi a rinunciare», affermò Laurie. «Risparmia il fiato.»

«Sta bene», replicò Jack alzando le mani in un comico gesto di resa. «Prometto di non dare più consigli. Ora, m'interessa molto vedere come va a finire questa storia. Oggi non ho autopsie, solo scartoffie, perciò se non vi dispiace resterò ad assistere.»

«Puoi fare anche di più, se vuoi», acconsentì Laurie, «puoi aiutare.»

«Hai fatto capire che avevi delle altre ragioni d'interesse per questo caso», continuò Jack. «Se mi consenti di chiederlo, quali sono?»

Laurie lanciò a Lou una rapida occhiata, che Jack non riuscì a interpretare. «Be'», aggiunse, «ho la sensazione che ci sia sotto qualcosa che non è affar mio.»

«Niente del genere», ribatté subito Lou. «Semplicemente c'è un legame un po' insolito. La vittima, Carlo Franconi, aveva preso il posto di un boss di medio livello, Pauli Cerino. Il posto di Cerino risultava libero dopo che questi era finito nei guai, grazie soprattutto al lavoro tenace e intelligente di Laurie.»

«E anche tuo», aggiunse lei mentre l'ascensore si fermava con uno scatto e le porte si aprivano.

«Sì, ma soprattutto tuo», riconobbe Lou.

I tre uscirono a livello del seminterrato e si diressero verso l'ufficio dell'obitorio.

«Il caso Cerino rientrava forse in quella famosa serie di morti per overdose?» chiese Jack a Laurie.

«Temo di sì», rispose lei. «È stata una cosa terribile, un'esperienza sconvolgente per me. Il problema è che alcuni dei personaggi coinvolti sono ancora in giro, compreso Cerino, benché sia in prigione.»

«E ci debba restare ancora a lungo», aggiunse Lou.

«Mi piacerebbe tanto poterlo crederlo», commentò Laurie. Poi sospirò. «Comunque, spero che fare l'autopsia su Franconi possa portare a qualche conclusione. Ho ancora degli incubi ogni tanto.»

«Sai, l'hanno messa in una bara per farla uscire di qui», spiegò Lou. «È stata portata via con un furgone mortuario.»

«Mio Dio!» fece Jack rivolto a Laurie. «Non me lo avevi mai detto!»

«Cerco di non pensarci», replicò lei. E poi aggiunse: «Aspettatemi qui».

Entrò nell'ufficio a prendere una copia dell'elenco delle celle frigorifere assegnate la notte precedente.

«Non riesco a immaginare che cosa si provi a sentirsi chiudere in una bara», rifletté Jack con un brivido. L'altezza gli dava le vertigini ma negli spazi stretti provava un senso di soffocamento.

«Neanch'io», fece eco Lou. «Ma Laurie ha saputo riprendersi egregiamente. Un'ora dopo essere stata liberata ha avuto la presenza di spirito di architettare un piano per salvarci entrambi. È stato un po' mortificante per me, perché io ero andato là per salvare lei.»

«Perdio!» esclamò Jack scuotendo la testa. «Fino a oggi ero convinto che la mia esperienza personale di essere ammanettato a un lavandino e sentir discutere un paio di killer per decidere chi dovesse farmi fuori, fosse la peggiore al mondo!»

Laurie uscì dall'ufficio sventolando un foglio. «Cella 1-11», annunciò. «E avevo ragione. Il cadavere non è stato passato ai raggi X.»

Partì a passo di marcia e Jack e Lou dovettero affrettarsi per starle dietro. Puntò diritto alla cella, si passò la cartellina dei documenti sotto il braccio sinistro e con la mano destra fece scorrere il chiavistello. Con gesto rapido ed esperto spalancò il portello e tirò fuori il cassetto mortuario.

Aggrottò la fronte. «Strano!» Il cassetto era vuoto ad eccezione di poche gocce di sangue e secrezioni indurite.

Laurie spinse indietro il cassetto e richiuse il portello. Ricontrollò il numero, ma non aveva sbagliato. Era senza ombra di dubbio l'1-11.

Cercò di nuovo sull'elenco per vedere se non avesse sbagliato a leggere il numero, poi riaprì la porta della cella e proteggendosi gli occhi dal riverbero delle lampade accese sul soffitto scrutò nell'interno buio. Non c'era dubbio: la cella non conteneva i resti mortali di Carlo Franconi.

«Che diavolo!» borbottò Laurie. Chiuse con un colpo rabbioso lo sportello e giusto per assicurarsi che non ci fosse qualche stupido errore logistico aprì una dopo l'altra tutte le celle frigorifere vicine. Per quelle che contenevano salme controllò i nomi e i numeri di riferimento. Ben presto risultò senza possibilità di dubbio che quella di Carlo Franconi mancava.

«Non posso crederci!» ripeteva Laurie piena di rabbia e frustrazione. «Quel dannato cadavere se n'è andato!»

Sul viso di Jack, dal momento in cui la cella 1-11 era risultata vuota, era comparso un sorrisetto. Ora, allo scoppio di furore di Laurie, non poté trattenersi. Uscì in una franca risata che esasperò Laurie.

«Mi dispiace», si scusò Jack. «L'intuito mi diceva che questo caso ti avrebbe dato un mal di testa burocratico. Mi sbagliavo. Procurerà un feroce mal di testa alla burocrazia.»

2

4 marzo 1997, ore 13.30
Cogo, Guinea Equatoriale

Kevin Marshall depose la matita e rivolse lo sguardo al panorama che si apriva fuori della finestra. In contrasto con il suo tumulto interiore, il tempo si andava rasserenando e in cielo, dopo mesi, comparivano le prime chiazze di azzurro. Cominciava finalmente la stagione secca. Naturalmente il clima non era propriamente asciutto: semplicemente pioveva meno rispetto alla stagione delle piogge, ma una maggiore presenza del sole faceva salire la temperatura ai livelli di una fornace. Al momento il termometro segnava quarantacinque gradi all'ombra.

Kevin non aveva lavorato bene quella mattina e non aveva dormito la notte. L'ansia che aveva provato il giorno prima all'inizio dell'intervento chirurgico non era diminuita. Anzi era peggiorata, soprattutto dopo l'inattesa telefonata del gran capo della GenSys, Taylor Cabot. In passato aveva parlato solo una volta con il grand'uomo. Molti membri del personale della compagnia affermavano che era come parlare con il Padreterno. Il disagio di Kevin era stato accresciuto dalla vista di un'altra sottile spirale di fumo che si alzava serpeggiando al cielo dall'Isla Francesca. L'aveva notata appena era arrivato al laboratorio. A quanto poteva giudicare, proveniva dallo stesso luogo del giorno prima. Il fatto che in quel momento il fumo non fosse visibile, non lo tranquillizzava affatto.

Rinunciando a ogni tentativo di riprendere il lavoro, Kevin si tolse il camice bianco e l'appoggiò allo schienale di una sedia. Non aveva appetito, ma sapeva che la sua governante Esmeralda aveva preparato il pranzo e si sentiva in dovere di non mancare.

Scese le tre rampe di scale assorto nei suoi pensieri. Diversi colleghi lo salutarono passando, ma non se ne accorse neppure. Era troppo preoccupato. Nelle ultime ventiquattr'ore aveva capito che era necessario intervenire in qualche modo. Il problema non si era risolto da solo, come aveva sperato la settimana precedente quando aveva scorto il fumo per la prima volta.

Purtroppo non aveva idea di che cosa fare. Sapeva di non essere un eroe; anzi, con il passare degli anni si era convinto di essere piuttosto un vile. Detestava gli scontri e cercava di evitarli. Da ragazzo aveva scansato ogni forma di competizione, tranne gli scacchi. In fondo, era cresciuto un po' come un solitario.

Si fermò alla porta a vetri che si affacciava sulla strada. Al di là della piazza si vedeva il solito gruppo di soldati sotto il porticato del vecchio municipio. Trascorrevano oziosamente le ore dei turni di servizio. Alcuni seduti su vecchie sedie giocavano a carte, altri appoggiati ai muri litigavano fra loro con voci aspre. Quasi tutti fumavano: le sigarette facevano parte del loro salario. Indossavano sudicie uniformi mimetiche, con i berretti rossi e scalcagnati stivali da combattimento. Tutti avevano fucili automatici d'assalto, o gettati sulla spalla o a portata di mano.

Fin dal momento in cui era arrivato a Cogo, cinque anni prima, quei soldati lo avevano spaventato. Cameron McIvers, il capo dei servizi di sicurezza che lo aveva accompagnato a fare il giro del posto, gli aveva detto che la GenSys aveva assoldato una buona parte dell'esercito guineense. Più tardi gli aveva anche detto che la cosiddetta assunzione dei reparti dell'esercito era in realtà un compenso aggiuntivo al governo e una tangente al ministro della Difesa e al ministro della Amministrazione territoriale.

Agli occhi di Kevin i soldati apparivano più un gruppo di oziosi giovinastri che una squadra di protettori. Avevano la pelle nera come ebano levigato e le espressioni vacue e le sopracciglia arcuate davano loro un'aria boriosa che rifletteva la noia della loro vita. Kevin aveva sempre l'inquietante sensazione che cercassero un pretesto per usare le armi.

Oltrepassò la porta a vetri e attraversò la piazza. Non guardò verso i soldati, ma sapeva per esperienza che lo stavano osservando e questo gli dava sempre la pelle d'oca. Non conosceva una parola di fang, il dialetto locale più diffuso, e perciò non aveva idea di quel che si dicessero.

Lasciata la piazza principale, Kevin si rilassò un poco e rallentò il passo. L'alta temperatura e l'umidità al cento per cento generavano un perfetto bagno di vapore. Qualsiasi movimento provocava un'abbondante sudorazione. Dopo pochi minuti Kevin sentì la camicia che gli si appiccicava alla schiena.

La sua casa si trovava pressappoco a metà strada fra il complesso ospedale-laboratorio e la linea costiera, a una distanza di soli tre isolati. La città era piccola, ma doveva essere stata incantevole ai suoi tempi, con gli edifici intonacati a stucco in vivaci colori e i tetti di tegole rosse. Per la maggior parte ora si trovavano in un pietoso stato di abbandono, tranne quei pochi recentemente ristrutturati. Le strade, tracciate su uno schema di stravagante irregolarità, erano state però lastricate con granito importato, che era servito come zavorra per i velieri. Nel periodo coloniale spagnolo la ricchezza della città era dovuta all'agricoltura, soprattutto alla produzione di cacao e caffè, e aveva nutrito la popolazione costituita da diverse migliaia di uomini.

Ma la storia della città era drammaticamente cambiata dopo il 1959, anno in cui la Guinea Equatoriale aveva conquistato l'indipendenza. Il nuovo presidente, Macias Naguema, si era rapidamente trasformato dal magistrato eletto dal popolo nel più sadico dittatore del continente, capace di atrocità che superavano persino quelle di Ibi Amin dell'Uganda e di Jean-Bedel Bokassa della Repubblica Centraficana. Le conseguenze per il paese erano state apocalittiche. Dopo lo sterminio di cinquantamila persone, un terzo dell'intera popolazione era fuggita, compresi tutti i residenti spagnoli. La maggior parte del paese era stata abbandonata, in particolare Cogo. La strada che la collegava al resto della regione era andata in rovina ed era divenuta ben presto impraticabile.

Poi per molti anni la città fu condannata a restare un semplice oggetto di curiosità per qualche occasionale visitatore che arrivava in motoscafo da Acalayong, sulla costa. La giungla aveva cominciato a invaderla quando, sette anni prima, vi era capitato per caso un rappresentante della GenSys. Questo accorto funzionario riconobbe nella cittadina, così isolata e circondata dall'immensa foresta pluviale, la sede ideale per le ricerche sui primati progettate dalla GenSys. Tornando a Malabo, capitale della Guinea Equatoriale, aveva immediatamente intavolato trattive con il governo guineense. E dato che il paese era uno dei più poveri dell'Africa e disperatamente bisognoso di investimenti esteri, il nuovo presidente si dimostrò fin troppo ben disposto e i negoziati si conclusero rapidamente.

Kevin girò l'angolo e si avvicinò alla sua casa. Era una costruzione a tre piani, come la maggior parte degli altri edifici cittadini, ed era stata ristrutturata con molto buon gusto dalla GenSys per darle un certo fascino romantico. In realtà era una delle più comode abitazioni della città, e un motivo d'invidia da parte di altri impiegati della GenSys, soprattutto del capo del servizio di sicurezza, Cameron McIvers. Solo Siegfried Spallek, direttore del complesso, e Bertram Edwards, veterinario capo, avevano alloggi paragonabili al suo. Kevin aveva attribuito la sua buona fortuna all'interessamento del dottor Raymond Lyons, ma non lo sapeva per certo. L'edificio era stato costruito nel tradizionale stile spagnolo verso la metà del diciannovesimo secolo da un importatore-esportatore di successo. Il piano terra presentava un portico ad archi come quello del municipio e in origine aveva ospitato negozi e magazzini. Al primo piano c'era l'alloggio vero e proprio, con il grande soggiorno, la sala da pranzo, la cucina, tre camere da letto, tre bagni e un minuscolo appartamento per la governante. Il piano superiore era un locale unico, con una pavimentazione a larghe assi di legno, illuminato da due enormi lampadari in ferro battuto. Poteva facilmente ospitare un centianio di persone ed era stato evidentemente usato per riunioni importanti.

Kevin entrò e salì la scala centrale che portava a un piccolo atrio. Di qui passò nella sala da pranzo e, come si aspettava, vide la tavola apparecchiata.

L'alloggio era troppo grande per Kevin, dal momento che non aveva famiglia. Lo aveva detto quando gli avevano mostrato per la prima volta l'appartamento, ma Siegfried Spallek aveva replicato che la decisione era stata presa a Boston e gli aveva consigliato di non lamentarsi. Così Kevin aveva accettato la casa assegnatagli, ma l'invidia dei colleghi spesso lo faceva sentire a disagio. Come per magia apparve Esmeralda. Kevin si domandava come facesse la donna a comparirgli davanti così all'improvviso, come se stesse sempre a spiare il suo arrivo. Era una donna ancora piacente, di età indefinibile, con il viso rotondo e gli occhi tristi. Indossava un morbido abito di stoffa stampata a colori vivaci e una sciarpa in tinta avvolta intorno alla testa. Oltre alla lingua natia, parlava correntemente spagnolo e si arrangiava in un inglese che migliorava di giorno in giorno.

Esmeralda viveva in un suo appartamentino dal lunedì al venerdì. Durante i fine settimana stava con la famiglia in un villaggio che la GenSys aveva costruito a est, sulla riva dell'estuario, per i molti lavoratori locali assunti nella Zona, che era il nome dell'area occupata dalla GenSys. Lei e la sua famiglia si erano trasferiti qui da Bata, la città principale dell'interno. La capitale dello stato, Malabo, sorgeva su un'isola chiamata Bioko.

Kevin aveva invitato Esmeralda a recarsi a casa di sera anche nei giorni feriali, ma lei aveva rifiutato. Alle insistenze di Kevin aveva risposto che le era stato ordinato di restare a Cogo.

«C'è un messaggio telefonico per lei», annunciò quando lo vide entrare.

«Oh!» fece Kevin nervosamente. Le telefonate erano rare e nello stato d'animo in cui si trovava quel giorno non aveva proprio bisogno di sorprese. La chiamata di Taylor Cabot nel bel mezzo della notte lo aveva già turbato abbastanza.

«Era del dottor Raymond Lyons da New York», aggiunse Esmeralda. «Vuole che lo richiami.»

Il fatto che la telefonata venisse dall'America non sorprese Kevin. Con la comunicazione via satellite che la GenSys aveva installato nella Zona, era più facile telefonare in Europa o negli Stati Uniti che a Bata, che distava appena novanta chilometri. Telefonare a Malabo era quasi impossibile.

Kevin si avviò in soggiorno. Il telefono era su una scrivania in un angolo.

«Non vuole mangiare?»

«Sì, certo.» Non aveva fame ma non voleva ferire i sentimenti di Esmeralda.

Si sedette alla scrivania e con la mano sul ricevitore calcolò che a New York dovevano essere circa le otto del mattino. Si chiese per quale motivo avesse telefonato Lyons e intuì che doveva avere a che fare con la sua conversazione con Taylor Cabot. Non gli piaceva l'idea di un'autopsia su Carlo Franconi e immaginava che non piacesse nemmeno a Raymond Lyons.

Kevin aveva conosciuto Raymond sei anni prima a New

York, durante un congresso dell'Associazione americana per il progresso delle scienze a cui doveva leggere una relazione. Detestava il fatto di presentare relazioni e lo faceva raramente, ma in quell'occasione vi era stato costretto dal direttore della sua facoltà ad Harvard. L'oggetto del suo studio, che risaliva alla sua tesi di laurea, era la trasposizione dei cromosomi: un processo per cui i cromosomi si scambiavano frammenti e particelle per favorire l'adattamento, e quindi l'evoluzione della specie. Questo fenomeno compariva con particolare frequenza durante la riproduzione delle cellule sessuali: processo conosciuto come meiosi.

Per pura coincidenza, proprio durante lo stesso congresso e nella stessa ora in cui Kevin doveva parlare, James Watson e Fracis Crick tennero un famoso discorso nell'anniversario della loro scoperta della struttura del Dna. Di conseguenza pochissimi erano andati ad ascoltare Kevin. Uno era Raymond. Dopo la sua relazione aveva avvicinato Kevin per la prima volta. La conseguenza di questo incontro fu che Kevin lasciò Harvard e cominciò a lavorare per la GenSys.

Con mano un po' tremante Kevin prese il telefono e compose il numero. Raymond rispose al primo squillo, facendogli pensare che doveva essere rimasto in attesa della sua chiamata. Il collegamento era chiaro come se l'interlocutore si trovasse nella stanza accanto.

«Ho buone notizie», annunciò subito Raymond, appena riconobbe Kevin. «Non ci sarà nessuna autopsia.»

Kevin non rispose. La sua mente era in subbuglio.

«Non ti senti sollevato?» fece Raymond. «So che Cabot ti ha chiamato ieri notte.»

«Certo. Ma, con o senza l'autopsia, io ho ripensato a tutta questa faccenda.»

Ora fu Raymond a restare in silenzio. Aveva appena risolto un potenziale problema e un altro più grave minacciava di sorgere.

«Forse abbiamo commesso un errore», aggiunse Kevin. «Voglio dire, forse io ho commesso un errore. La coscienza comincia a rimordermi, e sono un po' spaventato. In realtà sono solo un teorico. La scienza applicata non è il mio campo.»

«Non complicare le cose», replicò Raymond irritato. «Non ora. Insomma, tu hai avuto il laboratorio che sognavi. Mi sono sbattuto per procurati ogni dannata attrezzatura che hai chiesto. E oltretutto, le cose stanno andando benissimo, specialmente con il reclutamento del personale. Diavolo, con tutti i diritti d'opzione sui titoli azionari che stai accumulando, diventerai molto ricco.»

«Non mi sono mai proposto di diventare ricco.»

«Potrebbe andarti molto peggio! Kevin, non piantarmi in asso proprio adesso!»

«A che cosa mi serve diventare ricco se devo vivere qui, in questo squallido buco?» ribatté. Involontariamente gli si presentò alla mente l'immagine del direttore generale, Siegfried Spallek. Rabbrividì. Quell'uomo gli incuteva un sacro terrore.

«Ma non sarà per sempre», ribatté Raymond. «Mi hai detto tu stesso che sei quasi arrivato alla meta, che il sistema è quasi perfetto. Quando sarai giunto al termine e avrai addestrato qualcuno a prendere il tuo posto, potrai tornartene qui. Con tutto quel denaro potrai allestire il laboratorio dei tuoi sogni.»

«Ho visto ancora del fumo alzarsi dall'isola. Proprio come la settimana scorsa.»

«E non pensare al fumo! La tua immaginazione corre troppo. Invece di abbandonarti a fantasie infondate, concentrati sul tuo lavoro e portalo a termine. E se hai del tempo libero, comincia a pensare al laboratorio che ti farai qui quando tornerai.»

Kevin annuì. Raymond aveva segnato un punto a suo favore. Kevin era angosciato dalla possibilità che l'attività svolta in Africa diventasse di dominio pubblico: in questo caso non avrebbe mai potuto riprendere il lavoro accademico. Nessuna università lo avrebbe assunto e tanto meno gli avrebbero affidato una cattedra. Ma se avesse avuto un suo laboratorio e un suo reddito personale, non avrebbe più dovuto preoccuparsi.

«Ascolta», continuò Raymond, «verrò a prendere l'ultimo paziente quando sarà pronto, quindi presto. Ne riparleremo. Intanto ricordati che siamo quasi alla meta e che il denaro sta affluendo sui tuoi conti all'estero.»

«E va bene», fece Kevin, riluttante.

«Tu però non fare nulla di avventato. Promettimelo.»

«E va bene!» ripeté Kevin con più entusiamo.

Depose il ricevitore. Raymond sapeva essere molto persuasivo e ogni volta che parlava con lui Kevin si sentiva meglio.

Si alzò dalla scrivania e tornò in sala da pranzo. Seguendo il consiglio di Raymond cercò di pensare al suo futuro laboratorio e a dove lo avrebbe installato. Propendeva per Cambridge, per via dei legami che aveva con Harvard e con il Mit. Ma forse sarebbe stato meglio stabilirsi in una regione di campagna, per esempio nel New Hampshire.

Il pranzo era a base di un pesce bianco, che Kevin non riconobbe. Fu sorpreso di constatare che gli era tornato l'appetito. L'idea di un laboratorio tutto suo esercitava sempre un fascino speciale.

Dopo mangiato indossò una camicia stirata di fresco. Era ansioso di tornare al lavoro. Esmeralda gli chiese a che ora voleva cenare. Le rispose alle sette, la solita ora, e scese le scale.

Il tempo era cambiato. Adesso la pioggia scrosciava a catinelle e la strada di fronte a casa sua era un torrente d'acqua che correva impetuoso verso l'estuario. Guardando a sud, oltre l'estuario del Mitemele, vedeva un fascio di brillante luce solare e l'arco completo di un splendido arcobaleno. Nel Gabon il tempo era ancora sereno. La cosa non lo sorprese. C'erano dei giorni in cui pioveva da un lato della strada e dall'altro no.

Sapendo che la pioggia sarebbe continuata per almeno un'ora, Kevin decise di andare in macchina e salì sulla sua Toyota nera.

3

4 marzo 1997, ore 8.45
New York

«ALLORA, che cosa vuol fare?» chiese Franco Ponti guardando il padrone nello specchietto retrovisore della Lincoln. Vinnie Dominick era seduto dietro e guardava un edificio di arenaria scura al numero 126 della Sessantaquattresima Strada Est con una facciata in stile rococò francese. Le finestre del pianterreno erano protette da robuste inferriate.

«Niente male», osservò Vinnie. «Il buon dottore fa affari d'oro.»

«Devo parcheggiare?» chiese ancora Franco. L'auto era ferma in mezzo alla strada e il taxi dietro di loro suonava insistentemente il clacson.

«Parcheggia», ordinò Vinnie.

Franco avanzò finché si trovò davanti a un idrante e accostò al marciapiede. Il taxi li superò mentre l'autista faceva frenetici gestacci con il dito. Angelo Facciolo, che sedeva accanto all'autista, scosse la testa e borbottò qualcosa a proposito delle madri degli espatriati russi che guidavano taxi.

Vinnie uscì dalla macchina e gli altri due lo seguirono. Erano tutti impeccabilmente vestiti con lunghi soprabiti Salvatore Ferragamo in varie sfumature di grigio.

«Pensa che posso lasciare lì la macchina?» chiese Franco.

«Penso che non sarà una cosa lunga», rispose Vinnie. «Comunque metti sul cruscotto l'attestato della Associazione amici della polizia. Potrebbe sempre farci risparmiare cinquanta dollari.»

Vinnie tornò indietro fino al numero 126. Franco e Angelo lo seguivano, sempre all'erta. Diedero un'occhiata alle targhette del citofono. «Sono due appartamenti», osservò Vinnie. «Suppongo che il dottore non se la passi poi così bene come pensavo.» Premette il pulsante del dottor Raymond Lyons e attese.

«Chi è?» chiese una voce femminile.

«Devo vedere il dottore. Sono Vinnie Dominick.»

Ci fu una pausa. Vinnie giocherellava con la punta del mocassino di Gucci con un tappo di bottiglia. Franco e Angelo vigilavano lanciando rapide occhiate su e giù per la strada.

Il citofono tornò a gracchiare. «Salve, parla il dottor Lyons. Posso esserle utile?»

«Credo proprio di sì», rispose Vinnie. «Ho bisogno di un quarto d'ora del suo tempo.»

«Non credo di conoscerla, signor Dominick», replicò Raymond. «Potrebbe dirmi di che cosa si tratta?»

«Si tratta di un favore che le ho fatto la notte scorsa. La richiesta ci è arrivata attraverso un conoscente comune, il dottor Daniel Levitz.»

Ci fu una pausa.

«Penso che lei sia ancora in ascolto, dottore», insisté Vinnie.

«Naturalmente.» Si udì un ronzio. Vinnie spinse la pesante porta ed entrò. I due scagnozzi lo seguirono.

«Non credo che il dottore sia felice di vederci», commentò Vinnie mentre salivano nel piccolo ascensore.

Raymond venne loro incontro, visibilmente nervoso. Li invitò con un cenno a entrare nell'appartamento e li fece accomodare in un piccolo studio.

«Qualcuno desidera un caffè?» chiese.

Franco e Angelo guardarono il capo.

«Non rifiuterei un espresso, se per lei non è troppo disturbo», rispose Vinnie. Franco e Angelo dissero che gradivano un espresso anche loro.

Raymond usò il telefono per ordinare i caffè. Le sue peggiori paure si erano materializzate nel momento stesso in cui aveva visto gli indesiderati visitatori. Sembravano personaggi di un film di second'ordine. Vinnie, uno e settantacinque di statura, pelle scura, capelli neri lucidi di brillantina pettinati all'indietro, era evidentemente il capo. Gli altri due, alti più di uno e ottanta, snelli, nasi aguzzi, labbra sottili e occhi incassati, avrebbero potuto essere fratelli. La differenza principale nel loro aspetto stava nella pelle. Quella di Angelo, pensò Raymond, era scura e tormentata come l'altra faccia della luna.

«Volete darmi i vostri soprabiti?» si offrì Raymond.

«Non ci fermeremo a lungo», rispose Vinnie.

«Almeno sedetevi», li invitò.

Vinnie si accomodò in una poltrona di pelle. Franco e Angelo sedettero rigidi su un divanetto di velluto. Raymond prese posto dietro la scrivania.

«Che cosa posso fare per voi, signori?» chiese cercando di assumere un atteggiamento cordiale.

«Il favore che le abbiamo fatto la notte scorsa non è stato facile», cominciò Vinnie. «Abbiamo pensato che desiderasse sapere come si sono svolti i fatti.»

Raymond accennò un debole sorriso senza allegria e alzò una mano per fermarlo. «Non è necessario. Sono certo che voi...»

«Dobbiamo insistere», lo interruppe Vinnie. «Siamo uomini d'affari, e non ci piacerebbe che lei sottovalutasse i nostri sforzi.»

«Non ci penserei neanche un momento», affermò Raymond.

«Bene, è meglio essere sicuri», continuò Vinnie. «Vede, trafugare un corpo dall'obitorio non è facile. Sono aperti ventiquattr'ore su ventiquattro e per tutto il tempo c'è una guardia in uniforme.»

«Non c'è bisogno di spiegarmi niente. Anzi, preferirei non essere messo al corrente dei particolari. Ma apprezzo molto il vostro lavoro.»

«Calma, dottor Lyons, e ascolti.» Vinnie fece una piccola pausa per riordinare le idee. «Abbiamo avuto fortuna perché Angelo conosce un tizio, un certo Vinnie Amendola, che lavora all'obitorio. Questo tizio era legato a Pauli Cerino, un gentiluomo per il quale Angelo lavorava in passato, ma che per il momento è in prigione. Angelo ora lavora per me e sapendo quello che sa ha potuto convincere il tizio a indicarci esattamente dov'erano riposte le spoglie di Carlo Franconi. Il tizio ci ha anche dato alcune informazioni, in modo che avessimo una buona scusa per trovarci là nel bel mezzo della notte.»

In quel momento arrivavano i caffè, portati da Darlene Polson che Raymond presentò come sua assistente. Subito dopo aver distribuito le tazzine Darlene si eclissò.

«Bella donna, la sua assistente.»

«E molto efficiente», convenne Raymond. Involontariamente si passò una mano sulla fronte per asciugarsi il sudore.

«Spero che la nostra presenza non le dia troppo disturbo» osservò Vinnie.

«Ma no, per niente», replicò Raymond un po' troppo in fretta.

«Così abbiamo tirato fuori il cadavere senza troppi intoppi», riprese Vinnie. «E lo abbiamo sistemato in modo da farlo sparire. Ma, come lei ben capisce, non è stata una passeggiata. In realtà si è trattato di uno sforzo enorme, visto che avevamo così poco tempo.»

«Bene, se c'è qualche cosa che posso fare per voi...» propose Raymond a disagio, dopo una pausa nella conversazione.

«Grazie, dottore.» Vinnie ingollò l'espresso. «Ha detto esattamente quel che speravo dicesse. Il che mi porta alla ragione per cui sono qui. Ora, lei probabilmente sa che io sono un cliente, come lo era Franconi. E, cosa ancora più importante, anche mio figlio di undici anni, Vinnie Junior, è un cliente. Anzi, ha più bisogno di me dei vostri servizi. Così, ci troviamo davanti a due abbonamenti, come li chiamate voi. Ecco, vorrei proporre che fossimo entrambi esonerati dal pagamento delle quote per quest'anno. Lei che cosa ne dice?»

Raymond abbassò gli occhi al ripiano della scrivania.

«Quello di cui parliamo è un favore per un favore», proseguì Vinnie. «Mi pare più che giusto.»

Raymond si schiarì la gola. «Dovrò parlarne con la direzione.»

«Ma cosa diavolo sta dicendo? Secondo le mie informazioni, è lei qui la cosiddetta direzione. Trovo il suo atteggiamento offensivo nei miei riguardi. Allora cambio la mia offerta. Non pagherò alcun abbonamento né quest'anno né il prossimo. Spero che lei comprenda il significato di questa nostra conversazione.»

«Comprendo benissimo.» Raymond deglutì a vuoto con sforzo evidente. «E provvederò.»

Vinnie si alzò. Franco e Angelo lo imitarono. «Questo sì che si chiama ragionare», replicò Vinnie. «Conto che lei parli con il dottor Daniel Levitz e lo metta al corrente del nostro accordo.»

«Naturalmente.» Raymond si alzò.

«Grazie del caffè», concluse Vinnie. «I miei ossequi alla sua assistente.»

Dopo che i tre furono usciti Raymond chiuse la porta e vi si appoggiò pesantemente contro. Il cuore gli batteva all'impazzata. Darlene comparve sulla soglia della cucina.

«È stato brutto come temevi?»

«Peggio. Adesso mi trovo a trattare con dei piccoli delinquenti che pretendono assistenza gratis. Ma dico, che cosa può capitare di peggio?»

Si avviò verso il suo studio e dopo qualche passo barcollò. Darlene accorse a sostenerlo.

«Ti senti bene?»

Raymond attese un attimo prima di annuire. «Sì, sì, solo un piccolo capogiro. Grazie a questa dannata faccenda di Franconi, non ho chiuso occhio la notte scorsa.»

«Forse dovresti rinviare l'incontro fissato con il nuovo dottore», suggerì Darlene.

«Forse hai ragione. In questo stato, non riuscirei a convincere nessuno a unirsi al nostro gruppo, neppure se fosse sull'orlo della bancarotta.»

4

4 marzo 1997, ore 19.00
New York

LAURIE pulì l'insalata, mise a marinare la lombata di agnello e preparò i carciofi per la cena.

Lanciò un'occhiata all'orologio a muro. Conoscendo gli orari di Jack, pensò che ormai doveva essere a casa. Compose il numero.

Contò gli squilli. Arrivata a dieci stava per riappendere quando Jack finalmente rispose.

«Sì?» Ansimava un poco.

«Questa è la tua notte fortunata», annunciò lei.

«Chi è? Sei tu, Laurie?»

«Mi sembri senza fiato. Significa che hai perso la partita a basket?»

«No, significa che ho fatto quattro piani di corsa per rispondere al telefono», replicò Jack. «Che cosa succede? Non dirmi che sei ancora in ufficio!»

«Mio Dio, no! È un'ora che sono a casa.»

«Perché questa è la mia notte fortunata?»

«Mi sono fermata da *Gristede's* tornando a casa e ho preso i tuoi cibi preferiti. È tutto pronto da mettere sulla griglia. Fai la doccia e vieni qui.»

«E io che credevo di dovermi scusare con te per aver riso della scomparsa del mafioso! Sembra quasi che sia tu quella che deve farsi perdonare.»

«Vorrei solo godermi la tua compagnia. Ma a una condizione.»

«Ah, davvero? Quale?»

«Niente bici stasera. Devi venire in taxi o non se ne fa niente.»

«I taxi sono più pericolosi della bici», protestò lui.

«Prendere o lasciare. Se dovessi avere un incidente non voglio che sia per colpa mia.» Laurie si sentì arrossire.

«E va bene», acconsentì Jack. «Sarò lì tra trenta o quaranta minuti. Devo portare il vino?»

«Buona idea.»

Era contenta. Fino all'ultimo aveva temuto che Jack non accettasse. In quell'anno s'erano visti varie volte al di fuori del lavoro e qualche mese prima Laurie aveva ammesso con se stessa di essere innamorata di lui. Ma Jack pareva riluttante e quando Laurie aveva cercato di forzare la situazione, Jack aveva aumentato le distanze. Laurie, sentendosi respinta, aveva risposto con un moto di collera. Per diverse settimane si erano parlati solo per lavoro.

Nell'ultimo mese i loro rapporti erano migliorati. Questa volta Laurie si era resa conto che doveva affrettarsi, ma a trentasette anni non era facile. Aveva sempre desiderato sposarsi e avere dei bambini. Avvicinandosi alla quarantina, sentiva che il tempo stringeva.

Laurie si aggirò per il piccolo appartamento rassettando un po' in giro. Sistemò i vecchi libri sugli scaffali, riordinò le pile di riviste mediche. Vuotò la lettiera di Tom, il fulvo soriano di sei anni. Raddrizzò la stampa di Klimt che il gatto urtava saltando dagli scaffali della libreria alla mantovana sopra la finestra.

Fece una rapida doccia, indossò un maglione a collo alto e un paio di jeans e si mise un'ombra di trucco.

Jack arrivò in orario. Quando Laurie sbirciò dallo spioncino vide solo un'immagine deforme del suo viso sorridente a un paio di centimetri dalla lente.

«Si accomodi, signor buffone», lo invitò ridendo.

«Volevo essere sicuro che mi riconoscessi», replicò Jack entrando. «Il mio incisivo scheggiato è diventato il mio marchio di fabbrica.»

Mentre richiudeva la porta, Laurie scorse con la coda dell'occhio la sua vicina, signora Engler, che spiava dall'uscio socchiuso. Che ficcanaso!

La cena fu un successo. Le pietanze erano perfette e Jack si scusò per il vino che non era un gran che.

Nel corso della serata Laurie si sforzò di mantenere la conversazione lontana da argomenti scottanti. Avrebbe desiderato parlare della loro relazione, ma non osava. Sapeva che la riluttanza di Jack era dovuta alla tragedia che l'aveva colpito. Sei anni prima sua moglie e le sue due figlie erano rimaste uccise in un disastro aereo. Jack gliene aveva accennato solo dopo parecchi mesi che si conoscevano, ma si rifiutava di parlarne ancora. Laurie capiva che quella perdita era il principale ostacolo alla loro relazione.

Jack invece non ebbe difficoltà a mantenere la conversazione su un tono leggero. Aveva trascorso il pomeriggio giocando a basket nel campo vicino a casa in squadra con Warren, il popolarissimo afroamericano, capitano della squadra locale e campione del quartiere.

«Come sta Warren?» chiese Laurie. Lei e Jack erano usciti spesso la sera con Warren e la sua amica, Natalie Adams. E Laurie non li aveva più visti da quando i rapporti fra lei e Jack si erano raffreddati.

«Non è cambiato. È sempre Warren.» Si strinse nelle spalle. «Ha un potenziale straordinario. Io ho cercato in tutti i modi di convincerlo a seguire qualche corso universitario, ma lui resiste. Dice che la mia scala di valori non è la sua, e così ci ho rinunciato.»

«E Natalie?»

«Sta bene, credo. Non l'ho più vista da quando uscivamo insieme.»

«Dovremmo farlo ancora. Vorrei tanto rivederli.»

«Non è una cattiva idea», rispose Jack evasivo.

Dopo aver finito di mangiare e rigovernare, Jack si accomodò sul divano. Laurie sedette davanti a lui nella poltroncina liberty che aveva acquistato al Village.

Sospirò. Si sentiva frustrata. Le sembrava così puerile che non si decidessero a parlare delle cose importanti.

Jack diede un'occhiata all'orologio. «Oh, oh», esclamò. «Manca un quarto alle undici. Devo andare. Domani è giorno di lavoro e devo alzarmi presto.»

«Ancora un po' di vino?» gli propose Laurie Alzò la bottiglia: ne avevano bevuto solo un quarto.

«Grazie, non posso. Devo mantenere i riflessi pronti per il viaggio in taxi fino a casa.» Si alzò e la ringraziò per l'ottima cena.

Laurie posò la bottiglia e si alzò a sua volta. «Ti dispiace darmi un passaggio fino all'obitorio?»

«Cosa?» Jack la guardò stupito, con una smorfia di incredulità. «Non andrai a lavorare a quest'ora! Voglio dire... non è nemmeno il tuo turno.»

«Voglio interrogare il tecnico e la guardia del turno di notte», spiegò Laurie. Andò a prendere i cappotti.

«E per quale ragione?»

«Voglio sapere in che modo è scomparso il cadavere di Franconi», gli rispose, porgendogli il giaccone. «Ho parlato con il personale del turno serale quando sono arrivati questo pomeriggio.»

«E che cosa ti hanno detto?»

«Niente di nuovo», gli riferì indossando il cappotto. «La salma è arrivata verso le otto e quarantacinque in mezzo a una folla di poliziotti e giornalisti. Sembrava un circo equestre. Credo che sia questa la ragione per cui non hanno fatto le radiografie. L'identificazione è stata fatta dalla madre. Una scena molto commovente, a quanto dicono. Alle dieci e quarantacinque il corpo è stato collocato nella cella frigorifera numero 1-11. È evidente che è stato sottratto durante il turno di notte dalle undici alle sette.»

«Perché ti dai tanto da fare? È compito della polizia.»

Laurie prese le chiavi. «Diciamo che ho un interesse personale in questo caso.»

Jack aggrottò la fronte mentre uscivano nell'atrio. «Laurie! Ti stai cacciando nei guai. Pensa a quel che ti dico.»

«Voglio vederci chiaro. Non sopporto che questi gangster da due soldi pensino di poter fare tutto quello che vogliono. Credono che le leggi ci siano solo per gli altri. Pauli Cerino, il tizio che Lou ha nominato questa mattina, aveva fatto ammazzare delle persone per non dover aspettare troppo a lungo il trapianto di cornea. Questo ti dà un'idea della loro moralità. Non mi piace che credano di poter entrare tranquillamente all'obitorio e trafugare il cadavere di un uomo che hanno appena assassinato.»

Uscirono nella Diciannovesima Strada e si diressero verso la Prima Avenue. Laurie alzò il bavero del cappotto. Una brezza pungente spirava dall'East River.

«Che cosa ti fa pensare che ci siano dietro quei delinquenti?» chiese Jack.

Laurie alzò la mano per fermare taxi, che però proseguì senza rallentare. «Franconi si preparava a testimoniare, secondo gli accordi del patteggiamento. I capi della famiglia Vaccarro si sono arrabbiati, spaventati, o entrambe le cose. È una vecchia storia.»

«Così l'hanno ammazzato. Ma perché sottrarre il corpo?»

Laurie si strinse nelle spalle. «Non pretendo di capire la mentalità di un gangster. Non so perché volessero il cadavere. Forse per impedire che avesse un degno funerale. Forse temono che l'autopsia fornisca qualche indizio sull'identità dell'assassino. Non lo so. Ma in ultima analisi, be', il perché non conta.»

«Ho la sensazione che proprio il 'perché' possa essere importante», obiettò Jack. «Ecco un taxi libero.»

Fu una corsa breve fino all'angolo fra la Prima Avenue e la Trentesima Strada. Laurie scese dal taxi e rimase sorpresa quando Jack fece lo stesso.

«Non sei obbligato a venire», osservò.

«Lo so, ma sono preoccupato per te.»

Entrarono dall'ingresso della Trentesima Strada. «Ho capito male o hai detto che volevi andare a dormire?» riprese Laurie, insistendo che la sua presenza non era necessaria.

«Il letto può aspettare. Dopo quello che mi ha raccontato Lou, penso che sia meglio che venga con te.»

«Era una situazione ben diversa», obiettò Laurie.

«Davvero? C'erano in ballo dei gangster, proprio come adesso.»

Laurie stava per protestare ma dovette riconoscere che Jack aveva ragione.

Carl Novak, la guardia notturna, era un ometto anziano, affabile, con i capelli grigi, che sembrava rattrappito nell'uniforme di due taglie più grande.

«Cosa posso fare per voi?» chiese quando Laurie e Jack si fermarono alla soglia del suo ufficio. Poi vide Laurie e si scusò per non averla riconosciuta subito.

Laurie gli chiese se lo avessero informato della scomparsa del corpo di Franconi.

«Sicuro», rispose Carl. «Mi ha telefonato Robert Harper, capo del servizio di sicurezza. Era molto teso e mi ha fatto ogni sorta di domande.»

Laurie non ci mise molto a capire che Carl non poteva aiutarla. Insisteva che non era successo niente di insolito. Ammetteva di aver lasciato il suo posto due volte, durante il turno di servizio, per recarsi in bagno. Ma sottolineava che in entrambi le occasioni era stato assente solo pochi minuti e ogni volta aveva informato il tecnico dell'obitorio in servizio notturno, Mike Passano.

«Non si è allontanato per mangiare?» chiese Laurie.

Carl aprì un cassetto della sua scrivania di metallo e le mostrò un piccolo portavivande termico. «Io mangio sempre qui.»

Laurie lo ringraziò e si allontanò, seguita da Jack.

«Questo posto ha un aspetto diverso di notte», osservò Jack mentre attraversavano il grande atrio che conduceva alle celle frigorifere e alla sala autopsie.

«È un po' sinistro», ammise Laurie.

Passarono per l'uffico mortuario e trovarono Mike Passano occupato a controllare dei moduli di accettazione. Era stato appena portato un cadavere che la guardia costiera aveva ripescato nell'oceano. Passano alzò la testa al loro arrivo.

Era un giovanotto sui trent'anni, parlava con un forte accento di Long Island e aveva decisamente l'aspetto di un italiano del Sud. Snello, con lineamenti finemente disegnati, aveva capelli, pelle e occhi scuri. Laurie e Jack non avevano mai lavorato con lui, anche se lo avevano incontrato diverse volte.

«Buonasera, dottori, siete venuti a vedere l'annegato?» chiese.

«No», rispose Jack. «C'è qualche problema?»

«Nessun problema, è solo un po' malconcio.»

«Siamo venuti per parlare della notte scorsa», gli spiegò Laurie.

«Che cosa volete sapere?»

Laurie gli pose le stesse domande che aveva fatto a Carl. Con sua sopresa, il giovane ben presto diede segni di nervosismo. Lei stava per insistere quando Jack le toccò leggermente il braccio e le fece cenno di tornare nell'atrio.

«Prenditela con più calma», le raccomandò quando furono abbastanza lontani perché Mike non potesse sentirli.

«Non sono stata aggressiva!» protestò Laurie.

«D'accordo, d'accordo. Non sono un esperto in relazioni interpersonali, ma Mike mi è sembrato sulla difensiva. Se vuoi cavargli qualche informazione, devi essere più cauta.»

Laurie rifletté per un attimo. «Forse hai ragione», ammise.

Tornarono nell'ufficio mortuario, ma prima che Laurie potesse aprir bocca fu Mike a parlare per primo. «Il dottor Washington mi ha telefonato questa mattina e mi ha svegliato per parlarmi di questa faccenda. Mi ha tenuto una predica che non finiva più. Ma io la notte scorsa ho fatto regolarmente il mio lavoro e non ho proprio niente a che fare con la scomparsa del cadavere.»

«Non avevo intenzione di accusarla», si scusò Laurie. «Dico solo che secondo me il corpo è scomparso durante il suo turno di servizio. Questo non vuol dire che lei ne sia responsabile.»

«Però sembra che sia così», ribatté Mike. «Qui io sono l'unico presente, oltre alle guardie e ai portieri.»

«È successo qualcosa di insolito?» chiese Laurie.

Mike scosse la testa. «È stata una notte tranquilla. Due cadaveri sono arrivati e due sono usciti.»

«Che cosa può dirmi delle salme in arrivo? Sono state portate dai nostri dipendenti?»

«Sì, con i nostri furgoni», rispose Mike. «Jeff Cooper e Pete Molino. Entrambi provenivano da ospedali locali.»

«E i cadaveri in uscita?»

«Che cosa vuol sapere?»

«Chi è venuto a prelevarli?»

Mike aprì un registro e lo consultò. «Pompe Funebri Spoletto, di Ozone Park, e Pompe Funebri Dickson, di Summit, New Jersey.»

«Come si chiamavano i defunti?»

Mike consultò di nuovo il registro. «Frank Gleason e Dorothy Kline. Numeri di registrazione 100385 e 101455. C'è altro?»

«Si aspettava il loro arrivo?»

«Sì, naturalmente. Avevano telefonato prima, come sempre.»

«Così lei aveva preparato tutto?»

«Certo. Tenevo pronti tutti i formulari. Dovevano solo firmarli.»

«E i cadaveri?» chiese ancora Laurie.

«Erano nella cella frigorifera grande su lettini a rotelle.»

Laurie volse uno sguardo interrogativo a Jack. «C'è qualche altra domanda che potrei fare?»

Jack si strinse nelle spalle. «Credo che tu abbia considerato tutto, tranne i momenti in cui Mike era assente.»

«Giusto!» fece Laurie. E rivolgendosi di nuovo a Mike:

«Carl ci ha detto che quando si è recato in bagno, due volte la notte scorsa, si è messo in contatto con lei. Lei avverte Carl quando ha bisogno di lasciare il suo posto?»

«Sempre», affermò Mike. «Spesso siamo soli qui. Dobbiamo avere qualcuno che sorvegli la porta.»

«E si è assentato a lungo dall'ufficio ieri notte?»

«No, non più del solito. Un paio di volte in bagno, mezz'ora per far colazione su al primo piano. Ve l'ho detto, è stata una notte del tutto normale.»

«E i portieri? Erano presenti?»

«Non durante il mio turno. Generalmente la sera qui fanno le pulizie. Il turno di notte si trova ai piani superiori, a meno che non accada qualcosa di insolito.»

Laurie si sforzò si trovare qualche altra domanda, ma non le venne in mente niente. «Grazie, Mike», concluse.

«Di nulla.»

Laurie si avviò alla porta, poi si fermò e si voltò: «Le è capitato di vedere il corpo di Franconi?»

Mike esitò un attimo prima di ammettere che lo aveva visto.

«In quali circostanze?»

«Quando entro in servizio, Marvin, il tecnico del turno pomeridiano, di solito mi mette al corrente di ciò che è avvenuto. Era piuttosto agitato a proposito del caso Franconi. Comunque, mi ha fatto vedere il corpo.»

«Quando l'ha visto era nella cella 1-11?»

«Certo.»

«Mi dica, Mike», proseguì Laurie, «se dovesse tirare a indovinare, come penserebbe che sia sparito quel corpo?»

«Non ne ho la più pallida idea. A meno che non se ne sia andato sulle sue gambe.» Rise, poi parve imbarazzato. «Non intendevo scherzarci sopra, anch'io sono confuso come tutti gli altri. Quello che so è che ieri notte sono usciti di qui due cadaveri, ed erano i due che ho controllato.»

«Non ha più guardato il corpo di Franconi dopo che Marvin gliel'ha mostrato?»

«Naturalmente no. Perché avrei dovuto?»

«Infatti, non c'è ragione. Per caso, sa dove si trovano gli autisti dei furgoni?»

«Di sopra, in sala mensa. Si fermano sempre là.»

Presero l'ascensore. Mentre salivano, Laurie osservò che Jack stentava a tenere gli occhi aperti.

«Hai l'aria stanca», osservò.

«Non c'è da sorprendersi. Lo sono.»

«Perché non te ne torni a casa?»

«Ho seguito il caso fin qui. Voglio vedere come va a finire.»

Trovarono Jaff e Pete seduti a un tavolo accanto al distributore automatico di bevande, chini sui loro giornali mentre sgranocchiavano patatine fritte. Indossavano spiegazzate tute blu con una fascia sul braccio con scritto DIPARTIMENTO SANITARIO OSPEDALIERO. Portavano entrambi i capelli lunghi a coda di cavallo.

Laurie si presentò e domandò loro se la notte precedente avessero notato qualcosa di singolare, soprattutto riguardo ai due cadaveri che avevano portato dentro.

Jeff e Pete si scambiarono un'occhiata, poi Peter rispose: «Il mio era un macello».

«Non parlo dello stato dei cadaveri. C'era qualcosa di insolito nella procedura di accettazione? Ha visto qui all'obitorio qualcuno che non conosceva? È capitato qualcosa fuori dell'ordinario?»

Pete lanciò un'altra occhiata a Jeff, poi scosse la testa. «No, tutto si è svolto come al solito.»

«Ricorda in quale cella ha sistemato il corpo che portava?»

Pete si grattò la testa. «Veramente no.»

«Era vicina alla 1-11?»

Pete scosse la testa. «No, era dall'altra parte. Qualcosa come 50-55. Non ricordo esattamente.»

Laurie si rivolse a Jeff.

«Il corpo che ho portato io è stato messo nella 20-8», rispose. «Me lo ricordo perché è la mia data di nascita.»

«Qualcuno di voi ha visto il cadavere di Franconi?»

I due autisti si scambiarono di nuovo uno sguardo e questa volta fu Jeff a parlare. «Sì, l'abbiamo visto.»

«A che ora?»

«Press'a poco a quest'ora.»

«E come mai l'avete visto?», insisté Laurie.

«Dopo che Mike ci ha detto del caso, volevamo vederlo anche noi per via di tutto quel subbuglio. Ma non abbiamo toccato niente.»

«È stato solo un secondo», aggiunse Pete. «Abbiamo solo aperto la porta e guardato dentro.»

«Eravate assieme a Mike?»

«No», rispose Pete, «ci ha solo detto qual era la cella.»

«E il dottor Washington ha parlato con voi a proposito della notte scorsa?»

«Sì, e anche il signor Harper», rispose Jeff.

«E avete riferito al dottor Washington che avevate visto il corpo?»

«No», rispose Jeff.

«Perché no?»

«Non ce l'ha chiesto», si giustificò Jeff. «Sappiamo che di regola non dovremmo farlo. E di solito non lo facciamo. Ma, date le circostanze, eravamo curiosi.»

«Forse dovreste dirlo al dottor Washington», suggerì Laurie, «perché sia a conoscenza di tutti i fatti.»

Li ringraziò e si voltò incamminandosi verso l'ascensore. Jack la seguì.

«Che cosa ne pensi?» gli chiese Laurie.

«Mi riesce sempre più difficile pensare, via via che si avvicina la mezzanotte. Ma non mi sembra tanto importante che quei due abbiano visto il corpo.»

«Però Mike non ce l'ha detto.»

«È vero, ma sapevano che stavano violando le norme», le fece osservare. «È nella natura umana, in tali circostanze, non sbottonarsi troppo.»

«Sarà», sospirò Laurie.

«Adesso dove si va?» chiese Jack mentre entravano in ascensore.

«Non so più che cosa fare.»

«Grazie a Dio», commentò Jack.

«Non pensi che dovrei chiedere a Mike perché non ci ha detto che i due autisti avevano voluto vedere Franconi?» chiese Laurie.

«Potresti anche farlo, ma credo che tu stia girando a vuoto. Secondo me è stata semplice curiosità.»

«Be', facciamola finita. È tardi e anche a me pare che sia ora di andare a dormire.»

5

5 marzo 1997, ore 10.15
Cogo, Guinea Equatoriale

KEVIN ricollocò le colture di tessuti nell'incubatrice e chiuse lo sportello. Aveva cominciato a lavorare prima dell'alba. Il suo compito attuale riguardava la ricerca di una transponasi necessaria per trattare un gene secondario di istocompatibilità sul cromosoma Y. La cercava invano da oltre un mese, malgrado l'uso della tecnica che gli aveva consentito di scoprire e isolare le transponasi associate al braccio corto del cromosoma 6.

Di solito Kevin arrivava al laboratorio intorno alle otto e mezzo, ma quel mattino si era svegliato alle quattro e non era riuscito a riaddormentarsi. Era arrivato al laboratorio alle cinque, quando era ancora buio. Il suo sonno era turbato dal timore di aver commesso una colpa prometeica che meritava vendetta. Non poteva negare la paurosa realtà che temeva si stesse sviluppando sull'Isla Francesca.

Quella mattina non aveva visto altro fumo, ma aveva consapevolmente evitato di guardare fuori della finestra, e ancor meno in direzione dell'isola.

Non poteva andare avanti così. Doveva scoprire se i suoi timori erano fondati. Il modo migliore sarebbe stato avvicinare qualcuno dei collaboratori dell'impresa che fosse in grado di far luce sul problema. Ma era restio a parlare con i residenti della Zona. Non era mai stato molto socievole, soprattutto a Cogo dove era l'unico accademico. C'era però una persona con cui si sentiva un po' più a suo agio, soprattutto perché ne ammirava le capacità: era il dottor Bertram Edwards, il veterinario capo.

D'impulso si tolse il camice e lasciò il laboratorio. Uscì nel calore soffocante del parcheggio a nord dell'ospedale e prese il fuoristrada. Attraversando la piazza passò accanto alla vecchia chiesa cattolica che la GenSys aveva ristrutturato per farne un centro ricreativo. Di venerdì e sabato si proiettavano film, il lunedì si giocava a bingo. Nel seminterrato c'era un bar che serviva hamburger americani. L'ufficio di Bertram Edwards si trovava nel centro veterinario, che faceva parte della più vasta unità zootecnica. L'intero complesso era più grande della stessa Cogo. Era situato a nord della cittadina, in una fitta giungla equatoriale, e una larga fascia di foresta vergine lo separava dal centro abitato.

Kevin si diresse a est e quando raggiunse l'autoparco svoltò a nord. Il traffico, che era considerevole per un'area così remota, rifletteva le difficoltà logistiche relative a un progetto delle dimensioni della Zona. Tutto, dalla carta igienica ai disintegratori centrifughi, doveva essere importato, il che implicava il trasporto di un'enorme quantità di merce. La maggior parte dei rifornimenti arrivavano in autocarro da Bata, dove c'erano un porto rozzamente attrezzato e un aeroporto in grado di accogliere grossi aerei a reazione. Per via mare, si usava l'estuario del Mitemele, che dava accesso anche a Libreville, nel Gabon, ed era servito solo da lance motorizzate.

Il grossolano acciottolato fuori della città era stato asfaltato da poco. Kevin tirò un sospiro di sollievo quando cessarono il rumore e le vibrazioni che salivano allo sterzo.

Dopo aver guidato per quindici minuti in una galleria di vegetazione verde scuro, Kevin scorse i primi edifici del modernissimo complesso zootecnico, costruito in stile spagnoleggiante per accordarsi all'architettura coloniale della città.

L'imponente edificio principale sembrava il terminal di un aeroporto. La facciata era alta tre piani e lunga forse centocinquanta metri. Sul retro si estendevano diverse ali che sprofondavano letteralmente nella fitta vegetazione. Alcuni edifici più piccoli sorgevano davanti a quello principale. Kevin non era sicuro di conoscerne la destinazione, tranne per i due che si trovavano al centro. Uno ospitava il contingente di soldati guineensi assegnati al complesso, l'altro era il quartier generale di un gruppo che Kevin trovava ben più temibile di quei soldatini ventenni: erano mercenari marocchini che facevano parte della guardia presidenziale. Il presidente della Guinea Equatoriale non si fidava del suo esercito.

Indossavano abiti scuri di pessimo taglio, portavano la cravatta e avevano vistosi rigonfiamenti sotto le giacche, evidentemente i foderi delle pistole. Avevano la pelle scura, occhi penetranti e grossi baffi. Diversamente dai soldati, si vedevano poco in giro, ma la loro presenza si avvertiva come una sinistra forza maligna.

Le dimensioni del centro zootecnico erano un tributo al successo della GenSys. Consapevole delle difficoltà inerenti alla ricerca biomedica sui primati, aveva installato gli impianti nell'Africa equatoriale, in modo da sottrarsi alle limitazioni in materia di import-export dell'Occidente industrializzato e all'influenza devastante degli zelanti ambientalisti. Inoltre il governo locale, affamato di investimenti stranieri, era particolarmente sensibile a tutto ciò che una colossale società come la GenSys aveva da offrire. Le leggi restrittive venivano convenientemente trascurate o abrogate. Gli avidi capi locali erano talmente accomodanti da approvare persino una legge che considerava un delitto capitale ogni interferenza con le attività della GenSys.

L'operazione risultò straordinariamente proficua, tanto che ben presto la GenSys l'ampliò fino a farne una sede per esperimenti di altre società nel campo biotecnico, specialmente di alcuni giganti farmaceutici. La crescita economica superò ogni previsione. Da tutti i punti di vista la Zona era un imponente successo finanziario.

Kevin parcheggiò accanto a un altro fuoristrada. Sapeva che era del dottor Edwards, dall'adesivo sul paraurti che diceva L'UOMO È UNA SCIMMIA. Entrò dalle doppie porte con la scritta CENTRO VETERINARIO.

L'ufficio e l'ambulatorio del dottor Edwards erano subito oltre la porta. Lo accolse Martha Blummer. «Il dottor Edwards è nel reparto degli scimpanzé», gli comunicò. Martha era la segretaria del settore veterinario. Suo marito era uno dei supervisori dell'autoparco.

Kevin passò per una seconda doppia porta e percorse tutto il corridoio centrale della clinica veterinaria. Il reparto aveva l'aspetto di un vero e proprio ospedale, persino il personale indossava camici da chirurgo e molti portavano lo stetoscopio al collo.

Un'altra doppia porta lo condusse all'area principale dell'edificio che ospitava i primati. Nell'aria aleggiava un vago odore di selvatico e nel corridoio echeggiavano stridii e latrati intermittenti. Attraverso le porte a vetri si scorgevano le scimmie tenute prigioniere in grandi gabbie. I tecnici, in tuta e stivali di gomma, maneggiavano dei lunghi tubi.

Kevin entrò nel reparto degli scimpanzé e immediatamente i suoni cambiarono. Ora gli stridii erano accompagnati da sordi grugniti.

Kevin socchiuse una porta del corridoio centrale e chiese del dottor Edwards. Un inserviente in tuta gli disse che si trovava nell'unità dei bonobo.

Fino a sei anni prima Kevin non aveva mai sentito parlare dei bonobo. Ma le cose erano cambiate quando i bonobo erano stati scelti per il suo grande progetto alla GenSys. Ora sapeva che erano creature eccezionali. Erano cugini degli scimpanzé, ma erano vissuti in completo isolamento per un milione e mezzo di anni in un tratto di foresta vergine di sessantacinquemila chilometri quadrati, nel centro dello Zaire. Diversamente da quella degli scimpanzé, la società dei bonobo era matriarcale, con una minore aggressività maschile. Perciò i bonobo potevano vivere in gruppi più numerosi. Alcuni li chiamavano scimpanzé pigmei, ma il termine era improprio perché alcuni erano di dimensioni maggiori degli scimpanzé e appartenevano comunque a una specie distinta.

Trovò il dottor Edwards davanti a una gabbia di acclimatazione relativamente piccola. Stava infilando un braccio tra le sbarre per tentare un approccio con una femmina adulta.

Un'altra femmina bonobo era seduta sul fondo della gabbia appoggiata alla parete posteriore. Si guardava nervosamente intorno e Kevin poteva intuire il suo terrore.

Il dottor Edwards stava modulando un suono basso e gutturale per imitare una delle molte forme di comunicazione dei bonobo e degli scimpanzé. Era piuttosto alto, sul metro e ottantacinque, con capelli candidi che contrastavano con sopracciglia marcate quasi nere.

Kevin attese un momento. Fin dal loro primo incontro aveva apprezzato il particolare rapporto di Edwards con gli animali. Capiva che era una dote innata e ne era vivamente impressionato.

«Mi scusi...» disse infine.

Il dottor Edwards trasalì. Anche la femmina bonobo strillò e si rifugiò in fondo alla gabbia.

«Mi scusi. Sono terribilmente spiacente», ripeté Kevin.

Il dottor Edwards sorrise e si portò una mano al petto. «Non hai bisogno di scusarti. Ero così concentrato che non ti ho sentito entrare.»

«Non volevo spaventarla, dottor Edwards», cominciò Kevin, «ma...»

«Kevin, ti prego, chiamami Bertram. Ormai ci conosciamo da cinque anni, non pensi che possiamo darci del tu?»

«Certo.»

«Arrivi al momento opportuno. Vieni a conoscere le nostre due nuove femmine da riproduzione.» L'arrivo di Kevin aveva spaventato le due scimmie, ma ora erano curiose.

Kevin fissò i musi antropomorfi dei due primati. Erano meno prognati dei loro cugini scimpanzé, e perciò notevolmente più umani. Kevin si sentiva sempre sconcertato quando fissava un bonobo negli occhi.

«Hanno un aspetto sano e robusto», osservò, non sapendo cos'altro dire.

«Sono arrivate stamattina dallo Zaire», spiegò Bertram. «In linea d'aria sono circa millecinquecento chilometri, ma ne avranno percorsi circa il triplo, visto che l'itinerario per attraversare i confini del Congo e del Gabon è particolarmente tortuoso. È stato un viaggio duro, soprattutto se si considera che la strada è asfaltata solo per pochi tratti.»

«Mi sembrano comunque in ottima forma», ribadì Kevin.

«Ormai gli autisti sono bene addestrati», continuò Bertram. «Trattano gli animali meglio di quanto trattino le loro mogli. Sanno che se le scimmie muoiono non saranno pagati. È un ottimo incentivo.»

«Con la nostra domanda che cresce di continuo, ci saranno buoni profitti.»

«Puoi ben dirlo. Queste due femmine sono già prenotate, come saprai. Se passano tutti gli esami, e sono certo che lo faranno, verremo al tuo laboratorio fra un paio di giorni. E io voglio essere là a guardare. Penso che tu sia un genio. E Melanie... Be', non ho mai visto una collaborazione così prodigiosa.»

Kevin arrossì al complimento. «Melanie ha molto talento», balbettò. Melanie Becket era la tecnologa della riproduzione. La GenSys l'aveva reclutata espressamente per il progetto di Kevin.

«È molto in gamba», aggiunse Bertram. «Ma quei pochi di noi che hanno la fortuna di essere associati al tuo progetto sanno benissimo che l'eroe sei tu.»

Bertram si guardò intorno per assicurarsi che nessuno degli inservienti fosse a portata di voce.

«Sai, quando ho firmato il contratto per venir qui, pensavo che mia moglie e io ce la saremmo passata bene. Ma le cose vanno ancora meglio di quanto pensassi. Con il tuo progetto stiamo per diventare molto ricchi. Ieri Melanie mi ha comunicato che abbiamo altri due clienti di New York. Così superiamo il centinaio.»

«Non sapevo nulla di questi due clienti.»

«Melanie me l'ha detto ieri sera, quando l'ho incontrata al centro sociale. Aveva parlato con Raymond Lyons. Sono contento che mi abbia informato, così ho potuto rimandare gli autisti nello Zaire per un'altra spedizione.»

Kevin tornò a rivolgere lo sguardo alle due femmine nella gabbia, che ricambiarono il suo sguardo con un'espressione supplichevole. Sapeva che non avevano nulla da temere. Sarebbero rimaste gravide entro un mese. Durante la gravidanza sarebbero state tenute al coperto e trattate con una speciale dieta nutriente. Una volta nati i piccoli, sarebbero state trasferite nell'enorme recinto esterno dei bonobo. E quando i piccoli avessero raggiunto i tre anni, il ciclo si sarebbe ripetuto.

«Senza dubbio hanno un aspetto quasi umano», osservò Bertram, interrompendo i pensieri di Kevin. «Talvolta non si può fare a meno di domandarsi che cosa pensino.»

«O che cosa saranno capaci di pensare i loro discendenti», aggiunse Kevin.

Bertram gli lanciò un'occhiata. «Non ti seguo», replicò.

«Ascolta, Bertram. Sono venuto qui per parlarti del progetto.»

«Che coincidenza! Volevo mostrarti i progressi che ho fatto. Vieni con me!»

Aprì la porta più vicina che dava sul corridoio e partì a gran passi. Kevin dovette affrettarsi per stargli dietro.

«Progressi?» chiese.

«Sicuro», confermò Bertram con entusiasmo. «Abbiamo risolto i problemi tecnici per la griglia tracciata sull'isola. Ora è tutto sistemato. Possiamo localizzare qualsiasi animale semplicemente premendo un bottone. E siamo appena in tempo, direi. Con più di trenta chilometri quadrati di territorio e quasi un centinaio di individui, stava diventando un'impresa impossibile. Oltretutto non avevamo previsto che gli animali si sarebbero divisi in due gruppi sociali separati.»

«Bertram», lo interruppe Kevin facendo appello a tutto il suo coraggio. «Sono venuto a parlarti perché sono in ansia...»

«Non c'è da stupirsi, ragazzo mio. Lo sarei anch'io se lavorassi come te, senza riposo o distrazioni. Certe volte vedo la luce accesa nel tuo laboratorio persino a mezzanotte! Io e mia moglie ti abbiamo invitato a pranzo diverse volte, per distrarti un po'. Perché non sei mai venuto?»

Kevin imprecò fra sé. Non era di questo che voleva parlare.

«Be', non sei obbligato a rispondere», continuò Bertram. «Ma saremmo felici di averti una sera con noi, perciò se cambi idea dacci un colpo di telefono. Non ti ho mai visto nemmeno in palestra o al centro sociale o in piscina. Esser confinato qui in questo buco africano è già brutto, ma chiudersi in prigione nel laboratorio o a casa è ancora peggio.»

«Sono convinto che tu abbia ragione. Ma...»

«Certo che ho ragione. E poi... la gente parla.»

«Che cosa vuoi dire?»

«Dicono che ti senti superiore. È facile interpretare male il tuo atteggiamento, specialmente se si è invidiosi.»

«Ma perché qualcuno dovrebbe essere invidioso di me?» chiese Kevin, sorpreso.

«Be', tu ricevi un trattamento speciale da parte della sede centrale. Ti assegnano una macchina nuova ogni due anni e hai un alloggio di lusso come quello di Siegfried Spallek, che è il direttore generale dell'intera operazione. Inoltre hai ottenuto il famoso apparecchio per la risonanza magnetica nucleare. L'amministratore dell'ospedale e io stiamo sospirando per avere un Mri fin dal primo giorno.»

«Io non volevo quell'appartamento», protestò Kevin. «È troppo grande per me.»

«Kevin, non devi difenderti con me», lo tranquillizzò Bertram.

Kevin rifletté su quello che gli aveva detto l'amico. Aveva sempre creduto di passare inosservato. L'idea di essersi attirato dell'animosità era difficile da digerire.

Bertram aprì una doppia porta e Kevin lo seguì.

Passando accanto alla sua segretaria, Martha, raccolse un fascio di messaggi telefonici. Li scorse rapidamente mentre faceva cenno a Kevin di entrare nel suo ufficio. Lo seguì e chiuse la porta.

«Vieni a vedere, ti piacerà», disse mettendo da parte i messaggi e sedendosi davanti al computer. Mostrò a Kevin come richiamare sul video un grafico dell'Isla Francesca. Era suddiviso da una griglia. «Ora dimmi il numero di un animale che vuoi localizzare.»

«Il mio. Numero uno.»

«Eccolo qui.» Bertram selezionò il comando e digitò sulla tastiera. All'improvviso sulla mappa dell'isola comparve una lucina rossa intermittente. Era a nord della dorsale calcarea, ma a sud del fiume che era stato chiamato Río Diviso. Il fiume divideva l'isola, che misurava nove chilometri per tre, nel senso della lunghezza da est verso ovest. Nel centro dell'isola c'era un laghetto che avevano chiamato lago Hippo, per ovvie ragione.

«Ingegnoso, eh?» fece Bertram con orgoglio.

Kevin era affascinato, soprattutto perché la lucina rossa lampeggiava esattamente nel punto da cui aveva immaginato che provenisse il fumo.

Bertram si alzò e aprì un cassetto pieno di piccoli strumenti elettronici manuali, simili a blocchetti per appunti, con minuscoli schermi visualizzatori a cristalli liquidi e un'antenna retrattile.

«Li chiamiamo localizzatori», spiegò Bertram. Ne porse uno a Kevin. «Con questi rintracciare gli animali è un gioco da bambini.»

Con l'aiuto di Bertram, Kevin ben presto ottenne il grafico dell'isola con la lucina rossa lampeggiante. Bertram gli mostrò come passare attraverso mappe successive in scala sempre minore finché lo schermo arrivava a rappresentare un quadrato di quindici metri di lato.

«Una volta arrivati così vicino, si usa questo», aggiunse Bertram e porse a Kevin uno strumento che pareva una torcia elettrica con una piccola tastiera. «Su questa si digita la stessa informazione. Funziona come un segnalatore direzionale. Emette un suono intermittente sempre più frequente via via che ci si avvicina all'animale ricercato, finché diventa continuo. A quel punto si passa alla pistola a dardi.»

«Come funziona il sistema di localizzazione?» chiese Kevin.

«È un sistema satellitare. Ogni animale ha un microchip inserito sotto la pelle, dotato di una batteria a lunga durata al nichel cadmio. Il segnale lanciato dal microchip è debole, ma viene intercettato, amplificato e ritrasmesso per microonde.»

Kevin restituì gli strumenti a Bertram, ma questi gli fece un cenno con la mano. «Tienili pure, ne abbiamo in quantità.»

«Ma che cosa me ne faccio?», protestò Kevin.

«Di che cosa volevi parlarmi?» chiese Bertram. Si era seduto alla scrivania e stava riordinando distrattamente i messaggi telefonici. «La gente non fa che lamentarsi perché non la lascio parlare. Che cosa avevi in mente?»

«Sono molto preoccupato», balbettò Kevin.

«Per quale ragione? Le cose non potrebbero andare meglio.»

«Ho visto di nuovo il fumo.»

«Come? Quel filo di fumo di cui mi parlavi la settimana scorsa?»

«Esattamente. E dallo stesso punto dell'isola.»

«Niente di grave. Ci sono stati temporali con fulmini quasi ogni notte. E il fulmine provoca incendi.»

«Con la foresta fradicia di pioggia? Credevo che il fulmine provocasse incendi nelle savane durante la stagione secca, non nelle foreste pluviali della zona equatoriale.»

«Il fulmine può provocare un incendio ovunque», sentenziò Bertram. «Pensa all'incredibile calore che viene generato dalla scarica!»

«Bc', forse», ammise Kevin, poco convinto.

«Non molli, eh?» commentò Bertram. «Hai parlato di questa tua pazza idea con qualcun altro?»

«Solo con Raymond Lyons. Mi ha telefonato ieri per un altro problema.»

«E che cosa ti ha detto?»

«Di non abbandonarmi alle fantasie.»

«Ottimo consiglio. Approvo la mozione.»

«Mah, non so... forse dovremmo andare a controllare.»

«No!» scattò Bertram. Per un attimo la sua bocca si serrò in una linea dura e i suoi occhi lampeggiarono. Poi il viso si rilassò. «Non voglio che si vada sull'isola se non per prelevare un animale. Questo era l'accordo iniziale. Ci atterremo a quanto stabilito. Non voglio correre rischi. Gli animali devono restare isolati e indisturbati. L'unica persona che può andare sull'isola è il pigmeo, Alphonse Kimba, e solo per portare rifornimenti di cibo.»

«Forse potrei andarci da solo», suggerì Kevin. «Una visita breve, così mi toglierei il pensiero.»

«Assolutamente no!» ribadì Bertram con enfasi. «Io ho la responsabilità di questa parte del progetto e proibisco a te e a chiunque altro di andare sull'isola. Voglio che gli animali restino allo stato selvatico. Oltretutto, potrebbe essere pericoloso.»

«Pericoloso?» chiese Kevin.

«Uno dei portatori pigmei fu ucciso durante l'ultimo recupero», confessò Bertram. «Lo abbiamo passato sotto silenzio per ovvie ragioni.»

«Com'è stato ucciso?»

«Da una pietra. Uno dei bonobo ha scagliato una pietra.»

«Non è insolito?»

Bertram si strinse nelle spalle. «Gli scimpanzé scagliano pezzi di legno quando sono eccitati o spaventati. Probabilmente è stato solo un riflesso.»

«Ma è un gesto aggressivo. Lo trovo strano da parte di un bonobo.»

«Tutte le grandi scimmie antropomorfe difendono il loro gruppo quando sono aggredite.»

«Ma perché dovevano sentirsi aggredite?»

«Era la quarta volta che andavamo a prelevarne una. Forse avevano capito che cosa dovevano aspettarsi. Comunque sia, non vogliamo che si vada sull'isola. Spallek e io ne abbiamo parlato e siamo perfettamente d'accordo.»

Si alzò dalla scrivania e circondò con un braccio le spalle di Kevin. «Kevin, rilassati! Devi uscire dal tuo laboratorio e fare qualcosa per distrarre la tua mente iperattiva. Non vuoi prendere in considerazione il nostro invito a pranzo? Trish e io ne saremmo felici.»

«Prometto che ci penserò», rispose Kevin. Si sentiva a disagio con il braccio di Bertram sulle spalle.

«Bene.» Bertram gli diede una pacca sulla schiena. «Magari

potremmo andare al cinema. C'è un bellissimo film in programma questa settimana. Che ne dici?»

«Vedrò», rispose Kevin evasivo.

«Bene, lo dirò a Trish. Ti darà un colpo di telefono. D'accordo?»

«D'accordo», sospirò Kevin e sorrise debolmente.

Cinque minuti dopo Kevin andava verso la sua auto, più confuso di prima. Non sapeva che cosa pensare. Forse la sua immaginazione lavorava troppo. Ma non c'era modo di scoprirlo, se non visitando l'Isla Francesca.

Il viaggio di ritorno all'ospedale fu veloce e senza intoppi, ma la fitta vegetazione verde scuro che fiancheggiava la strada gli provocò un acuto senso di claustrofobia. Premette l'acceleratore. Provò un irragionevole sollievo quando raggiunse le prime case della città.

Parcheggiò nel posto a lui assegnato, aprì la portiera, poi esitò. Era quasi mezzogiorno e si domandò per un attimo se tornare a casa o salire per un'oretta al laboratorio. Il laboratorio vinse. Esmeralda non lo aspettava mai prima dell'una

Cominciò a salire le scale ma non andò lontano.

«Dottor Marshall!» lo chiamò una voce.

Kevin si voltò.

«Vergogna, dottor Marshall!» lo rimproverò una donna ferma ai piedi delle scale. Ma il suo tono era scherzoso. Portava un camice bianco con le maniche arrotolate fino al gomito.

«Scusi?» Il viso gli era familiare ma non riusciva a identificarla.

«Non è andato a visitare il suo paziente», continuò la donna. «Negli altri casi veniva ogni giorno.»

«Già, è vero», ammise Kevin confuso. Finalmente la riconobbe. Era Candace Brickmann, l'infermiera. Faceva parte della squadra chirurgica che accompagnava il paziente sull'aereo. Era il suo quarto viaggio a Cogo.

«Ha ferito i sentimenti del signor Winchester», continuò Candace agitando un dito in segno di rimprovero. Era una vivace ragazza di ventisette o ventotto anni, con fini capelli biondi raccolti in uno chignon. Kevin l'aveva sempre vista sorridente.

«Non pensavo che se ne avesse a male» mormorò
«Ma stavo scherzando!» si giustificò ridendo. «Non credo nemmeno che il signor Winchester si ricordi di lei.»
«Volevo venire a vedere come stava. Ma sono stato molto occupato.»
«Molto occupato? In questo buco in mezzo al nulla?»
«Be', c'era qualcosa che mi preoccupava», ammise Kevin «Sono successe tante cose.»
«Per esempio?» chiese Candace reprimendo un sorriso. Le piaceva questo ricercatore timido e senza pretese.
Kevin arrossendo fece qualche gesto confuso con le mani «Ogni genere di cose», farfugliò infine.
«Voi accademici titolati mi snobbate» protestò Candace «Scherzi a parte, sono lieta di comunicarle che il signor Winchester sta benissimo e ho sentito dal chirurgo che principalmente il merito è suo.»
«Be', non esageriamo!»
«Ed è anche modesto!» commentò Candace. «Intelligente capace e modesto. È una combinazione rara.»
Kevin balbettò qualche suono inarticolato ma non ne uscì alcuna parola.
«Sarebbe troppo audace per me invitarla a colazione? Pensavo di uscire a prendere un hamburger. Che cosa ne dice?»
Kevin si sentì girare la testa. In circostanze normali avrebbe trovato delle buone ragioni per declinare quell'invito inaspettato, ma dopo i commenti di Bertram esitava.
«Il gatto le ha mangiato la lingua?» chiese Candace. Abbassò la testa e gli gettò uno sguardo malizioso.
Kevin fece un cenno verso il laboratorio, poi borbottò qualche parola a proposito di Esmeralda che lo stava aspettando.
«Non può telefonarle?» obiettò Candace dolcemente.
«Be', sì, potrei chiamarla dal mio laboratorio.»
«Bene. Vuole che l'aspetti qui o vengo con lei?»
Kevin non aveva mai incontrato una donna così disinvolta, e non aveva molta esperienza in materia. Il suo ultimo e unico amore, oltre a un paio di cotte al liceo, era stata una compagna al corso di dottorato, Jacqueline Mort. C'erano volute lunghe ore di lavoro insieme perché quella relazione si sviluppasse: Jacqueline era timida come lui.

Candace salì cinque gradini per arrivare a fianco di Kevin Era alta circa uno e sessanta. «Se non sa decidersi, e per lei fa lo stesso, allora salgo.»

«E va bene», fece Kevin.

Ma il suo nervosismo ben presto si dissolse. Di solito, quel lo che lo imbarazzava con le donne era la necessità di dover escogitare qualcosa da dire. Con Candace non aveva il tempo di pensare. La ragazza manteneva una conversazione ininterrotta. Mentre salivano le due rampe di scale parlò del tempo, della città, dell'ospedale e dell'andamento dell'operazione chirurgica.

«Questo è il mio laboratorio», disse Kevin aprendo la porta.

«Fantastico!» esclamò Candace con sincera ammirazione.

Kevin sorrise. Vide che era veramente impressionata.

«Vada a telefonare», propose Candace, «io darò un'occhiata in giro, se non le dispiace.»

«Faccia come crede.»

Avvisò Esmeralda che non sarebbe tornato a casa a mangiare. Come unica risposta, gli chiese a che ora voleva cenare.

«Alla solita ora», rispose Kevin. Poi, dopo una breve esitazione, si sorprese ad aggiungere: «Forse potrei venire in compagnia. Sarebbe un problema?»

«Nessun problema», confermò la governante. «Quante persone?»

«Solo una», rispose Kevin. Riattacò e si asciugò le mani, leggermente umide.

«Allora, siamo pronti per il pranzo?» lo chiamò Candace dalla soglia.

«Certo, andiamo.»

«Questo sì che è un vero laboratorio!» commentò la ragazza. «Non mi sarei mai aspettata di trovarne uno simile nel cuore dell'Africa tropicale. Che cosa sta facendo con tutte queste fantastiche attrezzature?»

«Cerco di portare a termine il programma.»

«Non può essere più preciso?»

«Davvero vuole saperlo?»

«Certo, m'interessa tantissimo.»

«In questa fase mi occupo degli antigeni secondari di istocompatibilità. Sa, le proteine che definiscono un essere come individuo unico e distinto.»

«E che cosa fa con questi antigeni?»

«Localizzo i loro geni su cromosoma appropriato. Poi cerco la transponasi che è associata ai geni, se esiste, in modo da poter trasferire i geni.»

Candace fece un piccolo sorriso.

«Mi sono già smarrita», ammise. «Non ho la più pallida idea di che cosa sia la transponasi. Sa, credo che gran parte di questa biologia molecolare sia fuori dalla mia portata.»

«Ma no», replicò Kevin, «non è poi così complicata. Il punto cruciale, di cui pochi si rendono conto, è che alcuni geni possono spostarsi sul loro cromosoma. Questo accade in particolare per i linfociti B, per accrescere la diversificazione degli anticorpi. Altri geni sono ancora più mobili e possono scambiarsi il posto con i loro gemelli. Lei certo ricorda che ogni gene è duplice.»

«Già, come i cromosomi. Le nostre cellule ne hanno ventitré coppie.»

«Esattamente. Quando i geni si scambiano di posto sulla loro coppia di cromosomi diciamo che avviene una trasposizione omologa. È un processo particolarmente importante nella riproduzione delle cellule sessuali, le uova e gli spermatozoi. Contribuisce a potenziare la ricombinazione genetica e perciò la capacità delle specie di evolversi.»

«Così questa trasposizione omologa svolge un ruolo nell'evoluzione», osservò Candace.

«Appunto. I segmenti di gene che si spostano sono chiamati trasposoni e gli enzimi che catalizzano i loro movimenti sono chiamati transponasi.»

«Bene», affermò Candace, «fin qui la seguo.»

«Ora mi sto interessando ai trasposoni che contengono i geni per gli antigeni secondari per istocompatibilità.»

«Capisco.» Candace annuì vivamente con il capo. «Il suo scopo è spostare da un cromosoma all'altro il gene con un antigene secondario di istocompatibilità.»

«Esattamente. Il problema è quindi di scoprire e isolare la transponasi. Questo è il passo difficile. Ma una volta ottenuta la transponasi, è abbastanza facile localizzare il suo gene. E quando ho localizzato e isolato il gene, posso applicare la nota tecnologia ricombinante del Dna per produrlo.»

«Ossia per farlo produrre da batteri.»

«Da batteri o da colture di tessuti di mammiferi. Quello che funziona meglio.»

«Tutti questi ragionamenti mi hanno fatto venire appetito» commentò Candace. «Andiamo a procurarci qualche hamburger prima che svenga per calo di tasso glicemico.»

Kevin sorrise. Gli piaceva quella donna. Cominciava persino a sentirsi più rilassato.

Era talmente stordito dal brioso cicaleccio di Candace che attraversò la piazza senza degnare neppure di un'occhiata i soldati guineensi.

Non era più stato al centro sociale dopo il suo primo giro di orientamento per la città. Aveva dimenticato l'aspetto blasfemo di questa chiesa riconvertita in luogo di divertimento profano. L'altare era stato eliminato, ma il pulpito era ancora al suo posto sulla sinistra ed era usato per conferenze o per chiamare i numeri del bingo. Al posto dell'altare era stato collocato lo schermo cinematografico.

Il ristorante era nel seminterrato e si raggiungeva per una scala ricavata nel vestibolo della ex chiesa. Kevin fu sorpreso di vedere quanto fosse affollato. Una babele di voci echeggiava sotto il rustico soffitto di cemento. Lui e Candace dovettero fare la fila per ordinare. Poi, dopo avere ritirato le ordinazioni, cercarono un posto dove sistemarsi. C'erano solo lunghi tavoli e si doveva sedere sulle panche accanto agli altri clienti.

«Là c'è un po' di posto», lo richiamò Candace. Kevin annuì.

Mentre si faceva strada fra i tavoli al seguito dell'infermiera, Kevin gettava qualche occhiata alle facce dei presenti. Si sentiva un po' a disagio dopo i discorsi di Bertram sul risentimento dei colleghi nei suoi confronti. Ma nessuno pareva prestargli attenzione.

Seguì Candace che zigzagava fra i tavoli, tenendo alto il vassoio per evitare di urtare qualcuno. Finalmente lo depose su un tavolo. Si sedettero.

«Un posto pieno di vita», osservò Candace allungando la mano per prendere il ketchup. «Viene qui spesso?»

Prima che Kevin potesse rispondere qualcuno chiamò a voce alta il suo nome. Si voltò e riconobbe un viso familiare. Era Melanie Beckett, la tecnologa della riproduzione. Era lì da sola.

«Kevin Marshall!» chiamò ancora Melanie. «Che sorpresa! Che cosa diavolo ci fai qui?»

Melanie aveva pressappoco la stessa età di Candace, aveva festeggiato il suo trentesimo compleanno un mese prima. Mentre Candace era bionda, Melanie era bruna con occhi neri e carnagione mediterranea.

Kevin si sentì in obbligo di presentare la sua compagna e con orrore si accorse di non ricordarne il nome.

«Sono Candace Brickmann», si presentò da sé l'infermiera, senza fare una piega, e tese la mano alla nuova arrivata. Melanie chiese se poteva sedersi con loro.

«Certo», acconsentì subito Candace.

Lei e Kevin sedevano vicini. Melanie prese posto di fronte a loro.

«È tuo il merito di aver portato il nostro genio locale qui, al palazzo delle intossicazioni?» chiese Melanie. Era una ragazza briosa e giocosamente irriverente, nata e cresciuta a Manhattan.

«Ebbene sì», fece Candace. «È una cosa tanto insolita per lui?»

«A dir poco insolita. Qual è il tuo segreto? Io ci ho provato talmente tante volte che alla fine ho rinunciato.»

«Be'», fece Candace raddrizzandosi sulla sua panca, «questo dev'essere proprio il mio giorno fortunato.»

Melanie e Candace intrecciarono una cordiale conversazione, scambiandosi notizie e commenti sui rispettivi lavori.

Kevin ascoltava in silenzio concentrandosi sul suo hamburger.

«Così noi tre facciamo parte dello stesso progetto», commentò Melanie quando sentì che Candace era l'infermiera della squadra chirurgica di Pittsburgh.

«Sei troppo generosa», ribatté Candace. «Io sono solo uno degli umili dipendenti, al livello più basso del palo totemico terapeutico. Non oserei mai mettermi al vostro livello. Voi siete quelli che rendono possibile tutta l'impresa. Se mi consentite la domanda, perché lo fate?»

«È lei la protagonista», rispose Kevin parlando per la prima volta e accennando a Melanie.

«Non è vero!» protestò lei. «Non sono stata io a sviluppare le tecniche di cui ci serviamo. Ci sono un sacco di colleghi che potrebbero fare il mio lavoro, ma solo tu puoi fare il tuo. Sei tu che hai aperto la strada.»

«In che modo si compie l'operazione?» intervenne Candace. «Io ero curiosa fin dal principio, ma tutto era tenuto così segreto. Kevin mi ha spiegato la teoria, ma ancora non capisco il processo pratico.»

«Kevin riceve un campione di midollo osseo prelevato dal paziente», spiegò Melanie. «Da questo isola una cellula sul punto di dividersi, in modo che i cromosomi risultino concentrati preferibilmente un emocitoblasto o cellula formativa, se non vado errata.»

«È abbastanza difficile trovare una cellula formativa», osservò Kevin.

«Allora spiegaglielo tu», lo invitò Melanie. «Io rischio di fare una gran confusione.»

«Lavoro con una transponasi che ho scoperto almeno sette anni fa», continuò Kevin, «e catalizza la trasposizione omologa, ossia lo spostamento dei bracci corti del cromosoma 6.»

«Che cos'è il braccio corto del cromosoma 6?» chiese Candace.

«I cromosomi hanno un punto, che chiamiamo centromero, che li divide in due segmenti», spiegò Melanie. «Il cromosoma 6 presenta segmenti nettamente diseguali. Quelli più brevi sono chiamati bracci corti.»

«Grazie», fece Candace.

«Quindi...» continuò Kevin, cercando di raccogliere le idee, «aggiungo la mia transponasi segreta alla cellula del cliente che è sul punto di dividersi. Ma non lascio che lo spostamento si completi. Lo arresto nel momento in cui i due bracci corti si trovano staccati dai rispettivi cromosomi. Poi li estraggo.»

«E come fa a estrarre quei minuscoli, invisibili filamenti?» esclamò Candace.

«Questa è un'altra storia», rispose Kevin. «In pratica uso un sistema di anticorpi monoclonali che riconosce la parte posteriore della transponasi.»

«A questo punto non la seguo più.»

«Be', lasciamo da parte come estrae i bracci corti», intervenne Melanie. «Il fatto è che li estrae.»

«E poi che cosa fa?»

Kevin indicò con un gesto Melanie. «Aspetto che lei faccia le sue magie.»

«Non sono magie», lo corresse Melanie. «Sono solo operazioni tecniche. Io applico in vitro certe tecniche di fecondazione alle femmine bonobo, quelle stesse tecniche che sono state applicate per aumentare la fecondità dei gorilla in cattività. In pratica Kevin e io dobbiamo coordinare il nostro lavoro perché quello che lui vuole è un uovo fecondato che non si sia ancora diviso. La tempestività dell'intervento è importante.»

«Io voglio l'uovo proprio sul punto di dividersi», aggiunse Kevin. «Così sono i tempi di Melanie a determinare i miei. Io non comincio a fare la mia parte finché lei non mi dà il via. Quando mi consegna lo zigote, ripeto esattamente la stessa operazione che ho appena compiuto sulla cellula del paziente. Dopo aver estratto i bracci corti del bonobo, inietto nello zigote i bracci corti del paziente. Grazie alla transponasi, si agganciano esattamente nel punto dovuto.»

«È tutto qui?» chiese Candace.

«Be', no», ammise Kevin. «In realtà introduco quattro transponasi, non una. Il braccio corto del cromosoma 6 è il segmento più importante che dobbiamo trasferire, ma dobbiamo farlo anche con qualche tratto relativamente piccolo dei cromosomi 9, 11 e 14. Questi portano i geni dei gruppi sanguigni A, B, 0 e alcuni altri antigeni secondari di istocompatibilità come le molecole di adesione CD-31. Ma qui la cosa si fa più complicata. Pensiamo solo al cromosoma 6, che è la parte più importante.»

«Questo perché il cromosoma 6 contiene i geni che costituiscono il complesso primario di istocompatibilità», aggiunse Candace.

«Esattamente», confermò Kevin. Era impressionato e attirato. Candace non solo era socievole e briosa, ma era anche intelligente e informata.

«Questo programma funzionerebbe anche con altri animali?» chiese ancora Candace.

«Che genere di animali ha in mente?» chiese a sua volta Kevin.

«Suini, per esempio», rispose l'infermiera. «So che altri centri degli Stati Uniti e in Inghilterra hanno cercato di ridurre il rigetto dei trapianti con organi di suini, inserendo un gene umano.»

«È un sistema superato, perché tratta il sintomo, non elimina la causa», osservò Melanie.

«È vero», confermò Kevin. «Nel nostro progetto non dobbiamo preoccuparci di reazioni immunologiche. Per quanto riguarda l'istocompatibilità, noi offriamo un duplicato immunologico, specialmente se riesco a incorporare alcuni altri antigeni secondari.»

«Ho domandato dei suini per diverse ragioni», spiegò Candace. «Anzitutto, l'utilizzo dei bonobo potrebbe urtare alcune persone. In secondo luogo mi pare che la specie sia in via di estinzione. Ne restano pochi.»

«È vero», convenne Kevin. «La popolazione totale dei bonobo nel mondo arriva solo a circa ventimila individui.»

«Appunto», riprese Candace. «Invece i maiali vengono macellati a centinaia di migliaia.»

«Non credo che il mio sistema funzionerebbe con i maiali», ribatté Kevin. «Non ne sono proprio sicuro, ma ne dubito. La ragione per cui funziona così bene con i bonobo, o con gli scimpanzé, è che i loro genomi sono simili ai nostri. In realtà la differenza è solo dell'uno e mezzo per cento.»

«Così poco?» Candace era stupita.

«È un po' umiliante per noi, vero?»

«Più che umiliante, per la verità.»

«Questo ci dice quanto siano vicini, dal punto di vista dell'evoluzione, i bonobo, gli scimpanzé e gli esseri umani», aggiunse Melanie. «Qualcuno pensa che noi e i nostri cugini primati discendiamo da un antenato comune, vissuto circa sette milioni di anni fa.»

«Questo mette in maggiore evidenza il problema etico di usare i primati», riprese Candace, «Hanno un aspetto incredibilmente umano! Non vi sentite a disagio quando dovete sacrificarne uno?»

«Il trapianto di fegato del signor Winchester è solo il secondo che ha richiesto un sacrificio», rispose Melanie. «Gli altri due erano trapianti di reni e gli animali operati sono vivi e stanno benissimo.»

«Va bene, ma come vi sentite?» insisté Candace.

Kevin lanciò uno sguardo a Melanie. Aveva la bocca asciutta. Candace lo costringeva ad affrontare un'idea che aveva cercato di allontanare in tutti i modi dalla sua mente. Questa era una delle ragioni per cui il fumo che si alzava dalla Isla Francesca lo angustiava tanto.

«Sì, questo pensiero mi angoscia un po'», ammise Melanie. «Ma forse sono talmente entusiasta della conquista scientifica, e di ciò che si può fare per il paziente, che cerco di non pensarci. Inoltre non pensiamo di dover sacrificare molti animali. Sono più che altro una forma di assicurazione, in caso che i nostri pazienti ne abbiano bisogno. Non accettiamo pazienti che richiedano trapianti immediati di organi, se non possono aspettare i tre o quattro anni necessari perché il loro duplo arrivi all'età opportuna. Inoltre non abbiamo rapporti diretti con questi animali, che vivono lontani da qui, su un'isola, per conto loro. Questo è stabilito espressamente perché nessuno di noi abbia occasione di stringere legami con loro.»

Kevin deglutì a vuoto. Con gli occhi della mente vedeva il filo di fumo che saliva lentamente verso il cielo cupo. E immaginava il bonobo spaventato che afferrava una pietra e la scagliava con mortale precisione contro il pigmeo incaricato di catturarlo.

«Qual è il termine usato per indicare gli animali che hanno geni umani incorporati nei loro tessuti?» chiese Candace.

«Transgenici», rispose Melanie.

«Be', vorrei proprio che si potessero usare maiali transgenici al posto dei bonobo. Questa procedura mi dà un senso di angoscia. Non sono sicura di voler continuare a collaborare con questo progetto.»

«Ai capi non piacerà», osservò Melanie. «Hai firmato un contratto. Ho sentito dire che sono molto duri nel costringere i collaboratori a mantenere i patti.»

Candace alzò le spalle. «Gli restituirò tutte le azioni e le opzioni. Posso benissimo vivere senza. Non me la sento di andare avanti così. Quando abbiamo anestetizzato l'ultimo bonobo, giurerei che cercava di comunicare con noi. Abbiamo dovuto dargli un sacco di sedativi.»

«Oh, andiamo!» scattò Kevin.

Melanie spalancò gli occhi. «Che cosa ti prende?»

Kevin rimpianse immediatamente lo scatto. «Scusate», borbottò.

«Ho la sensazione che lei sia sconvolto come me», osservò Candace.

Kevin fece un profondo sospiro e morse un boccone di hamburger per evitare di rispondere.

«Perché non vuole parlarne?» gli chiese Candace apertamente

Kevin scosse la testa. Si sentiva la faccia rossa come una barbabietola.

«Non ti preoccupare per lui. Si riprenderà», disse Melanie.

Candace si voltò a guardarla. «I bonobo sono talmente umani», riprese, «e non c'è da stupirsi visto che i loro genomi differiscono dai nostri solo dell'uno e mezzo per cento. Ma se sostituite i bracci corti del cromosoma e qualche altro segmento più piccolo del genoma del bonobo con Dna umano, quale percentuale pensate di ottenere?»

Melanie guardò Kevin mentre faceva un rapido calcolo mentale. Aggrottò le sopracciglia. «Mmm», disse, «questo è un punto curioso. Si arriverebbe oltre il due per cento.»

«Sì, ma l'uno e mezzo per cento non è tutto sul braccio corto del cromosoma 6», scattò ancora Kevin, quasi gridando.

«Ehi, calmati», fece Melanie. Posò una mano sul braccio del collega. «Kevin, stai perdendo il controllo. Questa è solo una conversazione fra amici. C'è qualcosa che non va?»

Kevin sospirò di nuovo. Decise di confidarsi con quelle due donne intelligenti e comprensive. Ammise di essere sconvolto.

«Questo è evidente!» replicò Melanie. «Non potresti essere più preciso? Insomma, qual è il problema?»

«Proprio quello di cui sta parlando Candace.»

«Candace ha detto un sacco di cose.»

«Sì, e tutte mi fanno sentire come se avessi fatto un errore madornale.»

Melanie tolse la mano dal braccio di Kevin e lo guardò negli occhi. «A che proposito?» chiese.

«Aggiungendo troppo Dna umano. Il braccio corto del cromosoma 6 ha milioni di coppie base e centinaia di geni che non hanno nulla a che fare con il complesso primario di istocompatibilità. Avrei dovuto isolare il complesso invece di prendere la strada più facile.»

«Così quelle creature hanno un maggior numero di proteine umane», concluse Melanie. «Un bel successo.»

«È esattamente quello che ho pensato in principio», aggiunse Kevin. «Almeno finché non ho lanciato una richiesta su Internet, chiedendo se qualcuno sapesse quali altre specie di geni si trovassero sul braccio corto del cromosoma 6. Sfortunatamente uno di quelli che hanno risposto mi ha informato che c'era un lungo segmento dei geni dell'evoluzione. Adesso non so più che cosa ho creato.»

«Ma certo che lo sa», ribatté Candace, «ha creato dei bonobo transgenici.»

«Già», fece Kevin e gli passò un lampo negli occhi. Il suo respiro si fece più rapido e sulla fronte gli comparve un velo di sudore. «E così facendo ho il terrore di aver oltrepassato i limiti.»

6

5 marzo 1997, ore 13.00
Cogo, Guinea Equatoriale

Bertram posteggiò la sua Cherokee nel parcheggio sul retro del municipio. Salì le scale per raggiungere la veranda che circondava l'edificio. Di qui passò nell'ufficio centrale. Per decisione di Siegfried Spallek non c'era l'aria condizionata. Un grande ventilatore appeso al soffitto muoveva pigramente l'aria calda e umida dell'ampio locale con un noioso ronzio.

Bertram aveva preannunciato la sua visita e il segretario di Siegfried, un nero dalla faccia larga di nome Aurielo e nativo dell'isola di Bioko, gli fece cenno di entrare. Aurielo aveva studiato in Francia per diventare maestro di scuola, ma era rimasto disoccupato finché la GenSys non aveva fondato la Zona.

L'ufficio di Spallek era ampio e occupava l'intera larghezza dell'edificio. Aveva finestre che si affacciavano sul parcheggio posteriore e sulla piazza. Queste ultime offrivano l'imponente veduta del nuovo complesso ospedale-laboratorio. Da dove si trovava, Bertram poteva vedere persino le finestre del laboratorio di Kevin.

«Siediti», lo invitò Siegfried senza alzare la testa. La sua voce aveva un suono aspro, gutturale, con un leggero accento tedesco e un autoritario tono di comando. Stava firmando un mucchio di carte. «Finisco in un momento.»

Bertram volse lo sguardo tutt'attorno. Quel locale lo aveva sempre fatto sentire a disagio. Come veterinario e ambientalista, anche se non proprio fanatico, non riusciva ad apprezzare quelle pareti ingombre di teste impagliate di animali, con grandi occhi di vetro, molti addirittura in via d'estinzione. C'erano felini, antilopi di ogni specie, rinoceronti. Sopra la scrivania erano esposti i serpenti, compreso un cobra con la testa minacciosamente eretta. Sul pavimento un enorme coccodrillo spalancava le fauci mettendo in mostra i terribili denti. Il tavolino accanto alla sedia di Bertram era una zampa di elefante sormontata da un pannello di mogano. Negli angoli si vedevano zanne di elefante incrociate. Ma ancora più inquietanti erano i teschi. Ce n'erano tre sulla scrivania di Spallek, tutti privi della calotta cranica. Uno aveva un visibile foro di proiettile in una tempia. Servivano come portacenere, da contenitore di graffette e per reggere una grossa candela.

Bertram sapeva che non appartenevano, come si poteva pensare, a scimmie antropomorfe: erano teschi umani, di prigionieri giustiziati dai soldati guineensi. Tre vittime condannate per il delitto capitale di aver interferito con le operazioni della GenSys. In realtà erano solo bracconieri sorpresi a cacciare di frodo scimpanzé nei duecentosessanta chilometri quadrati di terreno forestale riservati alla Zona. Siegfried li considerava una sua riserva di caccia personale.

«Eccomi», fece Siegfried spingendo da parte le carte. «Che cosa c'è Bertram? Spero che non ci siano problemi con i nuovi bonobo.»

«No, no. Le due femmine da riproduzione sono perfette.» Bertram osservò il direttore generale della Zona. Una grottesca cicatrice dall'orecchio destro gli attraversava la guancia arrivando fin sotto il naso. Nel corso degli anni gli aveva fatto rialzare l'angolo della bocca in un perpetuo sogghigno.

Tecnicamente Bertram non doveva rispondere a Siegfried del proprio operato. Come veterinario capo del più grosso impianto del mondo per la ricerca sui primati, trattava direttamente con un anziano vicepresidente della GenSys a Cambridge, che era in contatto diretto con Taylor Cabot. Ma per le questioni quotidiane aveva interesse a mantenere rapporti di lavoro cordiali con il direttore locale. Il problema era che Siegfried aveva un pessimo carattere ed era difficile trattare con lui.

Siegfried Spallek aveva cominciato la sua carriera africana come cacciatore: dietro un sostanzioso compenso poteva procurare a un cliente tutto ciò che voleva. Una tale reputazione l'aveva spinto a trasferirsi dall'Africa orientale a quella occidentale, dove le leggi sulla caccia erano meno rigide. Qui aveva messo in piedi una consistente organizzazione e le cose erano andate bene finché, durante un safari, i suoi uomini l'avevano abbandonato in un momento cruciale con il risultato che lui era stato travolto da un enorme elefante maschio e la coppia di clienti era rimasta uccisa. L'episodio aveva posto termine alla sua carriera di cacciatore bianco. Gli aveva lasciato la cicatrice sulla guancia e il braccio destro paralizzato. L'arto gli pendeva dalla spalla, inerte.

La rabbia e l'avvilimento per la disgrazia lo avevano reso un uomo amareggiato e vendicativo. La GenSys aveva riconosciuto le sue capacità organizzative, la sua conoscenza dei comportamenti animali, il suo modo duro ma efficace di trattare con gli indigeni africani. I capi della compagnia l'avevano giudicato l'individuo ideale per dirigere la loro multimilionaria impresa africana.

«Ma c'è un altro problema», spiegò Bertram.

«Un altro problema? Oltre alla tua bizzarra preoccupazione delle scimmie che si sono divise in due gruppi?» chiese Siegfried in tono altezzoso.

«Riconoscere un cambiamento nell'organizzazione sociale è una preoccupazione perfettamente legittima!» protestò Bertram arrossendo per la collera.

«Lo dici tu! Io ci ho pensato e non vedo come possa riguardarci. Che importa se vanno in giro in un solo gruppo o in dieci? A noi interessa solo che se ne stiano quieti e restino sani.»

«Non sono d'accordo. Se si sono divisi significa che qualcosa è cambiato. Non è il comportamento tipico dei bonobo. Potrebbe indicare che ci sono guai in vista.»

«Be', lascerò che ci pensi tu che sei un professionista.»

Siegfried si appoggiò allo schienale della sedia. «Personalmente non me ne frega niente di quello che fanno le tue scimmie, finché niente minaccia questa manna dal cielo. Il progetto sta diventando una miniera d'oro.»

«Il nuovo problema riguarda Kevin Marshall», annunciò bruscamente Bertram.

«Oh, in nome del cielo, che cosa può aver fatto per agitarti tanto?»

«È preoccupato perché ha visto del fumo alzarsi dall'isola», spiegò Bertram.

«E allora? Che cosa gliene importa? Mi sembra più paranoico di te.»

«Pensa che i bonobo abbiano scoperto il fuoco. Non l'ha detto esplicitamente, ma sono sicuro che è questo che pensa.»

«Che cosa significa 'scoperto il fuoco'?» chiese Siegfried drizzando il busto e sporgendosi un po' in avanti. «Accendere il fuoco per scaldarsi e farsi un caffè?» Uscì in una risata, senza tuttavia alterare il suo perpetuo sogghigno. «Proprio non vi capisco, voi americani di città. Quando arrivate qui nella boscaglia avete paura della vostra ombra.»

«So che può sembrare grottesco», ammise Bertram. «Nessun altro ha visto il fumo e poteva trattarsi di qualche piccolo incendio provocato da un fulmine. Il problema è che Marshall vuole andare sull'isola.»

«Nessuno può avvicinarsi all'isola», latrò Siegfried. «Solo per la cattura di un animale e solo gli addetti ai lavori. È una direttiva dell'ufficio centrale. Niente eccezioni.»

«Glielo ho detto anch'io e non penso che prenderà iniziative di testa propria. Però ho pensato di doverti avvertire.»

«Hai fatto bene», replicò Siegfried irritato.

«C'è un'altra cosa», aggiunse Bertram. «Ha parlato del fumo anche a Raymond Lyons.»

Siegfried batté un colpo sulla scrivania con la mano buona così forte da far sobbalzare il suo visitatore. Si alzò e si diresse alla finestra che dava sulla piazza. Gettò un'occhiata malevola verso l'ospedale. Non gli era mai piaciuta quella femminuccia con il naso sempre sui libri. Quando aveva saputo che Kevin avrebbe alloggiato in uno dei migliori appartamenti della città si era sentito ribollire di rabbia. Aveva progettato di assegnare quell'alloggio, come premio extra, a uno dei suoi più leali dipendenti.

Strinse a pugno la mano buona e digrignò i denti. «Che piantagrane!» borbottò.

«La sua ricerca è quasi giunta al termine», commentò Bertram. «Sarebbe un peccato se rovinasse tutto proprio adesso che l'affare sta andando a gonfie vele.»

«Che cos'ha detto Lyons?» chiese Siegfried.

«Niente. Ha accusato Kevin di fantasticare troppo.»

«Dovrei farlo sorvegliare», rifletté Siegfried. «Non voglio che qualche squilibrato mandi all'aria il progetto.»

Bertram si alzò. «Questo è il tuo campo», concluse e si avviò alla porta. Aveva fatto la cosa giusta.

7

5 marzo 1997, ore 7.25
New York

IL vino rosso a buon mercato e la mancanza di sonno rallentarono la pedalata di Jack, mentre si recava al lavoro in bicicletta. Giunse alla sala del personale dieci minuti più tardi rispetto alle altre mattine e questo lo infastidì: gli piaceva osservare rigorosamente la sua tabella di marcia.

Per prima cosa si versò una tazza di caffè dal bricco comune. Persino l'aroma parve avere un effetto benefico. Bevve il primo sorso. Dubitava che la caffeina potesse agire così rapidamente, ma già sentiva dissolversi il leggero mal di testa da postumi di baldoria.

Si diresse alla scrivania dove Vinnie Amendola, il tecnico dell'obitorio il cui turno di servizio era fra il turno di notte e quello di giorno, aveva parcheggiato i piedi sull'orlo del ripiano con la faccia nascosta dietro al giornale del mattino.

Jack abbassò il giornale per guardare in faccia Vinnie. Era un giovane sulla trentina, non molto atletico ma di bell'aspetto.

Jack gli invidiava i folti capelli bruni da quando aveva notato che nell'ultimo anno la sua chioma brizzolata si andava diradando.

«Ehi, Einstein, che cosa dice il giornale sulla scomparsa del corpo di Franconi?» chiese Jack. Lui e Vinnie avevano lavorato spesso insieme e ognuno apprezzava il linguaggio salace, la battuta pronta e l'umorismo nero dell'altro.

«Non so», rispose Vinnie seccamente. Tentò di riprendere la lettura delle pagine sportive.

Jack si accigliò. Vinnie leggeva ogni mattina il giornale dalla prima all'ultima pagina e aveva una memoria sorprendente.

«Davvero il giornale non ne parla?» insisté Jack.

«Non ci ho fatto caso», rispose Vinne evasivo.

Jack scosse la testa. Era sorpreso. Si domandava come aveva fatto Harold Bingham, il medico capo dell'obitorio, a ottenere il silenzio stampa. Stava per voltarsi quando colse con la coda dell'occhio un titolo a caratteri cubitali: SBERLEFFO DELLA MALAVITA ALLE AUTORITÀ. Il sottotitolo diceva: «La famiglia mafiosa Vaccarro uccide uno dei suoi, poi ruba il corpo sotto il naso delle autorità cittadine».

Jack strappò il giornale dalle mani dello sbalordito Vinnie. I piedi di Vinnie piombarono a terra con un gran tonfo. «Ma che diavolo...»

Jack ripiegò il giornale e gli mise la prima pagina davanti al naso.

«Hai detto che non c'era niente sul giornale!» abbaiò.

«Non ho detto che non c'era, ho detto che non ci ho fatto caso.» Allungò la mano per riprendere il giornale e Jack lo allontanò di nuovo. «Andiamo!» protestò Vinnie. «Compratene uno tuo!»

«Non ti capisco. Conoscendoti, l'avresti letto stamattina in metropolitana. Che cosa ti succede, Vinnie?»

«Ma niente! L'ho aperto direttamente alla pagina dello sport.»

Jack lo studiò per un momento. Vinnie distolse lo sguardo.

«Non ti senti bene?» chiese ancora Jack scherzosamente.

«Ma no! Piantala e dammi il giornale.»

Jack prese le pagine sportive e le porse a Vinnie. Poi andò alla scrivania e cominciò a leggere l'articolo. Era scritto in tono sarcastico e irriverente. Colpiva senza riguardo tanto il dipartimento di polizia quanto l'ufficio del medico legale, sostenendo che l'episodio era l'ennesimo esempio lampante della grossolana incompetenza di entrambe le amministrazioni.

Laurie irruppe nella stanza e Jack interruppe la lettura. Si tolse il cappotto e disse che sperava di trovarlo meglio di quanto si sentisse lei stessa.

«Probabilmente no», ammise Jack. «È colpa di quel vino scadente che ti ho portato. Devi scusarmi.»

«Sono anche le cinque ore di sonno», aggiunse Laurie. «Ho fatto una fatica terribile ad alzarmi dal letto.» Posò il cappotto su una sedia. «Buongiorno, Vinnie», lo salutò. Vinnie rimase in silenzio.

«Ha il muso perché gli ho fregato il giornale», spiegò Jack e si alzò perché Laurie potesse sedersi alla scrivania. Era il turno di Laurie di suddividere le autopsie della settimana tra i membri del personale. «I titoli e gli articoli in prima pagina riguardano il caso Franconi.»

«Non mi sorprende», osservò Laurie, «ne parlavano tutti i notiziari locali e ho anche sentito che Bingham interverrà a *Good Morning America* per tentare di limitare i danni.»

«Ce n'è anche per lui», commentò Jack.

«Hai dato un'occhiata ai casi di oggi?» chiese Laurie mentre prendeva in esame una ventina di pratiche.

«Sono appena arrivato», ammise Jack. Riprese a leggere l'articolo. «Guarda guarda!» esclamò dopo un attimo di silenzio. «Insinuano che ci sia una cospirazione fra noi e il dipartimento di polizia. Ci saremmo deliberatamente sbarazzati del corpo a loro beneficio! Ma te l'immagini? Questi gionalisti sono così paranoici che vedono complotti da tutte le parti.»

«È il pubblico che è paranoico», commentò Laurie. «Il giornale gli dà quello che vuole. Ma è esattamente per questo che voglio scoprire com'è sparito il cadavere. L'opinione pubblica deve sapere che siamo imparziali.»

«Speravo che avessi cambiato idea dopo una notte di sonno», borbottò Jack continuando la lettura.

«Non c'è pericolo», affermò Laurie.

«Ma è una follia!» sbottò Jack battendo una mano sul giornale. «Prima insinuano che l'ufficio del medico legale sia responsabile della scomparsa del corpo, e adesso affermano che la mafia indubbiamente ha sepolto i miseri resti in qualche zona deserta perché non siano più ritrovati.»

«Su quest'ultimo punto probabilmente hanno ragione, a meno che il corpo non salti fuori con il disgelo primaverile.»

«Stronzate», borbottò Jack quando terminò l'articolo. «Vuoi leggerlo?» Porse le prime pagine del giornale a Laurie.

La donna le rifiutò con un cenno della mano. «Grazie, ho già letto la versione del *Times*. Piuttosto sarcastica.»

Jack propose scherzosamente a Vinnie di ricomporre il giornale. Vinnie riprese le pagine senza fare commenti.

«Come sei permaloso, oggi», commentò Jack.

«Lasciami in pace», grugnì Vinnie.

«Ehi, sta' attenta, Laurie», ironizzò Jack. «Ho paura che Vinnie oggi soffra di sindrome pre-mentale. Probabilmente ha in programma di pensare e questo gli sconvolge il sistema ormonale.»

«Oh, oh», esclamò Laurie, «ecco l'annegato di cui parlava Mike Passano ieri notte. A chi dovrei assegnarlo?»

«Assegnalo a me», si offrì Jack.

«Lo faresti?» chiese Laurie. Detestava gli annegati, specialmente quelli che erano rimasti in acqua per lungo tempo. Le autopsie di quel genere erano particolarmente sgradevoli e spesso difficili.

«Ma sì», acconsentì Jack. «Gli annegati possono essere stimolanti. Li preferisco alle ferite di arma da fuoco.»

«Questo li ha tutt'e due», aggiunse Laurie mentre segnava il nome di Jack per l'autopsia dell'annegato.

«Che delizia!» commentò Jack tornando alla scrivania.

«C'è un presunto colpo di arma da fuoco a bruciapelo nel quadrante superiore destro.»

«Di bene in meglio. Qual è il nome della vittima?»

«Nessun nome. Questo in realtà rientra nelle difficoltà del tuo compito. Il cadavere è privo della testa e delle mani.»

Porse la pratica a Jack. Non c'erano molte notizie. Quel poco che c'era veniva da Janice Jaeger.

Janice scriveva che il corpo era stato rinvenuto nell'oceano Atlantico al largo di Coney Island. Era stato ripescato dalla Guardia Costiera durante una missione notturna per sorprendere dei trafficanti di droga. La Guardia Costiera operava in base a una soffiata anonima. Aveva letteralmente urtato contro il cadavere. Si presumeva che fossero i resti dell'informatore o del corriere della droga.

«Non c'è molto», osservò Jack.

«Ancora più stimolante!»

Jack si diresse verso l'ascensore. «Andiamo, permaloso!» disse a Vinnie dandogli una pacca sulla spalla. «Stai sprecando tempo!» Ma sulla porta si scontrò letteralmente con Lou Soldano che puntava diritto verso la sua meta: la macchina del caffè.

«Ehi», commentò Jack, «dovresti far domanda per entrare nei New York Giants.» Un po' del suo caffè si era rovesciato sul pavimento.

«Spiacente», fece Lou, «ma ho un disperato bisogno di caffeina.»

Entrambi si diressero al bricco. Jack prese qualche tovagliolino di carta per asciugare la sua giacca di velluto. Lou si riempì una tazza di plastica fino all'orlo con mano tremante, poi ne sorbì qualche sorso per poter aggiungere crema e zucchero. «Sono stati due giorni tremendi», sospirò.

«Hai fatto di nuovo baldoria per tutta la notte?» chiese Jack.

Lou non si era fatto la barba. Indossava una camicia blu tutta stazzonata con il bottone in alto slacciato e la cravatta allentata e storta. Il suo impermeabile stile tenente Colombo sembrava la coperta di un senzatetto.

«Magari!» borbottò. «Ho fatto tre ore di sonno nelle ultime due notti.» Andò a salutare Laurie e si lasciò cadere pesantemente su una sedia vicino alla scrivania.

«C'è qualche progresso nel caso Franconi?» chiese Laurie.

«Niente che possa piacere al capitano, al comandante di zona e al procuratore», rispose Lou avvilito. «Che casino! Qualche testa dovrà cadere. Noi della Omicidi cominciamo a temere di diventare i capri espiatori, se non troviamo una via d'uscita.»

«Non è colpa tua se Franconi è stato assassinato», fece Laurie indignata.

«Vai a dirlo al procuratore.» Lou sorbì rumorosamente il caffè. «Disturbo se fumo?» guardò Laurie e Jack. «Come non detto», aggiunse appena vide la loro espressione. «Non so perché l'ho chiesto. Dev'essere stato un momento di temporanea demenza.»

«Che cosa si è accertato?» chiese Laurie. Prima di essere assegnato alla Omicidi, Lou aveva fatto parte dell'unità Antimafia. Nessuno era più qualificato per indagare sul caso.

«È stato sicuramente un colpo della famiglia Vaccarro», rispose Lou. «I nostri informatori ce l'hanno confermato, ma lo sapevamo già perché Franconi si accingeva a testimoniare. L'unica traccia concreta è l'arma del delitto.»

«È già molto», osservò Laurie.

«Non tanto quanto potresti pensare», ribatté Lou. «Non è raro, durante un colpo della mafia, che l'arma del delitto venga abbandonata. L'abbiamo trovata su una terrazza, davanti al *Ristorante Positano*. Un Remington 30-30 con due proiettili mancanti dal caricatore. I due bossoli erano sul tetto.»

«Impronte digitali?» chiese Laurie.

«Il fucile era stato ripulito, ma i ragazzi della Scientifica ci stanno ancora lavorando.»

«L'arma è registrata?» chiese Jack.

«Sì, l'abbiamo rintracciata. Apparteneva a un tale appassionato di caccia che abita in Menlo Park. Ma qui si arriva in un vicolo cieco. L'alloggio del tizio aveva subito una rapina il giorno prima. E l'unica cosa che mancava era il fucile.»

«E allora, a che punto siete?» chiese Laurie.

«Stiamo seguendo diverse tracce. Inoltre ci sono parecchi informatori che non abbiamo ancora potuto contattare. Ma soprattutto teniamo le dita incrociate sperando in un colpo di fortuna. E voi? Avete qualche idea su come il corpo se ne sia andato di qui?»

«Non ancora, ma me ne sto occupando personalmente», risposte Laurie.

«Non incoraggiarla», interloquì Jack. «Questo è compito di Bingham e di Washington.»

«Ha ragione, Laurie», fece Lou.

«Certo che ho ragione», insisté Jack. «L'ultima volta che Laurie si è trovata coinvolta in un caso di mafia, l'hanno portata fuori di qui chiusa in una bara. Almeno è quello che mi avete detto.»

«Questo caso è diverso», protestò Laurie. «Penso che sia importante scoprire com'è scomparso quel cadavere per il prestigio di questo ufficio, e francamente dubito molto che Bingham o Washington se ne diano troppa pena. Dal loro punto di vista, è meglio lasciare che la faccenda passi sotto silenzio.»

«Capisco», ammise Lou.

«Devo scoprire che cos'è successo», ripeté ostinatamente Laurie.

«Be', devo ammettere che saperne di più sarebbe utile anche per le indagini», riconobbe Lou.

Jack alzò le mani. «Io mi dichiaro fuori», annunciò. «Mi pare che nessuno di voi due voglia ascoltare la voce del buonsenso.» Si diresse verso la porta e fece cenno a Vinnie di seguirlo. Si affacciò alla soglia dell'ufficio di Janice.

«C'è qualcosa che dovrei sapere, su questo annegato, che non si trova nella pratica?» chiese.

«Quel poco che sappiamo è tutto lì», rispose l'investigatrice. «Mancano ancora le coordinate del punto in cui la Guardia Costiera ha rinvenuto il corpo. Mi hanno detto che qualcuno di noi doveva telefonare oggi per assicurarsi che non fossero notizie coperte dal segreto istruttorio. Ma non credo che quel genere di dati abbia importanza per l'autopsia. Non credo che qualcuno potrebbe andare là a trovare la testa e le mani.»

«Sono d'accordo», convenne Jack. «Ma dobbiamo telefonare lo stesso, almeno per il verbale.»

«Lascerò una nota per Bart», disse Janice. Bart Arnol era il capo della squadra investigativa.

«Grazie, Janice», fece Jack. «E adesso lascia questo dannato ufficio e vai a dormire.» Janice si fermava sempre oltre l'orario.

«Aspetta un attimo», lo richiamò Janice. «C'è una cosa che ho dimenticato di annotare nel rapporto. Quando il corpo è stato ripescato, era completamente nudo.»

Jack annuì. Questa era una notizia curiosa. Spogliare un cadavere era uno sforzo in più da parte dell'assassino. Jack concluse che anche questo rientrava nel tentativo di tener celata l'identità della vittima, tentativo che risultava già ovvio dalla mancanza della testa e delle mani. Jack fece un cenno di saluto a Janice.

«Non dirmi che dobbiamo fare l'annegato», si lagnò Vinnie mentre si dirigevano verso l'ascensore.

«Diventi sordo quando leggi le pagine sportive? Laurie e io ne abbiamo discusso per dieci minuti.»

Entrarono in ascensore e scesero al piano delle autopsie. Vinnie continuava a evitare di guardare Jack negli occhi.

«Sei proprio di malumore», osservò Jack. «Non starai prendendo questa faccenda della scomparsa di Carlo Franconi come un'offesa personale?»

«Ma piantala.» Mentre Vinnie si dava da fare per indossare la tuta pesante, chiamata scafandro, disporre gli strumenti necessari all'autopsia, prendere il cadavere e sistemarlo sul tavolo Jack leggeva il resto della pratica per esser sicuro di non trascurare nulla. Poi andò a cercare le radiografie eseguite al momento dell'arrivo del cadavere.

Indossò il suo scafandro, staccò la spina dalla presa che aveva alimentato il dispositivo filtrante durante la notte e s'infilò il casco. In generale odiava lo scafandro, ma lo trovava meno detestabile quando doveva lavorare su un annegato in decomposizione.

A quell'ora del mattino Jack e Vinnie erano soli nella sala autopsie. Con gran dispetto di Vinnie, Jack insisteva sempre per cominciare presto la giornata. Spesso terminava il suo primo caso quando i colleghi stavano appena iniziando il loro lavoro.

Il primo passo era quello di esaminare le radiografie e Jack le infilò nel visore. Con le mani sui fianchi fece un passo indietro e osservò le lastre. Priva di testa e di mani, l'immagine era decisamente anormale, come la radiografia di qualche primitiva creatura non umana. L'altra anormalità era una densa e lucente chiazza di pallini da caccia nell'area del quadrante superiore destro. L'impressione immediata di Jack fu che c'erano stati diversi colpi di fucile, non uno solo. C'erano troppi pallini.

I pallini da caccia erano opachi ai raggi X e nascondevano i particolari a cui si sovrapponevano. Nel visore apparivano bianchi.

Si accingeva a esaminare la radiografia laterale quando qualcosa, nella zona opaca, attirò il suo sguardo. In due punti il contorno appariva strano, più grumoso e bitorzoluto di quello consueto dei pallini.

Osservò la radiografia laterale e riscontrò lo stesso fenomeno. La sua prima impressione fu che il colpo di fucile avesse portato nella ferita qualche materiale radioopaco. Forse era solo un lembo degli abiti della vittima.

«Quando sei pronto, maestro», chiamò Vinnie che aveva preparato ogni cosa.

Jack voltò le spalle al visore e si avvicinò al tavolo dell'autopsia. Il corpo dell'annegato era di un pallore spettrale nella cruda luce al neon. Chiunque fosse la vittima, era stato un uomo piuttosto obeso e non aveva fatto gite recenti ai Caraibi.

«Per usare una delle tue citazioni favorite», osservò Vinnie, «non ha proprio l'aria di essersi agghindato per il ballo studentesco.»

Jack sorrise all'umorismo macabro del collega. Era molto più consono alla sua personalità e faceva pensare che si fosse ripreso dal permaloso malumore del primo mattino.

Il cadavere era in condizioni pietose, anche se l'acqua del mare lo aveva lavato. Il fatto che fosse rimasto nell'acqua solo per breve tempo era l'unico aspetto positivo. Le ferite multiple da arma da fuoco nell'addome superiore erano solo un aspetto della devastazione di quel corpo. Non solo la testa e le mani erano state asportate, ma c'era una serie di ferite larghe e profonde nel torso e nelle cosce, che esponevano strati di tessuto adiposo. Gli orli delle ferite erano sfrangiati.

«Pare che i pesci abbiano fatto un bel banchetto», osservò Jack.

I colpi di fucile avevano messo a nudo e danneggiato molti organi interni dell'addome. Erano visibili tratti di intestino e un rene penzolava fuori dal ventre.

Jack sollevò una delle braccia e osservò le ossa scoperte. «Sembra un lavoro fatto con una sega.»

«Che cosa saranno tutti questi grossi tagli?» chiese Vinnie. «Qualcuno ha cercato di affettarlo come un tacchino di Natale?»

«Be', secondo me potrebbe essere stato travolto da un motoscafo. Sembrano ferite provocate da un'elica.»

Jack cominciò un minuzioso esame dell'esterno del cadavere. Con una tale devastazione davanti agli occhi, sapeva che sarebbe stato facile trascurare dettagli meno visibili. Lavorava lentamente, fermandosi spesso per fotografare talune lesioni. E la sua meticolosità fu ricompensata. Alla base orrendamente sfrangiata del collo, appena davanti alla clavicola, osservò una piccola lesione circolare. Ne trovò un'altra simile sul lato sinistro sotto la cassa toracica.

«Che cosa sono?» chiese Vinnie.

«Non so. Una specie di fori tubolari.»

«Quante volte credi che gli abbiano sparato all'addome?»

«È difficile dirlo.»

«Ehi, non volevano proprio correre rischi. Lo volevano morto a tutti i costi.»

Dopo circa mezz'ora, quando Jack stava per procedere con l'esame dell'interno della salma, si aprì la porta ed entrò Laurie. Indossava il camice e la maschera da chirurgo, ma non lo scafandro. Poiché era sempre ligia alle norme, e gli scafandri erano obbligatori nella «fossa», Jack divenne immediatamente sospettoso.

«Almeno il tuo caso non è rimasto nell'acqua a lungo», osservò Laurie guardando il cadavere. «Non ci sono tracce di decomposizione.»

«Ha fatto solo un tuffo rinfrescante», scherzò Jack.

«Che macello!» commentò Laurie guardando l'impressionante ferita. Poi, ispezionando i tagli multipli, aggiunse: «Questi sembrano fatti da un'elica».

Jack si raddrizzò. «Laurie, a cosa stai pensando? Non sei venuta quaggiù soltanto per aiutarci, vero?»

«No», ammise Laurie con voce un po' tremante «Cercavo un po' di sostegno morale.»

«Perché?»

«Calvin mi ha appena fatto una furiosa lavata di capo. Pare che il tecnico del turno di notte, Mike Passano, si sia lamentato di me perché la notte scorsa l'avrei accusato di esser coinvolto nel furto del cadavere di Franconi. Te l'immagini? Comunque Calvin era davvero in collera. Mi sono messa a piangere, il che mi ha resa furiosa con me stessa.»

Jack sbuffò. «Mi spiace», fece debolmente.

«Grazie», rispose Laurie.

«Hai solo versato un paio di lacrimucce, non essere troppo severa con te stessa.»

«È una cosa che detesto! È così poco professionale.»

«Io non me ne preoccuperei. Certe volte vorrei poter piangere. Forse, se fossimo capaci di sfogarci qualche volta, staremmo meglio tutti quanti.»

«È probabile», replicò Laurie. Jack aveva quasi ammesso

ciò che lei da lungo tempo intuiva: il suo dolore chiuso e represso era il peggiore ostacolo alla sua stessa serenità.

«Così almeno adesso abbandonerai la tua minicrociata», aggiunse Jack.

«Neanche per sogno! Semmai mi impegnerò ancora di più! Calvin e Bingham vogliono insabbiare il caso. Non è giusto.»

«Oh, Laurie, andiamo!» protestò Jack. «Questo piccolo scontro con Calvin è solo l'inizio. Stai cercando guai?»

«È una questione di principio. Non farmi la predica. Ero venuta da te per trovare un po' di incoraggiamento.»

Jack sospirò. «E va bene, che cosa vuoi che faccia?»

«Niente in particolare», rispose Laurie. «Resta solo al mio fianco.»

Quindici minuti dopo Laurie lasciava la stanza dell'autopsia. Jack le aveva mostrato tutti i rilevamenti esterni del caso, compresi i due piccoli fori. Lei aveva ascoltato con un orecchio solo, preoccupata per l'affare Franconi. Jack aveva dovuto fare uno sforzo per non ripeterle di lasciare perdere.

Ormai erano arrivate altre salme e i tecnici e i periti assegnati lavoravano a pieno ritmo.

Jack procedette con l'esame interno. Con quelle evidenti mutilazioni, dovette variare la tradizionale tecnica delle autopsie, e questo richiese una particolare concentrazione. Ancora una volta la sua meticolosità fu ricompensata. Anche se il fegato era stato praticamente distrutto dalle raffiche di fucile, scoprì qualcosa fuori dell'ordinario che sarebbe sfuggito a chiunque avesse lavorato più in fretta e più superficialmente. Rilevò minuscole tracce di suture chirurgiche nella vena cava e all'estremità sfrangiata dell'arteria epatica. Suture in quella zona erano estremamente insolite. L'arteria epatica portava il sangue al fegato, mentre la cava era la più larga dell'addome. Non trovò invece suture nella vena porta, perché questo vaso sanguigno era quasi interamente distrutto.

«Chet, vieni un po' qua», chiamò Jack. Chet McGovern era il collega d'ufficio di Jack. Stava lavorando a un tavolo vicino.

Chet depose il bisturi e si avvicinò al tavolo di Jack. Vinnie si spostò per fargli spazio.

«Che cosa c'è? Qualcosa di interessante?» chiese Chet sbirciando nella cavità addominale.

«Molto interessante. Ho qui un mucchio di pallini da caccia, ma ho trovato anche alcune suture vascolari.»

«Dove?» chiese Chet. Non distingueva alcun indizio del genere.

«Qui.» Jack puntò il bisturi all'interno del taglio.

«Ah, ora le vedo», confermò Chet con ammirazione. «È una bella scoperta. E c'è scarsa materia endoteniale. Direi che sono piuttosto recenti.»

«Lo penso anch'io. Probabilmente suture fatte da un mese o due. Al massimo da sei mesi.»

«Che cosa credi che significhi?»

«Credo che le probabilità di arrivare a un'identificazione siano salite del mille per cento», affermò Jack. Si raddrizzò e allungò le membra indolenzite.

«Okay, la vittima ha subito un intervento addominale», osservò Chet. «Ma c'è un sacco di gente che ha subito interventi di questo genere.»

«Non questo tipo di operazione. Con suture nella vena cava e nell'arteria epatica, scommetto che il nostro rientra in un gruppo ben delimitato. La mia ipotesi è che abbia subito un trapianto di fegato non molto tempo fa.»

8

5 marzo 1997, ore 10.00
New York

RAYMOND Lyons diede un'occhiata al suo Piaget ultrapiatto. Erano esattamente le dieci. A Raymond piaceva essere puntuale, specialmente agli appuntamenti d'affari, ma non gradiva essere in anticipo. Per quanto lo riguardava, essere in anticipo rivelava uno stato ansioso e un complesso di inferiorità e lui preferiva contrattare da una posizione di forza.

Da qualche minuto era fermo all'angolo di Park Avenue con la Settantottesima Strada, aspettando che arrivasse l'ora precisa. Si aggiustò la cravatta, si raddrizzò il cappello di feltro e si avviò verso l'ingresso del numero 972 di Park Avenue.

«Cerco lo studio del dottor Anderson», annunciò all'uomo in livrea che aveva aperto il pesante portone di vetro e ferro battuto.

«Lo studio del dottore ha un ingresso privato», rispose il portiere. Riaprì il portone alle spalle di Raymond, uscì sul marciapiede e additò a sud.

Raymond lo ringraziò e si avviò in quella direzione. Un'insegna di ottone recava inciso l'invito: SI PREGA SUONARE E QUINDI ENTRARE. Raymond eseguì.

Quando la porta si chiuse dietro di lui provò subito un senso di compiacimento. Lo studio di Anderson trasudava denaro. Era sontuosamente arredato con mobili antichi e folti tappeti orientali. Alle pareti erano appesi pregiati dipinti dell'Ottocento.

Raymond si avvicinò a un'elegante scrivania in stile francese, un autentico Boulle. Una segretaria molto ben vestita, dall'aspetto matronale, alzò la testa a guardarlo da sopra gli occhiali da lettura. La targhetta sulla scrivania diceva: SIGNORA ARTHUR P. AUCHINCLOSS.

Raymond si presentò, non dimenticando di dare un certo risalto al suo titolo di medico.

«Il dottore l'aspetta», rispose la signora Auchincloss, e gentilmente pregò Raymond di aspettare in sala d'attesa.

«Bello studio», cominciò Raymond.

«Infatti.»

«È molto grande?»

«Sì, certo. Il dottor Anderson ha molto lavoro. Abbiamo quattro sale per le visite e un locale per le radiografie.»

Raymond sorrise. Il dottor Anderson era perfetto come socio potenziale. Indubbiamente aveva ancora un piccolo gruppo di ricchi pazienti, ma i suoi affari dovevano essere stati gravemente intaccati dall'assistenza sanitaria statale.

«Avrete molto personale», osservò Raymond.

«È stato ridotto a una sola infermiera», rispose la signora Auchincloss. «È difficile trovare assistenti veramente capaci di questi tempi.»

Già, sicuro, pensò Raymond. Una sola infermiera significava che il dottore aveva l'acqua alla gola. Ma si guardò bene dall'esprimere i suoi pensieri.

Si aprì una porta interna ed entrò una signora anziana, pesantemente ingioiellata, con indosso un abito di Gucci. Dietro di lei comparve il dottor Waller Anderson.

Gli sguardi di Raymond e Anderson s'incrociarono per un attimo mentre il dottore accompagnava la sua paziente alla scrivania della ricezione e le fissava la prossima visita.

Raymond ne approfittò per studiare il dottore. Era alto, con quell'aspetto raffinato che anche Raymond sapeva di possedere. Ma Waller non era abbronzato. Anzi, la sua carnagione aveva un fondo grigiastro e il suo volto era teso e affaticato, con gli occhi tristi e le guance incavate. A parere di Raymond, quel volto parlava di tempi duri.

Dopo una serie di affettuose raccomandazioni alla paziente, Waller fece cenno a Raymond di seguirlo e lo guidò per un lungo corridoio che dava accesso alle sale per le visite. All'estremità del corridoio lo precedette nel proprio studio privato e chiuse la porta dietro di loro.

Si presentò con cordialità, pur mantenendo un certo contegno. Prese il cappello e il cappotto di Raymond e li appese in un piccolo stipo.

«Caffè?» offrì.

«Volentieri, grazie.»

«Tempi duri per la nostra professione», cominciò Raymond pochi minuti dopo.

Waller emise un suono che voleva sembrare una risata, ma del tutto privo di allegria.

«Noi le diamo l'opportunità di aumentare considerevolmente il suo reddito e insieme offrire una terapia modernissima ad alcuni pazienti selezionati.» L'approccio di Raymond era un discorso preparato che aveva perfezionato negli anni.

«C'è qualcosa di illegale?» interruppe Waller. Il suo tono era serio e quasi irritato. «In tal caso, non sono interessato.»

«Niente di illegale», lo rassicurò Raymond. «Solo estremamente confidenziale. Nel nostro colloquio telefonico lei ha detto che era disposto a tenere questo discorso fra lei, me e il dottor Levitz.»

«A meno che già il mio silenzio non diventi un crimine», obiettò Waller. «Non voglio trovarmi coinvolto in un caso di complicità.»

«Non c'è niente di cui preoccuparsi», gli assicurò Raymond sorridendo. «Ma se lei decide di unirsi al nostro gruppo, dovremo chiederle di firmare un affidavit con l'impegno di stretta riservatezza. Solo allora le saranno comunicati i particolari.»

«Non ho niente in contrario a firmare un affidavit», rispose Waller, «purché non si tratti di violare la legge.»

«Bene, allora.» Cominciò raccontando del suo casuale incontro a un congresso nazionale, sette anni prima, con Kevin Marshall che aveva tenuto una relazione scarsamente apprezzata sulla trasposizione omologa di parti di cromosoma fra cellule.

«Trasposizione omologa?» chiese Waller. «Che cosa diavolo è?» Poiché aveva frequentato la facoltà di Medicina prima della rivoluzione della biologia molecolare, il termine non gli era familiare.

Raymond glielo spiegò pazientemente, usando come esempio i bracci corti del cromosoma 6.

«Così questo Kevin Marshall ha sviluppato una tecnica per estrarre un pezzetto di cromosoma da una cellula e scambiarlo con lo stesso pezzetto di un'altra cellula, inserendolo nello stesso punto», riassunse Waller.

«Esattamente», confermò Raymond. «Per me fu una vera rivelazione. Ne vidi immediatamente le applicazioni cliniche. D'improvviso appariva possibile creare un duplicato immunologico di un individuo. Come sicuramente lei saprà, il braccio corto del cromosoma 6 contiene il complesso primario di istocompatibilità.»

«Come un gemello monozigote», fece Waller con crescente interesse.

«Ancora meglio. Il duplo immunologico viene creato in una specie animale di natura appropriata, che può essere sacrificata all'occorrenza. Ben poche persone potrebbero permettersi di sacrificare un gemello identico.»

«Perché la relazione non è stata pubblicata?» chiese Waller.

«Il dottor Marshall effettivamente intendeva pubblicarla. Ma vi erano alcuni dettagli minori che voleva elaborare prima di farlo. Era stato il preside della sua facoltà a spingerlo a presentarsi al congresso. Ed è stata una fortuna per noi.

«Dopo aver ascoltato la relazione l'ho avvicinato e convinto a mettersi in proprio. Non è stato facile, ma quello che ha giocato a nostro favore è stata la promessa del laboratorio dei suoi sogni senza alcuna interferenza delle autorità accademiche. Gli ho assicurato che avrebbe ottenuto qualsiasi attrezzatura avesse ritenuto necessaria.»

«E voi avevate un tale laboratorio?»

«A quell'epoca no», ammise Raymond. «Ma una volta ottenuto il suo consenso, mi sono rivolto a un gigante internazionale dell'industria biochimica, di cui non farò il nome prima che lei s'impegni ad aderire al nostro gruppo. Con una certa difficoltà li ho convinti a sfruttare commercialmente questo fenomeno.»

«E come si concreta l'affare?»

Raymond si protese in avanti e fissò Waller negli occhi. «Per un certo prezzo, creiamo un duplo immunologico per il cliente. Come può ben immaginare, è un prezzo piuttosto alto, ma non irragionevole per la tranquillità d'animo che consente. Ma il nostro reale profitto sta nel fatto che il cliente deve pagare una retta annuale per il mantenimento del suo duplo.»

«Una specie di immatricolazione iniziale, seguita da una tassa annuale», osservò Waller.

«Be', questo è un altro modo di vedere le cose.»

«E quale sarebbe il mio profitto?»

«Arriverebbe a lei per molte vie», spiegò Raymond. «Lei ricaverà una percentuale per ogni cliente reclutato, non solo sul prezzo iniziale ma anche sulla quota annuale. Inoltre vogliamo incoraggiarla a reclutare altri medici come lei, con una clientela in diminuzione ma che hanno ancora un buon numero di pazienti ricchi, preoccupati della loro salute e disposti a pagare in contanti. Per ogni medico reclutato lei riceve una percentuale sui reclutamenti effettuati da quest'ultimo. Per esempio, se lei si unisce a noi, il dottor Levitz che l'ha raccomandata riceve una percentuale su tutti i successi da lei ottenuti. Non le occorrerà essere un ragioniere per calcolare che con un piccolo sforzo può incassare profitti non indifferenti. E come incentivo supplementare, possiamo offrirle di effettuare i pagamenti all'estero; così si accumuleranno al riparo dalle tasse.»

«Perché tutto questo segreto?» chiese Waller.

«Per ovvie ragioni, per quel che riguarda i pagamenti all'estero. Quanto al programma nel suo complesso, ci sono degli aspetti etici di cui non si è tenuto troppo conto. Di conseguenza la società biotecnologica che rende possibile tutto questo ci tiene a evitare ogni eventuale cattiva pubblicità. Francamente, l'uso di animali per i trapianti urta la sensibilità di certe persone, e naturalmente non vogliamo essere costretti a dare battaglia ai fanatici difensori dei diritti degli animali. Inoltre si tratta di un'operazione assai costosa, che solo pochi cittadini molto abbienti possono permettersi. E questo è contrario al concetto di eguaglianza.»

«Posso chiedere quante persone finora hanno aderito al programma?»

«Medici o clienti?» chiese Raymond.

«Clienti.»

«Pressappoco un centinaio.»

«E qualcuno ha utilizzato il suo duplo?»

«In pratica quattro persone», rispose Raymond. «Sono stati trapiantati due reni e due fegati. Tutti i pazienti stanno benissimo senza altre terapie e senza nessun sintomo di rigetto. Potrei aggiungere che per il recupero dell'organo e il trapianto c'è un prezzo aggiuntivo molto elevato, e i medici coinvolti ricevono la stessa percentuale sugli onorari supplementari.»

«Quanti sono i medici che hanno aderito?»

«Meno di cinquanta, finora. Abbiamo cominciato il reclutamento un po' a rilento, ma ora stiamo accelerando.»

«Da quanti anni è in corso il programma?»

«Circa sei anni. È stato un imponente investimento di capitali e un considerevole impegno, ma ora comincia a rendere egregiamente. Dovrei ricordarle che lei entrerà nel periodo per così dire iniziale dell'impresa e si avvantaggerà grandemente della struttura a piramide.»

«Mi pare una proposta interessante. Posso pensarci un giorno o due?»

Raymond si alzò. L'esperienza gli diceva che aveva fatto un'altra conquista. «Certamente!» rispose. «Anzi, la inviterei anche a chiamare il dottor Levitz. Il dottore l'ha raccomandata a noi caldamente ed è assai soddisfatto dei nostri accordi.»

Cinque minuti dopo, Raymond usciva sul marciapiede e svoltava a sud per Park Avenue. Il suo passo era trionfante. Con il cielo azzurro, l'aria limpida, un primo fremito di primavera, si sentiva sulla cresta dell'onda, specialmente con il piacevole flusso di adrenalina che un nuovo reclutamento gli procurava sempre. Anche i fastidi dei due giorni precedenti gli parevano insignificanti. Il futuro era luminoso e pieno di promesse.

Distratto dall'entusiasmo, scese dal marciapiede e per poco non fu investito da un autobus che arrivava a velocità sostenuta.

Barcollò all'indietro, stordito, rendendosi conto di essere sfuggito per miracolo a una morte orribile. Lo scampato pericolo gli ricordò che doveva vedersela con Vinnie Dominick.

Di colpo rinsavito, attraversò la strada con maggiore attenzione. La vita era piena di pericoli. Mentre si avviava verso la Sessantaquattresima Strada, cominciò a preoccuparsi per gli altri due casi di trapianto. Fino all'affare Franconi non aveva mai preso in considerazione il fatto che un'autopsia potesse presentare un problema per l'intero programma.

Subito decise che era meglio controllare le condizioni degli altri pazienti. Sapeva quanto la minaccia di Taylor Cabot fosse reale e seria. Se in futuro uno dei pazienti fosse stato sottoposto a un'autopsia e i risultati fossero stati divulgati dalla stampa, sarebbe stato un disastro. La GenSys avrebbe probabilmente cancellato l'intera faccenda.

Affrettò il passo. Uno dei pazienti abitava nel New Jersey, l'altro a Dallas. Pensò che avrebbe fatto bene ad attaccarsi al telefono e parlare con i medici che li avevano reclutati.

9

5 marzo 1997, ore 17.45
Cogo, Guinea Equatoriale

«BUONGIORNO a tutti!» Era la voce di Candace. «C'è qualcuno?»

Kevin sobbalzò. Il personale del laboratorio aveva da tempo

terminato il lavoro e il locale era silenzioso, salvo per il lieve ronzio degli apparecchi di refrigerazione. Kevin era rimasto per eseguire un'ultima analisi per separare i frammenti del Dna, ma al suono della voce di Candace aveva mancato con la micropipetta uno dei fori. Il liquido era gocciolato sulla superficie del gel. L'esperimento era rovinato: avrebbe dovuto ricominciare.

«Sono qui!» gridò. Posò la pipetta e si raddrizzò.

«Arrivo in un brutto momento?» chiese Candace avvicinandosi.

«No, stavo per finire», rispose Kevin. Sperò di non essere troppo trasparente.

Era lieto di vedere Candace. Quel giorno a colazione aveva raccolto tutto il suo coraggio per invitare Candace e Melanie a prendere il tè a casa sua. Entrambe avevano accettato con entusiasmo.

Il pomeriggio era stato un successo, senza dubbio grazie alla personalità delle due donne e al vino francese che alla fine avevano deciso di sostituire al tè. Come membro dell'élite della Zona, Kevin aveva una cantina assai ben fornita.

«Sono venuta a vedere se riesco a trascinarla dal signor Horace Winchester», spiegò Candace. «Gli ho parlato di lei, dottor Marshall...»

«Ti prego, diamoci del tu...»

«Allora, gli ho parlato di te e gli piacerebbe incontrarti.»

«Non so se è una buona idea...» Kevin si sentiva un po' teso.

«Al contrario! Dopo quello che ci hai detto a pranzo, penso che dovresti vedere il lato positivo del tuo lavoro. Mi dispiace se quello che ho detto ti ha tanto sconvolto.»

L'osservazione di Candace era la prima allusione all'episodio di quel mattino. Kevin sentì accelerare i battiti del cuore.

«Non è stata colpa tua. Ero già sconvolto prima.»

«Allora vieni a conoscere Horace. Si sta riprendendo con straordinaria rapidità. Si sente così bene che la presenza di un'infermiera a tempo pieno è assolutamente superflua.»

«Non saprei che cosa dirgli...» borbottò Kevin.

«Oh, non importa quello che dici tu. Quell'uomo ti è tanto riconoscente! Fino a pochi giorni fa stava così male che credeva di morire. Ora si sente come se gli avessero dato una nuova vita. Vieni! Ti farà bene.»

Kevin cercò di escogitare una buona ragione per rifiutare, e poi fu salvato da un'altra voce. Era Melanie.

«Ah, i miei due compagni di baldoria preferiti!» esclamò Melanie entrando nella stanza. Aveva visto Candace e Kevin dalla porta aperta mentre si recava al suo laboratorio.

Melanie guardò in faccia prima l'uno e poi l'altra. Intuì che c'era qualcosa che non andava.

«Be', che cos'è? Una veglia funebre?»

Candace sorrise. Le piaceva la franca irriverenza di Melanie. «Kevin e io siamo in una posizione di stallo. Cercavo di convincerlo a venire in ospedale a trovare il signor Winchester. Gli ho parlato di voi due e sarebbe ben lieto di conoscervi.»

«Ho sentito che ha una catena di alberghi di lusso», osservò Melanie facendole l'occhiolino. «Magari potremmo farci offrire un cocktail.»

«È così riconoscente e così ricco che puoi farti offrire qualcosa di meglio», ribatté Candace. «Ma Kevin non vuole venire.»

«Come mai, collega?» gli chiese Melanie.

«Pensavo che gli avrebbe fatto bene», aggiunse Candace.

«Sicuro», concordò Melanie, «vedere un paziente in carne e ossa sarebbe un conforto per il nostro duro lavoro e ci darebbe un nuovo sprint.»

«Temo che mi farebbe sentire peggio», obiettò Kevin.

«Perché?» gli domandò Melanie. «Non capisco.»

«È difficile da spiegare», rispose Kevin evasivo.

«Provaci», lo invitò Melanie.

«Insomma, vedere il paziente mi fa pensare alla fine che ha fatto il suo duplo.» Kevin era arrossito.

«Tu consideri i diritti degli animali più seriamente di me», osservò Candace.

«Ho paura che la faccenda vada al di là della vita degli animali», replicò Kevin.

Seguì un silenzio teso. Melanie lanciò un'occhiata a Candace, che si strinse nelle spalle.

«Adesso basta!» esclamò Melanie. Si avvicinò a Kevin, gli pose le mani sulle spalle e lo spinse a sedere. «Fino a questo pomeriggio pensavo che fossimo solo colleghi», cominciò. «Ma ora è diverso. Adesso siamo amici. Ho ragione?»

Kevin annuì. Fissò Melanie negli occhi.

«E gli amici parlano fra loro», continuò Melanie. «Non nascondono i loro sentimenti mettendo gli altri a disagio. Capisci quello che voglio dire?»

«Credo di sì», mormorò Kevin. Non gli era mai passato per la mente che il suo comportamento mettesse gli altri a disagio.

Melanie alzò gli occhi al cielo. «Non essere così evasivo! Voglio che mi spieghi che cosa intendevi oggi a pranzo a proposito di 'oltrepassare i limiti'. Quando te l'ho chiesto ti sei chiuso come un'ostrica, rifiutando di spiegarti. Ma tenerti tutto dentro ti farà stare peggio e ostacolerà la nostra amicizia.»

Candace annuì più volte, per indicare che era completamente d'accordo con Melanie.

Per quanto fosse riluttante a esprimere le sue paure, Kevin capì di non avere scelta. «Ho visto del fumo salire dell'Isla Francesca», confessò.

«Che cos'è l'Isla Francesca?» chiese Candace.

«L'isola dove vengono portati i bonobo transgenici quando hanno compiuto i tre anni», le spiegò Melanie. «Ma cos'è questa storia del fumo?»

Kevin si alzò e fece cenno alle due donne di seguirlo. Si avvicinò alla sua scrivania e puntò l'indice fuori della finestra, verso l'isola. «Ho visto il fumo tre volte», affermò. «Viene sempre dallo stesso posto, poco a sinistra della dorsale calcarea.»

Candace socchiuse gli occhi. Era leggermente miope, ma per vanità femminile si rifiutava di portare gli occhiali. «È quella più lontana?» domandò. Le sembrava di scorgere delle macchie marrone che potevano essere rocce. Alla luce del tardo pomeriggio le altre isole dell'arcipelago apparivano come sagome verde scuro.

«Sì, è quella», confermò Kevin.

«Be', che cosa c'è di strano?» osservò Melanie. «Con tutti i fulmini che cadono qui attorno non c'è da meravigliarsi.»

«È quello che ha detto anche Bertram Edwards», replicò Kevin. «Ma non può essere stato un fulmine.»

«Chi è Bertram Edwards?» domandò Candace.

«Perché non può essere stato un fulmine?» chiese Melanie ignorando la domanda di Candace.

«Non hai mai sentito il proverbio 'Il fulmine non cade mai due volte sullo stesso posto'?» ribatté Kevin.

«Forse sull'isola vivono degli indigeni», ipotizzò Candace.

«La GenSys si è assicurata che non ci fosse nessuno, prima di scegliere l'isola», obiettò Kevin.

«Forse dei pescatori locali ci vanno di tanto in tanto», suggerì ancora Candace.

«Tutti gli abitanti del luogo sanno che è rigorosamente proibito», spiegò Kevin. «In base alla nuova legge della Guinea Equatoriale, è un reato punibile con la morte.»

«E allora chi ha acceso i fuochi?» chiese Candace.

«Mio Dio, Kevin!» esclamò all'improvviso Melanie. «Comincio a capire quello che stai pensando. Ma è assurdo!»

«Che cosa è assurdo? Qualcuno me lo spiega?» si lamentò Candace.

«Voglio mostrarvi qualcos'altro.» Kevin si mise al computer e fece apparire il grafico dell'isola. Spiegò alle due donne come funzionava il sistema di localizzazione e per dimostrazione richiamò il duplo di Melanie. La piccola luce rossa balenò poco a nord della dorsale, non lontano dal punto in cui si era trovato il suo duplo il giorno prima.

«Voi due avete un duplo?» chiese Candace sbalordita.

«Noi siamo stati le cavie», spiegò Melanie. «I nostri sono stati i primi. Dovevamo dimostrare che la tecnica funziona.»

«Bene, ora lasciate che vi mostri che cosa ho fatto e vediamo se otteniamo lo stesso risultato.» Le dita di Kevin si mossero rapidamente sulla tastiera. «Sto dando istruzioni al computer perché localizzi automaticamente tutti i settantatré dupli. I numeri degli animali compariranno nell'angolo, seguiti dalla luce lampeggiante sul grafico. Ora osservate.» Kevin diede l'avvio.

«Pensavo che fossero un centinaio», disse Candace.

«È vero», rispose Kevin, «ma ventidue hanno meno di tre anni. Sono nel recinto dei bonobo, al centro zootecnico.»

«Bene», commentò Melanie dopo aver osservato per alcuni minuti il computer al lavoro. «Funziona come hai detto tu Che cosa c'è che non va?»

«Continua a guardare», replicò Kevin.

All'improvviso comparve il numero trentasette, ma non la lucina rossa, dopo qualche attimo comparve sullo schermo la scritta: ANIMALE NON LOCALIZZATO. RIPETERE.

Melanie guardò Kevin. «Dov'è il numero trentasette?»

Kevin sospirò. «Il numero trentasette era il duplo del signor Winchester. Ma non è questo che volevo mostrarvi». Batté un tasto e il programma ripartì poi si fermò al numero quarantadue.

«Era il duplo di Franconi?» chiese Candace. «L'altro trapianto di fegato?»

Kevin scosse la testa. Azionò diversi tasti chiedendo al computer l'identità del numero quarantadue. Comparve il nome di Warren Prescott.

«E allora dov'è il quarantadue?» chiese Melanie.

«Non ne sono sicuro e ho paura di saperlo», rispose Kevin. Tornò a lavorare sulla tastiera e sullo schermo ricomparvero numeri e luci rosse.

Quando ebbero fatto girare l'intero programma, risultò che mancavano sette bonobo transgenici.

«È questo che hai scoperto?» chiese Melanie.

Kevin annuì. «Ma non erano sette, erano dodici. Alcuni di quelli che mancavano mancano ancora, gli altri sono ricomparsi.»

«Non capisco», osservò Melanie scuotendo la testa. «Com'è possibile?»

«Quando ho fatto il giro dell'isola, anni fa, prima che tutto cominciasse, ricordo di aver visto alcune caverne. Penso che gli animali da noi creati siano entrati nelle caverne, forse ci vivono addirittura. È l'unico modo per spiegare come mai la griglia non riesce a localizzarli.»

Melanie si portò una mano alla bocca. Nei suoi occhi passò un lampo di orrore e sgomento.

Candace osservò la reazione dell'amica.

«Ehi, ragazzi, che cosa diavolo succede?» domandò, allarmata. «Che cosa state pensando?»

Melanie abbassò la mano, i suoi occhi erano inchiodati in quelli di Kevin. «Quando Kevin ha detto che temeva di aver oltrepassato i limiti», spiegò con voce bassa e decisa, «intendeva che aveva il terrore di aver creato degli esseri umani.»

«Non dirai sul serio!» esclamò Candace, ma guardando Kevin e Melanie capì che era così.

Per un intero minuto nessuno parlò.

Infine Kevin ruppe il silenzio. «Non alludo a un vero essere umano sotto la pelle di una scimmia. Voglio dire che potrei aver creato una specie di protoominide. Forse qualcosa di simile ai nostri remoti antenati che comparvero spontaneamente in natura da qualche ramo di pongidi antropomorfi, quattro o cinque milioni di anni fa. Forse allora le mutazioni cruciali avvennero nei geni dell'evoluzione che, come abbiamo recentemente appreso, si trovano sul braccio corto del cromosoma 6.»

Candace si trovò a fissare attonita fuori della finestra. Rivide con gli occhi della mente la scena di due giorni prima in sala operatoria. Il bonobo che stava per essere sottoposto all'anestesia aveva emesso suoni curiosamente umani e aveva cercato disperatamente di tenere le mani libere, per continuare a fare lo stesso gesto disperato. Non cessava di aprire e chiudere le dita e poi allontanava di scatto le mani dal corpo.

«Per dirla in parole povere», osservò Candace, voltandosi verso di loro, «ci troviamo di fronte a dei trogloditi, come quelli della preistoria?»

«Qualcosa di simile», confermò Kevin. Come si era aspettato le due donne erano allibite. Stranamente, si sentiva un po' meglio ora che aveva condiviso le proprie angosce.

«E adesso che cosa facciamo?» domandò Candace. «Certo non voglio trovarmi coinvolta nel sacrificio di un altro di questi esseri finché non ne sappiamo qualcosa di più. Mi è già costato molta fatica e molta angoscia quando ero convinta che la vittima fosse solo una scimmia.»

«Un momento», intervenne Melanie alzando le mani. «Forse stiamo saltando a conclusioni affrettate. Non abbiamo alcuna prova. Solo indizi circostanziali.»

«È vero, ma c'è dell'altro», aggiunse Kevin. Si girò verso il computer e chiese di proiettare simultaneamente l'ubicazione di tutti i bonobo sull'isola. Entro pochi secondi due larghe macchie rosse cominciarono a pulsare. Una era nel punto dove si trovava il duplo di Melanie, l'altra era a nord del lago. Kevin alzò gli occhi su Melanie. «Che cosa ti suggerisce?»

«Che ci sono due gruppi. Credi che sia una situazione permanente?»

«Era così anche in precedenza. Credo che sia un fenomeno permanente. Persino Bertram me ne ha parlato. Non è tipico dei bonobo, che vivono in gruppi sociali più numerosi di quelli degli scimpanzé.»

Melanie annuì. Negli ultimi cinque anni aveva appreso molto del comportamento dei bonobo.

«E c'è un'altra cosa, ancora più sconvolgente», continuò Kevin. «Bertram mi ha detto che uno dei bonobo ha ucciso un pigmeo durante la cattura del duplo di Winchester. Non è stato un incidente. Il bonobo ha scagliato deliberatamente una pietra. Questo tipo di aggressività è più tipico dell'uomo che dei bonobo.»

«Devo ammetterlo», convenne Melanie. «Ma sono sempre e solo indizi circostanziali.»

«Circostanziali o no», affermò Candace, «non voglio avere una cosa simile sulla coscienza.»

«Anch'io la penso così», aggiunse Melanie. «Oggi ho passato tutta la giornata ad avviare due bonobo femmine al programma di raccolta degli ovuli. Non andrò avanti finché non saprò se quest'idea sui protoominidi è valida o no.»

«Non sarà facile», rispose Kevin. «Per dimostrarlo qualcuno dovrebbe andare sull'isola. Il guaio è che solo due persone possono dare l'autorizzazione: Bertram Edwards o Siegfried Spallek. Ho già parlato con Bertram. Ha ribadito che nessuno può avvicinarsi all'isola, eccetto un pigmeo che porta rifornimenti di cibo.»

«Gli hai detto che cosa temevi?» chiese Melanie.

«Non esplicitamente, ma sono sicuro che ha capito. Solo che non gli interessa. Lui e Siegfried si preoccupano solo dei profitti. Non si curano minimamente di ciò che accade sull'isola. Oltretutto dobbiamo considerare la sociopatia di Siegfried.»

«È così cattivo?» chiese Candace. «Ho sentito delle voci.»

«È un individuo veramente sporco», commentò Melanie. «Pensa che ha fatto condannare a morte alcuni indigeni solo perché avevano cacciato di frodo nella Zona.»

«Li ha uccisi proprio lui?» domandò Candace.

«Li ha fatto processare da un tribunale illegale qui a Cogo. Poi sono stati giustiziati da un plotone di soldati guineensi nel campo di calcio.»

«E oltretutto usa i teschi come portagraffette o portacenere sulla sua scrivania», rincarò Kevin.

Candace fu percorsa da un brivido. «Mi pento di averlo chiesto.»

«E il dottor Lyons?», chiese Melanie.

«Lasciamo perdere», fece Kevin ridendo. «È ancora più venale di Bertram. Ho cercato di parlargli della questione del fumo, ma non ha voluto ascoltare. Ha detto che era frutto della mia immaginazione. Francamente, non ho alcuna fiducia in lui.»

«Così restiamo solo noi», concluse Melanie. «Siamo noi che dobbiamo scoprire se è la tua immaginazione o no. Che ne diresti di fare un salto all'Isla Francesca?»

«Vuoi scherzare! Andarci senza permesso è reato. C'è la pena di morte.»

«Ci sarà la pena di morte per gli indigeni. Ma non per noi», ribatté Melanie. «Nel nostro caso, Siegfried dovrebbe rispondere alla GenSys.»

«Bertram ha vietato espressamente qualsiasi visita», ribatté Kevin. «Mi sono offerto di andarci io stesso e ha detto di no.»

«Figuriamoci! E che cosa potrebbe fare?» commentò Melanie. «Licenziarci in tronco? Sono stata qui abbastanza a lungo per sapere che non mi dispiacerebbe. D'altra parte, senza di noi non possono andare avanti. Questo è un dato di fatto.»

«Credi che sarebbe pericoloso?» chiese Candace.

«I bonobo sono creature pacifiche», rispose Melanie, «molto più degli scimpanzé, e gli scimpanzé non sono pericolosi se non vengono aggrediti.»

«Ma un uomo è stato ucciso!» obiettò Candace.

«È successo durante il recupero di un duplo», precisò Kevin.

«Andremo solo a dare un'occhiata», la tranquillizzò Melanie.

«D'accordo», si arrese Candace. «Come ci si arriva?».

«Con la macchina, credo. Quando vanno sull'isola per lasciare un animale o per riprenderlo usano un furgone. Ci dev'essere un ponte.»

«C'è una strada che corre verso est lungo la costa», spiegò Kevin. «È lastricata fino al villaggio indigeno, poi diventa una pista. O almeno, era così quando ho visitato l'isola all'inizio. Per una trentina di metri l'isola è separata dalla terraferma solo da un canale largo dieci metri. A quell'epoca c'era un ponte di corda, sospeso fra due alberi di mogano.»

«Forse potremmo osservare gli animali senza neanche attraversare il canale», osservò Candace. «Andiamo.»

«Non avete mai sentito parlare di prudenza?» protestò Kevin.

«Che pericolo può esserci nell'andare là semplicemente a controllare la situazione?» ribatté Melanie.

«Quando avreste intenzione di farlo?» chiese Kevin.

«Direi subito.» Melanie diede un'occhiata al suo orologio. «È il momento migliore. Il novanta per cento della popolazione della città è al bar del lungomare o al centro sportivo.»

Kevin sospirò e lasciò cadere le braccia lungo i fianchi, arrendendosi. «Che macchina prendiamo?» chiese.

«La tua», fece Melanie senza esitare. «La mia non ha quattro ruote motrici.»

Mentre scendevano le scale e attraversavano la calura soffocante del parcheggio, Kevin era tormentato dai dubbi. Ma di fronte all'atteggiamento risoluto delle due donne non osava esprimere le proprie perplessità.

Kevin si mise alla guida, Melanie prese posto accanto a lui e Candace dietro. Uscirono dalla città a est, passando vicino ai campi da tennis del centro sportivo, affollati di giocatori.

Subito dopo il campo di calcio la vegetazione s'infittiva ai lati della strada. Uccelli dai vivaci colori svolazzavano fra le ombre sempre più scure.

«Mi è venuta un'idea, a proposito di quell'aggressione», esordì Melanie. «La passività dei bonobo è solitamente attribuita al loro carattere matriarcale. Ma il nostro programma si occupa di una popolazione prevalentemente maschile, poiché la domanda di dupli maschi è superiore. Fra le poche femmine che ci vivono la competizione deve essere altissima.»

«Buona osservazione», convenne Kevin. Si domandò come mai Bertram non ci avesse pensato.

«È il posto che fa per me», cinguettò Candace. «Forse dovrei prenotare sull'Isla Francesca invece che a Miami per le mie prossime vacanze.»

Melanie scoppiò in una risata. «Allora andiamoci insieme!»

Superarono diversi indigeni che tornavano a casa dal lavoro. Le donne reggevano sulla testa grandi brocche o pacchi. Gli uomini camminavano a mani vuote.

«È una cultura strana», commentò Melanie. «Le donne fanno la maggior parte del lavoro, coltivano i campi, portano l'acqua, allevano i bambini, cucinano, tengono in ordine la casa.»

«E gli uomini che cosa fanno?» chiese Candace.

«Siedono in cerchio a discutere di metafisica.»

«Mi è venuta un'idea», intervenne Kevin. «Non so perché non ci ho pensato prima. Potremmo parlare con il pigmeo che porta il cibo sull'isola e sentire cos'ha da dire.»

«Buona idea», convenne Melanie. «Sai come si chiama?»

«Alphonse Kimba.»

Quando arrivarono al villaggio indigeno si fermarono di fronte all'affollato emporio e scesero. Kevin entrò per domandare del pigmeo.

«Questo posto è incantevole», osservò Candace guardandosi intorno. «Tipico africano, ma con qualcosa che fa pensare a Disneyland.»

La GenSys aveva costruito il villaggio con la collaborazione del ministero degli Interni della Guinea Equatoriale. Le capanne circolari erano di mattoni di fango imbiancate a calce e con i tetti di paglia. I recinti per gli animali domestici erano fatti di stuoie di palme fissate a pali di legno. Aveva un aspetto tradizionale, ma tutto era nuovo e immacolato. Erano anche dotate di elettricità e acqua corrente. Nel sottosuolo c'erano i cavi elettrici e un moderno impianto di fognatura.

Kevin tornò quasi subito. «Abita qui vicino, possiamo andarci a piedi.»

Nel villaggio si muoveva una vivace folla di uomini, donne e bambini. Qua e là si accendevano i fuochi per cucinare. Tutti apparivano cordiali e festosi: avvertivano la fine dell'interminabile stagione delle piogge, che li aveva tenuti per lunghi mesi prigionieri.

Alphonse Kimba era alto meno di un metro e mezzo e aveva la pelle nera come l'onice. Il suo viso largo e piatto si aprì in un ampio sorriso quando accolse gli inaspettati visitatori. Cercò di presentare sua moglie e suo figlio, ma erano troppo timidi e si rifugiarono nell'ombra in fondo alla capanna.

Alphonse invitò gli ospiti a sedere su stuoie di canna. Poi prese quattro bicchieri e versò in ognuno un dito di liquido chiaro da una vecchia bottiglia verde che una volta aveva contenuto olio per macchine.

Il visitatori agitarono cautamente il liquido nei loro bicchieri.

«È alcolico?» chiese Kevin.

«Oh, sì!» rispose Alphonse e il suo sorriso si allargò. «È lotoko, fatto con il grano. Buonissimo! Lo porto qui da casa mia, a Lomako.» Sorseggiò il liquore deliziato. Era membro della popolazione Mongandu dello Zaire ed era stato portato nella Zona con la prima spedizione di bonobo. Poiché la bevanda conteneva alcol, che presumibilmente avrebbe ucciso potenziali microrganismi, gli ospiti con molta circospezione assaggiarono l'intruglio. Malgrado tutte le buone intenzioni, non riuscirono a trattenere una smorfia. Il liquido era terribilmente forte e piccante.

Kevin spiegò che erano venuti a chiedere informazioni sui bonobo dell'isola. Chiese ad Alphonse se secondo lui quei bonobo si comportavano come gli altri che vivevano nella sua terra natia, lo Zaire.

«Sono tutti molto giovani», rispose il pigmeo, «perciò sono turbolenti e selvatici.»

«Vai spesso sull'isola?» gli chiese Kevin.

«No, è proibito. Solo quando andiamo a portare un animale, o a riprenderne un altro, e sempre assieme al dottor Edwards.»

«Come portate i rifornimenti di cibo sull'isola?» chiese Melanie.

«C'è una piccola zattera. La tiro attraverso l'acqua con una fune, poi la riporto indietro.»

«E i bonobo», chiese ancora Melanie, «sono aggressivi davanti al cibo o se lo dividono?»

«Sono molto aggressivi. Combattono come matti, specialmente per i frutti. Ne ho visto anche uno uccidere una piccola scimmia.»

«Perché?» chiese Kevin.

«Per mangiarla, credo. Se l'è portata via quando il cibo è finito.»

«Questo è più consono al comportamento degli scimpanzé», osservò Melanie rivolta a Kevin.

Kevin annuì. «In che punto dell'isola hanno avuto luogo le catture?»

«Da questo lato del lago e del fiume», rispose Kimba.

«Nessuna più in là, sulla montagna?»

«No, nessuna.»

«Come fate ad arrivare sull'isola per recuperare un bonobo? Usate la zattera?»

Alphonse rise di cuore. Dovette asciugarsi gli occhi con le

nocche delle dita. «La zattera è troppo piccola. Finiremmo tutti in pasto ai coccodrilli. No, passiamo sul ponte.»

«Perché non usate il ponte per portare il cibo?» chiese Melanie.

«Perché il dottor Edwards deve far crescere il ponte.»

«Crescere il ponte?» chiese Melanie.

«Sì.»

I tre ospiti si scambiarono uno sguardo. Erano sconcertati.

«Hai visto dei fuochi sull'isola?» chiese Kevin dopo un attimo, cambiando argomento.

«Niente fuoco», rispose Alphonse, «ma ho visto fumo.»

«E che cosa hai pensato?»

«Io? Non penso niente.»

«Hai mai visto uno dei bonobo fare questo gesto?» chiese Candace. Aprì e chiuse le dita poi allontanò la mano dal corpo, imitando il gesto del bonobo in sala operatoria.

«Sì», rispose Alphonse, «molti lo fanno quando finiscono di dividere il cibo.»

«Emettono molti suoni?»

«Molti.»

«Come i bonobo dello Zaire?» chiese Kevin.

«Di più. Ma nello Zaire non vedo i bonobo spesso come qui. E non gli porto cibo. Là se lo procurano da soli nella giungla.»

«Che tipo di suoni emettono?» chiese Candace. «Puoi farci un esempio?»

Alphonse rise, imbarazzato. Gettò un'occhiata alla moglie, per assicurarsi che non stesse ascoltando. Poi vocalizzò a bassa voce: «*Eee, ba da, loo loo, tad tat*». Rise ancora.

«Fanno un grido simile a quello degli scimpanzé?» chiese Melanie.

«Qualche volta.»

Gli ospiti si scambiarono un'occhiata. Non sapevano più che cosa chiedere. Kevin si alzò e le due donne lo imitarono. Ringraziarono il pigmeo per l'ospitalità e gli restituirono i bicchieri, ancora pieni per metà.

«C'è un'altra cosa», aggiunse il pigmeo prima che uscissero. «I bonobo dell'isola amano esibirsi. Quando vengono a prendere il cibo stanno ritti sulle zampe posteriori.»

«Tutto il tempo?» chiese Kevin.

«Per la maggior parte.»

I tre riattraversarono il villaggio e salirono in macchina. Nessuno parlò finché Kevin non ebbe acceso il motore.

«Be', che cosa ne pensate?» chiese Kevin. «Dobbiamo continuare? Il sole è già tramontato.»

«Io voto sì», rispose Melanie. «Siamo già arrivati a questo punto...»

«D'accordo», assentì subito Candace. «Sono curiosa di vedere questo ponte che cresce.»

Melanie sorrise. «Anch'io. Che bel tipo quel pigmeo!»

Kevin si allontanò dall'emporio, che ora era più affollato di prima. Non sapeva che direzione prendere. Quando finalmente trovò la pista che proseguiva verso est, constatò quanto fosse più agevole viaggiare sulla strada asfaltata. La pista era stretta, sconnessa e fangosa. Al centro cresceva l'erba alta quasi un metro. Dovettero chiudere i finestrini per evitare di venire colpiti dai rami degli alberi. Kevin accese l'aria condizionata e i fari. Con la luce dei fari che si rifletteva sulla vegetazione sembrava di percorrere un tunnel.

«Per quanto tempo dobbiamo continuare questo strazio?» chiese Melanie.

«Solo cinque o sei chilometri», rispose Kevin.

«Meno male che abbiamo quattro ruote motrici», osservò Candace. «L'ultima cosa che desidero è restare in panne in piena giungla.» Guardò fuori del finestrino l'immobile foresta nera come l'inchiostro e fu percorsa da un un brivido.

«Che cosa pensate di ciò che ha detto Alphonse?» chiese infine Kevin.

«La giuria è ancora in riunione», scherzò Melanie, «ma certamente sta deliberando.»

«Quel commento sui bonobo che assumono la posizione eretta quando vanno a prendere il cibo è assai preoccupante», osservò Kevin.

«Mi ha impressionato il sospetto che comunichino fra loro», aggiunse Candace.

«Sì, ma agli scimpanzé e ai gorilla si è potuto insegnare un linguaggio di segni», obiettò Melanie. «E sappiamo che i bonobo adottano la postura eretta più frequentemente delle altre scimmie antropomorfe. A me preoccupa il comportamento aggressivo, anche se continuo a pensare che potrebbe derivare dal nostro errore di non aver prodotto un maggior numero di femmine, per mantenere l'equilibrio.»

«Gli scimpanzé possono emettere i suoni che Alphonse imitava?» chiese Candace.

«Non credo proprio», rispose Kevin. «E questo è un punto importante.»

«Davvero gli scimpanzé uccidono le scimmie più piccole?» chiese Candace.

«Qualche volta», rispose Melanie, «ma non ho mai sentito che un bonobo facesse altrettanto.»

«Tenetevi!», gridò Kevin frenando di colpo.

La macchina sobbalzò su un tronco caduto di traverso sulla pista.

«Tutto bene?» chiese a Candace, dando un'occhiata nello specchietto retrovisore.

«Sì, sono ancora tutta intera», rispose lei. Fortunatamente le cinture di sicurezza le avevano evitato di battere la testa contro il soffitto.

Kevin rallentò l'andatura, per paura di trovare altri tronchi. Un quarto d'ora dopo entrarono in una radura che segnava la fine della pista. Kevin fermò la macchina. Davanti a loro i fari illuminavano la facciata di un edificio a un solo piano in blocchi di calcestruzzo con un'enorme porta da garage.

«È quello?» chiese Melanie.

«Credo di sì. L'edificio è nuovo per me», rispose Kevin. Spense i fari e il motore. C'era ancora abbastanza luce. Nessuno si mosse.

«Be', cos'è questa storia?» fece Kevin impaziente. «Dobbiamo andare a controllare o no?»

«Dovremmo farlo, visto che siamo arrivati fin qui», commentò Melanie. Aprì la portiera e scese. Kevin la seguì.

«Io penso che resterò in macchina», annunciò Candace.

Kevin si diresse verso l'edificio e provò la porta. Era chiusa. Si strinse nelle spalle. «Non riesco a immaginare che cosa possa esserci là dentro.» Si diede un colpo sulla fronte per schiacciare una zanzara.

«Come facciamo a raggiungere l'isola?» chiese Melanie.

Kevin indicò a destra. «Là c'è una pista. È solo a una cinquantina di metri dalla riva.»

Melanie guardò il cielo, che era diventato di un pallido color lavanda. «Fra poco sarà buio. Hai una torcia in macchina?»

«Credo di sì. E, cosa ancora più importante, devo avere anche uno spray insettifugo. Ci mangeranno vivi, se non lo usiamo.»

Tornarono alla macchina proprio nel momento in cui Candace scendeva.

«Non mi va di stare qui da sola!» protestò.

Kevin prese lo spray e mentre le due donne se lo spruzzavano abbontantemente sulla pelle si mise a cercare la torcia elettrica. La trovò nel portaoggetti.

Kevin si spruzzò a sua volta, poi fece cenno alle due donne di seguirlo. «State vicine», le ammonì. «I coccodrilli e gli ippopotami escono dall'acqua la notte.»

«Sta scherzando, vero?» chiese Candace a Melanie.

«Temo di no», le rispose.

Cominciarono a percorrere il sentiero. La luce calava rapidamente. Kevin apriva la strada mentre le due donne si stringevano dietro di lui. Via via che si avvicinavano all'acqua, il coro degli insetti e delle rane si faceva più sonoro.

«Come ho fatto a mettermi in questo pasticcio?» si lamentava Candace. «Non riesco neanche a concepire coccodrilli e ippopotami al di fuori dello zoo! Ogni insetto più grosso dell'unghia del mio mignolo mi terrorizza, per non parlare dei ragni!»

All'improvviso ci fu uno schianto alla loro sinistra. Candace soffocò un grido e si aggrappò a Melanie, che a sua volta si abbarbicò a lei. Kevin trasalì e accese la torcia elettrica puntandola in quella direzione, ma la luce arrivava solo a qualche metro di distanza.

«Che cos'è stato?» chiese Candace quando riuscì a ritrovare la voce.

«Forse un cefalofo», rispose Kevin. «Una specie di piccola antilope.»

«Antilope o elefante, mi ha fatto una paura del diavolo.»

«Mi sono spaventato anch'io», ammise Kevin. «Forse sarebbe meglio tornare di giorno.»

«Ma ormai siamo arrivati fin qui!» protestò Melanie. «E ormai siamo vicini, sento il rumore dell'acqua.»

Per un attimo nessuno si mosse. Effettivamente si sentiva lo sciacquio dell'acqua che lambiva la sponda.

«Che fine hanno fatto tutti gli animali notturni?» chiese Candace.

«Ottima domanda», osservò Kevin.

«L'antilope deve aver spaventato anche gli animali.»

«Spegni la torcia», mormorò Melanie.

Appena Kevin la spense, videro la superficie dell'acqua brillare attraverso gli alberi. Sembrava argento liquido.

Melanie si avviò per prima, mentre il coro degli animali notturni ricominciava. Il sentiero si apriva in un'altra radura sulla riva del fiume. Al centro si elevava una mole scura, pressappoco delle dimensioni del garage che avevano visto prima. Kevin si avvicinò. Non era difficile indovinare che si trattava del ponte.

«È un meccanismo telescopico», osservò Kevin. «Ecco perché Alphonse ha detto che cresceva.»

In mezzo al fiume, a una decina di metri dalla riva, sorgeva l'Isla Francesca. Nella luce crepuscolare che andava calando, la sua densa vegetazione appariva di un blu cupo come la notte. Di fronte al ponte telescopico si ergeva una struttura in calcestruzzo che serviva da supporto per il ponte stesso quando veniva esteso. Poco oltre si apriva una vasta radura.

«Cerca di estendere il ponte», suggerì Melanie.

Kevin accese la torcia. Trovò il pannello di controllo sul quale c'erano due pulsanti, uno rosso, l'altro verde. Schiacciò quello rosso. Non successe niente. Provò con quello verde. Nessun movimento. Allora scorse una serratura girata su OFF.

«Ci vuole una chiave», gridò.

Melanie e Candace si erano avvicinate alla riva.

«C'è un po' di corrente», osservò Melanie. Foglie morte e altri frammenti passavano lentamente galleggiando a fior d'acqua.

Candace alzò gli occhi. I rami più alti di alcuni alberi che fiancheggiavano le due rive quasi si toccavano. «Perché gli animali restano sull'isola?» chiese.

«Le scimmie, sia piccole sia grandi, non vanno nell'acqua, specilmente se è profonda», spiegò Melanie.

«E se l'attraversassero usando i rami?»

Kevin raggiunse le due donne sulla riva. «I bonobo sono

animali piuttosto pesanti», spiegò, «soprattutto i nostri. Molti hanno già superato i cinquanta chili e i rami alti non sono abbastanza robusti da sopportarne il peso. Prima che introducessimo sull'isola i primi esemplari, c'erano un paio di punti che forse presentavano questo pericolo, ma quegli alberi furono tagliati. Gli agili colobi, comunque, passano ancora su e giù.»

«Che cosa sono quelle sagome quadrate?» chiese Melanie.

Kevin riaccese la torcia, ma la sua luce non era abbastanza forte da migliorare la visuale a quella distanza. Quindi la spense e strizzò di nuovo gli occhi nella penombra. «Sembrano gabbie da trasporto, come quelle del centro zootecnico», rispose.

«E che cosa diavolo ci fanno là?» chiese Melanie.

«Non ne ho idea», ribatté Kevin.

«Perché non proviamo a far uscire qualche bonobo allo scoperto?» chiese Candace.

«Dubito che sia possibile. A quest'ora probabilmente si stanno preparando per la notte», replicò Kevin.

«E se usassimo la zattera?» propose Melanie. «Il meccanismo che la fa attraversare dev'essere simile a quello delle corde del bucato. Se fa rumore, forse lo sentiranno. Sarà un po' come la campanella che li chiama per il pasto. Li farà arrivare di corsa.»

«Vale la pena di tentare», acconsentì Kevin e gettò un'occhiata a destra e a sinistra della riva. «Il guaio è che non ho idea di dove si trovi la zattera.»

«Non può essere lontana. Tu vai a est, io vado a ovest», propose Melanie.

I due si avviarono in direzioni opposte, mentre Candace restava dov'era, desiderando con tutta se stessa di trovarsi nella sua camera alla foresteria dell'ospedale.

«Eccola!» gridò Melanie. Aveva seguito per qualche minuto un sentierino in mezzo al fitto fogliame e aveva trovato una carrucola attaccata a un grosso tronco. Alla carrucola era avvolta una spessa fune. Un'estremità della fune spariva nell'acqua, l'altra era legata a una piccola zattera di circa un metro e mezzo per lato, ancorata alla riva.

Kevin e Candace la raggiunsero. Kevin diresse il raggio della torcia elettrica verso l'isola. Sull'altra sponda si vedeva una carrucola molto simile, attaccata a un albero.

Kevin passò la torcia a Melanie e afferrò la fune che finiva nell'acqua. Quando tirò vide che la carrucola sull'altra sponda girava sporgendo dal suo albero.

Continuò a tirare, una mano dopo l'altra. Le carrucole protestarono con acuti cigolii stridenti. La zattera immediatamente si scostò dalla riva diretta all'altra sponda.

«Potrebbe funzionare», commentò Kevin. Mentre tirava, Melanie faceva scorrere il raggio della torcia sulla costa dell'isola davanti a loro. Quando la zattera fu a metà strada, si udì un tonfo sonoro nell'acqua alla loro destra. Melanie diresse il raggio della torcia in quella direzione. Due brillanti punti di luce apparvero sulla superficie dell'acqua. Un enorme coccodrillo li scrutava con occhi curiosi.

«Dio del cielo!» esclamò Candace indietreggiando rapidamente.

«Niente paura», fece Kevin. Mollando la corda si chinò a raccogliere un grosso pezzo di legno. Lo lanciò verso il coccodrillo e con uno scatto l'animale sparì sott'acqua.

«Che idea!» protestò Candace. «Adesso non sappiamo nemmeno dov'è.»

«Se n'è andato» replicò Kevin riprendendo la corda. «Sono pericolosi solo se sei anche tu in acqua, o se sono particolarmente affamati.»

«E chi può dire che quello non fosse affamato?» ribatté Candace.

«Qui intorno hanno cibo in abbondanza», rispose Kevin.

Quando la zattera raggiunse la riva opposta, afferrò l'altra corda e ricominciò a tirarla indietro.

«Ormai è troppo tardi», osservò Kevin. «Niente da fare. Il più vicino covo dei bonobo che abbiamo visto sul grafico dista più di un miglio. Dovremo tornare di giorno.»

Aveva appena pronunciato queste parole quando la notte fu lacerata da urla terrificanti. Nello stesso tempo ci fu un movimento furioso tra i cespugli dell'isola, come se stesse per comparire un elefante in fuga.

Kevin lascò cadere la fune mentre Candace e Melanie indietreggiavano di corsa per il sentiero, fermandosi però a pochi passi. Rimasero immobili, con il cuore in gola, aspettando un altro urlo. Melanie con mano tremante diresse la luce della torcia verso il punto dell'isola dov'era scoppiato il baccano. Tutto era calmo. Non si muoveva una foglia.

Passarono dieci secondi di tensione, che parvero dieci minuti. Il gruppo tendeva l'orecchio a cogliere il minimo rumore. Niente, solo il più profondo silenzio. Tutte le creature della notte erano ammutolite. Era come se l'intera giungla fosse in attesa di una catastrofe.

«In nome del cielo, che cos'è stato?» chiese infine Melanie.

«Non sono sicura di volerlo scoprire», borbottò Candace. «Filiamo subito via di qui.»

«Dovevano essere un paio di bonobo», osservò Kevin. Allungò un braccio e afferrò la fune. La zattera in mezzo al canale era sballottata dalla corrente. Kevin rapidamente la tirò a riva.

«Penso che Candace abbia ragione», affermò Melanie. «Ormai è buio e non si vede niente. E ho paura. Andiamo via!»

«Non ho certo intenzione di oppormi», replicò Kevin avvicinandosi alle due donne. «Torneremo di giorno.»

Ripercorsero rapidamente il sentiero che portava alla radura. Melanie reggeva la torcia, Candace dietro di lei si teneva aggrappata alla sua camicetta. Kevin chiudeva la marcia.

«Sarebbe una fortuna trovare la chiave di questo ponte», osservò Kevin mentre passavano vicino alla costruzione.

«E come si potrebbe fare?» chiese Melanie.

«Potremmo prendere in prestito quella di Bertram.»

«Ma hai detto che Bertram ha proibito a chiunque di andare sull'isola», osservò Melanie. «Non ti presterà certo la chiave.»

«Dovremo prenderla in prestito senza che lui lo sappia», spiegò Kevin.

«Ah, facile!» commentò ironicamente Melanie.

Proseguirono sul sentiero che si apriva come un tunnel nella fitta vegetazione e conduceva al punto dove avevano lasciato la macchina. A metà strada Melanie rallentò e poi si fermò.

«Che cosa c'è?» chiese Kevin.

«C'è qualcosa di strano», rispose Melanie e piegò la testa di lato tendendo l'orecchio.

«Mi stai spaventando!» protestò Candace.

«Le rane e i grilli non hanno ripreso a cantare», spiegò Melanie.

L'istante dopo scoppiò l'inferno. Un fragoroso crepitio lacerò il silenzio della giungla. Una pioggia di rami e foglie cadde sul gruppo. Kevin riconobbe il rumore e reagì d'istinto. Aprì le braccia e scaraventò le due donne sull'umido terreno brulicante d'insetti.

Kevin aveva riconosciuto quel frastuono perché una volta, senza volerlo, si era trovato ad assistere a un'esercitazione dei soldati della Guinea Equatoriale. Era una raffica di mitra.

10

5 marzo 1997, ore 14.15
New York

«Scusami Laurie», la chiamò Cheryl Myers, fermandosi sulla soglia dell'ufficio della dottoressa. Cheryl era un agente investigativo del dipartimento di polizia. «Abbiamo appena ricevuto questo pacchetto e pensavamo che volessi averlo subito.»

Laurie si alzò incuriosita. Guardò l'etichetta per leggere il mittente. Era la Cnn.

«Grazie, Cheryl», rispose Laurie perplessa.

«Vedo che la dottoressa Mehta non c'è», riprese Cheryl. «Ho un plico per lei dalla Clinica Universitaria. Lo metto sulla sua scrivania?» La dottoressa Riva Mehta era la collega di Laurie. Condividevano lo stesso ufficio da quando avevano iniziato la loro attività di medici legali, sei anni e mezzo prima.

«Sì, certo», rispose distrattamente Laurie. Aprì il pacchetto. Dentro c'era una videocassetta con la dicitura: ASSASSINIO CARLO FRANCONI, 3 MARZO 1997.

Quel mattino, dopo aver portato a termine la sua ultima autopsia, Laurie era rimasta nel suo ufficio per completare qualcuno dei venti e più casi in sospeso. Aveva esaminato vetrini al microscopio, risultati di laboratorio, schede ospedaliere e rapporti di polizia per diverse ore e non aveva più pensato al caso Franconi. L'arrivo del nastro lo riportava a galla. Sfortunatamente il video non serviva a niente senza il corpo.

Laurie infilò la cassetta nella borsa e cercò di riprendere il lavoro. Ma dopo quindici minuti spense la luce sotto il microscopio. Non riusciva a concentrarsi. Il suo pensiero continuava a tornare al mistero del corpo scomparso.

Scese all'ufficio dell'obitorio nel seminterrato per un ulteriore tentativo di far luce su quella faccenda. Si era aspettata di trovare almeno un tecnico, ma il locale era vuoto. Afferrò il grosso registro rilegato in pelle. Sfogliò le pagine cercando le registrazioni che Mike Passano le aveva mostrato la sera prima. Le trovò senza difficoltà. Prese una matita da un barattolo e trascrisse su un pezzo di carta i nomi e i numeri di registrazione dei due cadaveri che erano stati prelevati durante il turno di notte: Dorothy Kline, n. 101455 e Frank Gleason n. 100385. Trascrisse anche i nomi delle due imprese di pompe funebri: Spoletto di Ozone Park, New York, e Dickson di Summit, New Jersey.

Stava per andarsene quando scorse la guida telefonica sulla scrivania. Decise di telefonare alle due ditte e parlare con il direttore.

Sospettava che uno dei due trasporti fosse irregolare, anche se sapeva che le probabilità erano scarse poiché Mike Passano aveva detto che le due imprese avevano telefonato come di consueto prima di venire a prelevare i cadaveri.

Come si era aspettata, i due direttori confermarono che le salme erano state regolarmente consegnate alle imprese ed erano in quel momento esposte per la veglia funebre.

Laurie tornò al registro e ricontrollò i nomi dei nuovi arrivi di quella notte. Li trascrisse accanto ai rispettivi numeri di registrazione, per non trascurare nulla. Ma era più interessata ai cadaveri in uscita, poiché erano stati prelevati da persone estranee all'obitorio.

Frustrata, tamburellò con la matita sul ripiano della scrivania. Aveva la sensazione che le fosse sfuggito qualcosa. Ancora una volta l'occhio le cadde sulla guida telefonica, aperta alla pagina delle Pompe Funebri Spoletto. Perché quel nome le suonava familiare? Poi ricordò. Un uomo era stato assassinato nella sede dell'Impresa Pompe Funebri Spoletto per ordine di Pauli Cerino, predecessore di Carlo Franconi.

Laurie mise in tasca gli appunti e salì al quinto piano. Si diresse all'ufficio di Jack. La porta era socchiusa. Bussò e Jack e Chet alzarono gli occhi dalle rispettive scrivanie.

«Mi è venuta un'idea», annunciò Laurie.

«Una sola?» la stuzzicò Jack.

Si lasciò cadere su una sedia alla destra di Jack e gli disse del legame mafioso con l'Impresa Pompe Funebri Spoletto.

«Ma dai, Laurie!» obiettò Jack. «Il fatto che un delinquente sia stato assassinato in un'impresa di pompe funebri non implica automaticamente una collusione mafiosa.»

«Già», ammise Laurie. Ora che aveva espresso i suoi sospetti le sembravano ridicoli. Si stava proprio arrampicando sugli specchi.

«Insomma», aggiunse Jack, «perché non ti decidi a lasciar perdere?»

«Te l'ho detto, è una questione personale.»

«Forse posso indirizzare la tua attenzione verso qualcosa di più positivo.» Jack indicò il microscopio. «Dai un'occhiata a una sezione congelata. Dimmi che cosa ne pensi.»

Laurie si alzò e si chinò sul microscopio. «Che cos'è, il foro di entrata del proiettile?»

«Come vedi, è perfettamente nitido.»

«L'arma doveva trovarsi a pochi centimetri dalla pelle.»

«È esattamente quello che penso anch'io. Vedi altro?»

«Mio Dio, non c'è assolutamente travaso di sangue!» esclamò Laurie. «La ferita dev'essere stata inferta dopo la morte.» Alzò la testa e fissò il viso di Jack. Era sconcertata. Aveva pensato che fosse la ferita mortale.

«Ah, il potere della scienza moderna!» commentò Jack. «L'annegato che mi hai appioppato si sta rivelando un gran casino!»

«Ehi, tu ti sei offerto volontario», ribatté Laurie.

«Scherzavo», disse Jack. «Sono lieto che tu me l'abbia affidato. Le ferite di arma da fuoco sono state inferte sicuramente dopo la morte, come la decapitazione e l'asportazione delle mani. Naturalmente anche i colpi dell'elica.»

«Qual è la causa della morte?» chiese Laurie.

«Altre due ferite di arma da fuoco. Una attraversa la base del collo.» Puntò l'indice su un'area appena sopra la propria clavicola. «L'altra, nel fianco sinistro, ha frantumato la decima costola. Stranamente entrambi i proiettili sono finiti nella massa di pallini da caccia presenti nella zona addominale superiore destra, ed era difficile distinguerli ai raggi X.»

«Questa non l'avevo mai sentita! Proiettili nascosti sotto pallini da caccia! Sorprendente. Il bello di questo lavoro è che si vedono cose nuove ogni giorno.»

«Aspetta. Il meglio deve ancora venire.»

«Ed è un vero gioiello», intervenne Chet, che era rimasto ad ascoltare la conversazione. «Perfetto per un seminario di medicina legale.»

«Secondo me, i due colpi di schioppo erano un tentativo di nascondere l'identità della vittima, come la decapitazione e l'asportazione delle mani», spiegò Jack.

«In che modo?» chiese Laurie.

«Credo che il nostro paziente abbia subito un trapianto di fegato», rispose Jack. «E non molto tempo fa. L'assassino deve aver pensato che un'operazione chirurgica del genere rendeva la vittima facilmente identificabile.»

«Quanto è rimasto del fegato?» chiese ancora Laurie.

«Ben poco. Per la maggior parte è andato distrutto dai colpi di schioppo.»

«E i pesci hanno finito il lavoro», aggiunse Chet.

Laurie ebbe un moto di disgusto.

«Ma sono riuscito lo stesso a trovare un po' di tessuto epatico», continuò Jack. «Ci servirà per avvalorare l'ipotesi del trapianto. Ted Lynch sta eseguendo sul Dna un Dq alfa. Avremo i risultati fra un'ora circa. Ma per me l'argomento decisivo è la presenza delle suture nella vena cava e nell'arteria epatica.»

«Che cos'è un Dq alfa?» chiese Laurie.

Jack si mise a ridere. «Sono contento che tu non lo sappia, perché ho fatto anch'io la stessa domanda a Ted. Mi ha spiegato che è un efficace e rapido marcatore del Dna per differenziare due individui. Si pone a confronto la regione Dq del complesso di istocompatibilità sul cromosoma 6.»

«C'erano suture anche sulla vena porta?» chiese Laurie.

«Sfortunatamente la vena porta era quasi completamente andata. Insieme a gran parte degli intestini.»

«Be', questo dovrebbe agevolare l'identificazione», osservò Laurie.

«Lo penso anch'io. Ho già lanciato Bart Arnold sulla pista. Si è messo in contatto con l'Associazione Nazionale per il Recupero di Organi. Inoltre telefonerà a tutti centri ospedalieri che fanno più frequentemente trapianti di fegato, soprattutto qui in città.»

«Ottimo lavoro, Jack.»

Jack arrossì lievemente e Laurie ne fu colpita. Aveva pensato che fosse refrattario a quel genere di complimenti.

«E i proiettili?» chiese ancora. «La stessa arma?»

«Li abbiamo spediti al laboratorio balistico della polizia. È difficile stabilire se provengono dalla stessa arma, a causa della loro deformazione. Uno ha urtato direttamente contro la decima costola ed è appiattito. Il secondo credo che abbia sfiorato la colonna vertebrale.»

«Che calibro?» chiese Laurie.

«Non ho potuto stabilirlo.»

«E che cosa ha detto Vinnie?»

«Vinnie oggi è muto come un pesce. Non l'ho mai visto così di cattivo umore. Gli ho chiesto che cosa ne pensava, e non si è degnato di rispondere. Mi ha sbattuto in faccia che quello era il mio lavoro e che lui non era pagato abbastanza da esprimere opinioni.»

«Sai, durante il caso Cerino mi è capitato un caso simile», ricordò Laurie. «La vittima era la segretaria di un medico coinvolto nel complotto. Naturalmente lei non aveva subito un trapianto di fegato, ma il cadavere era privo della testa e delle mani. Ho potuto identificarla grazie alla sua storia chirurgica.»

«Un giorno mi dovrai raccontare quella terribile storia. Continui a tirarla fuori ogni tanto, a spizzichi e bocconi.»

Laurie sospirò. «Vorrei riuscire a dimenticare tutto. Mi dà ancora gli incubi, certe notti.»

Raymond diede un'occhiata al suo orologio mentre apriva la porta dello studio del dottor Daniel Levitz nella Quinta Strada. Erano le tre meno un quarto. Aveva telefonato al medico tre volte, dalle undici di quel mattino, ma senza successo. Ogni volta la segretaria aveva risposto che il dottor Levitz l'avrebbe richiamato, ma non lo aveva fatto. Raymond si era sentito offeso da quella scortesia. E poiché lo studio del dottor Levitz era a pochi passi dal suo appartamento, aveva pensato che fosse meglio andarci piuttosto che stare ad aspettare la sua telefonata.

«Sono il dottor Raymond Lyons», annunciò in tono autoritario. «Devo parlare con il dottor Levitz.»

«Sì, dottor Lyons», rispose la segretaria. Aveva lo stesso aspetto raffinato e matronale di quella del dottor Anderson. «Ha un appuntamento?»

«Non esattamente», rispose Raymond.

«Bene, avverto il dottore che lei è qui.»

Raymond si sedette su un divano nell'affollata sala d'attesa. Sfogliò distrattamente una rivista e cominciò a irritarsi e a chiedersi se avesse fatto bene ad andare lì di persona.

Controllare il primo degli altri due pazienti che avevano subito un trapianto era stato facile. Era riuscito a parlare subito con il medico di Dallas che lo aveva reclutato. Il medico gli aveva assicurato che il paziente, un importante uomo d'affari locale, dopo il trapianto di rene stava benissimo e non era in alcun modo un possibile candidato a un'autopsia. Prima di riagganciare aveva promesso a Raymond di informarlo se fosse successo qualcosa.

Per colpa del dottor Levitz non aveva potuto controllare l'ultimo caso. Si sentiva frustrato e in ansia. Si guardò attorno. La saletta era sontuosamente arredata, come quella di Anderson, con quadri d'autore, pareti tappezzate di un rosso borgogna e tappeti orientali. I pazienti in attesa erano evidentemente persone ricche, come si vedeva dagli abiti, dai gioielli e dall'atteggiamento.

Con il passare dei minuti l'irritazione di Raymond cresceva. Era infastidito dall'evidente successo del dottor Levitz. Era sulla cresta dell'onda e gran parte delle sue entrate provenivano dai suoi clienti mafiosi.

Comparve un'infermiera e si schiarì la voce. Raymond la guardò speranzoso. Ma l'infermiera chiamò un altro nome. Mentre il paziente si alzava e spariva nelle profondità dello studio, Raymond si riadagiò sul divano, ribollendo di rabbia. Sentendosi in balia di gente come quella desiderava ancora di più conquistarsi una sicurezza economica. Con il programma dei «dupli» ci sarebbe riuscito! Non poteva permettere che l'intera impresa crollasse per qualche stupido imprevisto.

Erano le tre e cinquanta quando finalmente fu introdotto nello studio del dottor Levitz. Il dottore era un uomo minuto con un'incipiente calvizie e numerosi tic nervosi. Portava un paio di baffetti radi e decisamente poco virili. Raymond si era sempre domandato che cosa in quell'uomo poteva ispirare fiducia nei pazienti.

«È stata una giornata pesante», si giustificò il medico. «Non mi aspettavo che piombassi qui.»

«Anch'io non lo avevo progettato, ma quando ho visto che non rispondevi alle mie telefonate, ho pensato che non c'era altro da fare.»

«Telefonate?» replicò Daniel. «Non mi hanno avvisato. Dovrò dire due paroline alla mia segretaria. È difficile trovare del personale valido al giorno d'oggi.»

Raymond ebbe la tentazione di dire all'esimio dottore che non cacciasse tante balle, ma si trattenne. Dopotutto, era riuscito finalmente a parlargli e trasformare l'incontro in un alterco non gli sarebbe servito a niente. D'altronde, per quanto il dottor Levitz potesse essere irritante, rappresentava pur sempre la sua recluta di maggior successo. Aveva apportato dodici clienti al programma, fra i quali quattro medici.

«Allora, che cosa posso fare per te?» chiese Daniel.

«Anzitutto devo ringraziarti per l'aiuto dell'altra notte», cominciò Raymond.

«Sono lieto di esservi stato utile. Meno male che il signor Vincent Dominick si è prestato a collaborare, per difendere il proprio investimento.»

«A proposito del signor Dominick, è venuto a farmi una visita inaspettata ieri mattina.»

«In tono cordiale, spero», commentò Daniel. Conosceva bene la fama nonché il carattere di Dominick e sospettò una manovra di estorsione.

«Sì e no», ammise Raymond. «Ha insistito per illustrarmi dettagli di cui preferivo non venire a conoscenza. Poi ha affermato che non vuole pagare la retta per i prossimi due anni.»

«Poteva andare peggio», osservò Daniel. «Che cosa significa questo per la mia percentuale?»

«Diventa la percentuale di zero.»

«Così ci rimetto per avervi dato una mano!» protestò il dottore. «Non mi sembra giusto.»

Raymond rimase in silenzio per un attimo. Non aveva pensato al fatto che Daniel avrebbe perso la percentuale sulle quote di Dominick, ma era un fatto che si doveva affrontare. Al momento tuttavia non voleva irritare il suo interlocutore.

«Obiezione valida», riprese. «Diciamo che se ne discuterà in un prossimo futuro. Al momento ho un'altra preoccupazione. Quali sono le condizioni di Cindy Carlson?»

Cindy era la figlia sedicenne di Albright Carlson, il colosso della borsa di Wall Street. Era stato Daniel a reclutare Albright e la figlia come clienti. La ragazza nell'infanzia aveva sofferto di glomerulonefrite. La malattia era peggiorata nell'adolescenza, fino a provocare il collasso dei reni. Di conseguenza Daniel non solo aveva il record dei clienti, deteneva anche il record dei pazienti operati, ossia due: Carlo Franconi e Cindy Albright.

«Sta bene, almeno fisicamente», rispose Daniel. «Perché?»

«Con il caso Franconi mi sono reso conto di quanto sia vulnerabile l'intera impresa», ammise Raymond. «Voglio essere sicuro di non correre altri rischi.»

«Non c'è da preoccuparsi per i Carlson. Non ci procureranno fastidi. Non potrebbero esserci più riconoscenti. La settimana scorsa Albright mi ha detto che sta pensando di portare la moglie alle Bahamas per il prelievo di un campione di midollo osseo, in modo che possa diventare nostra cliente.»

«Questo è incoraggiante. Siamo sempre lieti di avere nuovi clienti. Ma non è la questione del reclutamento quella che mi preoccupa. Finanziariamente non si potrebbe andare meglio. È l'imprevisto che mi spaventa, come il caso Franconi.»

Daniel annuì, poi il suo viso si contrasse in un tic. «C'è sempre un elemento di incertezza», ammise filosoficamente. «È la vita!»

«Quando ti ho chiesto delle condizioni di Cindy Carlson hai precisato 'almeno fisicamente'. Perché?»

«Perché dal punto di vista psichico è un disastro.»

«Che cosa vuoi dire?» chiese Raymond. Sentì di nuovo accelerare il battito del cuore.

«Non è facile per una ragazza crescere in una famiglia come quella di Albright Carlson. Con una malattia cronica, poi. Non so quanto questo abbia contribuito alla sua obesità. È molto sovrappeso, il che è fastidioso per chiunque, ma soprattutto per un'adolescente. È comprensibile che sia depressa.»

«Quanto depressa?» chiese Raymond.

«Depressa al punto da tentare il suicidio già due volte», fu la risposta. «E non erano infantili richieste di attenzione. Erano tentativi terribilmente seri e la sola ragione per cui è ancora viva è che è stata scoperta in tempo.»

Raymond emise un'esclamazione di disappunto.

«Che cosa c'è?» chiese Daniel.

«I casi di suicidio finiscono davanti al medico legale.»

«Già, non ci avevo pensato.»

«Sono questi i rischi a cui mi riferivo. Dannazione!»

«Mi dispiace darti cattive notizie.»

«Non è colpa tua. L'importante ora è riconoscere la situazione e renderci conto che non possiamo starcene con le mani in mano ad aspettare la catastrofe.»

«Mi pare che non abbiamo molta scelta.»

«Dici? E se ci rivolgessimo ancora a Vincent Dominick?» propose Raymond. «Ci ha già aiutato una volta, e con il figlio ammalato ha un interesse personale per l'avvenire del nostro programma.»

Il dottor Daniel Levitz lo fissò. «Stai proponendo che...»

Raymond non rispose.

«A questo punto non è più compito mio», affermò Daniel e si alzò. «Mi spiace, ma ho una sala d'attesa piena di pazienti.»

«Non potresti telefonare a Dominick?» chiese Raymond. Sentiva un'ondata di disperazione che stava per soffocarlo.

«Assolutamente no.»

«Però ti sei prestato, per Franconi.»

«Franconi era un cadavere in una cella frigorifera dell'obitorio», ribatté Daniel.

«Dammi almeno il numero di telefono di Dominick. Telefonerò io. E avrò bisogno dell'indirizzo dei Carlson.»

«Puoi chiederli alla mia segretaria. Dille che sei un mio amico.»

«Grazie», fece seccamente Raymond.

«Ricordati però», aggiunse Daniel, «che io pretendo la percentuale che mi è dovuta, qualunque cosa combini con Vincent Dominick.»

Raymond tornò senza indugio al suo appartamento nella Sessantaquattresima Strada. Appena comparve sulla soglia, Darlene gli chiese com'era andato l'incontro con il medico.

«Non me ne parlare», rispose bruscamente Raymond. Entrò nel suo studio, chiuse la porta e si sedette alla scrivania. Compose il numero di telefono con dita tremanti.

«Pronto, chi parla?» chiese una voce all'altro capo del filo.

«Voglio parlare con il signor Vincent Dominick», rispose Raymond con il tono più fermo e autoritario che riuscì a trovare. Detestava trattare con gente di quella risma, ma non aveva scelta. C'erano in gioco sette anni di duro lavoro, oltre al suo avvenire.

«Chi parla?»

«Il dottor Raymond Lyons.»

Ci fu una breve pausa. «Attenda in linea.»

Pochi minuti dopo sentì la voce melliflua di Vincent Dominick.

«Come ha avuto questo numero, dottore?» chiese Vinnie. Esibiva un tono noncurante ma in qualche modo ancor più minaccioso. Raymond si sentì di colpo la bocca asciutta.

«Dal dottor Levitz», rispose.

«Che cosa posso fare per lei, dottore?»

«È sorto un altro problema», fece Raymond con voce roca. Dovette schiarirsi la gola. «Vorrei vederla di persona per parlarne.»

Ci fu una pausa, che durò più di quanto Raymond potesse tollerare. Stava per chiedere se Vinnie era ancora in linea quando il mafioso rispose: «Quando mi sono messo in contatto con voi, l'ho fatto per la mia tranquillità. Non pensavo di complicarmi la vita». Fece una pausa. «Incontramoci al *Ristorante Napoletano* di Corona Avenue, a Elmhurst, fra mezz'ora», propose Vinnie. «Pensa di riuscire a trovarlo?»

«Prenderò un taxi. Esco immediatamente.» Erano quasi le quattro.

«Ci vediamo là», fece Vinnie prima di riattaccare.

Raymond cercò nel cassetto una carta stradale e uscì di corsa dallo studio infilandosi il cappotto. Disse a Darlene che sarebbe stato di ritorno fra un'ora o poco più.

Prese un taxi in Park Avenue. Fortunatamente aveva con sé la cartina, perché il taxista afghano non aveva idea di dove fosse Elmhurst, figurarsi Corona Avenue.

Il viaggio non fu facile. La traversata dell'East Side di Manhattan richiese quasi un quarto d'ora. Poi sul ponte furono costretti ad avanzare a passo d'uomo. All'ora in cui Raymond avrebbe dovuto arrivare al ristorante, il taxi aveva appena raggiunto il Queens. Il traffico divenne più scorrevole e Raymond aveva solo quindici minuti di ritardo quando entrò al ristorante, scostando un pesante tendone di velluto.

Fu subito evidente che il ristorante non era aperto alla clientela. La maggior parte delle sedie erano capovolte sui tavoli. Vinnie Dominick era seduto su un divanetto imbottito di velluto rosso. Aveva davanti un giornale e una tazzina di caffè espresso. Su un portacenere di vetro era appoggiata una sigaretta accesa.

Al bancone del bar altri quattro uomini stavano fumando, seduti sugli alti sgabelli. Raymond ne riconobbe due, che erano venuti a fargli visita nel suo appartamento. Dietro al bancone un grasso barista barbuto lavava dei bicchieri. Erano le uniche persone presenti.

Vinnie fece cenno a Raymond di avvicinarsi.

«Si sieda, dottore. Beve un caffè?»

Raymond annuì e si lasciò scivolare sul divanetto. Il locale era freddo e umido e si sentiva l'odore d'aglio misto al tanfo di fumo di cinque anni di sigarette. Raymond si tenne addosso il cappotto e il cappello.

«Due caffè», ordinò Vinnie all'uomo del bar. Questi, senza una parola, si voltò verso una complicata macchina italiana per il caffè espresso.

«Lei mi ha sorpreso, dottore», cominciò Vinnie. «Non mi sarei mai aspettato di incontrarla ancora.»

«Come le ho detto al telefono, è sorto un altro problema.»

Vinnie aprì le mani. «Sono tutt'orecchi.»

Rapidamente Raymond, quasi sussurrando, espose la situazione di Cindy Carlson. Mise in rilievo il fatto che tutti i suicidi finivano davanti al medico legale e dovevano essere sottoposti ad autopsia. Tutti, senza eccezione.

Il barista grasso portò i due caffè. Vinnie non parlò finché il barista non si fu allontanato.

«Cindy Carlson è la figlia di Albright Carlson?» chiese Vinnie. «Il leggendario boss di Wall Street?»

Raymond annuì. «Già. Se la ragazza si uccide, i mass media daranno un gran risalto alla faccenda. E il medico legale dovrà operare con particolare diligenza.»

«Capisco», fece Vinnie sorseggiando il caffè. «Che cosa vuole esattamente da me?»

«Non pretendo di dare suggerimenti», replicò nervosamente Raymond. «Ma lei certo si rende conto che è un grave problema.»

«Così lei vorrebbe che questa ragazzina di sedici anni sparisse con molta discrezione.»

«Be', ha tentato due volte di togliersi la vita», osservò debolmente Raymond. «Sarebbe quasi come farle un favore.»

Vinnie scoppiò a ridere. Prese la sigaretta, tirò una boccata e si passò una mano sui capelli pettinati all'indietro. Poi fissò Raymond con i suoi occhi scuri.

«Lei è un bel tipo, dottore. Devo proprio riconoscerlo.»

«Potrei offrirle un altro anno di esenzione dalla quota annuale», azzardò Raymond.

«Molto generoso da parte sua. Ma sa, dottore, non è abbastanza. Comincio ad averne fin sopra i capelli di tutta questa storia. Le confesso che se non fosse per il problema ai reni di Vinnie Junior vi chiederei indietro i soldi. Vede, mi aspetto solo guai da voi. Mi ha telefonato il fratello di mia moglie che dirige le Pompe Funebri Spoletto. È sconvolto perché una certa dottoressa Laurie Montgomery gli ha telefonato facendogli domande imbarazzanti. La conosce?»

«No», rispose Raymond e deglutì a vuoto.

«Ehi, Angelo, vieni qui», chiamò Vinnie.

Angelo saltò giù dal suo sgabello e venne al tavolo del boss.

«Siedi, Angelo», lo invitò Vinnie. «Voglio che parli al nostro buon dottore della dottoressa Laurie Montgomery.»

Raymond dovette spostarsi sul divanetto per far posto ad Angelo.

«Laurie Montgomery è un tipo scaltro e cocciuto», cominciò Angelo con voce roca. «Per dirla francamente, una spina nel fianco.»

Raymond evitò di guardare Angelo direttamente. Aveva la faccia quasi completamente coperta di tessuto grossolanamente cicatrizzato. Gli occhi che non si chiudevano bene, erano rossi e cisposi.

«Qualche anno fa Angelo ha avuto uno spiacevole scontro con Laurie Montgomery», spiegò Vinnie. «Angelo, riferisci quello che hai appreso oggi, dopo la telefonata all'impresa di pompe funebri.»

«Ho chiamato Vinnie Amendola, il nostro contatto all'obitorio», rispose Angelo. «Mi ha detto che Laurie Montgomery ha affermato espressamente che per lei era una questione personale scoprire come fosse scomparso il corpo di Franconi. Vinnie era molto preoccupato.»

«Capisce quello che voglio dire», intervenne Vinnie rivolto a Raymond. «Vi abbiamo fatto un favore e adesso abbiamo un problema.»

«Mi dispiace», bofonchiò Raymond. Non riuscì a trovare altro da dire.

«Questo ci riporta all'argomento delle quote dell'abbonamento», aggiunse Vinnie. «In queste circostanze penso che debba essere eliminata. In altre parole, niente più pagamenti per me o per Vinnie Junior, e per sempre.»

«Devo risponderne alla casa madre», protestò Raymond, ma la voce gli uscì stridula.

«Bene», tagliò corto Vinnie, «questo non mi riguarda. Spieghi che si tratta di una spesa di rappresentanza. Ehi, potreste persino detrarla dalle tasse!» Scoppiò in una sonora risata.

Raymond rabbrividì impercettibilmente. Era un ricatto, ma non aveva scelta. «Sta bene», riuscì a borbottare.

«Allora siamo d'accordo. Ha l'indirizzo di Cindy Carlson?»

Raymond si frugò in tasca e tirò fuori il biglietto del dottor Levitz. Vinnie lo prese, ricopiò l'indirizzo scritto sul retro e lo restituì a Raymond. Quindi diede l'indirizzo ad Angelo.

«Englewood, New Jersey», lesse Angelo a voce alta.

«Qualche problema?» chiese Vinnie.

Angelo scosse la testa.

«Bene», concluse Vinnie rivolgendosi a Raymond. «Il vostro problema è sistemato. Ma vi avverto di non sottopormi altri guai. Dopo l'accordo per le mie quote, non avete più merce di scambio.»

Pochi minuti dopo Raymond usciva in strada. Si accorse di tremare quando guardò l'orologio al suo polso. Erano quasi le cinque e si stava facendo buio. Scese dal marciapiede per chiamare un taxi. Che disastro! pensò. In qualche modo avrebbe dovuto assorbire il costo del mantenimento dei dupli di Dominick e di suo figlio.

Quando arrivò il taxi, Raymond salì e diede l'indirizzo di casa. Mentre il taxi si allontanava dal *Ristorante Napoletano* cominciò a sentirsi meglio. Il costo del mantenimento dei bonobo era minimo, visto che vivevano su un'isola deserta. La situazione non era poi così nera. L'importante era aver risolto il potenziale problema di Cindy Carlson.

Quando arrivò al suo appartamento il suo umore era notevolmente migliorato, almeno finché non fu sulla soglia del soggiorno.

«Sono arrivate due telefonate dall'Africa», annunciò Darlene.

«Problemi?» chiese Raymond. Il tono di Darlene gli aveva fatto suonare un campanello d'allarme.

«Una buona notizia e una cattiva. La buona veniva dal chirurgo. Ha detto che Horace Winchester sta recuperando rapidamente e dovresti preparati per andare a riprenderlo, insieme alla squadra chirurgica.»

«E quella cattiva?»

«L'altra telefonata era di Siegfried Spallek. È stato piuttosto vago. Ha detto che ha avuto qualche fastidio da Kevin Marshall.»

«Di che genere?»

«Non ha specificato.»

Raymond ricordava di avere espressamente raccomandato a Kevin di non fare nulla di avventato. Si domandò se il ricercatore avesse trascurato il suo ammonimento.

«Spallek vuole che lo richiami questa sera?» chiese.

«Erano le undici, ora locale, quando ha chiamato. Ha detto che per lui andava bene parlare con te domani.»

Raymond imprecò fra sé. Avrebbe passato una notte insonne. Si chiese quando sarebbe finita quella catena di guai.

11

5 marzo 1997, ore 23.30
Cogo, Guinea Equatoriale

KEVIN sentì aprirsi la pesante porta di metallo in cima alla scala di pietra e nel locale buio penetrò un po' di luce. Poco dopo si accesero le lampadine nude del corridoio. Attraverso le sbarre vedeva Melanie e Candace nelle rispettive celle. Anch'esse abbagliate dal bagliore improvviso.

Un rumore di passi pesanti sui gradini di granito precedette la comparsa di Siegfried Spallek. Era accompagnato da Cameron McIvers e da Mustapha Aboud, capo delle guardie marocchine.

«Era ora signor Spallek!» sbottò Melanie. «Esigo di essere rilasciata all'istante o lei si troverà in guai seri.»

Kevin sbatté le palpebre. Non era il modo di rivolgersi a Spallek in nessun caso, specialmente nella loro situazione.

Kevin e le due donne erano rimasti rannicchiati al buio nelle loro celle, in fondo alla prigione umida e afosa nel seminterrato del municipio della città. Ogni cella aveva una portafinestra ad arco che si affacciava sul portico posteriore dell'edificio. Le finestre erano chiuse da sbarre senza vetri, così gli insetti potevano entrare indisturbati. I tre prigionieri erano atterriti dai fruscii delle disgustose creature che si rincorrevano sui muri. Prima che le luci si spegnessero avevano visto numerose tarantole. Ma almeno potevano parlare fra loro.

Appena si era spento il crepitio della mitragliatrice Kevin e le due donne erano stati abbagliati dalla luce di diversi riflettori. Erano caduti in un'imboscata. Erano circondati da giovani soldati guineensi che erano ben felici di puntare contro quei bianchi i loro AK-47.

Temendo il peggio, i tre amici erano rimasti immobili. Erano terrorizzati dalla sparatoria e temevano che potesse ricominciare alla minima provocazione.

Solo la comparsa di un gruppo di guardie marocchine fece indietreggiare gli aggressori. Kevin non avrebbe mai immaginato che quei temibili arabi sarebbero diventati i loro salvatori. I marocchini presero in custodia Kevin e le due donne, li fecero salire nella macchina di Kevin e li condussero al loro corpo di guardia, di fronte al centro zootecnico, dove li tennero per diverse ore in una stanza senza finestre. Infine li portarono in città e li chiusero nella vecchia prigione.

«Questo è un trattamento oltraggioso», ripeté Melanie.

«Al contrario», ribatté Siegfried, «Mustapha mi ha assicurato che siete stati trattati con il dovuto rispetto.»

«Rispetto!» proruppe Melanie. «Ci hanno sparato con il mitra! E ci tengono al buio in questo buco! È forse rispetto?»

«Non vi hanno sparato addosso», la corresse Siegfried. «Erano colpi di avvertimento sparati in aria. Dopotutto avevate violato una norma importante della Zona. L'Isla Francesca è territorio vietato. Lo sanno tutti.»

Siegfried fece cenno a Cameron additando Candace. Questi aprì la cella dell'infermiera con una grande chiave antiquata e Candace non perse tempo a uscire. Si passò in fretta le mani sul camice della sala operatoria, che ancora indossava, controllando che non vi fossero insetti.

«Le porgo le mie scuse», le disse Siegfried. «Immagino che lei sia stata trascinata dai nostri ricercatori. Forse non era nemmeno al corrente del divieto di visitare l'isola.»

Cameron aprì la cella di Melanie, poi quella di Kevin.

«Appena ho sentito che eravate stati arrestati ho cercato di telefonare al dottor Raymond Lyons», spiegò Siegfried. «Volevo un suo consiglio sul modo migliore per trattare la situazione. Non l'ho trovato e ho dovuto decidere da solo. Ora vi rilascio tutti sulla parola. Confido che riconosciate la gravità delle vostre azioni. In Guinea Equatoriale potrebbero essere considerate un delitto capitale.»

«Stronzate!» scattò Melanie.

Kevin strinse i denti. Temeva che Melanie provocasse Siegfried al punto di farli ricacciare in cella. Quell'uomo non era noto per la sua benevolenza.

Mustapha porse a Kevin le chiavi della sua macchina. «L'auto è sul retro», gli comunicò con forte accento francese.

Kevin prese le chiavi con mano tremante e le ficcò in tasca.

«Domani mattina parlerò con il dottor Lyons», aggiunse Siegfried. «Quindi convocherò ciascuno di voi personalmente. Ora potete andare.»

Melanie stava per ribattere ma Kevin l'afferrò per un braccio e la spinse verso le scale.

«Ne ho abbastanza di essere bistrattata», scattò Melanie cercando di sottrarsi alla presa di Kevin.

«Su, andiamo alla macchina», le sussurrò Kevin a denti stretti.

«Che nottata!» si lamentò Melanie. Giunta alle scale, riuscì a liberare il braccio e cominciò a salire, furiosa.

Kevin aspettò che Candace lo precedesse, poi le seguì entrambe. Sbucarono in un atrio usato come base dai soldati guineensi che si vedevano sempre ciondolare davanti al municipio. In quel momento ce n'erano quattro.

Poiché erano presenti il direttore della base, il capo della sicurezza e il comandante delle guardie marocchine, i soldati erano più disciplinati e composti del solito. Quando i tre comparvero sulla soglia, i loro volti espressero confusione e imbarazzo. Melanie li minacciò con il dito mentre Kevin sospingeva lei e Candace fuori dalla porta, verso il parcheggio.

«Ti prego, Melanie», mormorò Kevin, «non provocarli!»

Nessuno li rincorse né si gettò su di loro, come Kevin aveva temuto.

Arrivarono alla macchina e Kevin aprì la portiera del passeggero. Candace salì rapidamente, ma Melanie si voltò verso Kevin con occhi fiammeggianti.

«Dammi le chiavi», gli intimò.

«Come?» chiese Kevin, anche se aveva capito benissimo.

«Ti ho detto di darmi le chiavi», ripeté Melanie.

Confuso dall'inaspettata richiesta, ma non volendo esasperarla oltre, Kevin le consegnò le chiavi della macchina. Melanie girò intorno al cofano e si mise al volante. Kevin prese posto sul sedile accanto. Non gli importava chi guidasse, purché se ne andassero subito di lì.

Melanie mise in moto e uscì dal parcheggio facendo stridere le gomme.

«Ehi, Melanie, rallenta!» la pregò Kevin.

«Sono furibonda!» proruppe Melanie.

«Come se non si vedesse!» commentò Kevin.

«Io non vado a casa adesso», sbottò Melanie, «ma se volete vi ci porto.»

«E tu dove vai?» chiese Kevin. «È quasi mezzanotte.»

«Al centro zootecnico. Non posso tollerare di essere trattata in questo modo. Voglio capire che cosa diavolo sta succedendo.»

«E che cosa pensi di trovare al centro zootecnico?» chiese Kevin.

«Le chiavi di quel dannato ponte. Ormai non è più semplice curiosità.»

«Forse dovremmo fermarci e parlarne», suggerì Kevin.

Melanie pestò il piede sul freno e bloccò la macchina.

«Io vado al centro zootecnico», ribadì Melanie. «Voi potete venire con me, oppure vi faccio scendere. Scegliete voi.»

«Perché proprio stanotte?» chiese Kevin.

«Uno, perché adesso ne ho proprio abbastanza. E due, perché loro non potrebbero mai sospettarlo. Ovviamente, pensano che ce ne andremo a casa buoni buoni a fare la nanna. Ecco perché ci hanno maltrattato così. Ma, sapete, non è nel mio stile.»

«Veramente, sarebbe proprio nel mio stile», protestò Kevin.

«Credo che Melanie abbia ragione», osservò Candace dal sedile posteriore. «Hanno espressamente cercato di intimidirci.»

«E ci sono perfettamente riusciti», replicò Kevin. «O sono l'unico ad avere un po' di buonsenso?»

«Io vado con Melanie», affermò Candace.

Kevin alzò gli occhi al cielo. «Come pensi di procurarti le chiavi? Non sai neanche dove sono?»

«È chiaro che sono nell'ufficio di Bertram. È l'incaricato dei servizi logistici per il programma bonobo. Caspita, sei stato tu a suggerire che doveva averle lui!»

«Be', ammettiamo che siano nell'ufficio di Bertram», acconsentì Kevin. «Come ci arriviamo? Gli uffici sono chiusi.»

Melanie frugò nel taschino della sua tuta e tirò fuori una tessera magnetica. «Dimentichi che io faccio parte dei responsabili del centro zootecnico. Questa è una tessera universale, apre ogni porta del centro ventiquattr'ore su ventiquattro. Ricordati che il mio lavoro per il progetto bonobo è solo una parte dell'attività che svolgo qui nel campo della fecondazione.»

Kevin lanciò un'occhiata a Candace. «Se ci sta Candace, ci sto anch'io.»

«Andiamo», disse Candace.

Melanie accelerò e svoltò a nord, oltre l'autoparco. L'autoparco ferveva di attività, con enormi fari a vapori di mercurio che illuminavano l'intera zona. Il turno di notte era più impegnativo di quello di giorno, poiché proprio di notte il traffico fra la Zona e Bata era più intenso.

Melanie superò autocarri e motrici finché si lasciò alle spalle il bivio per Bata. Dopodiché per tutto il tragitto fino al centro zootecnico non incontrarono nessuno.

Il personale del centro faceva tre turni di servizio. Quello di notte, a differenza dell'autoparco, era tranquillo ed era concentrato soprattutto nella clinica veterinaria. Melanie ne approfittò per dirigere la Toyota fino a una delle porte della clinica veterinaria.

Spense il motore e osservò per qualche momento l'ingresso, tamburellando con le dita sul volante.

«Ebbene?» chiese Kevin. «Siamo arrivati. Ora che facciamo?»

«Un attimo. Fammi riflettere.»

«Questo posto è enorme», intervenne Candace. Si era sporta a osservare l'edificio di fronte a loro, che dalla strada si protendeva fino a sparire nel fitto fogliame della giungla. «Sono venuta a Cogo un sacco di volte ma non sono mai stata qui. Non pensavo che fosse così grande. Questa è la clinica veterinaria?»

«Sicuro», le confermò Melanie.

«Mi piacerebbe visitarla. Non sono mai stata in una clinica veterinaria e non immaginavo una struttura così imponente.»

«È un impianto modernissimo», aggiunse Melanie. «Dovresti vedere la sala operatoria.»

«Oh, mio Dio», sospirò Kevin. «Sono proprio in mezzo ai matti! Abbiamo appena avuto la più tremenda esperienza della nostra vita e voi state progettando un giro turistico!»

«Non sarà un giro turistico», ribatté Melanie scendendo dalla macchina. «Vieni, Candace, mi servirà il tuo aiuto. Tu, Kevin, puoi anche aspettarci qui.»

«Per me va bene», acconsentì Kevin. Ma dopo aver osservato per pochi minuti le due donne che marciavano a passi spediti verso l'entrata, scese dalla Toyota e decise di seguirle.

«Aspettate», gridò. Le raggiunse.

«Non voglio sentirti borbottare, però», lo ammonì Melanie.

«Prometto», le assicurò Kevin. Si sentiva un po' come un ragazzo rimproverato dalla madre.

«Non credo che avremo problemi», rifletté Melanie. «L'ufficio di Bertram Edwards si trova nella parte dell'edificio riservato all'amministrazione. A quest'ora dev'essere deserto. Ma per non destare sospetti una volta dentro scendiamo nello spogliatoio. Voglio che indossiate i camici del centro zootecnico. D'accordo? A quest'ora nessuno si aspetta di incontrare dei visitatori.»

«Buona idea», assentì Candace.

«D'accordo», disse Bertram al telefono. Diede un'occhiata alla sveglia sul comodino. Mezzanotte e un quarto. «Sarò nel tuo ufficio tra cinque minuti.»

Mise le gambe giù dal letto e separò i due lembi della zanzariera.

«Qualche guaio?» chiese Trish, sua moglie.

«Solo un fastidio. Torna pure a dormire. Sarò di ritorno tra mezz'ora o giù di lì.»

Chiuse la porta della camera da letto prima di accendere la luce dello spogliatoio. Si vestì in fretta. Con Trish aveva minimizzato, ma era molto in ansia. Non aveva idea di che cosa stesse succedendo, ma dovevano essere guai grossi. Non era mai successo che Siegfried gli telefonasse nel cuore della notte chiedendogli di raggiungerlo nel suo ufficio.

La luna era quasi piena e fuori era chiaro come se fosse giorno. Il cielo era pieno di soffici nubi argentate. L'aria pesante e umida era assolutamente immobile.

Benché dovesse percorrere solo poche centinaia di metri, Bertram prese la macchina. Avrebbe fatto prima, e ogni minuto che passava acuiva la sua curiosità. Nel parcheggio vide che i soldati erano stranamente in fermento e si aggiravano intorno al posto di guardia con i fucili puntati. Lo guardarono nervosamente quando spense le luci della macchina e scese.

Avvicinandosi a piedi all'edificio vide qualche fioca striscia di luce che filtrava dalle finestre del primo piano, dove si trovava l'ufficio di Siegfried. Salì le scale, attraversò l'atrio buio ed entrò nello studio del capo.

Siegfried era seduto alla scrivania con i piedi appoggiati sul ripiano. Teneva nella mano sana un bicchiere di brandy che faceva ruotare lentamente. Cameron McIvers, capo dei servizi di sicurezza, sedeva su una poltroncina di vimini, anche lui con un bicchiere in mano. L'unica illuminazione della stanza veniva dalla candela infilata nel teschio. La fiammella oscillante dava quasi una parvenza di vita al serraglio di animali impagliati.

«Grazie per essere venuto a quest'ora impossibile», lo salutò Siegfried con il suo pesante accento tedesco. «Un sorso di brandy?»

«Pensi che ne avrò bisogno?» chiese Bertram avvicinando una poltroncina di vimini alla scrivania.

«Male non ti farà», fece Siegfried ridendo.

Cameron andò a prendere il liquore dalla credenza. Era uno scozzese robusto e barbuto con un grosso naso rosso che denunciava un eccessivo amore per le bevande alcoliche. Porse il bicchiere a Bertram e riprese il suo posto.

«Di solito, quando mi chiamano in piena notte, si tratta di un'emergenza per qualche animale malato», osservò Bertram. Bevve un sorso di brandy e tirò un profondo sospiro. «Stanotte ho l'impressione che il motivo sia ben diverso.»

«Infatti», confermò Siegfried. «Anzitutto devo congratularmi con te. Il tuo avvertimento di questo pomeriggio su Kevin Marshall era fondato e tempestivo. Ho chiesto a Cameron di farlo sorvegliare dai marocchini. E questa sera lui, Melanie Becket e una delle infermiere della squadra chirurgica, sono andati in macchina fino alla zona d'imbarco per l'Isla Francesca.»

«Dannazione!» proruppe Bertram. «E sono passati sull'isola?»

«No, sono rimasti a giocherellare con la zattera. Hanno anche fatto quattro chiacchiere con Alphonse Kimba.»

«Non mi piace che qualcuno si avvicini all'isola e non mi piace che qualcuno parli con il pigmeo.»

«Non piace neanche a me», replicò Siegfried.

«Adesso dove sono quei bastardi?»

«Li abbiamo lasciati tornare a casa. Ma non prima di averli strapazzati a dovere. Non credo che rifaranno una cosa del genere, almeno per un bel po' di tempo.»

«Ci mancava anche questa!» si lamentò Bertram. «Adesso devo preoccuparmi anche di loro, oltre al fatto che i bonobo si stanno dividendo in due gruppi.»

«Questa faccenda è ben più grave», gli fece notare Siegfried.

«Sono un guaio tutt'e due. Entrambe rischiano di compromettere il programma e di mandarlo a monte. Penso che dovremmo riconsiderare la mia idea di chiudere tutti gli animali in gabbia e portarli al centro zootecnico. Le gabbie sono pronte. Non sarebbe un'operazione difficile e renderebbe più agevole il recupero dei dupli.»

Dal primo momento in cui si era accorto che i bonobo si erano divisi in due gruppi sociali, Bertram aveva proposto di metterli in gabbie separate, dove potevano essere tenuti sotto sorveglianza. Ma era stato fermato da Siegfried. Aveva anche pensato di rivolgersi al suo capo a Cambridge, ma poi aveva scartato l'idea. Una mossa del genere avrebbe indotto i capi della GenSys a sospettare che ci fossero dei guai nel programma.

«Non riapriamo questa discussione!» tagliò corto Siegfried in tono autoritario. «Non rinunceremo all'idea di tenerli confinati sull'isola. Abbiamo deciso da subito che era la soluzione migliore. E io lo penso ancora. Ma con questa storia di Marshall, è il ponte a preoccuparmi.»

«Perché?» chiese Bertram. «È chiuso a chiave.»

«E le chiavi dove sono?»

«Nel mio ufficio.»

«Credo che dovrebbero stare qui nella cassaforte. La maggior parte del tuo personale può entrare liberalmente nel tuo ufficio, compresa Melanie Becket.»

«Be', forse hai ragione.»

«Vorrei che andassi a prenderle. Quante sono?»

«Non ricordo esattamente. Quattro o cinque, credo.»

«Voglio averle qui.»

«Bene», acconsentì Bertram. «Nessun problema.»

«D'accordo», concluse Siegfried. Tirò giù i piedi dalla scrivanie e si alzò. «Andiamo. Vengo con te.»

«Vuoi andarci adesso?» chiese Bertram meravigliato.

«Perché rimandare a domani quel che si può fare oggi?» ribatté Siegfried. «È un'espressione cara a voi americani, no? Con le chiavi al sicuro dormirò molto meglio stanotte.»

«Volete che venga con voi?» si offrì Cameron.

«Non è necessario», rispose Siegfried. «Sono sicuro che Bertram e io ce la caveremo da soli.»

* * *

Kevin si guardò nel grande specchio dello spogliatoio maschile. Il guaio con quelle tute era che la misura piccola era troppo corta e quella media era troppo grande. Dovette arrotolarsi le maniche e i pantaloni.

«Che diavolo stai facendo lì dentro?» chiamò Melanie aprendo la porta.

«Arrivo», rispose Kevin. Chiuse l'armadietto dove aveva infilato i suoi abiti e si affrettò a raggiungerla.

«Credevo che le donne ci mettessero più tempo degli uomini a vestirsi», osservò Melanie.

«Non riuscivo a trovare la misura giusta», si scusò Kevin. «È entrato qualcuno mentre eri lì?»

«Neanche un'anima.»

«Bene, neanche da noi. Andiamo!»

Fece cenno agli altri due di seguirla e salì le scale. «Per raggiungere gli uffici dell'amministrazione dobbiamo passare dalla clinica veterinaria. Penso che sia meglio evitare il pianterreno, con il pronto soccorso e l'unità di cura intensiva. C'è sempre un sacco di gente in quel reparto. Andremo al primo piano e attraverseremo l'unità di fecondazione. Posso sempre dire che sono venuta a visitare un paziente, se qualcuno fa domande.»

Salirono al primo piano. Nel corridoio principale incontrarono un impiegato del centro zootecnico. Se trovò strana la presenza di Kevin e Candace a quell'ora della notte, non lo diede a vedere. Passò oltre con un cenno della testa.

«È stato facile», bisbigliò Candace.

«Merito delle tute», rispose Melanie.

Girarono a sinistra attraverso una doppia porta ed entrarono in un corridoio più stretto, bene illuminato e fiancheggiato da una fila di porte. Melanie ne socchiuse una e infilò dentro la testa. Richiuse piano la porta. «Una delle mie pazienti. Un gorilla femmina delle pianure. Quasi pronta per il prelievo degli ovuli. Possono restare un po' scombussolate, con il livello di ormoni che dobbiamo iniettare, ma questa sta dormendo profondamente.»

«Posso vedere?» chiese Candace.

«Perché no? Però fa' piano e non fare movimenti bruschi.»

Candace annuì. Melanie aprì la porta e scivolò dentro, seguita dall'amica. Kevin restò sulla porta tenendola aperta.

«Ma non dovevamo fare in fretta?» bisbigliò.

Melanie si portò un dito alle labbra. Nella stanza c'erano quattro gabbie e una sola era occupata. Una grande femmina di gorilla dormiva su un giaciglio di paglia. L'illuminazione indiretta, incassata nel soffitto, era quasi spenta. Sfiorando appena le sbarre della gabbia, Candace si sporse in avanti per veder meglio. Non era mai stata così vicina a un gorilla. Se si fosse chinata avrebbe potuto toccare il grosso animale. Con incredibile velocità l'animale si svegliò e balzò indietro, verso il fondo della gabbia. Un istante dopo batteva i pugni sul pavimento, emettendo grida stridenti.

Anche Candace lanciò un piccolo grido saltando all'indietro e si trovò fra le braccia di Melanie.

«Va tutto bene», le mormorò quest'ultima.

Il gorilla fece un altro balzo in avanti e scagliò una manciata di feci fresche che andarono a spiaccicarsi contro la parete di fronte. Melanie spinse Candace fuori dalla porta e Kevin la chiuse.

«Mi dispiace», sussurrò Melanie. La carnagione nordica di Candace era ancora più pallida del solito. «Stai bene?»

«Sì, sto bene», rispose Candace. Gettò un'occhiata alla sua tuta. «Un po' di residui intestinali, temo.» Si passò una mano sui capelli, poi la esaminò.

«Prendiamo le chiavi», le sollecitò Kevin. «Stiamo abusando della nostra fortuna.»

Attraversarono l'unità di fecondazione e passarono in un vasto locale che conteneva diverse gabbie, per la maggior parte occupate da giovani primati di diverse specie.

«Questa è l'unità pediatrica», sussurrò Melanie. «Comportatevi in modo semplice e naturale.»

C'erano tre persone che lavoravano nell'unità. Tutte in camici chirurgici, con stetoscopio al collo. Li salutarono amichevolmente continuando il loro lavoro e i tre passarono oltre.

Dopo una porta a doppio battente e un breve corridoio giunsero a una pesante porta antincendio chiusa. Dovettero ricorrere alla tessera di Melanie per aprirla.

«Ci siamo!» sussurrò, e lasciò che la porta si chiudesse piano alle loro spalle. Dopo l'intensa attività del locale in cui erano passati, qui il silenzio e il buio parevano assoluti. «Questi sono gli uffici amministrativi. La scala è in fondo all'atrio, a sinistra. Andiamo. State vicini a me.»

Gli altri due annasparono un po' nel buio finché Candace pose la mano sulla spalla di Melanie e Kevin su quella di Candace.

«Andiamo!» li incitò Melanie e incominciò ad avanzare a tentoni nel corridoio. Gli altri si lasciarono guidare in silenzio. A poco a poco i loro occhi si adattarono all'oscurità.

La tromba delle scale era discretamente illuminata. Le grandi finestre lasciavano entrare ampiamente la luce lunare.

Scesero al pianterreno e Melanie li condusse davanti all'ufficio di Bertram.

«Adesso viene la prova del nove!» commentò Kevin mentre Melanie infilava la tessera nella serratura. Ci fu un immediato clic rassicurante. La porta si aprì.

«Nessun problema», fece Melanie allegramente.

I tre entrarono nell'ufficio e furono nuovamente avvolti da un buio quasi completo.

«E adesso?» chiese Kevin. «Non troveremo niente in questo buio.»

«Lo penso anch'io», fece Melanie. Tastò la parete in cerca di un interruttore. Lo trovò e accese la luce.

Per un attimo si guardarono l'un l'altro sbattendo le palpebre.

«Speriamo di non attirare l'attenzione di quei marocchini, dall'altra parte della strada», osservò Kevin.

«Non dirlo neanche per scherzo!» lo ammonì Melanie. «Io penso alla scrivania. Candace, occupati dello schedario. Kevin, tieni d'occhio il vestibolo. Avvisa se vedi arrivare qualcuno.»

«Bella prospettiva!» borbottò.

Arrivato all'autoparco Siegfried svoltò a sinistra e accelerò dirigendo la sua nuova Land Cruiser Toyota verso il centro zootecnico. Il veicolo era stato modificato per adattarlo alla sua mutilazione, in modo che potesse cambiar marcia con la sinistra.

«Cameron sa perché siamo tanto preoccupati per la sicurezza dell'Isla Francesca?» chiese Bertram.

«No, non sa nulla.»

«Ha fatto domande?»

«No. Obbedisce agli ordini. Non li discute.»

«Perché non spiegargli la questione e farlo entrare nell'affare, magari con una piccola percentuale?» suggerì Bertram. «Potrebbe esserci molto utile.»

«Non voglio ridurre le nostre percentuali», rispose Siegfried seccamente. «Non se ne parla neanche. Del resto, Cameron, ci dà già tutto l'aiuto possibile. Fa tutto quello che gli dico.»

«Kevin Marshall deve aver detto qualcosa a quelle due donne», aggiunse Bertram. «Non vorrei che anche loro cominciassero a pensare che i bonobo hanno imparato ad accendere il fuoco sull'isola. Se la notizia dovesse trapelare, vedremmo arrivare qui una folla di animalisti. In questo caso la GenSys metterebbe fine al programma in un batter d'occhio e noi saremmo silurati.»

«E che cosa pensi che dovremmo fare?» chiese Siegfried a Bertram. «Potrei fare in modo che quei tre spariscano dalla circolazione.»

Bertram lanciò un'occhiata al compagno e rabbrividì. Sapeva che non stava scherzando.

«No, sarebbe peggio», osservò. Guardò indietro attraverso il lunotto posteriore. «Potrebbe provocare un'indagine di vaste proporzioni da parte della polizia di stato. Te lo ripeto, narcotizziamo i bonobo e mettiamoli nelle gabbie che ho già preparato. Teniamoli al centro zootecnico. Sicuramente qui non accenderanno fuochi!»

«No, perdio!» scattò Siegfried. «Gli animali restano sull'isola. Se li portiamo qui, non sarà possibile mantenere il segreto. Anche se non potranno giocare con il fuoco, sappiamo che sono piccoli, astuti e bastardi. Sai bene quanti problemi ci hanno dato durante il recupero dei dupli. Magari comincerebbero a fare qualcosa di altrettànto strano e i nostri collaboratori chiacchiererebbero. Sarebbero solo guai peggiori.»

Bertram sospirò e si passò nervosamente una mano sui capelli bianchi. Doveva ammettere che Siegfried aveva ragione. Ma era comunque convinto che fosse meglio portare gli animali al centro, soprattuto per tenerli isolati l'uno dall'altro.

«Parlerò con Raymond Lyons domani», continuò Siegfried. «Ho già cercato di chiamarlo poco fa. Visto che Kevin si era messo in contatto con lui, tanto vale chiedergli un'opinione sul da farsi. Dopotutto, l'intera operazione è una sua creazione. Anche lui, come noi, non vuole guai.»

«Questo è vero», ammise Bertram.

«Dimmi una cosa. Se quegli animali usano il fuoco, come pensi che l'abbiano avuto? Credi ancora che sia stato un fulmine?»

«Non sono sicuro. Quando abbiamo mandato la squadra a costruire il meccanismo della testa di ponte sull'isola, sono riusciti a rubare un mucchio di utensili, funi e altro. Nessuno pensava alla possibilità di un furto. Tutto era al sicuro, chiuso in scatole e cassette. Forse hanno trovato dei fiammiferi. Certo, non so proprio come abbiano potuto imparare a usarli.»

«Mi hai dato un'idea», lo interruppe Siegfried. «Potremmo dire a quei tre che la settimana scorsa abbiamo mandato una squadra sull'isola a fare dei lavori, che so, aprire qualche pista. E che sono stati loro ad accendere i fuochi.»

«È proprio un'ottima idea. Molto ragionevole. Avevamo anche pensato di fare un ponte sopra il Río Diviso.»

«Ma perché non ci abbiamo pensato prima!» esclamò Siegfried. «È una cosa così ovvia!»

I fari della Land Cruiser illuminarono il primo degli edifici del centro zootecnico.

«Dove vuoi che parcheggi?» chiese Siegfried.

«Davanti alla facciata. Tu puoi restare in macchina, ci metterò solo un minuto.»

Siegfried tolse il piede dall'acceleratore e cominciò a frenare.

«Ma che diavolo!» proruppe Bertram.

«Che cosa succede?»

«C'è la luce accesa nel mio ufficio.»

«Questo sembra promettente», esclamò Candace tirando fuori un grosso contenitore di cartone da un cassetto dello schedario. Nell'angolo superiore destro un'etichetta diceva: ISLA FRANCESCA.

Melanie chiuse il cassetto della scrivania che stava esaminando e si avvicinò. Kevin comparve sulla porta e le raggiunse.

Candace tolse l'elastico, aprì il contenitore e ne fece scivolare il contenuto sul tavolo. C'erano diagrammi di strumenti elettronici, tabulati di computer e numerose cartine. C'era anche una grossa busta di carta con la scritta STEVENSON BRIDGE sul lembo.

«Ci siamo!» esclamò Candace. Aprì la busta e tirò fuori un anello con cinque chiavi identiche.

«Voilà», esclamò Melanie. Aprì l'anello e tolse una delle chiavi.

Kevin diede un'occhiata alle cartine e ne prese una. Stava per aprirla quando scorse con la coda dell'occhio un balenare di luci. Guardò verso la finestra e vide un riflesso di fari che danzava lungo le sbarrette delle veneziane semiaperte. Si avvicinò e sbirciò fuori.

«Oh-oh», esclamò allarmato. «È la macchina di Siegfried!»

«Presto», fece Melanie, «rimetti tutto nello schedario!»

Le due donne ficcarono in fretta gli oggetti nel contenitore, lo infilarono nello schedario e chiusero il cassetto. Quasi contemporaneamente sentirono il rumore del portone esterno che si apriva.

«Per di qui!» bisbigliò Melanie, e accennò a una porta dietro la scrivania di Bertram. I tre corsero oltre la porta e Kevin la richiuse alle loro spalle. Nello stesso momento sentirono qualcuno che apriva quella dell'ufficio. Si trovarono in una delle sale per le visite di Bertram. Era rivestita di piastrelle bianche e aveva al centro un tavolo di acciaio inossidabile. Come nell'ufficio di Bertram, anche qui le finestre avevano le veneziane. Ne filtrava abbastanza luce da consentire ai tre di correre verso la porta che dava sull'atrio. Kevin correndo diede un calcio a un secchio di acciaio accanto al tavolo, e il fragore rimbombò nel silenzio.

Melanie reagì spalancando la porta e precipitandosi verso le scale. Candace la seguì. Mentre Kevin usciva, udì aprirsi una porta. Non sapeva se l'avessero visto o no.

Giunta alla scala, Melanie scese in fretta quanto glielo permetteva la scarsa luce lunare. Sentiva dietro di sé i passi di Candace e Kevin. Ai piedi della scala rallentò tastando il muro per trovare l'uscio del seminterrato. Fece appena in tempo ad aprirlo. Sopra di loro sentirono spalancarsi la porta del pianterreno, e subito dopo si udì il rumore di passi pesanti sui gradini di metallo.

Il seminterrato era completamente buio, tranne per un fioco rettangolo di luce in distanza. Presero quella direzione. Quando lo raggiunsero si resero conto che era una porta antincendio. Melanie l'aprì con la tessera magnetica, appena ebbe localizzato la fessura.

Oltre la porta antincendio trovarono un corridoio bene illuminato che permise loro di riprendere la corsa. Melanie li fermò bruscamente a metà strada e aprì una porta con la scritta PATOLOGIA.

«Dentro!» ordinò seccamente. Gli altri due obbedirono senza una parola. Melanie chiuse la porta e la serrò con il catenaccio.

Si trovavano nell'anticamera di due sale operatorie destinate alle autopsie. C'erano lavelli, scrivanie e una grande porta isolante che conduceva a una cella frigorifera.

«Perché siamo entrati qui?» chiese Kevin con il panico nella voce. «Siamo in trappola.»

«Non proprio», fece Melanie ansimando. «Venite di qua.» La seguirono dietro un angolo e con loro grande sorpresa trovarono un'ascensore. Melanie premette il pulsante di chiamata e si sentì immediatamente lo sferragliare dei meccanismi. L'indicatore dei piani si illuminò segnalando che la cabina si trovava al secondo piano.

«Presto! Fa' presto!» pregò Melanie, come se il suo appello potesse accelerarne la discesa. Era un montacarichi e quindi di una lentezza esasperante. Passò per il primo piano proprio quando la porta dell'atrio stridette sui cardini. Udirono una sorda imprecazione.

I tre si scambiarono uno sguardo terrorizzato. «Saranno qui fra pochi secondi», sussurrò Kevin. «Non c'è un'altra via d'uscita?»

Melanie scosse la testa. «Solo il montacarichi.»

«Dobbiamo nasconderci», ansimò Kevin.

«Perché non andiamo nella cella frigorifera?» propose Candace.

Non avevano tempo per discutere. Candace entrò per prima, seguita da Melanie e Kevin, che chiuse la porta. Si udì lo schiocco squillante del metallo.

Era un locale quadrato di sei metri di lato, con scaffali in acciaio inossidabile disposti su tre file dal pavimento al soffitto. Sui ripiani erano adagiati i corpi di diversi primati morti. Il più impressionante era quello di un enorme gorilla maschio dal pelo argentato che giaceva sullo scaffale in mezzo della fila centrale. L'illuminazione era fornita da lampadine nude che pendevano dal soffitto a intervalli regolari lungo i due passaggi laterali. Istintivamente i tre corsero in fondo alla cella e si acquattarono lungo la fila centrale. Il loro respiro ansimante formava nuvole di vapore nell'aria gelida. L'odore, piuttosto pesante con un lieve sentore di ammoniaca, non si poteva dire piacevole ma era tollerabile.

Circondati da pareti isolanti, i tre non potevano udire alcun suono, neppure il cigolio del montacarichi. Poi udirono l'inconfondibile scatto stridente del catenaccio della cella.

Kevin sentì il cuore balzargli nel petto quando la porta venne spalancata. Preparandosi a scorgere la faccia sogghignante di Siegfried, alzò lentamente la testa a sbirciare al di sopra della grossa mole del gorilla morto. Con sua grande sorpresa non comparve Siegfried. Erano due uomini in tuta che portavano dentro il corpo di uno scimpanzé.

Senza dire una parola i due uomini deposero i resti della scimmia morta su uno scaffale a destra e se ne andarono. Quando la porta si fu richiusa Kevin guardò Melanie e sospirò. «Questo è stato il giorno peggiore della mia vita!»

«Non è ancora finita», replicò Melanie. «Dobbiamo ancora uscire di qui. Ma almeno abbiamo preso quello che eravamo venuti a cercare.» Aprì la mano e mostrò la chiave. Un lampo di luce brillò sulla superficie cromata.

Kevin abbassò gli occhi a guardare la propria mano. Senza accorgersene, stringeva ancora la cartina a curve a isoipse dell'Isla Francesca.

Bertram, uscendo dalla tromba delle scale, accese la luce del corridoio. Era salito al primo piano ed era entrato nell'unità pediatrica. Aveva chiesto ai presenti se qualcuno era passato per quel reparto. La risposta era stato no.

Entrò nella sua sala per le visite e accese la luce anche qui. Siegfried si affacciò alla porta dell'ufficio.

«Ebbene?» chiese.

«Non so se qualcuno è venuto qui o no», rispose Bertram. Diede un'occhiata al secchio che non era nella sua solita posizione, sotto l'angolo del tavolo clinico.

«Hai visto qualcuno?» chiese ancora Siegfried.

«Non proprio», fece l'altro scuotendo la testa. «Forse qualcuno del personale ha lasciato la luce accesa.»

«Be', questo giustifica le mie preoccupazioni per le chiavi.»

Bertram annuì. Allungò un piede e sistemò il secchio nella solita posizione. Quindi spense la luce nella sala per le visite e raggiunse Siegfried nell'ufficio.

Qui aprì il primo cassetto dello schedario e tirò fuori la cartella dell'Isla Francesca. Tolse l'elastico e tirò fuori il contenuto.

«Che cosa succede?» chiese Siegfried vedendolo esitare.

Bertram, con la sua fissazione per l'ordine, non poteva immaginare di aver accumulato così alla rinfusa gli oggetti nel contenitore. Temendo il peggio, fu con un certo sollievo che prese la busta dello Stevenson Bridge e tastò il rigonfio delle chiavi.

12

5 marzo 1997, ore 18.45
New York

«QUESTA è bella!» esclamò Jack scrutando nel microscopio. Già da mezz'ora era concentrato su quel particolare vetrino. Chet aveva cercato di parlargli, ma ci aveva rinunciato. Quando Jack era così assorbito in un esame, era impossibile distoglierlo.

«Sono lieto di vedere che ti diverti tanto», fece Chet. Si era appena alzato dalla sedia e si accingeva a prendere la valigetta per andarsene.

Jack si appoggiò allo schienale e scosse la testa. «Tutto in questo caso è assurdo», borbottò. Alzò gli occhi su Chet e fu sorpreso di vedere che indossava il cappotto. «Te ne vai?»

«Già, è un quarto d'ora che cerco di darti la buonanotte.»

«Da' un'occhiata qui prima di andartene.» Fece un cenno verso il microscopio. Chet esitò. Diede un'occhiata all'orologio. Doveva trovarsi in palestra per la lezione di aerobica delle diciannove. Si era iscritto nel tentativo di abbordare una ragazza sulla quale aveva messo gli occhi. Il problema era che la ragazza era in una forma smagliante mentre lui alla fine della lezione era sempre troppo spompato per rivolgerle la parola.

«Dai, vecchio mio», lo incitò Jack, «dammi la tua preziosa opinione.»

Chet posò la valigetta e si chinò a guardare nel microscopio. «Sei ancora alle prese con questa sezione congelata del fegato?»

«Mi ci sono divertito tutto il pomeriggio», replicò Jack.

«Perché non aspetti le sezioni preparate?» chiese Chet.

«Ho chiesto a Maureen di portarmele appena può. Ma per ora è tutto quello che ho. Che cosa pensi dell'area che ho messo a fuoco?»

Chet manovrò un attimo con la messa a fuoco. «Sembra un granuloma», osservò Chet.

«Lo penso anch'io», replicò Jack. «Adesso sposta la lente a destra. Ti mostra una parte della superficie del fegato. Che cosa vedi?»

Chet obbedì. «Sembrerebbe una grande cisti cicatrizzata.»

«E ti sembra normale?»

«Non potrei dirlo», rispose Chet. «Anzi, direi che mi sembra piuttosto strana.»

«Ben detto. Adesso, lascia che ti faccia una domanda.»

Chet alzò la testa e guardò il collega. L'ampia fronte di Jack era corrugata e il suo viso esprimeva perplessità e confusione.

«Ti sembra il fegato che ti aspetteresti di trovare dopo un trapianto relativamente recente?»

«Assolutamente no. Mi aspetterei un'infiammazione acuta, ma certamente non un granuloma. Specialmente se il processo si potrebbe intendere a grandi linee come il collasso della cisti superficiale.»

Jack sospirò. «Grazie. Cominciavo a dubitare delle mie capacità di giudizio. Mi conforta constatare che siamo arrivati alle stesse conclusioni.»

«Toc, toc!» chiamò una voce.

I due alzarono la testa e sulla soglia videro Ted Lynch, direttore del laboratorio per le ricerche sul Dna. Era un uomo grande e grosso, più o meno della stazza di Calvin Washington. Americano da generazioni, era stato attaccante della squadra di rugby di Princeton prima di fare il dottorato.

«Ho qualcosa per te, Jack», disse Ted. «Ma temo che non sia quello che ti aspetti. So che pensavi di aver per le mani un trapianto di fegato, ma il Dq alfa coincide, il che fa supporre che si tratti proprio del fegato della vittima.»

Jack alzò le mani. «Mi arrendo», sospirò.

«Ora, c'è sempre la possibilità che ci fosse un trapianto», continuò Ted. «Ci sono ventuno possibili genotipi della sequenza Dq alfa, e il sette per cento delle volte il test non riesce a distinguerli. Ma io sono andato avanti e ho controllato i gruppi sanguigni AB0 sul cromosoma 9. Anche qui completa coincidenza. Combinando i due risultati, è praticamente sicuro che sia il fegato della nostra vittima.»

«Non so più che cosa pensare», sospirò Jack. Intrecciò le dita e si posò le mani sulla testa. «Ho persino telefonato a un mio amico chirurgo per chiedergli se poteva esserci qualche altra ragione per la presenza di suture nella vena cava, nella vena epatica o nel sistema biliare. Mi ha detto di no: doveva trattarsi di un trapianto.»

«Che cosa ti posso dire?» replicò Ted. «Naturalmente, per farti piacere, sarei anche disposto a ritoccare un po' i risultati!»

Jack sorrise.

Il telefono squillò e Jack fece cenno a Ted di restare mentre sollevava il ricevitore. «Chi è?» abbaiò.

«Io me ne vado», annunciò Chet e salutò con la mano.

Jack ascoltò attentamente. A poco a poco il suo disappunto si trasformò in interesse. Annuì mentre lanciava occhiate a Ted.

«Già, sicuro!» disse poi nel ricevitore. «Se l'Associazione Nazionale per il Recupero Organi suggerisce che si provi a cercare in Europa, lo faremo.» Diede un'occhiata all'orologio. «Adesso là è notte fonda, ma fai quello che puoi.»

Quando Ted fu uscito Jack spense la luce del microscopio. Aveva fissato quel vetrino così a lungo che gli bruciavano agli occhi.

Per qualche minuto rimase seduto alla scrivania contemplando la pila di pratiche da evadere. I fascicoli accumulati dovevano essere venticinque o trenta. Più numerosi del solito. Le scartoffie non erano mai state il suo forte, ed era peggio quando si trovava invischiato in un caso particolarmente impegnativo.

Imprecando fra sé per la frustrazione allontanò la sedia dalla scrivania e prese la giacca a vento dall'attaccapanni fissato alla porta. Era rimasto seduto a rimuginare più di quanto il suo carattere potesse sopportare. Aveva bisogno di un esercizio fisico capace di distrarlo e il campo di basket vicino a casa sua lo stava chiamando.

Il profilo di New York contro il cielo dal George Washington Bridge era uno spettacolo da mozzare il fiato. Franco Ponti cercava di goderselo, ma era una cosa difficile nel traffico dell'ora di punta. Era al volante di una Ford rubata ed era diretto a Englewood, nel New Jersey. Angelo Facciolo, seduto accanto a lui, scrutava i dintorni. Entrambi indossavano i guanti.

«Da' un'occhiata al panorama», suggerì Franco. «Guarda quelle luci. Si vede l'intera isola, persino la Statua della Libertà.»

«Sì, lo so. L'ho già vista tante volte», borbottò Angelo di malumore.

«Ma che cosa diavolo ti prende?» chiese Franco spazientito. «Sembri uno straccio!»

«È che non mi piace questo genere di lavoro», replicò Angelo. «Mi ricorda quando Cerino ha cominciato a fare il pazzo e mi ha mandato con Tony Ruggiero in giro per la città a fare tutte quelle stronzate. Dovremmo continuare con il nostro solito lavoro e trattare con la solita gente.»

«Vinnie Dominick non è Pauli Cerino», ribatté Franco. «E che cosa c'è di male a mettersi in tasca un po' di quattrini extra?»

«Già, ma non mi piacciono i rischi.»

«Che cosa vuoi dire?» chiese Franco. «Non c'è nessun rischio. Siamo professionisti e non corriamo rischi di nessun genere.»

«C'è sempre l'imprevisto. Qualcosa d'imprevisto sempre può capitare.»

Franco lanciò un'occhiata alla faccia orribilmente deturpata di Angelo che si stagliava nella mezza luce dell'interno della berlina. Pensò che il compagno questa volta era terribilmente serio. «Ma di che cosa stai parlando?» chiese ancora.

«Del fatto che ci sia di mezzo questa Laurie Montgomery. Quella donna mi dà gli incubi. Tony e io abbiamo cercato di farla fuori, ma non ci siamo riusciti. Era come se Dio in persona la proteggesse.»

Franco rise, malgrado il tono cupo di Angelo. «Questa Laurie Montgomery sarebbe lusingata se sapesse che fa venire gli incubi a un tipo con la tua reputazione. È proprio da ridere!»

«Io non ci trovo niente di divertente!» protestò Angelo.

«Non ti arrabbiare. Dopotutto, lei non c'entra niente con quello che stiamo facendo qui.»

«È tutto collegato!» borbottò Angelo. «E quella donna ha detto a Vinnie Amendola che si sarebbe impegnata personalmente per scoprire come eravamo riusciti a sottrarre il corpo di Franconi dall'obitorio.»

«Ma come diavolo potrebbe scoprirlo?» obiettò Franco. «E del resto abbiamo mandato Freddie Capuso e Richie Herns a fare il lavoro sporco. Stai saltando a conclusioni affrettate.»

«Ah sì? Non conosci quella donna. È ostinata come un mulo.»

«E va be'», concluse Franco con rassegnazione, «se vuoi proprio che ti sbattano fuori, per me va bene.»

Quando arrivarono al ponte del New Jersey, Franco si diresse all'interstatale di Palisades. Visto il malumore di Angelo, decise di accendere la radio e cercò una stazione che trasmetteva vecchie canzoni. Alzò il volume e canticchiò *Sweet Caroline* assieme a Neil Diamond.

Al secondo ritornello Angelo allungò una mano e spense l'apparecchio. «Hai vinto», borbottò. «La pianto di lamentarmi se mi prometti di non cantare.»

«Ma come! Non ti piace questa canzone?» chiese Franco facendo l'offeso. «Mi riporta alla mente dolci ricordi!» Schioccò le labbra. «Mi ricorda quando me la facevo con Maria Provolone.»

«Non toccare quel tasto», replicò Angelo, ridendo suo malgrado. Gli piaceva lavorare con Franco Ponti. Era un professionista. E aveva anche un senso dell'umorismo che lui sapeva di non possedere.

Franco uscì dalla superstrada, oltrepassò la Route 9 West e

puntò verso occidente in direzione di Englewood. Il panorama cambiò rapidamente. Dopo l'area suburbana costellata di officine e trattorie di basso livello entrarono in una zona residenziale.

«Hai a portata di mano la cartina e l'indirizzo?» chiese Franco.

«Ecco qui», rispose Angelo. Alzò il foglio e accese la luce di cortesia. «Dobbiamo cercare Overlook Place», aggiunse. «Dev'essere a sinistra.»

Trovarono facilmente Overlook Place e cinque minuti dopo stavano percorrendo una bella strada alberata che serpeggiava fra eleganti palazzine.

I prati ben tenuti che separavano le abitazioni erano così vasti che parevano campi da golf.

«Te l'immagini come dev'essere vivere in un posto simile?» commentò Franco girando la testa da una parte all'altra. «Perderei la strada appena uscito dalla porta di casa!»

«Non mi piace», borbottò Angelo. «Troppo tranquillo. Qui spicchiamo come due mosche nel latte.»

«Su, poche storie. Per ora ci limitiamo a una semplice ricognizione. Qual è il numero che dobbiamo cercare?»

Angelo consultò il foglietto che aveva in mano. «L'8 di Overlook Place.»

«Dev'essere alla nostra sinistra.» Stavano passando davanti al numero dodici.

Pochi minuti dopo Franco rallentò e si fermò sul lato destro della strada. Lui e Angelo scrutarono il curvo vialetto d'accesso, fiancheggiato da eleganti lampioni, che portava a un'imponente palazzina stile Tudor sullo sfondo di alti pini frondosi. Il prato antistante aveva le dimensioni di un campo di calcio.

«Sembra un castello», osservò Angelo.

«Devo dire che non è quello che speravo di vedere», ammise Franco.

«Be', e adesso che cosa facciamo? Non possiamo starcene qui seduti. Non abbiamo visto una macchina da quando abbiamo lasciato la superstrada.»

Franco innestò la marcia. Angelo aveva ragione, non potevano stare lì. Qualcuno li avrebbe visti, si sarebbe insospettito e avrebbe chiamato la polizia.

«Vediamo di scoprire qualcosa di più su questa pollastra di sedici anni», propose Angelo. «Per esempio dove va a scuola, che cosa fa di solito e chi sono i suoi amici. Dubito che riusciremmo ad assalirla in casa.»

Franco grugnì. Stava per premere l'acceleratore quando scorse una figura uscire dal portone della palazzina. A quella distanza non poteva distinguere se fosse un uomo o una donna. «Sta uscendo qualcuno», osservò, togliendo il piede dall'acceleratore.

«L'ho visto.»

I due aspettarono in silenzio mentre la figura scendeva i tre o quattro scalini di granito e si avviava giù per il vialetto.

«Chiunque sia, è proprio grasso», commentò Franco.

«E ha anche un cane», aggiunse Angelo.

«Dio del cielo!» esclamò Franco dopo qualche minuto. «Ma è la ragazza!»

«Non è possibile! Pensi davvero che sia Cindy Carlson? Non sono abituato a tanta fortuna.»

Stupiti, i due uomini osservarono la ragazza che scendeva tranquillamente per il vialetto come se volesse venire a salutarli. Davanti a lei trotterellava un minuscolo cagnolino color cognac con il codino a pompon orgogliosamente sollevato.

«Che cosa dobbiamo fare?» domandò Franco perplesso. Non si aspettava risposta, stava solo pensando ad alta voce.

«Il trucco dei poliziotti?» propose Angelo. «Di solito funziona.

«Mi sembra una buona idea.» Franco si girò verso Angelo e tese la mano. «Dammi il tuo distintivo dell'Ozone Park.»

Angelo frugò nella tasca della sua elegante giacca di taglio italiano e tirò fuori il portadistintivo di pelle, che aveva l'aspetto di un portafogli.

«Per ora rimani qui», aggiunse Franco. «Non c'è ragione di spaventarla con la tua faccia.»

«Grazie per il complimento», fece Angelo seccato. Era molto suscettibile per quanto riguardava il suo aspetto. Si vestiva come un damerino nel vano tentativo di compensare in qualche modo la devastazione della sua faccia, deturpata da una combinazione di varicella infantile, acne giovanile e postumi di ustioni di terzo grado riportate durante un'esplosione di cinque anni prima. Per ironia della sorte, l'esplosione era avvenuta grazie all'intervento di Laurie Montgomery.

«Ehi, non essere così permaloso», soggiunse Franco passandogli una mano sui capelli. «Sai che ti vogliamo bene, anche se hai una faccia che sarebbe perfetta in un film dell'orrore.»

Angelo scostò di scatto la mano di Franco. C'erano solo due persone a cui fosse consentito fare anche solo una lontana allusione al suo problema: Franco e il loro boss, Vinnie Dominick. Comunque, non gli piaceva.

La ragazzina si stava avvicinando. Indossava una giacca a vento di piumino, che la faceva apparire ancora più robusta. Il naso e la bocca affondavano in una faccia paffuta leggermente cosparsa di acne. Aveva i capelli lisci pettinati con una scriminatura nel mezzo.

«Somiglia un po' a Maria Provolone?» chiese Angelo per stuzzicare Franco.

«Spiritoso!» borbottò Franco. Aprì portiera e scese dalla berlina.

«Mi scusi, signorina», chiamò con la voce più gentile che riuscì a trovare. Poiché fumava come un camino dall'età di otto anni, la sua voce era irrimediabilmente roca e aspra. «Lei è Cindy Carlson?»

«Forse», rispose la ragazza. «Chi vuole saperlo?» Si era fermata alla fine del vialetto. Il cagnolino alzò una zampa contro il palo del lampione.

«Siamo agenti di polizia», cominciò Franco. Mostrò il distintivo tenendolo in modo che la luce del lampione si riflettesse sulla superficie. «Stiamo indagando su alcuni ragazzi qui in città e ci hanno detto che lei poteva aiutarci.»

«Davvero?» chiese Cindy.

«Certo. Per favore, vuole avvicinarsi alla macchina e parlare con il mio collega?»

Cindy guardò da una parte e dall'altra della strada, anche se neanche una macchina era passata negli ultimi cinque minuti. Attraversò la strada tirando il guinzaglio del cane, intento ad annusare la base di un grande olmo.

Franco si spostò un po' per consentire a Cindy di chinarsi a guardare Angelo seduto sul sedile anteriore. Prima che potesse dire una sola parola, la spinse dentro la macchina.

Cindy lanciò un grido, prontamente soffocato da Angelo che la trascinò all'interno della berlina.

Franco strappò il guinzaglio dalla mano di Cindy e con un

calcio allontanò il cane. Poi si mise al volante, schiacciando la ragazza fra lui e Angelo. Innestò la marcia e partì di gran carriera.

Laurie era stupita di se stessa. Dopo aver ricevuto il video sull'omicidio di Franconi era riuscita a rivolgere di nuovo tutta la sua attenzione alle pratiche da sbrigare. Aveva lavorato con impegno e fatto notevoli progressi. Ora c'era una confortante pila di pratiche evase in un angolo della sua scrivania.

Prese l'ultimo vassoietto di vetrini istologici e affrontò l'ultimo caso che le restava, e che poteva portare a termine con il materiale e i rapporti già pervenuti. Mentre era china sul microscopio per esaminare il primo vetrino, sentì bussare alla porta aperta. Era Lou Soldano.

«Che cosa diavolo ci fai qui a quest'ora?» le chiese. Si lasciò cadere pesantemente sulla sedia accanto alla scrivania. Non fece neppure lo sforzo di togliersi il cappotto e il cappello che portava spinto all'indietro sulla testa.

Laurie diede un'occhiata all'orologio. «Oh, mio Dio», mormorò, «non credevo che fosse così tardi!»

«Ho cercato di telefonarti a casa mentre passavo per Queensbourogh Bridge. Visto che non rispondevi, ho deciso di fare un salto qui. Avevo il sospetto che fossi ancora al lavoro. Sai, Laurie, lavori troppo.»

«Senti chi parla!» ribatté Laurie con un sorrisetto sarcastico. «E guardati allo specchio. Quand'è l'ultima volta che hai dormito un paio d'ore? E non parlo di un pisolino con la testa appoggiata alla scrivania.»

«Parliamo di cose più piacevoli. Che ne dici di andare a mangiare un boccone? Adesso devo fare un salto in Centrale per un'oretta a sbrigare delle scartoffie, poi mi piacerebbe andar da qualche parte. I bambini sono con la zia, Dio la benedica! Ti andrebbe un piatto di spaghetti?»

«Sei proprio sicuro di voler uscire stasera?» chiese Laurie. Lou aveva occhiaie profonde che gli arrivavano a metà guancia. La barba ispida che gli copriva la faccia era qualcosa di più di un ombra. Laurie sospettò che non si radesse da due giorni.

«Devo pur mangiare», spiegò Lou. «Ne hai ancora per molto?»

«Sono all'ultimo caso. Forse mezz'ora.»

«Anche tu devi mangiare», insisté Lou.

«Avete fatto qualche progresso nel caso Franconi?» chiese Laurie.

Lou sbuffò per l'esasperazione. «Magari!» sospirò. «Il guaio, con questi colpi della malavita, è che se non si lavora rapidamente la pista si raffredda. Non abbiamo trovato l'indizio che speravamo.»

«Mi dispiace», mormorò Laurie comprensiva.

«Grazie. E voi? Avete un'idea di come sia stato portato fuori il corpo di Franconi?»

«Anche questa pista è fredda come la tua. Ho anche ricevuto una bella lavata di capo da Calvin per come ho interrogato il tecnico del turno di notte, quando gli ho fatto solo delle domande. Ho l'impressione che le alte sfere preferiscano nascondere l'episodio in un cassetto.»

«Così Jack aveva ragione quando ti ha detto di lasciar perdere.»

«Temo di sì», ammise Laurie riluttante. «Però non dirglielo.»

«Bah, io sarei contento se il procuratore chiudesse il caso. Rischio di essere spedito a dirigere il traffico, per colpa di questa faccenda.»

«Ho avuto un'idea», esclamò Laurie. «Una delle imprese di pompe funebri che sono venute a prelevare una salma, la notte in cui Franconi è scomparso, si chiama Spoletto. Si trova in Ozone Park. Il nome mi suonava familiare. Poi mi è venuto in mente che uno dei più raccapriccianti omicidi di un giovane gangster si è verificato proprio nella loro sede, durante il caso Cerino. Secondo te è una coincidenza che si siano trovati all'obitorio per un ritiro proprio la notte della scomparsa di Franconi?»

«Ma certo!» esclamò Lou. «E ti dirò anche perché. Conosco quell'impresa di pompe funebri da quando lavoravo nel Queens contro il crimine organizzato. C'è un lontano e innocente legame, per vincoli di matrimoni, fra l'Impresa Spoletto e la malavita di New York. Ma è con la famiglia Lucia, non con i Vaccarro che hanno fatto fuori Franconi.»

«Be', era solo un'idea.»

«Ehi, non era un'idea stupida», sottolineò Lou. «La tua straordinaria memoria mi ha sempre sorpreso.»

«Comunque, parliamo della cena. Sei stanco morto. Perché

invece di uscire a mangiare non andiamo a casa mia per un piatto di spaghetti?» propose Laurie.

Lei e Lou erano diventati ottimi amici nel corso degli anni. Dopo essersi incontrati in occasione del caso Cerino, cinque anni prima, avevano intrecciato una relazione. Ma non aveva funzionato. Avevano entrambi deciso di restare comunque buoni amici. Da allora, facevano di tutto per cenare insieme almeno un paio di volte al mese.

«Non sarebbe un disturbo?» chiese Lou. L'idea di rilassarsi sul divano di Laurie gli parve paradisiaca.

«Neanche per sogno. Anzi, lo preferisco anch'io. Ho un po' di sugo di pomodoro nel freezer e una quantità di salsette per l'insalata.»

«Splendido!» esclamò Lou. «Mi procuro un fiasco di Chianti passando per il centro. Ti do uno squillo quando esco dalla Centrale.»

«D'accordo», assentì Laurie.

Lou uscì e Laurie tornò a esaminare il vetrino. Ma la visita di Lou le aveva fatto perdere la concentrazione necessaria, risvegliando il pensiero del caso Franconi. Inoltre era stanca di guardare attraverso il microscopio. Si appoggiò allo schienale della sedia, strofinandosi gli occhi.

«Maledizione!» borbottò. Trasse un respiro profondo e alzò lo sguardo al soffitto. Ogni volta che si domandava come diavolo avesse fatto il corpo di Franconi a sparire dall'obitorio, veniva colta da un accesso di rabbia e frustrazione. Provava anche un senso di colpa perché non poteva essere di alcuna utilità a Lou Soldano.

D'impulso si alzò e s'infilò il cappotto. Chiuse le serrature della valigetta e a passo svelto uscì dall'ufficio. Ma non lasciò l'obitorio. Scese invece a fare un salto all'ufficio mortuario. C'era una domanda che la stava rodendo e che aveva dimenticato di fare la sera prima a Marvin Fletcher, il tecnico del turno di sera.

Trovò Marvin alla sua scrivania, intento a compilare i formulari per i ritiri in nota per quella sera. Marvin era uno dei collaboratori preferiti di Laurie. Era assegnato al turno di giorno prima del tragico assassinio di Bruce Pomowski, durante l'affare Cerino. Dopo quella vicenda Marvin era stato spostato al turno serale. Era stata una promozione, perché il tecnico serale all'obitorio aveva un sacco di responsabilità.

«Ehi, Laurie! Che cosa succede?» chiese Marvin appena la vide. Era un bel giovane afroamericano, con la pelle più perfetta che Laurie avesse mai visto.

Laurie chiacchierò con lui per qualche minuto, mettendolo al corrente dei pettegolezzi della giornata, prima di passare a ciò che le stava a cuore. «Marvin, devo chiederti una cosa, ma non voglio metterti in allarme.» Laurie non poteva fare a meno di ricordare la reazione di Mike Passano alle sue domande, e l'ultima cosa che desiderava era che Marvin andasse a lamentarsi con Calvin.

«A che proposito?» chiese Marvin.

«Franconi. Volevo chiederti perché non avevi fatto le radiografie al cadavere.»

«Ma che cosa stai dicendo?»

«Semplicemente quello che ho detto. Non ho trovato il referto delle radiografie nel fascicolo relativo all'autopsia e non c'erano lastre mescolate alle altre quando le ho cercate, prima che il corpo sparisse.»

«Ma io ho fatto le radiografie!» protestò Marvin. Pareva offeso che Laurie lo accusasse di non aver compiuto un'operazione così importante. «Faccio sempre le radiografie quando arriva un cadavere, a meno che uno dei medici mi dia un ordine diverso.»

«E allora dov'è il referto e dove sono le lastre?»

«Be', non so dove sia finito il referto. Ma so che il dottor Bingham ha preso le lastre.»

«Le ha prese Bingham?» Laurie era sorpresa. Questa era una cosa strana, tuttavia pensò che Bingham probabilmente contava di compilare l'elenco la mattina dopo.

«Mi ha detto che le portava nel suo ufficio», continuò Marvin. «Che cosa dovevo fare? Non potevo certo dire al capo che non poteva prendere le lastre!»

«Hai fatto bene, certo», ammise Laurie in tono vago. Era preoccupata. Questa era una nuova sorpresa. Esistevano le radiografie del cadavere di Franconi! Certo non era un gran vantaggio, finché mancava il corpo, ma si domandò perché non le era stato riferito. Ricordò tuttavia che non aveva visto Bingham se non dopo aver saputo che il cadavere di Franconi era stato sottratto.

«Bene, sono lieta di averti parlato», aggiunse infine in tono conciliante. «E mi scuso per aver pensato che ti fossi dimenticato di fare le lastre.»

«Non è niente», rispose Marvin.

Laurie stava per andarsene quando le venne in mente l'Impresa Pompe Funebri Spoletto. D'impulso, chiese a Marvin se ne sapeva qualcosa.

Marvin si strinse nelle spalle. «Che cosa di preciso?» chiese. «Non è che la conosca molto. Non ci sono mai stato, se capisci quello che voglio dire.»

«Come sono le persone che l'impresa manda qui?» chiese Laurie.

«Tipi normali.» Marvin si strinse nelle spalle. «Li avrò visti sì e no un paio di volte. Non capisco che cosa vuoi sapere.»

Laurie annuì. «Era una domanda stupida. Non so neanche perché te l'ho chiesto.»

Uscì dall'ufficio di Marvin e lasciò l'obitorio attraversando l'area di carico che dava sulla Trentesima Strada. Le pareva che nel caso Franconi non ci fosse niente di normale.

Mentre si avviava verso sud sulla Prima Avenue le venne l'idea di fare una breve visita all'Impresa Pompe Funebri Spoletto. Esitò un attimo, valutando il da farsi, poi fermò un taxi.

«Dove andiamo, signora?» chiese il tassista. Laurie lesse sulla licenza di autista pubblico che il suo nome era Michael Newman.

«Sa dove si trova Ozone Park?»

«Certo, nel Queens», rispose Michael. Era un uomo anziano e Laurie suppose che fosse prossimo alla settantina. Sedeva su un cuscino imbottito di gommapiuma e lo schienale del sedile era coperto di palline di legno.

«Quanto ci vorrà per arrivarci?» chiese. Se era un viaggio lungo, preferiva rinunciare.

Michael fece una smorfia di perplessità stringendo le labbra mentre calcolava mentalmente il percorso. «Non molto», rispose in tono vago. «Il traffico è scorrevole. Proprio adesso ero all'Aeroporto Kennedy, e si filava come il vento.»

«Allora va bene», decise Laurie.

Come Michael aveva promesso, non ci volle molto, soprattutto quando si immisero sulla Van Wyck Expressway. Chiacchierando durante il viaggio, Laurie scoprì che Michael faceva il tassista da oltre trent'anni. Era un tipo loquace e sosteneva vivacemente le sue opinioni. Inoltre emanava una specie di paterna benevolenza.

«Saprebbe per caso dove si trova Gold Road, in Ozone Park?» chiese Laurie. Si reputava fortunata di aver trovato un tassista così esperto. Ricordava l'indirizzo dell'Impresa Pompe Funebri Spoletto per averlo letto nell'indirizzario dell'ufficio dell'obitorio.

«Gold Road?» fu la risposta. «Non c'è problema. È la continuazione dell'Ottantanovesima Strada. Che cosa sta cercando di preciso?»

«L'Impresa Pompe Funebri Spoletto.»

«La porto là in un batter d'occhio.»

Laurie si adagiò contenta allo schienale del sedile, ascoltando solo a metà l'interminabile chiacchierio di Michael. Per il momento la fortuna sembrava dalla sua parte. La ragione per cui aveva deciso di fare visita alle Pompe Funebri Spoletto era che Jack si era sbagliato a quel proposito. L'impresa aveva effettivamente un legame con la mafia, e anche se si trattava, secondo Lou, di un'altra famiglia, il semplice fatto che la connessione esistesse per lei era sospetto.

Fedele alla sua promessa, con sorprendente rapidità Michael arrivò alla meta e si fermò davanti a un'elegante palazzina di due piani rivestita in legno, schiacciata fra alti edifici di mattoni. Colonne in stile corinzio sostenevano il timpano di un alto portico antistante. Un'insegna illuminata dall'interno in mezzo a un minuscolo praticello, diceva: «Pompe Funebri Spoletto, impresa di famiglia, due generazioni di solerte attività».

L'impresa stava lavorando a pieno ritmo. Le luci erano accese a tutte le finestre. Sotto il portico si vedeva un gruppetto di persone che fumavano sigarette. Altre figure s'intravedevano al di là delle finestre del pianterreno. Michael stava staccando il tassametro quando Laurie gli chiese: «Le spiacerebbe aspettarmi? Starò via solo pochi minuti, e immagino che sia difficile trovare un taxi da queste parti».

«Ma certo, signora. Non c'è problema.»

«Le dispiace se lascio qui la valigetta? Non c'è niente di valore dentro.»

«Sarà al sicuro comunque.»

Laurie scese e si avviò per il vialetto. Si sentiva nervosa. Ricordava come fosse ieri il caso che il dottor Dick Katzemburg aveva presentato alla riunione pomeridiana del giovedì, cinque anni prima. Un uomo sui vent'anni era stato letteralmente imbalsamato vivo nella sede dell'Impresa Pompe Funebri Spoletto, dopo aver partecipato a un'aggressione in cui era stato scagliato dell'acido per batteria sulla faccia di Pauli Cerino.

Fu percorsa da un brivido ma si forzò di salire i pochi gradini del portico. Non si sarebbe mai liberata completamente del caso Cerino.

I tizi che fumavano sigarette la ignorarono. Dal portone chiuso filtrava una sommessa musica d'organo. Spinse la porta ed entrò.

A parte la musica, non si sentivano rumori. I pavimenti erano coperti da spessi tappeti. Piccoli gruppi di persone sostavano nel vestibolo e conversavano sussurrando appena.

A sinistra si apriva un ampio locale pieno di bare e urne elegantemente decorate in esposizione. A destra c'era una camera ardente con alcuni visitatori seduti su sedie pieghevoli. In fondo si vedeva una bara, posata su un letto di fiori.

«Che cosa posso fare per lei?» chiese una voce bassa e gentile.

Un uomo mingherlino, con la faccia ascetica e gli occhi tristi, pressappoco dell'età di Laurie, si era materializzato al suo fianco. Era tutto vestito di nero, a parte la camicia bianca. Evidentemente faceva parte del personale. A Laurie parve l'immagine di un predicatore puritano.

«Lei è qui a rendere omaggio a Jonathan Dibartolo?»

«No», rispose Laurie. «A Frank Gleason.»

«Prego?» fece l'uomo.

Laurie ripeté il nome. Ci fu una pausa.

«Il suo nome, prego?» le domandò l'uomo.

«Dottoressa Laurie Montgomery.»

«Vuole avere la cortesia di attendere un attimo?» chiese ancora l'uomo, e si dissolse nell'ombra.

Laurie si guardò intorno. Questo era un aspetto della morte che aveva conosciuto solo una volta, quando suo fratello era morto di overdose a diciannove anni, e lei ne aveva quindici. Era stata un'esperienza traumatica per lei, sotto tutti gli aspetti, ma soprattutto perché era stata lei a trovarlo.

«Dottoressa Montgomery», salmodiò una voce sussurrante e melliflua. «Sono Anthony Spoletto. Sento che lei è qui per rendere omaggio a Frank Gleason.»

«Esatto.» Laurie si voltò e si trovò davanti un altro uomo vestito di nero. Era obeso e viscido come la sua voce. La sua fronte brillava sotto la luce al neon.

«Temo che sia impossibile», riprese il signor Spoletto.

«Ho telefonato questo pomeriggio e mi hanno detto che la sua salma era esposta.»

«Sì, naturalmente. Ma solo nel pomeriggio. Per richiesta della famiglia, dalle quattro alle sei.»

«Capisco.» Laurie era perplessa. Era venuta senza un progetto ben determinato e si era inventata quella visita come pretesto. Ora che aveva fatto un buco nell'acqua, non sapeva che cosa fare.

«Forse potrei semplicemente firmare l'album delle presenze», propose.

«Temo che anche questo sia impossibile», si scusò il signor Spoletto. «La famiglia l'ha già ritirato.»

«Be', allora sono venuta fin qui per niente», replicò Laurie con un gesto stanco del braccio.

«Temo di sì», fece eco il signor Spoletto.

«Può dirmi per quando è fissato il funerale?»

«Non in questo momento.»

«La ringrazio», concluse Laurie.

«Prego», disse il signor Spoletto e le aprì la porta.

Laurie uscì e salì sul taxi.

«Adesso dove andiamo?» chiese Michael.

Laurie diede il suo indirizzo della Diciannovesima Strada e mentre il taxi si metteva in marcia lanciò dal finestrino un'ultima occhiata all'Impresa Pompe Funebri Spoletto. Era stato un viaggio a vuoto, oppure no? Dopo aver parlato un minuto con il signor Spoletto, si era resa conto che la sua fronte non era unta, ma lucida di sudore, nonostante la temperatura decisamente fredda di quella sala funeraria. Si passò una mano sui capelli domandandosi se questo significasse qualcosa.

«Era un amico?» chiese Michael.

«Chi?»

«Il defunto», precisò Michael.

Laurie sorrise senza allegria. «Non proprio.»

«So che cosa intende», aggiunse Michael guardandola dallo specchietto retrovisore. «I rapporti fra le persone oggigiorno sono molto complicati. E le dirò anche perché...»

Laurie sorrise e si adagiò contro lo schienale, disponendosi all'ascolto. Le piacevano i tassisti filosofi, e Michael era un vero Platone.

Quando il taxi si fermò davanti a casa sua, Laurie scorse una figura familiare nell'atrio. Era Lou Soldano appoggiato alle cassette delle lettere. Stringeva in mano un fiasco di vino. Pagò la corsa a Michael lasciandogli una mancia generosa e si affrettò a entrare.

«Mi dispiace», si scusò. «Pensavo che mi avresti telefonato prima di venire.»

Lou sbatté le palpebre, come se si fosse appena svegliato. «Infatti ti ho telefonato», borbottò dopo un colpetto di tosse. «Mi ha risposto la segreteria telefonica. Così ho lasciato un messaggio dicendoti che stavo arrivando.»

Laurie diede un'occhiata al suo orologio mentre apriva la porta. Era stata assente per poco più di un'ora, proprio come aveva previsto.

«Pensavo che rimanessi al lavoro soltanto per un'altra mezz'ora», spiegò Lou.

«Non stavo lavorando», ammise Laurie mentre chiamava l'ascensore. «Ho fatto un salto all'Impresa Pompe Funebri Spoletto.»

Lou corrugò la fronte.

«Be', adesso non rimproverarmi», protestò Laurie mentre entravano nell'ascensore.

«E allora, che cosa hai trovato? Franconi in una bara di lusso?»

«Non ti dico niente se continui su questo tono», protestò Laurie.

«Va bene. Scusa.»

«Non ho trovato un bel niente», concesse Laurie. «La salma che volevo vedere non era più esposta. La famiglia aveva chiuso con le visite alle sei del pomeriggio.»

L'ascensore si aprì e mentre Laurie armeggiava con le chiavi, Lou fece un inchino a Debra Engler che aveva aperto come al solito uno spiraglio della porta trattenuta dalla catenella.

«Ma il direttore era un po' sospettoso», aggiunse Laurie. «Almeno così mi è sembrato.»

«Come mai?» chiese Lou entrando nell'appartamento. Tom corse fuori dalla camera da letto a si strofinò contro le gambe dell'amata padrona facendo le fusa.

Laurie depose la valigetta sulla piccola consolle a mezzaluna dell'anticamera per potersi chinare a grattare vigorosamente Tom dietro le orecchie.

«Stava sudando mentre gli parlavo», spiegò.

Lou si fermò con l'impermeabile tolto a metà. «Tutto qui?»

«Sì.» Laurie sapeva che cosa stava pensando il tenente: ce l'aveva scritto in faccia.

«Ha cominciato a sudare dopo che hai fatto domande difficili e incriminanti sul cadavere di Franconi? O sudava già prima che tu cominciassi a parlare?»

«Sudava già prima», ammise Laurie.

Lou inarcò le sopracciglia. «Be', ecco un nuovo Sherlock Holmes! Forse dovresti cominciare a fare il mio lavoro. Non ho i tuoi poteri di intuizione e deduzione!»

«Hai promesso di non punzecchiarmi», protestò Laurie.

«Non ho promesso niente.»

«E va bene, è stato un viaggio a vuoto. Adesso mangiamo un boccone, sto morendo di fame.»

Lou passò il fiasco di vino da una mano all'altra per togliersi l'impermeabile. Urtò goffamente la valigetta di Laurie che cadde a terra. L'impatto fece scattare le serrature e il contenuto si sparse sul pavimento. Il fragore terrorizzò il gatto che fece un salto e sparì nella camera da letto dopo una disperata lotta per far presa sul lucidissimo parquet.

«Che imbranato! Scusami Laurie!» Si chinò a raccogliere carte, penne, vetrini e altre carabattole.

«È meglio che ti siedi», esclamà Laurie ridendo.

«No, ti aiuto», protestò lui.

Dopo aver recuperato la maggior parte degli oggetti, Lou prese in mano la videocassetta. «Che cos'è? La tua telenovela preferita?»

«Non esattamente.»

Lou la girò per leggere l'etichetta. «L'omicidio Franconi?» chiese. «La Cnn te l'ha mandato così, di punto in bianco?»

Laurie si raddrizzò. «No, l'ho richiesto io. Pensavo di usare il video per suffragare i risultati dell'autopsia. Credevo che potesse essere interessante per dimostrare quanto possa essere affidabile il lavoro del medico legale.»

«Ti dispiace se gli dò un'occhiata?»

«No, certo. Non l'hai visto alla Tv?»

«Come tutti. Ma sarebbe interessante rivedere il nastro.»

«Sono sorpresa che non ne abbiate una copia alla Centrale», osservò Laurie.

«Be', forse l'abbiamo, solo che io non l'ho vista.»

«Ragazzo mio, decisamente non è il tuo giorno fortunato», osservò Warren per stuzzicare Jack. «Forse stai invecchiando.»

Jack era arrivato al campo di basket troppo tardi e aveva aspettato per entrare in gioco. Aveva deciso che avrebbe vinto a tutti i costi, in qualsiasi squadra lo avessero messo. Ma non andò così. Perse tutte le partite perché Warren e Spit giocavano nella stessa squadra ed erano imbattibili. Avevano vinto tutte le partite, compresa l'ultima, coronata da un'abile manovra che aveva consentito a Spit un facile tiro ravvicinato.

Jack si avviò verso le panchine con le gambe tremanti. Aveva giocato con tutta l'anima e sudava copiosamente. Prese un asciugamano e se lo passò sul viso. Sentiva il cuore battergli furiosamente nel petto.

«Su, ragazzo», lo stuzzicò Warren dal fondo del campo. «Un'altra partita. Questa volta ti facciamo vincere.»

«Oh, ma sicuro!» replicò Jack di rimando. «Sei proprio il tipo che regala punti! Ne ho abbastanza!»

Warren si avvicinò dondolando sulle lunghe gambe e andò ad appoggiarsi alla palizzata. «Che ne hai fatto della tua bella?» chiese. «Natalie mi tira scemo a furia di domandarmi di lei. È un sacco di tempo che non ci vediamo e continua a chiedermi che cosa fate voi due.»

Jack fissò l'amico. Warren non stava sudando e non aveva il fiato corto. E, quel che era peggio, stava già giocando prima che Jack arrivasse. L'unico indizio visibile di sforzo fisico era un minuscolo triangolo di sudore sul davanti della maglietta bianca. «Di' pure a Natalie che Laurie sta benissimo», rispose Jack. «Lei e io abbiamo solo deciso di prenderci una piccola vacanza l'uno dall'altra. È stata soprattutto colpa mia. Sono io che volevo pensarci ancora un po'.»

«Ebbene?»

«Ero con lei ieri sera», aggiunse Jack. «Le cose si mettono per il meglio. Anche lei mi ha chiesto di te e Natalie.»

Warren annuì. «Sei sicuro di non voler continuare? Te la senti di farne un'altra?»

«No, ho finito.»

«Abbi cura di te, ragazzo.» Warren si allontanò dalla palizzata e urlò agli altri: «Correre!»

Jack scosse la testa, avvilito, vedendo Warren rientrare in gioco. Invidiava l'energia inesauribile dell'amico. Warren non era nemmeno stanco.

S'infilò la felpa e si avviò verso casa. Non aveva vinto una sola partita, non aveva segnato neanche un punto. Ma l'esercizio fisico gli aveva schiarito la mente e per tutta l'ora e mezzo di gioco non aveva pensato al lavoro.

Non aveva percorso neppure metà della Centoseiesima Strada quando l'inquietante mistero dell'annegato ricominciò ad assillarlo. Mentre saliva le scale di casa, cosparse di ogni genere di rifiuti, si domandava se per assurdo Ted non avesse commesso un errore nell'analisi del Dna. Per quanto risultava a lui, Jack non aveva dubbi che la vittima fosse stata sottoposta a un trapianto.

Stava arrivando al pianerottolo del secondo piano quando sentì lo squillo inconfondibile del proprio telefono. Sapeva che era il suo perché Denise, la madre nubile dei due bambini che abitava sullo stesso pianerottolo, non aveva telefono.

Con un certo sforzo si costrinse a salire l'ultima rampa. Armeggiò goffamente con le chiavi nella serratura e non appena riuscì ad aprire sentì la segreteria telefonica rispondere con una voce che rifiutava sempre riconoscere come sua.

Si precipitò al telefono e lo afferrò, interrompendo se stesso a metà della frase.

«Pronto!» ansimò. Dopo un'ora e mezzo di basket a pieno

ritmo, la corsa su per l'ultima rampa di scale lo aveva portato vicino al collasso.

«Non dirmi che sei appena tornato dal tuo campo di basket!» fece la voce di Laurie. «Sono quasi le nove. Non è proprio il tuo orario.»

«Ho finito di lavorare alle le sette e mezzo», spiegò Jack, sempre con il fiato grosso. Si asciugò la faccia per impedire che il sudore sgocciolasse sul pavimento.

«Questo vuol dire che non hai ancora mangiato», osservò Laurie.

«Indovinato!»

«Lou è qui con me, e stavamo per farci un piatto di spaghetti e un'insalata», aggiunse Laurie. «Perché non vieni anche tu?»

«Non vorrei guastarvi la serata», rispose Jack scherzosamente. Nello stesso tempo sentì una lieve punta di gelosia. Era al corrente del breve episodio romantico fra Laurie e Lou e si domandava se tra i due non ci fosse un ritorno di fiamma.

Sapeva bene di non aver diritto di essere geloso, considerando il suo atteggiamento ambivalente di fronte all'eventualità di impegnarsi con una donna. Dopo la tragica perdita dei suoi cari, non era sicuro di volersi esporre ancora una volta alla possibilità di un tale dolore. Nello stesso tempo doveva ammettere che gli pesava la solitudine e che la compagnia di Laurie era una gioia per lui.

«Ma non rovini proprio niente!» protestò Laurie. «Sarà una cena alla buona. Ma c'è qualche cosa che vogliamo mostrarti. Qualche cosa che ti sorprenderà. E magari ti verrà voglia di tirarti un calcio nel sedere. Come puoi capire, siamo un po' su di giri.»

«Oh?» fece Jack in tono interrogativo. Si sentì di colpo la bocca secca. Sentiva Lou che rideva in sottofondo, all'altra estremità del filo, e facendo due più due credette di indovinare quello che volevano mostrargli: un anello di fidanzamento! Lou doveva averle fatto la sua proposta.

«Allora, vieni?» chiese ancora Laurie.

«È un po' tardi. Devo ancora farmi la doccia.»

«Ehi, vecchio segaossi», abbaiò Lou, strappando il telefono dalle mani di Laurie. «Muovi le chiappe e vieni qua. Laurie e io muoriamo dalla voglia di dirtelo.»

«E va be', vengo», si rassegnò Jack. «Salto nella doccia e sarò lì tra quaranta minuti.»

«Ci vediamo, dolcezza», replicò Lou.

Jack riattaccò. «Dolcezza?» borbottò. Non era nello stile di Lou. Concluse immusonito che il detective doveva essere al settimo cielo.

«Vorrei proprio sapere cosa fare per tirarti su il morale!» si lamentò Darlene. Si era infilata un seducente pigiamino di seta, ma Raymond non l'aveva neppure notato.

Stava disteso sul sofà con gli occhi chiusi e la borsa del ghiaccio sulla testa.

«Sei sicuro di non voler qualcosa da mangiare?» insisté ancora Darlene. Era una bella donna, giovane e alta, con capelli biondi ossigenati e curve provocanti. Aveva ventisei anni, e come diceva scherzando Raymond, era a metà strada per i suoi cinquantadue. Faceva l'indossatrice prima che Raymond la incontrasse in un certo localino dell'East End, il famoso *Auction House*.

Raymond si tolse lentamente la borsa del ghiaccio dalla testa e le gettò uno sguardo seccato. La sua spumeggiante vivacità non faceva altro che irritarlo.

«Ho lo stomaco sottosopra», rispose sgarbatamente, «e non ho fame. È così difficile da capire?»

«Be', io non so perché sei così sottosopra», ribatté Darlene. «Hai avuto una telefonata da una dottoressa di Los Angeles, che ha deciso di entrare nell'affare. Questo significa che presto avremo qualche stella del cinema come cliente. Dovremmo celebrare...»

Raymond si rimise sulla testa la borsa del ghiaccio e chiuse gli occhi. «I problemi non vengono dal lato affari. Gli affari filano lisci come l'olio. Sono questi dannati imprevisti, come Franconi e adesso Kevin Marshall.» Raymond era riluttante a parlare di Cindy Carlson. In realtà cercava persino di evitare di pensarci.

«Perché ti preoccupi ancora di Franconi?» chiese Darlene. «Ormai hanno provveduto a sistemare la cosa.»

«Ascolta», fece Raymond cercando di esser paziente, «forse

sarebbe meglio che andassi a vedere qualcosa alla televisione e mi lasciassi soffrire in pace.»

«Magari potresti prendere un piccolo toast, un latte con cereali?» insisteva Darlene.

«Ma lasciami in pace!» sbottò bruscamente Raymond. Si era alzato all'improvviso stringendo la borsa del ghiaccio in una mano. Aveva la faccia rossa e gli occhi fuori dalla testa.

«Bene, capisco quando non sono desiderata!» protestò Darlene piccata. Mentre usciva dalla stanza suonò il telefono. Si voltò a guardare Raymond. «Vuoi che risponda io?» chiese.

Raymond annuì e le disse di prendere la chiamata nel suo studio. Se chiedevano di lui, aggiunse, doveva rispondere che non sapeva se fosse in casa, perché adesso non era d'umore di parlare con nessuno.

Darlene girò sui tacchi e scomparve nello studio. Raymond trasse un sospiro di sollievo e si rimise la borsa del ghiaccio sulla testa. Tornò a sdraiarsi e cercò di rilassarsi. Aveva appena trovato una posizione più comoda quando Darlene ricomparve.

«Era il citofono, non il telefono», annunciò. «C'è un uomo giù a pianterreno che vuole vederti. Si chiama Franco Ponti, dice che è una cosa importante. Gli ho detto che andavo a vedere se eri in casa. Che cosa vuoi che gli dica?»

Raymond si rizzò a sedere con un nuovo scatto di ansietà. Per un attimo non riuscì a localizzare il nome, ma il suono non gli piaceva. Poi il ricordo lo colpì. Era uno degli uomini di Vinnie Dominick, che aveva accompagnato il gangster a fargli visita il giorno prima.

«Allora?» chiese Darlene.

Raymond deglutì a vuoto. «Meglio che gli parli.» Allungò una mano dietro il divano e prese la derivazione. Cercò di assumere un tono autoritario quando rispose.

«Come sta, dottore», rispose Franco. «Restavo molto deluso se non la trovavo a casa.»

«Stavo andando a letto», replicò Raymond. «È piuttosto tardi per una visita.»

«Mi scuso per l'ora. Ma Angelo Facciolo e io abbiamo qualcosa che vogliamo farle vedere.»

«Perché non lo facciamo domani?» propose Raymond. «Diciamo fra le nove e le dieci.»

«Non può aspettare», replicò Franco. «Su, dottore, venga giù e non ci faccia tribolare. È desiderio espresso di Vinnie Dominick che lei veda con i suoi occhi il risultato dei nostri servizi.»

Raymond cercò di escogitare una scusa per non scendere. Ma dato il mal di testa che lo tormentava, non gli venne in mente nulla.

«Le ruberemo al massimo due minuti», aggiunse Franco. «Non le chiedo di più.»

«Sono terribilmente stanco», tergiversò Raymond, «non so se...»

«E andiamo, dottore», lo interruppe Franco, «devo insistere che lei venga giù, o se ne dovrà pentire, spero di essere stato chiaro.»

«E va bene.» Raymond dovette rassegnarsi all'inevitabile. Non era tanto ingenuo da pensare che Vinnie Dominick e i suoi facessero minacce vane. «Scendo subito.»

Andò in anticamera e si infilò il cappotto.

«Come!» fece Darlene stupita. «Adesso vai fuori?»

«Non ho scelta. Dovrei ringraziare Dio che non pretendono di venire su loro.»

Mentre scendeva in ascensore, cercava di calmarsi ma era difficile. Il suo mal di testa era peggiorato. Questa visita inaspettata e indesiderata era proprio un malvagio tiro della sorte che gli rendeva la vita un inferno. Non sapeva proprio cosa volessero quei tizi da lui, anche se intuiva vagamente che doveva essere in rapporto alla faccenda di Cindy Carlson.

«'Sera, dottore», salutò Franco quando Raymond comparve. «Spiacente di doverla disturbare.»

«Taglia corto», lo interrruppe Raymond cercando di apparire più sicuro di quanto non fosse.

«Taglierò corto e sarò anche gentile, non dubiti», replicò Franco. «Se non le spiace...» Gli fece cenno di avanzare verso il punto dove la berlina Ford, era ferma al marciapiede, davanti a un idrante. Angelo era appoggiato al bagagliaio e fumava una sigaretta.

Raymond seguì Franco fino alla macchina. Angelo si raddrizzò e si scostò di un passo.

«Vogliamo solo che lei dia un'occhiata nel bagagliaio»,

spiegò Franco. Si chinò a infilare la chiave nella serratura. «Venga più vicino. La luce qui non è tanto buona.»

Raymond si infilò fra il paraurti posteriore della Ford e la macchina parcheggiata dietro, a pochi centimetri dal bagagliaio quando Franco lo sollevò.

Nell'attimo successivo ebbe l'impressione che il cuore gli si fermasse. E nel momento preciso in cui colse l'orrenda visione del cadavere di Cindy raggomitolato nel baule, ci fu un lampo di luce.

Si tirò indietro di scatto. Sentì la nausea salirgli alla gola davanti alla faccia di porcellana dell'obesa ragazzina che si stampava nel suo cervello, nell'improvviso lampo di luce che, come si rese subito conto, veniva dal flash di una Polaroid.

Franco chiuse il baule e si fregò le mani. «Come è venuta la foto?» chiese ad Angelo.

«Aspetta un minuto», rispose l'altro. Stringeva fra la punta delle dita l'angolo della pellicola che si andava sviluppando.

«Abbia pazienza ancora un secondo», disse Franco a Raymond.

Involontariamente ebbe un gemito soffocato, mentre scrutava la zona circostante. Era terrorizzato all'idea che qualcun altro avesse visto il cadavere.

«Sembra buona», fece Angelo e porse la foto a Franco. Questi osservò, annuì e allungò la mano con la foto perché Raymond potesse vederla.

«Direi che è venuta proprio bene», commentò l'uomo cinicamente.

Raymond inghiottì a vuoto. Nell'istantanea compariva chiaramente la sua faccia inorridita e la raccapricciante immagine della ragazzina morta.

Franco si mise in tasca la foto. «E questo è tutto, dottore. Glielo avevo detto che non le avremmo portato via troppo tempo.»

«Perché l'avete fatto?» gracchiò Raymond con voce roca.

«Devo dire che è stata un'idea di Vinnie. Pensava che era meglio avere una prova del favore che le aveva fatto. Sa, giusto in caso.»

«In caso di che cosa?» chiese Raymond.

«In caso di qualsiasi cosa.»

Franco e Angelo salirono in macchina. Raymond tornò sul marciapiede. Rimase a fissare la Ford finché girò l'angolo e scomparve.

«Buon Dio!» borbottò. Si voltò e si avviò verso la porta di casa sulle gambe malferme. Ogni volta che risolveva un problema, se ne presentava un altro.

La doccia lo rinfrescò e lo rinvigorì. Poiché Laurie questa volta non aveva pronunciato la solita ingiunzione di non muoversi in bicicletta, Jack decise di prendere la bici. Pedalò verso sud a una buona andatura. Data la brutta esperienza che aveva fatto l'anno prima nel parco, si tenne sul Central Park West per tutto il tragitto fino a Columbus Circle.

Da Columbus Circle per la Cinquantanovesima Strada arrivò a Park Avenue. A quell'ora della sera Park Avenue era un sogno e la percorse tutta fino a casa di Laurie. Assicurò la bici con il lucchetto e si diresse alla porta. Prima di suonare il campanello si prese un momento di tempo per riassettarsi e decidere come comportarsi e che cosa dire.

Laurie gli venne incontro sulla porta con un gran sorriso sul volto. Prima che lui potesse spiaccicar parola gli gettò il braccio libero intorno al collo e lo abbracciò stretto. Nell'altra mano aveva un bicchiere di vino.

«Oh, oh», esclamò facendo un passo indietro e scrutando i suoi capelli arruffati. Non dirmi che sei venuto qui in bicicletta!»

Jack si strinse nelle spalle con espressione colpevole.

«Be', almeno sei arrivato sano e salvo», continuò Laurie. Aprì la chiusura lampo del giaccone di pelle e glielo sfilò. Entrando Jack poté vedere Lou seduto sul sofà con un sogghigno che rivaleggiava con quello dello Stregatto.

Laurie lo prese per un braccio e lo spinse in soggiorno. «Vuoi prima la sorpresa o vuoi prima mangiare?» chiese.

«Prima la sorpresa.»

«Bene», fece Lou. Balzò in piedi e puntò verso il televisore.

Laurie guidò Jack al sofà e lo fece sedere al posto che Lou aveva lasciato vuoto. «Vuoi un bicchiere di vino?»

Jack annuì. Era confuso. Non aveva visto alcun anello, e Lou stava armeggiando con il telecomando del videoregistratore. Laurie sparì in cucina ma tornò subito con il vino per Jack.

«Qui non so come fare», si lamentò Lou. «A casa, è mia figlia che manovra il videoregistratore.»

Laurie prese il telecomando e disse a Lou che per prima cosa doveva accendere la Tv.

Jack prese un sorso di vino. Non era molto migliore di quello che aveva portato lui la sera prima.

Laurie e Lou vennero a sedersi accanto a lui. Gli occhi di Jack passarono dall'uno all'altra, ma i due lo ignorarono. Stavano fissando attentamente lo schermo Tv.

«Che cos'è questa sorpresa?» chiese Jack.

«Aspetta e vedrai», rispose Laurie additando l'effetto neve sullo schermo.

Più confuso che mai, Jack attese. All'improvviso si udì una musica e comparve il logo della Cnn seguito dalla figura di un uomo piuttosto obeso che usciva da un locale di Manhattan, il *Ristorante Positano*, che Jack riconobbe subito. L'uomo era circondato da un gruppo di persone.

«Devo mettere l'audio?» chiese Laurie.

«Bah, non è necessario», rispose Lou.

Jack osservò la sequenza. Quando finì, alzò gli occhi sugli altri due. Entrambi gli rivolsero un largo sorriso.

«Ma che sta succedendo qua?» chiese Jack. «Quanto vino avete bevuto voialtri due?»

«Non riconosci quello che hai visto?» chiese Laurie.

«Direi che è un tizio ammazzato a colpi di pistola.»

«È Carlo Franconi», spiegò Laurie. «Dopo averlo visto, ti torna in mente niente?»

«Be', mi ricorda i vecchi filmini amatoriali di quando hanno sparato a Lee Harvey Oswald», rispose Jack.

«Faglielo vedere un'altra volta», suggerì Lou.

Jack osservò la sequenza per la seconda volta, dividendo la sua attenzione fra lo schermo e la coppia di amici. Tanto Laurie che Lou fissavano il video con somma attenzione.

Dopo la seconda passata, Laurie si rivolse di nuovo a Jack. «Ebbene?»

Jack si strinse nelle spalle. «Non so proprio che cosa dovrei dire.»

«Ora passo certe scene al rallentatore», spiegò Laurie. Con

il telecomando isolò la scena in cui Franconi stava per salire sulla limousine. La proiettò al rallentatore poi l'arrestò esattamente nel momento in cui il gangster veniva colpito. Si avvicinò allo schermo e puntò il dito alla base del collo della vittima. «Questo è il punto d'entrata», disse.

Azionando di nuovo il rallentatore passò al momento successivo, in cui il gangster stava cadendo alla propria destra.

«Perdio!» sbottò Jack sbalordito. «Il mio annegato potrebbe essere Carlo Franconi!»

Laurie si girò verso di lui. I suoi occhi brillavano. «Esatto!» esclamò trionfante. «Naturalmente non è ancora una prova, ma con quei fori di entrata e il percorso dei proiettili nel corpo dell'annegato, mi sentirei di scommettere cinque dollari!»

«Bah», commentò Jack, «potrei anche accettare la scommessa, ma voglio farti notare che è del cento per cento più alta di qualsiasi altra scommessa tu abbia mai fatto in mia presenza.»

«Sono talmente sicura!»

«Laurie è rapidissima nel fare collegamenti», osservò Lou. «Ha colto immediatamente l'analogia. Davanti a lei mi sento sempre uno stupido.»

«Ma piantala!» protestò Laurie dandogli un'amichevole spintone.

«È questa la sorpresa di cui volevate parlarmi?» chiese cautamente Jack. Non voleva abbandonarsi troppo presto alla speranza.

«Certo che è questa», confermò Laurie. «Perché? Non sei entusiasta come noi?»

Jack rise, con sincero sollievo. «Oh, sicuro, sono entusiasta!»

«Non riesco mai a capire quando parli sul serio», protestò Laurie. Aveva colto nella risposta di Jack un'ombra della sua solita ironia.

«È la più bella notizia che mi sia arrivata da giorni», aggiunse Jack, «e forse da settimane.»

«Adesso, non esageriamo», replicò Laurie. Spense la Tv e il videoregistratore. «Le sorprese sono finite, adesso si mangia.»

Durante la cena si trovarono a discutere sul perché nessuno aveva avanzato l'ipotesi che l'annegato potesse essere Franconi.

«Per me è stata la presenza dei pallini da caccia», ammise Laurie. «Io sapevo che Franconi non era stato colpito con uno schioppo. Ma mi ha confuso il fatto che il corpo era stato rinvenuto al largo di Coney Island. Se fosse stato ripescato dalle parti dell'East River, la storia sarebbe stata diversa.»

«Anch'io, credo, sono stato depistato dalle stesse ragioni», aggiunse Jack. «E poi, quando mi sono reso conto che la schioppettata era stata inferta dopo la morte, ero già concentrato sul problema del fegato. A proposito, Lou, risulta che Franconi abbia subito un trapianto di fegato?»

«Non che io sappia. Era malato da molti anni, ma non ho mai conosciuto la diagnosi. Non ho sentito niente a proposito di un trapianto di fegato.»

«Se non ha avuto un trapianto di fegato, allora l'annegato non è Franconi», osservò Jack. «Anche se il laboratorio per le analisi del Dna non riesce ancora a confermarlo, personalmente sono convinto che l'annegato aveva un fegato trapiantato.»

«Che altro potete fare, voi due, per confermare che l'annegato e Franconi sono la stessa persona?» chiese Lou.

«Possiamo chiedere un campione di sangue di sua madre», rispose Laurie. «Confrontando il Dna mitocondriale, che tutti noi ereditiamo dalle nostre madri, potremmo stabilire subito se l'annegato è Franconi. Sono sicura che la madre acconsentirebbe. È stata lei a identificare il corpo.»

«È un vero peccato che non abbiano fatto le radiografie quando il cadavere di Franconi è arrivato all'obitorio», osservò Jack. «Avrebbero dovuto farlo.»

«Ma le radiografie sono state fatte!» replicò Laurie. «L'ho scoperto questa sera. Le ha fatte Marvin.»

«E dove diavolo sono finite?» chiese Jack.

«Marvin mi ha detto che le ha prese Bingham», rispose Laurie. «Devono essere nel suo ufficio.»

«Allora suggerirei di fare una piccola incursione all'obitorio», propose Jack. «Vorrei proprio sistemare questa faccenda al più presto.»

«L'ufficio di Bingham sarà chiuso», obiettò Laurie.

«Penso che la situazione richieda una soluzione creativa», replicò Jack.

«Amen», concluse Lou. «Questo potrebbe essere lo spiraglio che speravo di trovare.»

Appena ebbero finito di mangiare e rigovernare in cucina,

operazione che Jack e Lou avevano insistito per sbrigare da soli, presero un taxi e si fecero portare all'obitorio. Entrarono per l'ingresso riservato agli arrivi e si recarono direttamente nell'ufficio mortuario.

«Oh, Dio buono!» commentò Marvin quando vide arrivare Jack e Laurie. Era raro che due medici legali si presentassero insieme proprio di sera. «C'è stata una calamità naturale?»

«Dove sono gli altri del personale?» chiese Jack.

«Nella fossa, quando li ho visti l'ultima volta», rispose Marvin. «Seriamente, che sta succedendo?»

«Una crisi di identità», motteggò Jack.

Diedero un'occhiata alla sala delle autopsie. Marvin aveva ragione. Entrambi gli inservienti erano impegnati a lavare i pavimenti.

«Credo che voi due abbiate le chiavi dell'ufficio del direttore?» chiese Jack.

«Certo», rispose Daryl Foster. Lavorava da quasi trent'anni per l'ufficio del medico legale, mentre il suo compagno, Jim O'Donnel, era stato assunto abbastanza di recente.

«Dobbiamo andare in quell'ufficio», aggiunse Jack. «Vi dispiace aprircelo?»

Daryl esitò. «Veramente il direttore è molto contrario a fare entrare gente nel suo ufficio.»

«Mi prendo io la responsabilità», assicurò Jack. «Questo è un caso d'emergenza. Del resto, abbiamo con noi il tenente investigativo Lou Soldano del dipartimento di polizia, che cercherà di ridurre al minimo le nostre ruberie.»

«Be', non so...» Daryl era evidentemente a disagio davanti all'umorismo di Jack.

«E allora dammi le chiavi», replicò Jack tentendo la mano. «Così non sarai coinvolto.»

Pur riluttante, Daryl tolse due chiavi del suo mazzo e le porse a Jack. «Una è dell'ufficio esterno, l'altra dell'ufficio interno del dottor Bingham.»

«Te le riporto tra cinque minuti», assicurò Jack.

Daryl non rispose.

«Credo che quel povero diavolo fosse molto intimidito», commentò Lou mentre tutti e tre salivano in ascensore fino a pianterreno.

«Una volta che Jack è lanciato in missione, si salvi chi può!» ridacchiò Laurie.

«La burocrazia mi dà sui nervi», aggiunse Jack. «E non c'è nessuna ragione che le radiografie siano imboscate nell'ufficio del direttore.»

Jack aprì la porta dell'ufficio esterno e poi quella dell'ufficio interno del dottor Bingham. E accese le luci.

Era un ampio ufficio, con una grande scrivania fra alte finestre a sinistra e un lungo tavolo a destra. Sul tavolo c'erano diversi strumenti didattici, compresi una lavagna luminosa e un visore per radiografie.

«Dove dobbiamo guardare?» chiese Laurie.

«Speravo di trovarle qui nel visore», rispose Jack, «ma non le vedo. Facciamo una cosa, io prendo la scrivania e lo schedario e tu guardi tutt'intorno al visore.»

«Bene», assentì Laurie.

«E io, che cosa volete che faccia?» chiese Lou.

«Stai lì di guardia e sorveglia che non rubiamo niente.» Jack scherzava sempre volentieri. Aprì diversi cassetti dello schedario ma li richiuse subito. Le radiografie dell'intero cadavere che si facevano all'obitorio si mettevano in cartelle di grandi dimensioni. Non si potevano nascondere facilmente.

«Mi sembra che ci siamo», annunciò Laurie. Aveva trovato un plico di radiografie nell'armadietto sotto il visore. Tirò fuori le diverse cartelle, le depose sul tavolo e controllò i nomi. Trovò quelle di Franconi e le separò dalle altre.

Tornarono nel seminterrato e Jack andò a prendere le radiografie dell'annegato e portò entrambe le cartelle nella sala delle autopsie. Restituì le chiavi dell'ufficio di Bingham a Daryl, ringraziandolo. Daryl si limitò a un cenno del capo.

«Bene, tutti qui!» chiamò Jack dirigendosi verso il visore. «È arrivato il momento della verità.» Infilò nel visore prima le radiografie di Franconi, poi quelle relative all'annegato senza testa.

«Ma sapete una cosa!» esclamò Jack dopo una rapida occhiata. «Devo a Laurie cinque dollari.»

Laurie gettò un gridolino di trionfo quando Jack le porse i cinque dollari. Lou si grattò la testa e si accostò al visore per fissare le lastre. «Come fate a dirlo così presto?» chiese.

Jack additò le ombre grumose dei proiettili, quasi oscurate dalla massa di pallini da caccia nelle radiografie dell'annegato, e mostrò come corrispondessero ai proiettili delle lastre di Franconi. Poi indicò alcune fratture clavicolari cicatrizzate che apparivano identiche nelle radiografie dei due cadaveri.

«Magnifico!» esclamò Lou sfregandosi le mani con un entusiasmo quasi uguale a quello di Laurie. «Ora che abbiamo il corpus delicti, potremmo fare qualche progresso.»

«E io potrò scoprire che cosa diavolo è successo al fegato di questo tizio», aggiunse Jack.

«E io forse andrò a fare spese pazze con tutto questo denaro», fece eco Laurie dando un bacio al biglietto da cinque dollari. «Ma non prima di scoprire come e perché questo cadavere è scomparso di qui.»

Incapace di dormire, malgrado avesse preso due compresse di sonnifero, Raymond sgattaiolò fuori dal letto, piano per non disturbare Darlene. Non che questo lo preoccupasse più di tanto. Lei aveva il sonno duro, poteva anche cadere il soffitto senza che muovesse un dito.

Se ne andò in punta di piedi in cucina e accese la luce. Non aveva fame, ma pensò che una tazza di latte caldo avrebbe potuto contribuire a calmargli lo stomaco. Dopo l'esperienza traumatica di essere costretto a guardare l'orribile visione in fondo al bagagliaio della Ford, aveva violenti bruciori all'apparato gastrico. Provò con un paio di medicine, ma non c'era niente che gli arrecasse sollievo.

Raymond non si muoveva a suo agio in cucina, soprattutto perché non conosceva il posto degli oggetti. Di conseguenza gli ci volle un po' di tempo per scaldare il latte e trovare un bicchiere adatto. Quando fu pronto, se lo portò nel suo studio e sedette alla scrivania.

Bevve qualche sorso di latte e solo allora notò che erano le tre e un quarto del mattino. Malgrado la confusione che aveva in testa a causa dei sonniferi, fu in grado di calcolare che nella Zona dovevano essere le nove passate: un'ora molto adatta per telefonare a Siegfried Spallek.

Ottenne quasi immediatamente la comunicazione. A quell'ora il traffico telefonico era minimo. Aurielo rispose subito e passò la linea al direttore.

«Vedo che ti alzi presto», commentò Siegfried. «Contavo di chiamarti fra quattro o cinque ore.»

«Non riuscivo a dormire», rispose Raymond. «Come vanno le cose da voi? Che cos'è questo problema con Kevin Marshall?»

«Ritengo che il problema sia risolto.» Siegfried riassunse brevemente i fatti e attribuì il merito del felice risultato a Bertram Edwards, che lo aveva avvertito delle mosse di Kevin e gli aveva dato la possibilità di evitare il peggio. Aggiunse che Kevin e le sue amiche avevano preso un tale spavento che non avrebbero certo osato avvicinarsi un'altra volta all'isola.

«Che cosa intendi per 'amiche'?» chiese Raymond. «Kevin è sempre stato un tipo così misantropo.»

«Era in compagnia della tecnologa della riproduzione e di una infermiera della sala chirurgica», spiegò Siegfried. «Francamente, anche questo ci ha sopreso, perché è sempre stato una tale nullità, o come lo chiamate voi americani un tizio socialmente inetto?»

«Uno sfigato», rispose Raymond.

«Sì, quello.»

«È possibile che il motivo della sua tentata visita sull'isola sia stato il fumo di cui tanto si preoccupava?»

«Questo è quanto dice anche Bertram Edwards. E ha avuto una buona idea. Diremo a Kevin che abbiamo mandato una squadra di operai sull'isola per costruire un ponte sul torrente che la divide in due.»

«Ma non l'avete mandata», osservò Raymond.

«Naturalmente no. L'ultima squadra di muratori che è sbarcata sull'isola è quella che ha costruito la piattaforma per il ponte telescopico che la collega alla terraferma. Inoltre Bertram ha mandato là qualcuno quando ha trasportato quelle cento gabbie.»

«Non so nulla di gabbie sull'isola», replicò Raymond. «Di che cosa si tratta?»

«Bertram ultimamente ha insistito perché si rinunci a tenere gli animali in libertà sull'isola», spiegò Siegfried. «Pensa che i bonobo dovrebbero essere trasferiti al centro zootecnico e in qualche modo tenuti al chiuso.»

«No, voglio che restino sull'isola», ribatté Raymond con enfasi. «Questo è l'accordo che ho stretto con la GenSys. Potrebbero far saltare il programma se mettessimo gli animali in gabbia. Hanno l'ossessione della cattiva pubblicità.»

«Lo so bene», ammise Siegfried, «è esattamente quello che ho detto a Bertram. Lui capisce, ma vuole lasciar là le gabbie, se mai si verifichi un caso inaspettato. Non ci vedo nulla di male, effettivamente è bene essere preparati a qualsiasi circostanza imprevista.»

Raymond si passò nervosamente una mano sui capelli. Non voleva sentir parlare di «circostanze impreviste».

«Volevo appunto chiederti come volevate che mi comportassi con Kevin e le due donne», riprese Siegfried. «Ma con la nostra spiegazione del fumo, e con il bello spavento che gli abbiamo fatto prendere, penso che la situazione sia ormai sotto controllo.»

«Ma non sono arrivati sull'isola, vero?» chiese Raymond.

«No, si sono fermati alla testa di ponte.»

«Non mi piace neanche che la gente vada a curiosare là intorno.»

«Capisco. Non credo che Kevin ci tornerà, per le ragioni che ti ho detto. Ma per maggior sicurezza ci piazzerò una guardia marocchina e un drappello di soldati guineensi per qualche giorno, se ti pare una buona idea.»

«Sono d'accordo», assentì Raymond. «Ma dimmi, che cosa ne pensi del fumo che viene dall'isola?»

«Io? Non me ne frega un cazzo di quel che fanno quegli animali. Purché restino sull'isola e si mantengano sani. Tu sei preoccupato?»

«Neanche un po'.»

«Forse potremmo mandare là un sacco di palle da calcio», aggiunse Siegfried ridendo. «Così si potrebbero divertire.»

«Non credo che ci sia niente da ridere», obiettò Raymond irritato. Non gli piaceva Siegfried anche se apprezzava il suo disciplinato stile manageriale. Gli pareva di vedere l'autoritario direttore alla sua scrivania, circondato dal suo serraglio di animali impagliati e da quei teschi che ghignavano sotto il suo naso.

«Quando contate di venire a riprendere il paziente?» chiese

Siegfried. «Mi dicono che sta straordinariamente bene ed è pronto a tornare in America.»

«L'ho sentito anch'io. Adesso telefono a Cambridge e appena l'aereo della GenSys è disponibile sarò da voi. Sarà questione di un giorno o due.»

«Fammelo sapere. Manderò una macchina ad aspettarvi a Bata.»

Raymond riattaccò e tirò un piccolo sospiro di sollievo. Era contento di aver telefonato in Africa, poiché una parte delle sue attuali preoccupazioni proveniva dall'inquietante messaggio di Siegfried a proposito del problema di Kevin. Era confortante sapere che la crisi si era risolta. Insomma, pensò, se solo riusciva ad allontanare dalla sua mente il ricordo di quella foto che gli avevano scattato mentre si chinava sul cadavere di Cindy Carlson, poteva tornare a sentirsi l'uomo forte e fiducioso di una volta.

13

6 marzo 1997, ore 12.00
Cogo, Guinea Equatoriale

KEVIN aveva perso completamente la nozione del tempo quando qualcuno bussò alla porta interrompendo l'intensa concentrazione che da ore lo inchiodava allo schermo del computer. Aprì le porte del laboratorio e fu festosamente salutato da Melanie che entrò come un turbine reggendo un grosso sacchetto di carta.

«Dove sono i tuoi tecnici?» chiese.

«Hanno la giornata libera. Non riuscivo a concludere niente con il lavoro oggi, così ho detto loro di andare a godersi il sole. La stagione delle piogge è stata lunga, e tornerà più presto di quando pensiamo.»

«Dov'è Candace?» chiese Melanie posando il sacchetto sul banco del laboratorio.

«Non ne ho la minima idea», le rispose Kevin. «Non l'ho vista e non le ho parlato da quando l'abbiamo lasciata all'ospedale, questa mattina.»

Era stata una lunga notte. Dopo essere stati nascosti per più di un'ora nella cella frigorifera del reparto patologia, Melanie aveva convinto Kevin e Candace a sgattaiolare nella stanzetta di servizio che lei aveva a disposizione nel centro zootecnico. Erano rimasti là tutta la notte, dormendo molto poco, fino al cambio del turno di servizio, la mattina all'alba. Mescolandosi con gli altri membri del personale che andavano e venivano, erano tornati a Cogo senza incidenti.

«Non sai come trovarla?» chiese ancora Melanie.

«Be', credo che basti telefonare all'ospedale e farla chiamare», suggerì Kevin. «A meno che non sia nella sua camera alla Foresteria, visto che Horace Winchester va avanti così bene.» La Foresteria era l'edificio in cui si trovavano gli alloggi assegnati al personale ospedaliero in transito. Faceva parte del complesso ospedale-laboratorio.

«Buona idea!» fece Melanie. Prese il telefono e si fece mettere in comunicazione con la camera di Candace. Rispose al terzo squillo. Si capiva benissimo che stava dormendo.

«Kevin e io andiamo sull'isola», annunciò Melanie senza preamboli. «Vuoi venire o resti a cuccia in camera tua?»

«Ma cosa stai dicendo?» chiese Kevin nervoso.

Melanie gli fece cenno di star zitto.

«Quando?» chiese Candace.

«Appena arrivi qui», rispose Melanie. «Siamo nel laboratorio di Kevin.»

«Mi ci vorrà una buona mezz'ora», replicò Candace. «Devo farmi una doccia.»

«Allora ti aspettiamo», concluse Melanie e riappese il ricevitore.

«Melanie, ma sei matta?» proruppe Kevin. «Dobbiamo lasciar passare un po' di tempo, prima di rischiare un altro tentativo per l'isola.»

«Questa ragazza non è d'accordo», replicò Melanie dandosi una pacca sul petto. «Più presto andiamo meglio è. Se Bertram scopre che gli manca una chiave, magari decide di cambiare la serratura, e torniamo al punto di partenza. E inoltre, come ti ho detto stanotte, loro si aspettano che noi si sia terrorizzati. Se ci andiamo subito, li cogliamo di sorpresa.»

«Non credo di essere pronto», tergiversò Kevin.

«Oh, davvero?» chiese Melanie in tono un po' sprezzante. «Ehi, tu sei quello che ha fatto tutto questo casino a proposito del nostro lavoro sui bonobo. E adesso sono veramente preoccupata. Proprio questa mattina ho osservato alcuni altri indizi.»

«E quali?» chiese Kevin.

«Sono entrata nei recinto dei bonobo, al centro zootecnico. Non ti preoccupare, sono stata attenta a non farmi vedere da nessuno. Bene, mi ci è voluta più di un'ora, ma sono riuscita a trovare una madre con uno dei nostri cuccioli.»

«E?» chiese Kevin. Non era sicuro di voler sentire il resto.

«Il piccolo ha camminato sulle zampe posteriori – proprio come me e te – per tutto il tempo che sono rimasta a osservarlo.» Gli occhi neri di Melanie brillavano di un'emozione molto simile alla collera. «L'andatura che giudicavamo così carina è senza dubbio quella di un bipede.»

Kevin annuì e distolse lo sguardo. L'intensità che vibrava nella voce di Melanie lo esasperava. D'altra parte quell'osservazione veniva a confermare tutti i suoi timori.

«Dobbiamo accertare con sicurezza qual è la condizione reale di queste creature», aggiunse Melanie. «E possiamo farlo solo andando sull'isola.»

Kevin annuì.

«Perciò ho fatto dei panini», continuò Melanie additando il sacchetto di carta che aveva portato con sé. «Potremo considerarlo un picnic.»

«Anch'io questa mattina ho trovato qualcosa che mi preoccupa», cominciò Kevin. «Ora te lo mostro.» Prese una sedia e la spinse verso il computer. Fece cenno a Melanie di sedere mentre si tirava accanto un'altra sedia. Le sue dita armeggiavano sulla tastiera e sul video comparve il grafico della Isla Francesca.

«Avevo programmato il computer perché seguisse tutti i settantré bonobo dell'isola per diverse ore di attività in tempo reale», spiegò. «Poi ho compresso i dati per poterli osservare accelerati. Ecco i risultati.»

Azionò il mouse per avviare la sequenza. La moltitudine di

puntini rossi tracciò rapidamente bizzarri disegni geometrici. Ci vollero solo pochi secondi.

«Pare come un mucchietto di zampe di gallina nel fango», osservò Melanie.

«Tranne per questi due punti.» Kevin li indicò sul diagramma.

«Questi sembra che non si siano quasi mossi.»

«Precisamente. Gli animali numero sessanta e numero sessantasette.» Kevin si alzò e prese la mappa particolareggiata dell'isola che aveva raccolto nell'ufficio di Bertram. «Ho localizzato l'animale numero sessanta. Si trova in una radura acquitrinosa appena a sud del Lago Hippo. Secondo la mappa, là non ci sono alberi.»

«Come lo spieghi?»

«Aspetta. Subito dopo ho ridotto la scala della griglia in modo da ottenere una sezione dell'isola di quindici metri di lato, esattamente là dove avevo localizzato l'animale numero sessanta. Ora ti mostro che cosa è avvenuto.»

Introdusse l'informazione e premette il tasto per riattivare la sequenza. Ancora una volta il puntino rosso dell'animale numero sessanta fu inquadrato sul video.

«Non si è mosso per niente», osservò Melanie.

«Temo proprio che sia così.»

«Credi che dorma?»

«Adesso? A metà mattina? E poi, a questa scala, anche se si voltasse appena nel sonno si vedrebbe un movimento. Il sistema è estremamente sensibile.»

«Ma se non dorme, che cosa fa?»

Kevin si strinse nelle spalle. «Non lo so. Forse ha trovato il modo di togliersi il microchip che lo collega al computer.»

«Non ci avrei mai pensato», osservò Melanie. «È un'idea sconcertante.»

«L'unica altra cosa a cui potrei pensare, è che sia morto», aggiunse Kevin.

«Questa è pure una possibilità, ma mi sembra poco probabile. Sono animali giovani e hanno una salute eccellente. Di questo siamo sicuri. Sono in un ambiente dove non esistono nemici naturali e hanno cibo in abbondanza.»

Kevin sospirò. «Di qualunque cosa si tratti, c'è da preoccuparsi e quando andremo sull'isola dovremo controllare.»

«Chissà se Bertram è al corrente di questo nuovo fatto?» chiese Melanie. «Non promette niente di buono per il programma in generale.»

«Forse dovrei dirglielo...»

«Aspettiamo finché avremo fatto la nostra visita sull'isola.»

«Naturalmente.»

«Hai osservato qualche altra cosa, in questo tuo programma in tempo reale?»

«Sicuro», rispose Kevin. «Ho avuto la conferma, in un certo qual modo, dei miei primi sospetti che gli animali stiano usando le caverne. Guarda un po'!»

Kevin cambiò le coordinate della griglia sul video per inquadrare una porzione specifica della scarpata calcarea. Poi chiese al computer di seguire l'attività del suo duplo, il bonobo numero uno.

Melanie vide il puntino rosso tracciare una forma geometrica, poi sparire. Quindi riapparve nello stesso punto e tracciò una forma geometrica identica. Infine una sequenza analoga si ripeté per una terza volta.

«Devo ammetterlo», osservò Melanie, «pare proprio che il tuo duplo stia andando dentro e fuori dalla parete di roccia.»

«Quando andremo sull'isola, penso che dovremo cercare di distinguere i nostri dupli. Sono i più vecchi e se ci sono dei bonobo transgenici che si comportano come protoumani, dovrebbero senz'altro essere loro.»

Melanie annuì. «L'idea di trovarmi faccia a faccia con il mio duplo mi dà i brividi. Ma non potremo fermarci molto tempo sull'isola, e poiché si tratta di una superficie di più di trenta chilometri quadrati, sarà estremamente difficile rintracciare un singolo animale.»

«Ti sbagli», ribatté Kevin. «Sono in possesso degli strumenti che usano per recuperare i dupli.» Si alzò dal computer e si diresse alla scrivania. Quando tornò aveva in mano il localizzatore e il segnalatore direzionale che Bertram gli aveva dato. Li mostrò a Melanie e le spiegò come si usavano. Lei rimase molto impressionata.

«Ma dove sarà questa ragazza?» chiese Melanie dando un'occhiata all'orologio. «Volevo fare questa visita all'isola durante l'ora di pranzo.»

«Hai parlato con Siegfried questa mattina?» chiese Kevin.

«No, con Bertram», fu la risposta. «Era fuori di sé, continuava a dire che lo avevo deluso. Capisci? Non dovrei essere a terra dopo una scena del genere?»

«Ti ha dato qualche spiegazione sul fumo che ho visto?»

«Oh, sicuro. È stato lì a spiegarmi ampiamente come Siegfried gli avesse appena detto di aver mandato una squadra di operai sull'isola per costruire un ponte e bruciare degli sterpi. Ha aggiunto che era stato fatto a sua insaputa.»

«Lo pensavo anch'io. Siegfried mi ha telefonato poco dopo le nove. Mi ha scodellato la stessa storia e ha anche aggiunto che aveva appena parlato con il dottor Lyons. E il dottore era molto deluso da noi.»

«È abbastanza da farci piangere tutti e due!»

«Non credo che dicesse la verità a proposito della squadra di operai.»

«Ma certo. Neanche un briciolo di verità. Bertram si picca di sapere tutto sull'Isla Francesca. Quello crede proprio che siamo nati ieri!»

Kevin si alzò e fissò lo sguardo fuori della finestra verso la lontana Isla Francesca.

«Che c'è adesso?» chiese Melanie.

«Siegfried», rispose Kevin. Riportò lo sguardo sul volto di Melanie. «La sua minaccia di applicare anche a noi la legge della Guinea Equatoriale. Ci ha voluto ricordare che andare sull'isola potrebbe essere considerato un delitto capitale. Credi che lo farebbe davvero?»

«Diavolo, no!»

«Come fai a essere così sicura? Siegfried mi fa paura.»

«Anche a me farebbe paura se fossi un indigeno della Guinea Equatoriale», ribatté Melanie. «Ma noi non lo siamo. Siamo americani. E finché siamo qui nella Zona, a noi si applica la buona vecchia legge americana. Il peggio che può capitarci è di venire licenziati su due piedi. E, come ti ho detto ieri sera, forse neanche mi dispiacerebbe. Manhattan comincia a sembrarmi un posto incantevole, di questi giorni.»

«Vorrei proprio sentirmi fiducioso come te», sospirò Kevin.

«Quando stamattina hai giocato con il computer, ti sei accorto se i bonobo restano divisi in due gruppi?»

Kevin annuì. «Il primo gruppo, il più numeroso, si è stanziato intorno alle caverne. Comprende la maggior parte dei bonobo più vecchi, compresi il mio duplo e il tuo. L'altro gruppo si trova nella zona forestale lungo la riva nord del Río Diviso. È composto perlopiù da animali più giovani, anche se il terzo bonobo, in ordine di età, sta con loro. È il duplo di Raymond Lyons.»

«Che cosa curiosa», commentò Melanie.

«Ehi, voialtri!» chiamò Candace, entrando senza bussare. «Sono puntuale? Non mi sono neppure asciugata i capelli con il phon!» Invece del solito chignon, portava i capelli ancora umidi pettinati diritti all'indietro.

«Sei perfetta», la salutò Melanie. «E sei stata l'unica che sia riuscita a dormire un po'. Devo ammettere che io invece sono esausta.»

«Siegfried Spallek si è messo in contatto con te?» chiese Kevin.

«Sicuro, verso le nove e mezzo. Mi ha svegliato da un bel sonno profondo. Spero di essere riuscita a dire qualcosa di sensato.»

«Che cosa ti ha detto?» chiese Kevin.

«In realtà è stato molto gentile. Si è persino scusato per quello che è successo la notte scorsa. Mi ha dato anche una spiegazione per il fumo che si alza dall'isola. Ha detto che era una squadra di operai mandata a bruciare sterpi.»

«Anche a noi è stata detta la stessa cosa», confermò Kevin.

«E voi ci credete?»

«Neanche un po'», rispose Melanie. «È una spiegazione troppo comoda.»

«Be', l'ho pensato anch'io.»

Melanie prese il suo sacchetto di carta. «Allora, diamoci da fare.»

«Hai tu la chiave?» chiese Kevin prendendo il localizzatore e il segnalatore di direzione.

«Certo che ho la chiave.»

Mentre uscivano Melanie disse a Candace che aveva preparato un po' di colazione per loro.

«Ottimo!» commentò Candace. «Ho una fame che non ci vedo.»

«Aspettate un attimo!» disse Kevin mentre arrivavano alle scale. «Mi è venuta un'idea. Qualcuno deve averci seguiti ieri. È l'unica spiegazione per il modo in cui ci hanno sorpresi. Veramente questo significa che sono io quello che hanno seguito, perché sono io che ho parlato del fumo con Bertram Edwards.»

«Questa è una giusta osservazione», convenne Melanie.

I tre si guardarono per un momento.

«Che dobbiamo fare?» chiese Candace. «Non vogliamo essere seguiti.»

«La prima precauzione è non usare la mia macchina», precisò Kevin. «Dov'è la tua, Melanie? Con questo tempo asciutto, possiamo fare a meno delle quattro ruote motrici.»

«È giù nel parcheggio», rispose Melanie. «Sono appena arrivata dal centro zootecnico.»

«E qualcuno ti ha seguita?»

«Chi lo sa! Non ci ho fatto caso.»

«Mmm», borbottò Kevin, «penso ancora che seguiranno me, se proprio lo faranno. Così, Melanie, tu scendi, prendi la tua macchina e vai a casa.»

«E voi che cosa farete?»

«C'è una galleria, nel seminterrato, che arriva fino alla centrale elettrica. Aspetta cinque minuti a casa tua, poi vieni a prenderci alla centrale. C'è una porta laterale che si apre direttamente sul parcheggio. Sai dove si trova?»

«Credo di sì.»

«Bene», concluse Kevin, «ci vediamo là.»

Giunti al pianterreno, si divisero. Melanie uscì nel caldo afoso del pomeriggio, Candace e Kevin scesero nel seminterrato.

Dopo aver camminato per quindici minuti Candace osservò che quelle gallerie erano un vero labirinto.

«Nella Zona tutta la corrente proviene dalla stessa centrale», spiegò Kevin. «Queste gallerie collegano tutti i principali edifici, tranne il centro zootecnico che ha la sua centrale elettrica a parte.»

«Qui uno rischia di perdersi!»

«E infatti mi ci sono perduto. Un sacco di volte. Ma durante la stagione delle piogge queste gallerie sono molto comode. Sono asciutte e fresche.»

Avvicinandosi alla centrale elettrica cominciarono a udire

il rombo sordo e le vibrazioni delle turbine. Salirono una rampa di gradini di metallo fino alla porta principale. Appena comparvero Melanie, che aveva parcheggiato la macchina sotto un frondoso malapa, attraversò il parcheggio e venne a prenderli.

Kevin prese posto sul sedile posteriore in modo che Candace potesse sedersi davanti. Melanie partì immediatamente. La macchina aveva l'aria condizionata, che fu una vera benedizione in quel caldo afoso con il cento per cento di umidità.

«Vedi qualcosa di sospetto?» chiese Kevin.

«Proprio niente», rispose Melanie, «e ho fatto anche un giro tutt'intorno fingendo di dover fare delle spese. Non c'era nessuno che mi seguisse. Sono sicura al novantanove per cento.»

Kevin scrutò dal lunotto posteriore della Honda di Melanie la zona intorno alla centrale elettrica, finché la vide allontanarsi e poi sparire quando girarono un angolo. Non vide anima viva.

«Direi che va tutto bene», osservò Kevin. Si rannicchiò sul sedile posteriore per non essere visto.

Melanie guidò lungo il perimetro nord della città. Candace tirò fuori i panini.

«Mica male», osservò staccando un morso da un panino con tonno e pane integrale.

«Li ho fatti fare alla mensa del centro zootecnico», spiegò Melanie. «Ci sono delle bevande in fondo al sacchetto.»

«Ne vuoi Kevin?» chiese Candace.

«Direi di sì», rispose Kevin. Si sistemò in un angolo del sedile posteriore e Candace gli passò un panino e una lattina.

Sbucarono presto sulla strada principale, e puntarono a est, fuori città, verso il villaggio indigeno. Kevin, dalla sua posizione, non poteva vedere che la cima degli alberi che fiancheggiavano la via, e una striscia di cielo azzurro. Dopo tanti mesi di nubi e pioggia, era bello vedere il sole.

«Qualcuno ci segue?» chiese dopo un certo tempo.

Melanie diede un'occhiata allo specchietto retrovisore. «Non ho visto neppure una macchina», rispose. Non c'era stato traffico in nessuna delle due direzioni, ma c'era una vera folla di donne indigene che portavano pesi sulla testa.

Quando oltrepassarono il parcheggio del grande magazzino del villaggio indigeno ed entrarono nel tratto di strada che portava alla testa di ponte, Kevin si raddrizzò a sedere. Non si preoccupava più di essere visto. Ogni tanto si voltava, per controllare che non fossero seguiti. Anche se non voleva darlo a vedere, aveva i nervi tesi.

«Dovremmo presto incontrare quel tronco che abbiamo urtato ieri notte», avvertì.

«Però non lo abbiamo incontrato quando ci hanno portato fuori», osservò Melnaie. «Devono averlo rimosso.»

«Già, hai ragione», replicò Kevin. Lo colpì la lucidità di Melanie. Dopo la sparatoria della notte precedente, i particolari restavano confusi nella sua mente.

Pensando che ormai dovevano essere vicini, Kevin si chinò in avanti per vedere dal parabrezza, tra i due sedili anteriori. Malgrado il sole del pomeriggio, la visibilità nella fitta giungla che fiancheggiava la strada era sempre scarsa, come lo era stata la sera prima. Poca luce penetrava fra la densa vegetazione: era come muoversi fra due alte muraglie.

Entrarono nella radura e si fermarono. Avevano il garage a sinistra, mentre alla loro destra vedevano l'imboccatura della pista che portava alla riva e al ponte. «Devo continuare fino al ponte?» chiese Melanie.

Kevin era sempre più nervoso. Entrare in un vicolo cieco lo sgomentava. Valutò un attimo se proseguire fino alla riva, ma pensò che non ci sarebbe stato abbastanza spazio per girare la macchina. E questo significava dover retrocedere a marcia indietro.

«Parcheggiamo qui», disse infine. «Ma prima voltiamo la macchina.»

Si aspettava qualche obiezione, ma Melanie innestò la marcia senza batter ciglio. Nessuno parlò del fatto che ora dovevano ripassare per il punto dove i soldati li avevano presi a fucilate.

Melanie completò la svolta a U. «Bene, ci siamo», fece allegramente, mettendo il freno a mano. Cercava di tener alto l'umore della compagnia. Vedeva che gli altri erano molto tesi.

«Mi è venuta un'idea che non mi piace», cominciò Kevin.

«Ossia?» chiese Melanie guardandolo nello specchietto retrovisore.

«Forse dovrei andare in silenzio fino al ponte per controllare che non ci sia nessuno.»

«E chi, per esempio?» obiettò Melanie, ma l'idea di trovare compagnia indesiderata era venuta anche a lei.

Kevin trasse un respiro profondo per farsi coraggio e scese dalla macchina. «Uno qualsiasi», rispose vagamente. «Magari Alphonse Kimba.» Si rimboccò i calzoni e partì.

La pista che portava alla riva era così fittamente circondata dalla vegetazione che pareva più un tunnel che un sentiero.

Kevin svoltò alla prima curva e si fermò di botto. L'inconfondibile rumore di stivali insieme al tintinnio di metallo contro metallo, gli diede una stretta allo stomaco. Davanti a lui la pista svoltava a sinistra. Trattenne il respiro. Un attimo dopo vide un gruppo di soldati guineensi in tenuta mimetica che venivano nella sua direzione. Portavano fucili d'assalto cinesi.

Kevin girò sui tacchi e si gettò di corsa su per la pista, correndo come non aveva mai fatto prima. Quando raggiunse la radura gridò a Melanie di mettere immediatamente in moto. Aprì la portiera posteriore e si gettò sul sedile.

Melanie cercava di accendere il motore. «Che cosa è successo?» gridò.

«Soldati!» ansimò Kevin senza fiato. «Un mucchio!»

Il motore si accese e rombò allegramente. Nello stesso momento i soldati raggiunsero la radura. Uno di essi urlò mentre Melanie schiacciava l'acceleratore.

La macchina balzò in avanti mentre la ragazza lottava con il volante. Ci fu una raffica di proiettili e il lunotto posteriore della Honda andò in mille pezzi. Kevin si abbassò schiacciandosi sul sedile posteriore. Candace urlò quando anche il suo finestrino andò in frantumi.

La pista svoltava a sinistra subito dopo la radura. Melanie cercò di mantenere le ruote nei due solchi paralleli e spinse la velocità fino al limite. Avanzarono una settantina di metri e udirono un'altra raffica lontana. Qualche pallottola vagante fischiò al di sopra della macchina mentre Melanie faceva un'altra curva.

«Buon Dio!» esclamò Kevin alzandosi a sedere e spazzandosi via dalle spalle i frammenti di vetro del lunotto.

«Adesso sono proprio arrabbiata!» esplose Melanie. «Questi non erano colpi in aria! Guarda un po' quel lunotto.»

«Credo proprio che mi ritirerò in buon ordine», aggiunse

Kevin. «Ho sempre avuto paura di quei soldati, e ora so il perché.»

«Temo che la chiave del ponte non ci servirà a molto», osservò Candace. «Che peccato, dopo tutta la fatica che abbiamo fatto per procurarcela!»

«È una vera seccatura», replicò Melanie. «Adesso saremo costretti a escogitare un piano alternativo.»

«Io me ne vado a dormire», borbottò Kevin. Non poteva crederci: quelle due donne sembravano senza paura. Si mise una mano sul cuore: non lo aveva mai sentito battere con tanta violenza.

14

6 marzo 1997, ore 6.45
New York

JACK era al massimo della tensione. Dopo l'identificazione, quasi certa, del suo annegato come Carlo Franconi, si era concesso ben poco sonno. Aveva ripetutamente chiamato Janice, al telefono e infine aveva ottenuto che gli mandasse copia di tutte le schede relative a Franconi dal Manhattan General Hospital. Le indagini preliminari avevano accertato che Franconi era stato ricoverato presso quell'ospedale. Aveva anche indotto Janice a procurarsi i numeri di telefono degli enti europei che fornivano organi umani, e lei li aveva trovati sulla scrivania di Bart Arnold. Data la differenza di fuso orario di sei ore, Jack aveva cominciato a telefonare alle tre del mattino. Lo interessava soprattutto la Fondazione Europea Trapianti, che aveva sede nei Paesi Bassi. Poiché non risultava nessuna registrazione di un Carlo Franconi per un recente trapianto di fegato, aveva chiamato tutte le organizzazione nazionali di cui aveva i numeri telefonici e che si trovavano in Francia, in Inghilterra, in Italia, in Svezia, in Ungheria e in Spagna. Nessuna aveva notizie di Carlo Franconi. Oltretutto, aveva saputo che sarebbe stato molto difficile per un cittadino straniero ottenere un trapianto fuori dal suo paese, poiché ogni nazione aveva lunghe liste d'attesa.

Dopo qualche ora di sonno, la curiosità e l'ansia lo avevano svegliato. Non riuscendo a riaddormentarsi, decise di recarsi all'obitorio di buon ora per rivedere il materiale raccolto da Janice.

«Parola mia, sei proprio zelante!» commentò Janice quando Jack entrò nel suo ufficio.

«Un caso come questo è il massimo per un medico legale», replicò Jack. «Come è andata al Manhattan General Hospital?»

«Ho trovato un sacco di materiale. Il signor Franconi è stato ricoverato diverse volte negli ultimi anni, perlopiù a causa di epatite e cirrosi.»

«Ah, la cosa si fa interessante. Quando è stato l'ultimo ricovero?»

«Circa due mesi fa, ma nessun trapianto. Se ne ha subito uno, certamente non è stato là.» Porse a Jack un fascicolo piuttosto voluminoso.

«E il suo medico?» chiese Jack. «Ne aveva uno personale, o andava da diversi?»

«Dottor Daniel Levitz, nella Quinta Avenue, fra la Sessantaquattresima e la Sessanticinquesima Strada. Il numero dello studio è scritto sulla prima pagina del plico che hai in mano.»

«Sei molto efficiente!» si complimentò Jack.

«Cerco di fare del mio meglio», replicò Janice. «E tu, hai avuto fortuna con le tue organizzazioni europee per la distribuzione di organi?»

«Fiasco completo. Fammi telefonare da Bart appena arriva. Dobbiamo tornare indietro e riprovare con tutti i centri di trapianti chirurgici del paese, ora che abbiamo un nome.»

«Se Bart non è arrivato quando smonto, gli lascerò un messaggio sulla scrivania.»

Jack fischiettava mentre percorreva i corridoi fino alla sala del personale. Gli pareva di sentire il buon sapore del caffè mentre sognava il senso di euforia che la prima tazza della giornata gli dava. Ma quando vi giunse vide che Vinnie Amendola aveva appena cominciato a prepararlo.

«Fa' presto con quel caffè», fece Jack deponendo il pesante fascicolo sulla scrivania di metallo che Vinnie usava per leggere il giornale. «Stamattina ne ho davvero bisogno.»

Vinnie non rispose, cosa strana per lui, e Jack lo notò. «Sei sempre di malumore?» gli chiese.

Anche stavolta Vinnie non rispose, ma Jack non ci fece caso. Aveva appena letto i titoli sul giornale del collega: RINVENUTO IL CADAVERE DI FRANCONI. Sotto, in caratteri più piccoli si leggeva: «Il cadavere di Franconi è rimasto per ventiquattr'ore nel laboratorio del medico legale prima dell'identificazione».

Jack sedette a leggere l'articolo. Come al solito, era scritto in tono sarcastico e insinuava che i medici legali della città erano dei pasticcioni. Interessante, pensò: il giornalista pareva ignorare che il cadavere era stato privato delle testa e delle mani, nel tentativo di renderne impossibile l'identificazione. E non accennava neppure al colpo di schioppo riscontrato nel quadrante superiore destro.

Quando ebbe finito di preparare il caffè, Vinnie si piazzò accanto alla scrivania mentre Jack leggeva. Appariva nervoso e impaziente e spostava continuamente il peso del corpo da una gamba all'altra. Quando infine Jack alzò la testa Vinnie lo investì irritato: «Se non ti dispiace, vorrei riavere il mio giornale!»

«Hai visto questo articolo?» chiese Jack dando una manata alla pagina.

«Sì, l'ho visto.»

Resistendo alla tentazione di rimbeccarlo, Jack continuò: «Non sei rimasto sorpreso? Voglio dire, quando ieri abbiamo fatto l'autopsia ti è mai passato per la mente che poteva essere il cadavere sparito?»

«No, perché avrebbe dovuto essere Franconi?»

«Non sto dicendo che avrebbe dovuto. Sto solo chiedendo se lo avevi pensato.»

«No», fece Vinnie seccamente. «E adesso dammi il mio giornale. Perché non te ne compri uno? Leggi sempre il mio!»

Jack si alzò, spinse verso Vinnie il giornale e riprese il fascicolo datogli da Janice. «Sei proprio fuori di testa ultimamente. Forse hai bisogno di una vacanza. Stai diventando un vecchio rognoso.»

«Almeno non sono uno spilorcio come te», ribatté Vinnie. Prese il giornale e riaggiustò le pagine che Jack aveva messo in disordine.

Jack si versò una bella tazza di caffè. Se la portò alla scrivania di registrazione e mentre la sorseggiava soddisfatto cominciò a esaminare i numerosi documenti di ricovero ospedaliero di Franconi. Per il momento si accontentò di leggere solo le ultime pagine con il rapporto sulle dimissioni del paziente. Come già gli aveva detto Janice, i ricoveri riguardavano perlopiù problemi di fegato, a cominciare da un'epatite che il paziente aveva contratto a Napoli.

Laurie arrivò subito dopo. Prima ancora di togliersi il cappotto chiese a Jack se aveva visto il giornale o sentito il notiziario del mattino. Le rispose che aveva letto il *Post*.

«È stata colpa tua?» chiese Laurie.

«Che cosa?»

«La fuga di notizie sull'identificazione di Franconi.»

Jack fece un sorrisetto incredulo. «Mi stupisce che lo domandi. Perché avrei dovuto farlo?»

«Non so, forse perché eri così eccitato per la scoperta, ieri notte. Ma non volevo offenderti. Solo che sono rimasta molto sorpresa di vederlo così presto sui giornali.»

«Sono rimasto sorpreso anch'io. Forse è stato Lou.»

«Questo mi stupirebbe di più che se fossi stato tu.»

«E perché proprio io?» Jack pareva seccato.

«L'anno scorso sei stato tu a fare trapelare la faccenda dell'epidemia.»

«Quella era una situazione completamente diversa», ribatté Jack sulla difensiva. «L'ho fatto per salvare la gente.»

«Be', non ti arrabbiare», fece Laurie conciliante. E per cambiare argomento chiese: «Che genere di casi abbiamo oggi?»

«Non ho ancora guardato», ammise Jack. «Ma la pila delle pratiche non è grossa e avrei una richiesta da fare. Vorrei avere, se possibile, un giorno libero, o piuttosto un giorno di ricerca.»

Laurie si chinò a contare le cartelle con i documenti delle autopsie. «Solo dieci casi. Non c'è problema. Ora che abbiamo recuperato il cadavere di Franconi, m'interessa ancora di più scoprire come sia potuto uscire di qui. Più ci penso e più mi convinco che dev'essere stato un lavoro dall'interno, in qualche modo.»

Ci fu un tonfo, seguito da un'imprecazione fra i denti. Laurie e Jack alzarono la testa a guardare Vinnie, che era balzato in piedi e aveva versato il caffè sulla scrivania, e persino sui pantaloni.

«Guardati da Vinnie», ammonì Jack, «è ancora di pessimo umore.»

«Vinnie, va tutto bene?» chiese Laurie.

«Benissimo», rispose Vinnie. Marciò verso il tavolino del caffè per prendere qualche tovagliolino di carta.

«Non capisco bene», continuò Jack. «Perché il fatto di aver recuperato il corpo di Franconi ti spinge a interessarti ancora di più alla sua scomparsa?»

«Soprattutto per quello che hai scoperto durante l'autopsia. In principio pensavo che chiunque avesse sottratto il corpo lo avesse fatto per puro malanimo, come se volesse negargli un funerale adeguato, o qualcosa del genere. Ma ora pare che il cadavere sia stato sottratto per distruggerne il fegato. È molto strano. Prima pensavo che risolvere l'enigma della scomparsa fosse solo una sfida alle nostre capacità. Ora ritengo che riuscire a scoprire come è scomparso il corpo, serve a individuare chi lo ha fatto.»

«Comincio a capire che cosa intendeva Lou dicendo che si sentiva uno sciocco davanti alla tua abilità di analisi», osservò Jack. «Per la scomparsa di Franconi, ho sempre pensato che il 'perché' fosse più importante del 'come'. Ora suggerisci che sono correlati.»

«Esattamente. Il 'come' porterà al 'chi', e il 'chi' spiegherà il 'perché'.»

«E tu pensi che ci sia coinvolto qualcuno che lavora qui.»

«Temo di sì», confermò Laurie. «Non vedo come degli estranei possano aver portato fuori il cadavere senza l'aiuto di qualcuno all'interno. Ma ancora non ho la più pallida idea di come abbiano fatto.»

Dopo la telefonata a Siegfried, Raymond aveva infine dovuto soccombere alle due pillole di sonnifero. Dormì profondamente fino al mattino. Si svegliò mentre Darlene apriva le tende per far entrare la luce del giorno.

«Stai meglio, caro?» chiese. Lo fece alzare a sedere, per sprimacciargli il cuscino.

«Meglio», borbottò Raymond, con la mente ancora confusa dal sonnifero.

«Ti ho preparato la tua colazione preferita», continuò Darlene. Andò alla scrivania, prese un vassoio di vimini, e lo sistemò sulle ginocchia di Raymond.

C'era succo d'arancia appena spremuto, due fette di pancetta, una frittatina di un uovo solo, pane tostato e caffè fresco. In una tasca laterale c'era il giornale del mattino.

«Come la trovi?» chiese la donna con orgoglio.

«Perfetta.» Le diede un bacio.

«Fammi sapere se vuoi dell'altro caffè», disse Darlene e uscì dalla stanza.

Con piacere infantile Raymond imburrò il pane tostato e sorseggiò il succo d'arancia. Per quanto lo riguardava, niente era meraviglioso come il profumo del caffè e della pancetta al mattino.

Mettendosi in bocca un pezzetto di pancetta e di frittata insieme, Raymond prese il giornale, lo aprì e diede un'occhiata ai titoli.

Boccheggiò e un po' di cibo gli andò di traverso. Tossì così forte che fece cadere il vassoio dal letto. Tutta la colazione si rovesciò sul tappeto.

Darlene arrivò correndo e si fermò sulla soglia torcendosi le mani, mentre Raymond veniva preso da una serie di colpi di tosse che gli fecero venire il viso rosso come un pomodoro.

«Acqua!» ansimò con voce stridula.

Darlene si precipitò in bagno e tornò con un bicchiere. Raymond lo afferrò e cercò di inghiottire un piccolo sorso.

«Stai bene?» chiese Darlene.

«Mi è andato qualcosa di traverso», ansimò Raymond.

Gli ci vollero cinque minuti per riprendersi. Ma gli bruciava la gola e aveva la voce rauca. Darlene aveva ripulito la maggior parte di quel disastro.

«Hai visto il giornale?» chiese a Darlene.

La donna scosse la testa e Raymond lo aprì davanti a lei.

«Oh, per la miseria!» esclamò Darlene.

«Oh, per la miseria!» fece eco Raymond in tono sarcastico. «E mi domandavi perché mi preoccupavo ancora di Franconi!» Stropicciò con violenza il giornale.

«E adesso che farai?» chiese Darlene.

«Dovrò prendermela con Vinnie Dominick. Mi ha assicurato che il corpo era definitivamente sparito. Bel lavoro ha fatto!»

Il telefono squillò e Raymond sobbalzò sul letto.

«Vuoi che risponda io?» chiese Darlene.

Raymond annuì, domandandosi chi poteva mai telefonargli a quell'ora.

Darlene alzò il ricevitore e modulò un saluto, seguito da diversi «sì, sì». Poi, restando in linea annunciò con un sorriso: «Il dottor Waller Anderson. Vuole unirsi a noi».

Raymond esalò un lungo respiro. Non si era accorto di trattenere il fiato. «Digli che ne siamo lieti, e che lo richiamerò fra poco.»

Darlene riferì e riappese il ricevitore. «Almeno questa era una buona notizia!» commentò.

Raymond si passò una mano sulla fronte ed emise un grugnito. «Vorrei che tutto andasse bene come l'aspetto economico!»

Il telefono squillò di nuovo. Raymond fece cenno a Darlene di rispondere. Dopo aver salutato e ascoltato per qualche minuto, lei cessò di sorridere e scostando il ricevitore dal viso mormorò: «Taylor Cabot».

Raymond inghiottì a vuoto. La sua gola già irritata si fece secca. Sorbì in fretta un sorso d'acqua e prese il ricevitore.

«Buongiorno, signore», riuscì a dire con voce rauca.

«Le parlo dal cellulare della mia auto», cominciò subito Taylor, «così non starò a diffondermi in particolari. Mi hanno appena informato della ricomparsa di un problema che doveva essere sistemato. Quel che le ho detto in precedenza è sempre valido. Spero che lei capisca.»

«Certo, signore», gracchiò Raymond, «farò...»

Si fermò di botto, staccò il telefono dall'orecchio e lo fissò a bocca aperta. Taylor aveva chiuso la comunicazione.

«Proprio quel che mi occorreva!» borbottò Raymond con voce lagnosa restituendo il ricevitore a Darlene. «Un'altra minaccia di Cabot, per completare il programma!»

Mise le gambe giù dal letto e si alzò. «Bisogna che trovi il numero di Vinnie Dominick. Mi occorre un altro miracolo.»

* * *

Alle otto di quel mattino Laurie e i suoi colleghi erano tutti nella 'fossa' e si accingevano a eseguire le autopsie. Jack era rimasto nella sala del personale a frugare nei documenti dei ricoveri ospedalieri di Franconi. Quando si accorse dell'ora, tornò negli uffici di polizia per vedere come mai l'investigatore capo, Bart Arnold, non fosse ancora arrivato. Fu sorpreso quando lo trovò nel suo studio.

«Non hai parlato con Janice stamattina?» chiese.

«Sono arrivato appena un quarto d'ora fa. Janice se n'era già andata.»

«E non c'era un messaggio sulla tua scrivania?»

Bart cominciò a frugare fra i mucchi di carta. La sua scrivania assomigliava molto a quella di Jack. Infine tirò fuori un biglietto e lesse a voce alta: «Importante! Telefonare immediatamente a Jack Stapleton. Firmato: Janice».

«Mi spiace», si scusò Bart. «Presto o tardi lo avrei visto.» Fece un debole sorriso, sapendo di non essere giustificabile.

«Suppongo che ti abbiano informato che il mio annegato è stato quasi definitivamente identificato come Carlo Franconi», cominciò Jack.

«Sì, ho sentito.»

«Quindi ho bisogno che torni con il nome di Franconi all'Associazione Nazionale per il Recupero Organi e a tutti i centri specializzati in trapianti di fegato.»

«Sarà molto più facile che non chiedere di controllare se uno dei loro trapianti recenti è scomparso», rispose Bart. «Con tutti i numeri di telefono a portata di mano, lo farò in un attimo.»

«Ho passato la maggior parte della notte al telefono con le Banche degli Organi europee. E non ho risolto niente!»

«Hai parlato con l'Euro Transplant, nei Paesi Bassi?»

«È stato il primo che ho chiamato. Non hanno nessun Franconi.»

«Quindi possiamo ritenere con sicurezza che Franconi non ha subito il trapianto in Europa», concluse Bart. «L'Euro Transplant tiene in memoria le registrazioni di tutto il continente.»

«La seconda cosa di cui ho bisogno è che qualcuno vada a far visita alla madre di Franconi e la convinca a darci un campione del suo sangue. Voglio che Ted Lynch faccia un test mitocondriale del Dna sull'annegato. Questo confermerà l'identificazione. Fai anche chiedere alla donna se suo figlio ha avuto un trapianto di fegato. Sarà interessante sentire che cosa ha da dire al proposito.»

Bart trascrisse le richieste di Jack. «Che altro?» chiese.

«Penso che per adesso sia tutto. Janice mi ha riferito il nome del medico personale di Franconi. Dottor Daniel Levitz. È qualcuno con cui siete già venuti in contatto?»

«Se è il dottor Levitz della Quinta Avenue, sì, ho già avuto occasione di contattarlo.»

«E che cosa hai trovato?»

«Medico di alta classe con ricca clientela. Buon internista, a quanto ne so. La cosa curiosa è che ha in cura un gran numero di famiglie della malavita. Non mi sorprende che curasse anche Carlo Franconi.»

«Famiglie diverse? Anche famiglie rivali fra loro?»

«Strano, no?» commentò Bart. «Dev'essere davvero un bel mal di testa organizzare gli appuntamenti. Puoi immaginare che scena, l'arrivo in anticamera di due gangster rivali nello stesso momento, con i loro gorilla alle spalle?»

«La vita è più bizzarra dei romanzi.»

«Vuoi che vada dal dottor Levitz e ottenga tutte le notizie che posso su Franconi?»

«Penso che lo farò io stesso. Ho il sospetto che parlando con il medico di Franconi le cose non dette diventino più importanti di quelle dette. Tu cerca di scoprire dove Franconi ha subito il trapianto. Secondo me, questa dovrebbe essere l'informazione chiave nel nostro caso. Chissà, potrebbe magari spiegare tutto.»

«Ah, siete qua!» tuonò una voce rimbombante. Jack e Bart sollevarono la testa e videro il vano della porta letteralmente riempito dall'imponente figura del dottor Calvin Washington, il vicedirettore.

«L'ho cercata dappertutto, Stapleton», aggiunse Calvin. «Venga subito, il direttore vuole vederla.»

Jack strizzò l'occhio a Bart e si alzò. «Probabilmente un'altra delle molte onorificenze che ama assegnarmi.»

«Non sarei così allegro, se fossi in lei», commentò Calvin mentre si scostava per farlo passare. «Ancora una volta il vecchio è incazzato come una iena con lei.»

Jack seguì Calvin fino agli uffici amministrativi. Prima di entrare nell'ufficio, diede un'occhiata alla sala d'attesa. C'era un gruppo di giornalisti più numeroso del solito.

«Che sta succedendo?» chiese Calvin.

«Come se lei non lo sapesse!» brontolò quello.

Jack non capiva, ma non ebbe la possibilità di fare altre domande. Calvin stava già chiedendo alla signora Sanford, la segretaria di Bingham, se potevano entrare nell'ufficio del direttore.

Risultò che non era il momento giusto e Jack fu relegato ad aspettare su una panca di fronte alla scrivania della signora Sanford. Ovviamente era furiosa con lui non meno del suo capo. Jack si sentiva come uno scolaro negligente chiamato a conferire con il preside. Calvin approfittò dell'attesa per scomparire nel suo studio a fare qualche telefonata.

Credendo di indovinare il motivo della collera del capo, Jack cercò di scovare qualche giustificazione. Sfortunatamente non gli venne in mente niente. Dopotutto, avrebbe potuto aspettare di ricevere le radiografie di Franconi dopo che Bingham fosse arrivato in ufficio quella mattina.

«Ora può entrare», annunciò la signora Sanford senza alzare gli occhi dalla macchina per scrivere.

Jack entrò nell'ufficio con una sensazione di déjàvu. Un anno prima, quando si era verificata una serie di casi di malattie infettive, Jack aveva spinto il direttore alla disperazione e fra loro c'erano stati diversi scontri.

«Entri e si sieda!» intimò Bingham bruscamente.

Jack prese posto su una sedia vicino alla scrivania. Bingham era invecchiato negli ultimi tempi e dimostrava più dei suoi sessantatré anni. Squadrò il visitatore attraverso gli occhiali con la montatura in metallo.

«Cominciavo a pensare che lei avesse capito come comportarsi qui dentro!» sbottò.

Jack non rispose. Era meglio tacere, finché non gli veniva rivolta una domanda precisa.

«E posso almeno sapere perché?» aggiunse Bingham in tono forzatamente cortese.

Jack si strinse nelle spalle. «Semplice curiosità. Ero ansioso di sapere.»

«Curiosità!» ruggì Bingham. «La stessa magra scusa che ha

tirato fuori l'anno scorso, quando ha calpestato i miei ordini e si è rivolto al Manhattan General Hospital.»

«Almeno sono coerente!» sogghignò Jack.

Bingham emise un gemito di esasperazione. «Lei non è proprio cambiato, vero?»

«Sono migliorato a basket», replicò Jack.

La porta si aprì ed entrò Calvin. Teneva le grosse braccia incrociate sul petto, stava sulla soglia come il guardiano capo di un harem.

«Non si ottiene niente da lui», si lagnò Bingham rivolto a Calvin, come se Jack non fosse nemmeno presente. «Avevi detto che il suo comportamento era migliorato.»

«Era effettivamente migliorato, fino a oggi», replicò Calvin e fulminò Jack con uno sguardo rabbioso. «Quel che più mi irrita», proseguì poi, rivolgendosi finalmente a Jack, «è che lei sa perfettamente che solo il dottor Bingham può rilasciare delle dichiarazioni attraverso l'ufficio pubbliche relazioni, perbacco! Voialtri periti del cazzo non dovete permettervi di divulgare informazioni! Il lavoro è dannatamente collegato con la politica, e con tutti i problemi che abbiamo non vogliamo certo tirarci addosso una cattiva stampa.»

«Fermi tutti!» lo interruppe Jack. «Qui c'è qualcosa che non va.»

«Può ben dirlo!» sbottò Bingham.

«Voglio dire», riprese Jack, «che forse non parliamo della stessa cosa. Pensavo di essere stato convocato per essermi fatto dare le chiavi di quest'ufficio, dove volevo trovare le radiografie di Franconi.»

«Diavolo, no!» urlò Bingham. Puntò il dito contro il naso di Jack. «È perché lei ha fatto trapelare l'informazione che il cadavere di Franconi era stato riportato qui all'obitorio, dopo essere stato sottratto. Che cosa diavolo ha pensato? Che con questo avrebbe ottenuto una promozione?»

«Un momento! Anzitutto voglio mettere in chiaro che non ci tengo affatto ad avere una promozione. E poi, non sono io il responsabile di questa storia.»

«Non è stato lei?» chiese Bingham.

«Sta forse insinuando che la colpa è di Laurie Montgomery?» aggiunse Calvin.

«Neanche per sogno. Dico solo che non sono stato io. Non credo neanche che sia una gran notizia.»

«Ah, no? Quelli della stampa non la pensano così», replicò Bingham. «E neanche il sindaco. Mi ha già telefonato due volte questa mattina, chiedendomi che razza di casino abbiamo combinato. Questo affare Franconi continua a metterci in cattiva luce agli occhi dell'intera città.»

«Il problema, nel caso Franconi, non è che il cadavere se ne siano andato di notte dall'obitorio», precisò Jack, «ma che il nostro eroe ha subito un trapianto di fegato di cui nessuno sa niente, che è difficile scoprire con l'analisi del Dna, e che qualcuno si è preoccupato di nascondere.»

Bingham guardò Calvin, che alzò le mani in gesto di difesa. «È la prima volta che lo sento!»

Jack espose sommariamente i risultati della sua autopsia, quindi parlò degli sconcertanti risultati ottenuti da Ted Lynch con l'analisi del Dna.

«Tutto questo è molto strano», borbottò Bingham. «Ed è anche molto seccante. Se Franconi ha ricevuto un fegato non autorizzato, allora non sarà possibile chiudere il caso.»

«Ne saprò di più entro oggi», replicò Jack. «Ho dato incarico a Bart Arnold di contattare tutte le banche degli organi nell'intero paese; a John DeVriest, su in laboratorio, di eseguire analisi per la presenza di immunosoppressori; a Maureen O'Connor, in istologia, di ricontrollare i vetrini e a Ted di fare un test polivalente del Dna, un test che secondo lui ci darebbe sicurezza assoluta. Nel pomeriggio sapremo con certezza se c'è stato un trapianto di fegato e, con un po' di fortuna, anche dove è stato praticato.»

Bingham gli gettò un'occhiata in tralice attraverso la scrivania. «E lei è sicuro di non aver fatto arrivare la notizia ai giornali di oggi?»

«Glielo giuro sul mio onore di scout», rispose Jack alzando due dita a V.

«Bene, allora mi scuso», replicò Bingham. «Ma ascolti, Stapleton, tenga la bocca chiusa. E non vada in giro a irritare i buoni cittadini, per farmi poi arrivare valanghe di telefonate con le lamentele per la sua condotta. Lei ha un vero talento nel far imbestialire la gente. E infine mi prometta che nessuna notizia arriverà alla stampa se non attraverso il mio ufficio. È chiaro?»

«Chiarissimo», rispose Jack.

Jack riusciva raramente a trovare una scusa per uscire con la sua bici durante il giorno, così fu con vero piacere che si mise a pedalare per la Prima Avenue dirigendosi verso lo studio del dottor Daniel Levitz. Non c'era sole, ma la temperatura preannunciava l'imminente primavera. Per Jack la primavera era la stagione più bella a New York.

Assicurata la bici a un palo segnaletico, si diresse verso lo studio del dottor Levitz. Aveva telefonato prima, per accertarsi che il medico fosse presente, ma aveva evitato di prendere un vero e proprio appuntamento. Pensava che una visita di sorpresa potesse risultare più efficacie. Se Franconi aveva subito un trapianto, c'era sicuramente qualcosa di poco chiaro nella faccenda.

«Il suo nome, prego?» chiese la matronale segretaria dai capelli d'argento.

Jack fece balenare il distintivo di medico legale. La superficie lucente e l'aspetto ufficiale induceva molta gente a pensare che fosse un distintivo della polizia. In situazioni come quella, non si disturbava a spiegare la differenza. Il distintivo non mancava mai di suscitare la reazione voluta.

«Devo vedere il dottore», affermò rimettendosi il distintivo in tasca. «Al più presto possibile.»

Quando la segretaria ritrovò la voce, fu per chiedergli di nuovo il nome. Glielo diede tralasciando il titolo di dottore.

La segretaria spinse immediatamente indietro la sedia e sparì nelle profondità dello studio.

Jack girò lo sguardo per la sala d'attesa. Era spaziosa e riccamente arredata. Molto diversa dalla piccola anticamera che lui stesso aveva avuto quando faceva il medico oculista. Questo avveniva prima delle restrizioni apportate dal Medicare.

Nella sala d'attesa c'erano cinque persone molto ben vestite. Tutte gettarono a Jack delle occhiate furtive, continuando a studiare con attenzione le riviste che avevano in mano. Mentre sfogliavano rumorosamente le pagine, Jack percepì un clima di irritazione, come se sapessero che li avrebbe costretti a un'attesa più lunga. Sperò che nessuno dei presenti fosse un capoccia della malavita, propenso a considerare la sua intrusione come un buon motivo di vendetta.

La segretaria ricomparve e con un atteggiamento ossequioso che era quasi imbarazzante lo guidò nello studio privato del medico, lo fece entrare e chiuse la porta.

Il dottor Levitz non era nella stanza. Jack sedette su una delle due sedie di fronte alla scrivania e diede un'occhiata intorno. C'erano i soliti diplomi e le solite onorificenze incorniciate. Foto di famiglia, pile di riviste mediche ancora intonse. Una visione familiare per Jack, che gli diede un brivido. Si domandò come avesse potuto resistere tanto a lungo in una situazione come quella.

Il dottor Daniel Levitz entrò per una porta secondaria. Portava il camice bianco completo di stetoscopio e apparecchio premilingua. Dal taschino spuntava una collezione di penne e matite. In confronto con la robusta corporatura di Jack, spalle larghe e 1,80 di altezza, il dottor Levitz appariva piuttosto basso e mingherlino.

Jack notò immediatamente i tic nervosi del dottore, le leggere contrazioni e gli scatti della testa. Si strinsero la mano e il dottor Levitz si ritirò subito dietro la vasta scrivania.

«Sono molto occupato», cominciò, «ma naturalmente ho sempre tempo per la polizia.»

«Io non sono della polizia», corresse Jack. «Sono il dottor Jack Stapleton, dell'ufficio del medico legale di New York.»

La testa del dottor Levitz ebbe un piccolo scatto e i suoi radi baffetti si contrassero. Parve che inghiottisse a vuoto. «Oh!», commentò.

«Volevo parlare brevemente con lei di uno dei suoi pazienti», continuò Jack.

«Sono tenuto al segreto professionale sulle condizioni dei miei pazienti.»

«È naturale.» Jack sorrise. «Ossia, è naturale, finché il paziente non è morto e non è divenuto oggetto di investigazione. Vede, devo farle qualche domanda su Carlo Franconi.»

Osservò attentamente il dottor Levitz sul cui viso passava una serie di strambe contrazioni.

«Rispetto sempre la segretezza nei riguardi dei miei pazienti», insisté il dottore.

«Capisco la sua posizione dal punto di vista etico, ma devo ricordarle che noi medici legali dello Stato di New York abbiamo l'autorizzazione a emettere mandati di comparizione, in simili circostanze. Così, perché non facciamo giusto quattro chiacchiere? Chissà, forse si riuscirebbe a chiarire tutto.»

«Che cosa vuol sapere?»

«Ho appreso dall'ampia e particolareggiata anamnesi ospedaliera del signor Franconi che ha lungamente sofferto di problemi epatici, tali da portarlo al collasso del fegato.»

Il dottor Levitz annuì, il che gli provocò diversi scatti della spalla destra. Jack aspettò finché questi movimenti involontari non si furono calmati.

«Per venire al punto», continuò, «la domanda è: il signor Franconi, ha avuto un trapianto di fegato?»

Dapprima Levitz restò muto. Ebbe solo diverse contrazioni del viso. Jack era ben deciso ad aspettare tutto il tempo necessario.

«Non so nulla di un trapianto di fegato», articolò infine il Levitz.

«Quando lo ha visto l'ultima volta?»

Il dottore prese il telefono e chiese a una delle assistenti di portargli la scheda di Carlo Franconi.

«Ci vorrà solo un minuto», spiegò.

«Per uno dei ricoveri ospedalieri del signor Franconi, circa tre anni fa, ha scritto espressamente che secondo lei sarebbe stato necessario un trapianto. Si ricorda?»

«Non in particolare. Ma avevo riscontrato un peggioramento, e insieme l'incapacità del mio paziente di smettere di bere.»

«Ma non ne ha più fatto menzione, in seguito. L'ho trovato assai strano, perché era facile constatare un graduale continuo peggioramento delle funzioni epatiche nei successivi due anni.»

«Un medico non può far molto di più per influire sul comportamento del paziente», osservò Levitz.

La porta si aprì e l'ossequiosa segretaria portò un grosso fascicolo. Senza dire una parola lo depose sulla scrivania del dottor Levitz e si ritirò.

Il dottore lo aprì e dopo un rapido sguardo annunciò che il

signor Carlo Franconi era venuto da lui un mese prima.

«Per quale ragione era venuto?»

«Un'infezione delle prime vie respiratorie», rispose Levitz. «Gli ho prescritto degli antibiotici. Evidentemente hanno funzionato.»

«E lo ha visitato?»

«Ma naturale!» fece il dottor Levitz indignato. «Visito sempre i miei pazienti.»

«Aveva avuto un trapianto di fegato?»

«Be', non gli ho fatto proprio una visita completa», spiegò. «L'ho esaminato in rapporto ai suoi disturbi e sintomi.»

«Non gli ha neppure tastato il fegato, conoscendo la sua anamnesi?»

«Se anche l'ho fatto, non l'ho registrato nella scheda.»

«Gli ha fatto fare qualche analisi in rapporto alle funzioni epatiche?»

«Solo la bilirubina.»

«Perché solo al bilirubina?»

«Aveva avuto l'itterizia in passato», spiegò il dottor Levitz. «Era migliorato, ma volevo accertarmene.»

«E quale fu il risultato?»

«Nei limiti della norma.»

«Così, a parte l'infezione delle vie respiratorie superiori, stava bene.»

«Sì, suppongo che si possa dire così.»

«Quasi un miracolo», commentò Jack. «Specialmente se il suo paziente, come lei mi ha appena detto, non voleva smettere di bere.»

«Forse alla fine c'era riuscito. Dopotutto, la gente può cambiare.»

«Le dispiace se do un'occhiata alla scheda?» chiese Jack.

«Sì, mi dispiace», affermò Levitz. «Le ho già chiarito la mia posizione etica verso il paziente. Se vuole vedere la scheda, venga con un mandato. Voglia scusarmi, non intendo essere di ostacolo alle indagini.»

«Giustissimo», assentì Jack alzandosi. «Riferirò all'ufficio del procuratore la sua risposta. Intanto la ringrazio per il tempo che mi ha dedicato. Dovrò probabilmente tornare a parlare con lei. C'è qualcosa di molto strano in questo caso e intendo andare a fondo.»

Jack sorrideva fra sé mentre apriva il lucchetto della bici. Era così evidente che il dottor Levitz sapeva più di quel che era disposto a dire. Quanto di più? Questo Jack non avrebbe saputo dirlo, ma doveva essere qualcosa di molto grave. Intuiva che questo era il caso più interessante che avesse mai incontrato in tutta la sua carriera.

Tornando all'obitorio parcheggiò la bici nel solito posto, salì a depositare il cappotto e si recò subito al laboratorio del Dna. Ma Ted non era ancora pronto.

«Ho bisogno ancora di un paio d'ore», gli disse Ted. «Ti telefono io, non occorre che tu venga su.»

Deluso ma non scoraggiato, Jack scese al laboratorio di istologia per controllare i progressi delle sue sezioni microscopiche in quello che ormai era noto come il caso Franconi.

«Mio Dio!» protestò Maureen. «Che cosa ti aspetti, un miracolo? Faccio passare i tuoi vetrini davanti a tutti gli altri, ma sarà una fortuna se potrai averli entro oggi.»

Sempre cercando di tener alto il morale e frenare la curiosità, Jack prese l'ascensore per scendere al primo piano e cercare John DeVries nel suo laboratorio.

«Gli esami per la ciclosporina A e l'FK506 non sono facili», replicò seccamente John. «E poi qua abbiamo mezzi limitati. Non puoi aspettarti un servizio immediato, con il bilancio con cui devo lavorare!»

«Benissimo», replicò Jack cordiale, mentre usciva dal laboratorio. Sapeva che John era un individuo irascibile e, se importunato, poteva opporre una resistenza passiva. E in questo caso avrebbe dovuto aspettare settimane prima di poter ottenere dei risultati.

Scese all'ufficio di Bart Arnold e lo implorò di dargli finalmente qualche risposta, visto che finora non aveva ottenuto niente dagli altri.

«Ho fatto un sacco di telefonate», si lagnò Bart. «Ma sai com'è la situazione con le segreterie telefoniche. Ormai non si riesce più a parlare con nessuno al telefono. Così ho lasciato un sacco di messaggi chiedendo di esser richiamato.»

«Già, già», borbottò Jack. «Mi sembra di essere una ragazzina con un vestito nuovo che aspetta di essere invitata al ballo della scuola.»

«Mi spiace», replicò Bart. «Se può esserti di conforto, abbiamo ottenuto un campione di sangue della madre di Franconi. È già di sopra, nel laboratorio del Dna.»

«Hanno chiesto alla madre se il figlio aveva subito un trapianto di fegato?»

«Certamente. La signora Franconi ha detto di non sapere assolutamente niente di un trapianto di fegato. Ma ha ammesso che ultimamente le sembrava che il figlio stesse molto meglio.»

«E a che cosa attribuiva questo improvviso miglioramento?»

«Dice che era andato in una clinica speciale, in non so che posto, ed era tornato che era un altro uomo.»

«E dove?»

«Non lo sapeva. Almeno, così ha detto al nostro inviato. E lui mi ha assicurato di esserne convinto.»

Jack annuì e si alzò. «Storie!» borbottò. «Cavar dalla madre un'informazione sincera sarebbe stato troppo facile!»

«Ti terrò al corrente, appena ricevo risposte», promise Bart.

«Grazie.»

Frustrato, Jack si avviò per gli interminabili corridoi verso la sala del personale. Forse una buona tazza di caffè gli avrebbe risollevato il morale. Fu sorpreso di trovare il tenente investigativo Lou Soldano tutto indaffarato a servirsi il caffè.

«Oh, oh!» osservò il tenente. «Preso con le mani nel sacco!»

Jack squadrò l'ufficiale della Omicidi. Aveva un aspetto migliore che nei giorni scorsi. Non solo aveva il primo bottone della camicia abbottonato, ma anche il nodo della cravatta era a posto. E per colmo di eleganza, era rasato di fresco e aveva i capelli pettinati.

«Oggi sembri quasi un essere umano», commentò Jack.

«Anch'io mi sento così», replicò Lou. «Mi sono fatto la prima decente notte di sonno in una settimana. Dov'è Laurie?»

«Nella fossa, presumo.»

«Devo farle i complimenti per aver pensato al tuo annegato, dopo aver visto il video. Tutti noi giù alla centrale pensiamo che potrebbe aprire uno spiraglio nel caso. Abbiamo già avuto un paio di soffiate dai nostri informatori.»

«Laurie e io siamo rimasti sorpresi di trovare la notizia sui giornali stamattina», commentò Jack. «Molto più presto di quanto ci aspettavamo. Hai un'idea della fonte?»

«Sono stato io», rispose Lou con faccia innocente. «Ma sono stato attento a non dare particolari. Perché, è un problema?»

«Solo che Bingham era sul piede di guerra. Sputava fuoco stamattina. E sono stato tirato in ballo come colpevole.»

«Perbacco, mi spiace! Non immaginavo di provocare dei guai qui da voi. Forse avrei dovuto avvisarti. Be', sono in debito con te.»

«Non ci badare, è tutto sistemato.» Jack si versò il caffè, aggiunse lo zucchero e un po' di latte in polvere.

«Almeno ci ha portato qualcosa», continuò Lou. «Gli individui che lo hanno ucciso sicuramente non sono gli stessi che hanno sottratto il cadavere e lo hanno mutilato.»

«Questo non mi sorprende», osservò Jack.

«No? Credevo che questa fosse l'opinione generale. Almeno era quel che mi diceva Laurie.»

«Adesso pensa che gli uomini responsabili della sottrazione del corpo lo abbiano fatto perché non volevano che qualcuno scoprisse il trapianto di fegato», spiegò Jack. «Per conto mio, sono sempre convinto che volessero tener celata la sua identità.»

«Veramente?» mormorò Lou sorseggiando il caffè. «Ma non ha senso. Vedi, siamo ragionevolmente sicuri che il corpo sia stato sottratto per ordine della famiglia mafiosa dei Lucia, rivali diretti dei Vaccarro che a quanto sappiamo hanno ucciso Franconi.»

«Che casino!» esclamò Jack. «Ne sei sicuro?»

«Piuttosto sicuro. L'informatore che ce lo ha riferito è piuttosto attendibile. Naturalmente non ci ha fatto nomi, e questo è il fatto frustrante.»

«L'idea stessa che vi sia coinvolto il crimine organizzato mi da i brividi», convenne Jack. «Significa che la famiglia Lucia è in qualche modo coinvolta con il trapianto di organi. E se questo non ti fa perdere il sonno...»

«Calma, calma!» urlò Raymond al telefono.

«E non mi dica di calmarmi!» urlò Levitz di rimando. «Lei ha visto i giornali? Hanno il corpo di Franconi. Ed è già arrivato al mio studio un medico legale, un tal dottor Jack Stapleton, a chiedere la scheda di Carlo Franconi.»

«Non gliel'avrà data, vero?»

«Certo che no!» ribatté Levitz. «Ma lui mi ha fatto notare con un sorriso condiscendente che poteva procurarsi un mandato. Le dico che quel tizio era molto esplicito e molto aggressivo, e deciso a voler andare a fondo del caso. Sospetta che Franconi abbia subito un trapianto. Me lo ha chiesto espressamente.»

«Nelle sue schede figura qualche registrazione a proposito del suo trapianto, o del nostro programma?» chiese Raymond.

«No, ho seguito le vostre istruzioni alla lettera. Ma se qualcuno mette il naso nelle mie schede troverà la cosa molto strana. Dopotutto per molti anni ho registrato il progressivo peggioramento del suo fegato. Poi all'improvviso le sue funzioni epatiche risultano normalissime, senza alcuna spiegazione. Senza un commento! Niente! Glielo dico io, ci saranno delle inchieste e non so come potrò affrontarle. Sono proprio sconvolto. Vorrei non essermi mai messo in questo dannato affare.»

«Be', adesso non esageriamo», fece Raymond con una calma che lui stesso era ben lungi dal provare. «Non c'è nessuna possibilità che quello Stapleton vada a fondo del caso. La nostra preoccupazione riguardo a una eventuale autopsia era puramente ipotetica e basata su una remota probabilità che qualcuno arrivasse a immaginare la fonte del trapianto. La cosa è impossibile. Tuttavia le sono grato di avermi informato della visita del dottor Stapleton. Ho un appuntamento con Vinnie Dominick. Sono sicuro che sistemerà ogni cosa. Dopotutto, in gran parte è lui il responsabile dell'attuale situazione.»

Appena poté farlo in modo decente, Raymond pose termine alla penosa conversazione. Tranquillizzare il dottor Levitz non era certo servito a calmare la propria ansietà. Avvertì Darlene su ciò che doveva rispondere nell'improbabile caso che il dottor Taylor Cabot richiamasse e uscì. Prese un taxi all'angolo della Madison con la Sessantaquattresima e diede istruzioni al tassista perché lo portasse in Corona Avenue, a Elmhurst.

La scena al *Ristorante Napoletano* era la stessa del giorno prima, con l'aggiunta del fumo rancido di qualche centinaia di sigarette in più. Vinnie Dominick sedeva allo stesso séparé con i suoi gorilla arrampicati sugli stessi sgabelli al banco. Il barista obeso con la gran barba stava sempre lavando bicchieri.

Raymond non perse tempo. Puntò direttamente verso Vinnie e sedette senza aspettare di essere invitato. Gli spinse sotto il naso, attraverso il tavolo, il giornale spiegazzato che aveva cercato di spianare un poco.

Vinnie gettò uno sguardo noncurante ai titoli.

«Come vede, abbiamo un problema», cominciò Raymond. «Mi aveva promesso di far sparire il corpo. Evidentemente ha fallito.»

«Ehi, dottore», replicò Vinnie, «lei non cessa mai di sorprendermi. O è troppo nervoso o è matto. Non tollero questa mancanza di rispetto nemmeno dal mio più fidato luogotenente. O ritira subito quello che ha detto o si alza e prende il largo prima che mi arrabbi davvero.»

Raymond inghiottì a vuoto e si infilò un dito fra il collo e la camicia come per aggiustarsi il colletto. Ricordando con chi stava parlando sentì un brivido nella schiena.

«Spiacente», borbottò abbassando il tono. «Sono fuori di me. Questa faccenda mi ha sconvolto. Dopo aver visto i titoli dei giornali, ho ricevuto una telefonata dal direttore della GenSys, che minaccia di far saltare l'intero programma. E ho avuto un'altra telefonata dal medico personale di Franconi, che mi ha detto di aver ricevuto la visita di uno dei medici legali. Un tal dottor Jack Stapleton pretendeva di farsi consegnare la scheda di Franconi.»

«Angelo!» chiamò Vinnie. «Vieni qui.»

Angelo mise i piedi a terra e caracollò verso il séparé. Vinnie gli chiese se conosceva un dottore Jack Stapleton dell'obitorio. Angelo scosse la testa.

«Non l'ho mai visto, ma Vinnie Amendola lo ha nominato quando ha telefonato stamattina. Ha detto che Stapleton lavorava sul caso Franconi.»

«Vede? Anch'io ho avuto delle telefonate», soggiunse Vinnie rivolto a Raymond. «Non solo da Vinnie Amendola, che è tutto sottosopra perché ci siamo appoggiati a lui per portare via Franconi dall'obitorio. Mi ha telefonato anche il fratello di mia moglie, il quale dirige l'impresa di pompe funebri che ha portato fuori il cadavere. Pare che la dottoressa Laurie Montgomery sia andata a fare domande su un cadavere che non esiste.»

«Mi spiace che tutto sia andato così storto», borbottò Raymond.

«Spiace anche a me», replicò Vinnie. «A dire la verità, non riesco a capire come abbiano ritrovato il corpo. Sapendo che il terreno era troppo duro per seppellirlo a Westchester, lo abbiamo portato al largo di Coney Island e lo abbiamo gettato nell'oceano.»

«Evidentemente qualcosa non ha funzionato», osservò Raymond. «Con tutto il dovuto rispetto, che cosa si può fare a questo punto?»

«Per quanto riguarda il cadavere, non si può far proprio niente. Vinnie Amendola ha detto ad Angelo che l'autopsia è già stata eseguita. Ecco tutto.»

Raymond emise un gemito e si prese la testa fra le mani. Il suo mal di capo diventava sempre più forte.

«Un momento, dottore», aggiunse Vinnie. «Voglio rassicurarla su una cosa. Poiché conoscevo la ragione per cui un'autopsia avrebbe potuto creare problemi al vostro programma, ho ordinato ad Angelo e Franco di distruggere il fegato di Franconi.»

Raymond alzò la testa. Un raggio di speranza gli era apparso all'orizzonte. «E come hanno fatto?» chiese.

«Con un fucile a pallini», spiegò Vinnie. «Gli hanno fatto esplodere il fegato. Hanno distrutto completamente questa parte dell'addome.» Si passò la mano con movimento circolare sul quadrante superiore destro del ventre. «Non è vero, Angelo?»

Angelo annuì. «L'intero caricatore di un Remington a scorrimento. Il ventre di quel tizio pareva un hamburgher.»

«Così non credo che ci sia tanto da preoccuparsi», concluse Vinnie rivolto a Raymond.

«Ma se il fegato di Franconi è stato totalmente distrutto, perché Jack Stapleton va in giro a domandare se aveva subito un trapianto?» insisté Raymond.

«Lo ha domandato?» chiese Vinnie.

«Lo ha domandato direttamente al dottor Levitz.»

Vinnie si strinse nelle spalle. «Deve aver avuto una spiata da qualche altra parte. Comunque, adesso il problema sono questi due personaggi, Jack Stapleton e Laurie Montgomery.»

Raymond alzò le sopracciglia, in attesa.

«Come le ho già detto, dottore», continuò Vinnie, «se non fosse per Vinnie junior e i suoi reni malati, non mi sarei mai messo in questa fottuta faccenda. Il fatto che ci ho trascinato dentro anche il fratello di mia moglie complica tutto. Adesso che l'ho compromesso non posso piantarlo in asso, capisce quel che intendo? Così, ecco che cosa penso. Mando Angelo e Franco a far visita a questi due dottori, e a sistemare la faccenda. Tu, che ne dici, Angelo?»

Raymond rivolse uno sguardo pieno di speranza ad Angelo, e per la prima volta da quando lo aveva visto, sorrise. Non era un sorriso in piena regola, perché le cicatrici impedivano gran parte dei movimenti facciali, ma insomma era pur sempre un sorriso.

«Sono cinque anni che non vedo l'ora di incontrare Laurie Montgomery», affermò Angelo.

«Lo sapevo», confermò Vinnie. «Puoi avere i loro indirizzi da Vinnie Amendola?»

«Sono sicuro che sarà felicissimo di darmi quello di Stapleton», rispose Angelo. «Anche lui come tutti gli altri è impaziente di veder sistemato tutto questo casino. Quanto a Laurie Montgomery, conosco già l'indirizzo.»

Vinnie spense la sigaretta e alzò a sua volta le sopracciglia. «E allora, dottore, che ne pensa del progetto? Mandiamo Angelo e Franco a far visita a questi due scocciatori per convincerli a vedere le cose a modo nostro? Dobbiamo convincerli che ci stanno dando troppi fastidi, se capisce quel che intendo.» Strizzò l'occhio a Raymond con un sogghigno d'intesa.

Raymond si lasciò sfuggire un piccolo sospiro di sollievo.

«Non riesco a trovare una soluzione migliore.» Si alzò. «Grazie, signor Dominick, le sono molto obbligato e mi scuso del mio scatto di poco fa.»

«Non ci pensi neanche, dottore», rispose Vinnie. «Piuttosto, non abbiamo ancora parlato del compenso.»

«Pensavo che anche questo rientrasse nel nostro accordo precedente», osservò Raymond cercando di apparire un disinvolto uomo d'affari senza offendere Vinnie. «Dopotutto, il patto era che il corpo non ricomparisse.»

«La vedo in un altro modo», ribatté Vinnie. «Questa è una prestazione extra. Poiché lei ha già barattato le future quote annuali, ora dobbiamo parlare di rimborsare quelle già pagate. Che ne dice di ventimila? Una cifra tonda, che suona bene.»

Raymond sentì un'ondata di rabbia salirgli alla gola, ma soffocò in tempo la risposta. Ricordò anche quello che era capitato l'ultima volta che aveva cercato di mercanteggiare con Vinnie Dominick: gli era costato il doppio.

«Mi ci vorrà un po' di tempo per raccogliere una tale somma», obiettò debolmente.

«Va bene lo stesso, dottore. Basta che abbiamo fatto l'accordo. Da parte mia, mando subito Angelo e Franco a sbrigare la faccenda.»

«Magnifico», riuscì ad articolare Raymond prima di accomiatarsi.

«Lei ha parlato seriamente?» chiese Angelo a Vinnie.

«Come no!» confermò Vinnie. «Temo proprio che non sia stata una buona idea coinvolgere mio cognato, anche se in quel momento non avevamo molta scelta. In un modo o nell'altro devo sistemare le cose, altrimenti mia moglie vorrà il mio scalpo. L'unico vantaggio è che ho potuto costringere il buon dottore a pagare per una cosa che dovevo fare in ogni caso.»

«Quando vuole che ci occupiamo di quei due?» chiese Angelo.

«Al più presto», fu la risposta. «Anzi, farete meglio a sbrigare la faccenda stanotte.»

15

6 marzo 1997, ore 19.30
Cogo, Guinea Equatoriale

«A CHE ora aspetta le sue ospiti?» chiese Esmeralda a Kevin.

«Alle sette», rispose Kevin, lieto dell'interruzione. Era rimasto seduto alla scrivania cercando di convincersi che stava leggendo una rivista di biologia molecolare. In realtà non cessava di rimuginare sulle preoccupanti vicende di quel pomeriggio.

Gli pareva di vedere ancora i soldati con i loro berretti rossi e le tute mimetiche che si materializzavano davanti ai loro occhi. Sentiva il rumore dei loro stivali che calpestavano la terra umida e il tintinnio delle armi mentre correvano incontro a loro. Peggio ancora, sentiva la stessa ondata di terrore che lo aveva preso quando si era voltato per fuggire, aspettandosi a ogni momento una raffica di mitra.

La fuga attraverso la radura fino alla macchina, e la corsa frenetica fuori della giungla avevano in qualche modo calmato il suo terrore iniziale. Gli spari contro i finestrini sembravano qualcosa di surreale, che non si poteva paragonare alla visione dei soldati all'attacco.

Melanie, ancora una volta, aveva reagito in modo completamente diverso da lui. Kevin si domandava se il fatto di essere cresciuta a Manhattan l'avesse in qualche modo temprata per quell'esperienza. Melanie era più rabbiosa che atterrita. Era furiosa per la distruzione della macchina che considerava di sua proprietà, anche se tecnicamente apparteneva alla GenSys.

«La cena è pronta», annunciò Esmeralsa. «La terrò in caldo.»

Kevin ringraziò la premurosa governante, che sparì subito in cucina. Gettando da parte la rivista, si alzò dalla scrivania e uscì sulla veranda. Ormai era sera e cominciava a chiedersi dove potessero essere finite Melanie e Candace.

Davanti alla casa c'era un piccolo spiazzo erboso illuminato da lampioni in vecchio stile. Di fronte, dall'altra parte della piazza, si trovava la casa di Siegfried Spallek, molto simile a quella di Kevin, con il portico ad arcate a pianterreno, la veranda tutt'attorno al primo piano e gli abbaini sotto il tetto appuntito. In quel momento le luci erano accese solo in cucina. Evidentemente il direttore della Zona non era ancora tornato a casa.

Sentendo ridere alla sua sinistra, Kevin guardò la zona costiera. C'era stato un violento acquazzone tropicale che era durato un'ora ed era terminato appena quindici minuti prima. Dai ciottoli del lastricato per molte ore arroventati dal sole saliva un velo di vapore. In quella leggera foschia camminavano le due donne tenendosi a braccetto e ridendo allegramente.

«Ehi, Kevin!» chiamò Melanie, vedendolo affacciato alla veranda. «Com'è che non ci hai mandato la carrozza?»

Le due amiche avanzarono fin sotto la veranda, ai piedi di Kevin che era imbarazzato per la loro rumorosa allegria.

«Che cosa vuoi dire?» chiese Kevin.

«Be', volevi forse che arrivassimo tutte inzuppate?» celiò Melanie e Candace ridacchiò.

«Salite», le invitò Kevin temendo che quel vociare disturbasse i vicini.

Le due donne salirono i pochi gradini della scalinata esterna ciarlando e ridendo e Kevin venne loro incontro nell'atrio. Melanie insisté per baciarlo su tutt'e due le guance. Candace la imitò.

«Mi spiace di essere in ritardo», si scusò Melanie, «ma ci ha sorprese la pioggia e ci siamo rifugiate al *Chickee Hut Bar*.»

«E un gruppo di simpatici amici dell'autoparco ha insistito per offrirci delle Piñas Coladas», aggiunse Candace.

«Va tutto bene», replicò Kevin, «e la cena è pronta.»

«Fantastico!» esclamò Candace. «Muoio di fame.»

«Anch'io», fece eco Melanie. Si chinò a togliersi le scarpe. «Spero che non ti dispiaccia se sto a piedi nudi. Le mie scarpe si sono bagnate.»

«Anche le mie», aggiunse Candace imitando l'amica.

Kevin fece un cenno d'invito verso la sala da pranzo e le fece entrare. Esmeralda aveva apparecchiato solo a una estremità, del lungo tavolo fratino per dodici persone. Aveva messo una piccola tovaglia, giusto per coprire la zona sotto i piatti. C'erano anche candele accese in candelieri di cristallo.

«Com'è romantico!» commentò Candace.

«Spero che ci sia il vino», aggiunse Melanie.

Candace girò intorno al tavolo e sedette di fronte a Melanie, lasciando il posto a capotavola per Kevin.

«Bianco o rosso?» chiese Kevin.

«Qualsiasi colore», rispose Melanie e uscì in una risata.

«Che cosa si mangia?» chiese Candace.

«Un pesce locale», rispose Kevin.

«Un pesce! Che scelta appropriata!» esclamò Melanie e le due donne cominciarono a ridere fino alle lacrime.

«Ma, non capisco...» balbettò Kevin. Aveva la strana sensazione che con quelle due intorno gli sfuggisse il controllo della situazione, e capiva meno della metà del loro dialogo.

«Ti spiegheremo poi», riuscì ad articolare Melanie. «E porta il vino che è la cosa più importante.»

«Vino bianco», aggiunse Candace.

Kevin andò in cucina a prendere il vino che aveva già messo in frigo. Evitò di guardare Esmeralda, domandandosi che cosa poteva pensare la governante di quelle due ospiti un po' brille. Lui stesso era imbarazzato.

Mentre stappava la bottiglia le sentiva chiacchierare e ridere insieme. Il vantaggio, si disse, era che con Melanie e Candace, non c'erano mai silenzi nella conversazione.

«Che tipo di vino si beve?» chiese Melanie quando Kevin ricomparve. Questi mostrò la bottiglia. «Oh, Dio buono!» commentò lei con finta sorpresa. «Montrachet! Siamo proprio fortunate stasera!»

Kevin non aveva idea di cosa avesse pescato nella sua collezione di bottiglie, ma era lieto che Melanie fosse così impressionata. Mentre versava il vino Esmeralda fece la sua comparsa con la prima portata.

La cena fu un vero successo. Persino Kevin cominciò a rilassarsi, dopo aver tentato di tenere il passo con le due donne nel bere. Verso la metà della cena fu costretto a tornare in cucina per una seconda bottiglia.

«Non potrai mai indovinare chi altro c'era al *Chickee Hut Bar*», disse Melanie, dopo aver coscienziosamente spolverato le prime portate. «Il nostro indomito capo Siegfried!»

Kevin trasalì e il vino gli andò di traverso. Si pulì con il tovagliolo. «Non gli avrete parlato, vero?»

«Sarebbe stato difficile non parlargli», rispose Melanie. «Ha chiesto se poteva unirsi a noi e ha offerto anche da bere, non solo a noi, ma a tutti i ragazzi dell'autoparco.»

«È stato veramente carino», aggiunse Candace.

Kevin sentì un brivido corrergli per la schiena. La seconda avventura di quel pomeriggio, che lo aveva spaventato non meno della prima, era stata una visita all'ufficio di Siegfried. Erano appena riusciti a sfuggire ai soldati che Melanie aveva insistito per recarsi subito là. A nulla erano valsi i tentativi di Kevin per dissuaderla.

«Non sopporterò questo genere di trattamenti», aveva affermato Melanie mentre salivano le scale. Non si era neanche degnata di parlare con Aurielo. Era entrata direttamente nell'ufficio del capo pretendendo che Siegfried si impegnasse personalmente a farle riparare la macchina.

Candace era entrata con lei mentre Kevin si teneva in disparte.

«Ieri notte ho perduto i miei occhiali da sole», aveva annunciato Melanie. «Così siamo andati a vedere se potevamo trovarli, e ci hanno presi a fucilate un'altra volta!»

Kevin si era aspettato da Siegfried un'esplosione di collera. Invece il direttore si era scusato, dicendo che i soldati si trovavano là solo per tenere la gente lontana dall'isola, e che non avrebbero mai dovuto sparare. Si era impegnato non solo a far riparare la macchina di Melanie, ma anche a farle avere nel frattempo un'altra auto in prestito. Si era persino offerto di mandare i soldati a rastrellare la zona per cercare gli occhiali.

Esmeralda comparve con il dessert. Le due donne ne furono entusiaste. Era una torta fatta con il cacao locale.

«Siegfried ha forse detto qualcosa di quel che è successo oggi?» chiese Kevin.

«Si è scusato di nuovo», rispose Candace. «Ha detto che avrebbe parlato con la guardia marocchina e ci ha assicurato che nessuno avrebbe più sparato. Ha aggiunto che, se qualcuno si spingerà laggiù si limiteranno a spiegare che in quel settore l'ingresso è vietato.»

«Bella storia», commentò Kevin. «Con quei tipi dal grilletto facile che chiamano soldati, chissà che cosa può capitare.»

Melanie si mise a ridere. «Parlando dei soldati, Siegfried ha detto che avevano passato ore e ore a cercare quegli occhiali inesistenti. Gli sta bene!»

«E poi ci ha chiesto se volevamo parlare con qualcuno degli operai che erano stati mandati sull'isola a bruciare gli sterpi», aggiunse Candace. «Figurati un po'!»

«E voi che cosa avete risposto?»

«Gli abbiamo detto che non era necessario. Non vogliamo certo che ci creda ancora interessati alla faccenda del fumo. E soprattutto non deve pensare che progettiamo una visita sull'isola.

«Ma noi non progettiamo proprio niente!» protestò Kevin. Guardò le due donne che si sorridevano scambiandosi occhiate da cospiratrici. Per quel che lo riguardava, dopo essere stato preso due volte a fucilate si era convinto che una visita all'isola era fuori questione.

«Vuoi sapere perché ci siamo messe a ridere quando hai detto che c'era del pesce per cena?» chiese Melanie.

«Già», borbottò Kevin preoccupato. Aveva la sensazione che non gli sarebbe piaciuto quel che Melanie voleva dirgli.

«Ridevamo perché abbiamo passato gran parte del pomeriggio a parlare con i pescatori che vengono a Cogo un paio di volte alla settimana», spiegò Melanie. «Forse proprio quelli che hanno pescato il pesce che abbiamo appena mangiato. Vengono da una città che si chiama Acalayong, quindici, venti chilometri a est di qui.»

«Conosco la città», replicò Kevin. Era il punto di partenza per i viaggiatori che dalla Guinea Equatoriale si recavano a Cocobeach, nel Gabon. La traversata avveniva con imbarcazioni a vela e a motore.

«Abbiamo noleggiato una delle loro barche per due o tre giorni», aggiunse Melanie orgogliosamente. «Così non dobbiamo neanche avvicinarci al ponte. Possiamo arrivare all'Isla Francesca in barca.»

«Non io», affermò Kevin con decisione. «Ne ho abbastanza. Francamente, penso che siamo fortunati a essere ancora vivi. Se voi volete andare, andate! So che non riuscirei a farvi cambiare idea.»

«Ah, questa è bella!» esclamò Melanie sprezzante. «Sei già pronto a rinunciare! E come credi di scoprire se tu e io abbiamo davvero creato una nuova razza di protoumani? Sei tu, dopotutto, che hai sollevato il problema e ci hai messi tutti in allarme.»

Le due donne lo fissavano. Per qualche minuto nessuno disse nulla. Dalle finestre entravano i suoni notturni della giungla, che fino allora nessuno di loro aveva percepito.

Kevin sentiva crescere il suo disagio e alla fine ruppe il silenzio. «Non so ancora che cosa farò. Ci devo pensare.»

«Cosa c'è da pensare!» proruppe Melanie. «Hai già detto che l'unico modo per scoprire che cosa fanno quegli animali è andare sull'isola. Sono le tue parole, te lo sei dimenticato?»

«No, non l'ho dimenticato. È che... be'...» bofonchiò Kevin.

«Bene», replicò Melanie con degnazione, «se sei troppo pusillanime per andare a vedere che cosa hai combinato con i tuoi trucchi genetici, fai pure a modo tuo. Contavamo su di te per aiutarci con il timone della barca, ma Candace e io ci arrangeremo. Vero, Candace?»

«Verissimo», confermò Candace.

«Vedi, abbiamo fatto un piano molto accurato», continuò Melanie. «Non solo abbiamo noleggiato una grande barca a motore, ma ci abbiamo fatto aggiungere una barchetta più piccola a remi. La portiamo a rimorchio, legata dietro la barca grande, e una volta arrivati sull'isola risaliremo il Río Diviso. Forse non sarà necessario mettere piede a terra. Vogliamo solo osservare per un po' quello che fanno gli animali.»

Kevin annuì. Passava lo sguardo dall'una all'altra delle due donne, che lo guardavano senza battere ciglio. Sentendosi a disagio, spinse indietro la sedia e si diresse verso la porta della cucina.

«Dove vai?» chiese Melanie.

«A prendere altro vino.»

Con una strana emozione, molto simile alla collera, prese una terza bottiglia di Montrachet bianco, l'aprì e la portò in sala da pranzo. La sollevò con gesto interrogativo verso Melanie, che annuì. Le riempì il bicchiere, riempì quello di Candace e poi il proprio.

Tornò a sedere e chiese quando intendevano partire per la loro spedizione.

«Domani all'alba», rispose Melanie. «Ci vorrà un po' più di un'ora per arrivare all'isola e contiamo di essere di ritorno prima che il sole sia troppo forte.»

«Abbiamo già preso cibo e bevande allo spaccio», aggiunse Candace. «E ho portato dall'ospedale una borsa frigo per metterceli dentro.»

«Ci terremo lontane dal ponte», spiegò Melanie, «così non ci sarà nessun problema.»

«E penso che sarà una gita interessante. Ci divertiremo», osservò Candace, «mi piacerebbe vedere un ippopotamo.»

Kevin bevve un altro sorso di vino.

«Ti dispiace se ci prendiamo quegli aggeggini elettronici per localizzare gli animali?» chiese Melanie. «Ci servirebbe anche la carta a curve isoipse. Naturalmente terremo il tutto con cura.»

Kevin sospirò e si appoggiò alla spalliera della sedia. «E va bene, mi arrendo. A che ora parte la missione?»

«Oh, perfetto!» esclamò Candace battendo le mani. «Sapevo che saresti venuto.»

«Il sole sorge dopo le sei», spiegò Melanie. «Per quell'ora vorrei essere già in barca verso l'isola. Il mio piano è di puntare verso ovest prima di svoltare verso est. Così non desteremo sospetti qui in città, se qualcuno ci vedrà salire in barca. Vorrei che semmai si pensasse che ci dirigiamo ad Acalayong.»

«E il vostro lavoro?» chiese Kevin. «I colleghi si accorgeranno della vostra assenza.»

«Neanche per sogno», precisò Melanie. «Ho detto ai colleghi del laboratorio che dovevo trovarmi al centro zootecnico, dove non mi potevano rintracciare. Invece ai tecnici del centro zootecnico ho detto...»

«Afferro il quadro», la interruppe Kevin. «E tu, Candace?»

«Nessun problema. Finché il signor Winchester continua a star bene, come adesso, in sostanza non ho niente da fare. I chirurghi giocano a golf e a tennis tutto il giorno. Posso fare quello che voglio.»

«Bene, farò una telefonata al mio capotecnico», decise Kevin. «Gli dirò che sono immobilizzato da un attacco acuto di demenza precoce.»

«Aspettate un momento!» esclamò all'improvviso Candace. «C'è un grosso problema.»

Kevin si raddrizzò di colpo. «Che cosa?»

«Non ho neanche un vasetto di crema solare», spiegò Candace. «Non me la sono portata perché nelle mie tre visite precedenti non avevo mai visto il sole.»

16

6 marzo 1997, ore 14.30
New York

POICHÉ tutte le analisi relative al caso Franconi erano ancora in corso, Jack si costrinse ad andare in ufficio e concentrarsi su qualche altro caso di quelli a lui affidati. Era già a buon punto quando il suo telefono squillò alle due e mezzo.

«Il dottor Stapleton?» chiese una voce femminile dal marcato accento italiano.

«Sono io. Lei è la signora Franconi?»

«Imogene Franconi. Ho trovato un messaggio che mi diceva di telefonarle.»

«La ringrazio, signora Franconi», disse Jack. «Anzitutto le porgo le mie condoglianze per la prematura scomparsa di suo figlio.»

«È gentile da parte sua, signor Stapleton. Carlo era un bravo ragazzo. Non ha mai fatto nessuna di quelle cose terribili che dicono i giornali. Lavorava per la Società Americana Frutta Fresca, qui nel Queens. No so proprio da dove siano venuti fuori tutti questi discorsi sul crimine organizzato. I giornali fanno tanta confusione.»

«È terribile quello che inventano pur di vendere copie», fece eco Jack.

«Quell'uomo che è venuto questa mattina ha detto che avevate ritrovato il suo corpo», disse Imogene Franconi.

«Almeno, così crediamo. Ecco perché ci occorre un campione del suo sangue, signora, per avere una conferma. La ringrazio per la sua collaborazione.»

«Gli ho chiesto perché non voleva che venissi io stessa a identificarlo, come ho fatto l'ultima volta», aggiunse Imogene. «Ma mi ha risposto che non lo sapeva.»

Jack cercò di escogitare una maniera gentile per spiegarle il problema dell'identità, ma non gli venne in mente niente. «Alcune parti del corpo mancano ancora», le disse tenendosi sul vago, sperando vivamente che la signora Franconi si accontentasse.

«Oh?» fece lei.

«Permetta che le dica perché le ho telefonato», aggiunse in fretta Jack. Temeva che la signora Franconi non volesse più rispondergli se restava troppo sconvolta. «Lei ha detto al nostro incaricato che la salute di suo figlio era molto migliorata dopo un certo viaggio. Ricorda?»

«Ma certo.»

«Mi hanno detto che lei non sa dove fosse andato. Non ci sarebbe modo di scoprirlo?»

«Non credo proprio», rispose la donna. «Mi ha detto che

non aveva niente a che fare con il suo lavoro e che era una cosa del tutto privata.»

«Si ricorda in che giorno è partito?»

«Non esattamente. Forse cinque o sei settimane fa.»

«E il viaggio era qui negli Stati Uniti?»

«Non saprei. Mi ha detto soltanto che era cosa assolutamente privata.»

«Se per caso scoprisse dove si è recato suo figlio, vorrebbe telefonarmi?»

«Lo farò.»

«La ringrazio.»

«Aspetti», aggiunse la signora Franconi. «Mi sono ricordata proprio adesso di un particolare. Prima di partire mi ha detto: 'Se non torno sappi che ti voglio tanto bene'. Mi è sembrato strano.»

«Perché l'ha sorpresa?»

«Be', ho pensato che fosse una cosa gentile da dire alla propria madre.»

Jack la ringraziò di nuovo e riappese il ricevitore. Aveva appena staccato la mano che si udì un altro squillo. Questa volta era Ted Lynch.

«Penso che faresti meglio a venir subito su.»

«Vengo subito», assentì Jack.

Trovò Ted seduto alla scrivania molto perplesso.

«Se non ti conoscessi, penserei che hai cercato di prendermi in giro», grugnì Ted. «Siedi.»

Jack sedette. Ted aveva davanti un mucchio di tabulati emessi dalla stampante del computer, più una serie di pellicole sviluppate con centinaia di piccole strisce nere. Prese il mucchio e lo depose sulle ginocchia del collega.

«Che diavolo è questo?» chiese Jack. Prese tra le dita due o tre pellicole e le alzò controluce.

Ted si chinò su di lui e puntò l'estremità gommata di una vecchia matita sulle pellicole. «Questi sono i risultati del test polimarker del Dna.» Sfogliò con un dito i tabulati. «E questa massa di dati confronta le sequenze di nucleotidi delle regioni Dq alfa del Mhc.»

«Andiamo, Ted!» protestò Jack. «Parla chiaro, per favore. Sai che in questo campo sono un pesce fuor d'acqua.»

«Bene», riprese Ted fingendosi seccato. «Il test polimarker dimostra che il Dna di Franconi e il Dna del tessuto epatico che hai rinvenuto nel suo corpo sono assolutamente diversi.»

«Be', questa è una buona notizia! Quindi, c'è stato un trapianto.»

«Forse.» Ted sembrava poco convinto. «Però la sequenza con il Dq alfa è assolutamente identica, fino all'ultimo nucleotide.»

«E questo che significa?»

Ted aggrottò la fronte e aprì le mani come un supplice all'altare. «Non lo so! Non riesco a spiegarmelo. Matematicamente, non è possibile. Voglio dire, le probabilità sono così infinitesimali, al di là di ogni limite di credibilità. Stiamo parlando di una combinazione identica di migliaia e migliaia di copie base anche in aree di lunga replica. Assolutamente identica. Ecco perché abbiamo ottenuto quei risultati con il Dq alfa.»

«Bene, la conclusione sarebbe che c'è stato un trapianto. Questo è ciò che risulta.»

«Se insisti, dovrei convenire che c'è stato un trapianto. Ma non capisco come abbiano potuto trovare un donatore con identico Dq alfa. È quel genere di coincidenza che ha del soprannaturale.»

«Che mi dici del test con il Dna mitocondriale? Conferma che il mio annegato è Franconi?»

«Ehi, uno ti da un dito, tu vuoi tutto il braccio!» si lagnò Ted. «Abbiamo appena ricevuto il campione di sangue, Cristo! Devi aspettare un po' per avere i risultati. Abbiamo messo tutto il laboratorio ai lavori forzati per ottenere ciò che hai voluto così presto. Inoltre, a me interessa di più questa situazione del Dq alfa, confrontato con i risultati del polimarker. C'è qualcosa che non quadra.»

«Be', non stare a perderci il sonno.» Jack si alzò e restituì a Ted il voluminoso materiale che gli aveva rifilato. «Apprezzo molto quello che hai fatto. Grazie! È l'informazione che mi occorreva. E quando arrivano i risultati del Dna mitocondriale, dammi un colpo di telefono.»

Jack era tutto euforico per i risultati ottenuti da Ted e non si preoccupava dell'esame mitocondriale. Con la conferma delle radiografie, era già convinto che l'annegato e Franconi fossero la stessa persona.

Prese l'ascensore. Con in mano le prove che c'era stato un trapianto, contava su Bart Arnold per ottenere le risposte necessarie a chiarire il resto del mistero. Mentre scendeva, pensava alla reazione di Ted di fronte ai risultati del Dq alfa. Non era sembrato tanto convinto, anzi era perplesso su diversi punti. E doveva avere le sue ragioni. Sfortunatamente Jack non aveva conoscenze sufficienti in quel campo per potersi formare un'opinione propria. Giurò a se stesso che, appena avesse avuto un po' di tempo, avrebbe studiato più a fondo l'argomento.

L'euforia di Jack fu breve. Svanì nel momento stesso in cui varcò la soglia dell'ufficio di Bart. L'investigatore era al telefono, ma scosse la testa quando lo vide comparire. Jack interpretò il gesto come un annuncio di cattive notizie. Sedette e aspettò.

«Non hai avuto fortuna?» chiese non appena Bart terminò la telefonata.

«Temo proprio di no», rispose l'altro. «In realtà mi aspettavo una risposta positiva dall'Associazione Nazionale per il Recupero Organi e quando mi hanno detto che non avevano fornito un fegato a Carlo Franconi e che non lo avevano nemmeno sulla loro lista d'attesa, ho capito che le probabilità di rintracciare il luogo di origine di questo benedetto fegato crollavano precipitosamente. Proprio adesso ero al telefono con il Columbia-Presbyterian: il trapianto non è stato fatto là. Insomma, mi sono messo in contatto con quasi tutti i centri che praticano trapianti di fegato, e nessuno ha mai sentito parlare di Carlo Franconi.»

«C'è da uscire pazzi», borbottò Jack, e riferì a Bart che i risultati degli esami di Ted confermavano che Franconi aveva subito un trapianto.

«Non so cosa dirti», commentò Bart.

«Se questo trapianto non ha avuto luogo nel nord America né in Europa, dove avrebbero potuto farlo?»

Bart si strinse nelle spalle. «C'è qualche altra possibilità. L'Australia. Il Sudafrica, anche un paio di località del Sud America, ma dopo aver parlato con il mio contatto all'Associazione Recupero Organi non credo che sia probabile.»

«Davvero!» Jack non sapeva che dire. Non si era aspettato

un fallimento simile. «È un bel mistero!» borbottò Bart.

«Niente è facile in questo caso», aggiunse Jack mentre si alzava. «Continuerò a tentare», si offrì Bart.

«Te ne sono grato.»

Jack aveva la spiacevole sensazione di lasciarsi sfuggire qualche elemento importante, ma non aveva idea di cosa fosse, o di come potesse arrivare a scoprirlo.

Nella sala del personale si versò un'altra tazza di caffè, che a quell'ora della giornata era una brodaglia. Con la tazza in mano salì le scale e raggiunse il laboratorio.

«Ho fatto le analisi dei tuoi campioni», gli annunciò John DeVriest. «Negative tanto per la ciclosporina A quanto per l'FK506.»

Jack rimase senza parole. Non poté far altro che fissare attonito il viso pallido e scavato del direttore del laboratorio. Non sapeva se essere più sorpreso che John avesse già fatto le analisi o che i risultati fossero entrambi negativi.

«Vuoi scherzare!» riuscì infine a dire.

«Per niente. Non è nel mio stile.»

«Ma il paziente doveva essere sotto l'effetto di immunosoppressori! Aveva avuto di recente un trapianto di fegato. È possibile che ci sia un errore?»

«Facciamo controlli secondo la procedura standard.»

«Mi aspettavo che l'uno o l'altro dei due farmaci fosse presente.»

«Mi spiace di non poterti accontentare», ribatté John seccato. «Se vuoi scusarmi, adesso ho del lavoro da fare.»

Jack osservò il direttore del laboratorio avvicinarsi a uno strumento e apportare qualche rettifica. Poi si voltò e uscì dal laboratorio. Era sempre più depresso. I risultati di Ted Lynch con il Dna e le analisi per la ricerca dei farmaci compiute da DeVriest erano in contraddizione. Se c'era stato un trapianto, Franconi doveva avere nel sangue o ciclosporina A o FK506. Era una pratica medica universale.

Al quarto piano si diresse al reparto istologia, cercando di escogitare una qualche spiegazione razionale per i fatti che gli avevano riferito.

«Ma guarda guarda, se non è ancora il nostro buon dottore!» esclamò Maureen O'Connor con il suo pesante accento irlandese. «E che? Hai per le mani un caso solo? È per questo che ci stai assillando in questo modo?»

«È un caso che mi fa uscire di senno», replicò Jack. «A che punto siamo con i vetrini?»

«Ce ne sono alcuni già pronti. Vuoi portarteli via subito o aspetti di averli tutti insieme?»

«Prenderò quello che posso.»

Le dita sottili di Maureen pescarono una serie di sezioni già asciutte e le posero in un apposito contenitore a Jack.

«Ci sono le sezioni di fegato fra queste?» chiese.

«Credo di sì, almeno un paio. Il resto sarà pronto fra poco.»

Jack annuì e uscì. Oltrepassò tre o quattro porte ed entrò nel proprio ufficio. Chet alzò la testa dal lavoro che stava facendo e gli sorrise.

«Ehi, vecchia canaglia come andiamo?»

«Non troppo bene.» Jack sedette alla scrivania e accese la luce del suo microscopio.

«Problemi con il caso Franconi?» chiese Chet.

Jack annuì e cominciò a frugare fra i vetrini cercando le sezioni di fegato. Ne trovò solo una. «È come spremere acqua da una pietra.»

«Ascolta, sono contento che tu sia tornato», lo interruppe Chet. «Aspetto una telefonata da un medico della Carolina del Nord. Voglio sapere se un paziente ha avuto disturbi di cuore. Devo fare una scappata fuori per farmi le foto per il passaporto. Presto farò un viaggio in India. Vuoi prendere la telefonata per me?»

«Volentieri. Come si chiama il paziente?»

«Clarence Potemkin. La pratica è lì sulla mia scrivania.»

«Benissimo», fece Jack. Inserì quell'unico vetrino del fegato nel microscopio, ignorando Chet che si infilava il cappotto e usciva. Abbassò l'obiettivo del microscopio sul vetrino e stava per accostare l'occhio alla lente quando si fermò di botto. Chet gli aveva fatto pensare ai viaggi internazionali. Se Franconi aveva subito il suo trapianto fuori degli Stati Uniti, il che sembrava sempre più probabile, ci poteva essere un modo per scoprire dove era avvenuto.

Prese il telefono e chiamò la Centrale di polizia chiedendo di parlare con il tenente investigativo Lou Soldano. Si aspettava di dover lasciare un messaggio e fu piacevolmente sorpreso quando sentì rispondere il tenente in persona.

«Ehi, sono contento che tu mi abbia chiamato», lo salutò Lou. «Ricordi quel che ti ho detto stamattina? Quella soffiata secondo cui era stata la famiglia Lucia a sottrarre il cadavere di Franconi dall'obitorio? Ne abbiamo appena avuto conferma da un'altra fonte.»

«Interessante», replicò Jack. «Ora ho una domanda per te.»

«Spara.»

Jack espose le ragioni per cui riteneva che Carlo Franconi si fosse recato all'estero per il trapianto di fegato. Aggiunse che, secondo la madre di Franconi, si era messo in viaggio cinque o sei settimane prima.

«Quindi ecco che cosa vorrei sapere. C'è modo di scoprire, parlando con il personale di dogana, se Franconi ha lasciato recentemente il paese? E in caso affermativo, dove è andato?»

«O la Dogana o l'Ufficio Immigrazione e Naturalizzazione», rispose Lou. «Sarebbe meglio l'Ufficio Immigrazione, a meno che non si sia portato dietro tanto bagaglio da dover pagare la Dogana. Inoltre, ho un amico all'Immigrazione e posso ottenere informazioni più rapidamente che attraverso i soliti canali burocratici. Vuoi che controlli?»

«Te ne sarei molto grato. Questo caso mi fa sputare sangue.»

«A tua disposizione. Come ti ho detto stamattina, sono in debito con te.»

Jack depose il ricevitore sentendosi un po' più ottimista, si piegò in avanti, si accostò all'oculare e cominciò a mettere a fuoco il vetrino.

La giornata di Laurie non era andata come aveva previsto. Aveva contato di fare solo un'autopsia ma infine aveva dovuto farne due. Poi George Fontworth si era trovato in imbarazzo con il suo caso di ferite multiple da arma da fuoco e Laurie si era offerta di aiutarlo. Benché non avesse neppure pranzato, non riuscì a uscire dalla 'fossa' se non alle tre del pomeriggio. Dopo essersi tolta il camice e avere indossato il vestito, si stava dirigendo verso il suo ufficio quando scorse Marvin. Aveva appena preso servizio e stava riordinando la stanza dopo la confusione della giornata. Laurie sporse la testa alla sua porta.

«Abbiamo trovato le radiografie di Franconi», annunciò. «Ed è anche risultato che l'annegato arrivato qui l'altra sera è proprio il nostro cadavere scomparso.»

«L'ho letto sul giornale», replicò Marvin. «L'hanno trovato ben lontano.»

«Le radiografie hanno reso possibile l'identificazione», proseguì Laurie. «Perciò sono contenta che tu le abbia fatte.»

«È il mio lavoro.»

«Volevo scusarmi ancora per aver suggerito che non le avevi fatte», aggiunse Laurie.

«Non c'è di che», fece Marvin.

Laurie aveva sceso quattro o cinque gradini quando si voltò e tornò all'ufficio mortuario. Questa volta entrò e si chiuse la porta alle spalle.

Marvin alzò la testa e le rivolse uno sguardo interrogativo.

«Potrei farti una domanda, giusto fra te e me?» chiese Laurie.

«Che domanda?» fece Marvin diffidente.

«Naturalmente mi interessa scoprire in che modo il cadavere di Franconi è stato portato fuori di qui. Ecco perché sono venuta a parlare con te l'altro ieri. Ricordi?»

«Naturalmente.»

«Quella sera sono anche andata a parlare con Mike Passano.»

«Già, l'ho saputo.»

«Non avevo assolutamente intenzione di accusare Mike.»

«Capisco. Ogni tanto Mike è molto permaloso.»

«Non riesco a immaginare in che modo abbiano rubato il cadavere», continuò Laurie. «Fra Mike e le guardie di sicurezza, c'è sempre qualcuno qui.»

Marvin si strinse nelle spalle. «Non ne so niente. Mi devi credere.»

«Capisco. Sono sicura che me lo avresti detto, se avessi avuto qualche sospetto. Comincio a pensare che i ladri abbiano avuto un aiuto all'interno. C'è qualche dipendente dell'obitorio, secondo te, che potrebbe essere coinvolto in questa faccenda?»

Marvin pensò per qualche minuto, poi scosse la testa. «Non credo proprio.»

«La cosa dev'essere successa durante il turno di servizio di

Mike. Quei due autisti, Pete e Jeff, li conosci bene?»

«Veramente no. Voglio dire, li ho visti qua intorno, gli ho anche parlato un paio di volte, ma poiché siamo in turni diversi non abbiamo molti contatti.»

«Ma non hai nessuna ragione di sospettare di loro?»

«No, non più di qualsiasi altro.»

«Grazie. Spero che le mie domande non ti abbiano messo a disagio.»

«Per niente. Sempre a disposizione», rispose Marvin.

Laurie pensò per qualche minuto, mordicchiandosi il labbro inferiore. Sapeva che c'era qualcosa che le sfuggiva. «Ho un'idea», disse all'improvviso. «Forse potresti descrivermi la sequenza esatta delle operazioni, quando vengono a prelevare un cadavere.»

«Vuoi dire, tutto quello che succede?»

«Appunto. Ne ho un'idea generale, ma non conosco i dettagli.»

«Da dove devo cominciare?»

«Dall'inizio. Dal momento in cui ricevi la telefonata dall'impresa di pompe funebri.»

«Bene. Arriva la telefonata e annunciano che sono dell'impresa funebre tal de' tali e devono prelevare una salma. Così mi danno il nome e il numero di registrazione.»

«Tutto qui?» chiede Laurie. «Poi tu chiudi la comunicazione?»

«No. Li faccio aspettare mentre batto il numero di registrazione sul computer. Devo essere ben sicuro che voi medici legali abbiate riportato il corpo. E devo anche sapere dove si trova.»

«Così, torni al telefono, e che cosa dici?»

«Dico 'tutto a posto'. Dico che il corpo è pronto. Chiedo quando pensano di arrivare qui. Voglio dire, non c'è ragione di affrettarsi tanto, se contano di arrivare fra due ore o più.»

«E poi?»

«Vado a prendere il corpo e controllo il numero di registrazione. Poi lo metto di fronte alla prima cella frigorifera. Li mettiamo sempre nello stesso posto. Li mettiamo in fila, nell'ordine in cui ci aspettiamo che li vengano a prendere. Per comodità degli autisti.»

«E poi, che cosa succede?»

«Poi vengono», rispose Marvin con un'altra alzata di spalle.

«E che cosa fate quando arrivano?»

«Vengono qui e compiliamo una ricevuta», spiegò Marvin. «Tutto deve essere documentato. Devono firmare che hanno preso in consegna il cadavere.»

«Bene, e poi torni indietro a prendere il corpo?»

«Sì, o io o uno di loro. Tutti loro sono stati dentro e fuori di qui un milione di volte.»

«E c'è qualche controllo finale?»

«Ma certamente. Controlliamo sempre il numero di registrazione un'ultima volta prima che portino il cadavere fuori di qui. Dobbiamo indicare sui documenti che è stato fatto. Sarebbe imbarazzante se gli autisti tornassero alle imprese funebri e scoprissero di avere prelevato il cadavere sbagliato.»

«Mi pare un buon sistema», osservò Laurie. E ne era convinta. Con tanti controlli, doveva essere difficile sovvertire la procedura.

«Ha funzionato per decenni, senza un intoppo», aggiunse Marvin. «Naturalmente il computer è un aiuto. Prima, c'era solo il registro.»

«Grazie, Marvin.»

«Non c'è di che, dottoressa.»

Laurie lasciò l'ufficio mortuario e prima di salire nel proprio ufficio si fermò al primo piano per fare uno spuntino in sala mensa. Convenientemente rifocillata, salì al quarto piano. Poiché la porta dell'ufficio di Jack era semiaperta, mise dentro la testa. Jack era chino sul microscopio.

«Qualcosa d'interessante?» chiese.

«Molto», rispose Jack. «Vuoi dare un'occhiata?»

Si scostò per farle posto e Laurie si chinò a guardare nell'oculare. «Sembra un minuscolo granuloma nel fegato», osservò.

«Esatto. Viene da uno di quei piccoli frammenti di tessuto che sono riuscito a prelevare del fegato di Franconi.»

«Mmm», fu il commento di Laurie che continuava a osservare il tessuto al microscopio. «Strano che abbiano usato un fegato infetto per un trapianto. Avrebbero dovuto esaminare meglio il donatore. Ce ne sono molti di questi minuscoli granulomi?»

«Maureen finora mi ha dato solo un vetrino. E questo è l'unico granuloma che ho trovato, così penso che non dovevano essercene molti. Ma ne ho visto uno nella sezione congelata. C'erano anche minuscole cisti collassate sulla superficie del fegato, che sarebbero state visibili anche a occhio nudo. La squadra di chirurghi che ha effettuato il trapianto deve averlo saputo e non se ne è curata.»

«Almeno non c'è infiammazione generale», osservò Laurie. «Il trapianto è stato tollerato molto bene.»

«Anzi, troppo bene», aggiunse Jack. «Ma c'è un altro problema. Che cosa vedi d'altro?»

Laurie spostò il fuoco su e giù in modo da poter osservare tutta la sezione. C'erano alcuni curiosi frammenti di materiale basofilo. «Non so. Non sono neanche sicura che non sia artificiale.»

«Anch'io non lo so. O forse sarà ciò che ha stimolato il granuloma.»

«È un'idea.» Laurie si raddrizzò. «Che cosa volevi dire affermando che il fegato era stato tollerato troppo bene?»

«Dal laboratorio mi hanno riferito che Franconi non aveva preso nessun farmaco immunosoppressore. Questo mi sembra altamente improbabile, poiché non c'è infiammazione generale.»

«Siamo sicuri che è stato un trapianto?»

«Assolutamente.» Jack le riassunse ciò che Ted Lynch gli aveva riferito.

Laurie ne fu sconcertata quanto lui. «Tranne che nel caso di gemelli monozigoti, non so immaginare come le sequenze Dq alfa di due persone possano essere identiche.»

«Pare che tu ne sappia più di me su questo tema», osservò Jack. «Fino a un paio di giorni fa non avevo mai sentito parlare di Dq alfa.»

«Hai qualche indizio sul posto in cui sarebbe stato eseguito il trapianto?» chiese Laurie.

«Magari!» sospirò Jack. E riferì a Laurie i vani sforzi di Bart, aggiungendo che lui stesso aveva passato buona parte della notte precedente chiamando centri chirurgici in tutta Europa.

«Signore Iddio!» commentò Laurie.

«Ho chiesto anche l'aiuto di Lou», continuò Jack. «Ho saputo dalla madre di Franconi che suo figlio era partito per una vacanza ed era tornato sano e in gamba, un uomo nuovo. Secondo me, è allora che ha avuto il trapianto. Sfortunatamente la donna non ha idea del luogo in cui il figlio si sia recato. Lou sta controllando all'Ufficio Immigrazione.»

«Se qualcuno può scoprirlo, quello è certo Lou», commentò Laurie.

«A proposito», soggiunse Jack con una certa sprezzante aria di superiorità, «Lou ha confessato di essere stato lui a fare arrivare ai giornali le ultime novità sul caso Franconi.»

«Non posso crederlo!»

«Me l'ha detto lui stesso. Quindi mi aspetto le tue umili scuse.»

«Bene, mi scuso. Non so che dire. Ti ha spiegato le ragioni?»

«Dice che hanno voluto far trapelare la notizia per vedere se saltava fuori qualche altro indizio dai loro informatori. E ha aggiunto che l'espediente fino a un certo punto ha funzionato. Hanno avuto una soffiata, in seguito confermata, che il cadavere di Franconi era stato sottratto per ordine della famiglia mafiosa dei Lucia.»

«Cristo!» esclamò Laurie con un brivido. «Questo caso comincia a ricordarmi un po' troppo l'affare Cerino.»

«Capisco quel che vuoi dire», replicò Jack. «Invece di occhi, si tratta di fegati.»

«Stai forse pensando che qui negli Stati Uniti ci sia un'ospedale privato che effettua clandestinamente trapianti di fegato?» chiese Laurie.

«Non riesco a immaginarlo. Senza dubbio ci potrebbero essere sotto dei grossi giri di denaro, ma questa è l'ipotesi alternativa. Voglio dire, in questo paese c'è una lista di settemila e più persone in attesa di un trapianto di fegato. Ben poche di queste persone sono in grado di sborsare grosse cifre.»

«Vorrei essere fiduciosa come te», commentò Laurie. «Il movente del profitto ha sconvolto la medicina americana come una bufera.»

«Ma il vero guadagno in medicina sta nel numero dei pazienti, e sono troppo pochi i ricconi che hanno bisogno di un fegato. L'investimento in costosi impianti ospedalierei, soprattutto con la necessità della segretezza, non risulterebbe abbastanza redditizio, specialmente senza un sicuro rifornimento di organi.

«Be', forse hai ragione.»

«Sono convinto che qui sotto c'è dell'altro», continuò Jack. «Ci sono troppi fatti inspiegabili. A cominciare dal controsenso del Dq alfa per finire con la mancanza di farmaci immunosoppressori nel corpo di Franconi. C'è qualcosa che ci sfugge, un fattore chiave, un fatto inaspettato.»

«Che casino!» esclamò Laurie. «Una cosa è sicura, sono felicissima di aver scaricato il caso sulle tue spalle.»

«Grazie di cuore!» ribatté Jack. «Comunque, è certo un caso frustrante. Parlando di cose un po' più allegre, Warren ieri notte al campo di basket, mi ha detto che Natalie ha chiesto di te. Che dici se questo fine settimana andiamo fuori a pranzo tutti e quattro insieme, e poi magari al cinema, se loro non hanno altri progetti?»

«Mi piacerebbe molto. Spero che tu abbia detto a Warren che anch'io chiedo sempre di loro.»

«Certo, glielo ho detto», rispose Jack. «Ora, non per cambiare argomento, ma come ti è andata oggi? Hai scoperto qualche altro indizio sulla sparizione del cadavere? Lou afferma che è opera di una famiglia mafiosa, ma questo non ci dice molto. Ci occorrono dettagli specifici.»

«Purtroppo, niente. Sono stata impegnata nella fossa fino a poco fa. Non ho ancora ottenuto niente di quel che speravo.»

«Una bella sfortuna!» commentò Jack sorridendo. «Con la mia mancanza di progressi, contavo su di te.»

Si promisero di telefonarsi quella sera, in particolare per l'uscita di fine settimana, e Laurie si diresse nel suo ufficio. Sedette con le migliori intenzioni alla scrivania accingendosi a esaminare i rapporti di laboratorio e la corrispondenza in arrivo che riguardavano i suoi casi in sospeso. Ma le riusciva difficile concentrarsi.

La generosità di Jack che le attribuiva il merito di aprire uno spiraglio nel caso Franconi le dava un acuto senso di colpa per non saper fornire un'ipotesi plausibile sulla sparizione del corpo. Vedendo l'impegno che Jack dedicava al caso, si sentiva in dovere di raddoppiare gli sforzi.

Tirò fuori un foglio di carta bianca e si accinse a scrivere ciò che Marvin le aveva riferito. L'intuito le diceva che c'entravano i due cadaveri che erano usciti dall'obitorio quella stessa notte. E poiché Lou aveva detto che vi era implicata la famiglia Lucia, era sempre più convinta che ci fosse in qualche modo lo zampino dell'Impresa Pompe Funebri Spoletto.

* * *

Raymond depose il ricevitore e alzò gli occhi verso Darlene che era appena entrata nello studio.

«Be'?» chiese la donna. Aveva appena passato un buon quarto d'ora a pedalare sulla ciclette nella stanza accanto e portava ancora un costume sportivo molto sexy.

Raymond si appoggiò alla spalliera della sedia e sospirò. Riuscì persino a sorridere. «Pare che la faccenda funzioni», rispose. «C'era al telefono il funzionario operativo della GenSys. L'aereo sarà a mia disposizione per domani sera, e quindi parto per l'Africa. Naturalmente ci fermeremo per fare rifornimento, ma non so ancora dove.»

«Posso venire anch'io?» chiese Darlene speranzosa.

«Temo di no, mia cara.» Si alzò e la prese per mano. Sapeva di essere stato scontroso nei giorni precedenti e gli rincresceva. La fece girare intorno alla scrivania e insisté perché si sedette sulle ginocchia. Appena l'ebbe fatto, se ne pentì. Darlene, dopotutto era molto pesante.

«Con il paziente e la squadra dei chirurghi, ci saranno troppe persone sull'aereo al ritorno», si giustificò, ma si sentì arrossire in viso.

Darlene sospirò e fece il broncio. «Non posso mai andare da nessuna parte!»

«La prossima volta», promise Raymond. La accarezzò sulle chiappe rotonde e la fece alzare in piedi. «È soltanto un breve viaggio. Andata e ritorno. Niente di divertente.»

Darlene scoppiò in lacrime e fuggì dalla stanza. Raymond pensò per un momento di seguirla e consolarla, ma un'occhiata all'orologio gli fece cambiare idea. Erano passate le tre, e perciò erano le nove a Cogo. Se voleva parlare con Siegfried era meglio chiamare subito.

Telefonò al direttore a casa sua e la governante lo mise subito in comunicazione con Siegfried.

«Le cose continuano a marciare bene?» chiese Raymond.

«Perfettamente, direi», gli rispose Siegfried. «Le ultime notizie sulle condizioni del paziente sono ottime. Non potrebbe stare meglio.»

«Ne sono lieto.»

«Questo significa, penso, che la nostra gratifica sta arrivando», continuò Siegfried.

«Ma certo», confermò l'altro, anche se sapeva che ci sarebbe stato un rinvio. Con la necessità di raccogliere quei ventimila dollari per Vinnie Dominick, le gratifiche dovevano aspettare la prossima quota d'iscrizione.

«Come va la situazione con Kevin Marshall?» chiese.

«Tutto normale», fu la risposta. «Tranne un piccolo incidente, quando sono tornati alla testa di ponte verso mezzogiorno.»

«Questo non mi sembra troppo normale», protestò Raymond.

«Calma, calma. Erano tornati solo per cercare gli occhiali da sole di Melanie Becket. Sono stati presi un'altra volta a fucilate dai soldati che avevo appostato al ponte.» Siegfried si fece una sonora risata.

Raymond aspettò che l'altro avesse finito di ridere.

«Che cosa c'è di tanto buffo?» chiese.

«Quei cretini dei soldati hanno mandato in frantumi il lunotto della macchina di Melanie. Lei era molto incazzata, ma abbiamo ottenuto l'effetto desiderato. Ora sono proprio sicuro che ci penseranno due volte prima di tornare laggiù.»

«Lo spero bene», commentò Raymond.

«Inoltre, ho avuto occasione di offrire da bere alle due donne questo pomeriggio», continuò Siegfried. «Ho la sensazione che quel babbeo del nostro ricercatore si stia imbarcando in qualcosa di spinoso.»

«Di che cosa stai parlando?»

«Non credo che avrà il tempo e l'energia per occuparsi del fumo sulla Isla Francesca», continuò Siegfried. «Secondo me, si sta ingolfando in un ménage à trois.»

«Davvero?» Era un'idea assurda per il Kevin Marshall che Raymond conosceva. Per tutto il tempo che si erano frequentati Kevin non aveva mai manifestato il minimo interesse per il bel sesso. L'idea che avesse appetito e vigore per una sola donna pareva già ridicola: figurarsi poi per due!

«Questa è l'impressione che ho avuto», aggiunse Siegfried. «Avresti dovuto sentire le due donne, come parlavano del loro affascinante ricercatore. Così lo chiamavano. E stavano per recarsi da Kevin per un invito a cena. È la prima cena che offre, per quanto ne so, e la mia casa è proprio di fronte alla sua.»

«Dovremmo essere grati a quelle due signorine!»

«Dovremmo invidiarlo.» Siegfried ebbe un altro scoppio di risa che a Raymond diede spiacevolmente sui nervi.

«Ti ho telefonato per dirti che partirò di qui domani sera», continuò Raymond. «Non posso dirti quando arriveremo a Bata perché non so ancora dove faremo rifornimento. Ti richiamerò o ti farò avvertire per radio dai piloti.»

«Viene qualcun altro con te?»

«Non che io sappia. Ne dubito, perché saremo quasi al completo nel viaggio di ritorno.»

«Ti verremo incontro», promise Siegfried.

«Bene, ci vediamo presto.»

«Forse potresti portarmi la mia gratifica», suggerì Siegfried.

«Vedrò quel che si potrà fare.»

Depose il ricevitore e sorrise. Scosse la testa, sbalordito al pensiero del comportamento di Kevin. «Non si sa mai che cosa aspettarsi!» commentò a voce alta alzandosi e accingendosi a uscire dallo studio. Voleva cercare Darlene per consolarla. Pensò magari che per consolazione, poteva portarla a pranzo nel suo ristorante preferito.

Jack aveva scrutato a fondo l'unico frammento di fegato che Maureen gli aveva passato. Aveva persino usato la lente a bagno d'olio per esaminare i frammenti basofili al centro del minuscolo granuloma. Non sapeva ancora se fossero una vera scoperta, e in tal caso che cosa potessero rivelare.

Poiché aveva ormai esaurito le sue conoscenze istologiche e patologiche riguardo al vetrino, si accingeva a portarlo alla Clinica Universitaria di New York quando sentì squillare il telefono. Era per la telefonata per Chet dalla Carolina del Nord, così Jack fece le domande e annotò le risposte. Stava per uscire quando il telefono suonò di nuovo. Questa volta era Lou Soldano.

«Tombola!» fece il tenente. «Ho una buona notizia per te!»

«Sono tutt'orecchi», rispose Jack. Si tolse la giacca e tornò a sedere.

«Ho telefonato al mio amico dell'Ufficio Immigrazione, che mi ha appena richiamato. Carlo Franconi è rientrato nel paese esattamente trentasette giorni fa, il ventinove gennaio, atterrando a Teterboro, nel New Jersey.»

«Non ho mai sentito parlare di Teterboro», osservò Jack.

«È un aeroporto privato», gli spiegò Lou. «Vi atterrano soprattutto una quantità di aerei di grandi ditte private, per la sua vicinanza alla città.»

«E Carlo Franconi era sul jet di una società privata?»

«Non saprei. Ho avuto solo le lettere o i numeri di registrazione. Sai, le lettere e i numeri scritti sulla coda dell'aereo. Vediamo. Li avevo qui. Erano N69SU.»

«C'era qualche indicazione sul paese di provenienza dell'aereo?» chiese Jack mentre si annotava lettere, numeri e data.

«Oh, sì, erano nel file. L'aereo veniva da Lione.»

«Oh, non è possibile!» esclamò Jack.

«Questi sono i dati del computer. Perché credi che non siano esatti?»

«Perché proprio questa mattina ho parlato con la Banca degli Organi in Francia. Non hanno alcuna registrazione a nome Franconi. E negano categoricamente di aver potuto eseguire un trapianto su un americano, poiché hanno una lunga lista d'attesa di cittadini francesi.»

«L'informazione che mi ha fornito l'Uffico Immigrazione deve riferirsi al piano di volo comunicato dalla Faa e dalla sua controparte europea», osservò Lou. «Almeno, è così che la interpreto io.»

«Pensi che il tuo amico dell'Ufficio Immigrazione abbia un contatto in Francia?»

«Non mi sorprenderebbe. Questi pezzi grossi devono collaborare fra loro. Posso chiederglielo. Perché vorresti saperlo?»

«Se Franconi è stato in Francia, vorrei sapere in che giorno è arrivato. E vorrei sapere ogni altro particolare che i francesi possono avere sul viaggio di Franconi. I francesi tengono registrazioni molto accurate degli stranieri non europei in arrivo, attraverso i loro alberghi.»

«Bene, vedrò quel che potrò fare», promise Lou. «Ora gli telefono e poi ti richiamo.»

«Un'altra cosa», aggiunse Jack. «Come possiamo scoprire chi è il proprietario di quel N69SU?»

«Facile. Basta telefonare al Centro Controllo dell'Agenzia

Aeronautica Federale, a Oklahoma. Chiunque può farlo, ma anche là ho un amico.»

«Ehi, hai amici in tutti i posti giusti», commentò Jack.

«Dipende dalle nostre competenze territoriali. Ci facciamo continuamente dei favori tra noi. Se dovessimo aspettare di passare per i canali burocratici, non riusciremmo a combinare nulla.»

«Certo per me è un bel vantaggio poter usufruire della tua rete di contatti.»

«Vuoi che telefoni al mio amico dell'Aeronautica Federale?»

«Te ne sarei molto grato.»

«Ho la sensazione che più aiuto te e più aiuto me stesso. Niente mi piacerebbe di più che vedere risolto questo caso. Potrebbe salvarmi la carriera.»

«Adesso sto per uscire, vado alla Clinica Universitaria», aggiunse Jack. «Posso richiamarti io, fra una mezz'ora?»

«Perfetto», acconsentì Lou prima di chiudere la comunicazione.

Jack scosse la testa. Come ogni altro elemento in quello strano caso, l'informazione ricevuta da Lou portava insieme sorpresa e confusione. La Francia era l'ultimo paese in cui poteva immaginare che Franconi si fosse recato.

S'infilò per la seconda volta la giacca e lasciò l'ufficio. Poiché la Clinica Universitaria era molto vicina, non si scomodò a prendere la bici. Gli ci vollero solo dieci minuti a piedi.

Giunto nell'affollato centro medico Jack prese l'ascensore fino a Patologia. Sperava di potervi trovare il dottor Malovar. Peter Malovar era un gigante nel suo campo e all'età di ottantadue anni era uno dei più abili ed esperti patologi che Jack avesse mai incontrato. Non perdeva mai nessuno dei seminari che il dottor Malovar teneva una volta al mese. Così, quando aveva qualche dubbio su un problema di patologia, ricorreva al dottor Malovar.

«Il professore è nel suo laboratorio, come al solito», gli rispose l'indaffarata segretaria di patologia. «Lei sa dov'è?»

Jack annuì e si diresse verso la vecchia porta a vetri che portava alla cosiddetta tana di Malovar. Bussò e non ottenendo risposta spinse la porta. Era aperta. Trovò il dottor Malovar chino sull'amato microscopio. L'anziano medico aveva un po' l'aspetto di Einstein, con la selva di capelli grigi e i baffi folti. Aveva anche una pronunciata cifosi, come se il suo corpo fosse stato fatto apposta per star chino sul microscopio. Dei suoi cinque sensi, solo l'udito si era un po' deteriorato con gli anni.

Il professore lo salutò distrattamente, continuando a scrutare con estrema attenzione il vetrino che aveva in mano. Gli piaceva esser consultato su casi difficili, una caratteristica da cui Jack aveva tratto vantaggio in diverse occasioni.

Jack voleva esporgli succintamente la storia del caso, mentre gli consegnava il vetrino, ma il professore alzò la mano per farlo tacere. Malovar era un vero detective e non voleva lasciarsi influenzare. Depose il vetrino che aveva in mano e prese quello di Jack. Senza una parola, si diede a esaminarlo per non più di un minuto.

Fece cadere una goccia d'olio sul vetrino per ottenere un ingrandimento maggiore. Ancora una volta lo scrutò per qualche secondo.

Quindi rivolse lo sguardo a Jack. «Interessante», affermò. Era un giudizio particolarmente lusinghiero, venendo da lui. A causa dei suoi problemi di udito, parlava a voce molto alta. «C'è un piccolo granuloma del fegato, come pure la cicatrice di un altro. Guardando il granuloma, mi sembra di vedere alcuni merozoiti, ma non ne sono sicuro.»

Il dottor Malovar prese il telefono, chiamò un collega e gli chiese di venire un attimo da lui. Dopo qualche minuto comparve un alto e snello afroamericano, con il viso serio e un lungo camice bianco. Malovar lo presentò come il dottor Colin Osgood, capo del reparto parassitologia.

«Che cosa ne pensi, Colin?» chiese additando il microscopio.

Il dottor Osgood esaminò il vetrino qualche minuto più a lungo di Malovar, prima di rispondere. «Senza dubbio parassiti», sentenziò senza staccare gli occhi dagli oculari. «Quelli sono merozoiti, ma non li riconosco. O è una nuova specie, o un parassita che non vive negli esseri umani. Consiglierei di chiedere al dottor Lander Hammersmith di dare un'occhiata e dirci cosa ne pensa.»

«Buona idea», fece il professore Malovar, e rivolto a Jack: «Può lasciarci il vetrino per stanotte? Lo mostrerò al dottor Hammersmith domattina».

«Chi è il dottore Hammersmith», chiese Jack.

«Un patologo veterinario», rispose Osgood.

«Per me va bene», acconsentì Jack. L'idea di far esaminare il vetrino da un patologo veterinario non gli sarebbe venuta mai in mente.

Ringraziò i due dottori e tornando alla scrivania della segretaria chiese se poteva fare una telefonata. La segretaria gli additò una scrivania vuota e gli disse di fare il numero nove per avere una linea esterna. Jack chiamò Lou alla Centrale di polizia.

«Ehi, sono contento che tu mi abbia chiamato», disse subito Lou. «Ho qui qualcosa d'interessante. Anzitutto, l'aereo è un fior di aeroplano. Un G4. Significa qualche cosa per te?»

«Non credo», rispose Jack. Dal tono di Lou, pareva che dovesse significare molto.

«Sta per Gulfstream 4», spiegò Lou. «È quello che potresti chiamare la Rolls Royce dei jet. Un aggeggio sui venti milioni di dollari.»

«Sono sbalordito», replicò Jack.

«E hai ben ragione. Bene, vediamo che altro c'è. Ah, ecco qua. L'aereo appartiene all'Alpha Aviation di Reno, nel Nevada. Ha sentito parlare dell'Alpha Aviation?»

«No. E tu?»

«Neanch'io. Dev'essere una finanziaria. Vediamo, che altro? Ah, sì! Questo dovrebbe essere interessante. Il mio amico dell'Ufficio Immigrazione ha telefonato al suo collega in Francia, addirittura a casa sua e gli ha chiesto della recente vacanza francese di Carlo Franconi. Evidentemente il francese può avere accesso alla unità centrale di elaborazione dati dal suo personal di casa, perché indovina un po'?»

«Dai, che sono sulle spine.»

«Franconi non ha mai visitato la Francia!» concluse Lou. «A meno che non si sia servito di passaporto falso e nome falso. Non esiste alcuna registrazione né del suo arrivo, né della sua partenza.»

«E allora, che cosa è questa storia dell'aereo che veniva da Lione?»

«Ehi, adesso non arrabbiarti!»

«Non mi arrabbio. Mi riferivo solo alla tua affermazione di poco fa.»

«L'aereo veniva da Lione poteva essere solo una tappa per rifornimento.»

«Giusto», ammise Jack. «Non ci avevo pensato. Come possiamo scoprirlo?»

«Posso richiamare il mio amico dell'Agenzia Aeronautica Federale.»

«Ottimo. Ora torno nel mio ufficio.»

«Ti richiamo io», rispose Lou.

Dopo aver trascritto sul foglio tutto ciò che ricordava della conversazione con Marvin, Laurie lo mise da parte e lo ignorò mentre sbrigava qualche altro lavoro di routine. Una mezz'ora dopo lo riprese.

Alla seconda rilettura qualcosa le saltò agli occhi: il termine «numero di registrazione» compariva una quantità di volte. Naturalmente non ne fu sorpresa. Dopotutto, il numero di registrazione per un cadavere era come il numero della tessera di previdenza sociale per un individuo vivo. Era una forma di identificazione che consentiva all'obitorio di tenere il conto delle migliaia di cadaveri, e dei relativi formulari, che passavano di lì. Quando un corpo arrivava all'ufficio del medico legale, per prima cosa gli assegna un numero di registrazione. La seconda operazione era quella di legargli all'alluce una targhetta con quel numero.

Fissando la parola «registrazione», Laurie si rese conto che non avrebbe saputo spiegarne il significato. Era una parola che aveva accettato e adoperato quotidianamente. Ogni modulo e ogni esame di laboratorio, ogni lastra di radiografia, ogni rapporto degli agenti investigativi, ogni documento aveva il suo numero di registrazione. Sotto molti aspetti era più importante del nome della vittima.

Prese un dizionario dallo scaffale e cercò il vocabolo «registrazione». Leggendo le varie definizioni, si accorse che solo la penultima corrispondeva all'uso che se ne faceva in obitorio: ammissione. In altre parole, «numero di registrazione» era un altro modo per dire «numero di ammissione».

Cercò i numeri di registrazione e i nomi dei cadaveri che erano stati prelevati durante il turno di notte del quattro marzo, quando il cadavere di Franconi era scomparso. Trovò un foglietto di carta per appunti sotto un vassoietto di vetrini, c'era scritto: Dorothy Kline n. 101455 e Frank Gleason n. 100385.

I due numeri di registrazione differivano di oltre un migliaio di unità! Era una cosa strana, perché venivano assegnati in sequenza. Conoscendo la quantità approssimativa dei corpi che arrivavano all'obitorio, Laurie calcolò che fra i due arrivi dovevano essere passate diverse settimane.

La differenza di data era un fatto insolito poiché i cadaveri raramente si fermavano all'obitorio più di un giorno o due. Così Laurie batté il numero di registrazione di Frank Gleason sulla tastiera del suo terminale. Era il corpo prelevato dall'Impresa di Pompe Funebri Spoletto.

Quel che comparve sul video le mozzò il respiro.

«Oh, per la miseria!» esclamò con voce soffocata.

Lou si stava godendo proprio una bella giornata. Contrariamente a quanto pensava la gente, il lavoro investigativo era un compito pesante e ingrato. Le telefonate che Lou stava facendo ora, comodamente seduto nel suo ufficio, erano utili ma anche gratificanti. E poi era piacevole sentire i vecchi amici.

«Accidenti, Soldano» commentò Mark Servert, il contatto di Lou presso l'Agenzia Aeronautica Federale di Oklahoma. «Stai un anno senza farti sentire e poi mi chiami due volte in un giorno. Dev'essere un caso importante!»

«È un caso fantastico!» confermò Lou. «E ho ancora una domanda. Abbiamo scoperto che l'aereo G4 di cui ti ho parlato poco fa, è partito da Lione, in Francia, ed è atterrato a Teterboro, New Jersey, il ventinove gennaio. Tuttavia l'individuo che ci interessa non è passato attraverso i servizi di immigrazione francesi. Così ci domandiamo se sia possibile scoprire da dove proveniva l'N69SU prima di atterrare a Lione.»

Questa è una domanda difficile», rispose Mark. «So che l'Organizzazione Internazionale dell'Aviazione Civile...»

«Un momento», lo interruppe Lou. «Che cosa?»

«L'Organizzazione Internazionale dell'Aviazione Civile», gli spiegò, «tiene le registrazioni di tutti i piani di volo da e per l'Europa.»

«Ottimo. Conosci qualcuno?»

«Certo che conosco qualcuno, ma non servirebbe a molto. L'Icao cancella tutti i suoi file dopo quindici giorni. Non conserva niente.»

«Che fortuna!» sospirò Lou ironicamente.

«Lo stesso avviene al Centro Controllo del Traffico Aereo Europeo a Bruxelles. C'è troppo materiale, considerando l'enorme numero dei voli civili.»

«Così, non c'è nessun modo...» borbottò Lou.

«Ci sto pensando.»

«Vuoi richiamarmi più tardi? Resterò qui per almeno un'altra ora.»

«D'accordo, ti richiamo io.»

Lou stava per riappendere il ricevitore quando sentì Mark urlare il suo nome.

«Mi è venuta in mente un'altra cosa», annunciò Mark. «C'è un'organizzazione chiamata Direzione Centrale Movimento Aereo con uffici a Parigi e a Bruxelles. Sono quelli che assegnano i canali per i decolli e gli atterraggi. Operano in tutta Europa, tranne l'Austria e la Slovenia. Così, se il tuo N69SU è partito da qualsiasi paese, che non sia l'Austria o la Slovenia, il suo piano di volo dovrebbe essere su file.»

«Conosci qualcuno in quell'organizzazione?»

«No, ma conosco qualcuno che conosce qualcuno. Vediamo un po' se riesco a scovarlo.»

«Ti sono molto grato.»

«Non c'è di che.»

Lou depose il ricevitore e rimase a tamburellare con la matita sul ripiano graffiato e bruciacchiato della scrivania. Stava pensando all'Alpha Aviation e a come rintracciarla.

Provò con le informazioni telefoniche a Reno. L'Alpha Aviation non figurava sull'elenco. Lou non ne fu sorpreso. Poi telefonò al dipartimento di polizia di Reno. Si qualificò e chiese di parlare con il capo della squadra Omicidi, il tenente Paul Hersey.

Dopo qualche minuto di bonario scambio di punzecchiature, Lou diede a Paul una succinta sintesi del caso Franconi. Quindi gli chiese dell'Alpha Aviation.

«Mai sentita», rispose Paul.

«L'Agenzia Aeronautica Federale ha detto che ha sede a Reno, Nevada.»

«Il Nevada è uno stato molto comodo per l'apertura di società commerciali», spiegò Paul. «E qui a Reno abbiamo un giro di uffici legali che fanno solo quello.»

«Che potrei fare per avere notizie di quella società?», chiese Lou.

«Telefona agli uffici del Dipartimento Industria Commercio del Nevada a Carson», consigliò Paul. «Se l'Alpha Aviation ha sede nel Nevada, deve figurare negli archivi pubblici. Vuoi che telefoniamo noi?»

«Telefonerò io», rispose Lou. «A questo punto, non so neanche con sicurezza che cosa voglio domandare.»

«Possiamo almeno darti il numero», propose Paul. Si allontanò per un attimo e Lou lo sentì abbaiare un ordine a un impiegato. Dopo qualche momento tornò in linea e dettò a Lou il numero di telefono. Quindi aggiunse: «Dovrebbero aiutarti, ma se hai qualche difficoltà richiamami. E se hai bisogno di assistenza a Carson per qualsiasi ragione, rivolgiti a Teddy Arronson. È il capo della Omicidi della città, ed è un gran bravo ragazzo».

Pochi minuti dopo Lou era in linea con l'ufficio del Dipartimento Industria e Commercio del Nevada. Il centralinista lo mise in comunicazione con un'impiegata che non avrebbe potuto essere più gentile e premurosa. Si chiamava Brenda Whitehall.

Lou le spiegò che aveva bisogno di trovare tutte le notizie possibili sull'Alpha Aviation di Reno.

«Un attimo, prego», rispose Brenda, e Lou la sentì digitare il nome su una tastiera. «Okay, eccolo», aggiunse lei. «Resti in linea, vado a prendere la pratica.

Lou sollevò i piedi e li appoggiò sulla scrivania, adagiandosi contro lo schienale della sedia. Sentì l'impulso quasi irresistibile di accendersi una sigaretta, ma riuscì a resistere.

«Eccomi di ritorno», fece la voce di Brenda. Lou sentì il fruscio di fogli di carta. «Che cosa vuole sapere di preciso?»

«Che cosa ha lì?»

«Ho l'atto costitutivo della società», rispose Brenda. Ci fu un breve silenzio mentre leggeva, poi aggiunse: «È una società in accomandita, e il socio accomandatario è l'Alpha Management».

«Che cosa significa questo, in parole povere?» chiese Lou. «Non sono un avvocato, né un commercialista.»

«Significa semplicemente che l'Alpha Management è la società per azioni che gestisce l'accomandita», spiegò Brenda pazientemente.

«Ci sono i nomi delle persone interessate?»

«Naturalmente. Nell'atto costitutivo devono figurare i nomi e gli indirizzi dei direttori, del procuratore speciale per la notifica di atti giudiziari e dei consiglieri di amministrazione.»

«Incoraggiante. Me li può leggere?» chiese Lou. Sentì il fruscio di pagine sfogliate.

«Mmm», commentò Breda, «veramente in questo caso c'è un nome e un indirizzo solo.»

«Una sola persona che occupa tutte quelle cariche?»

«Secondo questo documento, sì.»

«Mi dà nome e indirizzo?» chiese Lou, e allungò la mano per prendere un pezzo di carta.

«Samuel Hartman, dello studio Wheeler, Hartamn, Gottlieb e Sawyer. L'indirizzo è Ottava Rodeo Drive, Reno.»

«Sembra uno studio legale», osservò Lou.

«Infatti lo è», confermò Brenda. «Riconosco il nome.»

«Questo non ci aiuta molto!» si lamentò Lou. Sapeva che era estremamente difficile, per non dire impossibile, ottenere delle informazioni da uno studio legale.

«Un gran numero di società nel Nevada sono costituite così», spiegò Brenda. «Ma vediamo se ci sono postille.»

Lou stava già pensando di richiamare Paul per chiedergli di indagare su Samuel Hartman quando Brenda fece sentire un mormorio soddisfatto.

«Ci sono. Alla prima riunione del Consiglio di Amministrazione dell'Alpha Management il signor Hartman si dimette da presidente e consigliere delegato. Al suo posto viene nominato Frederick Rouse.»

«C'è l'indirizzo del signor Rouse?»

«Sì, eccolo qua. Il suo titolo è direttore amministrativo generale della GenSys, Spa. L'indirizzo è 150 di Kendall Square, Cambridge.»

Lou trascrisse meticolosamente tutte le informazioni e ringraziò Brenda.

Stava per chiamare Jack e dargli le informazioni ottenute sulla proprietà dell'aereo quando il telefono gli squillò letteralmente in mano. Era Mark Servert che lo richiamava.

«Sei fortunato», annunciò Mark. «Il mio amico, che ha un amico alla Direzione Centrale Movimento Aereo in Europa, si trovava appunto in servizio quando l'ho chiamato. Fra l'altro è lì a due passi da te, all'aeroporto Kennedy e si occupa del traffico sull'Atlantico del Nord. È continuamente in contatto con la Direzione Centrale Traffico Aereo, così ha fatto una piccola indagine sull'N69SU del ventinove gennaio. L'aereo è arrivato a Lione da Bata, Guinea Equatoriale.»

«Che!» esclamò Lou. «E dove diavolo si trova?»

«Non saprei proprio. Senza una carta geografica, direi dalle parti dell'Africa Occidentale.»

«Che cosa curiosa!»

«Curioso è anche il fatto che appena atterrato a Lione, in Francia, l'aereo ha chiesto per radio un canale di partenza per Teterboro. A quanto ne so, è rimasto lì ad aspettare in pista finché ha avuto il via libera per il decollo.»

«Forse doveva fare rifornimento», osservò Lou.

«Può darsi», gli concesse Mark. «Ma anche così, mi sarei aspettato che presentassero un solo piano di volo con scalo a Lione, piuttosto che due piani di volo separati. Voglio dire, rischiavano di essere costretti ad aspettare per ore. Hanno corso un bel rischio.»

«Magari hanno cambiato idea durante il viaggio», azzardò di nuovo Lou, pensando a voce alta.

«È possibile.»

«O magari non volevano che si sapesse che venivano dalla Guinea Equatoriale», ipotizzò ancora.

«Be', non ci avevo pensato», ammise Mark. «Dev'essere per questo che sei un brillante agente investigativo e io un noioso burocrate dell'Agenzia Aeronautica Federale.»

Lou scoppiò in una sonora risata. «Macché brillante! Al contrario, temo proprio che il mio lavoro mi abbia reso troppo cinico e sospettoso.»

«Sempre meglio che noioso.»

Lou ringraziò l'amico per l'aiuto e dopo essersi scambiati le solite promesse di vedersi presto, si salutarono.

Lou rimase lì comunque ancora per un po' a chiedersi perché un piccolo capoccia mafioso del Queens si trovasse su un aereo da venti milioni di dollari, proveniente da uno sconosciuto paese africano. Il terzo mondo non era certo famoso per le sofisticate tecniche chirurgiche necessarie a un trapianto di fegato.

Dopo aver battuto nel computer il numero di registrazione di Frank Gleason, Laurie rimase a riflettere su quell'evidente discrepanza di date. Cercava di immaginare un possibile legame con la scomparsa del cadavere di Franconi. Lentamente, nella sua mente prese forma un'idea.

Spinse indietro la sedia e andò a cercare Marvin. Non era nell'ufficio mortuario. Lo trovò nella cella frigorifera, dove era impegnato a spostare i lettini a rotelle per le operazioni di prelevamento dei cadaveri.

Nel momento in cui entrò nella cella frigorifera, le tornò alla mente l'orribile esperienza che aveva vissuto durante l'affare Cerino. Il ricordo la sconvolse e decise di non farne parola con Marvin lì dentro. Gli chiese di raggiungerla nell'ufficio mortuario.

Cinque minuti dopo Marvin comparve. Gettò un fascio di fogli sulla scrivania e poi si diresse al lavabo, in un angolo, per lavarsi le mani.

«Va tutto bene?» cominciò Laurie, giusto per dare inizio alla conversazione.

«Penso di sì.» Marvin si avvicinò alla scrivania e sedette. Cominciò a disporre i moduli nell'ordine in cui dovevano essere prelevati i cadaveri.

«Dopo aver parlato con te poco fa, ho appreso una cosa che mi ha stupita», continuò Laurie, andando al sodo.

«Sarebbe?» Marvin finì di disporre i documenti e si appoggiò allo schienale della sedia.

«Ho battuto nel computer il numero di registrazione di Frank Gleason. E ho scoperto che il suo corpo era entrato in obitorio oltre due settimane fa. Era un cadavere non identificato.»

«Merda!» sbottò Marvin. Poi si rese conto di ciò che aveva detto e aggiunse: «Cioè, sono sorpreso».

«Anch'io sono rimasta sorpresa. Ho cercato di telefonare al dottor Besserman, che ha fatto l'autopsia, per chiedergli se il corpo era stato recentemente identificato come Frank Gleason, ma è fuori ufficio. Non ti pare strano che Mike Passano non sapesse che il corpo nel computer era ancora classificato come cadavere non identificato?»

«Be', non proprio», fu la risposta. «Forse neanch'io lo avrei osservato. Si batte il numero di registrazione solo per scoprire se il corpo è stato consegnato. Non ci si preoccupa molto del nome.»

«Questa è l'impressione che ho avuto anch'io. Ma c'è un'altra cosa che mi hai detto e che mi ha fatto riflettere. Mi hai detto che qualche volta sono gli uomini dell'impresa di pompe funebri ad andare a prendere il corpo.»

«Qualche volta sì, ma capita solo se vengono due persone insieme, se sono state qui molte volte, e se conoscono bene la procedura. È un modo per sveltire le consegne. Uno di loro va alla cella frigorifera a prendere il corpo mentre l'altro, insieme a me, finisce di compilare i documenti.»

«Conosci bene Mike Passano?» chiese Laurie.

«Come conosco la maggior parte degli altri tecnici.»

«Tu e io ci conosciamo da sei anni. Possiamo considerarci amici», aggiunse Laurie.

«Be', credo di sì», replicò Marvin sospettoso.

«Vorrei che facessi una cosa per me, come amico. Ma solo se non ti dispiace.»

«E sarebbe?»

«Vorrei che telefonassi a Mike Passano e gli dicessi che ho scoperto che uno dei cadaveri da lui rilasciati la notte in cui Franconi è scomparso era un cadavere non identificato.»

«Questa è una cosa strana. Perché dovrei telefonargli invece di aspettare che venga in servizio?»

«Puoi dirgli che l'hai appena saputo, il che del resto è vero. E digli che ti sei affrettato a farglielo sapere subito proprio perché lui era di servizio quella notte.»

«Mah, non saprei proprio...» fece Marvin poco convinto.

«L'importante è che, se l'avvertimento viene da te, non avrà niente di offensivo. Se glielo dico io, penserà che lo voglio accusare e m'interessa vedere la sua reazione senza che si metta sulla difensiva. E un'altra cosa. Dovresti domandargli se quella notte gli incaricati di quell'Impresa Funebre Spoletto erano due, e in questo caso se ricorda quale dei due è andato a prendere il cadavere.»

«Ma questo lo farà incazzare!»

«Non vedo perché. Se mai, gli offri la possibilità di giustificarsi. Vedi, credo che gli uomini di Spoletto abbiano portato via Franconi.»

«Veramente sono imbarazzato. Se gli telefono penserà che c'è qualcosa sotto. Perché non gli telefoni tu?»

«Te l'ho già detto, si metterebbe subito sulla difensiva. L'ultima volta che gli ho fatto delle semplici domande si è offeso. Comunque, sta' tranquillo, se proprio non vuoi farlo non insisto. Piuttosto facciamo insieme una piccola caccia al tesoro.»

«E adesso, che altro c'è?» borbottò Marvin. Stava perdendo la pazienza.

«Puoi darmi un elenco di tutti i compartimenti della cella frigorifera che in questo momento sono occupati?»

«Certo, è facile», acconsentì Marvin.

«Allora, prego.» Laurie fece un gesto verso il computer sulla scrivania di Marvin. «E intanto che ci sei, stampane due copie.»

Lui si strinse nelle spalle e sedette. Con gesti rapidi istruì il terminale a dargli l'elenco chiesto da Laurie. Le porse i due fogli appena usciti dalla stampante.

«Eccellente», esclamò Laurie dando un'occhiata ai fogli. «Andiamo!» Uscendo dall'ufficio mortuario fece cenno a Marvin di seguirla.

Percorsero il corridoio di cemento pieno di macchie fino al gigantesco spazio coperto che dominava l'obitorio. Dall'altra parte c'erano i compartimenti refrigerati dove si tenevano i cadaveri in attesa di autopsia.

Laurie porse uno degli elenchi a Marvin.

«Voglio ispezionare ogni scompartimento che risulta non occupato. Vai da questa parte e io dall'altra.»

Marvin fece una smorfia ma prese l'elenco. Cominciò l'ispezione aprendo gli scomparti, sbirciando dentro, richiudendo gli sportelli. Laurie girò dall'altra parte facendo lo stesso.

«Oh, oh!» esclamò Marvin dopo cinque minuti.

Laurie si fermò. «Che c'è?»

«Vieni qui», replicò Marvin.

Laurie lo raggiunse. Marvin in piedi davanti a una cella si grattava la testa fissando l'elenco. Davanti a lui stava uno scomparto aperto.

«Questo qui è registrato come non occupato», borbottò Marvin.

Laurie gettò uno sguardo nell'interno e si sentì accelerare il polso. Dentro c'era un cadavere nudo, senza alcuna targhetta all'alluce. Il numero dello scomparto era 94. Non era lontano dall'1-11, dove avrebbe dovuto trovarsi Franconi.

Marvin tirò fuori il ripiano. Era un maschio di mezza età con vasti segni di contusioni sulle gambe e sul dorso.

«Bene, questo spiega tutto!» fece Laurie. La sua voce rifletteva insieme trionfo, collera e timore. «È il cadavere non identificato. Vittima di un pirata della strada sulla Federal Drive.»

Uscendo dall'ascensore Jack udì lo squillo insistente di un telefono.

Immaginando che fosse il suo, accelerò il passo e rischiò quasi di scivolare sul pavimento di lucido vinile. Strappò il ricevitore dal sostegno appena in tempo. Era Lou.

«Dove diavolo eri?» protestò Lou.

«Sono stato trattenuto alla Clinica Universitaria», si giustificò Jack. Dopo aver parlato con Lou, era stato raggiunto dal professor Malovar che gli aveva mostrato alcuni vetrini chiedendo il suo parere. Poiché aveva appena disturbato il professore per un problema suo, Jack non aveva potuto rifiutarsi di ascoltarlo.

«Sono qui che ti chiamo ogni quindici minuti», aggiunse Lou.

«Spiacente.»

«Ho alcune informazioni sorprendenti che morivo dalla voglia di darti. Questo è veramente un caso bizzarro.»

«Be', che cosa hai saputo?»

Intanto colse con la coda dell'occhio un movimento dietro di sé. Voltò la testa e vide Laurie in piedi sulla soglia. Aveva un aspetto strano. I suoi occhi lampeggiavano, la bocca era distorta in una smorfia di collera e il viso era pallido come l'avorio.

«Aspetta un attimo!» fece Jack interrompendo Lou. «Laurie, che diavolo succede?»

«Devo parlarti», farfugliò Laurie.

«Certo, certo, ma non puoi aspettare due minuti?» Additò il telefono per indicare che stava parlando con qualcuno.

«No, subito!» continuò Laurie.

«Bene, bene», ripeté Jack. Vide che la collega era tesa come una corda di violino sul punto di saltare.

«Ascolta, Lou», riprese parlando al telefono. «È appena entrata Laurie. Mi pare sconvolta. Ti richiamo io fra poco.»

«No, resta in linea!» scattò Laurie. «È Lou Soldano all'apparecchio?»

«Sì», fece Jack perplesso. Per un attimo pensò irrazionalmente che Laurie fosse sottosopra perché stava parlando con Soldano.

«E dov'è adesso?» chiese ancora Laurie.

Jack si strinse nelle spalle. «Penso che sia nel suo ufficio.»

«Chiediglielo.»

Lou rispose affermativamente. Jack fece un cenno con la testa. «Sì, è là.»

«Digli che andiamo subito da lui», gli disse Laurie.

Jack esitò. Era confuso.

«Diglielo!» insisté Laurie. «Digli che andiamo subito da lui!»

«Hai sentito, Lou?» chiese Jack al telefono. Laurie era scomparsa nel corridoio, diretta al proprio ufficio.

«Ho sentito», rispose Lou. «Che diavolo succede?»

«Non ci capisco niente. È entrata qui come un fulmine ed è già uscita. Siamo da te fra un attimo, a meno che non ti richiami.»

«Bene, vi aspetto.»

Jack depose il ricevitore e si precipitò nell'atrio. Laurie veniva verso di lui infilandosi il cappotto. Gli gettò un'occhiata mentre lo oltrepassava correndo verso l'ascensore. Jack dovette affrettare il passo per raggiungerla.

«Che cosa è successo?» chiese ancora un po' esitante. Temeva di esasperarla insistendo troppo.

«Sono sicura al novantanove per cento di sapere come il corpo di Franconi è stato portato via di qui», rispose infine

Laurie. «E due cose sono ormai chiare. Primo, è coinvolta l'Impresa Pompe Funebri Spoletto. E secondo, il furto è stato sicuramente effettuato con la complicità di qualcuno che lavora qui dentro. E per dire la verità, non so quale di queste due cose mi dia più sui nervi.»

«Ma guarda che traffico!» gridò Franco Ponti ad Angelo Facciolo. «Sembra che stiamo andando verso Manhattan invece che il contrario.»

Si trovavano nella Cadillac nera di Franco, diretti a ovest sul Queensboro Bridge. Erano le cinque e mezzo, l'ora di punta. Entrambi erano vestiti come se dovessero recarsi a un pranzo elegante.

«In che ordine dobbiamo fare i due lavori?» chiese Franco.

Angelo si strinse nelle spalle. «Magari prima la ragazza.» La sua faccia si contorse in un perfido sogghigno.

«Non vedi l'ora, vero?» commentò Franco.

Angelo alzò le sopracciglia quel tanto che le cicatrici del suo devastato tessuto facciale permettevano. «Da cinque anni sogno quest'occasione. Pensavo che non si sarebbe più presentata.»

«So che non occorre ricordarti che siamo qui per eseguire gli ordini», lo ammonì Franco. «Alla lettera.»

«Cerino non era così pignolo», commentò Angelo. «Ci diceva di fare un lavoro. Non ci diceva mai in che modo dovevamo farlo.»

«Ecco perché Cerino è in gattabuia e Vinnie dirige gli affari», ribatté Franco.

«Senti una cosa», soggiunse Angelo, «perché non facciamo un giro davanti alla casa di Jack Stapleton. Conosco l'appartamento di Laurie Montgomery e so come dobbiamo muoverci là. Ma sono un po' sorpreso da quell'altro indirizzo. Centoseiesima Strada Ovest? Non è un posto da dottori.»

«Be', potrebbe essere una buona mossa.»

Angelo stava pensando a quel giorno fatale, sul molo della Società Americana Frutta Fresca, quando Laurie aveva provocato l'esplosione che lo aveva trasformato, come diceva lui stesso, in uno «scherzo di natura». Franco gli aveva fatto una domanda che Angelo non aveva sentito, assorto com'era nei suoi rabbiosi ricordi. Gli chiese di ripeterla.

«Scommetto che ti piacerebbe metterglielo in culo a quella Laurie Montgomery», ripeté Franco. «Se fossi al tuo posto, certo lo farei.»

Angelo uscì in una risata sarcastica. Inconsciamente mosse il braccio sinistro per sentire la massa rassicurante della Walther Tph nella fondina a spalla.

Franco svoltò a sinistra nella Centoseiesima Strada. Si lasciarono sulla destra un campo sportivo in piena attività, soprattutto nel campo di basket. Ai bordi si affollava una quantità di spettatori.

«Dev'essere qui a sinistra», osservò Franco.

Angelo consultò il foglietto che aveva in mano, su cui aveva scritto l'indirizzo di Jack. «È qui vicino», confermò. «L'edificio con quel tetto strano.»

Franco rallentò e si fermò in doppia fila a un paio di isolati dalla casa di Jack, sul lato opposto della strada. Un auto dietro di lui suonò il clacson. Franco abbassò il finestrino e fece cenno all'altra auto di passare. Si udì qualche imprecazione da parte dell'altro guidatore. Franco scosse la testa. «Ma hai sentito quel tizio! Oggi in questa città non c'è più nessuno che abbia un po' di educazione!»

«Ma come mai un dottore vive qui?» si domandò ancora Angelo. Scrutava la casa di Jack attraverso il parabrezza.

Franco scosse la testa. «Non ha proprio senso. Quell'edificio sembra un letamaio.»

«Amendola mi ha detto che quel dottore è un tipo strano. Pare che ogni giorno vada a lavorare in bicicletta.»

«Ma vuoi scherzare!» commentò Franco.

«È quello che mi ha detto Amendola.»

Franco intanto scrutava la zona. «Tutto il rione è un vero letamaio. Forse il dottore se la fa con la droga.»

Angelo aprì la portiera e scese.

«Dove vai?» chiese Franco.

«Vado a controllare se abita proprio qui. Amendola mi ha detto che il suo appartamento è al terzo piano sul retro. Torno subito.»

Attraversò la strada e salì fino al piccolo portico davanti all'edificio. Spinse traquillamente il portone e diede un'occhiata alle cassette delle lettere. Molte erano rotte. Nessuna aveva una serratura che funzionasse.

Rapidamente sfogliò il mucchio della corrispondenza. Quando trovò un catalogo indirizzato a Jack Stapleton, rimise tutto a posto. Poi provò la porta interna. Si aprì facilmente.

Avanzò nel vestibolo e arricciò il naso. C'era uno sgradevole odore di muffa. Notò i gradini cosparsi di rifiuti, la vernice scrostata alle pareti, le lampadine rotte nel lampadario che una volta era stato elegante. Al primo piano udì distintamente il frastuono di una lite domestica. Sorrise. Lavorarsi Jack Stapleton sarebbe stato facile. Quell'edificio sembrava una baracca.

Tornato fuori cercò di scoprire quale fosse il passaggio seminterrato dell'edificio di Jack. Ogni casa aveva un corridoio sotterraneo che si raggiungeva scendendo una mezza dozzina di gradini. I corridoi portavano ai cortili posteriori.

Dopo aver deciso qual era quello giusto, Angelo lo ispezionò tutto. Era cosparso di pozzanghere e rifiuti che mettevano in pericolo le sue eleganti calzature Bruno Magli.

Il cortile era un caos di pali rotti e steccati sfondati, materassi fradici, copertoni abbandonati e altri rifiuti. Avanzò per pochi metri, poi si voltò a cercare la scala antincendio. Al terzo piano si aprivano due finestre, che erano buie. Il dottore non era in casa.

Angelo tornò indietro e risalì in macchina.

«Allora?» chiese Franco.

«Abita proprio lì. E dentro è ancora peggio. Non ci sono serrature. Al primo piano ho sentito una coppia che litigava e una televisione a tutto volume. Non è certo un bel posto, ma per i nostri scopi va benissimo. Sarà un lavoro facile.»

«Ecco una buona notizia», replicò Franco. «Sei sempre del parere di lavorarci prima la donna?»

Angelo fece il migliore dei suoi orrendi sorrisi. «E perché dovrei rimangiarmi quello che ho detto?»

Franco innestò la marcia e si diressero verso sud. Ben presto si trovarono sulla Diciannovesima Strada. Angelo non aveva bisogno di cercare l'indirizzo, riconobbe l'edificio dove abitava Laurie senza alcuna difficoltà. Franco parcheggiò.

«Così, pensi che dovremmo salire dal retro?» chiese Franco scrutando l'edificio.

«Per diverse ragioni. Lei sta al quarto piano ma le finestre guardano sul retro. Per sapere se è in casa dobbiamo in ogni caso passare da dietro. Ha anche una vicina curiosa, che abita di fronte, e come vedi le luci sono accese. Quella donna ha socchiuso la porta tutte e due le volte che sono andato lì. E per di più l'appartamento della Montgomery ha accesso alle scale del retro, che vanno direttamente nel cortile posteriore. Lo so perché è così che l'abbiamo beccata.»

«Bene. Diamoci da fare.»

Scesero dalla macchina e Angelo alzò il sedile posteriore per prendere la sua borsa di grimaldelli e attrezzi da scasso, insieme a una sbarra Halligan, un utensile che i pompieri usavano per passare dalle porte in caso di emergenza.

I due uomini si diressero al passaggio che portava al cortile sul retro.

«Ho sentito dire che quella puttana ha dato del filo da torcere a te e a Tony Ruggiero», osservò Franco. «Dev'essere un osso duro.»

«Non me ne parlare. Naturalmente, lavorare con Tony era come portarsi dietro un sacco di sabbia.»

Entrarono nel cortile, che era un buio labirinto di giardinetti inselvatichiti, e controllarono il quarto piano. Non c'era luce alle finestre.

«Pare che abbiamo tempo per prepararle una bella accoglienza», osservò Franco.

Angelo non rispose. Prese invece il mazzo dei suoi grimaldelli per usarli sulla porta antincendio di metallo che portava alle scale posteriori. S'infilò un paio di guanti di pelle mentre Franco accendeva la torcia elettrica.

Le sue mani tremavano d'impazienza nell'attesa di trovarsi a faccia a faccia con Laurie Montgomery, dopo avere covato rabbia e rancore per cinque anni. Poiché la serratura resisteva ai suoi sforzi, cercò di controllarsi e concentrarsi sul lavoro. La serratura cedette, la porta si aprì.

Arrivato al quarto piano, non si preoccupò più di usare i suoi strumenti. Sapeva benissimo che l'uscio di Laurie era assicurato con diversi catenacci. Adoperò invece la sbarra Halligan. Con uno schianto soffocato la porta si spalancò e in venti secondi si trovarono all'interno.

Per qualche minuto i due uomini rimasero immobili nel buio della dispensa, tendendo l'orecchio. Volevano esser sicuri che il rumore dello scasso non fosse stato udito dagli altri inquilini.

«Cristo!», sibilò Franco. «Qualche cosa mi ha toccato la gamba!»

«E cosa?» chiese Angelo. Non si aspettava lo scatto del compagno e il suo cuore aveva dato un balzo.

«Oh, solo un dannato gatto!» aggiunse Franco con un respiro di sollievo. Nello stesso istante entrambi sentirono l'animale brontolare rabbiosamente nel buio.

«Siamo fortunati», replicò Angelo. «Diamoci da fare.»

Lentamente attraversarono la cucina buia fino al soggiorno. Qui potevano vederci meglio perché le luci della città penetravano dalle ampie finestre.

«Finora tutto bene», osservò Angelo.

«Non ci resta che aspettare», fece eco Franco. «Magari potrei andare a vedere se c'è della birra o del vino nel frigo, che ne dici?»

«Una birra mi andrebbe a fagiolo», acconsentì Angelo.»

Alla Centrale di polizia Laurie e Jack dovettero esibire i loro distintivi e passare attraverso il metal detector prima di poter salire al piano dove si trovava l'ufficio di Lou. Il tenente li aspettava accanto all'ascensore.

Per prima cosa prese Laurie per le spalle, la fissò negli occhi e chiese che cosa era accaduto.

«Laurie sta bene», lo rassicurò subito Jack, dando un'amichevole manata sulla schiena a Lou. «È tornata la vecchia Laurie, calma e razionale.»

«Veramente?» chiese Lou, senza cessare di scrutarla in viso.

Lei non poté fare a meno di sorridere. «Jack ha ragione, sto benissimo. Be', in fondo mi dispiace di essermi precipitata qui in questo modo.»

Lou trasse un respiro di sollievo. «Bene, sono contento di vedervi. Torniamo alla mia tana.» Li precedette nel suo ufficio.

«Potrei offrirvi un caffè, ma vi consiglio energicamente di evitarlo. A quest'ora del giorno i nostri assistenti fanno una broda che va bene per lavare i piatti.»

«Grazie, non occorre.» Laurie declinò l'offerta e prese una sedia. Jack la imitò e si guardò intorno. Sentì un brivido nella schiena. L'ultima volta che c'era stato, un anno prima, era appena sfuggito per miracolo a un attentato mortale.

«Credo di aver scoperto il modo in cui il cadavere di Franconi è stato portato via dall'obitorio», cominciò Laurie. «Mi avevate presa in giro perché sospettavo dell'Impresa Pompe Funebri Spoletto, ma adesso credo che dobbiate rimangiarvi le vostre battute.»

Proseguì spiegando quello che secondo lei era successo. Sospettava che qualcuno dell'ufficio medico legale avesse dato agli uomini di Spoletto il numero di registrazione di un cadavere non identificato relativamente recente, e la collocazione di quello di Franconi.

«Spesso, quando gli autisti mandati dalle imprese di pompe funebri a prelevare un cadavere sono due, uno va alla cella frigorifera mentre l'altro si ferma all'ufficio mortuario a sbrigare le pratiche con i nostri tecnici», spiegò Laurie. «In questi casi, il tecnico prepara il cadavere coprendolo con un lenzuolo, e colloca il lettino a rotelle in posizione comoda, subito dietro la porta della cella. Nel nostro caso, credo che l'autista abbia preso il corpo di cui aveva il numero di registrazione e lo abbia infilato in uno dei molti scomparti vuoti, dopo avergli tolto la targhetta, che ha collocato sull'alluce del mafioso. Quindi è tranquillamente ricomparso alla porta dell'ufficio mortuario con il cadavere di Franconi sul lettino a rotelle. A questo punto il tecnico non ha fatto altro che controllare il numero di registrazione.»

«La sequenza calzerebbe a pennello», osservò Lou. «Posso chiederti se hai qualche prova, o se sono tutte congetture?»

«Ho rinvenuto il cadavere non identificato», affermò Laurie. «Era in una cella che risultava vuota. Il nome Frank Gleason era falso.»

«Ah!» esclamò Lou sempre più interessato. «Questo comincia a piacermi, considerando anche il legame matrimoniale fra la famiglia Spoletto e la famiglia Lucia. Potrebbe essere una cosa importante. Mi ricorda un po' la faccenda di Al Capone, catturato per evasione fiscale. Voglio dire, sarebbe fantastico se potessimo mettere dentro qualcuno dei Lucia per furto di cadavere!»

«Naturalmente, c'è anche il dubbio di una connessione tra il crimine organizzato e il trapianto illecito di organi», osservò Jack. «È un'ipotesi che fa spavento.»

«Un'associazione molto pericolosa», aggiunse Lou. «Perciò devo insistere che voi due smettiate di giocare ai segugi. Adesso tocca a noi. Mi date la vostra parola?»

«Sono lietissima di lasciarti ogni responsabilità», affermò Laurie. «Ma c'è ancora la questione di una talpa nell'ufficio del medico legale.»

«È meglio che pensi io anche a questo», replicò Lou. «Data la presenza del crimine organizzato, mi aspetterei qualche reato penale di estorsione o coercizione. Ma tratterò direttamente con Bingham. Inutile avvertirvi che questa gente è estremamente pericolosa.»

«Ho già imparato fin troppo bene questa lezione», commentò Laurie.

«Quanto a me sono troppo preoccupato del mistero che mi riguarda per interferire con le tue indagini», aggiunse Jack. «Hai qualche notizia per me?»

«Un mucchio», rispose Lou. Allungò la mano verso l'angolo della scrivania e prese un librone scuro, grosso pressappoco come un album di fotografie. Con un grugnito lo spinse verso Jack.

Perplesso Jack aprì il libro. «Che diavolo è?» chiese. «A cosa mi serve un atlante?»

«Ne avrai bisogno, caro mio. Non puoi immaginare che fatica ho fatto per accaparrarmelo.»

«Non capisco!»

«Il mio contatto all'Agenzia Aeronautica Federale è riuscito a contattare qualcuno che conosce qualcuno che lavora in un'organizzazione europea che stabilisce gli orari di atterraggio e decollo in tutta Europa», spiegò Lou. «Riceve anche i piani di volo e li conserva per oltre sessanta giorni. Il G4 di Franconi è arrivato in Francia dalla Guinea Equatoriale.»

«Da dove?» chiese Jack inarcando le sopracciglia. «Non ho

mai sentito neanche parlare di Guinea Equatoriale. È un paese?»

«Controlla a pagina 152!»

«Che cos'è questa storia di Franconi e il G4?» chiese Laurie, confusa.

«Un G4 è un jet privato», spiegò Lou. «Sono riuscito a scoprire che Franconi aveva fatto un viaggio all'estero. Pensavamo che fosse stato in Francia, finché ho ricevuto altre notizie.»

Intanto Jack aveva trovato la pagina 152. Era una cartina con la didascalia BACINO OCCIDENTALE DEL CONGO e rappresentava una vasta porzione dell'Africa Occidentale.

«Bene, dammi una traccia», domandò Jack.

Lou puntò un dito da sopra la spalla di Jack. «È questo piccolo paese tra il Camerun e il Gabon. La città da cui è partito l'aereo è Bata, sulla costa.» Additò il puntolino che indicava la città. Sull'atlante il paese era una macchia quasi ininterrotta di verde.

Laurie si alzò dalla sedia e si mise a guardare da sopra l'altra spalla di Jack. «Mi ricordo di aver sentito nominare quel paese una volta. Dev'essere il posto dove Frederick Forsyth è andato a scrivere *I mastini della guerra*.»

Lou si diede una pacca in fronte stupito. «Ma come fai a ricordarti roba del genere? Io non ricordo neppure dove ho fatto colazione martedì scorso!»

Laurie si strinse nelle spalle. «Leggo un sacco di romanzi. Gli scrittori m'interessano.»

«Ma questo non ha proprio senso!» esclamò Jack. «È una parte sottosviluppata dell'Africa. Questo paese dev'esser coperto solo di giungla. Tutta questa parte dell'Africa non è altro che giungla. Non è possibile che Franconi abbia subito un trapianto di fegato proprio là!»

«Questa è stata anche la mia reazione», aggiunse Lou. «Ma l'altra informazione che ho ottenuto è più significativa ancora. Ho rintracciato l'Alpha Aviation attraverso la società accomandataria e sono risalito al vero proprietario. È la GenSys di Cambridge, nel Massachusetts.»

«Ho sentito parlare della GenSys», intervenne Laurie. «È un'industria biotecnica, nota nel campo dei vaccini e delle linfochine. Me ne ricordo perché una mia amica, che è agente di cambio a Chicago, mi aveva raccomandato le azioni. Mi da sempre dei consigli, crede che abbia un sacco di denaro da investire.»

«Un'industria biotecnica!» rifletté Jack ad alta voce. «Mmm. Questa è una nuova svolta. Deve significare qualche cosa, anche se al momento non so proprio cosa. E non immagino neppure perché un'industria biotecnica apra una filiale nella Guinea Equatoriale.»

«Che significato avrà questo legame con un'accomandita nel Nevada?» chiese Laurie. «Forse la GenSys cerca di nascondere il fatto di essere proprietaria di un aereo?»

«Ne dubito», rispose Lou. «È stato troppo facile scoprire la connessione. Se la GenSys avresse voluto nascondere la proprietà, gli avvocati nel Nevada avrebbero continuato ad avere il ruolo di direttori e consiglieri dell'Alpha Aviation. Invece, alla prima riunione del Consiglio di Amministrazione il direttore amministrativo della GenSys ha assunto la carica di presidente e segretario.»

«Allora, perché nel Nevada, quando la società ha sede nel Massachusetts?» chiese ancora Laurie.

«Non sono un avvocato», ammise Lou. «Ma sono sicuro che ha a che fare con le tasse e le limitazioni di responsabilità. Il Massachusetts è uno stato terribile, per chi tira a eludere la legge. Probabilmente la GenSys dà a noleggio il suo aereo nel tempo in cui non lo usa, e per una società con sede nel Nevada l'assicurazione dovrebbe costare molto meno.»

«Tu conosci bene quella tua amica che fa l'agente di cambio?» chiese Jack.

«Molto bene», rispose Laurie. «Abbiamo frequentato l'Università Metodista insieme.»

«Potresti telefonarle e chiederle se è a conoscenza di qualche connessione fra la GenSys e la Guinea Equatoriale», propose Jack. «Se ti ha raccomandato le azioni, probabilmente ha fatto qualche ricerca sulla società.»

«Senza dubbio. Jean Corwin era una delle allieve più diligenti che abbia conosciuto.»

«Allora, Laurie potrebbe usare il tuo telefono?» chiese Jack a Lou.

«Certamente», fu la risposta.

«Ma vuoi proprio che chiami così, subito?» domandò Laurie sorpresa.

«Vedi di trovarla quando è ancora al lavoro. Se ha qualche file, dovrebbe tenerlo in ufficio.»

«Probabilmente hai ragione», ammise Laurie. Sedette alla scrivania di Lou e chiamò il servizio informazioni di Chicago.

Mentre Laurie era al telefono, Jack tempestava di domande il tenente Soldano per sapere com'era riuscito a scovare tutte quelle informazioni. Era soprattutto interessato, e impressionato, dalla rapidità con cui Lou era arrivato alla Guinea Equatoriale. Insieme consultarono più attentamente la carta geografica, osservando la vicinanza del paese all'Equatore. Notarono anche che la città principale, presumibilmente la capitale, non si trovava sul continente, ma su un'isola, l'isola di Bioko.

«Non riesco a immaginare come si viva in un posto come quello», commentò Lou.

«Oh, io lo immagino benissimo. È caldo, noioso e pieno di cimici.»

«Un posto delizioso!»

«Non proprio il paradiso terrestre che uno si sceglierebbe per le vacanze. D'altra parte, resta fuori dagli itinerari battuti.»

Laurie depose il ricevitore e si girò sulla poltroncina di Lou per guardare gli altri. «Jean era perfettamente organizzata, come del resto m'aspettavo. In un attimo ha messo le mani sul materiale GenSys. Naturalmente non ha potuto fare a meno di chiedermi quante azioni avevo comprato. Ed è rimasta molto male quando ho confessato che non ne ho comprata neanche una. Pare dunque che le azioni siano triplicate di valore.»

«Allora era un buon affare?» chiese Lou scherzosamente.

«Così buono che ho perduto la mia grande occasione di vivere di rendita», rispose Laurie. «Jean ha aggiunto che questa è la seconda industria biotecnica di successo fondata dal suo capo, Taylor Cabot.»

«Ti ha detto qualcosa della Guinea Equatoriale?» chiese Jack.

«Certo. Ha detto che la società ha fondato un grande allevamento di primati. Inizialmente l'allevamento doveva servire solo per le ricerche interne della GenSys. Poi qualcuno ha avuto l'idea di offrire ad altre industrie biotecniche e farmaceutiche l'opportunità di far eseguire i loro test sui primati della

GenSys. Evidentemente la domanda per questo genere di servizio ha superato le più ottimistiche previsioni.»

«E questo allevamento di primati si trova nella Guinea Equatoriale?»

«Esatto», rispose Laurie.

«E la tua amica ti ha indicato qualche ragione per questa scelta?» chiese ancora Jack.

«Un memorandum, ricevuto da un analista, specificava che la GenSys ha scelto la Guinea Equatoriale per l'accoglienza favorevole offerta dal governo locale, che ha persino votato delle leggi intese a facilitare l'operazione. Evidentemente la GenSys è diventata la maggior fonte di valuta straniera, di cui lo stato ha urgente bisogno.»

«Puoi immaginarti la quantità di profitti illeciti che ci devono essere in un'operazione del genere?»

Lou si limitò a emettere un fischio.

«Il memorandum inoltre sottolineava che la maggior parte dei primati in questione sono originari della Guinea Equatoriale», aggiunse Laurie. «Questo fatto consente di aggirare tutte le restrizioni internazionali sull'esportazione e importazione di specie di animali a rischio, come per esempio gli scimpanzé.»

«Un allevamento di primati!» ripeté Jack scuotendo la testa. «Questo solleva possibilità ancora più bizzarre. Che ne dite? Ci troveremmo forse di fronte a uno xenotrapianto?»

«Non cominciate con il gergo medico-legale!» protestò Lou. «Che diavolo è uno xenotrapianto?»

«Impossibile», replicò Laurie ignorando la domanda di Lou. «Gli xenotrapianti provocano rigetti violenti. Non vi era traccia d'infiammazione nella sezione di fegato che mi hai mostrato, né umorale né dovuta a mediazione cellulare.»

«È vero», confermò Jack. «E il soggetto non aveva neanche assunto degli immunosoppressori.»

«Andiamo, ragazzi», protestò Lou. «Non tenetemi sulle spine. Che cos'è questo dannato xenotrapianto?»

«È l'operazione con cui un organo per trapianto è prelevato da un animale di specie diversa.»

«Pressappoco come il clamoroso fiasco di Baby Fae con il cuore di un babbuino, dieci o dodici anni fa?»

«Precisamente», confermò Laurie.

«I nuovi farmaci immunosoppressori hanno fatto riemergere la possibilità di xenotrapianti», spiegò Jack. «E con un successo notevolmente maggiore che non nel caso di Baby Fae.»

«Specialmente con valvole cardiache di maiale», aggiunse Laurie.

«Naturalmente questo pone un sacco di problemi etici», osservò ancora Jack. «E fa esplodere tutta la furia degli animalisti.»

«Soprattutto ora che si sta sperimentando una tecnica per inserire dei geni umani nei maiali allo scopo di correggere alcune delle reazioni di rigetto», spiegò Laurie.

«È possibile che Franconi abbia ricevuto il fegato di un primate mentre era in Africa?» chiese Lou.

«Non riesco a immaginarlo», replicò Jack. «Laurie ha ragione, non c'era alcuna traccia di rigetto. Questo fatto non si è mai verificato, anche con un organo umano adatto, a meno che non si tratti di gemelli identici.»

«Ma Franconi è stato effettivamente in Africa», ribatté Lou.

«È vero, e sua madre afferma che quando è tornato era un uomo nuovo.» Jack aprì le braccia e si alzò. «Non so cosa pensare. È un dannato mistero. Specialmente con questo sospetto di legame con il crimine organizzato.»

Anche Laurie si alzò.

«Ehi, ragazzi, ve ne andate?» chiese Lou.

Jack annuì. «Sono confuso e sfinito. Non ho dormito molto la notte scorsa. Dopo l'identificazione dei resti di Franconi, sono stato al telefono per ore. Ho chiamato tutte le organizzazioni europee per il reperimento di organi di cui ho trovato il numero.»

«E se ce ne andassimo tutti a Little Italy a mangiare un boccone?» propose Lou. «È proprio qui a due passi.»

«Io no, grazie», rispose Jack. «Ho ancora da fare un lungo viaggio in bicicletta. Una cena mi stenderebbe.»

«Neanch'io», fece eco Laurie. «Non vedo l'ora di essere a casa e fare una doccia. Sono due notti di seguito che faccio le ore piccole e mi sento a pezzi.»

Lou ammise di avere anche lui un'altra mezz'ora di lavoro, così Laurie e Jack lo salutarono e scesero al pianterreno. Restituirono le targhette di visitatori occasionali e lasciarono la Centrale di polizia. Davanti al municipio fermarono un taxi.

«Ti senti meglio?» chiese Jack mentre si dirigevano a nord verso Bouery e un caleidoscopio di luci giocava sulle loro facce.

«Molto meglio. Non puoi immaginare che sollievo sia per me scaricare tutto il caso sulle robuste spalle di Lou. Mi spiace solo di essermi tanto affannata per niente.»

«Ma hai fatto il possibile. Quel che è sconfortante è il sospetto che ci sia una potenziale spia in mezzo a noi, e che il crimine organizzato si stia infiltrando nel campo dei trapianti di fegato.»

«E tu, come ti senti? Hai fra le mani una quantità di indizi bizzarri sul caso Franconi.»

«Bizzarri, ma anche sconcertanti. Specialmente questa connessione con un gigante della biotecnica come la GenSys. Queste grandi industrie svolgono tutte le loro ricerche nella massima segretezza, stile guerra fredda. Solo dieci o vent'anni fa, il Nih finanziava la maggior parte della ricerca biomedica in una specie di arena aperta. Ogni attività era esposta all'osservazione e alla critica, non come oggi.»

«Peccato che tu non abbia qualcuno come Lou per scaricargli il caso sulle spalle», sogghignò Laurie.

«Sarei troppo fortunato!»

«Qual è il tuo prossimo passo?»

Jack sospirò. «Sono alla fine delle mie risorse. L'unica cosa che mi resta è aspettare il responso di un patologo veterinario che sta analizzando il vetrino con la sezione di fegato e sperare con tutto il cuore.»

«Così, avevi già pensato a uno xenotrapianto?»

«Veramente no», ammise Jack. «Non è stata mia l'idea di un patologo veterinario. Mi è stata suggerita da un parassitologo dell'ospedale; pensava che il granuloma fosse dovuto a un parassita, ma di una specie che lui non riconosceva.»

«Forse dovresti accennare a Ted Lynch la possibilità di uno xenotrapianto», suggerì Laurie. «Come esperto del Dna, potrebbe tirare fuori dal cilindro un trucco per poter dire sì o no definitivamente.»

«Eccellente idea!» esclamò Jack ammirato. «Come può venirti in mente una trovata così brillante, quando sei mezza morta di stanchezza? Mi stupisci. Il mio cervello ha già chiuso la saracinesca per la notte.»

«Un complimento è sempre gradito», scherzò Laurie. «Soprattutto al buio, così non mi vedi arrossire.»

«Comincio a pensare che l'unica possibilità che mi resta, se voglio davvero risolvere il caso, sia fare un salto nella Guinea Equatoriale.»

Laurie si girò di scatto per guardare Jack. Nella penombra del taxi era impossibile vedere i suoi occhi. «Vuoi scherzare, vero?»

«Be', non posso telefonare alla GenSys o piombare nel loro ufficio a Cambridge e domandargli 'Ehi, gente, che diavolo fate nella Guinea Equatoriale?'»

«Ma si tratta dell'Africa!» replicò Laurie. «È dall'altra parte del mondo. E poi, se pensi che non riusciresti a scoprire niente andando a Cambridge, che cosa ti fa pensare che scopriresti qualche cosa andando in Africa?»

«Forse il fatto che quelli non se lo aspettano. Non credo che ricevano molti visitatori.»

«Oh, questa è pura follia!» esclamò Laurie facendo un gesto di disapprovazione.

«Ehi, calma! Non ho detto che ci vado. Ho detto solo che ci stavo pensando.»

«Bene, smettila di pensare. Ho già abbastanza guai per conto mio.»

Jack le sorrise. «Mi sembri preoccupata. Sono commosso.»

«Oh, già!» commentò Laurie sarcastica. «Non ti sei mai commosso quando ti supplicavo di non andare in giro per la città con quella tua dannata bici!»

Il taxi si fermò davanti alla casa di Laurie, che cominciò a frugare nella borsa per trovare delle monete. Jack la fermò. «Tocca a me.»

«Bene, sarà per la prossima volta», rispose Laurie. «Se mi prometti di prendere un taxi per tornare a casa, potremmo salire a combinare una cenetta nel mio appartamento.»

«Grazie, ma non stasera. Devo riportare la bici a casa. Probabilmente mi addormenterei sul manubrio, se avessi lo stomaco pieno.»

«Potrebbe succedere anche di peggio.»

«Bene, tengo il tuo invito per la prossima volta», concluse Jack.

Laurie scese dal taxi, poi si voltò e si chinò verso Jack. «Almeno promettimi che non partirai per l'Africa stanotte!»

Jack fece il gesto di darle uno schiaffo e lei schivò sorridendo la sua mano.

«Buona notte, Jack», gli augurò con il suo caldo sorriso.

«Buona notte, Laurie. Ti telefono dopo aver parlato con Warren.»

«Oh, bene. Con tutto quel che è successo, me n'ero dimenticata.»

Laurie richiuse la portiera e restò a fissare il taxi finché scomparve oltre l'angolo della Prima Avenue. Poi si voltò e si diresse verso il portone, pensando che Jack era un tipo tanto simpatico, ma un po' svitato.

Mentre saliva in ascensore, pregustava il piacere di una doccia e il tepore dell'accappatoio. Si ripromise di andare a letto presto.

Rivolse a Debra Engler un sorrisetto agrodolce prima di infilare le chiavi nelle diverse serrature. Entrò e si sbatté forte la porta alle spalle, per inviare alla vicina un messaggio extra. Spostando la posta da una mano all'altra, si tolse il cappotto e nel buio dell'anticamera cercò a tentoni l'attaccapanni.

Solo entrando in soggiorno girò l'interruttore che accendeva la lampada a stelo. Aveva già fatto due passi verso la cucina quando gettò un grido soffocato e lasciò cadere la posta a terra. C'erano due uomini nel soggiorno. Uno seduto nella sua poltroncina art déco, l'altro sul divano. Quello sul divano stava accarezzando Tom, che ronfava addormentato sulle sue ginocchia.

La seconda cosa che colpì il suo sguardo fu la grossa pistola con il silenziatore appoggiata al bracciolo della poltroncina art-decò.

«Benvenuta a casa, dottoressa Montgomery», la salutò ironicamente Franco. «Grazie per il vino e la birra.»

Gli occhi di Laurie corsero al tavolino. C'erano una bottiglia di birra e un bicchiere. Vuoti.

«Prego, venga avanti e si sieda», aggiunse Franco. Additò una sedia che avevano messo in mezzo alla una stanza. Laurie non si mosse. Era come paralizzata. Pensò per un attimo di correre in cucina e afferrare il telefono, ma abbandonò l'idea. Era ridicolo. Pensò persino di girare sui tacchi e fuggire dalla porta, ma con tutte quelle serrature sarebbe stata una mossa inutile.

«Prego!» ripeté Franco con una falsa cortesia che servì solo ad aumentare il terrore di Laurie.

Angelo depose il gatto accanto a sé sul divano e si alzò. Fece un passo verso Laurie e senza alcun preavviso le allungò un violento manrovescio in piena faccia. Il colpo la spinse contro la parete. Le sue gambe cedettero e crollò a terra sulle mani e le ginocchia. Il labbro superiore cominciò a sanguinarle.

Angelo l'afferrò per un braccio e con uno strattone la fece alzare in piedi. Poi la trascinò verso la sedia e la spinse a sedere. Il terrore la rendeva incapace di resistere.

«Così va meglio», approvò Franco.

Angelo si chinò e avvicinò la faccia a quella di Laurie. «Mi riconosci?»

Laurie si costrinse a fissare la faccia orribilmente deturpata dell'uomo. Pareva un personaggio di un film dell'orrore. Inghiottì a vuoto, aveva la gola secca. Incapace di parlare, non poté che scuotere la testa.

«No?» chiese Franco. «Dottoressa, temo che lei offenda i sentimenti di Angelo, e nelle presenti circostanze potrebbe essere molto pericoloso.»

«Mi spiace», disse Laurie con voce stridula. Ma subito dopo associò il nome a un ricordo: l'uomo davanti a lei era stato ustionato. Era Angelo Facciolo, il capo dei killer di Cerino. Evidentemente era uscito di prigione.

«Sono cinque anni che aspetto», ringhiò Angelo e colpì nuovamente Laurie facendola quasi cadere dalla sedia. Laurie lasciò penzolare la testa sul petto. Ci fu altro sangue, questa volta dal naso.

«Basta, Angelo», intervenne Franco. «Ricordati gli ordini, con lei dobbiamo parlare.»

Angelo tremò visibilmente come cercando di trattenersi. Bruscamente indietreggiò fino al divano e vi si lasciò cadere. Riprese il gatto e ricominciò ad accarezzarlo goffamente. Tom non ci fece caso e riprese a ronfare.

Laurie cercò di raddrizzarsi. Si passò una mano sul labbro e sul naso. Il labbro cominciava a gonfiarsi. Si strinse il naso per fermare l'emorragia.

«Ascolti, dottoressa Montgomery», esordì Franco. «Come può ben immaginare, è stato molto facile per noi entrare qui. Lo dico perché capisca quanto è vulnerabile. Vede, abbiamo un problema e lei ci può aiutare. Siamo qui per chiederle cortesemente di lasciar perdere il caso Franconi. Sono stato chiaro?»

Laurie annuì. Aveva paura di parlare.

«Bene. Noi siamo gente molto ragionevole. Lo consideriamo un favore da parte sua e vogliamo farle un favore in cambio. Si dà il caso che sappiamo chi ha ucciso Franconi e vogliamo passarle l'informazione. Vede, il signor Franconi non era un brav'uomo e per questo è stato ucciso. Fine della storia. Ha capito?»

Laurie annuì di nuovo. Diede un'occhiata ad Angelo e distolse subito gli occhi.

«Il nome del killer è Vido Delbario», continuò Franco. «Anche lui non è un uomo per bene ma ha fatto un favore al mondo sbarazzandolo di Franconi. Mi sono preso anche il disturbo di scriverle il nome.» Franco si chinò e mise un foglietto sul tavolino da caffè. «Ecco, favore per favore.»

Tacque e guardò Laurie, come in attesa.

«Lei capisce quello che le sto dicendo, vero?» chiese dopo un momento di silenzio.

Laurie annuì per la terza volta.

«Voglio dire», riprese, «che non le chiediamo molto. Per parlare chiaro, Franconi era un brutto tipo. Ha ammazzato un sacco di gente e meritava di morire. Ora, per quanto la riguarda, spero che sia ragionevole perché in una città come questa lei non ha modo di proteggersi e Angelo non domanderebbe di meglio che farle un trattamento dei suoi. Per sua fortuna, dottoressa, il nostro boss non è un uomo brutale, preferisce negoziare. Mi capisce?»

Franco tacque di nuovo. Laurie si sentì obbligata a rispondere. Con molta difficoltà riuscì a dire che capiva.

«Ottima cosa!» Franco si diede una manata sulle ginocchia e si alzò. «Quando mi hanno detto che lei è così intelligente e capace, ho capito che potevamo intenderci.»

Si infilò la pistola nella fondina a spalla e indossò la sua giacca di Ferragamo. «Andiamo, Angelo», concluse. «Sono sicuro che la dottoressa adesso vuole farsi la doccia e cenare. Mi sembra un poco stanca.»

Angelo si alzò fece un passo in direzione di Laurie, poi perfidamente torse il collo al gatto. Ci fu un orrendo rumore di ossa rotte e Tom si abbandonò senza un lamento. Angelo gettò il gatto morto sulle ginocchia di Laurie e seguì Franco fuori dalla porta.

«Oh, no!» gemette Laurie. Si alzò con le gambe che le tremavano. Sentì nel corridoio il rumore dell'ascensore che arrivava e ripartiva.

Con un'improvvisa ondata di panico si precipitò alla porta e richiuse tutte le serrature, sempre tenendo il corpo di Tom in braccio. Poi, rendendosi conto che gli intrusi dovevano essere passati dalla porta sul retro, corse là e la trovò scassinata. La chiuse meglio che poteva. Tornata in cucina prese il telefono con mani tremanti. Il primo impulso fu di chiamare la polizia, ma poi esitò. Le pareva di risentire la voce di Franco che le rammentava quanto fosse vulnerabile. E di rivedere l'orrida faccia di Angelo e il lampo maligno dei suoi occhi.

Si rese conto di essere sotto shock e trattenendo a stento le lacrime depose il ricevitore. Pensò di chiamare Jack, ma sapeva che non poteva essere ancora a casa. Così, invece di chiamare qualcuno, sistemò teneramente il suo gatto in una scatola di plastica con diversi cubetti di ghiaccio. Poi andò in bagno a controllare le sue contusioni.

La lunga pedalata in bicicletta verso casa non fu così faticosa come Jack si aspettava.

Per la maggior parte del percorso continuò a rimuginare sulla GenSys e la Guinea Equatoriale. Si domandava come fosse in realtà quella sconosciuta parte dell'Africa. Aveva detto per scherzo a Laurie che doveva essere calda, umida e piena di cimici, ma in realtà non ne sapeva nulla.

Pensava anche a Ted Lynch domandandosi che cosa avrebbe potuto fare il giorno dopo. Prima di lasciare l'obitorio, gli aveva telefonato a casa per accennargli all'improbabile ipotesi di uno xenotrapianto. Ted aveva detto che avrebbe potuto rispondergli solo dopo aver controllato un settore che specificava le proteine ribosomiali sul Dna. Gli aveva spiegato che quel settore differiva da specie a specie e che l'informazione per identificare la specie si trovava su un Cd-rom.

Svoltò nella sua via con l'idea di andare alla libreria locale per vedere se avevano qualcosa sulla Guinea Equatoriale. Ma avvicinandosi al campo sportivo, dove appunto si stavano svolgendo le partite di basket pomeridiane e serali, ebbe un'altra idea. Gli venne in mente che a New York potevano esserci degli immigrati dalla Guinea Equatoriale. Dopotutto la metropoli ospitava gente che proveniva da ogni angolo del mondo.

Si avvicinò al campo sportivo e appoggiò la bici all'inferriata. Non si preoccupò nemmeno di legarla, anche se molti avrebbero pensato che non era il posto ideale per lasciare una mountain bike da mille dollari. In realtà il campo sportivo era l'unico luogo a New York dove Jack pensava di non avere bisogno dell'antifurto.

Si diresse alle panchine e salutò con un cenno Spit e Flash, che erano lì seduti in attesa di giocare. Come al solito Warren dominava il gioco. Prima di ogni tiro gridava «via!» e quasi sempre la palla entrava nel canestro.

Un quarto d'ora dopo la partita fu decisa da uno dei tiri di Warren e i perdenti filarono in silenzio fuori dal campo. Warren scorse Jack e si diresse a grandi passi verso di lui.

«Ehi, ragazzo, vieni a giocare o no?» gli chiese.

«Ci pensavo, ma ho un paio di domande da farti. Prima di tutto, tu e Natalie avete voglia di passare una serata con me e Laurie, questo weekend?»

«Diamine, sicuro», accettò Warren entusiasta. «Tutto quello che vuoi per fare contenta la mia piccola. Continua a tempestarmi di domande su te e Laurie.»

«Poi, conosci qualche immigrato africano originario di un piccolo paese dell'Africa, la Guinea Equatoriale?»

«Fratello, non riesco mai a immaginare che cosa può uscire dalla tua bocca», si lagnò Warren. «Lasciami pensare.»

«È sulla costa occidentale dell'Africa», spiegò Jack, «fra il Camerun e il Gabon.»

«So benissimo dov'è», ribatté Warren offeso. «È stata probabilmente scoperta dai portoghesi e colonizzata dagli spagnoli. In realtà era stata scoperta molto prima dai neri.»

«Sono stupito che tu ne sappia tanto», replicò Jack. «Non avevo mai sentito parlare di quel paese.»

«Non mi sorprende. Sono sicuro che non hai mai seguito un corso di storia sulla razza nera. Ma per rispondere alla tua domanda, sì, conosco delle persone originarie di là, e in particolare una famiglia, Ndeme. Abitano a due porte da casa tua, verso il parco.»

Jack alzò gli occhi verso l'edificio, poi tornò a guardare Warren. «Li conosci abbastanza bene da potermi presentare?» chiese. «Mi è venuto un improvviso interesse per la Guinea Equatoriale.»

«Ma certo. Il padre si chiama Esteban, è proprietario di un negozio sulla Columbus. Quello là è suo figlio, quello con le scarpette arancione.»

Warren puntò l'indice e Jack riconobbe il ragazzo: era uno dei frequentatori assidui del campo. Un bravo ragazzo e un giocatore appassionato.

«Perché non vieni a fare qualche partita?» chiese Warren. «Poi ti accompagno a casa e intanto ti presento a Esteban. È un ragazzo simpatico.»

«Ottima idea.» Rinvigorito dalla corsa in bicicletta, Jack cercava appunto una scusa per andare a giocare. Le vicende di quella giornata lo avevano snervato.

Tornò a prendere la bici e corse verso casa. Se la portò in spalla su per le scale e non la depose neppure per tirare fuori le chiavi e aprire la porta. Una volta entrato, si diresse di filato verso la camera da letto a prendere i suoi arnesi da basket.

Dopo cinque minuti stava già per uscire quando sentì squillare il telefono. Per un attimo fu tentato di lasciarlo suonare e andarsene, poi pensò che poteva essere Ted con qualche novità sul Dna e sollevò il ricevitore. Era Laurie, ed era fuori di sé.

Jack infilò qualche banconota attraverso il divisorio di plexiglas del taxi, abbastanza da coprire abbondantemente il prezzo della corsa, e saltò fuori. Era davanti alla casa di Laurie, dove si erano lasciati meno di un'ora prima. Si precipitò al portone che si aprì al ronzio del citofono. Laurie gli venne incontro sul pianerottolo, alla porta dell'ascensore.

«Mio Dio!» esclamò Jack. «Guarda un po' il tuo labbro!»

«Oh, guarirà», replicò Laurie stoicamente. Poi colse con la coda dell'occhio Debra Engler che sbirciava dallo spiraglio della porta. Le fece un gesto di stizza e le gridò di badare agli affaracci suoi. La porta si chiuse sbattendo.

Jack le pose un braccio sulla spalla per calmarla e la condusse al suo appartamento.

«Bene», cominciò dopo averla fatta sedere sul divano. «Dimmi tutto.»

«Hanno ucciso Tom», gemette Laurie.

«Chi?» chiese Jack. Laurie tacque un attimo, aspettando di poter controllare l'emozione. «Erano due uomini, ma ne conoscevo solo uno», rispose infine. «Quello che mi ha colpito e ha ucciso Tom. Si chiama Angelo. È l'uomo che mi dava gli incubi. Ho avuto uno scontro terribile con lui durante l'affare Cerino. Credevo che fosse ancora in prigione. Non capisco come mai sia fuori. È orrendo da vedere. La sua faccia è stata terribilmente ustionata ed è tutta sfregiata dalle cicatrici, e sono sicura che mi ritiene responsabile.»

«Così, è venuto qui per vendicarsi?»

«No, per darmi un avvertimento. Per dirla con le loro parole, devo 'lasciar perdere il caso Franconi'.»

«Non posso crederci. Sono io che indago su questo caso, non tu.»

«Mi avevi avvisato, evidentemente ho irritato le persone sbagliate cercando di scoprire come il cadavere di Franconi era stato portato fuori dall'obitorio. Probabilmente è stata la mia visita alle Pompe Funebri Spoletto che ha suscitato il vespaio.»

«Non dirò 'te l'avevo detto'», obiettò Jack. «Ma pensavo che ti saresti trovata nei guai con Bingham, non con i gangster.»

«L'avvertimento di Angelo mi è stato presentato come un favore in cambio di un favore», aggiunse Laurie. «Il suo era dirmi il nome di chi ha ucciso Franconi. Infatti me lo ha scritto qui.» Prese il foglietto di carta dal tavolino e lo porse a Jack.

«Vido Delbario», lesse Jack. Guardò il volto contuso di Laurie. Il naso e il labbro erano gonfi e un occhio si stava facendo blu. «Questo caso è stato strano fin dall'inizio e adesso mi pare ci fugga di mano. È meglio che tu mi dica tutto quel che è successo.»

Laurie gli riferì tutti i particolari, dal momento in cui era entrata nell'appartamento fino a quando gli aveva telefonato. Gli disse persino perché aveva esitato a chiamare la polizia.

«Capisco», annuì Jack. «C'è ben poco che la polizia locale possa fare a questo punto.»

«Allora, che devo fare?» mormorò Laurie. Era una domanda retorica, non si aspettava risposta.

«Adesso vado a vedere la porta sul retro», propose Jack. Laurie lo accompagnò in cucina e poi nella dispensa.

«Perdiana!» imprecò. Dove la porta era stata forzata l'intero spigolo si era spaccato.

«Non puoi dormire qui, questa notte.»

«Potrei andare a casa dei miei genitori.»

«Vieni a casa mia. Dormirò sul divano.»

Laurie lo fissò in fondo agli occhi. Non poté fare a meno di domandarsi se in quell'invito inaspettato c'era qualcosa di più della preoccupazione per la sua incolumità.

«Prendi le tue cose», continuò Jack, «e fa' una valigia per alcuni giorni. Ci vorrà sicuramente molto tempo per aggiustare questa porta.»

«Mi spiace tirare fuori questo argomento», replicò Laurie, «ma devo fare qualcosa con quel povero Tom.»

Jack si grattò la nuca. «Puoi procurarti una vanga?»

«Ho una paletta da giardino. Che cosa stai pensando?»

«Potremmo seppellirlo nel cortile.»

Laurie sorrise. «Sei tanto caro, è un pensiero gentile.»

«So cosa vuol dire perdere le cose che si amano», replicò Jack. La sua voce si ruppe. Per un attimo gli tornò in mente la telefonata che lo informava della morte di sua moglie e di sua figlia in un disastro aereo.

Mentre Laurie faceva una valigia, Jack camminava su e giù per la camera da letto. Costrinse la sua mente a concentrarsi sulla situazione del momento. «Dovremo parlare a Lou della cosa, e dovremo dargli il nome di Vido Delbario.»

«Ci stavo pensando anch'io», replicò Laurie dal rispostiglio in cui stava trafficando. «Dici che dovremmo farlo subito questa sera?»

«Penso di sì. Poi lui deciderà se e quando agire. Telefoneremo da casa mia. Hai il suo numero di casa?»

«Sì, ce l'ho.»

«Sai, quest'episodio è preoccupante anche per altre ragioni, oltre alla tua sicurezza. È chiaro che il crimine organizzato è coinvolto in qualche modo nell'affare dei trapianti di fegato. Forse si tratta di mercato nero.»

Laurie uscì dal ripostiglio con una grossa borsa a tracolla. «Ma come può trattarsi di trapianto, se Franconi non presentava traccia di immunosoppressori? E non dimenticare gli strani risultati che Ted ha ottenuto con i suoi test sul Dna.»

Jack sospirò. «Hai ragione. Qualcosa non quadra.»

«Forse Lou saprò trovare una chiave di lettura.»

«Speriamo bene», replicò Jack. «E intanto questo episodio rende ancor più attraente l'idea di fare un viaggio in Africa.»

Laurie si fermò di botto sulla soglia del bagno. «Ma di che diavolo parli?»

«Non ho mai avuto alcuna esperienza personale con il crimine organizzato. Ma le bande di strada sì, e c'è un'affinità che ho scoperto a mie spese. Se una di quelle due gang si mette in mente di liberarsi di te, la polizia non può proteggerti, a meno che non s'impegnino a farti la guardia ventiquattr'ore su ventiquattro. Il problema è che non avrebbero abbastanza agenti. Forse per noi due sarebbe meglio andare via per un po' di tempo. Potrebbe dare a Lou l'opportunità di sbrogliare la matassa.»

«Ma dovrei venire anch'io?» chiese Laurie un po' spaurita. All'improvviso l'idea di un viaggio in Africa le appariva sotto un nuovo aspetto. Non era mai stata in Africa, doveva essere un'esperienza interessante. Anzi, poteva addirittura essere divertente.

«La potremmo considerare una vacanza forzata. Magari la Guinea Equatoriale potrebbe non essere il massimo, ma sarebbe in ogni caso... be', una novità. E forse, intanto, potremmo anche scoprire che cosa sta facendo esattamente la GenSys in quel paese e perché Franconi ha fatto quel viaggio.»

«Mmm», mormorò Laurie, «comincio ad abituarmi all'idea.»

Dopo che Laurie ebbe preparato i pochi bagagli, lei e Jack presero la scatola con i resti del gatto e la portarono nel cortile. Trovarono per caso una vanga un po' arrugginita che rese più facile il lavoro. E Tom ebbe il suo eterno riposo.

«Per la miseria!» si lagnò Jack sollevando la valigia di Laurie. «Che cosa diavolo ci hai messo dentro?»

«Mi hai detto di fare i bagagli per parecchi giorni», replicò Laurie sulla difensiva.

«Ma non occorreva portarsi anche la palla da bowling!» protestò Jack.

«Sono i cosmetici. Non ho confezioni da viaggio.»

Presero un taxi nella Prima Avenue. Per strada si fermarono a una libreria della Quinta Avenue. Mentre Jack aspettava nel taxi, Laurie si precipitò dentro per comperare un libro sulla Guinea Equatoriale. Sfortunatamente non ce n'erano e dovette accontentarsi di una guida di tutta l'Africa centrale.

«Il commesso si è messo a ridere quando ho chiesto un libro sulla Guinea Equatoriale», commentò Laurie quando risalì sul taxi.

«Quel posto non è la meta preferita dai vacanzieri», scherzò Jack.

Laurie rise e si sporse a dare un pizzicotto al braccio di Jack. «Non ti ho ancora ringraziato per essere accorso subito. Ti sono molto grata e mi sento molto meglio.»

«Sono contento», annuì Jack.

Quando arrivarono, Jack dovette arrancare con la valigia su per le scale ingombre di rifiuti. Dopo una serie di gemiti e grugniti, Laurie si offrì di portare la valigia. Jack rispose che la punizione per aver confezionato una valigia così pesante stava appunto nell'ascoltare i suoi lamenti.

Infine arrivò davanti alla porta del suo appartamento. Si frugò in tasca in cerca delle chiavi, inserì quella giusta nella serratura e girò. Sentì il catenaccio scattare all'indietro.

«Ehi», commentò, «non mi ricordavo di aver chiuso a doppia mandata.» Girò di nuovo la chiave e spinse la porta. Poiché era buio, precedette Laurie per accendere la luce.

«Avanti, accenda», intimò una voce.

Jack obbedì. Le due figure indistinte che aveva scorto un attimo prima divennero due uomini con dei lunghi cappotti neri. Erano seduti sul divano, di fronte alla porta.

«Oh, mio Dio!» esclamò Laurie. «Sono loro!»

Franco e Angelo si erano messi comodi, come avevano fatto in casa di Laurie. Si erano anche serviti due birre. Le bottiglie mezze vuote erano sul tavolino, insieme con una pistola munita di silenziatore. Una sedia dallo schienale diritto era stata trascinata in mezzo alla stanza, di fronte al divano.

«Presumo che lei sia il dottor Jack Stapleton», esordì Franco.

Jack annuì, mentre cercava freneticamente il modo di fronteggiare la situazione. Sapeva che la porta dell'appartamento, alle sue spalle, era ancora socchiusa. Si rimproverò di non essersi insospettito per averla trovata chiusa a doppia mandata. Ma era uscito in fretta, non si ricordava come aveva chiuso.

«Non faccia sciocchezze», lo ammonì Franco, come se gli avesse letto nel pensiero. «Non la tratterremo a lungo. E se avessimo saputo che c'era anche la dottoressa Montgomery, ci saremmo risparmiati l'incursione nel suo appartamento e il disturbo di dover ripetere lo stesso messaggio due volte.»

«Cos'è che vi mette tanta paura da farvi venire qui a minacciarci?» chiese Jack.

Franco sogghignò e guardò Angelo. «Da non credere! Questo tizio pensa che ci siamo presi la briga di venire qui solo per rispondere alle sue domande!»

«Non c'è più rispetto!» si lamentò Angelo.

«Dottore, è meglio prendere un'altra sedia per la signora», suggerì Franco rivolto a Jack. «Così faremo il nostro discorsetto e poi ce ne andremo per la nostra strada.»

Jack non si mosse. Pensava alla pistola sul tavolino e si domandava quale dei due fosse ancora armato. Mentre tentava di misurare la loro forza, osservò che entrambi erano piuttosto magri, probabilmente giù di forma.

«Mi scusi, dottore», riprese Franco. «Mi sta ascoltando?»

Prima che Jack potesse rispondere ci fu un movimento alle sue spalle e qualcuno lo scostò con uno spintone. Una voce gridò: «Nessuno si muova!»

Riprendendosi dalla sorpresa, Jack vide nella stanza tre afroamericani con i mitra spianati. contro Angelo e Franco. I nuovi venuti indossavano tute da basket e Jack li riconobbe immediatamente. Erano Flash, David e Spit, ancora sudati per la partita.

Franco e Angelo furono colti completamente alla sprovvista. Rimasero seduti a occhi sbarrati. Sapevano che era meglio non muoversi.

Per un attimo ci fu un silenzio di tomba. Poi Warren entrò a grandi passi. «Diamine, caro dottore, tenerti in vita è un lavoro a tempo pieno! E ti devo anche dire che screditi il quartiere portandoti dietro questo genere di immondizia bianca.»

Tolse il mitra dalle mani di Spit e gli disse di perquisire gli intrusi. Senza una parola, Spit alleggerì Angelo della sua pistola Walther, quindi frugò Franco e raccolse l'arma posata sul tavolino.

Jack emise un sospiro di sollievo. «Warren, amico mio, non so come hai fatto a capitare qui in un momento così cruciale della mia vita, ma devo dirti che lo apprezzo molto.»

«Questi delinquenti sono stati visti qui intorno la notte scorsa», spiegò Warren. «Si credono invisibili, con i loro vestiti di lusso e la loro grossa Cadillac nera e lucente!»

Jack si fregò le mani, felice dell'improvviso cambio di scena. Chiese ad Angelo e Franco i loro nomi, ma ricevette in risposta solo un gelido sguardo.

«Quello è Angelo Facciolo», spiegò Laurie indicandolo.

«Spit, prendi i loro portafogli», ordinò Warren.

Spit obbedì e lesse i loro nomi e indirizzi. «Oh oh, e questo cos'è?» chiese quando aprì il portafogli che conteneva il distintivo della polizia di Ozone Park. Lo porse a Warren perché lo esaminasse.

«Non sono agenti di polizia», replicò Warren con un gesto sprezzante. «Non c'è da preoccuparsi.»

«Laurie», intervenne Jack, «è ora che tu avverta Lou. Sono sicuro che sarà felicissimo di fare quattro chiacchiere con questi gentiluomini. Digli di venire con il cellulare, in caso voglia invitarli a pernottare in un bel letto ben custodito a spese dei contribuenti.»

Laurie sparì in cucina.

Jack si avvicinò ad Angelo e si fermò torreggiando sopra di lui.

«Alzati», gli intimò.

Angelo si alzò e lo fissò con sguardo di sfida. Con grande sorpresa di tutti, soprattutto di Angelo, il destro di Jack lo raggiunse in piena faccia con estrema violenza. Si udì uno scricchiolio e Angelo si rovesciò all'indietro contro il divano per poi crollare sul pavimento come un sacco.

Jack si tirò indietro, imprecò e scosse la mano. «Accidenti», si lamentò. «Non avevo mai colpito qualcuno così! Che male!»

«Basta», lo ammonì Warren. «Non mi va di picchiare questi bastardi. Non è nel mio stile.»

«Ho finito», rispose Jack, sempre scuotendo la mano indolenzita. «Quel bastardo dall'altra parte del divano ha picchiato Laurie poco fa, dopo aver fatto irruzione nel suo appartamento. Avrai notato le ecchimosi sul suo viso.»

Angelo si tirò su. Il naso gli faceva un curioso angolo verso destra. Jack gli ordinò di girare intorno al divano e andarsi a sedere. Angelo si mosse lentamente, tenendosi una mano sul naso, dal quale cominciava a gocciolare il sangue.

«Ora, prima che arrivi la polizia», riprese Jack rivolto ai due uomini, «vorrei chiedervi ancora una volta che cos'avete paura che scopriamo io e Laurie? Che diavolo sta succedendo?»

Angelo e Franco continuavano a fissarlo con espressione vacua. Jack chiese ancora che cosa sapevano del fegato di Franconi, ma senza ottenere risposta.

Laurie tornò dalla cucina. «Ho trovato Lou. Sta venendo qui, e devo dire che è molto interessato, soprattutto alle informazioni su Vido Delbario.»

Un'ora dopo Jack si trovava comodamente installato nell'appartamento di Esteban Ndeme, insieme con Laurie e Warren. «Grazie, gradisco un'altra birra», disse in risposta all'offerta di Esteban. Si sentiva piacevolmente su di giri e sempre più euforico pensando a come la serata stava terminando in bellezza, dopo un inizio così sgradevole.

Lou era arrivato con una squadra di agenti meno di venti minuti dopo la chiamata di Laurie. Era felicissimo di accompagnare Angelo e Franco alla Centrale con le accuse di effrazione e violazione di domicilio, possesso illegale di armi da fuoco, percosse, estorsione e tentativo di spacciarsi per agenti di polizia. Sperava di poterli trattenere abbastanza a lungo da cavarne qualche informazione sostanziosa sulla malavita di New York, in particolare sulla famiglia Lucia.

Era preoccupato per le minacce ricevute da Laurie e Jack, perciò quando quest'ultimo gli comunicò che pensavano di andare via per un po', fu entusiasta del loro progetto. Nel frattempo dispose che fosse assegnato loro un agente. Per rendere più facile la cosa, Jack e Laurie decisero di abitare insieme.

Spinto dalle insistenze di Jack, Warren l'aveva accompagnato con Laurie a trovare Esteban Ndeme. Come Warren aveva annunciato, Esteban era un tipo simpatico e cordiale. Era più o meno coetaneo di Jack, intorno ai quarantadue anni, ma fisicamente molto diverso. Jack era robusto, mentre Esteban era snello. Anche i tratti del viso erano più delicati. Aveva la pelle più scura di quella di Warren. Ma la sua caratteristica più evidente era la fronte alta. Aveva perso i capelli su tutta la parte anteriore del cranio, così l'attaccatura andava da un orecchio all'altro passando sulla sommità della scatola cranica.

Appena aveva saputo che Jack stava pensando di fare un viaggio nella Guinea Equatoriale, lo aveva invitato a casa sua insieme con Laurie e Warren.

Anche Teodora Ndeme risultò allegra e gentile come il marito. Dopo avere preso brevemente parte alla conversazione, cominciò a insistere perché si fermassero tutti a cena.

Dalla cucina provenivano aromi stuzzicanti. Jack centellinava la seconda birra. «Come mai vi siete stabiliti a New York?» chiese a Esteban.

«Abbiamo dovuto fuggire dal nostro paese», spiegò Esteban e descrisse il regime di terrore instaurato dallo spietato dittatore Nguema che aveva costretto alla fuga un terzo della popolazione, compresi tutti i residenti di origine spagnola. «Sono state assassinate cinquantamila persone. Una cosa terribile. Noi siamo stati fortunati a poter uscire dal paese. Io ero insegnante e avevo studiato in Spagna, perciò ero sospetto.»

«Le cose sono cambiate ora, spero», osservò Jack.

«Oh sì. C'è stato un colpo di stato nel 1979 e la situazione è migliorata. Ma il paese è molto povero, anche se si è parlato di giacimenti di petrolio al largo della costa, come quelli scoperti nel Gabon che è diventato il paese più ricco della regione.»

«Siete mai tornati laggiù?» chiese Jack.

«Sì, diverse volte. L'ultima qualche anno fa. Teodora e io abbiamo ancora dei parenti laggiù. Il fratello di Teodora ha anche un piccolo albergo sul continente, in una cittadina di nome Bata.»

«Ho sentito parlare di Bata», osservò Jack. «Pare che abbia anche un aeroporto.»

«È l'unico aeroporto sulla terraferma», spiegò Esteban. «Costruito negli anni Ottanta per un congresso dell'Unione degli stati dell'Africa Centrale. Naturalmente il paese non aveva i mezzi per costruirlo, ma questa è un'altra faccenda.»

«Ha mai sentito parlare di una società industriale chiamata GenSys?»

«Certo. È la maggior fonte di valuta straniera per il governo, specialmente da quando il prezzo del cacao e del caffè è calato sensibilmente.»

«L'ho sentito anch'io. E ho sentito anche che la GenSys ha un allevamento di primati. Sa se si trova a Bata?»

«No, è nel sud. Lo hanno costruito nella giungla vicino a una vecchia città spagnola abbandonata, Cogo. Hanno restaurato gran parte della città per i loro dipendenti europei e americani, e hanno anche costruito un nuovo villaggio per gli indigeni che lavorano per loro. Impiegano molta gente della Guinea Equatoriale.»

«Che lei sappia, la GenSys ha costruito un ospedale?»

«Certo, un ospedale e un laboratorio nella piazza del municipio.»

«Come fa a sapere tante cose?»

«Perché ci lavorava anche mio cugino», spiegò Esteban. «Ma se n'è andato quando i soldati hanno ucciso uno dei suoi amici che cacciava nella riserva. Molti laggiù vedono di buon occhio la GenSys perché paga bene, ma tanti sono contrari perché quell'impresa ha troppo potere sul governo.»

«Per via del denaro», osservò Jack.

«Naturalmente. Pagano un sacco di soldi ai ministri. Finanziano anche una parte dell'esercito.»

«Comodo, eh?» commentò Laurie.

«Se andassimo a Bata, potremmo visitare Cogo?» chiese Jack.

«Penso di sì. Dopo la partenza degli spagnoli, venticinque anni fa, la strada per Cogo era stata abbandonata ed era diventata impraticabile. Ma la GenSys l'ha ricostruita per gli autocarri. Però dovreste noleggiare un'auto.»

«Ed è possibile?»

«Se uno ha denaro, tutto è possibile nella Guinea Equatoriale. Quando pensate di andare? È meglio nella stagione secca.»

«Cioè quando?»

«Febbraio e marzo.»

«Ottima cosa», replicò Jack. «Perché Laurie e io pensavamo di partire domani sera.»

«Cosa?» Warren parlò per la prima volta da quando erano arrivati a casa di Esteban. Non era presente all'incontro fra Jack e Lou. «Natalie e io pensavamo di uscire con voi questo fine settimana!»

«Oh! L'avevo dimenticato», si scusò Jack.

«Ehi, giovanotto, dovrete aspettare fin dopo sabato notte, altrimenti Natalie mi spella vivo, se capisci cosa intendo. Ti ho detto che mi aveva messo in croce perché passassimo una serata insieme.»

In quel suo euforico stato d'animo, Jack fece un'altra proposta. «Ho un'idea migliore. Perché tu e Natalie non venite con noi nella Guinea Equatoriale? Offro io.»

Laurie inarcò le sopracciglia. Non era sicura di aver sentito bene.

«Ehi, amico, ma cosa dici?» esclamò Warren. «Tu sei fuori di testa. Sai che stai parlando dell'Africa?»

«Certo, l'Africa», replicò Jack. «Visto che Laurie e io dobbiamo andare, perché non rendere il viaggio più divertente? A proposito, Esteban, perché non venite anche voi, lei e sua moglie? Faremo una bella compagnia.»

«Sta parlando sul serio?» chiese Esteban.

Laurie aveva un'espressione altrettanto incredula.

«Certo che parlo sul serio. Il modo migliore di vistare un paese è andarci con qualcuno che ci abbia già vissuto. Lo sanno tutti. Ci vorranno dei visti?»

«Sì, ma l'ambasciata della Guinea Equatoriale è qui a New York. Due foto, venticinque dollari, la lettera di una banca per attestare che non siete indigenti. Questo è sufficiente.»

«Come si arriva nella Guinea Equatoriale?»

«Per Bata è meglio passare da Parigi. Da lì c'è un servizio giornaliero per Douala, nel Camerun. Da Douala tutti i giorni c'è un volo per Bata. Si può anche passare da Madrid, ma ci sono solo due voli la settimana per Malabo, sull'isola di Bioko.»

«Sembra meglio Parigi», osservò Jack allegramente.

«Teodora!» Esteban chiamò la moglie che era in cucina. «Vieni qui!»

«Tu sei matto, vecchio mio», disse Warren a Jack. «L'ho capito il primo giorno che sei entrato nel campo di basket. Ma sai una cosa? La tua pazzia comincia a piacermi.»

17

7 marzo 1997, ore 6.15
Cogo, Guinea Equatoriale

La sveglia di Kevin suonò alle sei e un quarto. Fuori era ancora completamente buio. Emergendo dalla zanzariera, accese la luce per cercare la vestaglia e le pantofole. La bocca impastata e una leggera emicrania gli ricordarono il vino che aveva bevuto la sera precedente. Con mano un po' tremante prese il bicchiere d'acqua che teneva sul tavolino da notte e ne bevve un lungo sorso. Rinfrescato, andà a bussare alla porta delle camere delle sue ospiti.

La notte prima avevano deciso che per Melanie e Candace era meglio trascorrere la notte a casa sua. Aveva una quantità di spazio e se si trovavano già insieme il mattino successivo, la partenza sarebbe stata più facile e avrebbe suscitato minore curiosità. Perciò verso le undici di quella notte, fra allegre risate e battute di spirito, Kevin aveva accompagnato le amiche alle rispettive abitazioni per prendere il necessario per la notte, un cambio d'abiti e il cibo che si erano procurate alla mensa.

Mentre le due donne facevano i bagagli, Kevin aveva fatto un salto al laboratorio per prendere il rilevatore di posizione, il segnalatore direzionale, una torcia elettrica e la cartina geografica.

Kevin dovette bussare diverse volte alla stanza delle sue ospiti. Capì che risentivano dei postumi di una leggera sbronza, perché ci misero un bel po' di tempo per presentarsi in cucina. Si versarono entrambe un'abbondante tazza di caffè e bevvero i primi sorsi senza dire una parola.

Dopo aver fatto colazione si ripresero rapidamente. Uscendo dalla casa di Kevin erano vivaci e briose come se partissero per una vacanza. Il tempo era buono per quanto può esserlo in quella parte del mondo. Stava spuntando l'alba e il cielo rosa e argento era quasi completamente sereno. A sud navigava una fila di piccole nubi soffici. A occidente l'orizzonte era oscurato da una minacciosa nuvolaglia temporalesca, ma era lontana, sopra l'oceano, e probabilmente vi sarebbe rimasta per tutta la giornata.

Mentre camminavano verso il lungomare rimasero affascinati dagli uccelli. Vi erano turachi blu, pappagalli, uccelli tessitori, aquile marine e una specie tipicamente africana di merli neri. L'aria era piena dei loro colori e dei loro stridi.

La città pareva deserta. Non si vedevano né passanti né veicoli e le persiane delle case erano tutte chiuse. L'unica persona che scorsero era un indigeno che lavava il pavimento al *Chickee Hut Bar*.

Arrivarono all'imponente molo costruito dalla GenSys.

Come promesso, c'era una barca a motore di nove metri che si dondolava pigramente, ormeggiata al pontile. Molti anni prima era stata dipinta in rosso con l'interno bianco, ma la vernice si era scolorita o scrostata in molte parti. Una tettoia di paglia sorretta da pali di legno si estendeva su tre quarti della lunghezza della barca. Alla sua ombra c'erano delle panche. La barca era munita di un vecchio motore fuoribordo Evinrude. A poppa era legata una piccola piroga con quattro strette panche.

«Niente male, eh?» commentò Melanie afferrando la cima di ormeggio e tirando la barca verso il pontile.

«Più grande di quel che mi aspettavo», assentì Kevin. «Finché il motore funziona, siamo a posto. Non vorrei essere costretto a farla avanzare a forza di remi.»

«Nel peggiore dei casi ci lasciamo portare indietro dalla corrente», replicò Melanie, imperterrita.

Caricarono provviste e bagagli a bordo e mentre Melanie restava sul molo, Kevin andò a poppa a esaminare il motore. Aveva le istruzioni in inglese. Ingranò la leva del gas e diede uno strattone alla fune di avvio. Con sua grande sorpresa, il motore partì al primo colpo. Fece cenno a Melanie di saltare a bordo, diede gas e la barca si mosse.

Allontanandosi dal molo fissavano tutti la riva per vedere se qualcuno si era accorto della loro partenza. L'unica persona che videro era il solitario indigeno occupato a lavare il pavimento del *Chickee Hut Bar*, che non si disturbò nemmeno a voltarsi nella loro direzione.

Come progettato, si diressero dapprima verso ovest, Kevin spinse la leva in avanti e notò soddisfatto che la velocità aumentava regolarmente. La barca era larga e pesante ma aveva poco pescaggio. Controllò la piroga che avevano a rimorchio: filava leggera sulle onde.

Il rombo del motore rendeva difficile la conversazione, così si accontentarono di godersi il panorama. Il sole non era ancora sorto ma il cielo era più luminoso. Alla loro destra la linea costiera della Guinea Equatoriale appariva come una solida massa di vegetazione a strapiombo sull'acqua. Sull'ampio estuario altre imbarcazioni navigavano come fantasmi nella foschia che si estendeva ancora a strati sulla superficie dell'acqua.

Quando Cogo fu a una certa distanza alle loro spalle, Melanie batté un colpetto sulla spalla di Kevin e fece un ampio gesto con la mano. Kevin annuì e puntò l'imbarcazione verso sud.

Dopo aver navigato in quella direzione per una decina di minuti cominciò una lenta virata verso oriente. Ora si trovavano quasi a due chilometri dalla costa e dopo aver superato Cogo non scorsero più altre costruzioni sulla riva.

Finalmente fece la sua comparsa il sole, un enorme disco d'oro rossastro. Dapprima la foschia equatoriale era così fitta che lo si poteva fissare a occhio nudo, senza bisogno di ripararsi la vista. Ma il calore cominciò a far evaporare la nebbia e ben presto i raggi solari si fecero più ardenti. Melanie fu la prima a inforcare gli occhiali scuri, Candace e Kevin ben presto la imitarono. Pochi minuti dopo cominciarono a sfilarsi i diversi capi di vestiario che avevano indossato nella frescura del mattino.

Alla loro sinistra si sgranava la corona di isole che fiancheggiavano la costa della Guinea Equatoriale. Kevin aveva virato a nord per completare l'ampio cerchio intorno a Cogo. Ora puntò la prua direttamente sull'Isla Francesca, che già appariva in lontananza.

Apparivа diversa dalle altre isole, e quanto più si avvicinavano tanto più se ne accorgevano. Oltre a essere molto più grande, aveva al centro la dorsale calcarea che le dava un aspetto più massiccio e concreto. Sulle sue vette vagavano brandelli di nebbia simili a nubi.

Un'ora e un quarto dopo essere partito dal molo di Cogo, Kevin ridusse il gas e la barca rallentò. Davanti a loro, a una trentina di metri, si levava la costa boscosa del capo meridionale della Isla Francesca.

«A vederla da qui, mi pare piuttosto inospitale», gridò Melanie al di sopra del rombo del motore.

Kevin annuì. Nell'aspetto dell'isola non c'era nulla di invitante. Non c'era spiaggia. La linea costiera appariva coperta da fitte mangrovie.

«Dobbiamo trovare la foce del Río Diviso», gridò Kevin in risposta. Si avvicinò il più possibile alle mangrovie, badando a non restare incagliato, e si accostò a dritta per proseguire lungo la costa occidentale. Al riparo dell'isola le onde sparirono. Kevin si alzò in piedi sperando di poter scorgere eventuali ostacoli sommersi. Ma non era possibile: l'acqua era densa di fango e impenetrabile.

«Perché non puntiamo là, verso tutti quei giunchi?» propose Candace da poppa. Additava una grande palude che era comparsa davanti a loro.

Kevin annuì e ridusse ancor di più la velocità, dirigendo la barca verso il ciuffo di canne, alte quasi due metri.

«Riesci a vedere se c'è qualche ostacolo sott'acqua?» gridò a Candace.

Candace scosse la testa. «C'è troppo fango.»

Kevin virò in modo da procedere di nuovo parallelamente alla costa dell'isola. Le canne erano fitte e la palude si estendeva verso l'interno per un centinaio di metri.

«Questa deve essere la foce del fiume», osservò Kevin. «Spero che ci sia un canale navigabile. La barca non può passare in nessun modo attraverso quelle canne.»

Dieci minuti dopo, senza avere trovato alcun varco, Kevin dovette girare la barca, facendo attenzione a non impigliarsi nella fune che rimorchiava la piroga.

«Non voglio proseguire in questa direzione», osservò. «La larghezza della palude sta diminuendo. Non credo che troveremo un canale. E poi ho paura di arrivare troppo vicino alla testa di ponte.»

«D'accordo», assentì Melanie. «E se andassimo dall'altra parte dell'isola, dove si trova l'entrata del Río Diviso?»

«È proprio quello che pensavo anch'io», rispose Kevin.

Melanie alzò una mano.

«Che cosa vuoi fare?» chiese Kevin.

«E il segno d'intesa degli scout!»

Kevin rise e batté la mano contro quella di Melanie, palmo contro palmo.

Tornarono indietro nella direzione da cui erano venuti e doppiarono il promontorio dell'isola per dirigersi a est, costeggiandola nel senso della lunghezza. Kevin spinse la leva a mezza velocità. La nuova rotta consentiva loro un'ampia veduta del versante meridionale della catena montuosa che costituiva la spina dorsale dell'isola. Da quella prospettiva non si vedeva più la roccia calcarea. L'isola appariva come da una foresta vergine.

«Io qui non vedo altro che uccelli», gridò Melanie al di sopra del rombo del motore.

Kevin annuì. Anche lui aveva visto una quantità di ibis e falchetti.

Ora il sole era abbastanza alto da rendere necessaria la tettoia di paglia. Si affollarono tutti e tre a poppa. Candace si spalmò sulla pelle una crema solare che Kevin aveva trovato nel suo stipetto dei medicinali.

«Credi che i bonobo sull'isola saranno ombrosi come al solito?» chiese Melanie sempre gridando.

Kevin si strinse nelle spalle. «Vorrei saperlo», rispose. «In questo caso potrebbe essere difficile vederli, e tutto questo sforzo risulterebbe inutile.»

«Hanno avuto pochi contatti con gli esseri umani, finché non sono stati portati nel recinto del centro zootecnico», gridò ancora Melanie. «Potremmo avere buone probabilità, se non cerchiamo di avvicinarci troppo.»

«I bonobo sono timidi quando sono in libertà?» chiese Candace a Melanie.

«Molto», le rispose. «Tanto quanto gli scimpanzé, forse anche di più. Gli scimpanzé non abituati agli uomini sono quasi impossibili da avvicinare quando si trovano nel loro ambiente naturale. Sono straordinariamente timidi e il loro senso dell'udito e dell'olfatto è tanto più acuto del nostro che nessuno riesce ad avvicinarli.»

«Ci sono ancora in Africa delle zone veramente intatte e selvagge?» chiese Candace.

«Oh, mio Dio, sicuro!» esclamò Melanie. «Dalla zona costiera della Guinea Equatoriale verso est-nordest si estendono vaste regioni coperte di foresta vergine ancora inesplorate. Stiamo parlando di circa due milioni e mezzo di chilometri quadrati.»

«E per quanto tempo durerà?»

«Questa è un'altra faccenda», rispose Melanie.

Venti minuti dopo Kevin accelerò di nuovo e virò verso nord, girando intorno all'estremità orientale della Isla Francesca. Il sole era più alto nel cielo e la calura era aumentata. Candace spinse il cestino delle provviste verso il fianco sinistro della barca per tenerlo all'ombra.

«C'è un'altra palude davanti a noi», annunciò Candace.

«La vedo», rispose Kevin, che accostò la barca alla riva.

Come dimensioni, la palude appariva simile a quella che avevano trovato all'estremità occidentale dell'isola. Anche qui la giungla si alzava come una muraglia a circa cento metri dall'acqua.

Proprio quando Kevin si apprestava ad annunciare che avevano fallito ancora una volta, nella ininterrotta parete di canne apparve un'apertura.

Kevin puntò la prua in quella direzione e spinse indietro la leva. La barca rallentò. A circa dieci metri mise il motore in folle, poi lo spense.

Quando il rombo del motore tacque, si trovarono avvolti in un silenzio di tomba.

«Oh, Dio, mi fischiano le orecchie!» si lamentò Melanie.

«Pensi che ci sia un canale?» chiese Kevin a Candace, che era tornata a prua.

«È difficile dirlo.»

Kevin afferrò il motore e lo sollevò dall'acqua. Non voleva che l'elica s'impigliasse nella vegetazione acquatica.

La barca penetrò fra le canne. Sfregò contro gli alti fusti, poi si fermò. Kevin si portò a poppa per impedire alla canoa di sbattere con le paratie poppiere.

«Sembra che ci sia una specie di canale, che prosegue serpeggiando», osservò Candace. Era in piedi sul parapetto e si teneva alla tettoia, in modo da poter vedere al di sopra delle canne.

Kevin ne spezzò una e la ruppe in piccoli pezzi. Li gettò nell'acqua a fianco della barca e li osservò. I frammenti si mossero lentamente ma con decisione.

«Pare che ci sia un po' di corrente», annunciò Kevin. «Penso che sia un buon segno. Proviamo con la piroga.» La fece affiancare alla barca più grossa.

Con una certa difficoltà, a causa dell'instabilità della canoa, scesero tutti nella barchetta portandosi gli strumenti e le provviste. Kevin si mise a poppa mentre Candace si sistemava a prua. Melanie si sedette al centro, ma non su una panca. Preferì accomodarsi sul fondo.

Con una combinazione di movimenti, un po' remando, un po' attaccandosi alle canne, un po' appoggiandosi al fianco della barca, riuscirono a muoversi. Una volta arrivati dove speravano che ci fosse il canale navigabile, l'avanzata divenne molto più facile.

Con Kevin che remava a poppa e Candace a prua, si muovevano a passo d'uomo. Lo stretto passaggio, di poco meno di due metri, svoltava e serpeggiava aprendosi la via attraverso la palude. Il sole ora splendeva con tutta la sua forza equatoriale, anche se erano solo le otto del mattino.

«Non ci sono molti sentieri sull'isola», osservò Melanie, che aveva aperto la cartina geografica e la stava studiando.

«Quello principale va dalla testa di ponte al lago Hippo», spiegò Kevin.

«Ce n'è qualcun altro», aggiunse Melanie. «Tutti partono dal lago Hippo. Credo che siano stati tracciati per facilitare il recupero degli animali.»

«Lo penso anch'io», assentì Kevin. Teneva lo sguardo fisso sull'acqua scura dove si vedevano rami di piante acquatiche piegati nella direzione in cui stavano remando. Questo rivelava la presenza di una corrente, e si sentì incoraggiato.

«Perché non provi con il rilevatore di posizione?» suggerì Kevin. «Guarda un po' se il bonobo numero sessanta si è mosso, da quando l'abbiamo controllato l'ultima volta.»

Melanie introdusse l'informazione e premette un tasto.

«Pare che non si sia mosso», riferì. Ridusse la scala fino a ottenere l'equivalente della scala della cartina geografica, poi localizzò il puntino rosso. «È ancora nello stesso posto, nella radura paludosa.»

«Almeno possiamo risolvere questo mistero, anche se non vediamo nessuno degli altri», osservò Kevin.

Si stavano avvicinando alla giungla.

«Fra un momento saremo all'ombra», annunciò Candace. «Almeno sarà più fresco.»

«Non ci contare», commentò Kevin.

Spingendo da parte i remi, scivolarono silenziosamente nella perpetua penombra della foresta. Contrariamente alle speranze di Candace, era come una serra afosa e caliginosa, che dava un senso di claustrofobia. Non c'era un filo d'aria e tutto trasudava umidità. Furono tutti colpiti dal buio che regnava in quel tunnel vegetale, finché i loro occhi cominciarono ad adattarsi. Sembrava un paesaggio crepuscolare appena prima che sopraggiungesse la notte.

Quando i primi rami ricaddero alle loro spalle, furono assaliti da sciami di insetti: zanzare, crisope, diverse specie di trigonalidi, vespe. Melanie cercò freneticamente la boccetta di insettifugo e dopo essersi cosparsa la pelle nei punti scoperti, la passò agli altri.

«Puzza d'acqua marcia», si lamentò Melanie.

«Ehi, qui c'è un pericolo!» annunciò Candace dalla sua posizione a prua. «Ho appena visto un serpente. Detesto i serpenti.»

«Finché restiamo sulla piroga siamo al sicuro», replicò Kevin.

«Quindi cerchiamo di non rovesciarci», ribatté Melanie.

«Non dirlo neanche!» gemette Candace. «Sono nuova di questi posti. Voi siete in questo buco da anni!»

«Tutto quello di cui dobbiamo preoccuparci sono i coccodrilli e gli ippopotami», aggiunse Kevin. «Quando ne vedi uno, avvertimi.»

«Oh, magnifico!» replicò Candace nervosamente. «E poi che cosa facciamo, quando ne vediamo uno?»

«Non volevo metterti in agitazione», la rabbonì Kevin. «Non credo che ne vedremo qualcuno prima di arrivare al lago.»

«E quando arriviamo al lago?» chiese Candace. «Avrei dovuto informarmi sui pericoli della spedizione prima di arruolarmi!»

«Non ci disturberanno», la tranquillizzò Kevin. «Almeno questo è quello che mi hanno detto. Finché sono nell'acqua, basta che ci teniamo a ragionevole distanza. Solo quando sono sorpresi sulla terraferma possono diventare aggressivi, e sia i coccodrilli sia gli ippopotami corrono più velocemente di quanto si pensi.»

«Adesso di colpo mi sembra tutto meno piacevole», si lagnò Candace. «All'inizio credevo che sarebbe stato divertente!»

«Be', non è un picnic», replicò Melanie. «Non siamo qui per turismo. Siamo qui per una ragione.»

«E speriamo di avere successo», aggiunse Kevin. Capiva lo stato d'animo di Candace, anzi si meravigliava di essersi lasciato persuadere a partecipare all'impresa.

Oltre agli insetti, la forma di vita dominante erano gli uccelli. Svolazzavano incessantemente fra i rami, riempiendo l'aria di gorgheggi e stridii.

Su entrambe le rive del canale la foresta era impenetrabile. Solo di tanto in tanto il loro sguardo poteva addentrarsi nel fitto groviglio, e per non più di sei o sette metri. Anche la linea della costa era invisibile, nascosta sotto radici e piante acquatiche.

Mentre remava, Kevin fissava lo sguardo nell'acqua nera come bitume. Ogni colpo di remo faceva salire alla superficie fetide bolle d'aria. Il canale ben presto divenne più diritto agevolando l'avanzata. Kevin calcolò che si stavano muovendo abbastanza rapidamente; sarebbero arrivati al lago Hippo in dieci o quindici minuti.

«Perché non mettiamo in funzione il rilevatore di posizione?» suggerì Kevin a Melanie. «Se restringi il grafico a quest'area, sapremo se ci sono dei bonobo nelle vicinanze.»

Melanie era china sullo strumento quando ci fu un improvviso tumulto fra gli arbusti alla sua sinistra. Un attimo dopo sentirono schioccare dei rami nelle profondità della foresta.

Candace si portò una mano al petto. «Oh, mio Dio, che cos'è stato?»

«Secondo me, un altro di quei cefalofi», rispose Kevin.

«Quelle piccole antilopi sono molto comuni, anche su queste isole.»

Melanie rivolse di nuovo la sua attenzione al rilevatore. Nella zona non c'erano bonobo.

«Sì, certo», si lamentò Kevin. «Sarebbe stato troppo facile!»

Venti minuti dopo Candace annunciò che vedeva un barlume di luce solare filtrare tra i rami, direttamente davanti a loro.

«Dev'essere il lago», osservò Kevin.

Dopo pochi colpi di remo, la piroga scivolò sulle acque aperte del lago Hippo. I tre strabuzzarono gli occhi all'improvviso fulgore della luce solare, poi frugarono alla ricerca degli occhiali scuri.

Il lago non era grande. Pareva piuttosto uno stagno di forma allungata, con diverse isolette coperte di lussureggiante vegetazione e popolate di ibis bianchi. La riva era orlata di fitti canneti. Qua e là sull'acqua fiorivano candide ninfee e piccoli banchi di alghe galleggianti, densi abbastanza da sostenere uccellini di passaggio.

La muraglia della giungla circostante si diradava su entrambe le rive e finiva in campi erbosi, cosparsi qua e là di ciuffi di palme. A sinistra, al di sopra delle chiome degli alberi, si scorgeva la cresta della dorsale calcarea, chiaramente delineata contro il caliginoso cielo mattutino.

«È veramente splendido», commentò Melanie.

«Mi ricorda certe illustrazioni della preistoria», aggiunse Kevin. «Mi sembra quasi di vedere una coppia di brontosauri in primo piano.»

«Oh, mio Dio, vedo degli ippopotami là a sinistra!» osservò Candace allarmata, puntando il remo.

Kevin volse gli occhi in quella direzione. A fior d'acqua si vedevano le teste e le piccole orecchie di una dozzina di quei pachidermi con sopra dei graziosi uccellini bianchi che becchettavano e si lisciavano le penne.

«Va tutto bene, non temere», la tranquillizzò Kevin. «Vedi che si stanno lentamente allontanando? Non ci daranno alcun fastidio.»

«Io non sono mai stata un'amante della natura», borbottò Candace.

«Ti capisco», convenne Kevin. Ricordava chiaramente il disagio che aveva provato davanti a quella natura selvaggia nel primo anno del suo soggiorno a Cogo.

«Secondo la mappa, qui dovrebbe esserci una pista, non lontano dalla riva sinistra», annunciò Melanie studiando la cartina.

«Se ricordo bene, c'è una pista che corre tutt'attorno all'estremità orientale del lago», aggiunse Kevin. «Comincia dal ponte.»

«È vero, ma arriva vicinissima alla nostra sinistra.»

Kevin girò la canoa verso la riva sinistra e cominciò a cercare un varco in mezzo alle canne. Sfortunatamente non ne trovò.

«Credo che dovremo proprio cercare di avanzare diritto fra le canne», osservò Kevin.

«Io certo non scendo dalla canoa finché non sono su un terreno asciutto», annunciò Candace.

Kevin disse a Candace di smettere di remare mentre lui puntava la piroga verso la fitta parete di canne alte due metri e dava alcuni vigorosi colpi di remo. Con grande sorpresa di tutti, la canoa penetrò senza incontrare ostacoli attraverso la vegetazione, malgrado il raschiare delle canne contro lo scafo. Prima di quanto si aspettassero urtarono contro la terraferma.

«È stato facile», esclamò Kevin con un sospiro. Si guardò alle spalle, nel varco che la piroga aveva aperto nel canneto, ma già le canne si stavano raddrizzando, tornando alla posizione originale.

«Dovrei scendere?» chiese Candace. «Non vedo il terreno asciutto. E se ci sono insetti o serpenti?»

«Sgombra un pezzo di terreno con il remo prima di appoggiarci i piedi», le suggerì Kevin.

Appena Candace scese dalla prua, Kevin fece forza con i remi contro la riva e riuscì a far salire la piroga sull'asciutto. Melanie poté scendere agevolmente.

«E le provviste?» chiese Kevin.

«Lasciamole lì», propose Melanie. «Prendi solo la borsa con il segnalatore di direzione e la torcia elettrica. Io ho già preso il rilevatore di posizione e la cartina.»

Le due donne aspettarono che Kevin scendesse dalla piroga, poi gli fecero cenno di precederle. Con la borsa degli strumenti a tracolla, Kevin scostò le canne e cominciò ad avanzare. Il terreno era paludoso e la fanghiglia vischiosa si attaccava alle scarpe, ma dopo tre o quattro metri sbucò nel campo erboso.

«Questo sembra un prato, ma in realtà è un acquitrino», si lamentò Melanie guardando le sue scarpe da tennis, già nere di fango e completamente inzuppate.

Kevin studiava la mappa per individuare la loro posizione, infine indicò alla loro destra. «Il microchip del bonobo numero sessanta dovrebbe trovarsi a non più di trenta metri da qui, in direzione di quel piccolo spiazzo fra gli alberi», annunciò.

«Sbrighiamoci e facciamola finita!» esclamò Melanie di malumore. Anche lei stava cominciando a domandarsi se quel viaggio fosse stata una buona idea.

In Africa nulla era facile.

Kevin avanzò, seguito dalle due donne. Dapprima camminare fu difficoltoso a causa dell'instabilità del terreno. Anche se a prima vista il tappeto erboso appariva uniforme, era cosparso di piccole gobbe grumose, circondate dall'acqua. Ma il passo divenne più spedito quando si allontanarono una quindicina di metri dal lago e il terreno alzandosi divenne più asciutto. Un attimo dopo trovarono una pista.

Rimasero sorpresi nel constatare che la pista appariva ben tenuta e sembrava usata di frequente. Correva parallela alla linea costiera del lago.

«Siegfried deve mandare squadre di operai sull'isola più spesso di quanto credevo», osservò Melanie. «Questo sentiero è in buone condizioni.»

«Già», confermò Kevin. «Probabilmente hanno bisogno di mantenere i sentieri in buono stato per venire a recuperare gli animali. La giungla è così fitta e cresce così rapidamente in questa regione. È una fortuna per noi, potremo muoverci più rapidamente. Se non sbaglio, questo è il sentiero che porta alla montagna calcarea.»

«Se vengono qui per la manutenzione delle piste, allora forse la storia degli operai che accendono il fuoco è vera», commentò Melanie.

«Sarebbe troppo bello!» sospirò Kevin.

«Sento un cattivo odore», intervenne Candace. «Qui c'è puzza di marcio.»

Anche gli altri, un po' esitanti, fiutarono l'aria e annuirono.

«Non è un buon segno», si lamentò Melanie.

Kevin annuì e proseguì in direzione del piccolo spiazzo. Pochi minuti dopo, turandosi il naso con le dita, fissavano i resti del bonobo numero sessanta. La carcassa era già mezzo divorata dagli insetti. Anche grossi stercorari avevano partecipato al banchetto.

Ancor più raccapricciante dello stato dei resti era il modo in cui l'animale era morto. Una scheggia di roccia calcarea di forma conica aveva colpito l'animale in mezzo agli occhi, spaccandogli letteralmente la testa in due. La scheggia era ancora al suo posto. Dalle orbite splancate, i bulbi oculari guardavano in direzioni opposte.

«Ah!» esclamò Melanie. «È proprio quello che non volevamo vedere. Non solo i bonobo si sono divisi in due gruppi, ma si stanno uccidendo fra loro. Mi domando se anche il numero sessantasette sia morto.»

Kevin con la punta del piede fece cadere il frammento di pietra dalla testa in decomposizione. I tre lo fissarono.

«Ecco un'altra cosa che non avrei voluto vedere», mormorò Kevin.

«Che cosa vuoi dire?» chiese Candace.

«Questa pietra è stata appuntita artificialmente.» Additò una striscia sul fianco della roccia dove apparivano degli incavi fatti di recente. «Questo suggerisce che siano in grado di fabbricare utensili.»

«Un'altra conferma ai nostri sospetti, temo», osservò Melanie.

«Spostiamoci prima che mi senta male», le incitò Kevin. «Non posso resistere a questo fetore.»

Aveva appena mosso tre passi verso est quando si sentì afferrare per un braccio. Si voltò e vide Melanie con l'indice sulle labbra. Poi la donna indicò verso sud.

Kevin volse lo sguardo in quella direzione e trattenne il respiro. A una quindicina di metri da loro, nell'ombra della folta vegetazione che chiudeva il piccolo spiazzo, era comparso un bonobo. Stava ritto sugli arti posteriori assolutamente immobile, come un granatiere sull'attenti. Fissava sorpreso i tre esseri umani come questi fissavano lui.

Kevin rimase stupito dalle dimensioni dell'animale. Era alto oltre un metro e mezzo e anche il suo peso doveva essere fuori dell'ordinario. A giudicare dall'enorme sviluppo muscolare del torso, Kevin calcolò che doveva pesare fra i settanta e i settantacinque chilogrammi.

«È più alto dei bonobo che sono stati utilizzati per i trapianti», osservò Candace. «Almeno così mi pare. Naturalmente i bonobo portati in sala operatoria per i trapianti erano già sotto sedativi e legati ai lettini.»

«Ssst», l'ammonì Melanie. «Non spaventiamolo. Potrebbe essere la nostra unica occasione di vederne uno.»

Badando a non fare movimenti bruschi, Kevin si fece scivolare la borsa degli strumenti dalla spalla e tirò fuori il segnalatore di direzione. Lo attivò e udì che cominciava a emettere un debole ticchettio. Ma quando lo puntò verso il bonobo, lo strumento emise una nota continua. Kevin controllò il quadrante ed emise un'esclamazione soffocata.

«Che succede?» bisbigliò Melanie. Aveva visto l'espressione di Kevin cambiare bruscamente.

«È il numero uno!» bisbigliò Kevin a sua volta. «È il mio duplo!»

«Oh, mio Dio!» esclamò Melanie, sempre in un sussurro. «Adesso sono gelosa, vorrei vedere il mio!»

«Possiamo avvicinarci un po' di più?» chiese Candace.

Kevin era colpito da due cose. Anzitutto dal fatto che il primo bonobo vivo che incontravano era proprio il suo duplo. E poi perché se aveva inavvertitamente creato una specie di esseri protoumani, ora si trovava davanti a un se stesso di sei milioni di anni prima. «Questo è troppo!» non poté fare a meno di esclamare a mezza voce.

«Che cosa vuoi dire?» chiese Melanie.

«In un certo senso, quell'essere che sta davanti a noi... sono io!»

«Be', adesso non esageriamo!»

«Certamente è in posizione eretta come un essere umano», osservò Candace. «Ma è più peloso di tutti gli uomini che ho visto finora.»

«Divertente», commentò Melanie senza ridere.

«Melanie, usa il rilevatore di posizione tutt'intorno alla zona», riprese Kevin. «Di solito i bonobo si muovono in branco. Forse ce ne sono degli altri qui vicino che non vediamo. Potrebbero nascondersi fra i cespugli.»

Melanie premette i pulsanti dello strumento.

«È incredibile come possa stare così immobile!» osservò Candace.

«Probabilmente è irrigidito dalla paura», replicò Kevin. «Sono sicuro che non sa che cosa fare con noi. O magari, se Melanie ha ragione dicendo che non ci sono abbastanza femmine sull'isola, sarà affascinato da voi due.»

«Questo non lo trovo affatto divertente», protestò Melanie senza alzare gli occhi dalla tastiera del rilevatore.

«Scusa», disse Kevin.

«Che cos'ha intorno alla vita?» chiese Candace.

«Me lo domandavo anch'io», rispose Kevin. «Non riesco a capire che cosa sia, forse un viticcio di rampicante che gli si è attorcigliato addosso quando è passato in mezzo ai cespugli.»

«Guardate un po'!» li interruppe Melanie eccitata, alzando lo strumento perché potessero vederlo. «Kevin, avevi ragione. C'è un intero gruppo di bonobo fra gli alberi, dietro il tuo duplo.»

«E perché verrebbe avanti da solo, prima degli altri?» chiese Candace.

«Forse è come un maschio alpha in una comunità di scimpanzé», osservò Melanie. «Poiché ci sono poche femmine, è comprensibile che questi bonobo si comportino un po' come gli scimpanzé. In questo caso, lo farebbe per dimostrare il suo coraggio.»

Passarono diversi minuti. Il bonobo non si muoveva.

«Siamo in una situazione di stallo!» si lamentò Candace. «Su, vediamo se possiamo avvicinarci di più. Che cos'abbiamo da perdere? Anche se scappa, questo piccolo episodio ci fa sperare di poterne vedere degli altri.»

«Va bene», acconsentì Kevin. «Ma non fate movimenti bruschi. Non voglio spaventarlo. Non voglio perdere la possibilità di incontrare altri animali del branco.»

«Voi due andate avanti», replicò Candace.

I tre cominciarono ad avanzare cautamente, un passo dopo l'altro. Kevin era in testa, seguito da Melanie. Candace chiudeva la fila. Quando arrivarono a metà strada fra loro e il bonobo, si fermarono. Ora potevano vedere l'animale molto meglio. Aveva arcate sopracciliari prominenti e la fronte come uno scimpanzé, ma la metà inferiore della faccia era significativamente meno prognata, anche in confronto a quella di un bonobo normale. Il naso era piatto, le narici molto svasate. Le orecchie erano più piccole di quelle degli scimpanzé o dei bonobo e appiattite contro il cranio.

«Anche voi pensate quello che sto pensando io?» bisbigliò Melanie.

Candace annuì. «Sembra un uomo delle caverne.»

«Vedete le sue mani?»

«Sì, le vedo», sussurrò Candace. «Ma che cos'hanno di speciale?»

«Il pollice. Non è come quello degli scimpanzé. Il pollice sporge dal palmo.»

«Hai ragione», bisbigliò Melanie. «Questo significa che è opponibile alle altre dita.»

«Mio Dio! I nostri sospetti stanno diventando certezze!» osservò Kevin sempre a bassa voce. «Se i geni evolutivi preposti alle mutazioni anatomiche necessarie per il bipedalismo si trovano sul braccio corto del cromosoma 6, è possibile che ci siano anche quelli del pollice opponibile.»

«È un tralcio che ha intorno alla vita», chiarì Candace. «Ora lo vedo bene.»

«Proviamo ad avvicinarci ancora», suggerì Melanie.

«Non saprei», obiettò Kevin. «Temo che stiamo sfidando la fortuna. Francamente sono sorpreso che non sia già scappato. Forse dovremmo sederci e aspettare.»

«Sembra di essere in un forno qui sotto il sole», si lamentò Melanie. «E non sono neanche le nove, per cui andando avanti sarà peggio. Se decidiamo di sederci qui in osservazione, propongo che ci spostiamo all'ombra. E inoltre vorrei avere il cesto delle provviste.»

«Sono d'accordo.»

«Naturale che sei d'accordo!» esclamò Kevin ironicamente. «Sarei sorpreso se non lo fossi!» Era stanco di sentire Melanie fare proposte prontamente approvate da Candace.

«Non sei per niente gentile», protestò Candace indignata.

«Scusa.» Non aveva avuto intenzione di urtarla.

«Bene, adesso io mi avvicino», annunciò Melanie. «Jane Goodall era capace di andare a sedersi in mezzo ai suoi scimpanzé.»

«È vero, ma solo dopo diversi mesi di reciproco adattamento.»

«Comunque, adesso ci provo.»

Kevin e Candace la lasciarono avanzare di tre o quattro metri, poi si guardarono l'un l'altro, si strinsero nelle spalle e la raggiunsero.

«Non eravate obbligati a farlo», sussurrò Melanie.

«Veramente sono io che voglio avvicinarmi per vedere se il mio duplo presenta qualche espressione facciale», bisbigliò Kevin. «E voglio guardarlo negli occhi.»

Senza più parlare, muovendosi lentamente ma con decisione, i tre si avvicinarono fino a sei metri dal bonobo. Poi si fermarono di nuovo.

«È incredibile», mormorò Melanie senza staccare gli occhi dalla faccia del bonobo. L'unico segno di vita in lui era un'occasionale battere delle palpebre, qualche movimento degli occhi e l'allargarsi delle narici a ogni respiro.

«Guarda quei pettorali», osservò Candace. «È come se passasse la maggior parte della giornata in palestra.»

«Come credete che si sia procurato quella cicatrice?» chiese Melanie.

Il bonobo aveva una grossa cicatrice che dal lato sinistro della faccia arrivava quasi alla bocca.

Kevin si sporse in avanti a fissare gli occhi dell'animale. Erano marrone, come i suoi. Poiché aveva il sole di fronte, le pupille erano come capocchie di spillo. Kevin cercò di coglierví un lampo di intelligenza, ma era difficile.

Senza il minimo preavviso, il bonobo batté le mani con tanta forza che l'eco si ripercosse fra le due muraglie verdi che chiudevano il piccolo spiazzo. Allo stesso tempo gridò: «*Atah!*»

Kevin e le due donne sobbalzarono, colti da un brivido di terrore. Il violento colpo delle mani e l'urlo li gettarono nel panico e pensarono che l'animale volesse attaccare. Ma non fu così. Il bonobo tornò all'immobilità di prima.

Dopo un attimo di confusione, i tre si ripresero e fissarono nervosamente l'animale.

«Che cosa significa?» chiese Melanie.

«Non credo che abbia paura di noi», osservò Candace. «Forse faremmo meglio a tornarcene indietro.»

«Credo anch'io», replicò Kevin a disagio. «Ma muoviamoci

lentamente. Niente panico.» Fece qualche cauto passo indietro e accennò alle due donne di seguirlo.

Il bonobo rispose portandosi un braccio dietro la schiena e afferrando un oggetto che teneva appeso al tralcio di rampicante. Brandì l'oggetto agitandolo sopra la testa e gridò di nuovo: «*Atah!*»

I tre s'immobilizzarono, gli occhi spalancati per il terrore.

«Che diavolo può significare *atah*?» gemette Melanie dopo qualche momento di quiete. «Può essere una parola? È mai possibile che il bonobo parli?»

«Non ne ho idea», balbettò Kevin. «Ma almeno non ci ha attaccati.»

«Che cos'ha in mano?» chiese Candace in tono apprensivo. «Sembra un martello »

«È un martello», confermò Kevin. «Un vero martello da falegname. Dev'essere uno degli utensili che i bonobo hanno rubato durante la costruzione del ponte.»

«Guarda come lo impugna. Proprio come farebbe uno di noi», osservò Melanie. «Senza dubbio ha il pollice opponibile.»

«Dobbiamo andarcene di qui», sbottò Candace quasi gridando. «Mi avevate detto che questi animali erano timidi. Ma quello è tutt'altro che...»

«Non correre!» la interruppe Kevin, che teneva gli occhi incollati al bonobo.

«Voi restate pure se volete, ma io torno alla barca», affermò disperatamente Candace.

«Torniamo tutti ma lentamente», ripeté Kevin.

Malgrado gli avvertimenti di Kevin, Candace girò sui tacchi e cominciò a correre. Dopo solo pochi passi si immobilizzò e lanciò un grido.

Kevin e Melanie si voltarono verso di lei. Entrambi trattennero il fiato quando videro ciò che l'aveva atterrita. Venti bonobo erano silenziosamente emersi dalla foresta schierandosi ad arco e bloccando ogni via d'uscita dal piccolo spiazzo.

Candace indietreggiò lentamente finché urtò Melanie.

Per un intero minuto nessuno parlò e nessuno si mosse, né gli uomini né i bonobo. Poi il bonobo numero uno ripeté il suo grido: «*Atah!*» Immediatamente gli animali cominciarono a girare in cerchio intorno ai tre esseri umani.

Candace gemette di terrore e i tre si addossarono l'uno all'altro formando un triangolo. Il cerchio degli animali si stringeva intorno a loro come un cappio. I bonobo si avvicinavano, un passo per volta. Gli esseri umani ora potevano sentire distintamente il loro odore, un odore acuto e ferino. Nei musi degli animali, privi di espressione, gli occhi lampeggiavano.

I bonobo cessarono di avanzare quando vennero a trovarsi a distanza di un braccio dai tre amici. I loro occhi si muovevano su e giù squadrando gli intrusi. Alcuni brandivano pietre scheggiate a cono, come quella che aveva ucciso il bonobo numero sessanta.

Kevin, Melanie e Candace non si mossero. Erano paralizzati dal terrore. Gli animali intorno a loro erano alti, come il bonobo numero uno.

Il bonobo numero uno era rimasto al di fuori del cerchio. Teneva sempre stretto il martello ma non lo brandiva più al di sopra della testa. Si fece avanti e girò intorno al gruppo compiendo un cerchio completo, fissando gli umani fra le teste dei suoi simili. Quindi emise una serie di suoni accompagnati da gesti delle mani.

Numerosi altri animali risposero. Poi uno di essi allungò la mano verso Candace, che emise un gemito soffocato.

«Non muoverti», l'ammonì Kevin. «Il fatto che non ci abbiano ancora fatto del male è un buon segno.»

Candace deglutì a vuoto con la gola secca quando la mano del bonobo le accarezzò i capelli. Sembrava affascinato dal loro colore biondo. L'infermiera dovette fare appello a tutta la sua forza d'animo per non gridare e non ritrarsi.

Un altro animale cominciò a emettere suoni e gesticolare. Poi additò il proprio fianco. Kevin vide una lunga ferita chirurgica cicatrizzata. «È l'animale da cui hanno prelevato il rene per il finanziere di Dallas», mormorò con voce tremante di paura. «Sta puntando il dito contro di noi. Credo che ci colleghi al momento della sua cattura.»

«Questo non ci porterà niente di buono», sussurrò Melanie.

Un altro animale tese la mano a toccare la fronte di Kevin. Poi toccò il segnalatore di direzione che Kevin teneva in mano. Questi rimase sorpreso vedendo che non cercava di strappargliela.

Il bonobo che stava di fronte a Melanie tese la mano ad afferrare fra il pollice e l'indice il tessuto della sua camicetta, come per tastare la trama della stoffa. Poi sfiorò leggermente con la punta dell'indice il rilevatore di posizione che Melanie teneva in mano.

«Sembrano confusi e sconcertati», mormorò Kevin. «E stranamente rispettosi. Non credo che ci faranno del male. Forse pensano che siamo delle divinità.»

«Come possiamo incoraggiare questa loro convinzione?» chiese Melanie.

«Cercherò di dar loro qualche cosa», rispose Kevin. Considerò brevemente gli oggetti che aveva addosso e decise per il suo orologio da polso. Con gesti molto lenti si mise il segnalatore di direzione sotto il braccio e si tolse l'orologio. Tenendolo per il cinturino lo porse all'esemplare di fronte a lui.

L'animale piegò di lato la testa, fissando l'orologio, poi tese la mano per prenderlo. Ma appena lo ebbe fra le dita il bonobo numero uno pronunciò: «*Ot*». L'altro reagì immediatamente consegnandogli l'orologio. Il numero uno lo esaminò, poi se lo infilò sull'avambraccio.

«Oh, mio Dio!» borbottò Kevin. «Il mio duplo porta il mio orologio! Questo è un incubo!»

Il bonobo numero uno parve ammirare per un momento l'orologio. Poi unì pollice e indice in cerchio e pronunciò distintamente: «*Randa*».

Un bonobo immediatamente scattò e corse via, scomparendo momentaneamente nella foresta. Quando ricomparve, portava un pezzo di fune.

«Una corda?» chiese Kevin preoccupato. «E adesso che cosa succede?»

«Dove avranno trovato quella corda?» chiese Melanie.

«Probabilmente l'hanno rubata insieme con gli altri utensili.»

«Che cosa ci faranno?» chiese nervosamente Candace.

Il bonobo marciò direttamente su Kevin e gli annodò la fune intorno alla vita. Kevin osservò con un misto di paura e ammirazione l'animale che faceva un rozzo nodo e glielo stringeva sull'addome.

«Non vi ribellate», consigliò Kevin rivolto alle due donne. «Credo che andrà tutto bene finché non li irritiamo e non li spaventiamo.»

«Ma io non voglio che mi leghino!» gridò Candace.

«Finché non ci fanno del male, sopportiamo», replicò Melanie per calmarla.

Il bonobo legò le due donne nello stesso modo. Quando ebbe finito indietreggiò reggendo il capo più lungo della corda.

«Evidentemente desiderano che ci fermiamo per un po'», osservò Kevin in tono scherzoso, tentando di risollevare il morale della compagnia.

«Non offenderti se non rido», sibilò Melanie.

«Almeno non sembrano seccarsi se parliamo», soggiunse Kevin.

«Anzi, stranamente pare che lo trovino interessante», replicò Melanie. Ogni volta che uno di loro parlava, il bonobo più vicino inclinava la testa come per ascoltare meglio.

All'improvviso il bonobo numero uno aprì e chiuse le dita e fece il gesto di allontanare di scatto la mano dal torace. Nello stesso tempo pronunciò: «*Arak*».

Immediatamente il gruppo cominciò a muoversi, compreso l'animale che teneva la fune. Kevin, Melanie e Candace furono costretti ad avanzare.

«Quel gesto era lo stesso che il bonobo faceva nella sala operatoria», osservò Candace.

«Allora deve significare 'andare' o 'allontanarsi' o 'via'», rifletté Kevin. «È incredibile. Questi animali parlano.»

Lasciarono il piccolo spiazzo e attraversarono il campo erboso fino al sentiero. A questo punto il gruppo girò a destra. Mentre camminavano i bonobo restavano in silenzio, ma guardinghi.

«Ho l'impressione che la manutenzione di questo sentiero non sia opera di Siegfried», osservò Melanie. «Secondo me è opera dei bonobo.»

Il sentiero curvò verso sud e ben presto entrò nella giungla. Ma era sempre ben pulito e sgombro e il terreno sul fondo era ben battuto e liscio.

«Dove ci porteranno?» chiese Candace nervosamente.

«Secondo me ci portano verso le caverne», rispose Kevin.

«Ma è ridicolo!» esclamò Melanie. «Ci portano in giro come cani al guinzaglio. Visto che gli abbiamo fatto tanta impressione, forse potremo ribellarci.»

«Oh, non credo», ribatté Kevin. «Dovremo anzi fare di tutto perché non si arrabbino.»

«Candace?» chiese Melanie. «Tu che cosa ne pensi?»

«Io sono troppo spaventata per pensare», gemette Candace. «Voglio solo tornare alla barca.»

Il bonobo che li teneva al guinzaglio si voltò e diede uno strattone alla corda. La scossa li fece quasi cadere. Il bonobo agitò ripetutamente la mano a palmo in giù sussurrando: «*Hana*».

«Mio Dio, quell'animale ha una forza incredibile!» commentò Melanie riprendendo a camminare.

«Che cosa credi che volesse dire?» chiese Candace.

«Tirando a indovinare, direi che vuole farci stare zitti», rispose Kevin.

Di colpo l'intero gruppo si fermò. Fra i bonobo ci furono alcuni segnali con le mani. Diversi di loro additarono a destra fra gli alberi. Un piccolo gruppo si allontanò in silenzio in mezzo alla fitta vegetazione. Quelli rimasti formarono un ampio cerchio, tranne tre individui che si arrampicarono sui tronchi nella volta frondosa, con una rapidità e una leggerezza che sfidavano le leggi di gravità.

«Che cosa succede?» sussurrò Candace.

«Qualcosa di importante», rispose Kevin. «Sembrano tutti molto tesi.»

Passarono diversi minuti. Nessuno dei bonobo rimasti a terra si mosse o emise il minimo suono. Poi d'improvviso ci fu un violento tumulto sulla destra, accompagnato da stridule grida. Di colpo gli alberi si animarono invasi da un gruppo di colobi che saltavano disperatamente fra i rami andando a sbattere contro i bonobo arrampicati in mezzo alle fronde.

Le scimmiette atterrite cercarono di cambiare direzione, ma nella fretta molte persero la presa e caddero al suolo. Prima di potersi riprendere furono assalite dai bonobo che aspettavano a terra e che le uccisero all'istante con schegge di pietra appuntite.

Candace trasalì per l'orrore e voltò la testa dall'altra parte.

«Direi che è un buon esempio di caccia organizzata», bisbigliò Melanie. «Richiede un alto livello di cooperazione.» Malgrado le circostanze, non poteva fare a meno di rimanere impressionata.

«Non c'è dubbio», sussurrò Kevin. «La giuria si è pronunciata e il verdetto è tremendo. Siamo qui solo da un'ora e abbiamo già risolto il problema che ci ha portato qui. Oltre alla caccia organizzata, abbiamo visto postura eretta, pollice opponibile, fabbricazione di utensili e persino un linguaggio rudimentale. Possono vocalizzare come te e me.»

«Straordinario!» sussurrò Melanie in risposta. «Nel tempo in cui hanno vissuto qui, questi animali hanno attraversato quattro o cinque milioni di anni di evoluzione umana.»

«Oh, state un po' zitti!» sbottò Candace. «Siamo prigionieri di queste bestie e voi due vi dedicate a una discussione scientifica!»

«È più che una discussione scientifica», replicò Kevin. «Stiamo constatando un terribile errore e io ne sono il responsabile. La realtà è peggio di quanto temevo quando vidi per la prima volta il fumo levarsi dall'isola. Questi animali sono protoominidi.»

«Anch'io ho una parte di colpa», ammise Melanie.

«Non sono d'accordo», obiettò Kevin. «Io ho creato questa mostruosità, aggiungendo i segmenti di cromosomi umani. Non è stata colpa tua.»

«E adesso che cosa fanno?» chiese Candace.

Kevin e Melanie si voltarono e videro il bonobo numero uno che veniva verso di loro portando il corpo insanguinato di uno dei colobi. Aveva ancora al polso l'orologio, il che non faceva che sottolineare la sua ambigua posizione fra uomo e scimmia.

Il bonobo numero uno portò la preda direttamente a Candace, gliela porse con entrambe le mani e pronunciò: «*Sta*».

Candace emise un gemito e voltò la faccia. Pareva sul punto di vomitare.

«Guarda che te la sta offrendo!» l'ammonì Melanie. «Cerca di rispondere.»

«Non posso neanche guardarla!» gemette Candace.

«Fai uno sforzo», insisté Melanie.

Candace si voltò lentamente. Le si leggeva il disgusto sul viso. La testa della piccola scimmia era stata schiacciata.

«Fai un inchino, insomma, fai qualcosa», la incoraggiò Melanie.

Candace sorrise debolmente e chinò la testa.

Il bonobo numero uno s'inchinò a sua volta e si ritirò.

«Incredibile!» commentò ancora Melanie vedendo l'animale allontanarsi. «Anche se è evidentemente il maschio capo del branco, ci devono essere ancora ricordi della tipica società matriarcale dei bonobo.»

«Candace, ti sei comportata benissimo», si complimentò Kevin.

«Sono a pezzi», confessò Candace.

«Sapevo che avrei dovuto essere bionda!» osservò Melanie tentando di fare dello spirito.

Il bonobo che teneva la fune diede un altro strattone, molto più leggero del primo. Il gruppo ora si stava di nuovo muovendo e i tre umani furono costretti a seguirlo.

«Io non voglio andare più avanti», protestò Candace sull'orlo delle lacrime.

«Su, fatti forza», la incoraggiò Melanie. «Tutto sta andando per il meglio. Comincio a pensare che l'ipotesi di Kevin sia giusta. Ci ritengono delle divinità, specialmente tu con i tuoi capelli biondi. Avrebbero potuto ucciderci subito, se avessero voluto, come hanno ucciso le scimmiette.»

«Perché hanno ucciso i colobi?» chiese Candace.

«Credo che lo abbiano fatto per procurarsi cibo», rispose Melanie. «Questo mi sorprende, perché i bonobo non sono carnivori. Però gli scimpanzé a volte lo sono.»

«Temevo che fossero abbastanza umani da uccidere per sport», osservò Candace.

Il gruppo attraversò una zona acquitrinosa, poi cominciò a salire. Circa un quarto d'ora dopo sbucarono in una radura dal terreno solido ed erboso, ai piedi della dorsale calcarea.

Circa a metà della parete di roccia si vedeva l'apertura di una caverna che pareva accessibile solo salendo per una serie di sporgenze ripidamente allineate una dopo l'altra. All'ingresso della caverna c'erano un'altra decina di bonobo, perlopiù femmine. Si battevano il petto con i palmi gridando continuamente: «*Bada, bada*».

Anche i bonobo ai piedi della roccia fecero altrettanto e poi alzarono le scimmiette morte. Le femmine emisero suoni rochi e modulati che a Melanie ricordarono vagamente quelli degli scimpanzé.

Poi Kevin, Melanie e Candace furono spinti in avanti. Alla loro vista le femmine tacquero di colpo.

«Ho come la sensazione che quelle femmine là in alto non siano troppo contente di vederci», sussurrò Melanie.

«Direi piuttosto che sono rimaste confuse», replicò Kevin. «Non aspettavano ospiti.»

Infine il bonobo numero uno disse «*zit*» e protese una mano con il pollice alzato. Il gruppo avanzò, spingendo avanti i tre prigionieri.

18

7 marzo 1997, ore 6.15
New York

Jack si sedette sul letto strofinandosi gli occhi. Era ancora stanco per aver dormito poco due notti prima e aver fatto molto tardi la sera precedente, ma era troppo eccitato per riaddormentarsi.

Si alzò, si avvolse nelle coperte per difendersi dal freddo del mattino e si diresse alla porta della camera da letto. Ascoltò per un attimo e convinto che Laurie fosse ancora addormentata socchiuse la porta. Come si era aspettato, Laurie era coricata su un fianco sotto un mucchio di coperte. Si udiva il suo respiro lento e profondo.

In punta di piedi Jack attraversò la camera da letto ed entrò nel bagno. Chiuse la porta e si fece rapidamente la doccia e la barba. Quando ricomparve fu lieto di vedere che Laurie non si era mossa.

Prese un cambio d'abiti e li portò in soggiorno. Pochi minuti dopo usciva in strada nel primo chiarore dell'alba.

Dall'altra parte della via c'era un'auto della polizia con due agenti in divisa che bevevano caffè e leggevano i giornali del mattino. Riconobbero Jack e lo salutarono con la mano. Lou aveva mantenuto la parola.

Jack si diresse di buon passo verso una caffetteria di Columbus Avenue. Uno dei due agenti lo seguì a debita distanza. Jack pensò quasi di offrirgli un caffè, ma poi decise di non farlo. Non voleva che l'agente interpretasse male il suo gesto.

Con le braccia cariche di pacchetti, succo d'arancia, caffè, frutta e ciambelle fresche tornò all'appartamento. Laurie era alzata e stava facendo la doccia. Jack bussò per annunciarle che la colazione era servita.

Pochi minuti dopo Laurie comparve con una vestaglia di Jack e i capelli ancora bagnati. Le conseguenze del suo scontro della notte precedente con Angelo si erano attenuate. Aveva solo un ematoma sotto l'occhio, ma molto leggero.

«Sei sempre dello stesso parere a proposito del viaggio?» chiese.

«Assolutamente. Non vedo l'ora.»

«E hai proprio intenzione di pagare per tutti? Costerà un sacco di soldi.»

«Non saprei in che altro modo spenderli», si guardò intorno, nel modesto appartamento. «Certo non per i miei lussi, e la bici è già tutta pagata.»

«Sul serio, capisco che venga Esteban, ma Warren e Natalie?»

La sera precedente, quando avevano proposto il viaggio a Teodora, lei aveva ricordato al marito che uno di loro doveva restare in città per mandare avanti il negozio e badare al figlio dodicenne. Si era deciso che sarebbe partito Esteban.

«Parlavo seriamente quando ho detto che sarebbe stata una gita di piacere», replicò Jack. «Se non scopriremo niente di nuovo, il che è sempre possibile, almeno ci divertiremo. Warren mi è sembrato molto interessato a visitare quella parte dell'Africa. E al ritorno passeremo anche un paio di notti a Parigi.»

«Non devi sforzarti molto per convincermi. In principio ero contraria, ma adesso comincio a entusiasmarmi anch'io.»

«Non ci resta che convincere Bingham.»

«Non credo che sarà un problema. Ci spettano ancora un sacco di vacanze. E Lou ci tiene a saperci fuori città.»

«Io non ho troppa fiducia nella burocrazia ma sono ottimista. E in vista della partenza dobbiamo fare le commissioni necessarie. Io vado a procurarmi i biglietti, tu e Warren sbrigate la faccenda dei visti. Dobbiamo anche pensare alle vaccinazioni e alla profilassi antimalarica. Veramente ci vorrebbe più tempo per le cure immunizzanti, ma dobbiamo arrangiarci. Ricordiamoci di mettere in valigia una quantità di insettifughi.»

«Va bene», assentì Laurie.

Per amore di Laurie, Jack lasciò a casa la sua dilettissima mountain bike. Insieme presero un taxi per recarsi in ufficio. Quando entrarono nella sala del personale, Vinnie abbassò il giornale e li guardò a occhi sbarrati, come se vedesse due fantasmi.

«Che cosa ci fate qui?» chiese con voce roca. Si schiarì la gola.

«Che domanda è questa?» replicò Jack. «Noi lavoriamo qui, Vinnie. Te lo sei dimenticato?»

«Be', non credevo che foste in servizio.» Vinnie prese un sorso dalla sua tazza di caffè e tossì ancora.

Jack e Laurie si avvicinarono all'angolo del caffè. «Vinnie è di umore strano in questi ultimi giorni», borbottò Jack.

Laurie gettò un'occhiata a Vinnie, che si era nuovamente seppellito dietro il suo giornale.

«Già, è stata una reazione strana», convenne. «Anch'io ho notato che ieri era nervoso.»

I due si fissarono per un momento.

«Stai pensando quello che penso anch'io?» chiese Laurie.

«Forse. Tutto quadrerebbe. Vinnie ha accesso alle celle.»

«Dovremo parlarne con Lou. Mi dispiace terribilmente che debba essere proprio Vinnie, ma dobbiamo scoprire chi fa passare informazioni confidenziali all'esterno.»

Per fortuna di Laurie, il suo turno settimanale come responsabile della distribuzione del lavoro era finito e cominciava quello di Paul Plodgett. Paul era già seduto alla scrivania ed esaminava i casi giunti durante la notte. Laurie e Jack gli dissero che pensavano di prendersi una vacanza e chiesero di essere esonerati dal fare autopsie quel giorno, a meno che non ci fosse un carico eccessivo di lavoro. Paul assicurò che non c'erano difficoltà.

Laurie, con una mentalità più diplomatica di Jack, riteneva di dover esporre a Calvin i loro progetti di vacanza prima di parlarne con Bingham. Il vicedirettore si limitò a grugnire che avrebbero dovuto dare un preavviso più lungo.

Bingham li guardò con espressione interrogativa al di sopra

degli occhiali con la montatura di metallo. Aveva in mano la posta del mattino, che si accingeva a esaminare.

«Volete due settimane a partire da oggi?» chiese incredulo. «Perché tanta fretta? È forse un'emergenza?»

«Stiamo progettando un viaggio un po' avventuroso», rispose Jack. «Vorremmo partire questa sera.»

Gli occhi acquosi di Bingham passarono dall'uno all'altra. «Voi due non state progettando di sposarvi, vero?»

«Non mi riferivo a questo tipo di avventura», rispose Jack.

Laurie represse a stento una risata. «Ci dispiace di non avere dato più preavviso. La ragione di questa fretta è un'altra: ieri notte siamo stati minacciati e diffidati a proposito del caso Franconi.»

«Minacciati?» chiese Bingham. «E questo ha a che fare con il livido che hai sull'occhio?»

«Temo di sì», rispose Laurie. Aveva cercato di coprire l'ematoma con il trucco, ma ci era riuscita solo in parte.

«E chi c'è dietro queste minacce?» chiese ancora Bingham.

«Una delle famiglie mafiose di New York. Il tenente Louis Soldano si è offerto di metterla al corrente e anche di parlarle della possibile presenza di una talpa del crimine organizzato proprio qui nell'ufficio del medico legale. Noi crediamo di aver scoperto com'è stato sottratto il cadavere di Carlo Franconi.»

«Ascolto», esclamò Bingham. Depose sulla scrivania la posta e si sistemò sulla sedia.

Laurie gli raccontò la storia, sottolineando che l'impresa Pompe Funebri Spoletto doveva aver ricevuto il numero di registrazione del caso non identificato.

«Il tenente Soldano ritiene che sia saggio per voi due lasciare la città?» chiese Bingham.

«Sì, ce l'ha raccomandato», confermò Laurie.

«Bene, allora siete liberi. Devo telefonare io a Soldano o mi chiamerà lui?»

«Eravamo d'accordo che le telefonava lui», rispose Laurie.

«Va bene.» E rivolgendosi direttamente a Jack: «A che punto siamo con la faccenda del fegato?»

«Ancora sul vago», rispose Jack. «Sto aspettando altri referti.»

Bingham annuì e commentò: «Questo caso è un dannato mal di pancia. Fate in modo che io sia informato di ogni nuovo indizio mentre siete in viaggio. Non voglio sorprese». Abbassò gli occhi sul ripiano della scrivania e riprese a esaminare la posta. «Bene, ragazzi. Buon viaggio e mandatemi una cartolina.»

Laurie e Jack uscirono in corridoio e si sorrisero.

«Le cose si mettono bene», commentò Jack. «Bingham era l'ostacolo maggiore al progetto.»

«Mi domando se avremmo dovuto dirgli perché andiamo in Africa.»

«Direi di no. Avrebbe potuto cambiare idea. Il suo più vivo desiderio sembra essere quello di chiudere il caso.»

Si ritirarono nei rispettivi uffici e Laurie telefonò all'ambasciata della Guinea Equatoriale per i visti, mentre Jack chiamava le linee aree. Laurie constatò subito che Esteban aveva ragione a proposito della facilità di ottenere i visti: si potevano avere quella mattinata. Jack trovò l'Air France ben lieta di organizzare il viaggio in tutti i particolari e combinò di recarsi nel pomeriggio ai loro uffici per ritirare i biglietti.

Laurie comparve nell'ufficio di Jack con un ampio sorriso. «Comincio a credere che questo folle progetto stia diventando realtà. Allora, come vanno le cose?»

«Bene. Si parte questa sera alle 19.50.»

«Mi sembra ancora impossibile! Mi sento come una ragazzina al suo primo viaggio.»

Dopo aver preso accordi con l'ufficio viaggi e vaccinazioni del General Hospital di Manhattan, telefonarono a Warren e stabilirono che avrebbe chiamato Natalie per poi raggiungerli all'ospedale insieme alla moglie.

L'infermiera di turno somministrò a tutti una serie di iniezioni, insieme con prescrizioni per farmaci antimalarici e consigliò loro insistentemente di aspettare una settimana prima di partire. Jack le spiegò che non era possibile. Lei rispose ironicamente: «Be', sono felice che siate voi ad andare e non io». Nel corridoio Warren chiese a Jack che cosa intendesse dire l'infermiera.

«Ci vuole circa una settimana perché queste vaccinazioni facciano effetto», spiegò Jack. «Tranne le gammaglobuline.»

«Allora c'è qualche rischio?»

«La vita è un rischio», sentenziò Jack. «Be', parlando seriamente qualche rischio c'è, ma con il passare dei giorni il nostro sistema immunitario sarà sempre meglio preparato. Il problema principale è la malaria, ma porteremo con noi un sacco di insettifughi.»

«Non sei preoccupato?»

«Non abbastanza da non partire.»

Lasciato l'ospedale passarono da un fotografo. Con le foto in mano, Laurie, Warren e Natalie si diressero all'ambasciata della Guinea Equatoriale.

Jack prese un taxi e si recò alla Clinica Universitaria per parlare con il dottor Peter Malovar. Come al solito, trovò il vecchio patologo chino sul microscopio. Jack aspettò rispettosamente che il professore terminasse di studiare il vetrino che aveva sottomano.

«Ah, il dottor Stapleton», esclamò il professor Malovar scorgendo Jack. «Lieto di rivederla. Vediamo un po', dove si sarà cacciato il suo vetrino?»

Il laboratorio del professor Malovar era pieno di libri, riviste e vassoietti di vetrini. I cestini della carta straccia erano perennemente stracolmi. Il professore non voleva che nessuno ripulisse il suo ambiente di lavoro per non turbare quel disordine in cui lui si orientava senza difficoltà.

Con sorprendente rapidità il professore localizzò il vetrino di Jack sopra un libro di patologia veterinaria. Con agili dita lo prese e lo infilò sotto l'obiettivo del microscopio.

«Il suggerimento del dottor Osgood di far esaminare il vetrino dal dottor Hammersmith è stato un asso nella manica», sentenziò mentre metteva a fuoco. Quando fu soddisfatto si appoggiò allo schienale della sedia, prese un libro e lo aprì alla pagina segnata da un vetrino pulito. Porse il libro a Jack.

La pagina presentava una fotomicrografia di una sezione del fegato. C'era un granuloma simile a quello che compariva nel vetrino di Jack.

«È lo stesso granuloma», affermò Malovar, facendo cenno a Jack di confrontare la fotomicrografia con il vetrino al microscopio.

Jack si chinò sul microscopio. Effettivamente le due immagini apparivano identiche.

«È certamente uno dei vetrini più interessanti che tu mi abbia portato», affermò il dottor Malovar. Si scostò dagli occhi una ciocca dei suoi arruffati capelli grigi. «Come puoi leggere nel libro, l'organismo patogeno si chiama epatocisto.»

Jack si raddrizzò e tornò a osservare il libro. Non aveva mai sentito parlare di epatocisto.

«È un organismo raro?»

«Nell'obitorio di New York penso proprio di sì. Estremamente raro! Lo si trova solo nei primati. E per di più soltanto nei primati del Vecchio Mondo, ossia Africa e Asia Sudorientale. Non si è mai visto nel Nuovo Mondo, e mai negli esseri umani.»

«Mai?» chiese Jack.

«Mettiamola così. Io non l'ho mai visto, e ho visto un sacco di parassiti del fegato. E, cosa più importante, non l'ha mai visto neppure il dottor Osgood, che ha visto molti più parassiti epatici di me. Alla luce delle nostre esperienze dovrei dire che non esiste negli esseri umani. Naturalmente nelle zone endemiche è un altro paio di maniche, ma anche là dev'essere piuttosto raro. Altrimenti ci sarebbero capitati almeno un paio di casi.»

«Apprezzo molto il suo aiuto», lo ringraziò Jack distrattamente. Stava già valutando le implicazioni di questa sorprendente informazione. Confermava l'ipotesi che Franconi fosse stato sottoposto a uno xenotrapianto, molto più del semplice fatto che avesse fatto un viaggio in Africa.

«Sarebbe un caso interessante da presentare ai nostri congressi», osservò Malovar. «Fammi sapere che cosa ne pensi.»

«Certo», rispose Jack senza sbilanciarsi. La sua mente era in subbuglio.

Salutò il professore e si diresse verso il suo ufficio. Trovare il parassita di un primate del Vecchio Mondo in un campione di fegato umano era una prova molto eloquente. Ma c'erano anche i risultati confusi che Ted Lynch aveva ricavato dall'analisi del Dna. E oltretutto c'era il fatto che non si riscontrava traccia di infiammazione nel fegato, malgrado l'assenza di immunosoppressori. L'unica cosa certa era che tutto ciò non aveva senso.

Arrivato all'obitorio, si diresse subito al laboratorio del Dna con l'intenzione di parlare con Ted, nella speranza di cavar fuori qualche ipotesi adatta a spiegare lo strano caso. Il problema era che Jack non ne sapeva abbastanza della moderna teoria del Dna per arrivare a formulare una sua ipotesi.

«Gesù, Stapleton, dove diavolo sei stato?» sbottò Ted quando lo vide. «Ti ho cercato in ogni angolo del mondo e nessuno ti aveva visto.»

«Sono stato fuori», replicò Jack, sulla difensiva. Pensò per un attimo di spiegargli la situazione, poi cambiò idea. Troppe cose erano successe nelle ultime dodici ore.

«Siediti», lo invitò Ted.

Jack si sedette.

Ted frugò sul ripiano della sua scrivania finché trovò una striscia di pellicola sviluppata, coperta da un centinaio di minute sbarrette nere. La porse a Jack.

«Ted, vuoi proprio prendermi in giro!» protestò Jack. «Sai benissimo che non capisco niente di questi geroglifici!»

Ted ignorò le sue proteste e continuò a cercare, finché trovò una striscia simile alla prima. Consegnò anche quella a Jack.

«Tienile entrambe controluce.»

Jack obbedì. Vedeva che erano diverse.

Ted indicò la prima striscia di celluloide. «Questo è uno studio della regione del Dna che codifica la proteina ribosomiale di un essere umano. L'ho preso a caso, per mostrarti che aspetto ha.»

«È una meraviglia!»

«Smettila di scherzare!»

«Cercherò», promise Jack.

«Ora questa è lo studio del campione di fegato di Franconi. È la stessa regione sottoposta agli stessi enzimi della prima. Vedi le differenze?»

«È la sola cosa che mi sia chiara!»

Ted mise da parte lo studio del campione umano e additò la pellicola che Jack teneva ancora in mano. «Come ti ho detto ieri questa informazione è sul Cd-Rom, così ho potuto fare un confronto al computer. È risultato che combacia quasi alla perfezione con quella di uno scimpanzé.»

«Non alla perfezione?» chiese Jack. Nulla pareva preciso e definito in quel caso.

«Non alla perfezione ma ci va molto vicino. Diciamo, un cugino dello scimpanzé. Qualcosa del genere.»

«Gli scimpanzé hanno dei cugini?»

«Esatto!» esclamò Ted alzando le spalle. «Ma io mi sono rotto le ossa per trovarti questa informazione. Devi ammettere che fa una certa impressione.»

«Così, secondo te, si tratta di uno xenotrapianto.»

Ted alzò di nuovo le spalle. «Tirando a indovinare, direi proprio di sì. Ma se considero risultati del Dq alfa, non so più che cosa dire. Ho anche fatto di mia iniziativa un esame del Dna per i gruppi sanguigni A, B e 0. Finora i risultati sono come quelli del Dq alfa. Penso che ne risulti un accoppiamento perfetto con Franconi, il che non fa che confondere ulteriormente le cose. È un caso che fa impazzire.»

«A chi lo dici!» esclamò Jack. Poi riferì a Ted la scoperta di un parassita tipico dei primati del Vecchio Mondo.

La faccia di Ted esprimeva una completa confusione. «Sono ben contento che questo sia il tuo caso e non il mio!» bofonchiò.

Jack appoggiò la striscia di celluloide sulla scrivania. «Con un po' di fortuna, potrò avere qualche risposta nei prossimi giorni. Stanotte parto per l'Africa. Andrò nello stesso paese in cui è andato Franconi.»

«Ti manda la direzione dell'obitorio?» chiese Ted stupito.

«No, vado per conto mio. Be', non proprio. Io pago tutte le spese, ma viene anche Laurie.»

«Diamine, sei proprio un lavoratore scrupoloso.»

«Ostinato come un mulo, vuoi dire.»

Si alzò per uscire ma quando arrivò alla porta Ted lo richiamò. «Ho avuto i risultati del Dna mitocondriale. Corrispondono a quelli della signora Franconi. Così almeno la tua identificazione è esatta.»

«Finalmente qualcosa di certo!» sospirò Jack. Mentre stava per allontanarsi Ted lo richiamò di nuovo.

«Ho avuto un'idea pazzesca», gli rivelò Ted. «L'unico modo per spiegare i risultati che ho ottenuto è supporre che il fegato fosse transgenico.»

«Che diavolo significa?»

«Significa che il fegato di Franconi contiene i geni di due specie distinte.»

«Mmm», bofonchiò Jack. «Vale la pena di pensarci.»

Cogo, Guinea Equatoriale

Bertram diede un occhiata al suo orologio. Erano le quattro del pomeriggio. Guardando fuori dalla finestra osservò che l'improvviso, violento uragano tropicale che solo quindici minuti prima oscurava completamente il cielo si era già dissolto. Al suo posto splendeva un pomeriggio africano pieno di sole e vapori.

Con una decisione improvvisa prese il telefono e chiamò il centro fecondazione. Rispose una voce femminile, quella dell'assistente del turno serale, Shirley Cartwright.

«Oggi sono già state somministrate le iniezioni di ormoni alle due nuove femmine?» chiese.

«Non ancora», rispose Shirley.

«Pensavo che secondo il programma dovesse essere fatto oggi alle due», osservò Bertram.

«Quello è l'orario, di solito», rispose Shirley esitante.

«Perché questo ritardo?»

«La signorina Becket non è ancora arrivata», rispose Shirley controvoglia. Non voleva certo causare dei guai alla direttrice del reparto, ma capiva che non poteva mentire.

«Quando doveva arrivare?»

«Non ha un orario preciso. Aveva detto che sarebbe stata occupata tutta la mattina nel suo laboratorio, all'ospedale. Immagino che sia stata trattenuta.»

«Non ha lasciato istruzioni a qualcun'altro?»

«Non mi risulta Quindi l'aspetto a minuti.»

«Se non si presenta entro la prossima mezz'ora, proceda lei e somministri le dosi indicate nel programma», ordinò Bertram. «C'è qualche problema?»

«Nessun problema, dottore.»

Bertram chiuse la comunicazione e compose il numero del laboratorio di Melanie, nell'edificio dell'ospedale. La persona che rispose gli riferì una storia inquietante. Melanie quel giorno non era venuta al laboratorio perché era impegnata al centro zootecnico.

Bertram riattaccò e cominciò a tamburellare nervosamente con la punta del indice sul ripiano della scrivania. Benché Siegfried gli avesse assicurato di avere risolto il problema creato da Kevin e dalle sue due presunte amiche, Bertram restava scettico. Melanie era una lavoratrice assai coscienziosa. Non era da lei trascurare un'iniezione programmata.

Riprese il telefono e cercò di chiamare Kevin, ma non ottenne risposta.

Colto da inquietanti sospetti si alzò e disse a Martha, la sua segretaria, che contava di tornare entro un'ora. Uscito sulla piazza, salì sulla Cherokee e si diresse in città.

Mentre guidava si sentiva sempre più sicuro che Kevin e le due donne si fossero recati sull'isola. Lo assalì una sorda collera. Si rimproverava di essersi lasciato persuadere da Siegfried. Lo rodeva il presentimento che la curiosità di Kevin lo avrebbe messo in un mare di guai.

Passando dalla strada asfaltata all'acciottolato, ai margini della città, dovette frenare bruscamente. Assorto nei suoi pensieri non si era accorto di andare troppo veloce. A causa della pioggia recente i ciottoli erano scivolosi come ghiaccio e la macchina slittò per diversi metri prima di fermarsi.

Posteggiò nel parcheggio dell'ospedale e salì al secondo piano. Bussò alla porta di Kevin ma era chiusa.

Tornato alla macchina, girò intorno alla piazza e parcheggiò dietro al municipio. Fece un cenno di saluto all'ozioso gruppo di soldati che ciondolavano all'ombra del portico.

Salì le scale a due gradini per volta e si presentò ad Aurielo dicendo che aveva urgenza di parlare con Siegfried.

«In questo momento è con il capo della sicurezza», obiettò Aurielo.

«Vai a dirgli che sono qui», ordinò Bertram e cominciò a camminare su e giù, sempre più irritato.

Cinque minuti dopo Cameron McIvers uscì dall'ufficio. Salutò Bertram, che lo ignorò. Era troppo ansioso di vedere Siegfried.

«C'è un problema», esordì senza preamboli. «Melanie Becket non si è presentata per un'iniezione programmata questo pomeriggio e Kevin Marshall non si trova nel suo laboratorio.»

«Non ne sono sorpreso», rispose Siegfried tranquillamente. Si appoggiò allo schienale della sedia e stirò il braccio buono. «Li hanno visti partire per una scampagnata questa mattina presto, insieme con l'infermiera. Pare che il ménage à trois stia fiorendo. Hanno persino cenato insieme ieri notte a casa di Kevin, e poi le donne si sono fermate a dormire.»

«Davvero?» chiese Bertram. Gli sembrava impossibile che quel misero ricercatore fosse coinvolto in un'avventura del genere.

«Posso assicurartelo», affermò Siegfried. «Sai che abito proprio di fronte a Kevin, dall'altra parte della piazza. Avevo incontrato le due donne poco prima al *Chickee Hut Bar*. Erano già un po' brille e mi hanno detto che stavano per recarsi a casa di Kevin.»

«E dove sono andati questa mattina?»

«Credo che siano andati ad Acalayong. Uno del personale li ha visti partire in una barca a motore prima dell'alba.»

«Allora sono andati sull'isola in barca!» scattò Bertram.

«Li hanno visti dirigersi a ovest, non a est.»

«Potrebbe essere una finta.»

«Potrebbe. Ci ho pensato anch'io e ne ho parlato con Cameron. Ma riteniamo entrambi che l'unico modo di visitare l'isola in barca sia quello di approdare alla testa di ponte. Tutto il resto dell'isola è circondato da un vero e proprio baluardo di mangrovie e paludi.»

Bertram alzò gli occhi a fissare le enormi teste di rinoceronte appese alla parete sopra la scrivania di Siegfried. Le loro carcasse prive di cervello gli fecero pensare al direttore generale della Zona. Tuttavia doveva ammettere che in questo caso aveva un punto a suo favore. Infatti, l'isola era stata scelta per il progetto bonobo, anche grazie alla sua inaccessibilità dal mare.

«E non possono neppure approdare alla testa di ponte», continuò Siegfried, «perché là stazionano sempre i soldati, che bruciano dalla voglia di usare i loro AK-47.» Sogghignò. «Mi viene da ridere quando penso che hanno sparato contro i finestrini della macchina di Melanie!»

«Forse hai ragione», borbottò Bertram.

«Certo che ho ragione!»

«Ma io sono preoccupato lo stesso. E sospettoso. Voglio entrare nell'ufficio di Kevin.»

«E perché?»

«Sono stato così stupido da mostrargli come accedere al software che abbiamo predisposto per la localizzazione dei bonobo», spiegò Bertram. «Sfortunatamente lui se n'è servito subito. Ne sono sicuro perché ho constatato che l'ha usato in diverse occasioni. Voglio vedere se riesco a scoprire che cos'ha in mente.»

«Mi sembra ragionevole.» Siegfried chiamò Aurielo e diede disposizioni perché a Bertram fosse data una tessera magnetica di accesso al laboratorio. «Fammi sapere se trovi qualcosa», concluse.

«Non ti preoccupare», gli assicurò Bertram.

Munito della tessera magnetica, tornò al laboratorio ed entrò nell'ufficio di Kevin. Si chiuse la porta alle spalle e si diresse alla scrivania. Non avendo trovato niente, fece un rapido giro per la stanza. La prima sensazione di guai gli venne da una pila di fogli accanto alla stampante. Li riconobbe subito come grafici della mappa dell'isola.

Esaminò ogni foglio. Vide che erano in scala diversa. Non riusciva a capire il significato di tutte quelle forme geometriche.

Mise da parte i tabulati e si diresse al computer di Kevin. Cominciò a cercare fra le directory. Non gli ci volle molto per scoprire la fonte delle informazioni sugli stampati.

Per la successiva mezz'ora rimase stupefatto da ciò che aveva davanti: Kevin aveva escogitato un modo per seguire i singoli individui in tempo reale. Dopo avere digitato per un po' sulla tastiera, trovò le informazioni conservate in memoria che documentavano i movimenti degli animali in un periodo di diverse ore. In base a questi dati poté riprodurre le forme geometriche.

«Essere così abile ti farà male alla salute!» borbottò a bassa voce mentre faceva passare sul video i movimenti di ciascun animale. Quando il programma giunse alla fine, Bertram aveva individuato i problemi dei bonobo numero sessanta e sessantasette.

Con crescente ansia cercò gli indicatori di movimento dei due animali. Poiché non riuscì a trovarli tornò al tempo reale e proiettò la loro posizione attuale: non si erano mossi di un centimetro.

«Buon Dio!» mormorò. Di colpo le sue preoccupazioni per i progetti di Kevin passarono in secondo piano, sostituite da un problema più urgente. Spense il computer, afferrò le mappe stampate dell'isola e si precipitò fuori dal laboratorio. Non prese la macchina e attraversò direttamente lo spiazzo erboso. Sapeva che a piedi avrebbe fatto prima.

Corse su per le scale fino, ignorò Aurielo e si precipitò nell'ufficio di Siegfried senza farsi annunciare.

«Devo parlarti immediatamente», annunciò senza fiato.

Siegfried era in riunione con il supervisore del servizio rifornimenti alimentari. Entrambi rimasero stupiti dall'irruzione di Bertram.

«È un'emergenza!» ansimò.

Il supervisore si alzò. «Posso tornare più tardi», propose.

«È meglio che sia veramente importante!» lo ammonì Siegfreid.

Bertram agitò gli stampati del computer. «Pessime notizie», annunciò prendendo la sedia lasciata libera dal supervisore. «Kevin Marshall ha scoperto un modo per seguire costantemente i movimenti dei bonobo.»

«E allora?» esclamò Siegfried.

«Almeno due di loro non si muovono!» continuò Bertram. «Il numero sessanta e il numero sessantasette. Non si muovono da più di ventiquattr'ore. E c'è solo una spiegazione. Devono essere morti.»

Siegfried alzò le sopracciglia. «Be', sono animali. E gli animali muoiono. C'era da aspettarselo.»

«Tu non capisci», replicò Bertram in tono un po' sprezzante. «Non hai voluto tenere conto del mio sospetto che i bonobo si fossero divisi in due gruppi. Ti avevo detto che era importante. E questa, sfortunatamente, è una prova. Quegli animali si stanno uccidendo fra loro!»

«Credi?» chiese Siegfried allarmato.

«Non c'è dubbio, secondo me. Mi sono spremuto il cervello per capire perché si siano divisi in due gruppi. Devo aver trascurato di mantenere l'equilibrio fra il numero dei maschi e quello delle femmine. Non c'è altra spiegazione. I maschi stanno lottando per le femmine. Ne sono sicuro.»

«Oh, buon Dio!» esclamò Siegfried scuotendo la testa. «È una notizia terribile.»

«Più che terribile. Disastrosa. Sarà la rovina dell'intero programma, se non interveniamo.»

«Che cosa possiamo fare?»

«Innanzitutto non dobbiamo dirlo a nessuno. Per quel che riguarda i due bonobo sessanta e sessantasette provvederemo in seguito. Ma la cosa più importante è chiudere subito gli animali in gabbia, come ho sempre raccomandato fin dall'inizio. Non si uccideranno se li metteremo in gabbie separate.»

Siegfried dovette accettare il consiglio del veterinario. Anche se aveva sempre sostenuto che gli animali dovessero vivere all'aperto nel loro ambiente naturale per ragioni sia logistiche sia di sicurezza, ora le cose erano cambiate. Non si poteva permettere che si uccidessero tra loro. Data la situazione, non c'era scelta.

«Quando vuoi catturarli?» chiese.

«Il più presto possibile. Posso procurare una squadra di assistenti addestrati per domani mattina all'alba. Cominceremo affrontando il gruppo scissionista con le pistole a dardi. Quando tutti gli animali saranno in gabbia, e ci vorranno non più di due o tre giorni, li trasporteremo di notte in un reparto del centro zootecnico che io preparerò.»

«Forse farei meglio a richiamare il drappello di soldati che ho mandato al ponte», rifletté Siegfried. «Non vorrei che sparassero agli uomini della squadra di recupero.»

«A me non è mai piaciuta l'idea di mandare là quei soldati», ribatté Bertram. «Temevo che si mettessero a sparare contro qualche animale, così per divertimento.»

«Quando dovremo informare i nostri capi alla GenSys?» chiese Siegfried.

«Non prima che il recupero sia ultimato. Solo allora sapremo quanti animali sono stati uccisi. Forse avremo anche un'idea migliore per la sistemazione dei bonobo. Penso che dovremo costruire un complesso nuovo, separato.»

«Per questo avremo bisogno di un'autorizzazione.»

«È evidente.» Bertram si alzò. «È una fortuna che io abbia pensato a fare trasportare qui tutte quelle gabbie.»

New York

Raymond si sentiva meglio di quanto non gli capitava da diversi giorni. Pareva che le cose andassero per il verso giusto. Subito dopo le nove aveva telefonato al dottor Waller Anderson, e non solo il dottore aveva deciso di associarsi all'impresa, ma aveva anche trovato due pazienti pronti a versare il loro deposito e recarsi alle Bahamas per il prelievo del midollo osseo.

Poi intorno alle nove aveva ricevuto una chiamata dalla dottoressa Alice Norwood, che aveva lo studio in Rodeo Drive, a Beverly Hills. La dottoressa gli comunicò di avere reclutato tre medici con numerosa clientela privata che erano disposti a entrare nella società. Uno aveva lo studio in Century City, un altro a Brentwood e il terzo a Bel-Air. Era convinta che questi medici avrebbero portato presto molti clienti perché sulla Costa Occidentale c'era un'enorme richiesta di servizi come quelli offerti da Raymond.

Ma quello che lo faceva sentire meglio era non aver ricevuto chiamate né da Vinnie Dominick né dal dottor Daniel Levitz. Questo silenzio per lui significava che l'affare Franconi era finalmente concluso.

Alle tre e mezzo sentì ronzare il citofono. Darlene rispose e con voce lacrimosa annunciò a Raymond che la sua macchina lo stava aspettando.

Raymond prese fra le braccia la donna e le batté affettuosamente la mano sulle spalle. «La prossima volta forse potrai venire», le promise per consolarla.

«Davvero?»

«Non posso garantirtelo, ma farò il possibile.» Raymond non aveva nessuna autorità sui voli della GenSys. Darlene aveva partecipato solo a uno dei viaggi a Cogo. Nelle altre occasioni l'aereo era risultato completo per uno dei due tratti del viaggio. Come programma standard, l'aereo decollava dagli Stati Uniti e faceva tappa in Europa. Di qui proseguiva per Bata. Il viaggio di ritorno aveva lo stesso itinerario, ma in Europa faceva tappa in una città diversa.

Dopo aver promesso di telefonarle appena arrivato a Cogo, Raymond portò le valigie al pianterreno. Salì sulla berlina che lo aspettava e si adagiò comodamente sul sedile.

«Desidera che accenda la radio, signore?» chiese l'autista.

«Perché no?» Raymond cominciava già a godersi la vacanza.

La traversata della città era la parte più difficile del viaggio.

Una volta arrivati alla West Side Highway acquistarono velocità. Il traffico era scorrevole. Percorsero rapidamente il George Washington Bridge. In meno di un'ora Raymond raggiunse l'aeroporto Teterboro.

L'aereo della GenSys non era ancora arrivato, ma non si preoccupò. Si accomodò nella sala d'attesa, da dove si godeva un'ampia veduta della pista, e ordinò uno scotch. Mentre veniva servito, vide il lucente jet della GenSys sbucare dalle nubi, toccare terra e rullare esattamente di fronte a lui.

Era un elegante aereo bianco con una striscia rossa lungo il fianco. Sulla pinna della coda c'erano il numero di registrazione, N69SU, e una piccola bandiera americana.

Si aprì un portello e una scaletta scese fino a terra. Un assistente di volo impeccabilmente vestito in uniforme blu scuro comparve sulla soglia, scese gli scalini ed entrò nell'edificio principale del terminal. Si chiamava Roger Perry e Raymond lo conosceva bene. Insieme con un altro assistente, Jasper Devereau, faceva parte del personale di volo.

Roger si affacciò nel salottino d'attesa e scorse subito Raymond. Si diresse verso di lui e lo salutò cordialmente.

«Non ha altro bagaglio, signore?» chiese raccogliendo le valigie di Raymond.

«No, è tutto qui. Siamo già in partenza? Non dovete fare rifornimento?» Questa era la procedura seguita nei viaggi precedenti.

«Siamo pronti», fu la risposta.

Raymond si alzò e seguì l'assistente fuori dell'edificio, nel grigio e freddo pomeriggio di marzo. Avvicinandosi al lussuoso jet privato, sperò che ci fossero molte persone a osservarlo. In momenti come questo gli pareva di vivere proprio la vita che sentiva di meritare. Si disse persino che era stata una fortuna per lui essere radiato dall'ordine dei medici.

«Dimmi, Roger», chiese Raymond prima di raggiungere la scaletta. «Siamo al completo nel volo per l'Europa?» In ogni volo Raymond aveva sempre a bordo altri dirigenti della GenSys.

«Solo un altro passeggero», rispose Roger. Arrivati ai piedi della scaletta si scostò e fece cenno a Raymond di precederlo.

Raymond sorrideva mentre saliva. Con un solo passeggero e

due assistenti, il volo si prospettava più piacevole del previsto.

A bordo dell'aereo fu accolto da Jasper, che gli prese il cappotto e la giacca e gli chiese se desiderava un drink prima del decollo.

«Magari più tardi», rispose con disinvoltura.

Jasper scostò la tenda che separava l'ingresso dalla cabina e Raymond, tronfio d'orgoglio, entrò. Stava decidendo dove sedersi quando vide l'altro passeggero. Si irrigidì ed ebbe una fitta allo stomaco.

«Salve, dottor Lyons. Benvenuto a bordo!»

«Taylor Cabot!» spiccicò a fatica Raymond. «Non mi aspettavo di vederla.»

«Le credo. Sono sorpreso anch'io.» Taylor sorrise e fece cenno a Raymond di prendere posto sul sedile accanto al suo.

Raymond si affrettò a sedersi. Si rammaricò di non aver accettato il liquore che Jasper gli aveva offerto. Aveva la gola secca come carta vetrata.

«Mi hanno informato del piano di volo dell'aereo», spiegò Taylor, «e poiché avevo un intervallo di qualche giorno nella mia agenda ho pensato di fare un salto a controllare personalmente la nostra impresa di Cogo. È stata una decisione improvvisa. Naturalmente dovremo fare una breve fermata a Zurigo, dove devo incontrarmi con certi banchieri. Spero che questo non la disturbi.»

«Oh, s'immagini!» balbettò Raymond scuotendo la testa.

«E come vanno le cose con il nostro progetto bonobo?» chiese Taylor.

«Oh, benissimo!» articolò Raymond. «Ci aspettiamo un buon numero di nuovi clienti. Facciamo addirittura fatica a tenere dietro a tutte le domande.»

«E quel deplorevole episodio di Carlo Franconi? Spero che sia stato felicemente sistemato.»

«Sì, naturalmente», gli assicurò Raymond, cercando di sorridere.

«Una delle ragioni di questo viaggio è assicurarmi che valga la pena di continuare a finanziare il progetto. Il mio amministratore mi riferisce che comincia a rendere un modesto profitto. Ma il mio direttore operativo mi raccomanda di non espormi troppo con la ricerca sui primati. Così, devo prendere una decisione. Spero che lei vorrà essere così gentile da collaborare con me.»

«Ma sicuro», rispose Raymond, mentre i motori si avviavano per il decollo.

Nel bar delle partenze internazionali dell'aeroporto Jfk sembrava di essere a un party. C'era anche Lou che sorseggiava una birra infilandosi di tanto in tanto una nocciolina in bocca. Era di ottimo umore e si comportava come se facesse parte della comitiva in partenza.

Jack, Laurie, Warren, Natalie ed Esteban erano seduti con Lou a un tavolino rotondo in un angolo del bar. Sopra le loro teste la Tv trasmetteva una partita di hockey. La voce frenetica dell'annunciatore e le urla dei tifosi si aggiungevano al frastuono generale.

«È stato un gran giorno!» gridava Lou rivolto a Jack e Laurie. «Abbiamo beccato Vido Delbario e sta cantando come un canarino per salvarsi il culo. Penso che potremo fare fuori un bel po' dell'organizzazione Vaccarro.»

«E che cosa farete con Angelo Facciolo e Franco Ponti?» s'informò Laurie.

«È un'altra questione», ribatté Lou con una risata. «Per una volta il giudice si è messo dalla nostra parte e ha proposto una cauzione di due milioni di dollari per ciascuno. A dargli il colpo di grazia è stata l'accusa di essersi spacciati per agenti di polizia.»

«E le Pompe Funebri Spoletto?» continuò Laurie.

«Quella ha l'aria di essere una miniera d'oro. Il proprietario è il cognato di Vinnie Dominick. Ti ricordi di Dominick, vero, Laurie?»

Laurie annuì. «E come potrei dimenticarlo!»

«Chi è?» chiese Jack.

«Ha svolto un ruolo cruciale nell'affare Cerino», rispose Laurie.

«Fa parte della banda dei Lucia, che è in concorrenza con quella di Cerino», spiegò Lou. «Hanno fatto la parte del leone dopo la cattura di Cerino. Ma ho la sensazione che stiamo per sgonfiarli.»

«Che cosa facciamo per la talpa dell'ufficio del medico legale?» chiese ancora Laurie.

«Calma, calma, una cosa alla volta», li esortò Lou. «Ci arriveremo, non ti preoccupare.»

«Controllate uno dei tecnici di laboratorio, un certo Vinnie Amendola», suggerì Laurie.

«C'è qualche ragione in particolare?» domandò Lou, scribacchiando il nome su un taccuino.

«Solo un sospetto.»

«Consideralo fatto», le promise Lou. «Sai, questo episodio dimostra come le cose possano cambiare rapidamente. Ieri ero l'ultimo scalzacani, oggi sono l'eroe del giorno. Ho ricevuto persino una telefonata dal capitano che mi parlava di un possibile encomio ufficiale. Ci crederesti?»

«Te lo meriti.»

«Be', se lo ricevo io, dovreste ottenerlo anche voi.»

Jack sentì qualcuno che gli batteva sulla spalla. Era la cameriera. Chiedeva se volevano altro da bere.

«Chi vuole un'altra birra?» domandò Jack sopra del vocio generale.

Guardò Natalie, che pose una mano sul suo bicchiere per indicare che non ne voleva più. Era molto bella con la tuta sportiva rosso scuro. Insegnava in una scuola privata di Harlem, ma non aveva l'aspetto di un'insegnante. A Jack ricordava le sculture egiziane del Metropolitan Museum, dove Laurie un giorno l'aveva trascinato. Aveva gli occhi a mandorla e le labbra piene e generose. I capelli erano raccolti in un'acconciatura elaborata. Natalie aveva detto che era la specialità di sua sorella.

Anche Warren scosse la testa. Era seduto accanto a Natalie, con un giubbotto sportivo sopra una maglia a girocollo nera, che in qualche modo dissimulava la sua possente struttura fisica. Sembrava più felice che mai e aveva sulle labbra un mezzo sorriso, invece della solita espressione severa e risoluta.

«Per me no, grazie», gridò Esteban, che esibiva un ampio sorriso, ancora più radioso di quello di Warren.

Anche Laurie rifiutò. «Niente per me. Voglio lasciare un po' di posto per il vino, quando pranzeremo in aereo.»

Aveva raccolto i capelli neri in due trecce e indossava una salopette di velluto. Il buonumore e l'abbigliamento disinvolto la facevano sembrare una liceale.

«Io invece gradisco un'altra birra, grazie», rispose Lou.

«Una birra, e poi il conto», ordinò Jack alla cameriera.

«Be', ragazzi, allora tutto bene, vero?» esclamò Lou rivolto a Jack e Laurie.

«Eccoci qui, era quel che volevamo», rispose Jack. «Laurie e gli altri hanno pensato ai visti, io ho preso i biglietti.» Si batté una mano sullo stomaco. «Mi sono procurato anche un po' di franchi francesi e una cintura per riporre il denaro. Mi hanno detto che il franco francese è la valuta corrente in quella parte dell'Africa.»

«E che cosa farete quando arriverete?» s'informò Lou.

Jack additò Esteban. «Il nostro compagno di viaggio ha gentilmente provveduto alla nostra sistemazione. Suo cugino ci viene incontro all'aeroporto e il fratello di sua moglie gestisce un albergo.»

«Vi troverete benissimo, allora», osservò Lou. «E laggiù che progetti avete?»

«Il cugino di Esteban ha noleggiato per noi un furgoncino», rispose Jack, «e con quello raggiungeremo Cogo.»

«E piomberete là così, di punto in bianco?»

«Questa è l'idea», confermò Jack.

«Buona fortuna!»

«Grazie, probabilmente ne avremo bisogno.»

Mezz'ora dopo il gruppo, tranne Lou, s'imbarcava allegramente sul 747. Riposero i bagagli a mano negli appositi scomparti e si accomodarono ai loro posti. Poco dopo l'enorme aereo fremette e si mosse.

Quando i motori cominciarono a rombare e l'aereo accelerò sulla pista di decollo, Laurie sentì Jack che le prendeva la mano e gliela stringeva febbrilmente.

«Tutto bene?» gli chiese.

Jack annuì. «Ti confesso che non mi piacciono i viaggi in aereo», mormorò.

Laurie lo capiva.

«Siamo partiti!» esclamò Warren gioiosamente. «Africa, arriviamo!»

19

8 marzo 1997, ore 2.00
Cogo, Guinea Equatoriale

«Dormi?» sussurrò Candace.

«Stai scherzando!» bisbigliò Melanie in risposta. «Come potrei dormire su questa roccia, con solo poche foglie sotto la schiena?»

«Anch'io non riesco a dormire», ammise Candace. «Specialmente con tutto questo russare. E Kevin?»

«Sono sveglio», rispose Kevin.

Erano in una piccola grotta laterale che si apriva sulla grande caverna, subito dietro l'entrata principale. Il buio era quasi assoluto. L'unica luce proveniva dallo scarso chiarore lunare che entrava dall'esterno.

I tre erano stati gettati nella piccola grotta subito dopo il loro arrivo. Era larga circa tre metri e aveva un soffitto inclinato che all'entrata arrivava a un massimo di un metro e settantacinque, più o meno l'altezza di Kevin. Non aveva una parete di fondo: semplicemente si restringeva in un tunnel. Poco prima Kevin aveva esplorato questo tunnel con l'aiuto della torcia elettrica nella speranza di scoprire un'altra uscita, ma il tunnel terminava bruscamente a circa dieci metri.

I bonobo li avevano trattati bene, anche dopo l'iniziale accoglienza piuttosto fredda delle femmine. Evidentemente gli animali erano sconcertati dalla presenza degli esseri umani e avevano intenzione di mantenerli in vita. Li avevano riforniti di acqua un po' fangosa in gusci di zucche e di cibo. Sfortunatamente si trattava di larve, bruchi e altri insetti insieme con una specie di pianta erbacea del lago Hippo. Più tardi, verso sera, gli animali avevano acceso un fuoco all'ingresso della caverna. Kevin era particolarmente interessato al modo in cui accendevano il fuoco, ma era troppo lontano per poter osservare. Un gruppo di bonobo aveva formato un cerchio, e dopo circa mezz'ora il fuoco scoppiettava.

«Bene, questo risponde al mio problema del fumo», aveva osservato Kevin.

Gli animali avevano squartato i piccoli colobi e li avevano arrostiti sul fuoco, poi li avevano smembrati e distribuiti in mezzo a un festoso vociare. A giudicare dai suoni gutturali che avevano accompagnato l'operazione, era evidente che questo pasto di carne era considerato un sontuoso festino.

Il bonobo numero uno aveva disposto diversi pezzi di carne su una larga foglia e li aveva portati ai tre esseri umani. Solo Kevin aveva assaggiato quel cibo. Aveva detto che era la carne più dura che avesse mai masticato e con un sapore simile a quella di elefante. L'anno prima Siegfried, in una delle sue spedizioni di caccia, aveva abbattuto un elefante e dopo aver prelevato le zanne aveva fatto cucinare una parte della carne.

I bonobo non avevano cercato di imprigionare gli umani, né avevano impedito loro di slegare la corda che li teneva stretti. Ma avevano fatto chiaramente capire che dovevano restare nella piccola grotta. Due dei bonobo maschi più grossi stazionavano nelle immediate vicinanze. Ogni volta che Kevin o una delle due donne cercavano di avventurarsi fuori, le due guardie grugnivano e strillavano. Per minacciarli si precipitavano contro di loro mostrando i denti, fermandosi di colpo all'ultimo minuto.

«Dobbiamo fare qualcosa», borbottò Melanie. «Non possiamo restare qui per sempre! E naturalmente dovremo farlo quando tutti dormono, come adesso!»

Tutti i bonobo nella caverna, comprese le presunte guardie, erano profondamente addormentati su primitivi giacigli fatti di rami e foglie. Per la maggior parte russavano sonoramente.

«Non credo che dovremmo correre il rischio di farli arrabbiare», obiettò Kevin. «È già una fortuna che ci stiano trattando così bene.»

«Offrirci vermi per cena non è precisamente quello che io chiamerei trattare bene», ribatté Melanie. «Seriamente, dobbiamo fare qualcosa. E poi, potrebbero anche diventare aggressivi e attaccarci. Non c'è modo di prevedere il loro comportamento.»

«Io preferisco aspettare», insisté Kevin. «Finora per loro siamo una novità, ma finiranno per perdere interesse nei nostri confronti. D'altronde in città si accorgeranno della nostra assenza. Siegfried e Bertram non impiegheranno molto a capire che cos'abbiamo fatto. E allora veranno a prenderci.»

«Non ne sono convinta», ribatté Melanie. «Siegfried potrebbe accogliere la nostra scomparsa come una vera liberazione.»

«Forse Siegfried, ma non Bertram. In fondo è una brava persona.»

«Tu che cosa ne pensi, Candace?» la interpellò Melanie.

«Non so cosa pensare», rispose l'infermiera. «Questa situazione è al di là di ogni immaginazione! Non so come reagire.»

«E che cosa faremo quando torneremo in città?» chiese Kevin. «Di questo non abbiamo ancora palato.»

«*Se* torneremo in città», precisò Melanie.

«Non parlare così!» protestò Candace.

«Dobbiamo affrontare i fatti. Ecco perché penso che dobbiamo fare qualcosa subito, finché sono tutti addormentati.»

«Non sappiamo neppure se il loro sonno sia profondo o leggero», osservò Kevin. «Tentare di uscire di qui sarà come attraversare un campo minato.»

«Una cosa è certa», intervenne Candace. «Non parteciperò più a nessun trapianto. Ero già a disagio quando pensavo che fossero scimmie. Ma adesso che sappiamo che sono dei protoominidi, non posso più farlo assolutamente.»

«Questa è una conclusione scontata», convenne Kevin. «Nessun essere umano ragionevole e sensibile potrebbe pensarla altrimenti. Ma non è questo il punto. Il problema è che questa nuova razza esiste. E se non li useremo per i trapianti, che cosa faremo di loro?»

«Potranno riprodursi?» chiese Candace.

«Sicuramente», affermò Melanie. «Su di loro non è stato fatto nulla che possa danneggiarne la fecondità.»

«Oh, mio Dio! È una cosa mostruosa!» mormorò Candace.

«Forse si potrebbero sterilizzare», osservò Melanie. «In questo caso si estinguerebbero in una sola generazione.»

«Come vorrei avere riflettuto meglio su questo progetto», si lamentò Kevin. «Il fatto è che dopo aver scoperto per caso la possibilità di interscambiare parti di cromosomi, lo stimolo intellettuale è stato così forte che non ho più pensato a eventuali conseguenze.»

Un improvviso abbagliante lampo di luce illuminò per un attimo l'interno della caverna, seguito dal rombo di un tuono. Il rumore parve scuotere l'intera montagna. Così la natura annunciava che uno dei temporali quasi quotidiani si accingeva a inondare l'isola.

«Be', questa è una prova a favore della mia proposta», osservò Melanie quando l'eco del tuono fu svanita.

«Che cosa vuoi dire?» chiese Kevin.

«Quel tuono era così forte da svegliare un morto. E nessuno dei bonobo ha aperto un occhio.»

«È vero», confermò Candace.

«Penso che almeno uno di noi dovrebbe tentare di uscire di qui», proseguì Melanie. «Bertram sarà avvertito di ciò che succede qui e potrà mandare qualcuno a recuperare gli altri.»

«Be', credo di essere d'accordo», rifletté Candace.

«Ma certo che sei d'accordo!» ribadì Melanie.

Ci fu qualche attimo di silenzio. Infine Kevin parlò. «Un momento! Non starete pensando che devo andare io?»

«Io non sarei capace di salire a bordo della piroga, e tanto meno di remare», osservò Melanie.

«Io magari sarei capace di salire, ma dubito che saprei remare al buio», aggiunse Candace.

«E voi due pensate che io potrei?»

«Certamente meglio di noi», concluse Melanie.

Kevin ebbe un brivido. L'idea di uscire e raggiungere la canoa al buio, sapendo che gli ippopotami erano fuori a pascolare, lo terrorizzava. E ancor più la prospettiva di remare attraverso il lago pieno di coccodrilli.

«Forse potresti nasconderti nella piroga finché fa chiaro», suggerì Melanie. «L'importante è uscire dalla grotta e allontanarsi finché gli animali dormono.»

L'idea di aspettare nella canoa era più incoraggiante che cercare di attraversare il lago al buio, ma non risolveva il problema di inciampare negli ippopotami nel bel mezzo del campo acquitrinoso.

«Ricordati che sei stato tu a insistere per venire sull'isola!» gli rinfacciò Melanie.

Kevin stava per protestare vivacemente, ma si morse la lingua. Era la verità. Aveva affermato che l'unico modo per accertare se i bonobo fossero realmente protoominidi era andare sull'Isla Francesca. Ma da quel momento in poi era stata Melanie a organizzare tutto.

«L'idea è stata tua», ribadì Candace. «Mi ricordo benissimo. Eravamo nel tuo ufficio. È stato quando hai sollevato per la prima volta il problema del fumo.»

«Ma io avevo solo detto...» cominciò Kevin, ma non finì la frase. Sapeva per esperienza che non era in grado di discutere con Melanie, specialmente quando aveva l'appoggio di Candace. Inoltre, dal punto in cui era seduto, vedeva una bella striscia di luce lunare provenire dall'ingresso della caverna. Tranne qualche ramo e qualche pietra, non c'erano ostacoli.

Cominciò a pensare che forse poteva farcela. Forse era meglio non pensare agli ippopotami. Forse era vero che non si poteva contare troppo sull'atteggiamento ospitale dei bonobo, non per la natura stessa degli animali, ma per la loro parte umana.

«Bene», disse con improvvisa decisione. «Tenterò.»

«Finalmente», replicò Melanie.

Kevin si mise carponi. Stava già tremando al pensiero che c'erano cinquanta possenti e selvaggi animali nelle immediate vicinanze, ben decisi a farlo restare dov'era.

«Se qualcosa va storto», l'ammonì Melanie. «Torna indietro e corri qui.»

«Come se fosse facile!» borbottò Kevin.

«Sarà facile. I bonobo e gli scimpanzé si addormentano appena fa buio e si svegliano solo all'alba. Vedrai che non ci saranno problemi.»

«E gli ippopotami?» protestò debolmente Kevin.

«Gli ippopotami cosa?»

«Be', niente. Ho già abbastanza di cui preoccuparmi.»

«Bene, buona fortuna», sussurrò Melanie.

«Buona fortuna», fece eco Candace.

Kevin cercò di alzarsi e camminare, ma non ce la faceva proprio. Si ripeteva che non era mai stato un eroe, e non era quello il momento di cominciare.

«E adesso, che cosa c'è?» chiese Melanie.

«Niente», rispose. Poi d'improvviso il coraggio arrivò. Si alzò in piedi tenendosi un po' curvo e cominciò ad avviarsi lungo la striscia di luce lunare verso l'ingresso della caverna.

Mentre si muoveva, si chiedeva se fosse meglio sgattaiolare fuori strisciando in silenzio o precipitarsi di corsa verso la piroga. Doveva scegliere fra la prudenza e la voglia di sbrigarsi.

Vinse la prudenza. Avanzò cautamente a piccoli passi. Ogni volta che faceva il più piccolo rumore, s'immobilizzava nel buio. Tutt'intorno continuava a sentire il pesante respiro degli animali addormentati.

A sei metri dall'entrata della caverna uno dei bonobo si mosse e i rami del suo giaciglio crepitarono. Kevin si arrestò di nuovo con il cuore che gli martellava. Ma il bonobo si era solo girato su un fianco e continuava a russare. Adesso c'era più luce e Kevin vedeva chiaramente i bonobo sdraiati e immobili intorno a lui. La vista di tutti quegli animali addormentati era sufficiente a paralizzarlo. Ma dopo un intero minuto di immobilità, ricominciò ad avanzare verso la libertà. Tirò persino un primo respiro di sollievo quando il fresco odore della giungla sostituì il fetore dei corpi ferini. Ma quel sollievo fu di breve durata.

Un altro tuono, seguito da un improvviso acquazzone tropicale, lo spaventò al punto da fargli quasi perdere l'equilibrio. Solo agitando freneticamente le braccia riuscì a tenersi diritto e a proseguire. Rabbrividì al pensiero che aveva rischiato di inciampare in uno dei bonobo addormentati.

Gli mancavano ormai solo una decina di metri per arrivare all'imboccatura della caverna e poteva già vedere la giungla.

Cominciò già a chiedersi come fare a scendere dalla rupe quando la fortuna lo abbandonò. Sentì una mano afferrargli la caviglia. La stretta era così forte che gli fece quasi salire le lacrime agli occhi. Guardò in basso e la prima cosa che vide fu il suo orologio.

«*Tada*» gridò il bonobo numero uno balzando in piedi e con quel movimento fece stramazzare Kevin a terra. Per fortuna in quella parte della caverna il suolo era coperto di rifiuti che attutirono l'impatto. Tuttavia cadde sul fianco sinistro con uno schianto.

L'urlo del bonobo fece balzare in piedi gli altri. Per un attimo ci fu il caos, finché tutti capirono che nessun pericolo li minacciava.

Il bonobo numero uno lasciò andare la caviglia di Kevin solo per afferrargli con forza il braccio. Con una sorprendente dimostrazione di forza lo alzò e lo tenne sollevato da terra, quindi lanciò un lungo e rabbioso suono. Kevin non poté far altro che contorcersi per il dolore nella stretta formidabile della grande scimmia.

Alla fine il bonobo numero uno marciò verso l'interno della caverna e scagliò letteralmente l'uomo nella grotta più piccola. Dopo un furioso grido finale tornò al suo giaciglio.

Kevin cercò penosamente di mettersi seduto. Era atterrato ancora sul fianco ed era intontito. Aveva anche un polso distorto e un gomito escoriato. Ma considerando che era stato letteralmente gettato per aria, stava meglio di quanto avesse temuto.

Altre grida echeggiarono nella caverna, probabilmente del bonobo numero uno, ma in quel buio Kevin non poteva esserne sicuro. Si toccò il gomito destro. Quel liquido vischioso doveva essere sangue.

«Kevin?» sussurrò Melanie. «Tutto bene?»

«Poteva andare peggio.»

«Grazie a Dio! Che cos'è accaduto?»

«Non so. Credevo di esserci riuscito. Ero arrivato proprio all'entrata della caverna.»

«Ti sei fatto male?» chiese Candace.

«Un po'», ammise Kevin. «Ma non ci sono ossa rotte. Almeno spero.»

«Non siamo riuscite a vedere che cos'è accaduto.»

«Il mio duplo mi ha sgridato. Almeno, questo è quello che penso. Poi mi ha preso e mi ha scaraventato qua dentro. Sono contento di non essere caduto addosso a una di voi.»

«Mi dispiace di averti spinto a uscire», ammise Melanie. «Avevi ragione tu.»

«Ce l'avevo quasi fatta», rispose Kevin. «Ero così vicino!»

Candace accese la torcia elettrica, schermando il raggio con la mano, e la avvicinò al gomito di Kevin per controllare la ferita.

«Ormai dovremo contare solo su Bertram Edwards», mormorò Melanie. Rabbrividì e trasse un sospiro. «È difficile credere che siamo prigionieri delle nostre stesse creazioni.»

20

8 marzo 1997, ore 16.40
Bata, Guinea Equatoriale

JACK si rese conto che stava stringendo i denti. Stava anche stritolando la mano di Laurie. Cercò di rilassarsi. Il volo da Douala, in Camerun, a Bata era stato un problema. La compagnia effettuava voli notturni con apparecchi piccoli e vecchi, quel tipo di aerei che popolavano gli incubi di Jack quando lo tormentava il ricordo della scomparsa della sua famiglia.

Il volo non era stato facile. L'aereo doveva continuamente virare per sfuggire a enormi cumuli di nubi temporalesche. I fulmini saettavano da ogni parte.

La prima parte del viaggio era stata un sogno. Il volo da New York a Parigi era stato tranquillo e tutti avevano dormito qualche ora.

Erano arrivati a destinazione dieci minuti prima dell'orario previsto, così avevano avuto tutto il tempo di mettersi in contatto con la Cameroon Airlines. Si erano goduti qualche altra ora di sonno durante il tragitto fino a Douala. Ma quell'ultimo tratto, da Douala a Bata, era stato un disastro.

«Stiamo atterrando», annunciò Laurie.

«Spero che sia un atterraggio tranquillo», replicò Jack.

Guardò fuori del finestrino. Come si era aspettato, il paesaggio era un manto ininterrotto di verde. Mentre le cime degli alberi si facevano sempre più vicine, pregava Dio che al termine ci fosse davvero una pista d'atterraggio.

Infine toccarono terra e Jack e Warren tirarono un sospiro di sollievo.

Scendendo la scaletta Jack lanciò un'occhiata alla pista sconnessa e mal tenuta e vide l'ultima cosa che si sarebbe aspettato di vedere. Un elegante jet, bianco e splendente, che si stagliava contro lo sfondo verde scuro della giungla. Intorno all'aereo erano radunati dei soldati in tuta mimetica e berretti rossi. Anche se sull'attenti, le loro posture erano disordinate e scomposte. Portavano fucili automatici gettati negligentemente sulle spalle.

«Di chi è quell'aereo?» chiese Jack a Esteban. Così privo di insegne, era evidentemente un jet privato.

«Non ne ho idea.»

Tutti, tranne Esteban, erano impreparati al caos che regnava nella zona arrivi dell'aeroporto. Tutti gli stranieri dovevano passare per la dogana. Il gruppo di Jack fu condotto con i bagagli in una saletta, scortato da due agenti in sudicie uniformi, armati di pistole automatiche.

Dapprima Esteban era stato escluso dal gruppo, ma dopo un chiassoso alterco in dialetto locale ebbe il permesso di entrare. Gli agenti aprirono tutte le valigie e ne estrassero il contenuto che disposero in bell'ordine su un tavolino.

Esteban disse a Jack che i due uomini si aspettavano una mancia. Dapprima Jack rifiutò per ragioni di principio. Quando fu chiaro che la sceneggiata minacciava di durare per ore, si arrese. E dieci franchi risolsero il problema.

Mentre uscivano nel grande atrio del terminal Esteban si scusò. «Qui è un flagello. Tutti gli impiegati governativi pretendono bustarelle.»

Il cugino di Esteban, Arturo, era venuto a prenderli. Era un tipo corpulento ed espansivo, con occhi lucenti e denti candidi. Indossava il costume tipico locale: una morbida veste dai colori vivaci e un berretto tondo senza tesa. Strinse la mano a tutti con esagerato entusiasmo.

Uscirono dal terminal nell'aria calda e umida dell'Africa Equatoriale. La regione era piuttosto pianeggiante e il panorama si estendeva a perdita d'occhio. Il cielo del tardo pomeriggio era azzurro cupo, ma enormi nubi temporalesche si stavano accumulando all'orizzonte.

«Ancora non riesco a crederci!» esclamò Warren. Girava lo sguardo tutt'intorno come un bambino in un negozio di giocattoli. «Sono anni che sognavo di venirci, ma non pensavo che ci sarei riuscito!» Poi si rivolse a Jack: «Grazie, fratello».

Arturo aveva parcheggiato il furgone preso a nolo accanto al marciapiede. Fece scivolare un paio di banconote in mano a un vigile e li invitò a salire a bordo.

Esteban insisté perché Jack prendesse posto sul sedile anteriore. Troppo stanco per discutere, Jack lo accontentò. Il furgone era un vecchio Toyota con due panche dietro i sedili anteriori. Quando tutti si furono sistemati, uscirono dall'aeroporto e videro davanti a loro l'oceano. La spiaggia era ampia e sabbiosa, lambita da piccole onde gentili.

Dopo poco oltrepassarono una grande struttura in cemento, ormai sgretolata e cadente. Era stata visibilmente abbandonata prima di essere portata a termine. Sbarre di ferro arrugginite spuntavano dalla sua sommità come aculei di un riccio di mare. Jack chiese che cos'era.

«Avrebbe dovuto essere un hotel di lusso per turisti», spiegò Arturo, «ma non c'era denaro e non c'erano turisti.»

«Brutta situazione.»

Mentre Esteban faceva il cicerone e additava i vari punti panoramici, Jack chiese ad Arturo se il tragitto era lungo.

«No, dieci minuti», rispose Arturo.

«Mi hanno detto che hai lavorato per la GenSys», disse Jack.

«Sì, per tre anni», fu la sua risposta. «Il direttore è un uomo cattivo. Io preferisco stare a Bata. Ho la fortuna di avere un lavoro.»

«Noi vogliamo visitare gli impianti della GenSys», spiegò Jack. «Pensi che incontreremo delle difficoltà?»

«Vi stanno aspettando?» chiese Arturo stupito.

«Veramente no, è una sorpresa.»

«Allora potreste avere delle difficoltà», soggiunse Arturo. «Non credo che gradiscano le sorprese. Quando hanno riparato l'unica strada che porta a Cogo, hanno costruito una barriera che sembra un fortino. È sorvegliata giorno e notte dai soldati.»

«Oh», esclamò Jack. «Che strano.» Non si era aspettato che l'accesso alla città fosse limitato e pensava di poter girare liberamente. Si sarebbe aspettato piuttosto qualche ostacolo per entrare all'ospedale o nei laboratori.

«Quando Esteban mi ha telefonato per avvertirmi della vostra visita a Cogo, pensavo che foste stati invitati», aggiunse Arturo. «Per questo non ho parlato della barriera.»

«Capisco, non è colpa tua. Dimmi, credi che i soldati accetterebbero del denaro per lasciarci entrare?»

Arturo gli gettò un'occhiata e si strinse nelle spalle. «Non so. Sono pagati meglio dei soldati regolari.»

«Quanto dista la barriera dalla città?» chiese ancora Jack. «Non si potrebbe passare per la foresta ed evitarla?»

Arturo gli rivolse un'altra occhiata. La conversazione aveva preso un tono che non si aspettava.

«È piuttosto lontano», rispose con un certo disagio. «Forse cinque chilometri. E non è facile camminare nella giungla. Può essere pericoloso.»

«C'è una sola strada?»

«Sì, una sola.»

«Ho visto sulla carta geografica che Cogo è sul mare. Se ci arrivassimo in barca?»

«Penso che sia possibile.»

«Dove si potrebbe trovare una barca?»

«Ad Acalayong», rispose Arturo. «Ci sono molte motobarche là. Servono per arrivare nel Gabon.»

«Si possono noleggiare?»

«Basta avere il denaro.»

Stavano attraversando il centro di Bata. Era composto da strade sorprendentemente larghe, fiancheggiate da alberi e piene di rifiuti. C'era tanta gente, ma pochi veicoli. Gli edifici erano tutti basse costruzioni in cemento.

Al limite sud della città abbandonarono la strada principale e si immisero in una sconnessa strada sterrata. La pioggia recente aveva lasciato larghe pozzanghere.

L'albergo era un modesto edificio di cemento a due piani, con sbarre arrugginite che spuntavano dal tetto, pronte per un futuro piano in più. La facciata era stata blu, ma adesso aveva assunto un incerto color pastello.

Quando si fermarono, un esercito di ragazzini e adulti irruppe dalla porta. Tutti furono presentati ai visitatori, dal più vecchio al più giovane, un timido bambino. Risultò che numerose famiglie, composte da molte generazioni, abitavano al pianerreno. Il primo piano era l'albergo.

Le camere erano piccole ma pulite, tutte situate sulla facciata anteriore dell'edificio, costruito a ferro di cavallo. Vi si accedeva da una veranda, aperta sul cortile. A ogni estremità del ferro di cavallo c'erano un gabinetto e una doccia.

Dopo aver deposto la borsa nella sua camera e aver apprezzato la zanzariera intorno al letto, curiosamente stretto, Jack uscì sulla veranda. In quell'istante apparve anche Laurie. Insieme si appoggiarono al parapetto a contemplare il cortile. Era un interessante composizione di alberi di banano, pneumatici rotti, bambini nudi e galline.

«Non è il *Four Seasons*», commentò Jack.

Laurie sorrise. «Ma è incantevole! Sono felice. Non c'è neanche una cimice nella mia camera. Era la mia preoccupazione più grossa.»

I proprietari dell'albergo, il cognato di Esteban, Florenico, e sua moglie, Celestina, avevano preparato un lauto banchetto. Il piatto principale era un pesce locale servito con una specie di rapa, chiamata «malanga». Per dessert fu servito un dolce simile a un budino, con frutti esotici. Il tutto innaffiato da abbondante birra del Camerun ben ghiacciata.

La combinazione di cibo abbondante e birra ebbe il sopravvento sugli esausti viaggiatori. Presto tutti ebbero difficoltà a tenere gli occhi aperti. Con un certo sforzo si trascinarono al piano superiore e si separarono sulle soglie delle rispettive camere, facendo grandi progetti per il giorno dopo.

Alle otto e mezzo di sera, Bertram salì le scale fino all'ufficio di Siegfried, esausto. Si era alzato alle cinque del mattino per accompagnare gli assistenti del centro zootecnico all'Isla Francesca per catturare i bonobo. Avevano faticato tutto il giorno ed erano tornati al centro solo un'ora prima.

Aurielo era andato a casa da un pezzo, per cui Bertram entrò direttamente nell'ufficio di Siegfried. Il direttore era alla finestra che si affacciava sulla strada, con un bicchiere in mano, e fissava l'ospedale. L'unica luce della stanza veniva da una candela infilata in un teschio, esattamente come tre sere prima.

«Prendi qualcosa da bere», lo invitò Siegfried senza voltarsi. Sapeva che era Bertram, perché si erano parlati al telefono mezz'ora prima.

Bertram era più un bevitore di vino che di superalcolici, ma in quelle circostanze si versò un doppio scotch. Sorseggiò il drink avvicinandosi alla finestra da dove Siegfried contemplava le luci del laboratorio dell'ospedale che splendevano nell'umida notte tropicale.

«Sapevi dell'arrivo di Taylor Cabot?»

«Non ne avevo la più pallida idea.»

«E che cos'hai fatto? Dov'è ora?»

Siegfreid fece un gesto verso l'ospedale. «È sistemato nella Foresteria. Ho fatto sloggiare il chirurgo capo da quella che chiamano la Suite Presidenziale. Naturalmente c'è rimasto male, sai come sono questi dottori. Ma che cosa dovevo fare? Qui non ho un albergo di lusso.»

«E sai perché Cabot è venuto a Cogo?»

«Raymond mi ha detto che è qui per valutare le prospettive del programma bonobo.»

«È proprio quello che temevo!»

«Già», si lamentò Siegfried. «Il programma è andato avanti con la precisione di un orologio svizzero per anni e proprio quando abbiamo un problema quello decide di venire qui.»

«E che cos'hai fatto con Raymond?»

«È qui anche lui. È un guaio, quell'uomo. Voleva essere alloggiato lontano da Cabot, ma dove dovevo metterlo? Nella mia camera da letto?»

«Ha fatto domande su Kevin Marshall?»

«Naturalmente. È stata la sua prima domanda.»

«E tu che cosa gli hai detto?»

«La verità!» sbottò Siegfried. «Che Kevin era scomparso, insieme con la tecnologa della riproduzione e un'infermiera del reparto cure intensive e che non avevo idea di dove fosse.»

«Qual è stata la sua reazione?»

«È diventato rosso come un peperone. Voleva sapere se Kevin si era recato sull'isola. Gli ho risposto che pensavamo di no. Allora mi ha intimato di cercarlo. Ti rendi conto? Io non prendo ordini da Raymond Lyons.»

«Così Kevin e le due donne non sono ricomparsi?»

«No, e non si sono neanche fatti sentire.»

«Hai organizzato qualcosa?»

«Ho mandato Cameron ad Acalayong per controllare quegli alberghetti sul lungomare, ma non ha avuto fortuna. Penso che siano andati a Cocobeach, nel Gabon. Questa è l'ipotesi più ragionevole, ma non capisco perché non l'abbiano detto a nessuno.»

«Che razza di imbroglio!» si lamentò Bertram.

«Com'è andata sull'isola?» chiese Siegfried.

«Bene, se si considera il fatto che dovevamo organizzare tutto. Abbiamo portato sull'isola un veicolo a quattro ruote motrici con rimorchio. Non avevamo nulla di meglio per trasportare tanti animali fino alla testa di ponte.»

«E quanti ne avete catturati?»

«Ventuno. Tutto merito dei miei uomini. Penso che termineremo l'operazione entro domani.»

«Così presto? Questa è la prima buona notizia in tutto il giorno.»

«È risultato più facile di quel che pensavamo. Gli animali sembrano affascinati da noi. Sono tanto fiduciosi che si lasciano avvicinare quanto basta con la pistola a dardi. È come un tiro al tacchino.»

«Sono contento che ci sia almeno qualche cosa che fila liscio.»

«I ventuno esemplari catturati oggi facevano parte di un gruppo scissionista, che si era stanziato a nord del Río Diviso. Era interessante osservare come vivevano. Si erano fabbricati delle rozze capanne su pali, con tetti fatti di foglie di lobelia sovrapposte in tanti strati.»

«Me ne infischio altamente di come vivono quelle bestie!» sbottò Siegfried. «Non venirmi a dire che anche tu hai il cuore tenero!»

«No, trovo solo la cosa interessante. C'erano anche tracce di fuochi.»

«E quindi abbiamo fatto bene a chiuderli nelle gabbie. Non si uccideranno fra loro e non andranno in giro a giocare con il fuoco.»

«Anche questo è un punto di vista», commentò Bertram.

«Hai trovato tracce di Kevin o delle due donne sull'isola?»

«Neanche una. E le ho cercate scrupolosamente. Abbiamo passato parte della giornata a costruire un ponte di tronchi sopra il Río Diviso, così domani cominceremo a catturare gli animali che stanno ai piedi della dorsale calcarea. Terrò gli occhi aperti per individuare eventuali tracce di quei tre.»

«Dubito che troverai qualcosa, ma finché non li abbiamo localizzati non possiamo escludere che si siano recati sull'isola. Però ti dico una cosa: se ci sono andati davvero, io li consegno al ministro della Giustizia con l'accusa di aver gravemente compromesso l'attività della GenSys. E questo significa che si troveranno nel campo di calcio davanti al plotone d'esecuzione prima ancora di sapere per che cosa sono condannati.»

«Be', niente di tutto questo si potrà fare finché Cabot e gli altri non partono», osservò Bertram, allarmato.

«È evidente. Inoltre ho parlato del campo di calcio solo in senso figurato. Dirò al ministro che deve farli portare fuori della Zona per fucilarli.»

«Sai quando partiranno Cabot e gli altri con il nostro paziente?»

«Nessuno mi ha detto niente. Penso che dipenda da Cabot. Spero domani, al più tardi dopodomani.»

21

9 marzo 1997, ore 4.30
Bata, Guinea Equatoriale

Jack si svegliò alle quattro e mezzo e non riuscì più a riaddormentarsi. Il gracidio delle rane e il verso dei grilli sui banani del cortile era troppo forte, anche per uno abituato alle sirene e al frastuono di New York.

Prese sapone e asciugamano e uscì sulla veranda, diretto alla doccia. A metà strada si scontrò con Laurie, che era di ritorno.

«Che cosa diavolo fai già alzata?» esclamò Jack. Fuori era ancora buio.

«Siamo andati a letto circa alle otto», spiegò Laurie. «Otto ore sono una ragionevole porzione di sonno per me.»

«Hai ragione.» Aveva dimenticato a che ora erano crollati sul letto, vinti dalla stanchezza.

«Io scendo in cucina a vedere se riesco a trovare una tazza di caffè», disse Laurie.

«Vengo subito anch'io», promise Jack.

Quando arrivò in sala da pranzo fu stupito di trovare il resto del gruppo già riunito a fare colazione. Jack prese una tazza di caffè e qualche fetta di pane e si sedette fra Warren ed Esteban.

«Arturo mi ha detto che sei pazzo se vuoi andare a Cogo senza essere invitato», osservò Esteban.

Con la bocca piena Jack non poté che annuire.

«Non potrete entrare», aggiunse Esteban.

«Vedremo», ribatté Jack. «Sono venuto fin qui e non torno indietro senza aver fatto almeno un tentativo.»

«Comunque la strada è buona, grazie alla GenSys», osservò Esteban.

«Alla peggio, avremo fatto un'interessante corsa in macchina», concluse Jack.

Un'ora dopo si radunarono di nuovo in sala da pranzo. Jack ricordò agli altri che non erano obbligati ad andare a Cogo con lui. Aggiunse che ci sarebbero volute quattro ore per andare e altrettante per tornare.

«Pensi che potrai farcela da solo?» chiese Esteban.

«Senz'altro. Non c'è pericolo di perdersi. La cartina indica una sola strada che va a sud. Me la caverò benissimo.»

«Allora preferisco fermarmi qui», replicò Esteban. «Ho tanti parenti che vorrei andare a trovare.»

Poco dopo erano in viaggio con Warren seduto davanti e le due donne sulla panca centrale. A oriente il cielo cominciava appena a schiarire. Mentre correvano verso sud osservarono stupiti gli abitanti del luogo che si dirigevano a piedi verso la città. Perlopiù erano donne e bambini e le donne reggevano dei grossi fagotti sulla testa.

Oltrepassarono la periferia di Bata. Gli edifici in cemento lasciarono il posto a semplici casette di mattoni di fango intonacate di bianco e con i tetti di paglia. C'erano recinti per le capre circondati da stuoie di vimini.

Quando furono lontani dall'abitato cominciarono a vedere tratti di giungla incredibilmente rigogliosa.

Il traffico era quasi inesistente, salvo qualche occasionale autocarro che percorreva la strada in direzione opposta. Al loro passaggio il furgoncino veniva investito dallo spostamento d'aria.

«Diamine, come corrono questi autisti!» commentò Warren.

Quando si trovarono a una ventina di chilometri a sud di Bata, Warren tirò fuori la cartina. C'era un incrocio e i segnali stradali erano completamente assenti.

Quando sorse il sole tutti inforcarono gli occhiali scuri. Il paesaggio divenne monotono, un tratto continuo di giungla, interrotto solo da qualche gruppetto di capanne con il tetto di paglia. Un paio d'ore dopo essere partiti da Bata imboccarono la strada che portava a Cogo.

«Questa strada è in ottime condizioni», osservò Warren mentre Jack accelerava.

«Sembra nuova», replicò Jack. La strada precedente non era male ma l'asfalto era pieno di rappezzi.

Ora puntavano a sudest allontanandosi dalla costa e penetrando in una giungla ancora più fitta. Cominciavano anche a salire. In lontananza si scorgevano basse montagne coperte di foreste.

All'improvviso esplose un violento temporale. Il cielo divenne una massa di nubi nere e nel giro di pochi minuti scese la notte. La pioggia cominciò a cadere a raffiche e i vecchi e logori tergicristalli del furgoncino non riuscivano a pulire il parabrezza. Jack dovette rallentare di almeno trenta chilometri l'ora.

Quindici minuti dopo il sole fece nuovamente capolino tra le nubi, trasformando la strada in un banco di vapore. Quando dei babbuini attraversarono la strada sembrò che camminassero su una nube.

Dopo aver superato le montagne, proseguirono per un po' verso sudest. Warren consultò la cartina e annunciò che si trovavano ormai a meno di trenta chilometri dalla loro destinazione.

Dopo un'altra svolta, videro qualcosa che pareva un edificio bianco piazzato in mezzo alla strada.

«Che cosa diavolo è?» chiese Warren. «Non siamo ancora arrivati in città.»

«Credo sia la barriera», rispose Jack. «Me ne hanno parlato la notte scorsa. Tenete le dita incrociate, potremmo essere costretti a passare al piano B.»

Avvicinandosi videro che da entrambi i lati della struttura centrale si estendevano alte palizzate a graticcio, verniciate di bianco. Erano dotate di un ingranaggio a rulli, in modo da poter essere rimosse per consentire il passaggio dei veicoli.

Jack arrestò il veicolo a una decina di metri dalla palizzata. Dall'edificio bianco uscirono tre soldati, con la stessa uniforme di quelli che sorvegliavano il jet privato all'aeroporto. Anch'essi portavano fucili d'assalto, ma questa volta li puntavano contro il furgoncino.

«Non mi piace», commentò Warren. «Sembrano ragazzini che giocano a fare i soldati.»

«Non perdiamo la calma», si raccomandò Jack abbassando il finestrino. «Ehi, ragazzi, bella giornata, eh?»

I soldati non si mossero e la loro espressione vacua non cambiò.

Jack si accingeva a chiedere gentilmente che gli aprissero la barriera quando comparve un quarto uomo, in giacca nera e camicia bianca con cravatta. Nel bel mezzo di quella giungla umida e afosa era una figura assurda. Sorprendentemente, invece di essere di colore, era un arabo.

«Che cosa volete?» chiese in tono tutt'altro che amichevole.

«Siamo venuti per visitare Cogo», rispose Jack.

L'arabo osservò il parabrezza del veicolo, probabilmente cercando qualche contrassegno di identificazione. Non trovandone, chiese a Jack se aveva un lasciapassare.

«No», ammise Jack. «Siamo solo due medici interessati alle ricerche che si svolgono qui.»

«Come si chiama?»

«Dottor Jack Stapleton. Vengo da New York.»

«Attenda un minuto.» L'arabo sparì nell'edificio.

«Mi pare che le cose si mettano male», sussurrò Jack a Warren. «Quanto dovrei offrirgli? Non sono pratico di queste faccende di bustarelle.»

«Il denaro deve valere più qui che a New York», osservò Watren. «Perché non lo conquisti con un biglietto da cento dollari! Naturalmente, se pensi che ne valga la pena.»

Jack calcolò mentalmente il cambio in franchi francesi, poi tirò fuori le banconote dalla cintura. Pochi minuti dopo l'arabo era di ritorno.

«Il direttore dice che non vi conosce e che non siete persone gradite», riferì.

«Balle!» borbottò Jack. Allungò la mano sinistra con le banconote strette fra il dito medio e l'anulare. «Noi le saremo grati dell'aiuto che potrà darci.»

L'arabo occhieggiò per un attimo il denaro prima di allungare la mano e afferrarlo. Se lo fece sparire in tasca in un batter d'occhio.

Jack lo fissò per un attimo ma l'uomo non si mosse. Era

difficile interpretare la sua espressione a causa degli enormi baffi che gli coprivano la bocca.

«Che cosa dici, non erano abbastanza?» chiese Jack sottovoce rivolto a Warren.

Questi scosse la testa. «Dico che quello se ne frega.»

«Vuoi dire che si è preso i miei soldi e chi si è visto si è visto?»

«Probabile.»

Jack tornò a guardare l'uomo in giacca nera. Calcolò che doveva essere sui settantacinque chili. Per un attimo gli venne la tentazione di scendere e chiedere indietro i suoi soldi, ma un'occhiata ai soldati gli fece cambiare idea.

Con un sospiro di rassegnazione fece inversione e tornò nella direzione da cui erano venuti.

«Puà!» esclamò Laurie dal sedile posteriore. «Non mi piace!»

«A te non piace?» la rimbeccò Jack. «Mi ha fregato!»

«Cos'è il piano B?» chiese Warren.

Jack spiegò la sua idea di arrivare a Cogo in barca da Acalayong. Disse a Warren di aprire la cartina e di calcolare quanto tempo sarebbe stato necessario per arrivarci.

«Circa tre ore», rispose Warren, «se la strada rimane buona. Il problema è che dobbiamo tornare indietro di un bel pezzo prima di dirigerci a sud.»

Jack diede un'occhiata all'orologio. Erano quasi le nove. «Significa che arriveremo verso mezzogiorno. Penso che da Acalayong raggiungeremo Cogo in un'ora, anche con la barca più lenta del mondo. Poi possiamo restare a Cogo per un paio d'ore e tornare indietro a un'orario ragionevole. Che cosa ne dite?»

«Per me va bene», assentì Warren.

Jack guardò nello specchietto retrovisore. «Potrei ricondurre le due signore a Bata e tornare domani.»

«La mia unica obiezione riguarda quei soldati armati e questo vale per tutti noi», replicò Laurie.

«Per me questo non è un problema», ribatté Jack. «Se tengono i soldati alla barriera, non ne hanno bisogno in città. Naturalmente c'è sempre la possibilità che pattuglino la costa, e allora sarei costretto a passare al piano C.»

«E sarebbe?» chiese Warren.

«Non so, non ci ho ancora pensato», ammise Jack. «Tu che cosa ne pensi, Natalie?»

«Trovo tutto questo molto interessante», rispose la donna.

Ci volle quasi un'ora per arrivare al punto in cui si doveva prendere una decisione. Jack fermò il furgone a lato della strada.

«Allora, che cosa facciamo, ragazzi?» Voleva essere assolutamente sicuro. «Torniamo a Bata o puntiamo su Acalayong?»

«Io sarei ancora più preoccupata se tu andassi da solo», rispose Laurie. «Vengo con te.»

«Natalie?» chiese Jack. «Non farti influenzare da questi matti. Che cosa vuoi fare?»

«Vengo con voi», rispose Natalie.

«D'accordo.» Innestò la marcia e svoltò a sinistra verso Acalayong.

Siegfried si alzò dalla scrivania con la tazza di caffè in mano e si avvicinò alla finestra che si affacciava sulla piazza. Era sconcertato. L'impresa di Cogo andava avanti già da sei anni e nessuno si era mai presentato alla barriera a chiedere di entrare. La Guinea Equatoriale non era meta di visite turistiche.

Sorseggiò il caffè chiedendosi se ci fosse qualche collegamento fra questo fatto e l'arrivo di Taylor Cabot, il gran capo della GenSys. Erano entrambi eventi inaspettati, ed entrambi particolarmente indesiderati, perché si presentavano in un momento critico per il progetto bonobo. Finché la situazione non fosse tornata alla normalità, Siegfried non voleva estranei attorno, e per lui il gran capo rientrava in questa categoria.

Aurielo si affacciò alla porta e annunciò che il dottor Raymond Lyons voleva vederlo.

Siegfried fece una smorfia. Non voleva neanche Raymond fra i piedi. «Fallo entrare», rispose controvoglia.

Raymond aveva il solito aspetto sano e abbronzato. Siegfried invidiava il suo portamento aristocratico.

«Hai rintracciato Kevin Marshall?» chiese subito Raymond.

«No, non ancora.» Siegfried si sentì immediatamente urtato dal tono di Raymond.

«Sono quarantott'ore che è scomparso! Voglio che si rintracci subito!»

«Siediti, dottore!» lo invitò Siegfried seccamente.

Raymond esitò. Non sapeva se indispettirsi o sentirsi intimidito dall'improvvisa aggressività del direttore.

«Ho detto di sederti!» ripeté Siegfried.

Raymond obbedì. Il cacciatore bianco con la sua orrenda cicatrice e il braccio monco poteva essere imponente, soprattutto circondato dai suoi trofei.

«Chiariamo subito un punto», continuò Siegfried. «Io non prendo ordini da te. Anzi, quando sei qui sei mio ospite e ricevi ordini da me. Intesi?»

Raymond aprì la bocca per protestare, poi ci pensò meglio. Tenicamente aveva ragione.

«E già che parliamo così faccia a faccia», aggiunse Siegfried, «dov'è la mia gratifica per il trapianto? In passato l'ho sempre ricevuta quando il paziente lasciava la Zona per ritornare negli Stati Uniti.»

«È vero», ribatté Raymond, «ma questa volta ci sono state spese superiori. Presto incasseremo denaro da nuovi clienti. Tu sarai pagato appena lo riceveremo.»

«Non vorrei che pensaste di potermi prendere in giro!» lo ammonì Siegfried

«Neanche per sogno!» scattò Raymond.

«E un'altra cosa. C'è un modo per affrettare la partenza del capo? La sua presenza qui a Cogo è molesta. Potresti tirare in ballo i desideri o le necessità del paziente?»

«Non vedo come. Cabot è stato informato che il paziente è in grado di viaggiare Che altro posso fare?»

«Fatti venire in mente qualche cosa.»

«Farò del mio meglio. Intanto, ti prego, cerca di trovare Kevin Marshall. La sua scomparsa mi preoccupa. Temo che possa fare qualcosa di precipitoso.»

«Riteniamo che si sia recato a Cocobeach, nel Gabon», replicò Siegfried. Era soddisfatto del tono remissivo adottato da Raymond.

«Sei sicuro che non è andato sull'isola?»

«Non possiamo esserne certi», ammise Siegfried. «Ma io credo di no. Anche se lo ha fatto, non poteva certo restarci. A quest'ora sarebbe già di ritorno. Sono passate quarantott'ore.»

Raymond si alzò e tirò un sospiro. «Vorrei proprio che saltasse fuori. La sua assenza mi angoscia, soprattutto con Taylor Cabot nella Zona.»

«Continueremo le ricerche», lo rassicurò Siegfried. Cercava di essere comprensivo, ma in realtà si domandava come avrebbe reagito Raymond se gli avesse detto che i bonobo stavano per essere catturati e trasportati al centro zootecnico. Tutti gli altri problemi sbiadivano davanti alla prospettiva che gli animali si uccidessero fra loro.

«Cercherò di trovare qualcosa da dire a Taylor Cabot», promise Raymond avviandosi alla porta. «Ti sarò grato se vorrai informarmi appena avrete notizie di Kevin Marshall.»

«Ma certo», gli assicurò Siegfried. Osservò compiaciuto quell'arrogante dottore battere in ritirata. Ma appena fu uscito si ricordò all'improvviso che Raymond veniva da New York.

«Dottore!» lo richiamò con falsa deferenza.

Raymond si fermò e lo guardò.

«Conosci per caso un medico di nome Jack Stapleton?» gli chiese.

Raymond impallidì.

La sua reazione non sfuggì a Siegfried. «Penso che faresti meglio a tornare nel mio ufficio», gli disse.

Chiuse la porta alle spalle di Raymond, che immediatamente gli domandò perché e come era saltato fuori il nome di Jack Stapleton.

Siegfried si sedette alla scrivania e fece cenno all'ospite di prendere posto. Era molto combattuto. Aveva pensato di riferire l'inaspettata visita dei medici stranieri a Taylor Cabot. Ma non a Raymond.

«Poco prima del tuo arrivo ho ricevuto una telefonata dalla barriera», cominciò. «La guardia marocchina mi comunicava che c'era al cancello un furgone pieno di gente che voleva visitare i nostri impianti. Non avevamo mai avuto visitatori non invitati. Il furgone era guidato dal dottor Jack Stapleton di New York.»

Raymond si asciugò il sudore che gli imperlava la fronte. Poi si passò entrambe le mani nei capelli. Continuava a ripetere tra sé che non era possibile. Vinnie Dominick avrebbe dovuto liquidare Jack Stapleton e Laurie Montgomery. Ma non aveva richiamato per chiedere conferma, dal momento che non aveva nessuna voglia di conoscere i dettagli. Per ventimila dollari, i dettagli non lo riguardavano. Se glielo avessero chiesto, avrebbe risposto che Stapleton e la Montgomery probabilmente stavano galleggiando nell'oceano Atlantico.

«La tua reazione comincia a preoccuparmi», osservò Siegfried.

«Non hai lasciato entrare Stapleton e i suoi compagni, vero?» chiese Raymond.

«No, naturalmente.»

«Forse avresti dovuto. Così avremmo potuto sistemarli. Jack Stapleton costituisce un grave pericolo per il programma. Voglio dire, c'è un modo qui nella zona per sbarazzarci di quella gente?»

«Sicuro che c'è. Possiamo consegnarli al ministro della Giustizia o al ministro della Difesa, insieme con una sostanziosa gratifica. La punizione sarà discreta e molto rapida. Il governo della Guinea Equatoriale è ansioso di difendere la gallina dalle uova d'oro. A noi basterà comunicare che quei tizi interferiscono gravemente con l'attività della GenSys.»

«Allora, se tornano, è meglio che tu li faccia entrare.»

«Forse dovresti spiegarmi perché.»

«Ricordi Carlo Franconi?»

«Il nostro paziente?»

Raymond annuì.

«Certo», affermò Siegfried.

«Bene, tutto è cominciato con lui.» E Raymond cominciò a raccontargli la complicata vicenda.

«Pensi che sia sicura?» chiese Laurie. Stava esaminando una grossa imbarcazione con la tettoia di paglia, tirata in secca sulla spiaggia. Era munita di un vecchio motore fuoribordo che perdeva benzina, come si vedeva dall'alone opalescente intorno alla poppa.

«Dicono che va su e giù dal Gabon due volte al giorno», replicò Jack. «Il Gabon è più lontano di Cogo.»

«Quanto ti costa il noleggio?» chiese Natalie. Jack aveva dovuto contrattare una buona mezz'ora per ottenerla.

«Un po' più di quanto mi aspettavo», ammise Jack. «Pare che certi individui ne abbiano noleggiata una qualche giorno fa e non si siano più visti. L'episodio ha fatto lievitare i prezzi del noleggio.»

«Più di cento dollari o meno?» chiese Warren. Anche lui non era entusiasta dell'aspetto dell'imbarcazione e dubitava della sua sicurezza. «Perché se è più di cento, ti hanno imbrogliato.»

«Be', lasciamo perdere», tagliò corto Jack. «Vediamo prima come si comporta. A meno che non vogliate tornare indietro.»

Ci fu un attimo di silenzio mentre si guardavano l'un l'altro.

«Io non sono un gran nuotatore», confessò Warren.

«Non ho nessuna intenzione di andare a nuoto», ribatté Jack.

«Bene», decise Warren, «allora andiamo.»

«E voi, signore?»

Laurie e Natalie annuirono senza entusiasmo. In quel momento erano spossati dal sole del pomeriggio. Benché fossero sulle rive dell'estuario, non c'era un filo d'aria.

Con le donne sedute a poppa per alleggerire la prua, Jack e Warren spinsero in acqua la pesante imbarcazione e saltarono dentro. Tutti aiutarono a remare per circa quindici metri. Jack badava al motore, premendo la piccola pompa a mano sulla sommità del serbatoio della benzina. Da ragazzino aveva una barca, su un lago del Midwest, e conosceva bene i fuoribordo.

«Questa barca è molto più stabile di quanto sembra», osservò Laurie. Malgrado tutti i movimenti di Jack a poppa, beccheggiava appena.

«E non fa acqua», aggiunse Natalie. «Era questo che mi preoccupava.»

Warren rimase in silenzio. Le sue mani stringevano il parapetto così forte che aveva le nocche sbiancate.

Con grande sorpresa di Jack, il motore partì dopo solo due strappi. Un attimo dopo prendevano il largo, puntando pressappoco verso est. Dopo l'afa opprimente, la brezza li rianimò.

Il viaggio in furgoncino fino ad Acalayong era stato più rapido di quanto si aspettassero, anche se la strada era peggiore di quella precedente. Non c'era traffico, salvo qualche corriera incredibilmente zeppa di passeggeri diretta a nord. Persino in mezzo ai bagagli, sul tetto, si aggrappavano tre o quattro disperati.

Acalayong li aveva fatti sorridere. Sulla cartina era indicata come un città, ma era costituita semplicemente da un gruppetto di basse costruzioni in cemento con negozietti dalle insegne vistose, bar e qualche motel. C'era un posto di polizia con diversi uomini in sudicie uniformi allungati su sedie di vimini all'ombra del portico. Avevano squadrato Jack e gli altri con sonnolento sdegno quando il furgoncino era passato davanti a loro.

Benché avessero trovato la cittadina comicamente scalcinata e cosparsa di rifiuti, erano riusciti a procurarsi qualcosa da mangiare e da bere, e a noleggiare la barca. Avevano parcheggiato il furgoncino vicino alla stazione di polizia, sperando di ritrovarlo al ritorno.

«Quanto pensi che ci vorrà?» gridò Laurie al di sopra del rombo del fuoribordo, privo di un pezzo di calotta.

«Un'ora», gridò Jack di rimando. «Ma il proprietario della barca mi ha detto che dovevano essere venti minuti. Pare che sia diritto davanti a noi, oltre il promontorio.»

In quel momento stavano attraversando la foce del Río Congue, larga tre chilometri. Le coste coperte di giungla erano velate di foschia. Pesanti nuvole indugiavano nel cielo: mentre viaggiavano sul furgone erano scoppiati due temporali.

«Spero che la pioggia non ci sorprenda in barca», osservò Natalie. Ma il suo desiderio non fu esaudito. Meno di cinque minuti dopo si scatenò un acquazzone molto violento. Jack rallentò e si rifugiò sotto la tettoia con gli altri, lasciando che la barca avanzasse da sola. La tettoia, con loro grande sorpresa, li riparò perfettamente.

Appena doppiato il promontorio scorsero il molo di Cogo. Costruito in legno duro precompresso, era ben diverso dai moli traballanti di Acalayong. Avvicinandosi scorsero sulla punta del molo un pontile galleggiante.

Cogo era imponente. In contrasto con le topaie con i tetti di lamiera ondulata di Bata e Acalayong, aveva eleganti edifici intonacati di bianco con il tetto di tegole, caratteristici di un ricco ambiente coloniale. A sinistra, quasi nascosta dalla giungla, c'era una moderna centrale elettrica. Si distingueva solo per la ciminiera sorprendentemente alta.

Jack ridusse la velocità al minimo mentre si avvicinavano, per poter comunicare con gli altri senza bisogno di urlare. Legate lungo la banchina si vedevano diverse barche simili alla loro, piene di reti da pesca.

«Sono lieto di vedere altre barche», osservò Jack. Temevo che la nostra spiccasse sulla riva deserta come una mosca nel latte.»

«Pensi che quel grande edificio moderno sia l'ospedale?» chiese Laurie indicandolo.

Jack seguì il suo sguardo. «Sì, almeno secondo Arturo, e lui dovrebbe saperlo. Ha fatto parte della squadra di operai che l'ha costruito.»

«Allora penso che sia quella la nostra destinazione», concluse Laurie.

«Già, almeno la prima. Arturo ha detto che il centro zootecnico si trova a pochi chilometri, in mezzo alla giungla. Dobbiamo trovare il modo di arrivarci.»

«La città è più grande di quanto pensavo», osservò Warren.

«Mi hanno detto che era una città coloniale spagnola, poi abbandonata», spiegò Jack. «Non è stata completamente ricostruita, ma di qui pare totalmente rinnovata.»

«Che cosa ci facevano qui gli spagnoli?» chiese Natalie. «Non c'è altro che giungla.»

«Coltivavano caffè e cacao», rispose Jack. «Almeno per quanto ne so. Ma non saprei proprio dove.»

«Oh-oh, vedo un soldato!» avvertì Laurie.

«Lo vedo anch'io.» Jack scrutava attentamente la riva mentre si avvicinavano.

Il soldato indossava la stessa tuta mimetica e lo stesso berretto rosso di quelli che stavano di guardia alla barriera. Stava nella piazza in fondo al molo, con un fucile gettato sulla spalla.

«Significa che dobbiamo passare al piano C?» chiese scherzosamente Warren.

«Non ancora», rispose Jack. «Evidentemente è là per impedire che qualcuno parta dalla banchina. Ma guarda quel bar sulla spiaggia. Se riusciamo a entrarci, siamo a cavallo.»

«Ma non possiamo spingere semplicemente la barca sulla spiaggia», osservò Laurie. «Il soldato ci vedrà.»

«Guarda com'è alto quel molo», ribatté Jack. «Ci si potrebbe scivolare sotto, ormeggiare la barca e poi raggiungere il bar a piedi. Che cosa ne pensate?»

«Mi sembra una buona mossa», rispose Warren, «ma la barca non potrà mai passare sotto il molo.»

Jack si alzò e si avvicinò a uno dei pali che sostenevano la tettoia di paglia. Lo premette e il palo sparì in un foro del parapetto. Quando lo afferrò con entrambe le mani, il palo tornò su. «Hai visto? Questa barca è una convertibile!»

Pochi minuti dopo avevano tolto tutti i pali e la tettoia era diventata un mucchio di legnetti e foglie secche. Li distribuirono lungo i fianchi della barca, sotto i sedili.

«Il padrone della barca non sarà molto contento», commentò Natalie.

Jack fiancheggiò il molo in modo che la barca fosse meno visibile dalla piazza, e spense il motore nel preciso istante in cui entrò nella zona in ombra. Afferrandosi ai pali di legno, spinsero la barca verso terra, facendo attenzione a chinare la testa quando passavano sotto le travature trasversali.

La barca raschiò il fondo ciottoloso e si fermò.

«Fin qui tutto bene», disse Jack e spronò Warren e le donne a scendere. Poi, con Warren che spingeva e Jack che remava, tirarono la barca sulla spiaggia.

Jack scese e additò un muro di pietre che correva perpendicolare all'imboccatura del molo e spariva nella sabbia della riva che saliva a poco a poco.

«Teniamoci a ridosso del muro. Quando si abbassa, puntiamo verso il bar.»

Pochi minuti dopo entravano nel locale. Il soldato non aveva dato segno di essersi accorto di loro. O non li aveva visti o non gli aveva dato importanza.

Il bar era deserto, salvo per un barista nero che stava tagliando con estrema attenzione fette di limone e lime. Jack accennò agli sgabelli lungo il bancone e suggerì un brindisi al successo dell'impresa. Tutti furono ben felici di accettare. Avevano sofferto il caldo in barca, specialmente dopo che avevano eliminato la tettoia.

Il barista accorse immediatamente. La targhetta appuntata sul suo petto portava il nome di Saturnino. Malgrado il nome, era un tipo gioviale. Indossava una camicia dai colori sgargianti e un berretto tondo senza tesa, come quello di Arturo quando era andato a prenderli all'aeroporto.

Seguendo l'esempio di Natalie, tutti ordinarono una coca cola con una fetta di limone.

«Non c'è molta gente oggi», commentò Jack rivolgendosi a Saturnino.

«Bisogna aspettare dopo le cinque», fu la risposta. «Allora sì che c'è un bel daffare.»

«Noi siamo nuovi di qui. Con che moneta possiamo pagare?»

«Potete firmare il conto.»

Jack guardò Laurie per sentire il suo parere. Laurie scosse la testa. «Preferiremmo pagare in contanti. I dollari vanno bene?»

«Quello che volete. Dollari o franchi francesi. Non fa differenza.»

«Dov'è l'ospedale?» chiese Jack.

Saturnino fece un segno al di sopra della propria spalla. «Risalite la strada finché arrivate alla piazza principale. È il grande edificio a sinistra.»

«E che cosa fanno là?» chiese ancora Jack.

Saturnino lo guardò come se fosse fuori di testa. «Ci curano i malati.»

«E vengono anche dall'America per farsi curare in questo ospedale?»

Saturnino si strinse nelle spalle. «Questo non lo so.» Prese le banconote che Jack aveva posato sul banco e si voltò verso la cassa.

«Bella mossa», sussurrò Laurie.

«Sarebbe stato troppo facile!» replicò Jack.

Rianimati dalle bibite fresche, uscirono sotto il sole. Passarono a una decina di metri dal soldato, che continuò a ignorarli. Dopo aver percorso per un breve tratto una strada calda come un forno, raggiunsero una piazzetta tenuta a prato, circondata da case in stile coloniale.

«Mi ricorda un po' le isole dei Caraibi», commentò Laurie.

Cinque minuti dopo entravano nella piazza principale, fiancheggiata da filari di alberi. Il gruppo di soldati che bighellonava davanti al municipio guastava la scena, che avrebbe potuto sembrare idilliaca.

«Ehi», commentò Jack, «ce n'è un intero battaglione!»

«Tu avevi detto che se c'erano soldati alla barriera non ce ne dovevano essere in città», lo rimbeccò Laurie.

«Be', mi sono sbagliato», ammise Jack. «Ma adesso non c'è bisogno di andare a presentarci. Di fronte a noi c'è il complesso dell'ospedale-laboratorio.»

L'imponente edificio pareva occupare la maggior parte del centro di Cogo. Aveva un ingresso sulla piazza, ma anche un altro in una strada laterale alla loro sinistra. Per evitare di restare più a lungo sotto gli occhi dei soldati, si diressero verso l'entrata laterale.

«Che cosa dirai se ti interrogano?» chiese Laurie preoccupata. «Perché se entrerai nell'ospedale, è ovvio che ti interrogheranno.»

«Improvviserò», rispose Jack. Aprì la porta e fece entrare gli amici con un inchino affettato.

Laurie lanciò un'occhiata a Natalie e a Warren, alzando le sopracciglia. Jack riusciva a essere divertente anche quando li esasperava.

Entrando nell'atrio provarono un brivido di piacere. Mai avevano apprezzato tanto l'aria condizionata. Si trovavano in un'elegante saletta con il pavimento interamente coperto da un tappeto, comode poltroncine e divani. A una parete si vedeva una grande libreria con una ricca collezione di riviste, da *Time* a *National Geographic*. Nella saletta c'erano già una mezza dozzina di persone intente a leggere.

In fondo alla sala c'era una vetrata, dietro la quale si vedeva una donna di colore in uniforme blu, seduta a una scrivania. A destra si apriva un corridoio con diversi ascensori.

«Pensi che queste persone siano dei pazienti?» chiese Laurie.

«Buona domanda», rispose Jack. «Non so perché, ma non credo. Sembrano tutti troppo sani e troppo a loro agio. Andiamo a parlare con la segretaria, o qualsiasi cosa sia.»

Warren e Natalie erano intimiditi dall'ambiente e seguirono in silenzio gli altri due.

Jack bussò piano al vetro. La donna alzò gli occhi e fece scorrere un divisorio.

«Scusate, non vi ho visti arrivare», disse subito. «Venite a firmare il registro?»

«No», rispose Jack, «tutte le mie funzioni fisiologiche sono in ordine al momento.»

«Prego?» domandò la donna.

«Siamo qui per visitare l'ospedale, non per utilizzare i suoi servizi», spiegò Jack. «Siamo medici.»

«Ma questo non è l'ospedale», replicò la donna. «Questa è la Foresteria. Per l'ospedale dovete tornare in strada ed entrare dall'ingresso anteriore, oppure seguire il corridoio alla vostra destra. L'ospedale è dietro le doppie porte.»

«Grazie», disse Jack.

«Non c'è di che», rispose la donna. Si chinò in avanti a osservare Jack e i suoi compagni che scomparivano dietro l'angolo. Perplessa, si sedette di nuovo e sollevò il telefono.

Jack precedette gli altri oltre le doppie porte. Di colpo l'ambiente gli parve più familiare. I pavimenti erano di linoleum e le pareti erano dipinte di un colore verde pallido. Nell'aria aleggiava un debole odore di disinfettane.

«Questo ha più l'aria di un ospedale», osservò Jack.

Entrarono in un locale con le finestre affacciate sulla piazza. Fra le finestre si apriva una grande porta doppia che conduceva verso l'esterno. Addossati alle pareti c'erano divani e poltrone, meno eleganti di quelli della sala precedente. Ma, come in quella sala, c'era uno sportello informazioni, chiuso fra pannelli di vetro.

Jack bussò di nuovo al vetro. Un'altra donna fece scorrere il pannello. Era premurosa e disponibile come la prima.

«Siamo medici», esordì Jack, «e vorremmo sapere se attualmente si trovano in questo ospedale dei pazienti per un trapianto.»

«Sicuro, ce n'è uno», rispose la donna, confusa. «Horace Winchester. È nella stanza 302 e sta per essere dimesso.»

«Ah, benissimo», replicò Jack. «E quale organo gli è stato trapiantato?»

«Il fegato. Siete del gruppo di Pittsburgh?»

«No, facciamo parte del gruppo di New York», rispose Jack.

«Capisco», disse la donna, anche se la sua espressione diceva esattamente il contrario.

«Grazie», concluse Jack e guidò il gruppo verso gli ascensori che si vedevano sulla destra.

«Oh, finalmente un po' di fortuna!» esclamò eccitato. «Sarà facile. Forse basterà dare un'occhiata alla cartella clinica.»

«Facile, dici!» commentò Laurie.

«Be', non hai torto», replicò Jack dopo aver riflettuto un

momento. «Forse dovremmo solo entrare nella stanza di Horace e farci dire da lui come stanno le cose.»

Warren prese Jack per un braccio. «Ascolta, ragazzo mio, magari Natalie e io vi aspettiamo qui nell'atrio. Sai, non siamo abituati agli ospedali.»

«Già, capisco», replicò Jack contrariato. «Ma è importante restare tutti insieme, nel caso ci troviamo costretti a girare i tacchi e correre in fretta alla barca.»

Warren annuì e Jack pigiò il pulsante dell'ascensore.

Cameron McIvers era abituato ai falsi allarmi. Perciò entrando nella sala della Foresteria non era minimamente preoccupato. Ma era compito suo, o di uno dei suoi assistenti, controllare tutti i potenziali problemi.

Mentre si dirigeva allo sportello informazioni notò che la sala era tranquilla come al solito. Quella calma confermava la sua supposizione.

Bussò al vetro e il pannello fu aperto.

«Signorina Williams», cominciò Cameron toccandosi la visiera del cappello. Come tutte le guardie di sicurezza, indossava l'uniforme cachi quando era in servizio. Aveva anche una cintura di cuoio con cinghia a bandoliera, da cui pendeva a destra una Beretta e a sinistra una radio ricetrasmittete.

«Sono andati di là», decise Corrina Williams eccitata. Si alzò in piedi per additare il corridoio all'angolo.

«Calma», replicò Cameron gentilmente. «Di chi sta parlando esattamente?»

«Non mi hanno dato i loro nomi», replicò Corrina. «Erano in quattro e ha parlato uno solo. Ha detto di essere un medico.»

«Mmm», grugnì Cameron. «E lei non li aveva mai visti prima?»

«Mai», rispose Corrina con ansia. «Mi hanno colto di sorpresa. Credevo che volessero alloggiare qui alla Foresteria. Invece hanno detto che erano venuti per visitare l'ospedale. Quando gli ho spiegato come potevano arrivarci, se ne sono andati in tutta fretta.»

«Erano bianchi o neri?» chiese ancora Cameron. Forse questo, dopotutto, non era un falso allarme.

«Due bianchi e due neri. Ma da com'erano vestiti direi che erano tutti americani.»

«Capisco», mormorò Cameron carezzandosi la barba e riflettendo sull'improbabile possibilità che qualcuno dei dipendenti americani della Zona si presentasse alla Foresteria dicendo che voleva visitare l'ospedale.

«Quello che parlava ha detto anche qualcosa di strano sulle sue funzioni fisiologiche che erano in ordine», aggiunse Corrina. «Non sapevo che cosa rispondere.»

«Mmm», ripeté Cameron. «Posso fare una telefonata?»

«Ma certo», rispose prontamente la donna e spinse il telefono davanti a lui.

Cameron compose il numero della linea diretta di Siegfried. Il direttore rispose immediatamente.

«Sono qui alla Foresteria», spiegò lo scozzese. «Ho pensato di doverti riferire una storia curiosa. Quattro medici stranieri si sono presentati qui esprimendo il desiderio di visitare l'ospedale.»

La risposta di Siegfried fu una collerica urlata che costrinse Cameron a scostare il ricevitore dall'orecchio.

Cameron depose il ricevitore. Non aveva capito ogni parola della sfuriata di Siegfried, ma il significato era chiaro. Doveva immediatamente chiamare rinforzi e arrestare gli stranieri.

Slacciò subito le cinghie della Beretta e della ricetrasmittente. Lanciò per radio la chiamata d'emergenza, mentre si dirigeva a grandi passi verso l'ospedale.

La stanza 302 si affacciava sulla piazza. Jack e gli altri non avevano avuto difficoltà a trovarla e non avevano incontrato nessuno mentre si dirigevano dall'ascensore alla porta della camera che era aperta.

Jack aveva bussato ma era evidente che la camera era vuota, anche se molti indizi rivelavano che fino a poco prima era occupata. C'era un televisore acceso con videoregistratore incorporato che trasmetteva un vecchio film con Paul Newman. Il letto era disfatto e su una panca c'era una valigia piena per metà.

Il mistero fu risolto quando Laurie sentì il rumore di una doccia dietro la porta chiusa del bagno.

Trascorsero almeno dieci minuti prima che Horace Winchester facesse la sua comparsa.

Era un uomo corpulento, oltre la cinquantina, ma aveva un aspetto sano e radioso. Strinse la cintura dell'accappatoio e ciabattò verso la poltroncina accanto al letto. Si sedette con un sospiro soddisfatto.

«Che cosa si festeggia?» chiese con un sorriso. «Non ho mai avuto tanta compagnia da quando sono qui.»

«Come si sente?» chiese Jack. Prese una sedia e si accomodò davanti a Horace. Warren e Natalie erano rimasti fuori e sbirciavano dalla porta. Laurie si diresse alla finestra. Da quando aveva visto i soldati, era sempre più ansiosa. Non vedeva l'ora di tornare alla barca.

«Mi sento benissimo», rispose Horace. «È un vero miracolo. Sono arrivato qui giallo come un canarino, con un piede nella fossa. E adesso mi guardi! Sono pronto per trentasei buche sul campo da golf! Ehi, siete tutti invitati a uno qualsiasi dei miei alberghi e potrete restarvi quanto vorrete a spese della casa. Vi piace sciare?»

«Certo che mi piace», rispose Jack. «Ma preferirei parlare del suo caso. Lei è stato sottoposto a un trapianto di fegato. Ho una domanda da farle: di chi era quel fegato?»

Un mezzo sorriso spuntò sul viso di Horace, che guardò Jack con aria curiosa. «Cos'è, una specie di test?» domandò. «Non è necessario. Non parlerò con nessuno. Vi sono profondamente grato. Anzi, appena posso, vorrei farmi preparare un altro duplo.»

«Che cosa intende esattamente per 'duplo'?» chiese Jack.

«Ma voi fate parte della squadra di Pittsburgh?» chiese a sua volta Horace lanciando uno sguardo a Laurie.

«No, facciamo parte della squadra di New York», rispose Jack, «e siamo interessati al suo caso. Siamo lieti che lei si senta così bene e siamo qui per imparare.» Sorrise e aprì le mani con i palmi in su. «Siamo tutt'orecchi. Perché non comincia dal principio?»

«Lei dice da quando mi sono ammalato?» chiese Horace. Era evidentemente perplesso.

«No, da quando ha deciso di venire qui in Africa per il trapianto. E vorrei sapere che cosa intende quando parla di 'duplo'. Per caso il fegato proveniva da qualche specie di scimmia?»

Horace fece un piccolo sorriso nervoso e scosse la testa. «Ma che cosa sta succedendo qui?» Lanciò un'altra occhiata a Laurie, e poi a Natalie e a Warren, sempre sulla porta.

«Ehi», proruppe improvvisamente Laurie, che guardava fuori della finestra. «C'è un gruppo di soldati che sta correndo attraverso la piazza.»

Warren attraversò svelto la stanza e guardò dalla finestra. «Merda, ragazzi! Guai in arrivo!»

Jack si alzò e afferrò Horace per una spalla, accostando la faccia a quella del paziente. «Mi delude se rifiuta di rispondere alle mie domande. E io non rispondo di me quando sono deluso. Che tipo di animale era? Uno scimpanzé?»

«Vengono verso l'ospedale!» gridò Warren. «E hanno tutti degli AK-47!»

«Avanti!» insisté Jack dando a Horace un piccolo scossone. «Parli! Era uno scimpanzé?»

«Era un bonobo!» latrò Horace terrorizzato.

«È un tipo di scimmia?»

«Sì», balbettò Horace.

«Su, su, ragazzi!» li incalzò Warren che era tornato sulla porta. «Portiamo i nostri culi fuori di qui!»

«E che cosa intendeva per 'duplo'?» insisté Jack imperterrito.

Laurie lo prese per un braccio. «Non c'è più tempo! I soldati saranno qui in un minuto.»

A malincuore Jack mollò la spalla di Horace e si lasciò trascinare verso la porta. «Dannazione, ero così vicino a sapere...» si lamentò.

Warren faceva cenni frenetici ai due perché lo seguissero verso il retro dell'edificio, quando si aprì la porta dell'ascensore. Ne uscì Cameron con la Beretta in pugno.

«Fermi!» tuonò appena li vide. Afferrò l'arma con due mani e la puntò contro Warren e Natalie. Poi la girò verso Jack e Laurie. Il fatto che fossero divisi era un problema. Se guardava un gruppo, non vedeva l'altro.

«Mettete le mani sopra la testa!» intimò ancora facendo cenni con la canna della pistola.

Tutti eseguirono, ma ogni volta che Cameron ruotava la pistola contro Jack e Laurie, Warren faceva un passo avanti.

«Non faremo del male a nessuno», continuò Cameron riportando la pistola contro Warren.

Ma Warren era ormai a portata di gamba e rapido come il lampo il suo piede partì e colpì le mani di Cameron. La pistola schizzò verso il soffitto.

Prima che Cameron reagisse, Warren si fece sotto e lo colpì due volte, una al bassoventre e l'altra sul naso. Cameron cadde come un sacco di patate.

«Sono contento che sei della mia squadra in questa partita!» gridò Jack sempre in vena di fare dello spirito.

«Tutti alla barca!» gridò Warren senza sorridere.

Cameron grugnì e si mise carponi.

Warren guardò a destra e a sinistra per il corridoio. Pochi minuti prima aveva pensato di correre verso il retro, ma ora vide che non era più il caso. A metà del corridoio si era riunito un minaccioso gruppo di infermiere.

Sulla parete di fronte vide un cartello che indicava SALA OPERATORIA.

Sapendo che avevano poco tempo per discutere, Warren fece cenno in direzione della freccia. «Per di là!» abbaiò.

«La sala operatoria?» chiese Jack. «Perché?»

«Perché non se l'aspettano», rispose Warren. Afferrò per la mano l'inebetita Natalie e la costrinse a correre.

Jack e Laurie li seguirono. Passarono davanti alla camera di Horace, ma il corpulento paziente si era chiuso nel bagno.

La sala operatoria si trovava al di là delle solite porte a battenti. Warren le spalancò e passò oltre, seguito dagli altri.

Non c'erano operazioni in corso, né pazienti nell'unità postoperatoria. Non c'erano neanche luci accese, tranne quelle di una dispensa, circa a metà del corridoio, con la porta socchiusa.

Una donna in uniforme da infermiera si affacciò dalla dispensa. Le mancò il fiato quando vide le quattro figure che si precipitavano nella sua direzione.

«Ehi, non potete entrare qui vestiti in quel modo!» gridò. Ma Warren e gli altri erano già passati. Perplessa li vide correre per il corridoio e sparire oltre le porte che conducevano al laboratorio.

Tornò in dispensa e si attaccò al telefono.

Warren si arrestò di colpo. Il corridoio formava una T e guardò in entrambe le direzioni. A sinistra, in fondo, una lampadina rossa indicava un allarme antincendio e sopra un cartello con una freccia segnalava l'uscita.

«Fermi!» intimò Jack mentre Warren si precipitava da quella parte alla ricerca di una scala.

«Che cosa c'è?» chiese Warren ansioso.

«Quello sembra un laboratorio», rispose Jack. Si avvicinò a una porta a vetri e guardò dentro. Rimase scioccato. Benché si trovassero nel cuore dell'Africa, quello era il laboratorio più moderno che avesse mai visto. Ogni attrezzatura appariva nuova di zecca.

«Su, andiamo», scattò Laurie. «Non è il momento di curiosare. Dobbiamo uscire di qui.»

«E in fretta anche», aggiunse Warren. «Specialmente dopo che ho preso a calci il tipo là fuori. Dobbiamo battercela al più presto.»

«Voi andate avanti», replicò Jack. «Io vi raggiungo alla barca.»

Gli altri tre si scambiarono sguardi ansiosi.

Jack provò a spingere la porta. Era aperta. Entrò nel laboratorio.

«Oh, mio Dio!» si lamentò Laurie. Jack era una persona impossibile. Anche se non si dava pensiero per la propria incolumità, non poteva permettersi di compromettere la sicurezza degli altri.

«Fra un minuto questo posto brulicherà di guardie e soldati», insisté Warren.

«Lo so», ribatté Laurie. «Voi due andate pure, io cerco di convincerlo a seguirmi.»

«Non posso lasciarvi qui», obiettò Warren.

«Tu pensa a Natalie», ribatté Laurie.

«Che sciocchezza!» protestò Natalie. «Ci siamo dentro tutti e quattro.»

«Voi signore entrate e cercate di convincere quel matto», propose Warren. «Io corro là in fondo e faccio scattare l'allarme.»

«Perché?» volle sapere Laurie.

«È un vecchio trucco che ho imparato da ragazzo. Quando sei nei guai cerca di creare più confusione che puoi. Ti dà una possibilità di sgattaiolare via.»

«Ti credo sulla parola», disse Laurie e facendo cenno a Natalie di seguirla entrò nel laboratorio.

Trovarono Jack gia impegnato in una piacevole conversazione con una giovane assistente di laboratorio vestita con un lungo camice bianco. Aveva i capelli rossi e il viso graziosamente cosparso di lentiggini e un amabile sorriso. Jack con il suo abituale umorismo l'aveva già fatta ridere.

«Scusate», intervenne Laurie, facendo fatica a tenere la voce bassa, «ma dobbiamo andare.»

«Laurie, ti presento Rolanda Phieffer», cominciò Jack. «È di Heidelberg, in Germania.»

«Jack!» scattò Laurie a denti stretti.

«Rolanda mi stava dicendo qualcosa di molto interessante», continuò Jack. «Lei e i suoi colleghi stanno lavorando sui geni per gli antigeni secondari di istocompatibilità. Li prelevano da un cromosoma specifico di una cellula e li innestano nell'identica posizione sullo stesso cromosoma di un'altra cellula.»

Natalie, che si era avvicinata a un'ampia finestra affacciata sulla piazza, tornò indietro in tutta fretta. «Va sempre peggio. Sta arrivando un autocarro carico di quegli arabi vestiti di nero.»

In quel momento esplose il segnale di allarme antincendio. Erano tre squilli assordanti, seguiti da una voce metallica. «Fuoco nel laboratorio Recarsi immediatamente alla scala di sicurezza! Non usare gli ascensori!»

«Oh, mio Dio!» esclamò Rolanda. Si guardò intorno rapidamente per vedere che cosa doveva portare con sé.

Laurie afferrò Jack per le braccia e lo scosse. «Jack, sii ragionevole! Dobbiamo andarcene!»

«Credo di aver capito», mormorò Jack con un sorriso compiaciuto.

«Non me ne frega niente! Andiamo!» insisté Laurie.

Si precipitarono nel corridoio. Comparvero altre persone che guardavano su e giù perplesse. Alcune parlavano animatamente.

Senza disordine si mossero in massa verso la scala. Jack, Laurie e Natalie si unirono a Warren, che teneva la porta aperta. Era riuscito a procurarsi dei camici, che distribuì agli altri. Purtroppo erano gli unici con i calzoni corti.

«Hanno creato qualcosa di straordinario con queste scimmie

che chiamano bonobo», rifletteva a voce alta Jack, entusiasta. «Questa è la spiegazione. Non c'è da meravigliarsi se i test del Dna risultavano così strani.»

«Cosa diavolo stai blaterando adesso?» chiese Warren irritato.

«Non glielo chiedere, non faresti che incoraggiarlo a parlare», lo esortò Laurie.

«Chi ha avuto l'idea di far scattare l'allarme?» chiese Jack. «È stata una mossa brillante.›

«Warren», rispose Laurie, «almeno c'è uno di noi che ha la testa sulle spalle!»

La scala conduceva a un parcheggio sul lato nord. La gente si affollava tutt'intorno, guardando l'edificio e discutendo animatamente in piccoli gruppi. Faceva un caldo infernale. Da nordest si sentì il latrato di una sirena dei pompieri.

«E ora che cosa facciamo?» chiese Laurie. «Per fortuna siamo arrivati fin qui. Non credevo che fosse così facile uscire da quell'edificio.»

«Arriviamo sulla strada e poi svoltiamo a sinistra», suggerì Jack. «Facciamo il giro verso occidente e sbuchiamo sulla riva.»

«Dove saranno tutti quei soldati?» chiese Laurie.

«E gli arabi?» le fece eco Natalie.

«Penso che ci stiano cercando in ospedale», rispose Jack.

«Dobbiamo andarcene prima che tutta questa gente cominci a tornare nell'edificio», li ammonì Warren.

Cercarono di non correre, per non attirare l'attenzione. Avvicinandosi alla strada si guardarono alle spalle, per timore di essere seguiti, ma nessuno si curava di loro né guardava dalla loro parte. Tutti gli occhi erano rivolti al carro dei pompieri che era appena arrivato.

«Finora tutto bene», osservò Jack.

Warren fu il primo a raggiungere la strada. Diede un'occhiata a ovest, oltre l'angolo, ma si fermò bruscamente e alzò le braccia per bloccare gli altri, facendo un passo indietro.

«Non possiamo andare da questa parte. C'è un blocco stradale in fondo alla via.»

«Oh», esclamò Laurie, «forse hanno circondato tutta la zona.»

«Ricordate quella centrale elettrica che abbiamo visto?» chiese Jack.

Tutti annuirono.

«La corrente deve arrivare fino all'ospedale. Scommetto che c'è un tunnel.»

«Può essere», ammise Warren, «ma il guaio è che non sappiamo come trovarlo. E non mi piace l'idea di tornare lì dentro. Non con tutti quei tipi armati di AK-47.»

«Allora proveremo ad attraversare la piazza», replicò Jack.

«Dove abbiamo visto i soldati?» obiettò Laurie sgomenta.

«Ehi, se sono tutti all'ospedale, non dovrebbero esserci problemi», ipotizzò Jack.

«Non ha torto», commentò Natalie.

«Naturalmente potremmo sempre arrenderci e giustificarci», aggiunse Jack. «Che cosa potrebbero fare se non cacciarci via? Io credo di aver trovato ciò che ero venuto a cercare, così non mi dispiace ripartire.»

«Stai scherzando!» ribatté Laurie. «Non si accontenteranno certo delle nostre scuse. Warren ha colpito quell'uomo. Abbiamo violato la legge.»

«Be', in un certo senso ho scherzato», ammise Jack, «ma quell'uomo ci stava puntando contro una pistola. Questa è una giustificazione valida. E poi possiamo lasciarci dietro una manciata di franchi francesi. Pare che questo risolva tutto in questo paese.»

«Ma non ci ha aiutato a passare la barriera», gli ricordò Laurie.

«Giusto. Ma sarei molto sorpreso se non ci facesse uscire», ribatté Jack.

«Avanti, dobbiamo fare qualcosa», li incalzò Warren. «I pompieri stanno già dicendo alla gente di rientrare nell'edificio. Finiremo per restare soli qua fuori, in questo caldo spaventoso.»

«Già, segnalano di rientrare», disse Jack stringendo gli occhi alla luce abbagliante del sole. Cercò gli occhiali neri e li inforcò. «Propongo di attraversare la piazza prima che tornino i soldati.»

Si mossero, cercando ancora una volta di camminare con calma. Erano arrivati all'aiuola verde quando all'ingresso dell'ospedale scoppiò un tumulto. Si voltarono a guardare e videro un gruppo di arabi vestiti di nero che si aprivano la strada in mezzo alla folla.

Gli arabi fecero irruzione nel parcheggio. Tutti brandivano

pistole automatiche. Dietro gli arabi venivano numerosi soldati. Si fermarono senza fiato scrutando tutt'intorno.

Warren si fermò di botto e il resto del gruppo s'irrigidì intorno a lui.

«Non mi piace», osservò Warren. «Quei tizi hanno abbastanza armi da fuoco da rapinare la Chase Manhattan Bank.»

«Mi ricordano un po' gli sbirri di Keystone», intervenne Jack.

«Non c'è niente di comico in questa situazione», protestò Laurie.

«Vi sembrerà strano, ma io credo che dovremmo tornare dentro», disse Warren. «Con i camici che indossiamo, si domanderanno perché restiamo qui fuori.»

Prima che qualcuno potesse rispondere sulla porta dell'edificio comparve Cameron fiancheggiato da altri due invidiui. Uno era vestito come lo scozzese ed era evidentemente un membro del servizio di sicurezza. L'altro era più basso e aveva il braccio destro offeso. Anch'egli indossava l'uniforme cachi, ma senza gli abbellimenti marziali che esibivano gli altri due.

«Ehi ehi», esclamò Jack, «ho la sensazione che dovremo adottare la tattica delle scuse.»

Cameron si teneva al naso un fazzoletto macchiato di sangue, che però non gli impediva di vedere. Riconobbe immediatamente il gruppo e puntò l'indice. «Eccoli là!» abbaiò.

I marocchini e i soldati reagirono prontamente circondando il gruppo con i fucili spianati. I quattro alzarono le mani senza farselo ordinare.

«Chissà se saranno impressionati dal mio distintivo di medico legale!» mormorò Jack.

«Non fare sciocchezze», lo ammonì Laurie.

Cameron e i suoi compagni si avvicinarono immediatamente Il gruppo dei soldati si aprì in silenzio davanti a loro. Siegfried si pose di fronte agli americani.

«Vorremmo scusarci del disturbo che abbiamo arrecato», cominciò Jack.

«Chiudi il becco!» sbottò Siegfried. Girò intorno al gruppo per osservarli meglio. Poi chiese a Cameron se quelli erano gli individui che aveva incontrato nell'ospedale.

«Sono loro», rispose Cameron fissando la faccia di Warren. «Spero che lei vorrà scusarmi, signore.»

«Ma certo», rispose Siegfried facendo con la mano un cenno di assenso.

Senza preavviso Cameron sferrò a Warren un formidabile gancio in piena faccia. Si sentì uno schianto. Cameron emise un gemito afferrandosi la mano e strinse i denti. Warren non mosse un muscolo. Non batté nemmeno le palpebre.

Cameron imprecò sottovoce e fece un passo indietro.

«Perquisiteli!» ordinò Siegfried.

«Noi vogliamo scusarci se...» cominciò Jack, ma Siegfried non lo lasciò finire. Lo colpì con un sonoro ceffone abbastanza forte da voltargli la faccia dall'altra parte e lasciargli sulla guancia una chiazza rossa.

L'assistente di Cameron tolse rapidamente a Jack e agli altri i passaporti, i portafogli, il denaro e le chiavi del furgoncino. Consegnò tutto a Siegfried, che esaminò attentamente ogni cosa. Dopo aver visto il passaporto di Jack, alzò gli occhi a fissarlo.

«Mi hanno detto che lei è un piantagrane», gli disse in tono altezzoso.

«Preferisco definirmi un giocatore tenace», ribatté Jack.

«Ah, è anche arrogante», latrò Siegfried. «Spero che la sua tenacia le torni utile quando la consegneremo al tribunale militare della Guinea Equatoriale.»

«Forse è meglio rivolgerci all'ambasciata americana per risolvere la questione», propose Jack. «Dopotutto, siamo dipendenti del governo degli Stati Uniti.»

Siegfried sorrise, il che non fece che accentuare la smorfia ghignante creata dalla sua cicatrice. «L'ambasciata americana?» ripeté con malcelato disprezzo. «Nella Guinea Equatoriale! Questa è bella! Sfortunatamente per voi è lontana, sull'isola di Bioko.» Rivolgendosi a Cameron ordinò: «Sbatteteli in prigione, tenendo separati gli uomini dalle donne».

Cameron schioccò le dita verso il suo assistente e li fece ammanettare. Poi tirò Siegfred da una parte.

«Pensa veramente di consegnarli al tribunale della Guinea Equatoriale?» gli chiese.

«Certamente. Raymond mi ha detto tutto su Stapleton. Devono sparire.»

«Quando?»

«Appena Taylor Cabot è ripartito. Voglio che tutta questa faccenda sia passata sotto silenzio.»

«Capisco», assentì Cameron. Si toccò la visiera del berretto e si allontanò per sorvegliare il trasferimento dei quattro prigionieri nel carcere situato nel seminterrato del municipio.

22

9 marzo 1997, ore 16.15
Isla Francesca

«Sta succedendo qualcosa di strano», osservò Kevin.

«Che cosa?» chiese Melanie. «Possiamo ricominciare a sperare?»

«Dove sono finiti tutti gli altri animali?» domandò Candace.

«Non so se preoccuparmi o no», rispose Kevin. «E se avessero uno scontro con l'altro gruppo e la battaglia arrivasse fin qui?»

«Dio onnipotente!» commentò Melanie. «Non ci avevo pensato!»

Erano più di due giorni che Kevin e le due donne erano virtualmente prigionieri. Per tutto quel tempo non gli era stato permesso di allontanarsi dalla piccola grotta, che ora puzzava come quella più grande, forse anche peggio. Per i loro bisogni erano stati costretti a infilarsi nel tunnel, che ora emanava un tanfo da pozzo nero.

E loro stessi non profumavano di gelsomino. Indossavano da giorni gli stessi vestiti e avevano dormito per terra in mezzo ai rifiuti. Erano indeboliti dalla mancanza di cibo e di esercizio fisico, anche se avevano cercato di mangiare qualcosa di ciò che era stato loro offerto.

Verso le dieci, quel mattino, avevano avuto la sensazione che stesse accadendo qualcosa di anormale. Gli animali apparivano agitati. Alcuni si erano precipitati fuori solo per tornare qualche momento dopo emettendo alte grida. Poco prima il bonobo numero uno era uscito ma non era ancora tornato. E questa era in sé una cosa anomala.

«Aspettate un attimo», esclamò Kevin all'improvviso. Alzò la mano per indicare alle due donne di non fare rumore. Cercò di ascoltare meglio girando la testa da una parte e dall'altra.

«Che c'è?» chiese Melanie ansiosamente.

«Mi sembra di aver sentito una voce.»

«Una voce umana?» chiese Candace.

Kevin annuì.

«Aspetta, l'ho sentita anch'io!» aggiunse Melanie eccitata.

«Anch'io, adesso», fece eco Candace. «Sono sicura che era una voce umana. Qualcuno ha gridato 'okay'.»

«L'ha sentita anche Arthur», osservò Kevin. Avevano chiamato Arthur il bonobo che stava di guardia all'imboccatura della piccola grotta. Nelle lunghe ore di prigionia avevano avuto con quell'animale una sorta di dialogo. Ormai potevano persino intuire il significato di alcuni suoni e gesti.

Una delle espressioni più chiare era *arak*, che significava «via», specialmente se accompagnata da un gesto del braccio con la mano aperta, lo stesso gesto che Candace aveva notato nella sala operatoria. *Hana* stava per «silenzio» e *zit* per «andare». *Bumi* e *Carak* significavano rispettivamente «cibo» e «acqua».

Invece non erano sicuri di cosa fosse la sillaba *sta*, che pronunciavano alzando le mani con i palmi aperti. Pensavano che potesse essere il pronome «tu».

Arthur si alzò e pronunciò ad alta voce dei suoni verso i pochi bonobo rimasti nella caverna. Quelli ascoltarono e immediatamente scomparvero all'esterno.

Quasi subito Kevin e le donne udirono lo schiocco di alcune fucilate: non era un'arma comune, piuttosto un fucile ad aria compressa. Pochi minuti dopo due figure con le tute del centro zootecnico si profilarono all'entrata della caverna contro il pallido cielo caliginoso. Una imbracciava un fucile, l'altra una lampada a batteria.

«Aiuto!» gridò Melanie. Distolse gli occhi dalla luce violenta della lampada ma continuò ad agitare freneticamente il braccio.

Ci fu un colpo sordo che echeggiò fra le pareti della caverna. Contemporaneamente Arthur emise un lamento. Con un'espressione sgomenta abbassò gli occhi a guardare una freccia rossa che gli sporgeva dal torace. Alzò la mano per afferrarla, ma prima di poterla toccare cominciò a barcollare. Come al rallentatore, si accasciò al suolo e rotolò su un fianco.

I tre americani uscirono dalla grotta e cercarono di alzarsi in piedi. Intanto i nuovi venuti si erano inginocchiati accanto all'animale per somministrargli una dose aggiuntiva di sedativo.

«Buon Dio, come siamo felici di vedervi!» esclamò Melanie mentre cercava di tenersi ritta appoggiandosi con una mano alla roccia. Per un attimo la caverna aveva cominciato a vorticarle intorno.

Gli uomini si alzarono e diressero il raggio della lampada verso i tre ex prigionieri, che dovettero ripararsi gli occhi.

«Guarda chi si vede!» esclamò quello con la lampada.

«Sono Kevin Marshall e queste sono Melanie Becket e Candace Brickmann.»

«So bene chi siete. Usciamo da questo buco!»

Kevin e le donne furono ben felici di obbedire. I due uomini li seguirono. Una volta fuori dalla caverna, i tre amici dovettero di nuovo ripararsi gli occhi dalla luce violenta del sole. Ai piedi della roccia c'era un'altra mezza dozzina di assistenti del centro zootecnico. Erano tutti impegnati ad avvolgere i bonobo addormentati in stuoie di vimini e caricarli su un autocarro con rimorchio, sistemandoli con cura uno accanto all'altro.

«Ce n'è un altro quassù nella caverna», gridò l'uomo con la lampada.

«Ma io vi conosco», disse Melanie, appena riuscì a vedere chiaramente i due uomini che erano saliti a prenderli. «Siete Dave Turner e Daryl Christian.»

I due la ignorarono. Dave, il più alto, tirò fuori una radio ricetrasmittente dall'astuccio che gli pendeva alla cintola. Daryl intanto cominciava a scendere.

«Turner alla base», chiamò Dave.

«Ti sento forte e chiaro», rispose Bertram dall'altra parte.

«Abbiamo catturato l'ultimo bonobo e portiamo a termine il carico.»

«Ottimo lavoro», approvò Bertram.

«Abbiamo trovato Kevin Marshall e le due donne in una caverna», aggiunse Dave.

«In che stato sono?»

«Sudici, ma all'apparenza in buona salute.»

«Dammi quella radio!» gli ordinò Melanie allungando la mano. Non le piaceva sentirsi descrivere in tono così sprezzante da un subalterno.

Dave la scostò rudemente. «Che cosa devo farne di questi tre?»

Melanie si pose le mani sui fianchi, in collera. «Che cosa intendi dire?»

«Portali al centro zootecnico», rispose Bertram. «Ora informo Siegfried Spallek. Sono sicuro che vorrà parlare con loro.»

«Sarà fatto», confermò Dave spegnendo la radio.

«Che cosa significa questo trattamento?» chiese Melanie. «Siamo stati prigionieri quassù per più di due giorni.»

Dave si strinse nelle spalle. «Io mi limito a eseguire gli ordini, signora. Pare che abbiate fatto arrabbiare i grandi capi.»

«Che cosa diavolo fate ai bonobo?» intervenne Kevin.

Prima aveva pensato che gli uomini fossero venuti a liberarli. Ma ora, ripensandoci, non capiva perché gli animali venissero caricati sull'autocarro.

«La bella vita dei bonobo sull'isola è finita», lo informò Dave. «Si sono fatti la guerra e si sono uccisi fra loro. Abbiamo trovato quattro cadaveri, tutti massacrati con pietre appuntite. Così adesso li mettiamo in gabbia, giù vicino alla testa di ponte, in attesa di trasportarli al centro zootecnico. E poi, a quanto ne so, saranno chiusi in celle di cemento.»

Kevin restò un attimo a bocca aperta. Malgrado la fame, lo sfinimento e i dolori alle ossa, sentiva una profonda tristezza per quelle creature. All'improvviso venivano condannate a una tediosa prigionia. Il loro potenziale umano non si sarebbe realizzato, e le loro conquiste evolutive sarebbero andate perdute.

Daryl e altri tre uomini stavano salendo con una lettiga.

Kevin si voltò a guardare all'interno della caverna. In fondo, nell'ombra, gli parve di vedere il profilo di Arthur sull'entrata della piccola grotta dov'erano stati tenuti prigionieri.

«Avanti, voi tre», intimò loro Dave. «Torniamo a casa. Ce la fate a camminare o vi carichiamo sull'autocarro?»

«Come fate a muovere il rimorchio?» chiese Kevin.

«Abbiamo una motrice sull'isola.»

«Io cammino, grazie», rifiutò Melanie con voce gelida.

Kevin e Candace si dichiararono concordi.

«Però siamo veramente affamati», aggiunse Kevin. «I bonobo ci hanno offerto solo insetti, vermi ed erbe della palude.»

«Abbiamo dei dolci e qualcosa da bere nello stipetto del rimorchio», rispose Dave.

«Per ora basterà, grazie.»

La discesa lungo la ripida parete di roccia fu la parte più difficile del percorso. Una volta arrivati giù fu facile camminare, tanto più che gli uomini del centro zootecnico avevano sgomberato la pista per il passaggio della motrice.

Kevin fu impressionato dalla mole di lavoro che avevano compiuto in breve tempo. Quando arrivarono al campo acquitrinoso a sud del lago Hippo si domandò se la loro barca fosse ancora nascosta fra le canne. Pensò che era probabile. Non c'era ragione che l'avessero trovata.

Candace fu lieta di vedere il ponte di legno coperto di terra. Si era preoccupata al pensiero di attraversare il Río Diviso.

«Avete lavorato molto», osservò Kevin.

«Non avevamo scelta», rispose Dave. «Dovevamo catturare gli animali nel più breve tempo possibile.»

Null'ultimo tratto del percorso dal Río Diviso alla testa di ponte i tre americani cominciarono a sentirsi sfiniti. Soprattutto quando dovettero scostarsi dalla pista per lasciar passare la motrice che doveva andare a prendere l'ultimo rimorchio carico di bonobo. Nel fermarsi sentirono le gambe farsi pesanti come piombo.

Tirarono tutti un respiro di sollievo quando uscirono dalla penombra della giungla nello spiazzo pieno di attività e trambusto vicino al ponte. Alcuni uomini in tuta blu si affaccendavano sotto il sole rovente. Stavano scaricando i bonobo da un secondo rimorchio e li introducevano in gabbie di ferro separate prima che gli animali si svegliassero.

Le gabbie erano abitacoli quadrati di un metro e venti per lato, in cui i bonobo non avrebbero neppure potuto rizzarsi sulle zampe posteriori, tranne i più giovani. L'unica fonte di ventilazione era fornita dalle sbarre delle porte. Kevin colse immagini di bonobo terrorizzati, accucciati nell'angolo più scuro delle loro prigioni.

Queste gabbie così piccole dovevano essere usate solo per

trasportare gli animali, ma un muletto le stava spostando verso il margine ombroso della foresta, sul lato nord, il che faceva pensare che sarebbero rimaste sull'isola. Uno degli operatori maneggiava un tubo di gomma collegato a una pompa azionata a benzina e innaffiava le gabbie e gli animali con acqua del fiume.

«Mi aveva detto che gli animali veniva trasportati al centro zootecnico», osservò Kevin.

«Non oggi», spiegò Dave. «Per il momento il posto che deve ospitarli non è ancora pronto. Li porteremo domani o dopodomani al più tardi.»

Non ci furono difficoltà per passare sulla terraferma, perché il ponte telescopico funzionava. Era una struttura d'acciaio che risonò cupamente sotto i loro passi mentre l'attraversavano. Accanto al meccanismo del ponte era parcheggiato l'autocarro di Dave.

«Salite!» intimò Dave additando il cassone dell'autocarro.

«Ehi, un momento!» scattò Melanie. Erano le prime parole che diceva dopo aver lasciato la caverna. «Ci rifiutiamo di essere trasportati nel cassone di un camion!»

«Allora camminate», ribatté lui. «Non vi voglio nella mia cabina.»

«Su, Melanie», la esortò Kevin. «Sarà più piacevole qui all'aria aperta.»

Dave si mise al volante.

Melanie resistette un altro minuto. Con le mani sui fianchi, le gambe aperte, le labbra serrate, sembrava una ragazzina in un accesso di furia.

«Melanie, non è tanto lontano», aggiunse Candace e le tese la mano. Riluttante, Melanie l'afferrò.

«Non mi aspettavo un'accoglienza trionfale», protestò, «ma neanche un trattamento del genere!»

Dopo l'umidità opprimente della caverna e l'afa della giungla, la fresca brezza della scarrozzata all'aperto fu inaspettatamente piacevole. Il pianale era coperto da stuoie di vimini che li proteggevano un po' dagli scossoni.

Si sdraiarono sulla schiena lasciando vagare lo sguardo sulle chiazze di cielo sereno che apparivano fra i rami degli alberi.

«Che cosa pensi che ci faranno?» chiese Candace. «Io non ho nessuna voglia di tornare in quella prigione.»

«Speriamo che ci licenzino su due piedi», ribatté Melanie. «Sono pronta a fare i bagagli e dire addio alla Zona, al progetto e alla Guinea Equatoriale. Ne ho veramente abbastanza.»

«Speriamo di passarcela così liscia», aggiunse Kevin. «E poi sono preoccupato per questi poveri animali. Sono condannati a restare in prigione per tutta la vita.»

«Non c'è molto che possiamo fare», osservò Candace.

«Mi domando...» mormorò Kevin, «che cosa direbbero di questa situazione le associazioni animaliste.»

«Be', potresti anche piantarla di preoccuparti degli animali quando non sappiamo neanche come ce la caveremo noi», ribatté Melanie. «C'è proprio da diventar matti!»

Entrarono nella periferia orientale della città, superando il centro sportivo. Era molto affollato, non c'era un campo da tennis libero.

«Un'esperienza come questa ti fa sentire meno importante di quanto credevamo di essere», commentò Melanie guardando i giocatori. «Restiamo sepolti per due giorni in fondo a una caverna, e tutto va avanti come se niente fosse.»

Rifletterono sulle parole di Melanie, mentre inconsciamente si puntellavano in attesa della stretta svolta a destra che li avrebbe portati al centro zootecnico. Invece il camion rallentò e si fermò.

Kevin si alzò a sedere e guardò davanti a sé. Vide la jeep Cherokee di Bertram.

«Per ordine di Siegfried, devi continuare fino alla casa di Kevin», gridò Bertram a Dave.

«Va bene», rispose questi.

Il camion si rimise in moto con uno scossone, preceduto dalla Cherokee.

Kevin tornò a sdraiarsi. «Be', questa è una sorpresa. Forse, dopotutto, non ci tratteranno tanto male.»

«Magari Candace e io potremmo chiedere di lasciarci alle nostre abitazioni», osservò Melanie. «Sono più o meno sulla strada.» Abbassò gli occhi a guardarsi. «Per prima cosa farò una doccia e mi cambierò gli abiti. Solo allora andrò a mangiare.»

Kevin si alzò in ginocchio e bussò al finestrino posteriore della cabina finché attirò l'attenzione di Dave. Gli riferì la richiesta di Melanie. La risposta fu un cenno di diniego.

Kevin tornò a sdraiarsi sulla schiena. «Temo che prima dovrete venire a casa mia.»

Quando arrivarono sull'acciottolato gli scossoni divennero così forti che tutti si alzarono a sedere. Dopo l'ultima svolta Kevin guardò davanti a sé ansiosamente. Non vedeva l'ora di farsi una doccia. Sfortunatamente quello che vide non era incoraggiante. Siegfried e Cameron erano piazzati davanti al portone con quattro soldati armati fino ai denti. Uno dei soldati era un ufficiale.

«Oh-oh!» esclamò Kevin. «La faccenda non si mette bene.»

L'autocarro si fermò. Dave saltò a terra e girò dietro il camion per aprire il portellone posteriore. Kevin fu il primo a scendere. Le due donne lo seguirono.

Preparandosi all'inevitabile, Kevin si diresse verso Siegfried e Cameron. Sapeva che Melanie e Candace erano subito dietro di lui. Bertram, che aveva posteggiato la jeep di fronte all'autocarro, li raggiunse. Nessuno sembrava contento.

«Avevamo sperato che vi foste semplicemente presi una vacanza senza preavviso», esordì Siegfried in tono sprezzante, «invece scopriamo che avete deliberatamente trasgredito l'ordine tassativo di non andare sull'Isla Francesca. Sarete tutti messi agli arresti domiciliari qui, in questa casa.» Additò la casa di Kevin.

Kevin si accingeva a spiegare le ragioni del loro operato quando Melanie si fece avanti spingendolo da parte. Era sfinita e furibonda.

«Io non starò là dentro, punto e basta», esordì stizzita. «Mi licenzio. Partirò dalla Zona appena possibile.»

Il labbro superiore di Siegfried si arricciò per accentuare il sogghigno. Fece un rapido passo avanti e mollò a Melanie un violento manrovescio che la fece cadere in ginocchio. Istintivamente Candace si chinò per soccorrere l'amica.

«Non toccarla!» urlò Siegfried e alzò la mano per colpire anche lei.

L'infermiera lo ignorò e aiutò l'amica a mettersi seduta. L'occhio sinistro di Melanie cominciava a gonfiarsi e un filo di sangue le scendeva per la guancia.

Kevin trasalì e voltò la testa, aspettandosi di sentire un altro colpo. Ammirava il coraggio di Candace, ma era terrorizzato dalla violenza di Siegfried e non osava muoversi.

Invece non accadde nulla e Kevin tornò a guardare le due donne. Candace sosteneva Melanie che si era alzata in piedi tremando.

«Lascerete immediatamente la Zona», urlò Siegfried, «ma in compagnia delle guardie carcerarie della Guinea Equatoriale. Provate a essere insolenti con loro!»

Kevin deglutì a vuoto. Cadere nelle mani delle autorità locali era quello che più temeva.

«Io sono americana», singhiozzò Melanie.

«Ma sei nella Guinea Equatoriale», abbaiò Siegfried, «e hai violato le leggi del paese.» Fece un passo indietro. «Ho confiscato i vostri passaporti. Giusto perché lo sappiate, saranno consegnati alle autorità locali. Nel frattempo resterete qui, in questa casa. E vi avverto che questi soldati hanno ordine di spararvi se solo vi arrischiate a fare un passo fuori. Sono stato chiaro?»

«Voglio dei vestiti!» protestò Melanie.

«Ho già mandato a prendere nei vostri appartamenti degli indumenti per voi due e li ho fatti portare nelle stanze degli ospiti. Potete credermi, abbiamo pensato a tutto.» Poi si rivolse a Cameron: «Provvedi a far sistemare questa gente».

«Sarà fatto, signore.» Cameron si toccò la visiera del berretto prima di rivolgersi ai tre prigionieri. «Avete sentito», ordinò. «Salite in fretta e non causateci problemi!»

Kevin fece un passo avanti, poi si voltò verso Bertram. «Fanno qualcosa di più che accendere il fuoco. Fabbricano utensili e comunicano fra loro.»

Non colse alcuna reazione sul viso di Bertram ma era sicuro che lo aveva sentito.

Mentre saliva stancamente al primo piano vide Cameron che organizzava un posto di guardia alla base delle scale. Sul pianerottolo del primo piano Kevin, Melanie e Candace si guardarono fra loro. Di tanto in tanto Melanie singhiozzava.

Kevin trasse un profondo sospiro. «Siamo nei guai», mormorò.

«Non possono trattarci così!» gemette Melanie.

«Lo stanno facendo», replicò Kevin. «E senza i passaporti non riusciremmo comunque a uscire dal paese.»

Melanie si portò le mani al viso. «Dio, devo riprendermi!»

«Mi sento così stordita», confessò Candace. «Siamo passati da una prigione all'altra.»

Kevin sospirò di nuovo. «Almeno non ci hanno chiuso in carcere.»

Sentirono avviarsi i motori. Kevin si affacciò alla veranda e vide che tutte le automobili si allontanavano tranne quella di Cameron. Alzò gli occhi al cielo, che si andava rapidamente oscurando. Brillava già qualche stella.

Tornando in casa si diresse al telefono. Alzò il ricevitore e sentì quello che si aspettava: nessun segnale.

«Funziona?» domandò Melanie.

Kevin scosse la testa e depose il ricevitore.

«Facciamo una doccia», suggerì Candace.

«Buona idea», replicò Melanie facendo uno sforzo per mostrare una certa sicurezza.

Si accordarono di incontrarsi dopo mezz'ora e Kevin attraversò la sala da pranzo e si affacciò alla porta della cucina. Era così sporco che non voleva entrare. Un profumo di arrosto gli solleticò il naso.

Esmeralda era balzata in piedi nel momento in cui aveva visto aprirsi la porta.

«Buongiorno, Esmeralda.»

«Benvenuto, signor Marshall.»

«Non sei venuta ad accoglierci, come fai sempre.»

«Temevo che ci fosse ancora il direttore. Lui e il capo delle guardie mi hanno detto che lei tornava a casa ma che non poteva più uscire.»

«L'hanno detto anche a me.»

«Allora ho preparato qualcosa per cena. Ha appetito?»

«Sono affamato. Ma ci sono due ospiti.»

«Lo so. Il direttore mi ha detto anche questo.»

«Si può mangiare fra mezz'ora?»

«Sicuro.»

Kevin annuì. Era fortunato ad avere Esmeralda. Si voltò per andarsene, ma la donna lo richiamò. Si fermò esitante, tenendo la porta socchiusa.

«In città stanno succedendo molte cose brutte», disse la donna. «Non solo per lei e le sue amiche, ma anche per altri stranieri. Ho una cugina che lavora all'ospedale e mi ha detto che quattro americani sono arrivati da New York e sono entrati nell'ospedale. Hanno parlato con il paziente che ha ricevuto il fegato del bonobo.»

«Davvero?» chiese Kevin incuriosito. Stranieri che venivano da New York a parlare con un paziente che aveva subito un trapianto di fegato? Era molto strano.

«Nessuno si aspettava che arrivassero», continuò Esmeralda. «Hanno detto che erano medici. Poi sono venute le guardie e li hanno portati via. Ora sono in prigione.»

«Accidenti!» borbottò Kevin. New York gli ricordava l'inattesa telefonata che aveva ricevuto una settimana prima, nel cuore della notte, dal capo della GenSys, Taylor Cabot. Gli aveva parlato del paziente Carlo Franconi, che era stato ucciso a New York. Taylor Cabot aveva chiesto se dall'autopsia poteva risultare il tipo di operazione a cui era stato sottoposto.

«Mia cugina conosce qualcuno dei soldati che erano là», riprese Esmeralda. «Dicevano che gli americani erano stati consegnati alle autorità. E in questo caso saranno uccisi. Pensavo che lei doveva esserne informato.»

Kevin sentì un brivido lungo la schiena. Sapeva che la stessa sorte era riservata a lui e alle due donne. Ma chi erano quegli americani? Forse c'entravano con l'autopsia di Carlo Franconi?

«È tutto molto grave», aggiunse Esmeralda. «Ho paura per lei. So che è andato all'isola proibita.»

«Come fai a saperlo?»

«In città la gente parla. Quando ho detto che lei era partito all'improvviso e il direttore la cercava, Alphonse Kimba ha detto a mio marito che eravate andati sull'isola. Lui ne era sicuro.»

«Grazie per queste informazioni», replicò Kevin evasivo.

Tornò in camera, immerso nei suoi pensieri. Guardandosi allo specchio, fu sorpreso dal suo aspetto sudicio e sfinito. Si passò una mano sulle guance ispide di barba e osservò qualcosa di ancor più sconvolgente: cominciava ad assomigliare sempre più al suo duplo!

Si fece una lunga doccia, si rasò, si cambiò d'abito. E si sentì rinascere. Continuava a pensare agli americani in prigione nei sotterranei del municipio. Avrebbe voluto correre a parlare con loro.

Trovò le due donne rinfrescate e rianimate. Dopo la doccia Melanie era tornata l'irreprensibile professionista di sempre e si lamentava degli abiti che le erano stati portati. «Non c'è niente che si combini con il resto!» protestava.

Presero posto in sala da pranzo ed Esmeralda cominciò a servirli. Melanie volse uno sguardo intorno e sorrise. «Sai, è quasi buffo pensare che poche ore fa vivevamo come gli uomini di Neanderthal. E poi di colpo eccoci in questo lusso. È come la macchina del tempo!»

«Se solo non dovessimo preoccuparci di ciò che ci capiterà domani!» si lamentò Candace.

«Almeno godiamoci la nostra ultima cena», replicò Melanie con il suo solito umorismo. «E poi, più ci penso, meno mi sembra possibile che ci consegnino così, su due piedi, alle autorità della Guinea Equatoriale. Che diamine, non possono fare una cosa simile. Siamo quasi all'inizio del terzo millennio! Il mondo sta diventando piccolo.»

«Quello che mi preoccupa...» cominciò Candace.

«Scusate», la interruppe Kevin. «Esmeralda mi ha detto una cosa curiosa che vi voglio riferire.» Cominciò raccontando della telefonata che aveva ricevuto in piena notte da Taylor Cabot. Poi passò all'arrivo degli sconosciuti visitatori da New York, arrestati e gettati in prigione.

«Ma guarda un po'!» commentò Melanie. «Due medici in gamba fanno un'autopsia a New York poi compaiono qui a Cogo. E noi pensavamo di essere irraggiungibili! Ve l'ho detto che il mondo diventa sempre più piccolo!»

«Credi che gli americani siano arrivati qui seguendo la pista di Franconi?» chiese Kevin. Il suo intuito gli diceva la stessa cosa, ma voleva una conferma.

«Che altra spiegazione può esserci?» replicò Melanie. «Secondo me non c'è dubbio.»

«E tu, Candace, che cosa ne pensi?» la interpellò Kevin.

«Sono d'accordo con Melanie. Altrimenti ci sarebbero troppe coincidenze.»

«Grazie, Candace » esclamò Melanie. Alzando il bicchiere vuoto guardò Kevin minacciosamente. «Detesto interrompere questa affascinante conversazione, ma dov'è quel tuo vino speciale, vecchio mio?»

«Diamine, me ne ero dimenticato. Scusate.» Kevin si alzò e si diresse alla dispensa dove conservava la provvista di vini francesi. Mentre osservava le etichette, che gli dicevano ben poco, fu colpito dalla quantità di bottiglie che possedeva. Calcolò che dovevano essere più di trecento.

«Dannazione, dannazione», borbottò mentre un piano si andava formando nella sua mente. Afferrò una bracciata di bottiglie e si diresse in cucina.

Esmeralda si alzò dall'angolo del tavolo dove stava mangiando.

«Devo chiederti un favore», cominciò Kevin. «Vuoi portare queste bottiglie di vino e un cavatappi ai soldati in fondo alle scale?»

«Tutte quelle bottiglie?» chiese la donna.

«Sì, e dovresti portarne altre ai soldati davanti al municipio», le spiegò Kevin. «Se chiedono che cosa si festeggia, digli che io devo andare via e voglio che siano loro a godersi il vino, non il direttore.»

Sul viso di Esmeralda comparve un sorriso d'intesa. «Credo di capire», rispose. Prese la borsa di tela che usava per fare la spesa e vi infilò le bottiglie di vino. Un attimo dopo scompariva dalla porta posteriore, diretta all'atrio.

Kevin allineò sul tavolo della cucina diverse bottiglie, comprese un paio di Porto.

«Che cosa succede?» chiese Melanie affacciandosi dalla porta della sala da pranzo. «Dov'è il vino?»

Kevin le porse una bottiglia, dicendo che le avrebbe raggiunte entro qualche minuto e che cominciassero pure senza di lui. Melanie girò la bottiglia per vedere l'etichetta.

«Oh, mio Dio, Château Latour!» esclamò e lanciò a Kevin uno sguardo di apprezzamento prima di tornare in sala da pranzo.

Esmeralda tornò dicendo che i soldati erano tutti felici. «Ma ho pensato di portargli anche un po' di pane», aggiunse. «Stimola la sete.»

«Buona idea», approvò Kevin riempiendo la borsa di altre bottiglie. Era piuttosto pesante, ma Esmeralda era robusta.

«Fammi sapere quanti soldati ci sono davanti al municipio»,

le disse Kevin porgendole la borsa. «Vogliamo essere sicuri che ce ne sia in abbondanza per tutti.»

«Di solito ce ne sono quattro di notte», rispose Esmeralda.

«Allora dieci bottiglie andranno bene. Almeno per cominciare!»

Kevin entrò in sala da pranzo. Voleva sapere che cosa pensavano le due donne della sua idea.

Kevin si girò e guardò l'orologio. Mancava poco a mezzanotte. Si alzò e si stiracchiò a lungo.

Durante la cena, il suo piano aveva sollevato un'animata discussione. I tre, dopo avere perfezionato l'idea, avevano deciso che valeva la pena tentare.

Una volta fatti i pochi preparativi che potevano, avevano deciso di concedersi qualche ora di sonno, ma Kevin, malgrado fosse sfinito, non era riuscito a chiudere occhio. Era troppo eccitato. C'era anche il problema del baccano che saliva dall'atrio. Dapprima era stato solo un vivace chiacchierio, ma nell'ultima mezz'ora si sentiva cantare a squarciagola.

Esmeralda aveva fatto visita due volte a entrambi i gruppi di soldati. E aveva riferito che quel costoso vino francese faceva meraviglie. Dopo la seconda visita informò Kevin che le bottiglie della prima consegna erano state svuotate tutte.

Kevin si vestì in fretta al buio e uscì sul pianerottolo. Non voleva accendere la luce e fortunatamente la luna era abbastanza luminosa da consentirgli di raggiungere le camere delle sue ospiti. Bussò prima alla porta di Melanie. Trasalì quando la vide aprirsi all'istante.

«Ti stavo aspettando», sussurrò Melanie. «Non potevo dormire.»

Insieme si diressero alla stanza di Candace. Anche l'infermiera era già pronta.

In soggiorno presero le piccole borse di tela che ciascuno si era preparato e uscirono sulla veranda. La vista era incantevole. Diverse ore prima aveva piovuto, ma ora il cielo era pieno di soffici nuvolette d'argento. La luce della luna quasi piena dava un aspetto fiabesco alla città velata di foschia. I rumori della giungla riempivano l'aria umida e calda.

La prima parte del piano era già stata discussa nei minimi dettagli. Legarono ben stretto un capo dei tre lenzuoli che avevano annodato insieme in fondo alla veranda, nell'angolo che si affacciava sul retro. L'altro capo pendeva fino al suolo

Melanie aveva insistito per scendere per prima. Scavalcò agilmente la balaustrata e si calò fino a terra. Candace fu la seconda e non ebbe alcuna difficoltà a seguirla.

L'unico che si trovò a disagio fu Kevin. Cercando di imitare Melanie, si spinse con i piedi lontano dalla parete. Ma quando oscillò di nuovo verso l'edificio rimase impigliato nelle lenzuola e urtò malamente contro l'intonaco sbucciandosi le nocche.

«Dannazione», imprecò sottovoce quando finalmente si trovò con i piedi per terra. Scosse la mano, strinse e allargò le dita.

«Tutto bene?» chiese Melanie in un sussurro.

«Spero di sì.»

La seconda fase della fuga era più difficile. In fila indiana s'incamminarono lungo il muro posteriore dell'edificio, cercando di tenersi al riparo del porticato. Ogni passo li portava più vicini all'atrio, da dove provenivano le voci dei soldati, insieme alle note di una cassetta di musica africana, trasmessa da un registratore.

Raggiunsero il box dov'era parcheggiata la Toyota e, secondo gli accordi, Kevin scivolò silenziosamente fino alla portiera e l'aprì. Si trovavano a cinque o sei metri dai soldati ubriachi.

Kevin tolse il freno a mano e mise in folle. Poi fece cenno alle due donne di cominciare a spingere.

Il pesante veicolo non si mosse di un millimetro. Allora Kevin alzò un piede e lo appoggiò al muro, spingendo più forte. La macchina si mosse e uscì lentamente dal box.

Davanti al porticato la strada era in leggera discesa, im modo che l'acqua piovana potesse defluire dalla casa. Quando la macchina raggiunse quel punto cominciò ad acquistare velocità e Kevin si rese conto che non occorreva più spingere.

«Op-op!» gridò alle donne e corse alla portiera del guidatore cercando di aprirla. Con la macchina che accelerava, non fu facile. Ora la Toyota correva per il viale e cominciava a curvare a destra giù per la discesa verso il lungomare.

Infine Kevin riuscì ad aprire la portiera, si mise al volante e schiacciò il freno, tirando anche il freno a mano. Nello stesso tempo sterzò bruscamente a sinistra per rimettere il veicolo sulla carreggiata.

Temendo che le manovre avessero attirato l'attenzione dei soldati, Kevin lanciò una rapida occhiata nella loro direzione. Erano radunati intorno a un tavolino che reggeva il registratore e una mezza dozzina di bottiglie vuote. Battevano allegramente mani e piedi, ignorando completamente lui e la sua auto.

Kevin tirò un sospiro di sollievo. La portiera del passeggero si aprì e Melanie salì accanto a lui, mentre Candace prendeva posto sul sedile posteriore.

«Non chiudete le portiere», sussurrò Kevin. Anche lui teneva la sua socchiusa. Tolse il freno a mano ma la macchina non si mosse. Spostò più volte il proprio peso avanti e indietro, finché la Toyota cominciò a scendere lungo il pendio verso la costa. Kevin reggeva il volante e controllava la discesa, dando ogni tanto un'occhiata al lunotto posteriore.

Scesero per due isolati, poi il terreno cominciò a diventare pianeggiante e la macchina si fermò. Solo allora Kevin accese il motore e tutti chiusero le portiere.

Si guardarono l'un l'altro, nella fioca luce dell'abitacolo. Erano tutti euforici e sorridenti.

«Ce l'abbiamo fatta», sussurrò Melanie.

«Fin qui tutto bene», aggiunse Kevin. Innestò la marcia e sterzò a destra proseguendo per diversi isolati in modo da tenersi alla larga dalla sua casa. Quindi puntò verso l'autoparco.

«Sei sicuro che nessuno ci darà delle noie al garage?» chiese Melanie.

«Non credo», replicò Kevin, «Gli uomini dell'autoparco vivono per conto loro, come una specie di settore indipendente. E poi penso che Siegfried avrà tenuto segreta la storia della nostra scomparsa e del nostro ritrovamento. Se aveva progettato di consegnarci alle autorità del paese era obbligato a farlo.»

«Spero che tu abbia ragione.» Melanie sospirò e continuò: «Mi domando se non faremmo meglio ad andarcene subito dalla Zona mettendoci dietro a uno degli autocarri, invece di preoccuparci di quattro americani che non conosciamo nemmeno».

«Quegli americani in qualche modo sono entrati nel paese», replicò Kevin. «Conto sul fatto che avranno un piano per uscirne. Arrischiare una fuga allo scoperto sarebbe la nostra ultima alternativa.»

Entrarono nel grande autoparco in piena attività e proseguirono fino al settore riparazioni. Kevin parcheggiò dietro un'officina dove diversi meccanici in tute sporche di grasso stavano intorno a un sollevatore idraulico che reggeva una cabina motrice di autocarro.

«Aspettatemi qui», disse scendendo dalla Toyota. Entrò e salutò gli uomini.

Le due donne lo osservavano ansiose. Candace teneva le dita incrociate.

«Be', almeno nessuno è corso al telefono quando l'hanno visto», commentò Melanie.

Uno dei meccanici si allontanò e scomparve dietro una porta in fondo all'officina. Riapparve un momento dopo portando una grossa catena. La consegnò a Kevin, che barcollò sotto il suo peso e si trascinò verso la Toyota con il viso sempre più rosso per lo sforzo.

Vedendo che stava per lasciar cadere la catena, Melanie saltò giù dalla macchina e aprì il portabagagli. La Toyota ebbe uno scossone quando Kevin scaricò il pesante fardello.

«Gli ho detto che mi occorreva una grossa catena», ansimò Kevin, «ma non era necessario che pesasse un quintale.»

«Come hai fatto a convincerli?» chiese Melanie.

«Gli ho detto che la tua macchina era rimasta impantanata. Non hanno fatto una piega. Però non si sono neanche offerti di venirci ad aiutare.»

Tornarono a bordo della Toyota e ripresero la strada verso la città.

«Sei sicuro che funzionerà?» chiese Candace dal sedile posteriore.

«No, ma non mi viene in mente nient'altro.»

Per il resto del viaggio nessuno parlò. Sapevano che questa era la parte più difficile dell'intero piano. Entrarono nel parcheggio del municipio e spensero i fari.

La stanza occupata dagli agenti di guardia era brillantemente illuminata e avvicinandosi sentirono della musica. Anche qui c'era un registratore che trasmetteva canzoni africane a tutto volume.

Kevin fece un ampio giro e si accostò all'edificio a marcia indietro. Sotto l'ombra del porticato poteva scorgere le finestre sbarrate della prigione.

Si fermò a un paio di metri dall'edificio e tirò il freno a mano. Tutti e tre sbirciarono nella stanza occupata dai soldati. Non si riusciva a vedere molto. La veneziana era alzata e agganciata al soffitto. Sul davanzale c'era un buon numero di bottiglie vuote.

«Bene, ora o mai più», sentenziò Kevin.

«Possiamo aiutarti?» chiese Melanie.

«No, restate nascoste», rispose Kevin.

Uscì dalla macchina e s'incamminò sotto il porticato. Non c'era nulla dietro cui nascondersi e se qualcuno si fosse affacciato alla finestra l'avrebbe visto subito.

Oltre l'arcata scorgeva le finestre sbarrate delle celle. Dietro non c'era che buio.

Kevin si mise carponi sulle mani e le ginocchia e sporse la testa. Al di sopra del frastuono della musica gridò con quanto fiato aveva in gola: «Ehi! C'è qualcuno laggiù?»

«Solo noi turisti», rispose la voce di Jack. «Siamo invitati alla festa?»

«Mi pare di capire che siete americani.»

«Come la torta di mele e il baseball», rispose Jack.

In quell'istante Kevin sentì altre voci nel buio, ma non riuscì a distinguere le parole.

«Vi siete proprio messi nei guai!» continuò Kevin.

«Puoi ben dirlo!» replicò Jack. «Forse questa è l'accoglienza riservata ai visitatori qui a Cogo.»

Kevin pensò che, chiunque fosse il suo interlocutore, faceva una bella coppia con Melanie.

«Cercherò di rimuovere le sbarre», aggiunse. «Siete tutti nella stessa cella?»

«No», gli spiegò Jack, «ci sono due belle signore nella cella alla mia sinistra.»

«Bene, vediamo che cosa riesco a fare con queste sbarre.»

Si alzò e andò alla macchina a prendere la catena. Tornato all'inferriata, fece passare un capo della catena attraverso le sbarre.

«Agganciatelo saldamente a una delle sbarre», disse.

«Non posso crederci», commentò Jack. «Mi ricorda un vecchio film western.»

Kevin assicurò l'altro capo della catena al gancio posteriore della Toyota. Poi tornò all'inferriata e tirò piano. Vide che era fissata saldamente alla sbarra centrale.

«Sembra a posto», mormorò. «Vediamo che cosa succede.»

Tornò al volante e innestò la marcia più bassa. Poi, guardando dal lunotto posteriore, fece avanzare cautamente la macchina finché la catena fu ben tesa.

«Bene, avanti tutta!» Premette l'acceleratore. Il potente motore della Toyota rombò sotto lo sforzo ma nessuno lo sentì. Il frenetico baccano di un complesso rock dello Zaire soffocava ogni altro suono.

All'improvviso il veicolo fece un balzo in avanti. Kevin frenò di colpo. Dietro di loro udirono un tremendo clangore di ferraglia.

Kevin e le donne trasalirono e guardarono ansiosamente verso il posto di guardia. Con loro grande sollievo nessuno comparve a controllare la causa del rumore.

Kevin balzò giù dalla macchina per andare a vedere che cos'era successo e quasi si scontrò con un muscoloso e imponente individuo di pelle nera che correva verso di lui.

«Buon lavoro, ragazzo! Io sono Warren e lui è Jack.»

Un altro tizio era comparso a fianco del primo.

«Io sono Kevin.»

«Salve», lo salutò Warren. «Ora torna su quella macchina e vediamo che cosa si può fare con l'altra inferriata.»

«Come avete fatto a uscire così presto?»

«Diamine, ragazzo, hai buttato giù tutto!»

Kevin tornò al volante e fece lentamente retromarcia. Vide che gli altri due uomini avevano già slegato la catena.

«Ha funzionato», esclamò Melanie. «Congratulazioni!»

«Devo ammettere che è andata meglio di quanto pensassi.»

Un attimo dopo qualcuno bussò al lunotto posteriore. Si voltò e vide uno degli uomini che gli faceva cenno di avanzare.

Kevin mise in moto con la stessa tecnica di prima e dopo qualche attimo ci fu lo stesso balzo in avanti e sfortunatamente lo stesso orrendo fragore. Questa volta un soldato si affacciò alla finestra.

Kevin rimase immobile, sperando che i due uomini appena liberati facessero lo stesso. Il soldato si portò una bottiglia alle labbra e così facendo urtò con il gomito le bottiglie vuote schierate sul davanzale. Molte si infransero sul pavimento. Poi il soldato si voltò e scomparve all'interno della stanza.

Kevin scese dall'auto in tempo per vedere due donne che uscivano dalla seconda apertura. Appena fuori, si precipitarono insieme con gli uomini verso la Toyota. Kevin si diresse sul retro per sganciare la catena ma vide che Warren ci aveva già pensato.

S'imbarcarono tutti sulla macchina senza dire una parola. Jack e Warren si sistemarono dietro mentre Laurie e Natalie presero posto sul sedile centrale.

Kevin mise in marcia e dopo un'ultima occhiata al posto di guardia uscì dal parcheggio. Non accese i fari finché non si trovò ben lontano dal municipio.

La fuga era stata un'esperienza esaltante per tutti. I sette si presentarono in modo molto sbrigativo, poi cominciarono a incrociarsi le domande. Alla fine tutti parlavano nello stesso tempo.

«Ehi, un momento!» gridò Jack al di sopra del vociare. «Un po' d'ordine! Parlate uno alla volta!»

«Giusto!» approvò Warren. «Comincio io per ringraziarvi di essere arrivati al momento buono.»

«Mi associo», aggiunse Laurie.

Evitando il centro cittadino, Kevin entrò nel parcheggio di un supermercato, dove già c'erano diverse altre macchine. Si fermò e spense i fari.

«Prima di ogni altra cosa», cominciò, «dobbiamo vedere come uscire dalla città. Non abbiamo molto tempo. Voi di New York, come avevate progettato di ripartire?»

«Con la stessa barca con cui eravamo venuti», rispose Jack.

«Dov'è la barca?» chiese Kevin.

«Presumo che sia là dove l'abbiamo lasciata. Sulla spiaggia sotto il molo.»

«È abbastanza grande per tutti?»

«Eccome! Avanza anche posto.»

«Perfetto!» esclamò Kevin soddisfatto. «Speravo proprio che foste venuti con una barca. Così possiamo andare direttamente nel Gabon.» Si guardò rapidamente in giro e riaccese il motore. «Preghiamo Dio che non l'abbiano trovata.»

Uscì dal parcheggio e si diresse verso la costa girando intorno ai quartieri periferici della città per tenersi il più lontano possibile dalla piazza del municipio e da casa sua.

«C'è un problema», cominciò Jack. «Non abbiamo né documenti né denaro. Ci hanno tolto tutto.»

«Noi non siamo in condizioni migliori», replicò Kevin. «Ma abbiamo un po' di denaro, in contanti e in traveller's cheque. Ci hanno confiscato i passaporti quando ci hanno messo agli arresti domiciliari questo pomeriggio. Eravamo destinati come voi a finire nelle mani delle autorità della Guinea Equatoriale.»

«E sarebbe stato un problema?» chiese Jack.

Kevin scoppiò in una risata senza allegria. Con gli occhi della mente gli parve di vedere i teschi sulla scrivania di Siegfried. «Più che un problema», rispose. «Un finto processo e poi il plotone di esecuzione.»

«Merda!» esplose Warren.

«In questo paese è considerato un delitto capitale interferire con le autorità della GenSys», spiegò Kevin. «E il direttore generale della Zona è l'autorità a cui spetta decidere se si tratta di interferenza o no.»

«Il plotone d'esecuzione!» ripeté Jack inorridito.

«Temo proprio di sì. L'esercito qui è abituato. Ha fatto un sacco di pratica negli ultimi anni.»

«Non ne avevo idea», commentò Jack. «Allora siamo in debito con voi più di quanto pensassimo!»

Laurie guardò fuori del finestrino e rabbrividì. La loro vita era appesa a un filo. E il filo si faceva sempre più sottile.

«E voi come vi siete cacciati in questa faccenda?» chiese Warren.

«È una lunga storia», rispose Melanie.

«Anche la nostra», aggiunse Laurie.

«Devo farvi una domanda», intervenne Kevin. «Siete venuti qui a causa di Carlo Franconi?»

«Che perspicacia!» esclamò Jack. «Come hai fatto a indovinare? Qual è esattamente il vostro ruolo qui a Cogo?»

«Il mio, in particolare?» chiese Kevin.

«Be', quello di tutti voi.»

Kevin, Melanie e Candace si scambiarono uno sguardo per decidere chi doveva parlare per primo.

«Facevamo tutti parte dello stesso programma», cominciò Candace. «Ma io ero solo una figura secondaria. Sono un'infermiera specializzata per l'assistenza nella chirurgia dei trapianti.»

«Io sono tecnologa della riproduzione», aggiunse Melanie. «Fornisco a Kevin la materia prima per le sue magie, e quando lui le ha operate, provvedo che arrivino a buon frutto.»

«E io sono un biologo molecolare», concluse Kevin con un sospiro di rammarico. «Sono uno che ha oltrepassato i limiti e commesso un errore prometeico.»

«Ehi, non tirar fuori troppa letteratura con me», protestò Jack. «Ho sentito parlare di Prometeo, ma non ricordo chi era.»

«Prometeo era un titano della mitologia greca», spiegò Laurie. «Rubò il fuoco dall'Olimpo per donarlo agli uomini.»

«E io senza volerlo ho donato il fuoco a certi animali», aggiunse Kevin. «Ho scoperto per caso il modo di interscambiare alcune particelle di cromosomi, soprattutto il braccio corto del cromosoma 6, da una cellula all'altra, e da una specie all'altra.»

«Così hai tolto parti di un cromosoma da un essere umano per innestarle in una scimmia», commentò Jack.

«Nell'ovulo fecondato di una scimmia», precisò Kevin. «Di un bonobo, per essere esatti.»

«E quello che ottenevi in realtà», continuò Jack, «era la perfetta fonte di un organo di trapianto per un determinato individuo.»

«Esattamente. Non era quello che avevo in mente all'inizio. Io sono solo un ricercatore, un teorico. Ma il potenziale economico mi ha spinto a mettere in pratica la teoria.»

«Geniale, straordinario!» esclamò Jack. «Ma è una cosa che fa paura.»

«Più che paura. Rischia di essere una tragedia. Il problema è che ho trasferito troppi geni umani. Ho casualmente creato una razza di protoominidi.»

«Vuoi dire come gli uomini di Neanderthal?» chiese Laurie.

«Più primitivi di diversi milioni di anni. Piuttosto come Lucy. Ma sono abbastanza intelligenti da usare il fuoco, fabbricare utensili e anche comunicare tra loro. Credo che siano allo stadio in cui eravamo noi quattro o cinque milioni di anni fa.»

«E dove sono queste creature?» chiese Laurie allarmata.

«Su un'isola qui vicino, dove finora vivevano in libertà Sfortunatamente tutto sta cambiando.»

«Perché?» volle sapere Laurie. Le pareva di vedere con gli occhi della mente questi protoominidi. Da ragazzina era stata affascinata dalla storia dei cavernicoli.

Kevin raccontò rapidamente la storia del fumo, che aveva indotto lui e le due donne a recarsi sull'isola. Raccontò com'erano stati catturati dai bonobo, e poi liberati. Parlò del triste destino di quelle creature, condannate a restare prigioniere per tutta la vita in piccole celle di cemento solo perché erano troppo umane.

«Terribile!» commentò Laurie.

«È una disgrazia», aggiunse Jack scuotendo la testa. «Che storia pazzesca!»

«Questo mondo non è pronto per una nuova razza», sentenziò Warren. «Abbiamo già troppi guai con quelle che ci sono.»

«Stiamo arrivando sulla costa», annunciò Kevin. «Lo spiazzo alla base del molo è là, oltre la prossima curva.»

«Allora fermati qui», suggerì Jack. «C'era un soldato quando siamo arrivati.»

Kevin si fermò al margine della strada e spense i fari, ma tenne il motore acceso per far funzionare l'aria condizionata. Jack e Warren scesero e corsero all'angolo. Cautamente si sporsero a guardare.

«Se la nostra barca non c'è più, possiamo trovarne altre qui intorno?» chiese Laurie.

«Temo di no», rispose Kevin.

«C'è un altro modo per uscire dalla città senza passare dalla barriera?»

«Solo quello.»

«Dio ci aiuti!» commentò Laurie.

Jack e Warren stavano tornando e Kevin abbassò il finestrino.

«C'è un soldato», riferì Jack. «Ma non sembra sul chi vive, magari è addormentato. Comunque dobbiamo affrontarlo. È meglio che restiate qui.»

«Per me va bene», assentì Kevin. Era felicissimo di lasciare quel compito agli altri. Se fosse toccato a lui, non avrebbe saputo a che santo votarsi.

Jack e Warren tornarono alla curva e sparirono dietro l'angolo. Kevin chiuse il finestrino.

Laurie guardò Natalie e scosse la testa. «Mi spiace tanto di avervi trascinato nei guai. Avrei dovuto saperlo. Sembra che Jack abbia una tendenza naturale a cacciarsi nei pasticci.»

«Non c'è bisogno di scusarti, non è certo colpa tua. Comunque le cose vanno meglio adesso che quindici o venti minuti fa.»

Jack e Warren fecero ritorno con sorprendente rapidità. Jack portava una pistola e Warren un fucile. Salirono sul retro della Toyota.

«Problemi?» chiese Kevin.

«Nessuno», rispose Jack. «Il soldato è stato molto conciliante. Warren sa essere molto persuasivo quando occorre.»

«Il *Chickee Hut Bar* ha un parcheggio?» s'informò Warren.

«Sicuro.»

«Bene, andiamo là.»

Kevin fece retromarcia, svoltò a destra e quindi prese la prima strada a sinistra. Al termine dell'isolato entrò in un grande parcheggio asfaltato. Davanti a loro vedevano il profilo del bar, chiuso e buio. Dietro il bar si scorgeva la distesa argentea dell'estuario, scintillante sotto la luna.

Kevin arrivò davanti al bar e si fermò.

«Voi aspettate qui», disse Warren, «io vado a vedere la barca.» Scese dalla macchina portandosi dietro il fucile e in un attimo scomparve.

«Come si muove svelto!» commentò Melanie.

«È un atleta», confermò Jack.

«La terra che si vede davanti a noi è il Gabon?» chiese Laurie.

«Sì», rispose Melanie.

«Quanto dista?» chiese Jack.

«Circa sei chilometri», spiegò Kevin. «Ma noi dobbiamo raggiungere Cocobeach. Saranno più o meno quindici chilometri. Da lì potremo rivolgerci all'ambasciata americana di Libreville.»

«Quanto ci vorrà per arrivare a Cocobeach?» chiese ancora Laurie.

«Direi un po' più di un'ora. Naturalmente dipende dalla velocità della motobarca.»

Warren ricomparve e venne verso la macchina. Kevin abbassò di nuovo il finestrino.

«Nessun problema», annunciò Warren. «La barca è là.»

Tutti tirarono un sospiro di sollievo e scesero dalla macchina. Kevin, Candace e Melanie portavano le loro borse.

«È tutto lì il vostro bagaglio?» chiese Laurie.

«Tutto qui», confermò Candace.

Warren guidò il gruppo intorno al bar, dove c'erano dei gradini che scendevano alla spiaggia.

«Camminiamo svelti finché arriviamo dietro il muro», si raccomandò Warren e fece cenno agli altri di precederlo.

Era buio sotto il molo e dovevano procedere con cautela. Assieme allo sciabordio delle piccole onde che lambivano la spiaggia si udiva il rumore di grossi granchi che correvano a rifugiarsi nelle loro tane di sabbia.

«Abbiamo un paio di lampadine tascabili», disse Kevin. «Credete che possiamo usarle?»

«Non corriamo rischi», rispose Jack e in quel momento urtò letteralmente contro la barca. Si assicurò che fosse ragionevolmente stabile prima di invitare gli altri a salire e sedere a poppa. Appena tutti furono a bordo, sentì la prua farsi più leggera. Si appoggiò alla barca e cominciò a spingere.

«Attenti alle travi!» avvertì saltando a bordo.

Ci vollero solo pochi minuti per raggiungere il pontile galleggiante. Poi puntarono verso il largo.

C'erano solo quattro remi. Melanie insisté per remare insieme con i tre uomini.

«Voglio allontanarmi un centinaio di metri dalla riva prima di accendere il motore», spiegò Jack. «Non ha senso correre rischi.»

Tutti si voltarono a guardare Cogo che pareva così pacifica, con le sue case bianche velate di foschia sotto la luce argentea della luna. Tutt'intorno la giungla chiudeva la città in un cerchio blu notte. La vegetazione pareva sul punto di irrompere e sommergerla, come un'ondata di marea.

I rumori notturni della giungla si dileguarono in lontananza. L'unico suono era il tonfo dei remi nell'acqua e il loro raschiare sul bordo della barca. Per qualche tempo nessuno parlò. Il battito dei cuori rallentò, il respiro divenne normale. Tutti erano affascinati dalla bellezza del paesaggio africano notturno, soprattutto il gruppo di New York. L'immensità degli spazi li stordiva. Tutto sembrava più grande in Africa, persino il cielo.

Per Kevin era diverso. Il sollievo per essere uscito da Cogo e aver aiutato gli altri rendeva ancor più viva l'angoscia per la sorte dei suoi straordinari bonobo. Era stato un errore crearli, ma abbandonarli a una vita di prigionia in un'angusta gabbia aumentava il suo senso di colpa.

Dopo un po' Jack sollevò il remo dall'acqua e lo depose sul fondo della barca. «È ora di accendere il motore», annunciò. Afferrò il fuoribordo e lo calò nell'acqua.

«Aspetta un attimo», esclamò all'improvviso Kevin. «Devo chiedervi una cosa. So che non ne ho il diritto, ma per me è importante.»

Jack, chino sul serbatoio di combustibile, si raddrizzò. «Che cos'hai in mente, amico?»

«Vedete quell'isola, l'ultima in fondo?» spiegò Kevin indicando l'Isla Francesca.

«I bonobo sono tutti là, chiusi in gabbia ai piedi del ponte che collega l'isola alla terraferma. Vorrei andare a liberarli.»

«E a che cosa servirebbe?» chiese Laurie.

«A molto, se potessi fargli attraversare il ponte.»

«E i tuoi amici di Cogo non li catturerebbero di nuovo?» osservò Jack.

«Non riuscirebbero mai a trovarli.» Kevin si stava eccitando all'idea. «Scomparirebbero nella giungla. Da questa regione della Guinea Equatoriale per migliaia di chilometri si estende la foresta vergine, perlopiù impenetrabile. Copre vaste regioni del Gabon, del Camerun, del Congo e della Repubblica Centrafricana. Circa due milioni e mezzo di chilometri quadrati, in buona parte ancora inesplorati.»

«E li lasci andare così?» chiese Candace.

«Avrebbero una probabilità e saprebbero sfruttarla. Sono pieni di risorse. Pensa ai nostri antenati, hanno dovuto sopravvivere attraverso l'era glaciale pleistocenica. È stato più difficile che sopravvivere nella foresta pluviale.»

Laurie guardò Jack. «L'idea mi piace.»

Jack diede un'occhiata all'isola, poi chiese in che direzione era Cocobeach.

«Dovremo fare una deviazione», ammise Kevin, «ma non è tanto distante. Al massimo una ventina di minuti.»

«E se tu li liberi, e loro non ne vogliono sapere di lasciare l'isola?» chiese Warren.

«Almeno potrò dire a me stesso che ho tentato. Sento che devo fare qualcosa.»

«Be', perché no?» acconsentì Jack. «Anche a me l'idea piace. Che cosa dicono gli altri?»

«Mi piacerebbe vedere uno di quegli animali», rispose Warren.

«Andiamo!» esclamò Candace con entusiasmo.

«Per me va bene», aggiunse Natalie.

«Non mi viene in mente niente di meglio», confermò Melanie. «Forza, sbrighiamoci.»

Jack diede qualche strattone alla corda del motore che si accese con un rombo. Poi si mise al timone e fece rotta per l'Isla Francesca.

23

10 marzo 1997, ore 1.45
Cogo, Guinea Equatoriale

SIEGFRIED aveva fatto quel sogno un centinaio di volte. Si avvicinava a una femmina di elefante con il suo cucciolo accanto. Non lo faceva volentieri ma una coppia di clienti glielo aveva chiesto. La moglie voleva vedere da vicino l'elefantino neonato.

Siegfred aveva mandato i suoi uomini a proteggergli i fianchi, ma la comparsa di un grosso elefante maschio li aveva terrorizzati. Si erano dati alla fuga senza avvertire Siegfried del pericolo.

Il fragore dell'enorme elefante che caricava attraverso il sottobosco era come il rombo di un treno in arrivo. Un attimo prima dell'impatto, Siegfried si svegliò in un bagno di sudore.

Ansimando, si alzò a sedere nel letto. Allungò una mano al di là della zanzariera per prendere un bicchier d'acqua e ingollò un lungo sorso. Il problema era che quel sogno era troppo simile alla realtà. L'incidente nel quale aveva perso il braccio destro e aveva avuto la guancia squarciata si era svolto praticamente così

Si sedette sul bordo del letto e gli ci volle qualche minuto prima di rendersi conto che gli urli che credeva di aver sentito in sogno venivano invece dalla sua finestra. Subito dopo riconobbe la fonte del baccano: una musica rock africana a tutto volume trasmessa da un registratore di pessima qualità.

Sorpreso, guardò l'orologio. Erano quasi le due del mattino. Chi poteva essere così insolente da fare quel chiasso a quell'ora di notte?

Accorgendosi che il rumore veniva dall'altra parte della piazza, uscì dal letto e si affacciò alla veranda. Con grande sorpresa e sgomento capì che la musica proveniva dalla casa di Kevin Marshall.

La collera lo attraversò come una scossa elettrica. Telefonò subito a Cameron e gli intimò di raggiungerlo senza indugio alla casa di Kevin. Sbatté il ricevitore, s'infilò i vestiti e uscendo afferrò una delle sue vecchie carabine da caccia.

Attraversò a grandi passi il centro erboso della piazza. A mano a mano che si avvicinava alla casa, la musica si faceva più assordante. I soldati erano raggruppati in una chiazza di luce. Sparse ai loro piedi si vedevano numerose bottiglie vuote. Due soldati cantavano assieme alla musica fingendo di suonare strumenti immaginari. Gli altri due parevano completamente sbronzi.

Quando Siegfried giunse sulla scena, l'auto di Cameron stava già arrivando Il capo del servizio di sicurezza balzò a terra. Stava ancora abbottonandosi la camicia mentre si avvicinava a Siegfried Lanciò un'occhiata ai soldati sbronzi e rimase allibito.

Cominciò a giustificarsi, ma Siegfried lo zittì bruscamente. «Lascia stare le scuse. Corri al primo piano e assicurati che Marshall e le due donne siano nei loro letti.»

Cameron si toccò l'orlo del cappello e sparì su per le scale.

Siegfried lo sentì bussare alla porta. Un attimo dopo si accesero le luci delle finestre che davano sulla piazza.

Siegfried guardava i soldati sbavando di rabbia. Non si erano neanche accorti della sua presenza.

Cameron tornò in strada, pallido, scuotendo la testa. «Non ci sono.»

Siegfried cercò di controllare la collera per poter pensare. Gli toccava lavorare con uomini a un livello di incompetenza assolutamente inaccettabile.

«La Toyota c'è?» abbaiò.

«Vado a controllare.» Cameron corse indietro, aprendosi letteralmente la via in mezzo ai soldati che cantavano. Tornò quasi subito. «Sparita!»

«Che sorpresa!» ribatté Siegfried sarcastico. Poi schioccò le dita e fece un cenno verso l'auto di Cameron. Questi si mise al volante, mentre Siegfried prendeva posto sul sedile accanto.

«Dai l'allarme a tutte le guardie», gli ordinò. «Voglio che l'auto di Kevin sia ritrovata immediatamente. E chiama la barriera, assicurati che non abbiano lasciato la Zona. Intanto portami al municipio!»

Cameron parlò al telefono dell'auto mentre guidava la macchina intorno all'isolato.

Quando arrivarono al municipio la ricerca della macchina di Kevin era già iniziata. Si accertò che il veicolo non aveva cercato di oltrepassare la barriera. Entrando nel parcheggio sentirono la musica.

«Oh-oh», borbottò Cameron.

Siegfried rimase in silenzio. Cercava di prepararsi per quello che già sospettava.

Cameron si fermò davanti all'edificio. I fari della macchina illuminarono le macerie e la catena.

«È un disastro», borbottò Siegfried. La sua voce tremava. Scese dalla macchina con la carabina. Anche se doveva reggerla con una sola mano, era un tiratore molto abile. In rapida successione sparò tre colpi e tre delle bottiglie vuote sul davanzale del posto di guardia esplosero in una pioggia di schegge. Ma la musica non tacque e nemmeno si attenuò.

Siegfried si avvicinò alla finestra e guardò dentro. Il registratore era sulla scrivania con il volume al massimo. I quattro soldati erano fuori combattimento, o sdraiati sul pavimento o scompostamente adagiati su una sedia.

Siegfried alzò il fucile e premette il grilletto. Il registratore volò via dalla scrivania. In un attimo calò il silenzio

Siegfried tornò alla macchina. «Chiama il colonnello della guarnigione», ordinò a Cameron. «Riferiscigli quel che è successo. E digli che voglio questi uomini davanti alla corte marziale. Che mandi qui immediatamente un drappello di soldati con un veicolo.»

«Sissignore», assentì Cameron.

Siegfried fece tre passi sotto il portico e osservò le inferriate divelte. Guardò le pareti e capì perché erano cadute così facilmente. La malta fra i mattoni, sotto l'intonaco, era sbriciolata come sabbia.

Per riprendere il controllo dei propri nervi camminò tutt'intorno al municipio. Quando svoltò l'ultimo angolo vide i fari di una macchina che veniva dalla strada e svoltava nel parcheggio. Con grande stridore di gomme l'auto della pattuglia di sicurezza si fermò accanto a quella di Cameron e l'ufficiale in servizio balzò a terra.

Siegfried imprecò mentre si avvicinava. Con la scomparsa di Kevin e delle due donne, e in più del gruppo di New York, il progetto bonobo era in serio pericolo. Bisognava assolutamente trovarli.

«Signor Spallek», cominciò Cameron, «ho qualche notizia. L'ufficiale O'Leary crede di aver visto l'auto di Kevin Marshall dieci minuti fa. Possiamo controllare se si trova ancora là.»

«Dove?» chiese Siegfried.

«Nel parcheggio accanto al *Chickee Hut Bar*», spiegò l'ufficiale. «L'ho notata durante il mio ultimo giro di ispezione.»

«Ha visto anche delle persone?»

«No, signore. Neanche un'anima.»

«Ci dovrebbe essere una guardia laggiù», osservò Siegfried. «Non l'ha vista?»

«Non proprio, signore.»

«Che significa 'non proprio'?» ringhiò Siegried. Ne aveva abbastanza di quell'incompetenza.

«Vede, noi tendiamo a non prestare troppa attenzione ai soldati», spiegò O'Leary.

Siegfried alzò gli occhi al cielo. In un ulteriore tentativo di controllare la propria collera, si costrinse a contemplare la luce lunare che brillava sulla scura vegetazione. La bellezza di quella visione lo calmò, e ammise pur controvoglia che anche lui non prestava molta attenzione ai soldati. Non servivano a nulla, si limitavano a ciondolare intorno. Erano uno dei costi da pagare per fare affari con il governo della Giunea Equatoriale. Ma perché mai l'auto di Kevin si trovava al *Chickee Hut Bar*? Gli venne un'idea.

«Cameron, avete accertato in che modo gli americani sono entrati in città?»

«Temo di no, signore.»

«Si sono fatte ricerche di una barca?»

Cameron guardò O'Leary, che a malincuore rispose: «Non sapevo nulla di una ricerca di questo genere».

«E quando hai dato il cambio ad Hansen alle undici?» lo incalzò Cameron. «Nel farti rapporto, ha detto di aver cercato una barca?»

«Neanche una parola, signore.»

Cameron deglutì a vuoto e rivolto a Siegfried disse: «Devo occuparmi di questa faccenda. Tornerò da lei più tardi».

«In altre parole, nessuno ha mai cercato una fottuta barca!» esplose Siegfried. «Sembra una barzelletta, ma chissà perché non mi fa ridere!»

«Io ho dato ordine specifico di cercare una barca», si giustificò Cameron.

«Evidentemente gli ordini non bastano, idiota!» lo insultò Siegfried. «Devi badare che vengano eseguiti. Sei tu il responsabile!»

Chiuse gli occhi e digrignò i denti. Aveva perso entrambi i gruppi. A questo punto l'unica cosa da fare era ricorrere al colonnello perché telefonasse alla stazione militare di Acalayong, nell'improbabile eventualità che i fuggiaschi approdassero in quella zona. Ma non era ottimista. Sapeva che se fosse stato lui il fuggiasco, si sarebbe diretto nel Gabon.

All'improvviso sbarrò gli occhi. Gli era balenato un altro pensiero molto più preoccupante.

«Ci sono guardie a sorvegliare l'Isla Francesca?» chiese.

«No, signore. Non sono state richieste.»

«E alla testa di ponte, sulla terraferma?» chiese ancora.

«C'era un posto di guardia, finché lei ha ordinato che fosse tolto.»

«Bene, andiamoci subito», decise Siegfried. Si stavano avviando verso la macchina di Cameron quando tre veicoli arrivarono a gran velocità dalla strada ed entrarono nel parcheggio. Erano jeep dell'esercito, piene di soldati armati di fucili.

Dalla prima jeep scese il colonnello Mongomo. Diversamente dai suoi sciatti soldati. indossava un'impeccabile divisa, completa di medaglie. Malgrado fosse ancora notte, portava occhiali neri da aviatore. Fece a Siegfried un rigido saluto e annunciò che era al suo servizio.

«Le sarei grato se provvedesse a questi soldati ubriachi», rispose Siegfried controllandosi a fatica e additando il posto di guardia. «Ce n'è anche un altro gruppo, il tenente O'Leary le mostrerà dove. E ordini a una di queste jeep piene di soldati di seguirci. Forse ne avremo bisogno.»

Kevin fece cenno a Jack di rallentare e la pesante motobarca ben presto ridusse la velocità. Erano entrati nello stretto canale fra l'Isla Francesca e la terraferma. Era molto più buio che in mare aperto, perché i rami degli alberi si protendevano da entrambe le rive a formare quasi una volta frondosa.

Kevin era preoccupato per la fune della zattera che serviva a portare il cibo agli animali sull'isola. Andò a prua e spiegò a Jack la situazione.

«Che posto sinistro!» commentò Laurie.

«Senti come gridano gli animali!» aggiunse Natalie.

«Quelle che si sentono sono rane», spiegò Melanie. «Rane in vena di romanticismo.»

«Arriva la fune!» avvertì Kevin.

Jack spense il gas e si alzò per sollevare il motore fuoribordo dall'acqua.

Ci fu un tonfo sordo e un rumore raschiante quando la barca passò sopra la fune.

«Adesso remiamo», aggiunse Kevin. «C'è solo un piccolo tratto e non vorrei andare a urtare contro un tronco.»

La fitta giungla alla loro destra si interruppe quando arrivarono alla radura intorno alla testa di ponte. Ancora una volta sbucarono sotto la luce della luna.

«Oh no!» esclamò Kevin dalla prua. «Il ponte non è aperto! Dannazione!»

«Non è un problema», replicò Melanie. «Ho sempre la chiave.» La levò in alto e la chiave brillò per un attimo nella scarsa luce. «Avevo il presentimento che un giorno potesse servirci.»

«Oh, Melanie, sei meravigliosa! Per un attimo ho pensato che tutto fosse perduto.»

«Un ponte telescopico che richiede una chiave?» chiese Jack. «Un impianto così sofisticato in mezzo alla giungla?»

«C'è un molo alla nostra destra», disse Kevin. «Legheremo la barca là.»

Jack, a poppa, manovrò con il remo per girare la barca e volgere la prua verso l'isola. Pochi minuti dopo, un lieve urto li avvertì che erano arrivati contro l'impalcatura di legno.

«Bene, ci siamo!» Kevin trasse un respiro profondo. Era nervoso. Si accingeva a fare qualcosa che non era nel suo carattere: comportarsi da eroe. «Ecco la mia proposta. Voi restate in barca, almeno per ora. Non so come reagiranno questi animali alla mia presenza. Sono terribilmente forti, e questo è un rischio. Ho delle ragioni per correrlo, ma non voglio mettere a repentaglio la vita di nessuno di voi.»

«Io non sono d'accordo», replicò Jack. «Penso che avrai bisogno di un po' di aiuto.»

«E poi con questo AK-47 siamo in grado di difenderci», aggiunse Warren.

«Niente spari, vi prego!» proruppe Kevin. «Soprattutto non per causa mia. Ecco perché voglio che restiate tutti qui. Se le cose vanno male, andatevene subito.»

Melanie si alzò. «Io sono responsabile quanto te dell'esistenza di queste creature. Verrò ad aiutarti, che ti piaccia o no, fratello.»

Kevin fece un gesto di esasperazione.

«E niente capricci», concluse Melanie e salì sul molo.

«Sembra proprio un picnic», osservò allegramente Jack e si alzò per seguirla.

«Stai giù!» gli intimò Melanie severamente. «Per adesso è una faccenda privata.»

Jack tornò a sedere.

Kevin tirò fuori la torcia elettrica e raggiunse Melanie sul molo. «Non ci vorrà molto», promise.

Prima dovevano pensare al ponte. Senza il ponte, il piano non avrebbe funzionato, qualunque fosse la reazione degli animali. Kevin infilò la chiave e premette il pulsante verde, trattenendo il fiato. Quasi immediatamente udì il ronzio di un motore elettrico dalla parte della terraferma. Poi, come al rallentatore, il ponte telescopico si stese attraverso il fiume fino a piazzarsi sulla rampa di cemento dell'isola.

Kevin vi salì per assicurarsi che fosse solidamente installato. Cercò di scuoterlo, ma vide che era stabile. Soddisfatto, si diresse con Melanie verso la foresta. Non vedevano le gabbie a causa del buio, ma sapevano dov'erano.

«Hai un piano o li lasciamo semplicemente uscire in massa?» chiese Melanie mentre attraversavano il campo. Kevin teneva la torcia accesa per vedere dove mettevano i piedi.

«L'unica idea che mi è venuta in mente è quella di cercare il mio duplo, il bonobo numero uno», rispose Kevin. «Diversamente da me, ha il temperamento del capo. Se riesco a farmi capire da lui, forse guiderà gli altri.» Si strinse nelle spalle. «Hai un'idea migliore?»

«Al momento no», ammise Melanie.

Le gabbie erano allineate in una lunga fila. C'era un forte tanfo, poiché alcuni animali erano rinchiusi da più di ventiquattr'ore. Kevin passando dirigeva il raggio della torcia oltre le sbarre e gli animali si ridestavano immediatamente. Alcuni si ritraevano in un angolo per proteggersi dall'improvviso bagliore. Altri restavano ostinatamente al loro posto, con gli occhi fiammeggianti.

«Come farai a riconoscerlo?» chiese Melanie.

«Conto di riconoscere il mio orologio. Altrimenti quell'orribile cicatrice che ha sul muso.»

«Che ironia! È quasi la stessa cicatrice che ha Siegfried», commentò Melanie.

«Non nominarlo neanche!» borbottò Kevin. E all'improvviso proruppe: «Guarda!» La torcia illuminava il muso orribilmente sfregiato del bonobo numero uno.

«È lui!» esclamò Melanie.

«*Ba-da*», pronunciò Kevin. Si batté il petto con le mani, come avevano fatto le femmine quando lui, Melanie e Candace erano stati condotti alla caverna.

Il bonobo numero uno girò la testa di lato e la pelle fra le sopracciglia si corrugò.

«*Ba-da*», ripeté Kevin.

Lentamente il bonobo alzò la mano e si batté il petto. Poi pronunciò: «*Ba-da*», con la stessa chiarezza di Kevin.

Kevin guardò Melanie. Erano tutti e due colpiti. Anche se avevano tentato di comunicare con Arthur, era accaduto in un contesto ben diverso e non erano mai stati sicuri di farsi capire.

«*Atah*», aggiunse Kevin. Era una parola che avevano sentito diverse volte, a cominciare dal momento in cui il bonobo numero uno l'aveva gridata quando lo avevano incontrato per la prima volta. Pensavano che significasse «venire».

Il bonobo numero uno non rispose.

Kevin ripeté la parola, poi guardò Melanie. «Non so cos'altro dire.»

«Neanch'io. Ma apriamo la gabbia. Forse allora risponderà. È difficile per lui 'venire' quando è chiuso dentro.»

«Buona idea», approvò Kevin. Trepidante fece scorrere il chiavistello e aprì la porta. Entrambi indietreggiarono e Kevin diresse il raggio della torcia verso terra, per non abbagliare l'animale. Il bonobo numero uno uscì lentamente dalla gabbia e si drizzò in tutta la sua altezza. Guardò a sinistra e poi a destra prima di rivolgere nuovamente la sua attenzione ai due umani.

«*Atah*», ripeté Kevin retrocedendo ancora.

Il bonobo numero uno cominciò ad avanzare, stirandosi.

Kevin si voltò per poter camminare più agevolmente ripetendo diverse volte la parola *atah*. L'animale lo seguì, senza cambiare espressione.

Kevin arrivò al ponte e vi salì, ripetendo ancora *atah*.

Il bonobo numero uno esitando salì sulla rampa di cemento.

Kevin arrivò fino a metà del ponte e si fermò. Il bonobo avanzò cautamente, guardando più volte da una parte e dall'altra.

Kevin tentò qualcosa che non avevano provato con Arthur. Collegò alcune parole. Usò *sta*, che ricordava da quando il bonobo numero uno aveva cercato di offrire la scimmietta morta a Candace. Poi *zit*, che lo stesso bonobo numero uno aveva pronunciato per farli entrare nella caverna. Infine *arak*, che erano quasi sicuri significasse «via».

«*Sta zit arak*», pronunciò. Aprì le dita e allontanò più volte la mano dal petto, nel gesto che Candace aveva osservato nella sala operatoria. Sperava che questo insieme di suoni significasse «tu andare via».

Ripeté ancora una volta la frase e puntò il dito verso nordest, in direzione dell'immensa foresta pluviale.

Il bonobo numero uno si alzò sulla punta dei piedi e guardò al di sopra delle spalle di Kevin, verso la nera giungla sulla terraferma. Poi volse di nuovo lo sguardo verso le gabbie. Aprendo le braccia vocalizzò una serie di suoni che Kevin e Melanie non avevano ancora udito, o almeno non avevano associato a un significato specifico.

«Che cosa fa?» chiese Kevin. In quel momento l'animale gli voltava le spalle.

«Sbaglierò, ma penso che voglia indicare i suoi compagni.»

«Mio Dio! Credo che abbia capito il senso delle mie parole. Andiamo, liberiamo gli altri.»

Fece qualche passo avanti. Il bonobo avvertì il suo movimento e si voltò verso di lui. Kevin esitò. Il ponte era largo circa tre metri e aveva paura di passare troppo vicino all'animale. Ricordava fin troppo bene com'era stato facile per il bonobo afferrarlo, sollevarlo e scagliarlo in fondo alla grotta.

Lo fissò, per cercare di decifrare la sua espressione, ma non vi riuscì. Ancora una volta provò la sconcertante sensazione di guardare in uno specchio evolutivo.

«E adesso, che cosa c'è?» chiese Melanie.

«Mi fa paura. Non so se passargli vicino.»

«Ti prego», lo pregò. «Non restiamo qui così! Non abbiamo molto tempo!»

«Bene», fece Kevin deciso. Trasse un respiro profondo e passò a pochi centimetri dall'animale camminando cautamente lungo il bordo del ponte. Il bonobo continuava a fissarlo, ma non si mosse.

«Ho i nervi a fior di pelle!» si lamentò Kevin scendendo dal ponte.

«Lo lasciamo qui?» chiese Melanie.

Kevin si grattò la testa. «Non so che cosa fare. Potrebbe servire per indurre gli altri a seguirci. Forse sarebbe meglio che tornasse alle gabbie con noi.»

«Be', perché non cominciamo a incamminarci?» propose Melanie. «Lasciamo che decida lui.»

Si avviarono verso le gabbie e furono lieti di vedere che il bonobo numero uno scendeva dal ponte e li seguiva.

Avanzarono a passi svelti, consci che gli altri li aspettavano nella barca. Quando arrivarono alle gabbie non esitarono. Kevin aprì la prima, Melanie la seconda. Gli animali ne uscirono rapidamente e subito scambiarono versi con il bonobo numero uno. Kevin e Melanie continuarono ad aprire le gabbie. In pochi minuti una dozzina di animali li circondava vociando e stirandosi le membra.

«Funziona!» esclamò Kevin. «Ne ero sicuro. Se volessero solo correre per la foresta qui sull'isola l'avrebbero già fatto. Invece sanno che devono andarsene.»

«Forse dovrei andare a chiamare Candace e i nostri nuovi amici», propose Melanie. «Dovrebbero assistere alla liberazione dei bonobo, e potrebbero anche aiutarci ad accelerare le operazioni.»

«Buona idea», approvò Kevin, dando un'occhiata alla lunga fila di gabbie. Sapeva che ce n'erano oltre settanta.

Melanie corse via nel buio mentre Kevin passava alla prossima gabbia. Osservò che il bonobo numero uno restava vicino a lui come per salutare ogni nuovo animale liberato.

Kevin aveva già fatto uscire una mezza dozzina di bonobo quando arrivarono gli altri. Dapprima i nuovi venuti erano un po' intimiditi e non sapevano cosa fare. Gli animali li ignoravano, ma badavano a tenersi alla larga da Warren. Questi infatti aveva con sé il fucile, che probabilmente ricordava ai bonobo la pistola a dardi.

«Sono così quieti, così silenziosi», osservò Laurie. «Fa impressione...»

«Sono depressi», spiegò Kevin. «Forse per i sedativi che gli hanno iniettato o forse perché sono rimasti in gabbia. Ma non avvicinatevi troppo. Li vedete tranquilli, ma hanno una forza formidabile.»

«Che cosa possiamo fare?» chiese Candace.

«Aprite le gabbie.»

In sette, bastarono pochi minuti per aprirle tutte. Appena l'ultimo animale fu libero, Kevin fece cenno agli altri di dirigersi verso il ponte.

Il bonobo numero uno batté forte le mani, come aveva fatto quando Kevin e le donne gli erano comparsi per la prima volta davanti. Poi lanciò alcuni rochi vocalizzi e cominciò ad avanzare dietro gli uomini. Immediatamente tutti gli altri bonobo lo seguirono in silenzio.

I sette esseri umani guidarono i settantuno bonobo transgenici attraverso la radura fino al ponte della loro libertà. Arrivati all'imboccatura, gli umani si fecero da parte. Il bonobo numero uno si fermò sulla rampa di cemento.

«*Sta zit arak*», ripeté Kevin con la mano aperta. Poi indicò al di là del ponte l'inesplorata foresta della terraferma africana.

Il bonobo numero uno chinò un attimo la testa prima di saltare in cima alla rampa. Guardando i compagni, lanciò un ultimo grido modulato, poi voltò le spalle all'Isla Francesca e attraversò il ponte fino alla terraferma. La massa dei bonobo lo seguì.

«È come assistere all'Esodo», scherzò Jack.

«Non essere sacrilego», lo rimproverò Laurie. Ma nella battuta di Jack c'era un fondo di verità. Lei stessa era colpita dalla scena.

Come per magia gli animali scomparvero nella giungla senza un suono.

Per un attimo nessuno si mosse. Infine Kevin ruppe il silenzio. «Vi ringrazio di avermi aiutato. Forse ora potrò fare pace con me stesso.» Andò al ponte e premette il pulsante rosso. Con un sonoro ronzio il ponte si ritrasse.

Il gruppo si allontanò dallo spiazzo dirigendosi verso la barca.

«Questa è una delle scene più strane che abbia mai visto», osservò Jack.

A un tratto Melanie si fermò di colpo e gridò: «Oh no! Guardate!»

Gli occhi di tutti si diressero all'altra riva. Attraverso il fogliame si vedevano avvicinare i fari di numerosi veicoli, lungo la pista che portava al ponte.

«Non possiamo andare alla barca!» esclamò Warren. «Ci vedrebbero!»

«Non possiamo neppure restare qui», obiettò Jack.

«Torniamo alle gabbie!» gridò Kevin.

Si voltarono e corsero verso il fitto degli alberi. Nel momento in cui si tuffarono dietro le gabbie, i raggi dei fari arrivarono a illuminare la radura. Le macchine si fermarono, ma le luci e i motori rimasero accesi.

«Sono soldati del governo», osservò Kevin.

«E c'è anche Siegfried», aggiunse Melanie. «Lo riconoscerei ovunque. C'è anche Cameron McIvers.»

Sulla costa davanti a loro si accese un riflettore e il suo raggio abbagliante ruotò lungo la fila di gabbie ed esplorò la riva del fiume. Trovò subito la motobarca.

Anche da dove si trovavano Kevin e i suoi compagni poterono udire le grida eccitate che seguirono alla scoperta della barca.

«Brutto affare», borbottò Kevin. «Ora sanno che siamo qui.»

Un'improvvisa, violenta raffica di fucilate lacerò il silenzio della notte.

«Perché stanno sparando?» chiese Laurie.

«Temo che stiano distruggendo la nostra barca», rispose Jack. «Cattive notizie per la caparra che ho versato.»

«Non è il momento di fare dello spirito», protestò Laurie.

Nella notte rombò una violenta esplosione e una sfera di fuoco illuminò per un attimo i soldati.

«Questo dev'essere il serbatoio della benzina», mormorò Kevin. «Diciamo addio al nostro mezzo di trasporto!»

Pochi minuti dopo il riflettore si spense. Poi il primo veicolo fece un'inversione a U e scomparve lungo la pista in direzione di Cogo.

«Qualcuno ha un'idea di quel che sta succedendo?» chiese Jack.

«Secondo me, Siegfried e Cameron tornano indietro», ipotizzò Melanie. «Sapendo che siamo sull'isola, si sentono al sicuro.»

All'improvviso si spensero anche i fari del secondo veicolo e tutta la zona piombò nell'oscurità. Anche la luce lunare era scarsa, perché la luna era ormai bassa all'orizzonte.

«Preferirei sapere dove sono e che cosa fanno», borbottò Warren.

«Quant'è grande l'isola?» chiese Jack.

«È lunga circa dieci chilometri e larga tre», rispose Kevin. «Ma...»

«Ehi, stanno accendendo il fuoco», esclamò Warren interrompendolo.

Una luce dorata illuminò una parte del ponte, poi si levarono alte le fiamme di un falò. Intorno al fuoco si vedevano muovere le figure spettrali dei soldati.

«Che bello spettacolo! Si stanno proprio mettendo comodi», osservò Jack.

«E adesso che cosa facciamo?» chiese Laurie con una punta di disperazione nella voce.

«Non abbiamo molta scelta, con i soldati alla base del ponte», osservò Warren. «Io ne conto sei.»

«Speriamo che non si mettano in mente di venire sull'isola», aggiunse Jack.

«Non verranno prima dell'alba», replicò Kevin. «Non possono venire qui al buio. E poi non ce n'è bisogno. Non si aspettano che ce ne andiamo.»

«E se attraversassimo il canale a nuoto?» propose Jack. «Sono solo dieci o dodici metri e la corrente non è forte.»

«Io non sono un buon nuotatore», obiettò Warren, «ve l'avevo detto.»

«E tutta la zona è infestata dai coccodrilli», aggiunse Kevin.

«Oh, buon Dio, adesso me lo dici!» protestò Laurie.

«Be', sentite, non dovremo nuotare, almeno spero», continuò Kevin. «La barca che noi abbiamo usato per venire sull'isola dev'essere ancora dove l'abbiamo lasciata, ed è abbastanza grande per tutti.»

«Fantastico!» esclamò Jack. «Dov'è?»

«Temo che dovremo fare una bella camminata.»

«Sarà come una passeggiata al parco», osservò Jack.

«Che ore sono?» chiese Kevin.

«Le tre e venti», rispose Warren.

«Allora abbiamo circa un'ora e mezzo prima dell'alba. Sarà meglio incamminarci subito.»

* * *

Quella che Jack aveva scherzosamente chiamato una passeggiata nel parco risultò una delle più tormentose esperienze che avessero mai fatto. Non volendo accendere le torce elettriche per i primi due o trecento metri, erano costretti ad avanzare alla cieca. L'interno della giungla era completamente nero. Non riuscivano nemmeno a capire se avevano gli occhi aperti o chiusi.

Kevin camminava in testa cercando a tentoni la strada, facendo spesso scelte sbagliate che lo costringevano a tornare indietro per ritrovare la pista. Sapendo che razza di animali abitavano la foresta, tratteneva il fiato ogni volta che sporgeva la mano o il piede nel buio.

Gli altri lo seguivano in fila indiana, ciascuno tenendosi attaccato a chi lo precedeva. Persino Jack, che in principio aveva cercato di fare dello spirito per mantenere alto il morale, ora taceva. Tutti avanzavano ascoltando le creature della notte che squittivano, stridevano, muggivano e ogni tanto strillavano intorno a loro.

Quando finalmente ritennero di poter accendere le torce elettriche senza pericolo, la marcia fu più facile. Ma rabbrividivano davanti alla quantità di serpenti e insetti che incontravano, pensando che prima di accendere le torce erano passati in mezzo a tutte quelle creature della giungla senza rendersene conto.

Quando raggiunsero i campi acquitrinosi intorno al lago Hippo, l'orizzonte cominciava debolmente a rischiararsi. Lasciando il buio della foresta, credettero erroneamente di aver superato il peggio, ma non fu così. Gli ippopotami erano tutti al pascolo e apparivano enormi nella fioca luce dell'alba.

«Magari non sembra, ma sono molto pericolosi», li ammonì Kevin. «Hanno ucciso più uomini di quanto si pensi.»

Il gruppo fece una deviazione per tenersi alla larga dagli animali. Ma per avvicinarsi al punto dove speravano di ritrovare la piroga, dovettero passare vicino a due ippopotami enormi. Gli animali li guardarono con occhi assonnati, poi, inaspettatamente, caricarono.

Per fortuna caricarono verso il lago aprendosi una larga pista tra le canne. Per un attimo i fuggiaschi si sentirono il cuore martellare nel petto.

Ci volle qualche minuto perché si riprendessero e ricominciassero a camminare. Il cielo si faceva sempre più chiaro e sapevano che non c'era tempo da perdere. La marcia attraverso la giungla era stata più lunga di quanto avessero pensato.

«Grazie a Dio è ancora là!» esclamò Kevin scorgendo fra le canne la piccola canoa. Persino il cestino con il cibo era ancora al suo posto.

Ma ora sorgeva un altro problema. La piroga era troppo piccola per portare sette persone. Dopo una breve discussione decisero che Jack e Warren sarebbero rimasti ad aspettare fra le canne mentre Kevin conduceva le donne alla barca e riportava indietro la canoa.

L'attesa fu un inferno. Non solo l'aria schiariva sempre più preannunciando l'imminente aurora e il probabile arrivo dei soldati, ma c'era sempre il dubbio tormentoso che la motobarca fosse scomparsa. Jack e Warren continuavano a guardare nervosamente gli orologi, senza cessare di scacciare nugoli di insaziabili insetti. E oltretutto, erano affamati e sfiniti.

Quando ormai stavano pensando che fosse successo qualcosa di terribile, Kevin ricomparve come un miraggio fra le canne e si avvicinò remando silenziosamente.

Warren salì a bordo, seguito da Jack.

«La motobarca è a posto?» chiese Jack ansiosamente.

«L'abbiamo trovata», rispose Kevin. «Non ho controllato il motore.»

Uscirono dal fitto delle canne e si diressero verso il Río Diviso. Sfortunatamente incontrarono numerosi ippopotami, e anche qualche coccodrillo, che li costrinsero a fare dei cauti giri per tenersi a distanza.

Prima di entrare sotto i folti rami degli alberi che fiancheggiavano la foce del fiume scorsero alcuni soldati che entravano nella radura.

«Pensate che ci abbiano visti?» chiese Jack, che stava a prua.

«Non c'è modo di saperlo», rispose Kevin.

«La scampiamo proprio per il rotto della cuffia», commentò Jack.

L'attesa era stata dura anche per le donne. Quando la piroga si affiancò alla motobarca ci furono addirittura lacrime di sollievo.

Restava ancora la preoccupazione del motore. Toccò a Jack occuparsene, data l'esperienza che aveva fatto con motori simili da ragazzo. Mentre lo controllava, gli altri remando portarono la pesante motobarca al largo.

Jack disse una piccola preghiera e tirò la fune.

Il motore sputacchiò e si accese con un rombo sordo nel silenzioso mattino. Jack guardò Laurie, che gli sorrise e alzò il pollice.

Jack innestò la marcia, diede gas e puntò direttamente a sud, dove il Gabon appariva come una sottile linea verde all'orizzonte.

Epilogo

18 marzo 199, 15.45
New York

Lou Soldano diede un'occhiata all'orologio mentre mostrava il suo distintivo di poliziotto per potere entrare alla dogana del settore arrivi internazionali dell'aeroporto Kennedy. Aveva trovato traffico e sperava di non essere in ritardo per accogliere gli avventurosi viaggiatori.

Si rivolse a un facchino per chiedergli dov'era l'arrivo dell'Air France.

«Laggiù in fondo, fratello», rispose il facchino con un cenno della mano.

La mia solita fortuna, borbottò fra sé Lou accelerando il passo e mettendosi quasi a correre. Dopo un breve tratto rallentò e per la centesima volta giurò di smettere di fumare.

Avvicinandosi vide chiaramente l'uscita che cercava. Su un monitor appariva in lettere cubitali l'indicazione AIR FRANCE. Intorno si accalcava una folla di persone.

Lou fece un mezzo giro prima di scorgere il gruppo degli amici. Anche se erano rivolti dall'altra parte, riconobbe i capelli di Laurie

S'infilò in mezzo agli altri passeggeri e diede un pizzicotto al braccio di Laurie. Lei si voltò indignata, ma riconoscendolo lo abbracciò con tanto entusiasmo da farlo arrossire.

«Bene, bene, mi arrendo!» protestò Lou, sorridendo.

Laurie lo lasciò perché potesse stringere la mano a Jack e Warren e salutare Natalie.

«Allora, avete fatto buon viaggio?» chiese il tenente, visibilmente di ottimo umore.

Jack si strinse nelle spalle e diede un'occhiata a Laurie. «Tutto bene», rispose senza sbilanciarsi.

«Sì, tutto bene», confermò Laurie. «Peccato che non è successo proprio niente di interessante.»

«Davvero?» esclamò Lou. «Mi sorprende. Arrivare fino in Africa... io non ci sono stato, ma ne ho sentito parlare.»

«Che cos'hai sentito?» chiese Warren.

«Be', ci sono un sacco di animali.»

«E con questo?» intervenne Natalie.

Lou si strinse nelle spalle, imbarazzato. «Bestie feroci, il virus Ebola. Ma, come vi ho detto, non ci sono mai stato.»

Jack si mise a ridere e gli altri lo imitarono.

«Insomma, che cosa succede?» protestò Lou. «Mi state prendendo in giro?»

«Temo di sì», rispose Laurie. «È stato un viaggio favoloso. La prima parte un po' complicata, ma siamo riusciti a sopravvivere, e una volta arrivati nel Gabon è stata una festa.»

«Avete visto le bestie feroci?» chiese Lou.

«Più di quante immagini.»

«Già, lo dicono tutti. Un giorno o l'altro voglio andarci anch'io.»

Arrivarono i bagagli. Ognuno prelevò le sue valigie e il gruppo passò la dogana e uscì dal terminal. La macchina senza insegne di Lou aspettava accanto al marciapiede.

«Uno dei pochi vantaggi del grado», osservò Lou.

Sistemarono i bagagli e salirono a bordo. Laurie si sedette accanto a Lou. Uscirono dall'aeroporto e rimasero immediatamente imbottigliati nel traffico.

«E tu, Lou?» chiese Laurie. «Avete fatto qualche progresso?»

«Temevo proprio che non vi decideste a chiederlo», rispose Lou. «Qui le cose sono andate a gonfie vele. La vera miniera d'oro è stata l'impresa Pompe Funebri Spoletto. In questo momento stanno facendo i salti mortali per ottenere il patteggiamento. Ho ottenuto persino un mandato per Vinnie Dominick.»

«Fantastico! E quella canaglia, Angelo Facciolo?»

«Di nuovo in gabbia. Con l'accusa di aver sottratto il corpo di Franconi. Non è molto, ma ricordati che Al Capone è stato inchiodato per evasione fiscale.»

«E la talpa che avevamo all'obitorio?»

«Risolto anche quel problema. In realtà è così che abbiamo potuto inchiodare Angelo. Vinnie Amendola ha acconsentito a testimoniare.»

«Quindi era Vinnie!» esclamò Laurie con un misto di rabbia e rimpianto.

«Ecco perché era così nervoso quel giorno!» ricordò Jack.

«C'è stata anche una svolta imprevista», continuò Lou. «C'era qualcuno, coinvolto in tutta la faccenda, che ci ha colto di sorpresa. In questo momento pare che si trovi all'estero. Quando torna in patria sarà arrestato per l'assassinio di una ragazzina, di nome Cindy Carlson, del Jersey. Noi riteniamo che Franco Ponti e Angelo Facciolo siano gli esecutori materiali dell'omicidio, ma abbiamo scoperto il mandante. Si tratta del dottor Raymond Lyons. Qualcuno di voi lo conosce?»

«Mai sentito», rispose Jack.

«Nemmeno io», fece eco Laurie.

«Bene, era coinvolto nell'affare dei trapianti di cui vi stavate occupando. Ma ne parleremo dopo. Adesso parlatemi della prima parte del vostro viaggio, quella complicata.»

«Dovrai offrirci il pranzo», rise Laurie. «È una lunga storia.»

Finito di stampare nell'aprile 2008
presso la Mondadori Printing S.p.A.
Stabilimento N.S.M. di Cles (TN)
Printed in Italy

Gentile lettore,

la ringraziamo per aver scelto uno dei libri della linea Economica.

Per poter soddisfare sempre meglio le sue esigenze e i suoi gusti, le chiediamo di voler gentilmente compilare il seguente questionario. Se ci fornirà anche il suo indirizzo, le invieremo le informazioni relative alle nuove pubblicazioni del gruppo Sperling & Kupfer e alle iniziative speciali rivolte ai nostri lettori. Se invece preferisce registrarsi sul nostro sito www.sperling.it, riceverà nella sua casella e-mail la nostra newsletter informativa.

Ho trovato questo questionario nel volume dal titolo

....

Ho acquistato questo volume

☐ in libreria ☐ in edicola ☐ al supermercato

Numero libri acquistati in un anno: ....

Il mio autore preferito è: ....

Il mio genere preferito è

☐ Narrativa
☐ Thriller
☐ Narrativa al femminile
☐ Narrativa per ragazzi
☐ Saggistica
☐ Business

INFORMAZIONI ANAGRAFICHE

Età: Sesso: ☐ M ☐ F

Professione: ....

FACOLTATIVO

Nome ....
Cognome ....
Via .... n. ....
Città .... Provincia .... CAP ....
E-mail ....
....

Informativa ai sensi dell'art. 13 D. Lgs n. 196/2003
I suoi dati saranno trattati da Sperling & Kupfer Editori S.p.A. e dalle società con essa in rapporto di controllo e collegamento ai sensi dell'art. 2359 cod. civ. – titolari del trattamento – per evadere la sua richiesta di invio di materiale d'informazione libraria delle titolari e più in generale per finalità di marketing, attività promozionali, offerte commerciali e per indagini di mercato da parte delle stesse titolari.
Nome, cognome, indirizzo sono indispensabili per il suddetto fine. Il suo indirizzo di posta elettronica è necessario solo se desidera ricevere via mail i suddetti materiali.
Inoltre, previo suo consenso, i suoi dati potranno, altresì, essere comunicati a soggetti operanti nei settori editoriale, largo consumo e distribuzione, vendita a distanza, arredamento, telecomunicazioni, farmaceutico, finanziario, assicurativo, automobilistico, e a enti pubblici e Onlus, per propri utilizzi aventi le suddette medesime finalità.
Responsabile del trattamento è il Responsabile Dati presso Sperling & Kupfer Editori S.p.A. L'elenco completo e aggiornato delle società in rapporto di controllo e collegamento ai sensi dell'art. 2359 cod. civ. con Sperling & Kupfer Editori S.p.A., delle aziende terze a cui i dati possono essere comunicati e dei responsabili è disponibile al seguente indirizzo e-mail: privacy@mondadori.com.
I suoi dati saranno resi disponibili agli incaricati preposti alle operazioni di trattamento finalizzate all'elaborazione e gestione dei dati.
Ai sensi dell'art. 7 D. Lgs. n. 196/2003, potrà esercitare i relativi diritti, fra cui consultare, modificare e cancellare i suoi dati o opporsi al loro trattamento scrivendo a Sperling & Kupfer Editori S.p.A. Ufficio Promozione - Via Marco d'Aviano 2 - 20131 Milano.
Acconsente che i suoi dati siano comunicati ai suddetti soggetti terzi e da questi utilizzati per le finalità e secondo le modalità illustrate nell'informativa? sì ☐ no ☐

La preghiamo di tagliare lungo la linea tratteggiata e di inviare in busta chiusa e affrancata a:

Sperling & Kupfer Editori S.p.A. Ufficio Promozione
Via Marco d'Aviano 2 - 20131 Milano

Prova d'acquisto
978-88-6061-382
2008